U0450551

天嬰室叢稾

整理與研究

唐燮軍　周芃 ◎ 編著

九州出版社　全国百佳图书出版单位

圖書在版編目（CIP）數據

《天嬰室叢稿》整理與研究 / 唐燮軍，周芃編著
. -- 北京：九州出版社，2022.11
 ISBN 978-7-5225-1502-1

Ⅰ．①天… Ⅱ．①唐… ②周… Ⅲ．①中國文學－近代文學－文學研究②《天嬰室叢稿》－研究 Ⅳ．①I206.5

中國版本圖書館CIP數據核字(2022)第226937號

《天嬰室叢稿》整理與研究

作　　者	唐燮軍　周芃　編著
責任編輯	郝軍啓
出版發行	九州出版社
地　　址	北京市西城區阜外大街甲35號(100037)
發行電話	(010)68992190/3/5/6
網　　址	www.jiuzhoupress.com
印　　刷	三河市國新印裝有限公司
開　　本	720毫米×1020毫米　16開
印　　張	32.5
字　　數	460千字
版　　次	2022年11月第1版
印　　次	2022年11月第1次印刷
書　　號	ISBN 978-7-5225-1502-1
定　　價	78.00圓

★版權所有　侵權必究★

目　录

引　論 …………………………………………… 1

敘 ……………………………………………… 14

無邪詩存 ………………………………………… 16

無邪詩旁篇 ……………………………………… 58

敘无邪雜箸 ……………………………………… 99

無邪雜箸 ………………………………………… 101

哀冰集 …………………………………………… 143

秋岸集 …………………………………………… 163

逃海集 …………………………………………… 181

庸海集 …………………………………………… 195

庸海二集 ………………………………………… 231

閼逢困敦集 ……………………………………… 252

《天嬰室叢稿第二輯》敘目 ·· 282

塔樓集 ·· 283

北邁集 ·· 315

末麗詞 ·· 324

炎虎今樂府 ··· 336

紫蓂詞 ·· 346

吉留詞 ·· 355

聖塘集 ·· 368

纜石秋草 ·· 379

纜石幸草 ·· 393

纜石春草 ·· 420

諸家評議 ·· 426

陳訓正詩文補遺（1934年底前）··································· 429

國史擬傳·陳屺懷傳 ·· 506

參考文獻 ·· 509

後記 ··· 514

引　論

　　協助寧波知府推廣新式學堂的清末舉人，全程參與辛亥寧波光復的主要功臣，主持編纂民國《定海縣志》《披縣新志》和《鄞縣通志》的方志名家，合作創辦並具體負責《寧波白話報》《天鐸報》《商報》日常事務的著名報人，抗戰時期的浙江省臨時參議會議長，諸如此類的身份，使得慈谿人陳訓正（字屺懷）順理成章地成為近來不少學者的研究對象，論述其教育觀念者有之，評騭其方志成就者有之，意欲全面梳理其生平者亦不乏其人，並因此出現了《陳屺懷的教育思想與實踐初探》《陳訓正評傳》等論著①。儘管如此，以陳氏詩文成就為專題考述對象的研究成果，迄今仍付諸闕如。是以筆者不揣淺陋，擬在編列《陳訓正年譜》、整理其《天嬰室叢稿》的基礎上，按時序、分階段考察陳訓正的文學創作軌跡及其文學觀念的嬗變流程。

一

　　慈谿官橋陳氏家族傳衍至清光緒初年，主要通過販賣茶葉於浙贛兩地及與江西本地人合辦典當行與錢莊②，得以成長為"中人之家"③。然而，乃祖陳士芳在光緒十二年（1886）的去世，卻極大地改變了陳訓正的人

---

① 徐鴻鈞：《陳屺懷的教育思想與實踐初探》，《國家教育行政學院學報》2005年第11期，第80—83頁。沈松平：《陳訓正評傳》，浙江大學出版社2015年版。
② 《陳布雷回憶錄》民國八年條，東方出版社2009年版，第90頁。
③ 楊魯曾：《官橋陳氏族義田會記》，載《光緒慈谿縣志》卷5《建置四·善舉》，馮可鏞修，楊泰亨纂，《中國地方志集成·浙江府縣志輯》（35），上海書店1993年版，第132下—133頁上。

生軌跡，使之不得不棄賈業儒：

> 曾祖考以貿茶起家，欲府君世其業，議令入寧波某錢肆為徒，已成約矣，而曾祖考又棄養，某肆遽爽前約。時先三叔祖考依仁公甫弱冠，府君才十五齡耳。地多無賴，戚族失援，叔侄煢煢，相依為命。依仁公卒以家事瑣屑自任，而命府君專心讀書。①

據陳訓正自敘，可知他在被迫棄賈業儒後，"始從竹江袁先生受《詩》"②，在光緒十五年（1889）八月袁壽彝"旅卒於杭州"③後，又改而師事芳江柳鏡齋先生（？—1920）④。相比較而言，求學袁氏門下雖歷時短暫，卻不但得以結識陳鏡堂（1867—1908）、鄭念若（？—1908）兩位知己，而且在質疑乃師《詩》說的過程中，陳訓正逐漸確立了不乏真知灼見的《詩經》觀，其《天嬰詩輯·序》云：

> 先生說《詩》主宋儒，諸凡稍涉綺靡之辭，輒曰："此男女相說之辭也，此淫奔者所謂也。"余意孔子放鄭聲，而於《詩》獨不刪淫亂之作，是何也？懷疑於心，不敢反問。時剡山陳君晉卿，在竹江門稱都講，余私焉，剡山亦謂朱說非詩人之本誼。既獲交鄭光祖念若，與同館席。……見余方治《詩》，謂之曰："讀書當自得師，勿為宋人誕妄者所毒！"余知其意在朱氏，因以向疑者質之，念若大喜曰："子真吾友也，可與論《詩》矣！"自是益堅。

由此可見，陳訓正《詩經》觀的顯著特徵，就是絕不盲從宋儒（甚至漢儒）對《詩經》的詮釋，轉而直接從《詩經》本身乃至從民間歌謠中發掘其微言大義。由此而導致的結果則是，陳訓正的早期詩歌創作，既"稱情而出"，又"好逞怪誕，不尚聲律"，也無怪乎"譽之者謂為秦漢

---

① 陳建風、陳建門、陳建尾：《陳訓正行述》，載《民國人物碑傳集》卷1，卞孝萱、唐文權編著，鳳凰出版社2011年版，第22頁。"十五齡"原誤"十三齡"，茲據陳訓正生卒年推算，逕予改正。
② 陳訓正：《天嬰詩輯·序》，陳訓慈整理印行，1988年。
③ 陳訓正：《袁先生傳》，氏著《天嬰室叢稿》之四《哀冰集》，《近代中國史料叢刊》第63輯，沈雲龍主編，（臺灣）文海出版社1972版，第206—207頁。
④ 陳訓正：《朱母七十壽詩敘》，載《天嬰室叢稿》之三《無邪雜箸》，第168頁。

雜謠歌辭，毀之者則曰索隱行怪，非大方之作"①。

如同絕大多數傳統文士，入世事業在陳訓正的人生實踐當中佔據核心的位置，這一價值取向又與當時日益高漲的救亡圖存思潮兩相結合、交互作用，促使陳訓正在繼續習經、備考且中舉於光緒二十八年（1902）的同時，積極汲取西洋新知，進而大力宣揚"新學"以開啟民智；1903年11月，在上海與鍾憲鬯等人合作創辦《寧波白話報》並任主編，便是其中的顯著事例：

> 那時在清末，同鄉先輩鍾憲鬯、陳屺懷、虞含章、洪樵苓諸先生，都是熱心"新學"的人，他們辦《寧波白話報》的目標，不外輸進簇新的文化到寧波，替家鄉開開風氣。主編就是那位陳屺懷先生（布雷先生的哥哥），內容雖然近乎改良主義，可是文字運用明白淺顯的白話（要知那時胡適、陳獨秀等還不曾提倡白話文學），對於舊禮教、舊習慣，卻肯用力抨擊，仔細想來，不僅在寧波文化中是報界先進，就是在中國文化史上，也是難能可貴的一頁。②

也惟其如此，陳氏始則被新任寧波知府喻兆蕃（1862—1920）提拔為推行新式教育的得力幹將③，爾後又在宣統元年（1909）當選為浙江省諮議局議員④。而且這一良好的發展勢頭，雖因陳訓正在1910年4月慈谿毀學事件中處理不當而一度受阻⑤，卻在事後不久，因陳氏加入同盟會而峰迴路轉，最終以同盟會寧波支部副會長兼寧波保安會副會長的身份，全

---

① 陳訓正：《天嬰詩輯·序》，陳訓慈整理，1988年抄本。
② 五長：《從〈寧波白話報〉談到本報》，原刊《寧波人週刊》，今收錄於《近現代報刊上的寧波》，寧波出版社2016年版，第496—497頁。一九〇三年，原誤作"一九〇五年"，茲據蔡樂蘇《寧波白話報》改正。蔡氏此文，見載於《辛亥革命時期期刊介紹》（1），丁守和主編，人民出版社1982年版，第431—440頁。
③ 陳訓正：《哭萍鄉·敘》，載《天嬰室叢稿》之五《秋岸集》，第237—238頁。
④ 《申報影印本》1909年6月21日《各省籌辦諮議局·初選舉開票（浙江·各屬）》，上海書店1983年版，第100冊，第739頁。
⑤ 此所謂處理不當，是指陳訓正在亂後不久，就貿然認定"致釀此變"的根源在於慈谿縣令吳喜孫"縱匪仇學"，進而以寧波府教育會會長的名義，與寧波地方自治會會長劉崇照聯名"特電北京同鄉京官及撫學憲，請為查究"，這就自我公開置身於吳喜孫的對立面，從而不可避免地成為後者及其黨羽的攻擊對象。詳參《申報影印本》1910年4月27日《慈谿毀學之原因》、1910年4月30日《浙省亂耗彙紀》，第105冊，第918、965頁。

程參與辛亥寧波光復之役①。事實上，自從 1903 年開始協助喻兆蕃推廣新式教育，到 1911 年 11 月 5 日寧波光復為止，無疑是陳訓正宦海生涯中最為得意的歲月；對陳氏來說，這期間的詩歌創作，充其量只是業務愛好。

陳訓正詩情的勃發，始于辛亥寧波光復後不久。當時，身為辛亥寧波光復主要功臣的他，在寧波軍政分府成立後的短短十餘日內，甫被舉為財政部長，旋即降為參議員②，爾後又被迫辭職③，於是不得不重操舊業而奔走於上海、寧波之間，或返甬創建（主持）學校，或赴滬主管報刊雜志（詳參表 1），並因此擁有更多的閒暇和更強的意願去表達內心的感觸。換言之，從政以建功立業的願望在寧波軍政分府成立後的徹底破滅，是促成陳氏詩情勃發的關鍵所在。

表 1　陳訓正在 1911 年底至 1920 年底間的主要行跡

時間與地點	行跡	出處
1911 年底 寧波	與陳謙夫、陳季屏、錢吟葦等人著力籌組效實會、醞釀開設效實中學	方子長《陳謙夫與寧波的教育衛生事業》（《寧波文史資料》第 8 輯）
1912 年夏 上海	與趙家藝等人創設"平民共濟會"，刊發《生活雜誌》，提倡經濟建設	陳訓正《趙君林士述》（《天嬰室叢稿第二輯》之一《塔樓集》）
1913 年 8 月 寧波	始任"舊寧屬縣立甲種工業學校"（原寧波公立中等工業學校）校長	陳訓正《工校十年度豫算表書後》（《天嬰室叢稿》之六《逃海集》）
1917 年秋 寧波	應邀參與籌建佛教孤兒院	陳訓正《白衣院屠母功德碑》（《天嬰室叢稿》之五《秋岸集》）
1920 年 12 月 上海	協助湯節之等人創辦《商報》，並任《商報》總稽核	《陳布雷回憶錄》民國九年條

---

① 《鄞縣通志》第四《文獻志》第四冊丁編《故實》之《辛亥寧波光復記略》，陳訓正、馬瀛纂，寧波出版社 2006 年版，第 1336—1339 頁。

② 《申報影印本》1911 年 11 月 8 日《寧波光復記》、1911 年 11 月 20 日《甬軍政府選舉職員》，第 115 冊，第 116、290 頁。

③ 陳訓慈：《陳君屺懷事略》，附錄於《晚山人集》，陳訓正著，陳訓慈整理印行，1985 年抄本。

引　論

　　辛亥以來陳氏所作詩歌，雖不乏"里謳野唱之流響"①，但無論形式抑或內容，均呈現出應有的多樣性。這其中數量最多的詩篇，大概是與馮君木（1874—1931）、應叔申（1872—1914）等友朋的唱和與對好友的悼念、祝福、緬懷，例如《謝寒莊敘詩》：

　　我詩哀苦不堪讀，每抱空山坐獨弦。偶欲從君託千古，可能與俗語同年。
　　聲情邈邈棲秋耳，獎借深深入世憐。自是高文能起廢，肉人應有骨纏綿。②

至如《雜諷》諸詩對時事的記錄和點評，則又有助於後人瞭解白朗之亂（1911.10—1914.9）對百姓生活的侵擾及袁世凱政府的軍紀敗壞：

　　三月不雨愁翻河，……西來行客誇異數，……相公龍鍾坐籌邊，猛將如雲屯邊去。妖妾豔妻那得拋，金珠擁上西征路。昨日寇圍老河口，今日捷報荊子關。寇來不得完家室，寇去妻子猶愁顏。征西之軍萬能羆　西人壺漿來迎師。豈知窮寇出門日，又見官兵喋血時。三年流轉無休息，行賈坐販相愁欸。去時大水今時旱，來時茫茫更大難。③

在應叔申看來，這些被收錄於《無邪詩存》的陳氏詩作，以"五古最有功夫，樂府亦剡剡出光氣，奇警而幾於自然，皆足以虎際一時。次為七律，又次為五律。七絕、七古最下，七絕往往失之俙率，七古往往失之散漫"；而徐韜則認定陳氏詩風曾經發生從"擬古"到"仿宋"的轉折：

　　天嬰自謂"三十以前未嘗學律，五古、樂府得力於風謠"，讀其擬古之作，信之矣！近作稍入宋人具茨、陵陽、眉山諸家。天嬰又言"平生實未讀宋人詩"，此欺耳，余不敢信。④

但相比較而言，虞輝祖所秉持的"感時傷物、不能自己而有作"⑤之說，無疑更為精准。事實上，陳訓正的早期詩篇，即便是那些泛泛應酬之作，

---

① 陳訓正：《天嬰詩輯・自序》，陳訓慈整理，1988年抄本。
② 《天嬰室叢稿》之二《無邪詩旁篇》，第102頁。
③ 《天嬰室叢稿》之一《無邪詩存》，第36—37頁。
④ 《諸家評識》，《天嬰室叢稿》，第3頁。
⑤ 《寒莊文編》卷二《陳無邪詩序》，虞輝祖著，1921年鉛印本。例如《嗟嗟有生行，為裘少尉作》（《天嬰室叢稿》之一《無邪詩存》）"敘"云："倭人易我以兵，要我二十一事。我弱無可戰，竟許之。平陸軍少尉裘奮恥之，謂所部曰：'是我軍人之辱也。'於是遂自殺。陳子聞而悲之，為賦是篇。時四年六月。"

5

例如《平陽王子澄謝職鄞縣，縣人餞於愒園，即席賦呈》，也往往顯現出其憂時憤亂的情懷①，無怪乎被譽為近代"甬上詩人之絕出者"②。

二

陳訓正的早期文學創作雖明顯偏重於寫詩，卻不但早在1903年就已創作白話文，而且大約從1914年起，又應邀為親朋好友撰寫墓碑、壽詞、詩序等各種形式的文章，並因此而有《鄭荇泚先生詩序》《代張壽鏞頌人五十壽》諸文之問世③，降及1919年，更在批判虞輝祖"涓涓"說、張于相（1880—1950）"尚潔"論的同時，明確提出了力主博採眾長的"渾渾"說：

> 于相之言文也，曰潔而已。余曰潔非尚也，潤焉而已乎！……耦乎于相而以潔稱者，曰含章虞君。余嘗戲之曰："以汝之潔與余之渾，孰勝乎？"含章曰："潔勝。"曰："以汝之涓涓與余之渾渾，孰勝？"含章曰："不可知。"余曰："以汝之涓涓與余之渾渾，則不可知，然則汝之涓涓、余之渾渾，孰函乎？"含章曰："涓涓者，不可以入也。"余曰："然也渾渾者勝汝矣！"今于相之潔，猶含章之涓涓也。……夫黃河、渤海，導其原者，昆侖也。昆侖之原，未始非涓涓者也。使于相而不以涓涓者是限，則其為黃河、為渤海，而非潤溪之潤也！……于相之不能河海，其潤之量不足耳！量不足，潤不能成河海。仲尼有言："四十、五十而無聞焉，斯亦不足畏也

---

① 按《無邪詩旁篇》載曰："荊公邁績非尋常，誰其嗣者平陽王。王侯作宰期而已，豈有奇術為官方。不須戴星勤出入，盡日鳴琴坐堂皇。老學於今得治理，千煩百劇俱無當。制履好期足知適，結帶貴能腰與忘。……熙寧吏事歸手寶，嗟爾有心徒彷徨。不敢十年期生聚，豈知一旦空賢良。攀衣牽肘留不住，王侯竟去秋風光。愒園蒲柳早零落，猶存傲菊當離觴。把侯袂今酌侯酒，侯不復兮我心傷。"又考《鄞縣通志·文獻志》丙編《職官·歷代職官表一》云："王理孚字志澄，溫州平陽人，廩貢，民國五年十二月二十三日任。……王家琦，……民國六年十月二日任。"據此，可斷定此詩作於1917年10月2日之前。

② 《寒莊文編》卷一《馮君木詩序》，虞輝祖著，1921年鉛印本。

③ 前文乃應老友洪允祥（1874—1933）之請，而作于其舅鄭廷琛（1859—1915）卒後不久，並以全書之序的形式，被收錄在鄭廷琛《荇泚遺稿》之中；後文乃受張壽鏞（1876—1945）之托，為恭賀虞洽卿（1867—1945）五十大壽而作於1916年。分別詳參《天嬰室叢稿》之三《無邪雜箸》，第153—154、161—165頁。

已！"于相今年四十，使于相而猶以涓涓者限也，余亦何畏乎于相！①儘管如此，彼時陳訓正所寫作的文章，不僅數量較少，而且尚未像其詩歌那樣，引發時人的廣泛關注。

陳訓正文學創作重心由詩而文的轉移，大抵始於1920年12月赴滬主持《商報》後不久。就其成因而言，雖與當時陳氏捉襟見肘的經濟狀況密切相關，但關鍵還在於《商報》總稽核這一工作崗位，需要他儘快建立並維持與上海灘各界頭面人物的聯繫，撰寫阿諛應酬之文，無疑是當時陳訓正最主要的交際手段，此則其《答審言先生書》亦有所交代：

> 國變以還，躁夫競進，君子道消，益復不敢自放，戢影里廬，日惟樵唱牧謳相和答，白眼青天，更何所冀幸。顧亂世微生，食窮尤難，朋儕垂閔，牽曳出山。旅滬二年矣，媚生諂鬼，賣文求活，舊萃牛涯，汴無長維琳瑯滿匴，不投眾好，徒以周旋既久，不惜分馬俸驚糧之餘以為我畜，此江湖鶩技者所羞也。②

平心而論，那些為"求活"而所"賣"之文，固然多系應酬之作，卻也不乏觀點新穎、論證有力的佳構。例如作於1923年6月的《倉基宗人蓉老五十生日贈言》，雖為恭賀旅滬鄞商陳蓉館（1874—1932）五十大壽而作，卻也明確指出了海通以來儒商合流的趨向及商人構成的丕變：

> 吾國自古重農抑末，風教所漸，人心嚮之，士之負材桀出者，往往來自田間，故天下知識之倫，高言服疇食力，不以躬耕為恥，獨至商旅之事，舉世目為齷齪賤夫。……于是市井中遂少詩書之澤，而其業益下矣。自粥爵令開，高貲者進，賈人始得以金力要榮典。海通以來，歐人用商業經營東方，儒服之徒，日惟哦詩讀書為事，財富之廢居，瞢然非所知，鑑彼之長，形吾之短，則不得不援引鶩之所謂孼業、所謂末作者，以收指臂之效。彼儒者亦既知市井中有人材，不可輕以視，于是始稍稍習其人，效其所為，久且合于汙而與之化矣。③

又如《書粹華製藥廠出品目錄》，雖意在宣傳其藥品，但有助於後人瞭

---

① 《天嬰室叢稿》之三《無邪雜筆》，第160—161頁。
② 《天嬰室叢稿》之七《庸海集》，第282頁。審言先生，即李詳（1859—1931）。
③ 《天嬰室叢稿》之七《庸海集》，第315—316頁。

解該廠製藥工藝的開創性及其歷史作用的獨特性:"藥之用蟲石五金,非自今始,其由來蓋數千年矣。積驗以致物,縱非神農氏之舊,要其時必有煮煉之功,特今失其傳耳。上海粹華製藥廠用歐法煮煉吾國藥物而劑合之,試有效矣!將以某月日發行,先時具說帖,傳告遐邇。余懼夫聞者之驚怖其事,以為創而亡徵也,於是乎言。"①

也就在這一階段的後期(1925—1926),陳氏又對作詞產生了濃厚興趣,並為此虛心向況周頤(1861—1926)、朱孝臧(1857—1931)這兩位新朋請教作詞之法:

> 今年春,遊海上,始獲交臨桂況蕙風太守、歸安朱彊邨侍郎。二先生者,挽近海內詞學大家也。明珠出海,枯岸借輝,余請益焉。自是復動夙好,春夏以來,輒有謠詠,裒得一冊,題曰《末麗》。……乙丑(1925)八月,玄翁識於滬北庸海廎。②

事實上,陳訓正在 1927 年 5 月之前所作諸詞,除 56 首見載於《末麗詞》外,至少尚有《紫荑詞》所錄 30 首。然而,也正如其《紫荑詞》自序所體悟的那樣,這些詞作雖在格律上日臻完備,卻與其精神追求漸行漸遠:

> 乙丙之際(1925—1926),踵蹈四方,旅居無悰,輒以詞程日,心與聲會,失律漸尟。然人事益工,天事益遠,詩人浩蕩胸襟至此而極,其變非所喜也。舍其夙好,徇此綺業,辟之博弈,猶賢乎已爾。

實際情況亦複如此,使陳訓正得以在 1920 年代中前期的上海文壇佔據一席之地的文學作品,並非其"人事益工"的"綺業",而是那些足以

---

① 《天嬰室叢稿》之七《庸海集》,第 270—271 頁。據黃瑛《近代上海著名中醫實業家李平書》(《中醫藥文化》2011 年第 3 期)考證,由李平書創辦於 1921 年的粹華製藥廠,乃上海第一家現代中藥製藥企業,其存續雖僅三年,卻改變了傳統手工加工中藥、中成藥的方式,可謂近代上海中藥工業化生產的先驅。又考吳承洛《中國之化學藥品及化學原料工業》(《經濟建設季刊》1943 年第一卷第四期)云:"以中藥製成藥水,用時只需混合,不待煎煮,此乃民十一年上海粹華製藥廠等之企圖。"是知《書粹華製藥廠出品目錄》作於 1922 年。

② 《天嬰室叢稿第二輯》之三《末麗詞》自序,陳訓正著,1934 年鉛印本,寧波天一閣博物院藏(朱 7885)。因而在況氏遺作中,可見陳訓正在此期間,既曾與況周頤相互間賦詞寄貽,又曾與左湖、馮君穆專程前往蘇州拜訪況氏。詳參《況周頤詞集校注》,況周頤著,秦瑋鴻校注,上海古籍出版社 2013 年版,第 467、471—472 頁。

"浩蕩胸襟"的"夙好"。

從自今而古的角度來看,彼時上海文壇內外對陳氏文章的評價,大體上可分為兩類。一類以駢文大師李詳為代表,注重發掘其內在的學術價值,概括陳氏文論特徵及其文學創作思路,進而界定其在浙東文學史上的地位:

> 陳君之文,純正而肆者。其論文,貴乎法古而懲夫下究。所謂下究,指其奉一為師,如子孫之敬禮祖若父,如奴僕之侍其主,不敢稍易視聽。……窺君之意,殆欲積理以馭巧,不專怙力與氣,軼於埃壒之外,旁薄而無際,則文中仍有君在,不僅如黎邱之鬼、偃師之戲,效其形狀而已。……君乃以媕雅綿密,上繼西溟(1628—1699),吾知桐城之焰將熸,後有選文鈔與文錄者,安知不取君為重!①

稱陳氏論文"貴乎法古而懲夫下究"的這一概括,其實與陳訓正所自持的"渾渾"說若合符節,而將陳氏視為浙東文壇鉅子姜西溟衣缽傳人的這一定位,後來更為章門大弟子黃侃(1886—1935)所繼承與發揚②。另一類則偏重於肯定其社交功能,不但前來請托以吊死賀生者紛至遝來,就連北伐軍總司令蔣介石,也曾請陳訓正捉刀代筆,遂有《贈虞君洽卿敘》之作:

> 吾國自白門議約、五步通市以還,環海而國之僑民,胥挾其材賄、國力,仰機利射幸,梯航而至,最會於揚子江下游,於是上海遂以弊難散邑,一躋而為東南菁華萃蔚之區。……壬寅之歲,西力東漸,演年而進,……互市之場,隱然見戈矛,若在在有大敵勍讎憯而來者,迄於今,且八十有五年矣!……虞君行業滬上,自童習至老成,四十餘年,輒能察時觀變,翼護我國金權、物權以與僑民爭貿易之幾。嘗曰:"為國家爭體制,為吾民爭生存,吾雖微,庸讓乎人哉!"余高虞君言,偉其為人之能轉移國俗於

---

① 李審言:《讀慈谿陳無邪文書後》,原刊寧波旅滬學會《寧波雜誌》第1卷第1期,今可見《民國珍惜短刊斷刊·上海卷》卷21,全國圖書館文獻縮微複製中心,2006年,第10228—10230頁。此文後被刪改為《敘無邪雜箸》,並被置於《天嬰室叢稿》之三《無邪雜箸》卷首,但文字有差異。

② 黃侃:《陳玄嬰先生六十壽序》,附錄於陳訓正《天嬰詩輯》,陳訓慈整理,1988年抄本。

其六十之生也，敘以貽之，既誦其往，將復以勖其繼云。①

其結果，不但拉近了蔣、虞兩人的關係與距離，也使得陳訓正在"四一二政變"後不久，令人意外卻又合乎邏輯地從一介布衣竄升為浙江省務委員會委員②，爾後在1927年11月—1928年10月和1930年12月—1931年4月兩度就職杭州市市長③，至1931年6月又轉任國民政府文官處參事④。

三

然而，陳訓正其實並不具備足以獨當一面的政幹吏能，這使得他雖貴為浙江省府委員，但充其量只是簽字畫押的政治花瓶⑤，並因此受到張默君匯款案的牽連⑥，也使之在首次任職杭州市後不久，便不得不主動辭職。1929年底，有名曰"寒同"的陳門弟子，在為陳氏詩集《纜石秋草》作《後記》時，既稱乃師身居高位實則傀儡，又認定《纜石秋草》所錄諸詩折射出陳訓正當時進退失據的內心苦痛：

> 此先生十八年秋所作詩也。僕時聞比興，粗解指歸。歌以當哭，知阮籍之途窮；筆而為箋，愧任淵之材短。先生自十六年春蒞政浙府，至十七年冬去職，凡十有八月。其時，……三總常務，兩權民政。又以杭市草創，同在都會，不別置長，兼以攝行。……彼方謂飾芻靈而事鬼，不必責其似人，奉木偶以登場，所貴牽之由我，而先生不知也。放慈航于人海，時觸逆潮；休嘉蔭于學林，又逢惡木。心如止水，何來覆水之憂；利欲斷金，反實爍金之口。此先生之所以去乎？⑦

---

① 《天嬰室叢稿第二輯》之一《塔樓集》。茲據其"壬寅之歲（1842），西力東漸，……迄於今，且八十有五年矣"云云，可以確定該文大約作於1926年底。
② 《時事公報》1927年4月22日《省務委員會正式成立》。
③ 趙晨：《國民黨統治時期的杭州市長》，《杭州文史資料》第5輯，第58—65頁。
④ 陳訓慈：《陳君屺懷事略》，載《晚山人集》，陳訓正著，陳訓慈整理，1985年抄本。
⑤ 僅據《浙江省政府公報》加以統計，陳訓正在1927年6月初至7月27日的短短兩個月內，就與馬敘倫、蔣伯誠等人聯名簽署了多達103份的各類政令和檔。
⑥ 《時事公報》1927年8月28日《張默君匯款按之甬聞》。
⑦ 寒同：《纜石秋草後記》，載《天嬰室叢稿第二輯》之八《纜石秋草》，1934年鉛印本。

但寒同此說似是而非。陳訓正在從政期間或許確實曾為壯志難酬而備受煎熬，但在1928年10月辭職離任之後，其心態已然換做為當年率性辭職而悔恨不已，進而否定之否定，不但欣然接受新任浙江省主席張難先的邀請，於1930年12月底再次就任杭州市長①，而且愈益明顯地表現出曲學阿世的治學取向，既曾與毛思誠合作整理蔣介石的個人文集《自反錄》②，又從1932年夏季起，著力編纂《國民革命軍戰史初稿》③，用以配合蔣介石強化個人集權的迫切需要④。

與曲學阿世取向相伴而來的，則是陳訓正心態上的固步自封，《天嬰室叢稿第二輯》之四《炎虎今樂府》後序，無疑正是此一心態之外露，其詞云：

> 右雜歌謠嘗為弟子輩纂去，復以報訓。南海某玉虎見之，抵書問弟見罣，詢炎虎何人？蓋詫為奇構也。余曾賦《哨遍》答之⑤。今年，玉虎復來書索詞稿，云將輯《後篋中詞》，而與余始終未晤也。感其意，為志數語於此。十九年三月，玄父書。

而陳氏本人的故步自封，又連帶影響時人對其詩文的評價，由早年應啟墀、陳三立等人的客觀評判⑥，一變而為黃侃等人的壹意奉承，遂被吹噓成為足以力挽狂瀾的文學宗師、同期無出其右的史學巨匠：

> 近代古文正宗，咸曰桐城，……非之者未始乏人，唯先生之言鑱切最

---

① 陳紀懷：《杭州市政府二十年一月至六月施政方針》，《市政學刊》1931年第4期，第1—18頁。

② 該書彙集了民初至民國二十年間蔣氏自作及其幕僚代筆的文電、函牘、講詞等，共計兩集12冊。詳參《民國時期寧波文獻總目提要》，萬湘容、干亦鈴著，浙江大學出版社2015年版，第270頁。

③ 陳訓慈、趙志勤：《熱心興辦寧波地方教育的陳紀懷》，載《浙江文史集萃》（教育科技卷），浙江省政協文史資料委員會編，浙江人民出版社1996年版，第180頁。

④ 流傳至今的檔案材料與既有的相關研究成果皆表明：蔣介石自從1930年中原大戰以來，就以中央集權作為政府改革的基本方向，而在1932年初重新上臺後，其集權意願更趨強烈。詳參《蔣介石日記》（手稿本）1932年6月30日、8月18日、8月31日，美國斯坦福大學胡佛研究所藏；《蔣介石與中國集權政治研究（1931—1937）》，劉大禹著，浙江大學出版社2012年版，第86—90頁。

⑤ 此所謂《哨遍》，即見載於《天嬰室叢稿第二輯》之五《紫荑詞》中的《哨徧（有見餘今樂府者，問"玄翁"何人？戲拈是闋答之）》。

⑥ 詳參《天嬰室叢稿》卷首《諸家評議》，第1—2頁。

> 甚。……得先生之說，不獨可以救桐城末流之失，即近頃薄古而逞臆者，亦不至潰決沖陷而無所止，則信乎先生為今日談文者之司南，宜其克紹西溟而殆欲過之者也。數年前，侃始得讀先生所撰《定海縣志》，觀其編制條例，迥異於向來郡書地里之為。……蓋昔之方志，畸於考古，而此則重於合今；昔之方志，質者則類似簿書，文者又模襲史傳，此志詳臚表譜，位置有方，綜敘事實，不華不佴；昔之方志，無逾鄉閭之舊聞，此志則推明民生之利害。使域中千餘縣皆放此而為之，不特一革鄉志國史之體制，實即吾華國民史之長編。……如先生者，能為鄉史示準繩，即能為國史成型範，此則在位者所未宜忘者也。①

其影響所及，竟至于連《陳屺懷與宋子京》這樣的委婉批評，也相當罕見："鄉先輩陳屺懷先生之為文也，好以奧字僻字以及古書摻雜文間，使人讀之，覺其拮屈聱牙，難以卒誦，故往往甚淺近之文字，而以文中之多用古字故，覺無限深奧，其義轉晦。為善為病，固否具論。因憶宋代宋子京焉，與陳屺懷先生可以後先輝映。"②

1920年7月，陳訓正在為其所著《哀冰集》作序時，明確交代了入世事業與詩文創作在他心目中的孰重孰輕：

> 少日自負許，謂士生斯世，詩文而外，自有事業在。故偶有所述，輒棄去，不甚愛惜。今已矣！四十五十，忽忽無聞。自念生平，舍此無復高世，因立斯集，以時次弟，徂春歷夏，都得詩文若干首，題曰《哀冰》，識所始也。③

其實也就從1911年底起，對現狀的不滿和對功名的嚮往，兩者交織纏繞，構成了陳訓正內心世界的基本圖景。假如說虞輝祖在1917年所覺察到的"其詩多幽沈鬱宕之音"④，只是反映了陳訓正對生存處境的

---

① 黃侃：《陳玄嬰先生六十壽序》，附錄于陳訓正《天嬰詩輯》，陳訓慈整理，1988年抄本。此外，1931年12月，鄞縣縣立高級工科中學在恭祝其前校長六十大壽的賀詞中，也曾將陳訓正譽為當代循吏、海內文宗。詳參《鄞縣縣立高級工科中學二十周紀念冊》附錄（二）《陳前校長六十壽言》，浙江省寧波市鄞州區正始中學圖書館藏。
② 《時事公報》1937年5月11日《陳屺懷與宋子京》。
③ 《天嬰室叢稿》之四《哀冰集序》，第187頁。
④ 《寒莊文編》卷1《馮君木詩序》，虞輝祖著，1921年鉛印本。卷首目錄明言該詩作於1917年。

強烈不滿，那麼，陳氏《國民革命戰史初稿敘》所謂"仁湖蔣公，纉述宗哲遺志，提師出疆，聲討有罪，正義所昭，陰晦咸豁，東征北伐，所至厎功，諸不率者，以次敉平"云云①，則又標誌著陳訓正徹底完成了向御用文人的蛻變。這一角色轉換，雖然不可避免地弱化了詩歌創作，但對陳氏來說，從來都是可以欣然接受的代價。

---

① 《國民革命軍戰史初稿》，陳訓正編：《近代中國史料叢刊》第79輯，沈雲龍主編，（臺灣）文海出版社1972年版，第1頁。

敍

虞輝祖

余曩序《回風堂集》,謂吾甬上詩家,以君木、無邪爲輓近之絕出者,非私言也。蓋二君雖自晦於世,欲以詩明志者同;其詩之剛柔正變或稍異,而感時傷物、不能自己而有作者,又無不同也。自有清末造,學者尤尚宋詩,若隱有家法,號"同光體",實江西詩派之支流餘裔。无邪奚樂爲此者!无邪曰:"吾年三十,猶不讀唐以後詩。吾好古歌謠而已。《詩》三百篇,如《周道衰》《君子歌》《兔爰》《欲無覺無聰》《隰有萇楚》,且自歎不如無知之草木,其徘徊悽惋,感人情之不可聊,何如吾人之於今日,殆動於天倪之有同然者矣。顧吾自爲詩,每下筆,輒悲從中來,往往篇未終而廢去。或謂予懷清苦,故而所作乃類宋人。夫吾遑問唐之與宋,不過如候蟲應秋而鳴,謂爲吾人之歌謠,可爾?"蓋无邪晚際兵興,睹亂之靡有已,故常所諷道如此!生平好與君木唱和,余每訪於郡中後樂園,近且邐居西城白衣寺,有所作,尤不肯示人。嗚乎,世果可嫉其如斯耶!讀君詩者,可以怨矣。

【箋】

鎮海虞輝祖(1865—1921)字含章,號桐峰,別署寒莊,晚清諸生。甲午戰後,虞氏既目擊時艱,遂慨然以振興實業為己任,努力鑽研並積極傳播科學文化知識,始則與鍾觀光、虞和欽在上海創辦中國第一所科學儀器館,繼又創刊中國最早的科技雜誌《科學世界》。中年以後,虞氏轉而論文談藝,其為文墨守桐城家法。晚居北京,與王樹枏、馬其昶等名流相過從。

虞輝祖此文作於戊午年(1918),始则被"己未八月付石"①的陳訓正《天嬰室集》用作序文,爾後又被收錄在虞氏文集《寒莊文編》的卷二,名曰《陳無邪詩序》。

---

① 《天嬰室集》卷首,陳訓正著,1919年石印本,寧波天一閣博物院藏,編號849(又一冊編號2820,内容完全相同)。

無邪詩存

《天嬰室叢稿》之一
慈谿陳訓正

飛龍引

黃帝遺弓留不住，一龍飛上九天去。
頷下本無三尺鱗，我欲攀龍竟何語。
語龍龍不知，龍氣昏昏欲爲雨。
天公鬱律而肆怒，赤蛇無數，百蛇爲從，一蛇來爲主。
鵬鳥游太清，其翼若浮雲，何不搏扶搖？
負日獻龍君，天風直落九萬里，蓬蓬只見埃塵起。
天河橫空碧，甯無一勺水，魴魚赤聖尾，乃遭五鼎亨煎死。
箕有口兮不能言，斗有腹兮不能容，飜雲覆雨誰爲工？
長星兮長星，勸爾酒一鍾。
爾何不裂麻，上訴靈寶之帝宮，蒼茫爲我問上穹。
天孫停織心良苦，欲援玄戈擊河鼓，力排閶闔爲龍訴。
爲龍訴，天不許，天狗落地聲如虎。

歲莫雜感，同叔申、君木作 四首

靈埃高萬丈，日莫起焦思。少壯足可惜，開衿懷嘉時。
空山擊筑坐，一室盡睢睢。斗酒雖云樂，歡華不上頤。
醴泉愈痼疾，眇寒終違宜。驊騮遭曲艱，鐵輪爲之墮。

世亂無壯夫，語高天不知。矯首以徇飛，何如循其雌。（一）
揚塸以弭塵，天末風還起。蛇龍盤大澤，道路無君子。
匪謂行路難，恐遭靈忿棄。世憐廬屋妾，能爲逢門視。
嚅呢非吾願，蒼茫將安止？脫我腰中劍，嬉嬉吾老矣。（二）
富媼抱坤維，籲靈泣不已。昔日卯金豐，六龍五龍死。
一龍浴陰血，沸火燒其尾。穹居既無主，赤飆喧塵起。
我欲拔天槍，躓天捄龍子。明河不可渡，誰云天尺咫！
再拜祝招搖，願言囘斗指。（三）
蒼鴟落九天，日食枳籬鳥。伏虣辭林莽，殺人如殺草。
乾坤多厲氣，盲風應時到。赫赫桑大夫，八騶馳郊道。
關梁有常征，何事勞重考？貨賄上官脽，形骸下民惱。
平時輸租賦，常憂蘇息少。何況十年來，八九遭旱潦。
吁嗟使者車，慎勿載珠寶。願爲流民圖，託子獻蒼昊。（四）

【箋】

馮君木《夫須史話》云："吾黨中詩才奇譎，當推陳君皇童。己亥冬日，同人舉歲寒小集，天嬰有《歲暮雜詩》六章，為一時傳誦，茲采其尤佳者四章於此，鬱憤之思，以空靈窈折出之，洵古之傷心人語也。其一：'靈埃高萬丈，日暮起焦思。少壯足可惜，開矜懷嘉時。空山蟄筑坐，一室盡睢睢。斗酒雖云樂，歡華不上頤。醴泉瘉痼疾，眇寒終遠宜。駃騠遭曲艱，鐵輪為之軔。世亂無壯夫，語高天不知。矯首以徇飛，何如循其雌。'其二：'揚塸以弭塵，天末風還起。虵龍盤大澤，道路無君子。匪謂行路難，恐遭靈芬棄。世憐廬屋妾，能為逢蒙視。嚅呢非我顧，蒼茫將安止。脫我腰中劍，嬉嬉吾老矣。'其四：'富媼抱坤維，籲靈泣不已。昔日卯金豐，六龍五龍死。一龍浴陰血，沸火燒其尾。穹居況無主，赤飇喧塵起。我欲拔天槍，躓天救龍子。明河不可度，誰云天尺咫？再拜祝招搖，顧言回斗指。'其六：'蒼鴟落九天，日食枳籬鳥。伏虣辭林莽，殺人如殺草。乾坤多厲氣，盲風應時到。赫赫桑大夫，八騶馳郊道。關梁有常征，何事勞重考。貨賄上官脽，形骸下民槁。平時輸租賦，常憂蘇其少。何況十年來，八九遭旱潦。吁嗟使者息，慎勿載金寶。願為《流民圖》，託子獻穹昊。'"① 准此，足以確定《歲莫雜感，同叔申、君木作》作於乙亥（1899）冬。

少年行

青春少年多意氣，長安市上恣游騎。
將相本是尋常人，道遇王侯不肯避。
青絲馬頭絡黃金，邅佽擁擲來相尋。
死生之交得屠牛，胯下匍匐淮陰侯。
白日驕矜不言愁，美醪十千買一甌。
酣歌酣舞看春色，烏龍咬盡仇人頭。

夏夜示楊輯父

沈黽閴寥野，老蟾㘗窗虛。蔭幽窮朝興，鑽靜生夕娛。
縞薄涼穿幕，風尖胲凋膚。螙榻無甘臥，結衿一來盱。
廊陰覆碑塢，檻光坼亭衢。矮墻桑及肩，窄檐鳥駢軀。
堦罅豁童笱，壁蘇漲鱗鋪。湌爽久裸坐，兩頰出寒酥。
搜心鑄桀句，摘杖謀新酤。宿醸供已盡，坊遠急難需。
滌煩且澄觀，欹魄月正舖。屋顛露狴犴，軒面落錯梧。
獨侶常戚戚，把酒幸有徒。楊生狎於酒，酒酣聲雷呼。
吟口學虬唧，棲耳陋蠓呿。五嶽巢我睫，千春藏君壺。
蟲蟲一短局，憖此樂須臾。

【箋】

考後文《閼逢困敦集·再贈輯父》云："當年繁露結經巢，每見揚雄輒解嘲。酒入愁初好斟酌，詩成月下共推敲。少時結繁露社，君每過我，讀詩竟夜。"②故疑《夏夜示楊輯父》作於結社繁露祠之時。又考《庸海集·錢君事略》

---

① 原載《民權素》雜誌第5集（1915年出版），今可見《校輯民權素詩話廿一種》，王培軍、莊際虹校輯，鳳凰出版社2016年版，第132—133頁。
② 《陳布雷回憶錄》光緒二十五年條云："九月訂婚于楊氏（宏農），作伐者叔舅楊石盦先生，大哥在毓露祠結社讀書之詩友也。"此"楊石盦"當是"楊輯父"，而"毓露祠"顯系"繁露祠"之誤。

云："君諱保杭，……君自少有用世之志，爲學務通核，年十九，成諸生，與其兄、同縣葉念經、董承欽、孝欽、陳訓正，讀書于金川鄉繁露祠，治名器之學數年。……君以十一年壬戌二月二十一日殁，春秋四十有五。"是知彼時結社于繁露祠者，尚有錢鯤群、錢保杭、葉念經、董承欽等六人，且時在光緒二十三年（1897），而《夏夜示楊輯父》大抵就作於該年夏季。

哈哈篇

同袍將有大謀，告於群。群曰："哈。"因賦《哈哈篇》。

千卵鬭一石，糜碎不可言。

剝廬以爲輿，毋乃神之昏。

戴珠帶金出郊走，凶門嘻嘻愁何有。

虎饗膾貝贖狸十，黃貙爲父曰戉母。

壯士[1]報國身爲輕，何言家道與令名。

濟深無舟濡無袴，袴破不能蔽其形。

大口宣舌爲君告，伯塞仲盲知者少。

干將豈是緝履物，明鏡承食惜非寶。

從風縱火荻芝枯，井沸釜鳴無安居。

鼉咳小兒何所知，騎豚逐羊投虎廬。

嗟哉！哈哈之聲胡爲來，躡蛇履虺徒自哀！

【校】

[1] 同袍將有大謀，告於群。群曰："哈。"因題《哈哈篇》：原無此序，茲據《天嬰室集》卷一補入。

[2] 壯士：原本訛作"壯土"，顯系刊刻之誤，茲逕予改正。

秋風

秋風拂枯草，零落思一薙。短柯無遠斧，浮埃空迢遰。皇不降巨靈，坐令天地閉。

生者尚未生，逝者今已逝。嗟我遭其時，有如項下贅。雖在一體中，恐非神所繫。

世多窈窕子，相就求其睞。無鹽學夷光，明眸難為繼。百骸無一妍，何事怨悴替。

西龍謠

金色蝦蟆作雲雨，天門騰逴與龍語。
東龍不答西龍吼，一吼天狼下天走。
南國騶虞稱仁獸，何不與之相格鬥？
力屠其腹挫其胆，坐使磨牙睒睒蝕人壽。
天帝齰然笑，張口噫吁嘻。
帝不錫人之嘉祉，天不祓人之災厲，胡然而天胡然帝。

誥友二首

千金寄羿矢，盜蹠不敢攻。貪者非能廉，其如智所窮。
前淵後猛虎，死生轉其中。懦夫一鼓氣，騰躍如射洪。
纖鍼入膚皸，戰栗心爲悦。白刃加於首，十指不辭鋒。
輕重有相因，利害亦相蒙。當其未明時，千言不一從。
水懦與火烈，殺人將毋同。積玩易蹈禍，積威少罹凶。
君子攬勢重，權借無苟容。勿因旦暮事，偷息喪遠功。
勿以眉睫細，蔑見泰山崇。惟忍乃有斷，惟恆乃有終。
慈惠雖良譽，願勿加群公。（一）
慈惠非良譽，暴戾豈善道。所願望群公，寬猛莫偏造。
子皋用峻刑，朔危感翼庇。非有骨肉思，誰不致反報。
累碁而削趾，輟手即傾倒。立法無深德，法外多伏盜。
躬乃法之始，平概準微眇。增銖見爲贏，減黍見爲少。
所持既不失，其徒皆自好。（二）

觀觳觝戲有感

黃帝戰勝五千載，世俗猶傳蚩尤在。
少年結束何大奇，耳鬢戟森頭角戴。
獰目鋸牙非人間，胡爲白日爲此態？
豈其本相真如是，冕裳束縛都無愛。
委緌可狗冠可猴，少年此裝何足怪。
我縱不識蚩尤生，假面至今有同慨。

哭鄭念若

太璞不易采，砐礫俯即是。野草不易燔，幽蘭摧即瘁。
淵騫無彭壽，耄耋登俗子。吁嗟蒼蒼者，毋乃不可訾。
自我始識君，萎蕤二十祀。刳腹出肝膽，熱血屯屯沸。
心光一萬丈，雄龍挾之起。摩天飛不上，墮落九淵底。
痛飲寄歌哭，白眼睨人世。酒杯忽千春，酖酖君已矣。
豈爲飲醇醪，舉世醉不已。微糈與浮名，其毒乃勝此。
昏昏吾夢生，礧礧君醉死。死生亦尋常，何地着悲喜。
像設君之堂，侑以酒瀰瀰。歸來復歸來，魂魄倘樂只。

【箋】

陳訓正在所作《哭剡山五首》之三中，明言"正月哭鄭生，八月君又死"，且其詩末所附一九一二年四月二十日自述，又云"剡山之死，在戊申八月"（詳參下文）。據此推算，《哭鄭念若》必當作於戊申正月，亦即1908年2月間。

哭剡山五首

新涼七月秋，之子別我去。蓴魚思湖上，獨惜非鄉土。
勞勞日行役，衰蘭怨遙浦。胡不紉其芳，坐令秋色沮。
人事各以紛，不得從君住。君亦厭遠游，言我當歸處。
誰知此離別，俄頃判今古。八月木犀開，芬芳動行路。
零落何太早，秋風淒以楚。決眥望天末，有實紛如雨。（一）

去年當八月，鬼伯入我居。我本幽憂人，生亦何所娛。
此時君哭我，咄嗟我道孤。我生蘖未厭，七日復來蘇。
蘇來報君書，字劣言模胡。模胡不能讀，執簡長歎吁。
相見十月中，驚我兩足枯。形骸雖則具，神色何不腴？
再三相告誡，善寶千金軀。祝胃莫健納，貴杖勿勉趨。
聽君誡我語，刻骨苦不殊。豈知我瘳日，君忽離此都。
他鄉多厲風，奔走君乃痡。燒腸無弱火，咀髓有沈蠱讀平。
如何半圭藥，畢命在須臾。一生復一死，死生真雉盧。
性命爲孤注，疇云梟可呼。已矣勿復言，言之增煩紆。（二）
正月哭鄭生，八月君又死。吾徒能幾輩，零霙乃如此。
我有悼鄭篇，昔日爲君寄。君歸來謂言，爾詩勿我視。
作客在他方，毛髮亦蕉萃。何堪讀爾詩，一讀一流泪。
泪枯目乃瞑，傷哉君竟逝。逝者雖無知，生者情曷已。
今日哭君詩，所積更纍纍。纍纍亦安用，投之漸江水。（三）
有孤曰阿曼，就學才三載。父書尚高閣，安能致其愛。
鼠牙蝕不盡，皎然靈光在。含涕語阿曼，寶之俾勿壞。
阿曼致我辭，何惜此叢碎。寒來不能衣，飢來不能貸。
龍蛇徒滿紙，阿父儻應悔。汝曼勿妄言，天日安可廢。
心頭一滴血，其價珠百琲。摧之泥塗中，一夜生蘭茝。
蘭茝猶能芳，汝父生不再。（四）
剡山何高高，石關何屹屹。下有不斷流，上有不滅月。
月色多苦辛，照見窮士骨。青草三尺墳，靈魂倘未沒。
巫咸汝不來，天鬼猛欲奪。升屋夜狂呼，眼前見兀突。
奏我降神曲，笙管清以越。薦我白玉盤，牲牷肥且腯。
旨酒與青黍，羅列鬱芬馥。物微余心芳，魂兮歸來忽。（五）

嗚呼，剡山死五年矣！剡山之死，在戊申八月，距其生之年，四十有二，方強而未衰也！而剡山以憤世故，日偆偆不歡，若抱瘛於身，莫克任其痛苦者，然卒以摧其永年而趣之死。剡山死，邦之人，無聞德矣，余亦遂以尟得爭友，益自放縱，致獲戾於世，至今憶之，猶令余咀詠其言而悚然以歇！嗟乎，剡山之賢也！剡山死前二月，自杭州假歸，道過甬上，視余於廎齋。時余病猶未瘳，剡山言："子病有三勞不治，知之乎？世方怙聾，子梃以鐘，世方寵瞽，子耀以炬，黽蹈夕蹋，鬼嘻于辟，是謂身勞，不治者一；不可一日，乃欲千秋，談功必筦葛，論文必嬴鎦[1]，厚風薄羽，霆折其翬，是謂名勞，不治者二；腹有明珠，更思飯蚌，座多佳俠，不辭擁腫，入世聖賢，出世佛儸，大勞惟貪，不治者三。此三不治者，實殺吾子。吾子知乎哉？"嗚呼剡山！自我有生以洎今茲，耳之所接，非諛則誚，面折不謾，惟此死友，而今亡矣，悲夫！剡山名鏡堂，字晉卿，一字山密，姓陳氏。壬子四月二十日，玄嬰自寫詩稿至《哭剡山》篇，泫然書此。

【校】

[1] 嬴：張劼成《無邪詩存校勘記》云："《哭剡山詩》後跋語'文必嬴鎦'句，'嬴'誤'贏'。"茲逕予改正。又，詩中編號乃整理者所加。

【箋】

據"剡山何高高，石關何屹屹。……月色多苦辛，照見窮士骨。青草三尺墳，靈魂倘未沒"云云，可以確定該詩作於陳鏡堂（1867—1908）入土之後。

過大寶山

是何感慨悲涼地，六十年前問劫灰。
行路至今有餘痛，談兵從古失奇才。
荒荒歲月天俱老，歷歷山川我獨來。
一角叢祠遺恨在，夕陽無語下蒿萊。

【箋】

考馮君木《夫須詩話》云："天嬰詩才，莽蒼奇古，不主故常，宿昔偏長古體，於五七律詩不甚措意，雖間有所作，往往離背繩尺，余嘗以才多為天嬰患，天嬰亦領之。戊申秋日，忽出視《過鵬山》一律……未幾，與余同舟，又賦一律……余大驚，自此所作必以律，是歲凡得五七律數十篇，高運簡澹，無篇不佳，錄其尤超儁者於此。……《過大寶山》云：'是何感慨悲涼地，六十年間問刻灰。行路至今有餘痛，談兵從古失奇才。荒荒歲月天俱老，曆曆山川我獨來。一角叢祠遺恨在，夕陽無語下萬萊。'……真王介甫、陳後山一輩吐屬也。"是知《過大寶山》作於戊申秋或冬。該詩後被陳訓慈選入《天嬰詩輯·續編》，並更名為《過大寶山朱公祠》，且注曰："悼抗英死難之朱貴將軍。"

宿悔復齋中

生平萬言語，相見各凄然。詩格將人老，微名動世憐。

都忘來日意，猶記客中年。冉冉成今夕，嗟余霜滿巔。

【箋】

考應叔申《悔復堂詩》錄有一詩，名《陳天嬰訓正過宿齋中，明日即赴郡，別後賦寄》，且自我交代作於戊申年（1908），陳訓正《宿悔復齋中》當與应氏此詩同期而作。

過鵬山

卻來夙游地，蕭瑟對秋光。被路多荒葛，依人但夕陽。

微吟參寂莫，愁思赴蒼茫。一塔看看在，吾生底自忙。

【箋】

考馮君木《夫須詩話》有云："天嬰詩才，莽蒼奇古，不主故常，宿昔偏長古體，於五七律詩不甚措意，雖間有所作，往往離背繩尺。余嘗以才多為天嬰患，天嬰亦領之。戊申秋日，忽出視《過鵬山》一律，曰：'卻來遊宿地，蕭瑟對秋光。被路有荒葛，照人但夕陽。微吟參寂寞，愁思赴蒼茫。一塔看看在，吾生底事忙？'"①是知《過鵬山》作于戊申（1908）秋。

舟中同君木作

歸途吾與子，薄莫發江洲。來日知何地，餘生共此舟。

情多雜今昔，迹有但歡愁。一霎都無語，相看月滿頭。

【箋】

---

① 原載《民權素》雜誌第5集（1915年出版），今可見《校輯民權素詩話廿一種》，王培軍、莊際虹校輯，鳳凰出版社2016年版，第133頁。

考馮君木《夫須詩話》云："天嬰詩才，……戊申秋日，忽出視《過鵬山》一律，……未幾，與余同舟，又賦一律云：'歸途吾與子，薄莫發江洲。來日知何地，餘生共此舟。情多雜今昔，跡有但歡愁。一霎都無話，相看月滿頭。'余大驚，自此所作必以律。"① 准此，足以確定《舟中同君木作》作于戊申秋。

天末

芙蓉采罷望夫君，天末亭臺日已曛。
但有相思通碧海，更無情緒著秋雲。
高桐瑟瑟風千尺，明浦遙遙月二分。
解珮心期誰識得，卻從懷袖覓芳芬。

懷從弟彥及

朔風生道路，吾弟近何如？為寄數行淚，相憐一尺書。
意將依汝老，跡漸與人疏。無限窮居況，蕭條逼歲除。

【箋】

考《陳布雷回憶錄》光緒三十四年條云："冬十一月，三弟勉甫歿於家。三弟少余兩歲，而厚重篤實，自幼言動若成人，資性敏慧，尤有治事才，……本年突患冬瘟症，自校請假歸家，鄉間無良醫，誤于藥，遽於十一月初五日殤，闔家痛悼。吾父初不令予知之。……（余知其事）蓋距弟之喪已二旬餘矣。大哥寄余詩曰：'朔風生道路，吾弟近何如？為寄數行淚，相憐一尺書。意將依汝老，跡漸與人疏。無限窮居況，蕭條逼歲除。'"是知此詩作于1908年12月底。

又，馮君木《夫須詩話》云："天嬰詩才，莽蒼奇古，不主故常，宿昔偏長古體，於五七律詩不甚措意，……戊申秋日，忽出視《過鵬山》一律……余大驚，自此所作必以律，是歲凡得五七律數十篇，高運簡澹，無篇不佳，錄其尤超儁者於此。《歲莫寄中弟》云：'朔風生道路，吾弟近何如？為寄數行淚，相憐一尺書。意將依汝老，跡漸與人疏。無限窮居況，蕭條逼歲除。'……真王介甫、陳後山一輩吐屬也。"②

---

① 《校輯民權素詩話廿一種》，王培軍、莊際虹校輯，鳳凰出版社2016年版，第133頁。
② 《校輯民權素詩話廿一種》，王培軍、莊際虹校輯，鳳凰出版社2016年版，第133—134頁。

狺狺犬

狺狺犬，吠何爲？吠不當，客來時。

昨夜盜來踰門入，破筒主人起覓犬。

不聞犬狺狺，但聞嗚嗚廡下守其雌。主人養犬安用之？

客來逐盜盜已僇，主人享客饜大肉。

割肥宰鮮棄其餘，餘肉猶足果犬腹，爾不吠盜乃受祿。

狺狺犬，後無辱。

今日主人與爾骨，骨屬爾齒爲爾朒。

一犬得骨，百犬喧豗。狺狺之聲，貫耳如雷。

犬乎爾何爲？門外之盜今復來！

宿君木齋中，余告君木，寄禪和尚將要我輩立詩社，月課數詩，君木首肯。因賦一詩示君木，并寄叔申、君誨、輯父、佛矢[1]

光景流連憶少年，何堪人事各紛然。

能窮日月爭東野，可老心情得大顛。

相約吟詩聊作懺，不成學佛卻逃禪。

爾來身世都無著，只覺蒼茫赴眼前。

【校】

[1] 話題，《天嬰室集》卷一作"宿群齋中。"

【箋】

考馮君木《夫須詩話》云："天嬰詩才，莽蒼奇古，不主故常，宿昔偏長古體，於五七律詩不甚措意，……戊申秋日，忽出視《過鵬山》一律……余大驚，自此所作必以律，是歲凡得五七律數十篇，高運簡澹，無篇不佳，錄其尤超雋者於此。……《寄禪和尚將招要吾黨爲詩社，首賦一詩，視君木》云：'光景流連憶少年，而今人事各紛然。能窮日月爭東野，可老心情得大顛。相約吟詩聊作懺，不成學佛卻逃禪。爾來身世都無著，祇覺蒼茫赴眼前。'真王介甫、陳後山一輩吐屬也。"①

驅車行

驅車驅車，驅不得過，皇皇奈何？
僕夫謂余："不如回車。"
皇皇奚爲，汝僕勿言歸。
歸亦不得，馳輪摧轂折車腹。
摩行不百里，十里而蹉跎，我歸安所馳？

過從弟勱夫葬處

勱夫名訓慈，為人靜穆寡言，務學不懈。年十七，以勞得疾，歿葬鹿山，累實未過也。明年往眎，墓草已宿矣。不勝悲愴，遂賦此篇。

眼中宿草苔苔綠，根觸無端忍泪來。
腐骨亦知吾手足，老懷空惜此蒿萊。
人間白日當春閟，天上曇花一昔開。
猶有寒鴉銜暮色，蒼茫雲路乍飛回。

【笺】

由《陳布雷回憶錄》，可知勱夫病卒于1908年11月②；茲據其"明年往眎，墓草已宿矣。不勝悲愴，遂賦此篇"及"人間白日當春閟"，可確定該詩作于宣統元年（1909）。此詩後又被陳訓慈選入《天嬰詩輯續編》。大約與此同時，洪允祥亦嘗作《哭陳訓慈》詩："危時人我暫相憐，涙眼愁看醉里天。壯士無戈揮落日，庸醫何藥殺青年。神魂變滅空千劫，文字因緣只一篇。杯酒澆君乾淨土，秋籬霜後菊花蔫。"③

次韻君木見懷

咄嗟天何問，栖栖惜此才。心懸孤月冷，指怪獨絃哀。

---

① 《校輯民權素詩話廿一種》，王培軍、莊際虹校輯，鳳凰出版社2016年版，第133—134頁。
② 《陳布雷回憶錄》光緒三十四年條，東方出版社2009年版，第36頁。
③ 《悲華經舍詩存》卷一，洪允祥著，吳鐵佶點校，浙江古籍出版社2011年版，第17頁。

懷抱向誰盡，風塵悔我來。遙憐故園菊，日對病夫開。

【箋】

陳訓正此詩，1915年10月15日見刊於《民權素》第十一集。

滬杭汽車中賦

古人八九風塵死，我亦皇皇道路中。

安得車輪生四角，不教浪跡有西東。

【箋】

陳訓正此詩，1915年8月15日見刊於《民權素》第九集。僅，自開篇至此，《天嬰室集》列為卷一。

嗟嗟當世賢 四首

雞足何以骹，鴨足何以胈。胈骹吾不知，況匪習吾眼。

蜥易稱龍孫，白豕號象產。意念或非真，夢妄破天限。

嗟嗟當世賢，所受誠不淺。靈臺一卵地，乾坤乃可繭。

吾賤莫能攀，息息面吾面。（一）

蝙胆攻廚餘，鼠菌長塵隙。莫謂搜剔易，託生匪一昔。

凡眼那得童，馳光無一尺。蒐東甯及西，蘄十乃失百。

瘁勞窮吾生，恐非子孫策。嗟嗟當世賢，所談吾莫易。

謂欲折塵芒，摩盡泰山脊。泰山不可摩，吾勞良云惜。（二）

木范雖善嚙，甯入不毛地。赤蠆雖善蚔，惡肯遠廚隧。

空噉倘予飽，列俎登畫哉。冽泉當太酒，屏醋謀一醉。

醉飽亦尋常，常有不能致。吁嗟當世賢，乃欲用其異。

匪不知所同，人言或可廢。（三）

誰謂堅不破，高雷洞石壁。誰謂剛不屈，枯葛拒銅鏑。

事有相爲功，見功始見敵。蠅羽辭纖沙，蟻耳匿霹靂。

匪不知自勝，矯天常惕惕。吁嗟當世賢，孤誼起俗瘠。

瘠俗稱聖人，其道乃貊狄。（四）

【箋】

　　1915年7月15日，該詩以《嗟嗟當世賢行》為題（署名"天嬰"），見刊於《民權素》第八集。

見寄禪、佛矢題君木《逃空圖》有感

磊磊洪巢林，叱吒譚佛理。強火燒溼薪，癡霧塞五里。
吃衲老更頑[1]，吟腹夙成痞。一字未生天，雛誦百終始。
髡侶念吾黨，異哉木居士。自謂能逃空，朕想無停涬。
邇來薙塵根，趺坐荒山趾。猖狂蹈大方，神斂口則哆。
清音墜空谷，似聞呼起起。前喁後唱于，大塊泄噫气。
我亦心出家，黃塵填膺肺。踽踽行路難，寶劍啼欲死。
安得血髑髏，綴成百八子。一日千摩挲，光明生我指。

【校】

　　[1] 小字自注："寄禪口吃，嘗自號吃衲。"

【箋】

　　《八指頭陀詩文集》錄有《題馮君木开〈逃空圖〉》詩一首，並明言該詩作於宣統三年①，疑《見寄禪、佛矢題君木〈逃空圖〉有感》與《題馮君木开〈逃空圖〉》相繼而作。

題木居士《逃空圖》

君木窮不死，逃窮禮佛祖。疇知佛慈悲，靡救腐儒腐。
腐儒著人間，十遭九齟齬。紉蘭不能芳，茹薺亦知苦。
百骸皆桎梏，一髮僅自主。髮短心不長，種種安足數。
歸與卄刀謀，煩惱莫余悔。心靈返空山，槁膝穿死土。
春秋都非我，嗒然忘言語。一息萬囂甯，破衲蝨癇虎。

【箋】

　　《八指頭陀詩文集》錄有《題馮君木开〈逃空圖〉》詩一首，並明言該詩作

---

① 《八指頭陀詩文集》，釋敬安撰，梅季校點，岳麓書社2007年版，第350頁。

於宣統三年，疑《題木居士〈逃空圖〉》與《題馮君木开〈逃空圖〉》作於同時。

贈洪佛矢

吾党洪佛子，傲骨何嫵媚。驅之入人間，卹卹豈其意。高懷追伶籍，賓名落孔賜。

宿機存勿論，狗之以詭智。惟口出孤芬，奇蘤忽唾地。相彼蘊膵人，遇之詫為祟。

惟舌作金鵠，納喉盡兵刺。相彼護瑕者，當之輒心悸。口舌亦貴時，奈何君獨異。

怙天不治人，褻天天亦忌。吁嗟洪佛子，多言乃凶諡。風雨思吾黨，霸材君匪易。

願君堅美脩，聲欬寶所費。閉口存千古，開口拚一醉。悠悠世上人，肯許絓高議。

【箋】

1915年，《民權素》第十二集刊出馮君木所作《贈洪佛矢允祥》："洪君磊落人之英，可惜奇窮不世情。命託長鑱白木柄，心依天竺古先生。相逢尊酒狂猶昔，出手詩篇老更成。便欲打包從汝去，寥寥初地悟因明。"陳訓正此詩，可能與馮詩同時而作。

師婦言

輿負釜，萊投畚，師婦言，甘嘉遯。
孰謂婦言聽不可，自來守雌道無過。
我有箕臼婦，詔我三不當讀平。
一不當，飫膏粱；二不當，御冕裳；三不當，鳴鐘擊鼓會四方。
庭有雞犬，室有詩書。
朝諷聖賢，夕話妻孥。
出閭里，無姓氏；入閭門，無高軒。
婦言如此良可師。

烏乎，彼儻之物，胡為乎來！

江行書感

五月襄水發，六月湖水來。百流滙一壑，海門鬱不開。
今日蛙生竈，明日魚上臺。三日沒屋梁，四日并屋摧。
一摧輒千里，漂流不復回。上空鼠與雀，下盡蒿與萊。
雖欲窮羅掘，湛身良可哀。上台牒府吏，府吏下末僮。
昨夜見炎帖，洪水何喧豗。民言或喬訛，勘察惟汝才。
末僮回府吏，府吏報上台。四野多甘雨，浩蕩非云災。
但聞被澤者，歎息聲如雷。

【箋】

1915年7月15日，該詩以《江行書所見》為題，見刊於《民權素》第八集（署名"天嬰"）。

自惜

攬衣獨上蒼茫路，對景俄非少壯身。
誰與天涯助歌哭，每依馬足數晨昏。
勞勞可有歸來日，蠢蠢聊為未死人。
韜伏明姿原自惜，襟裾彈到十年塵。

嗟哉行 三首

宿莽冬不死，比春乃萎夷。摶土燒愈确，沃水化為泥。
冥冥非所測，胡由得其倪。眼前習覩者，物論本難齊。
羽者兩其足，今且四厥蹄。齒者去其角，今且銳厥題。
倚戈復弄矛，威楞疇能批。物蔌或天賦，嗟哉余心悲。（一）

豹口無仁漿，虎牙無義膏。疇能拔虎牙，捫豹口邊毫。
昨夜看星辰，光芒射斗高。借問洞冥客，或者主天饕。
竭來誰氏子，意氣何雄聱。小言窮銖黍，大言掀覆幬。

其猛若周狗，有時馴比羔。終為門闌累，嗟哉余心勞。（二）
余勞復余悲，嗟哉心如痍。睥睨一世間，黜斁那得糞。
塵塵名與祿，蠓蚋相為引。伏胆常積丘，遺菌還深堁。
族謀甯不臧，委化一何迅。秋來風雨至，漂搖見道殣。
託殖非無健，健者亦云僅。此物本微膚，去去勿復問。（三）

虢膏

虢膏鋻錐刀，擊不中屠羽。剛血釁大礐，操不驚牛父。
奈何今世人，苛殃及門戶。莫謂家與室，相遇如道路。
莫謂骨與肉，相看盡豺虎。門前五爪蔓，離離青無數。
雖是同根生，零落各異土。天道燾萬物，有時亦難語。
槁年常得日，澤鄉偏多雨。刖烏與矐龍，天上長相迕。
況茲血氣倫，缺天媧未補。物耦乃勃谿，嗟哉是語古。

花子來 五首

花子來，叩朱戶。
朱戶雞糧棄如土，花子朝朝飢踘苦。
飢踘苦，君不聞，竇中犬，吠狺狺。（一）
花子來，覓堡主。
堡主昨夜逃荒去，盡無現糧奈何汝。
奈何汝，汝且歸。白日微，饑鳥啼，汝歸安所依？（二）
花子來，沿坊走。
主人米盈倉，千錢糶一斗。
終朝乞得半百錢，估值數米暫糊口。
米價一夕漲似潮，主人積錢如山高。
錢山高，主人福。花子無福委溝壑。（三）
花子來，花子亦人子。

人家有子飯金玉，花子無天飢欲死。

飢欲死，天不憐。富家犬，人間仙。（四）

花子來，花子爾莫來。

主人昨夜下諭貼，徧諭花子勿告哀。

白米價高斗值千，委倉粒粒皆金錢。

鶴俸鶩食猶未料，那有餘糧到爾前。

花子爾莫來，主人有令孰敢逆？不信看我狼尾鞭。（五）

黑窰蟆

二年春[1]北京某門外，有巨蝦蟆數百萬頭，負子戴孫，自黑窰出，徐徐橫度京漢車道，入三里河，銜貫不斷，凡三日夜始盡。嘗讀秘讖云：「蝦蟆西方，金气徙居，主其地，有殺戮。」因作歌志異，且以諗將來。

黑窰蟆，來巴巴。

爾不在陸中蟄、草中家，舉族而徙，將安徂？

兒為載，母為輿，三朝復三莫。

曳在泥中塗，塗如脩蛇軌駢車。

車聲突過蟆腹屠，大頭小頭血模胡。

厚地藏毒不可居，期我樂土河之湄，雖死猶得逃須臾。

吁嗟乎！河之湄，河水污，河水縱污，黑窰不如渠。

【校】

[1] 戊申春：原作"二年春"，時當該詩被選入《天嬰詩輯》之際，被改作"戊申春"。兩相比較，當以《天嬰詩輯》爲是，茲逕予改正。

【箋】

詩序明言"戊申春，……因作歌志異，且以驗將來"，亦即該詩作於光緒三十四年。

挨刀歌 二首

二年四月[1]，余在海上，客有述都下市兒《挨刀歌》者。惝怳有古意，因申其辭[2]。

　　敕敕復敕敕，挨刀不用力。力士九十九，挨刀不用手。

　　手幟七星明，挨刀上北京。^{原辭}北京有玄龍，東海為其宮。

　　刀背不生翅，胡能飛入宮之中？

　　中央戊已土，蒼刀兩頭舞，舞亦不能開。

　　王虺自南來挨刀，挨刀挨刀徒自哀。（一）

　　敕敕復敕敕，挨刀須着力。力士九十九，挨刀難離手。

　　手幟七星明，挨刀下南京。^{原辭}京是人所為，絕高不能過。

　　一夜朔風起，挨刀急渡河。河水亦有涘，血流那得止。

　　其年蒼帝生，蒼帝何日死？

　　蒼帝不死，血流不止，挨刀挨刀，刀觜生毛。（二）

【校】

　　[1] 二年四月：《天嬰詩輯》作"己酉四月"，《民權素》誤以為民國二年四月，故改作"共和二年四宮"。

　　[2] 客有述都下市兒《挨刀歌》者，惝怳有古意，因申其辭：《民權素》作"聞市中兒唱《挨刀歌》，頗頗有古意，因仿之"。

【箋】

　　《挨刀歌》序明言作於宣統二年（1909）四月。1915年11月15日，該詩曾以《挨刀歌二首》為題，發表于《民權素》第12期（署名"玄父"）。

觀猴子戲

　　大猴毛綏綏，小猴足趯趯。銅鉦聲倉琅，旁觀立成壁。

　　白日開廣場，大猴坐中央。大猴儼若神，小猴走且僵。

　　大猴有轉側，小猴奉顏色。小猴何勤勤，大猴怒不測。

　　有時大猴舞，小猴旁擊鼓。大猴舞不止，小猴鼓聲苦。

　　大猴跨小猴，小猴俛作牛。大猴執箠笞，繞場恣遨遊。

　　忽焉思為王，大猴著冕裳。小猴充侍從，屈體能趨蹌。

薄莫風瀏瀏，猴狀演益醜。主人麾以肱，帖耳隨之走。
赫濯萬尊嚴，頃刻復何有？吁嗟世態奇，猴也能得之。
作戲聊自娛，汝猴真可兒！

【箋】

考沈其光《瓶粟齋詩話》初編卷四有云："詩篋中得陳無邪《觀猴子戲》古風一首，可謂形容畢肖，詩曰……無邪名訓正，慈谿人。此詩似為丙辰袁氏稱帝而作。"果如是，則此詩之作當在 1915 年 12 月 12 日袁世凱自稱洪憲皇帝之後不久。

綠霞四首

茝蘭彌路鬱春華，中有佳人字綠霞。
願假須臾通夜夢，可堪瞬息隔天涯。
致予齋潔明無妒，念子脩能實信姱。
志解體閒真絕代，遂令臣里陋東家。（一）

迴風天末慰相思，青鳥歸來為致詞。
寶璐當胸無改度，芳華在御已多時。
悠悠往日疇能惜，抑抑中懷莫自持。
擥佩心長荃不察，靈脩浩蕩怨何辭。（二）

被胸明月夜舒光，妙采猶能照萬方。
擬託鳩媒求好侶，不甘塊處老空牀。
薺荼夙昔非同畝，蘭蕙何心炫獨芳。
辭避揚詩豈無意，定知有夢到高唐。（三）

路絕中洲可奈何，美人相望隔銀河。
但憑玄鳥申申詈，忍聽離鴻一一過。
大薄芳菲悲晼晚，高邱涕泗雪蹉跎。
側身猶冀君心寤，不敢繁辭託九歌。（四）

讀東野《蜘蛛諷》有感於心，因代蜘蛛作反諷詩[1]

生人有仁暴，物類安可訾。惟我與蠶身，所遇各有時。

蠶身託筐筐，調食仰綠姬。我身掛屋角，刻膚莫忍飢。
憂飢始為網，網成風輒吹。為生良不易，疇云乘物危。
彼蠶無我勞，豐食萬桑枝。既受人飼養，反報乃吐絲。
我絲匪不吐，吐絲衣被誰？露處亦焦悴，百蟲還相欺。
螯螯實我仇，殺之甯非宜。蠶以利市懋，我以直報私。
羅城疏復密，直道或在茲。安能學蠶身，俯仰俟人為。
既無自食力，女手得弄之。人心由來惡，恩德無汎施。
既飽忽自縛，取贏在茲時。我身不如蠶，胡煩諷以辭。
責我濟物功，而不為我悲。世人愛女好，無念我流離。
我以獨力生，不勞人扶持。人生自有暖，衣豈必我資。
寄語爾郊寒，爾寒我焉知。

【校】

[1] 此讀題，《天嬰室集》卷二作"讀東野《蜘蛛諷》"。

筮得困之未濟

恢恢網國，蟊實殺我。一日吐絲，二日為羅。
三日羅成，取我螺蠃。取我螺蠃，風砭雨碾。
甯遇风雨，遇蟊則那。有瞽宵遞，至於中野。
前无所愒，後无所舍。猨據深谷，好言相迓。
野狗如龍，詒我可駕。我以為信，匍匐坎下。

送張申之赴京議院

白日恩恩下大荒，清尊相屬莫相忘。
亂離道路多新鬼，莽蒼山川非故鄉。
兩字平安看朔雁，一言珍重學寒螿。
蕭蕭易水西頭渡，愁絕當年結客場。

【箋】

眾所周知，寒螿（寒蟬）每年入秋後方始外出活動，故該詩必當作於秋日。又，考後文《纜石幸草》所錄《張君生壙志》云："君名傳保，字申之，姓張氏，鄞縣某鄉人。……宣統元年，被舉爲浙江省諮議局議員，遂參與辛亥革命之役。民國元年，以選爲國會議員，在京若干年。曹錕竊政，欲以財賄收黨徒附己，君不爲動，自絕其籍，出國門南下，世所稱護法議員者是也。"兩相結合，可以確定該詩作于民國元年（1912）秋。

自傷

白髮蕭蕭空復生，秋風一夕倍傷情。
小人有母常離別，四海于吾孰弟兄？
卻悔緇塵開道路，還思餘日補湯羹。
十年抓負青山約，長使慈輝照遠行。

子風自北京書至

知兒無慰藉，迢遞寄書來。我亦念行役，誰能遣酒杯？
春花寒約住，朔雁夢將同。兩地今宵意，都從望眼催[1]。

【校】

[1] 詩末小字自注："'春花''朔雁'句，風書中語。"

【箋】

據《陳布雷回憶錄》，可知陳訓正長子陳建風於民國二年夏被北京大學錄取。在這種背景下，返觀《子風自北京書至》的詩名及其內容，足以確定該詩作於民國三年春。

攜仲子雷游學滬上

我意都搖落，兒心肯苦辛。相持無可語，所喜竟能貧。
忽忽方來日，依依乍別人。飆輪自茲遠，海色有昏晨。

【箋】

由"依依乍別人"，可知此詩作於"游學滬上"之歸途。考《追悼叔申六首》之四有云："鄉國不能容，流落海之涘。……各貰廡下居，相去惟一水。朝往復莫來，見必以詩示。……蛩蛩一年餘，吾復為人棄。橐筆亡所用，歸來課兒子。阿兒能知奮，言擇君師事。明年遣歸君，君亦頗頗喜。謂當勤灌溉，培養成蘭芷。三月兒書來，為報君病始。四月得兒書，知君病難已。"由此既知陳建雷所師正是應叔申，又可推知該詩作於民國三年初。

曾聞三首

曾聞金屋貯嬋娟，遍拍闌干竟寂然。
敢道行雲無處所，登垣相望已三年。
迢遰燈光出綺窗，宵深猶認擁蘭釭。
行來步步關心計，隱約花間有吠尨。（一）
神合交離信有之，還將芳誓惜年時。
分明夢裡曾經路，立盡黃昏汝不知。

雨中置酒後園，用少陵《曲江對雨》韻[1]

雷聲破棟水侵牆，噎噎情懷酒不芳。（二）
且遣高歌支日暮，翻因薄醉引愁長。
雀窺燕粒要歸路，蝸住蜂房惹宿香。
心拙徒勞窮物理，況當荷鎒故山傍。（三）

【校】

[1] 此詩題，《天嬰室集》卷二作"雨中置酒後園"。

【箋】

少陵《曲江對雨》韻：曲江是杜甫長安詩作的重要題材。安史亂前，他以曲江遊宴為題，諷刺諸楊豪奢放蕩；陷居時期，潛行曲江，抒發深重的今昔興亡之感；亂平後，則大多寓淒寂之境於濃麗之句，表達深沉的悲感與憤慨。《曲江對雨》意境靜穆清冷，在憶舊與憧憬中，隱約可見詩人的忠君憂國之心與頹然自放之念。

暑夕即景

暑夕生涼意，輕雷出地遲。耳喧雲背闊，心折鳥聲危。

石氣山都響，林光雨似疑。眼中起寒碧，天末渺余思。

與叔申同客海上，每見必以詩。叔申病肺久，輒謂余曰："得及吾生，不當多作詩耶？"余悲其語，賦詩以慰

吾生與爾詩爲命，每見淒涼出袖看。

安用幽幽心上語，都來作作眼前寒。

思深歌哭成孤往，病間琴尊得暫歡。

年事銷沈兩人在，猶能作健破艱難。

【校】

[1] 此詩題，《天嬰室集》卷二作"海上慰叔申"。

【箋】

　　該詩可與《追悼叔申》詩之四相互發明："鄉國不能容，流落海之涘。……各賃廡下居，相去惟一水。朝往復莫來，見必以詩示。決腸互爲納，百廢隨之去。所遭雖不時，亦足慰蕉萃。蜑蜑一年餘，吾復爲人棄。橐筆亡所用，歸來課兒子。"由此，大抵可以確定該詩作於民國二年（1913）陳訓正與應叔申同時客居上海期間。

來日 三首

吟詩口燥酒脣乾，來日蒼茫已大難。

腰腹撫摩空自大，風塵牽率不能寬。

料無好語安心魄，賸有窮愁沃肺肝。

寥落孤懷誰與語，時攜寶劍向人看。（一）

把胸作怪起風雷，萬喙遙遙逼我來。

客底山河誰與老？人間日月坐成灰。

徒留惡抱爭詩興，得趁餘閒事酒栖。

會有秋風發宵寤，江關詞賦一抽哀。（二）
空雲心事不成填，劍咽杯闌總惘然。
獨放窮居儲遠念，每依小病過中年。
迴腸早已鳴東野，盛氣今應折老泉。
袖裡新詩千百首，淒涼最是惱公篇。（三）

深哀

深哀乙乙機中黃，百織千回決我腸。
所不能人支骨相，那堪與世鬥心光。
出門郤曲愁行腳，到日淒零數鬢霜。
倘有天風吹得去，白雲絲眇是吾鄉。

讀悔復近詩 _{悔復，叔申齋名}

汝詩都挾名山氣，汝病猶堪一百年。
肺腑能言聽益痛，文章出骨見為妍。
明知此物成何用，太息吾生非偶然。
天意欲令才可老，窮愁那肯放牽纏。

冰蠶引

敘曰：《冰蠶》傷俞因女士也。因字季則，為吾友馮开君木元妃。淑吝溫雅，榮于文辭，著《婦學齋詞》，婉竺有宋人風。歿三年矣，君木婘思賢耦，過時而哀。陳子歎之，用述是篇，寧直俞之悼，庶以曼音促節，少渫君木之鬱伊云爾。

幽幽孤桐，冰絃被之。瓏瓏冰絃，冰蠶吪之。一解
冰蠶之吪，孤桐諧之。絲斷絃絕，孤桐悲之。二解
孤桐何悲？孤桐之悲，匪絃之为思。三解
何柔匪絲，靡不玄黃。何蠕匪蟲，靡不食柘与桑。四解
亦有女好，吐絲蟠蟠。雖則蟠蟠，不能为冰蠶何。五解

縶冰蠶，嗟可傷，緜緜之不存，蜷然而僵。六解

我語孤桐，冰蠶不死。冰蠶有絲千端，織為文章錯為綺，冰蠶不死。七解

我語孤桐，冰蠶有絲千端。織為文章錯為綺。沈沈者胡為，錮之匳笥底。八解

冰絃雖絕，不絕者音。發綺于笥，猶可以弢琴。山虛水深，天風四湛，千秋萬歲孤桐心。九解

【箋】

壬子年（1912），應啓墀有《為君木題其亡婦俞因女士〈婦學齋遺稿〉壬子》云："無盡嫮妍意，空函佳俠光。抽思增婉篤，刻骨寫芬芳。病久情應洞，愁深淚與量。寥寥不百首，的的斷人腸。淩雜米鹽事，都來萃一身。真能忍清苦，不自覺勞辛。力疾支昏曉，恬吟慰賸旬。故人縣眇意，四海一俞因。"① 疑《冰蠶引》亦作於此時。又，自此至《窮雀》，《天嬰室集》列為第三卷。

海上從趙六兄弟過樂宅即事，兼呈洪丈鞠蒙

幾度從君訪莫愁，薈騰人境此高樓。
疏櫺嫋嫋開三面，新月纖纖坐兩頭。

魏大招飲，即席調夏同老

大白先生諡窮饕，口比天箕一尺高。
山腑地肺任翦伐，肉林酒池與翔翱。
但圖醉飽休問主，三接雉盧猶足豪。
河邊使者誇老眼，至今不識卵生毛。

竹閒

團團青竹枝，繞枝出蟲火。
淫煙扶不高，風來歷亂墮。

---

① 《悔復堂詩》，應啓墀撰，民國三十一年余姚黃立鈞刊本。

雜諷 十首

三月不雨愁翻河，天枯日老將無那。
西來行客誇異數，為言親見金嘉禾。（一）
乾雷五日三日風，禾人坐歎崩圩中。
官幸不聞聞且怒，冊書乍降褒歲功。（二）
淮南雞犬盡仙侶，天台魚鼈都上頭。
可憐越王生聚地，無邊白骨生莽丘。（三）
勸君莫讀五車書，讀書徒識憂患字。
人間黃金可買勳，萬頭爭看繡衣使。（四）
金章纍纍刻文虎，誰知西山虎更癡。
白顛赤額爭人食，爾不能仁獨文為。（五）
大部發書急軍儲，末吏捧書喜不如。
上算魚鹽下薪米，權多令我無寧居。（六）
相公龍鍾坐籌邊，猛將如雲屯邊去。
妖妾豔妻郵得拋，金珠擁上西征路。（七）
昨日寇圍老河口，今日捷報荊子關。
寇來不得完家室，寇去妻子猶愁顏。（八）
征西之軍萬熊羆，西人壺漿來迎師。
豈知窮寇出門日，又見官兵喋血時。（九）
三年流轉無休息，行賈坐販相愁歎。
去時大水今時旱，來時茫茫更大難。（十）

【箋】

　　該詩在簡述民初（1911.10—1914.9）白朗作亂背景的基礎上，既描寫了這場動亂對百姓生活的侵擾，更辛辣地諷刺了袁世凱北洋政府的腐朽及其軍紀敗壞，故當作於這場動亂1914年9月被鎮壓之後。

苦雨

八荒四海無消息，但看彌天雨脚稠。
溝水東西成躞蹀，檻泉朝夕沸離愁。
舍沈后土乾無日，颯沓凝雲黯欲秋。
門外蕭蕭候風色，將心迸與暮潮流。

夜坐

疏星隔河漢，側側欲三更。漸有初涼意，難為獨夜情。
作秋蟲語出，入月樹煙生。坐久清無寐，風燈耿不明。

雨夕登睡峴臺

荒譙初閣雨，新月漸籠城。悄悄風螢出，疏疏露蛬鳴。
流光散寒碧，沈響入悽清。無限秋來意，都從佇望生。

見君木爲其亡婦俞因寫《心經》二首

百卷《心經》淚與持，寫成貝葉寄相思。
深哀刻骨難忘處，留付千秋脈望知。
疾首書成痛不禁，泪痕元比墨痕深。
營齋營奠都無力，報答平生是此心。

【箋】

馮君木《回風堂詩》卷2所錄《為亡婦俞寫〈心經〉百卷，忌日設位焚之，並賦二律》有云："佳人不見忽三年，坐歎行愁祇惘然。"又，俞因《婦學齋遺稿》書末馮君木"記"："亡婦俞君來歸廿年，辛亥八月，以腹疾死。"據此推算，足以確定陳訓正此詩作於甲寅（1914）八月。

促織 三首

哀音入耳易心驚，隱隱深閨有欷聲。
機上流黃絲已盡，負渠促織到天明。（一）

中宵刺促感秋風，杼軸人間已久空。
不問宗周徒卹緯，勞勞汝亦可憐蟲。（二）
切切能令嬾婦驚，宵宵孤咽向深更。
人間布帛何關汝，祇是號寒過一生。（三）

海潮

一夕秋風動鬱哀，驚潮橫抉海門開。
可知突兀吞天勢，卻是娟娟月帶來。

熏蚊

天沈日仄虛堂秋，堂上堂下聲啁噍。
是何么麿作氣勢，帖席不得徒生愁。
汝蚊淫生本依水，穿洿舖葳他何求。
人間棄餘堪汝飫，汝胡不伏溪與溝。
雞皮竟體意何忍，公然排闥恣啜流。
腹疹未平背癢發，動肢牽項生瘡疣。
縱天付余巨靈掌，千酸百疼勝爬搔。
一摑之下威亦僅，奈此擾擾無時休。
智盡能索出怪巧，火攻下策吾其售。
剗萁摘艾堆盆盎，大開窗戶垂牀幬。
鼓嚨作氣張肺鞴，就火不辭呼呼抽。
煙埃俄突淫茅出，中央四角燎之周。
余軀堪汝千億倍，當此亦覺昏雙眸。
鐵鐵爾物將焉遁，紛紛爛額還焦頭。
非關丹穴求王子，真成毒霧戕蚩尤。
譆譆出出此一役，益烈山澤功堪侔。
須臾煙銷聲又縱，堅喙煆煉成銛鉤。

乘人不備猛一啄，嚙肌飲血如尋仇。
從知物害根造化，力欲除去誠無由。
上山往往遭猛虎，水行那不畏蛟虯。
人生憂患百周折，墮地已作天之囚。
皮膚痛癢直何事，蚊乎蚊乎余安讎。

近聞 四首

近聞溟渤浪翻天，縹緲仙山欲化煙。
大陸已無龍起日，國門曾見鶴歸年。
興亡碌碌誰推挽，得失雞牛有後先。
白日浮雲空掩蔽，悲歌雪涕向幽燕。（一）
天上欃槍次第收，人間野哭尚啁啾。
自來水火關生活，況復刀鋸出寇仇。
秦法未除空漢約，豳歌乍起忽羌謳。
須知竭澤無安蟄，蜃蛤爭潮亦大憂。（二）
緹騎如雲出上都，迷陽郤曲遍窮途。
餘生宛轉同魚爛，亡命倉皇到狗屠。
上將功名收白骨，官家田宅券朱符。
可憐閶闔空予望，不見流民一幅圖。（三）
過隘方知吏是尊，虛船驗放尚驚魂。
江頭笳吹喧天起，沙底魚龍挾水渾。
暗櫓追呼曾幾里，悽燈遙認又何村。
年來悉索關軍計，道路艱難那敢論。（四）

《感舊篇》簡叔申病中五十韻

高樹警涼飆，鳴蜩發孤響。悲哉秋之氣，默坐增惝怳。
感舊兼悼逝，歲月去莽莽。少日盛芳游，纓裾極吾黨。

吾黨能幾人，夙昔同微尚。風雅久蕪沒，曲撰負高獎。
生材本已撓，塗濡詘凡匠。矧吾二三子，蹶起無資杖。
又不徇俗為，陳編肆竊攘。學古徒自媚，生計漸淪喪。
救死各無暇，安能為標榜。獨絃不成音，焦喉失妍唱。
見希人所怪，當耳動雷謗。明珠屑塵土，光氣猶萬丈。
候鐘忽以霜，梢梢出聲相。馮生吾鄉彥[1]，雄才恣抉盪。
應子橫槊來，其氣亦相抗。縶余雖不武，當仁焉敢讓。
壁壘摩天半，吾軍已足張。何況石關侶[2]，英姿多颯爽。
相與一肺肝，叱吒退群妄。江東三百年，閒氣寧偏王？
焉知二十載，追論空惘惘。生者各天涯，死者歸丘壤。
天風吹不盡，晨星兀相向。搖搖吁可畏，人事難究量。
吾昔遇應子，年華正茁壯。相期飯瓊瑤，竟體都華暢。
爾有不吐心，我見輒腹癢。我有深深意，爾為抉其藏。
平居相爾我，忽焉剖今囊。今日見應子，纏纖因疹恙。
天意別有屬，爾微安得眖！饑寒不殺人，二豎來牽徬。
馮生述爾言，意思何激宕。自謂才所縱，蒽蘢那可狀。
命限詩不昌，留之徒悒怏。撒手在俄頃，拚當火以葬。
嗟哉爾何心，聞之心骨愴。肆文必龜質，古今鬱相望。
多才消病渴，由來沿非創。平生著作心，萬刦胡能枉。
拉雜摧燒之，自處何不廣。獨夕殷懷念，反覆窮茲往。
所思雜人鬼，眼前見髣髴。抉抱寄副墨，其辭多慨慷。
亦知書到日，故人聲欲放。故人且勿悲，我顏蒼過顙。
同是旦暮人，餘光猶足煬。願支未瞑目，奇文各為賞。
怡情豈由他，詠歎勝持養。

【校】

[1] 小字自注："謂君木。"

[2] 小字自注："謂剡山、念若輩。石關，社名。"

寓齋見螢

斗室無生意，汝來安所依？斂光肯相就，映眼暫成輝。

闌暑收虛幌，餘涼點苧衣。吾心能寂照，耿耿與同歸。

次韻佛矢論詩之作，兼簡叔申、君木、句羽 二首[1]

王風不屬悵胥沈，亂世文章每鬱森。

煩氣自來無切響，徒歌大抵惜勞音。

已成末法羅門曲，敢與深論渤海琴。

並代幾人工苦語，終非吾調亦傾心。（一）

一自波流陸與沈，騷壇矛戟忽森森。

得情敢謂窮殊態，觀世方知遞一音。

愧我登山未窺海，勸君煮鶴莫焚琴。

偶成短詠還相寄，要共佳人誓此心。（二）

【校】

[1] 此詩題，《天嬰室集》卷三作"次韻佛矢論詩之作二首"。

甲寅 四首

甲寅歷數太初年，歲德荒荒運竟愆。

壘恥頻供多白眼，矢窮猶撥大黃肩。

兵歸趙括談何易，客盡張儀舌未全。

聞道虎頭飛食肉，至今關塞足狼煙。（一）

激耳無端唱董逃，出關徒見塞雲高。

河邊白骨終成棄，天上玄戈孰與操？

漸覺脣亡難葆齒，終悲裹盡不存毛。

北門鎖鑰今誰在，胡馬南來日驛騷。（二）

音象昭然異泰和，老成持國竟如何。

左雄選格輕年少，右武勳庸逐日多。

巢閣不須有奇鳳，立苗誰復疏嘉禾。

曹參醇酒亡何日，忍聽人間畫一歌。（三）

猶憶江東初霸日，鄉豪里猾各喧闐。

禮儀俗敝輕三百，子弟天亡盡八千。

道路匈匈徒為此，兵戈草草竟胡然。

亡人海上橫猶在，未是高皇謾罵年。（四）

【箋】

这组詩的寫作時間，大概如同其詩題，就作於甲寅年，亦即1914年。

答客誠

人事貴有適，非時乃見僇。叩冰語夏蟲，徒悲神不屬。

食蓼自知苦，誰謂甘儲腹。客誠吾亦感，吾匪媚吾獨。

五嶽雖則崇，不能小四瀆。棄己而務人，君子以為辱。

感事雜句 五首

容光無減昔年時，今日相看倍可思。

誰把如梧深廣鏡，等閒換得一西施。（一）

東海飛軨控獨飆，青童昨夜見嘉招。

瀛洲自侈金鑾觀，莫詫曾城樹碧瑤。（二）

纖月鏤雲轉碧空，高樓坐對幾人同。

明明在望誰能掇，何日天街有墮風？（三）

白雲脊脊亂天風，天末芙蓉想象中。

一自飛瓊辭帝側，更無聲欬與人通。（四）

白日騰騰亦可哀，紛厖人事百年來。

勸君且作亡何飲，一任乾坤落酒桮。（五）

寄子建風京師

葳紆遙甸望中情，夢挾關山萬里輕。

鳳老蓨塗為將子，鳩登眩木輒呼庚。
萱蘇但祝春無恙，騂角還期歲可耕。
汝弱無能肖男德，浮雲在眼莫須驚。

【箋】

據《陳布雷回憶錄》，可知陳訓正長子陳建風於民國二年夏被北京大學錄取。在這種背景下，返觀《寄子建風京師》的詩名及其內容，足以認定該詩如同《子風自北京書至》，作於民國三年春。

今見 八首

時日脅蕭候望窮，齊房效異報宮童。
舊聞太一况天馬，今見蒲梢出水中。（一）

拉沓高飛十母梟，機人惜取乂維妥。
山梁甯有棲流處，忍聽當年雉子謠。（二）

駕六飛龍游九河，騑離行色近如何。
要知紹繚相思意，大海雙珠照恨多。（三）

金志蘭懷美若何，相思至竟惱人多。
巫峰十二飛雲雨，難得君王有夢過。（四）

如何獨斂向隅眉，落葉秋風有所思。
屑淚天涯芳樹盡，更堪離別一重之。（五）

玉殿玲瓏掩碧虛，秋風團扇故恩疏。
早知難轉君王意，悔奉千金買相如。（六）

西來重奏石留篇，九節龍門去不前。
水底潛蛟能作怪，終依絕壍嘯南天。（七）

虹藏雉化大寒來，地下微陽未破胎。
安得電鞭長在手，不教馳景有徘徊。（八）

贈蹇叟，時叟年六十 [1]

眼中日月非吾有，猶及蒼茫見此人。

萬歲一枯齊旦暮，寸心千刮屑芳辛。
先生自處知何許，天下相忘是幸民。
且借詩篇消甲子，可堪五岳再成塵。

【校】

[1] 此詩題，《天嬰室集》卷三作"贈寋叟"。

【箋】

《甬上青石張氏家譜》卷二《系錄》云："美翊，延青次子，字讓三，號簡石，晚號寋叟。……生咸豐七年丁巳二月初八日午時，卒民國十三年七月初十日申時，壽六十八。"據此，可知丙辰二月八日（1916.3.11）乃張讓三六十壽誕。自洪允祥發佈《張讓三先生六十徵詩文啟》後，諸友朋紛作文賦詩以壽，僅《甬上青石張氏家譜·贈言》所錄，便有張元濟、吳士鑒、沈同芳、唐文治、馮毓孳、孫寶瑄、魏友枋、盛炳緯、虞輝祖、陳康黼、徐珂、周慶雲、錢溯耆、繆荃孫、梁建章、王榮商等18人；陳訓正《贈寋叟，時叟年六十》亦當作於此際。

窮雀

南遷有鳥大若鵬，遙惜窮羽無飛騰。
欲躬銜汝青天去，耿耿草中辭不能。

追悼叔申 六首

騰猿困柘棘，進退失穹枝。匪謂筋骨異，處勢良有時。
捷足當趫舉，羿逢不敢欺。一旦窮所往，視側行多疑。
灌林少甘實，恤恤饑驅之。生世為饑役，奔走成白骴。
嗟哉應叔子，汝窮乃至斯。夙昔同曹好，攬蔓各為期。
學成直何用，縻履將遭誰？道德不榮血，周身憊可知。
逐貧甯有賦，託命惟以詩。詩多塞天地，其人天地奇。
要可貞百年，速朽又奚辭。（一）
憶昔君依我，佐我課群頑。課罷哦聲作，閉戶君獨絃。

曹伍輒譁笑，我亦謂君顛。感君還我誠，曰毋汝踹踹。
擎重資集力，道貴用衆屪。安能盡萬斤，而以一肩肩。
絕臏懲過武，藏勇美逃愆。曷不謝紛紜，兀以詩窮年。
時我初入世，瞶然不識艱。鐸敝舌猶在，牛車強以前。
但知天可登，那悲墜有淵。萬詛支一祝，鬼物來相奸。
俄焉困大疠，君言今果然。擾擾二頑豎，祟我夜無眠。
遙睇君之室，宵深膏猶煎。悽火迥獨坐，時見手一編。
答我呻吟聲，聲相何纏緜。比明君突至，出袖有新篇。
自謂得奇句，爾見儻能憐。嘻知詩無命，殺人天有權。
天心福庸庸，多才適多患。嘔盡昌谷血，肺焦渴及咽。
相依未及新，忽然君遺遷。悠悠一歲中，人事益變遷。
春立哭老鄭[1]，分秋傷剡山[2]。舊盟半生死，生者況亡歡。
而我同病人，那得不愽愽。憂患我出死，忍獨撫君棺。
豈是躓者壽，不能贖淵騫。蒼蒼固不察，徒勞問之天。（二）
沈沈金剛巷，有君燒丹井。我昔一過之，看似君無病。
力能強枝梧，對我發新詠。吟聲澀不揚，出喉常作梗。
咳唾落珠玉，奇氣迥腸迸。吾亦初脫死，口燥詩猶哽。
宿眚胡可除，覩此能無憬？倡汝復予和，險韻各為逞。
常憂氣不完，互視誇句勁。此情何歷歷，鐫腦深有影。
誰知十年來，詩成君不省。君死極人酷，吾生豈天幸。
世塗習昧行，安用吾燭炳。人間早大暮，泉下倘餘耿。
明當磔肝膈，與詩并一命。所思嘔出心，不得就君正。（三）
鄉國不能容，流落海之涘。君心病無雄，吾骨窮益恥。
各賃廡下居，相去惟一水。朝往復莫來，見必以詩示。
決腸互為納，百廢隨之起。所遭雖不時，亦足慰蕉萃。
蚩蚩一年餘，吾復為人棄。橐筆亡所用，歸來課兒子。
阿兒能知奮，言擇君師事。明年遣歸君，君亦頗頗喜。

謂當勤灌溉，培養成蘭芷。三月兒書來，為報君病始。
四月得兒書，知君病難已。蒼黃出蹈海，相見心為悸。
君體夙不豐，被骨豈無齒。一別百餘日，其憊乃至此。
他鄉不可居，道路能為祟。作計甯首丘，我言無避忌。
此時君面我，嘿嘿獨垂泪。頓頭一再肯，歸亦如其意。
日沒卜飛軿，日出到江市。就市買安車，送君龍山趾。
勢菌方怒熾，鍼藥抗肌理。莫謂盧鵲良，救弱無長技。
奄奄及蕭辰，君目瞑不視。我亦幽憂人，與君同一體。
不忍見君生，何忍見君死。（四）
君才天所放，君詩能逃焚。昨過夫須閣，赫赫今猶存[3]。
主人汝死友，手纂一何勤。無術肉君骨，惜君齒上芬。
嗟嗟人間世，窮奇至如君。生前不自白，死後徒云云。
世人愛逐臭，蘭湯孰為薰。毋甯從君意，火之絕衆紛。
當風揚其灰，或能化煙熅。爾謀豈不臧，夫須呵我言。
天地有間氣，吾友得於文。那能事世態，隨世為憂欣。
麟鸞自相侶，麋鹿自相群。並代少桓譚，百世有子雲。
窮途吾與子，尚能尊所聞。（五）
君死已三載，吾今始一哭。非敢矜涕淚，滴滴心頭伏。
昔君要我言，謂我詩珠玉。死必哭以詩，死者有瞑目。
年來困奔走，卒卒少休沐。抽心不成緒，亂麻百其柚。
縱欲貢所知，絃急音多促。君言我不忘，死命我敢辱。
緘之寸心中，息息百回復，見霜忽纏惡，生氣入秋肅。
自恐累肺炎，為君亡之續。百煩俱可拚，此諾藏已宿。
人事那得知，心償貴能速。念茲慘無寐，深夜起炳燭。
戚戚何所向，纍纍已盈幅。持以資冥遣，腐骨豈能讀。
循壁出怪呼，有哀深貯腹。（六）

【校】

[1] 小字自注："念若。"

[2] 小字自注："陳晉卿。"

[3] 小字自注："君臨死，欲盡焚所作詩，君木奪去，始流人間。"

【箋】

考馮開《應君墓志銘》云："君諱啓墀，字叔申，姓應氏。……以共和三年甲寅十一月四日卒，春秋四十有三。"①而《追悼叔申》詩之六則云："君死已三載，吾今始一哭。"據此推算，可知該詩作於民國六年。又，自《追悼叔申》至《壽周美证》，《天嬰室集》列为第四卷。

黃婆嶺上雲

誰將玉女機中練，移作黃婆嶺上雲。

入樹參差都結勢，當風拉雜不成文。

是何意態絲絲著，可有鱗毛落落聞。

疑鳳疑龍任猜測，飜來恐又起紛紜。

別虞寒莊

安亭一士成名後，落落人間見汝賢。

儘有文章託遙念，何堪道路入殘年。

褰裳竟去難為意，發匧相看倘自憐[1]。

我亦亡聊詩與命，更無閒淚灑君前。

【校】

[1] 小字自注："時寒庄方自編文集。"

【箋】

《僧孚日錄》辛酉十月廿四日（1921.11.23）條："虞先生文，初編凡二卷，曰《寒莊文編》，今茲刊印告竣，師以部授余。此編乃先生手定，取捨極嚴，自乙巳汔庚申，僅得四十篇。"②故《別虞寒莊》當作於 1921 年 11 月 23 日之前。

---

① 《回風堂文》卷 3《應君墓誌銘》，《回風堂詩文集》，馮開撰，中華書局聚珍仿宋版，1941 年。

② 《沙孟海全集·日記卷》，洪廷彥主編，西泠印社出版社 2010 年版，第 260 頁。

次前韻又贈

文章自古關身世，況汝飄零過昔賢。
馬史書成蠶室後，賈生才老鵩來年。
萬方足跡驅彌遠，百丈心光出獨憐。
今日寒郊掺苦語，淒涼惟貢故人前。

句羽歸自漢陽，同飲伏趺室

勞勞鸚鵡洲邊客，那意今朝直到來。
乍見無言堪慰藉，相依惟影與徘徊。
詩中歲月藏吾拙，客底風塵惜汝才。
去日已多猶苦記，淒涼前事說離梧。

愒園酌酒遲句羽用前韻

道有前游徐孺子，今朝還過愒園來。
肯同寂寞藏人境，獨遣亡何放酒栖。
久別池亭起蕭瑟，舊栽楊柳解徘徊。
眼中風物看無改，祇是聯吟少汝才。

寒莊過余寓齋，各以詩文眎，興念千古，復悲身世，遂成此詠

隋掌有專珠，郢握無精璧。嗟汝幽幽光，那不遭呵斥！
世睎錮萬塵，弱芒悴無尺。抱書汝安往，蹙蹙此涼夕。
蕭條愒園中，有汝夙游跡。辛桂老愈花，枯徑秋堪藉。
與話別以來，大月朗胸膈。我詩與汝文，出袖都赫赫。
相看有千古，相攜慰魂魄。縱不脫世紛，而肯枉頭白。
名山存獨坐，勗哉各自適。

【校】《天嬰室集》即"当该后繼，即其集復"

感遇三十二韻呈萍鄉[1]喻艮麓先生

百器列曹鳴，幽響洞虯耳。非愛肉音沈，訇訇實可鄙。
世俗譽煩聲，競高垣鼓技。坐令獨絃者，抱桐心欲死。
憶自卯角游，不識憂與喜。頗頗媚古學，謂茲道可市。
疇知道所華，乃為愚之始。三十不成名，遂飽饑寒恥。
窮來益念時，不敢循故軌。測物攻其淵，致巧盡厥委。
歲錘復月鍊，擺成工倕指。既得爐冶門，居然挾炭子。
此時妄自許，沈陸挾可起。迂夫病纏骨，豈獨困齲齒。
夜夢數不祥，常驚天壓己。絕臏逞吾勇，終焉笑鼎士。
悠悠十年來，昨非今豈是。出口有孤芳，入口皆餓理。
為術亦既疎，朗能免此訾。平生感知遇，如公亦僅矣。
愧我門下竽，嗚嗚鳴未已。音瘖知問遼，輶泛為徽弛。
如何遠成連，觸挽乖意擬。豈無曲聽人，所悅在鄭靡。
爾來奏清風，惛惛情何似。知音本難遇，況我無詭旨。
雞鳴發宵寤，遙憶艮山趾。思託煙與霧，氤氳逐千里。
千里不可見，徒云其室邇[2]。誦公私我言，偏頗非倫比。
本是爨餘物，削斲乃有此。願極焦桐心，為公宣鬱志。

【校】

[1] 鄉：張劭成《無邪詩存校勘記》云："《感遇三十二韻呈萍鄉喻艮麓先生》'萍'下落'鄉'字。"茲逕增補。

[2] 小字自注："余主愒園，所居室曰喻齋，以公名也！"

【箋】

據其"三十不成名……悠悠十年來"云云，大抵可以推定該詩作於陳訓正四十歲那年（即宣統三年）或次年。

秦潤卿索贈，為賦《緜歷篇》三十四韻

緜歷搴芳草，浮蔓將為蔽。疇知十步中，翁然[1]攀吾趾。

生材貴自立，豈必在勢地。秦君微且孤，執德何純粹。
自少勤末作，十年乃不匱。克躬懲忲習，絜志謝淫利。
祖圭有大經，幾輩洞其指。刮眼入廛門，孋業比比起。
如君見亦僅，我為色於市。君謂我豈能，寡母教如是。
憶昔初失怙，寒餓逃非易。㖡㖡孰為矜，母雛生如寄。
何須覓熊膽，百苦嘗已備。嗟我無肖德，未能養親志。
比來稍自振，母已七十矣。何以奉母壽？畢誠致潏潏。
母言汝勿華，澹泊吾安耳。非分甯足榮，奢亦非我意。
願節日之餘，衣食我閭里。勿以今日豐，遂忘夙昔恥。
聆我母誥誡，頗頗思推暨。嘗慨瘠土生，物窳力尤敝。
浮食亦太眾，流靡竟何似。我欲矯厥風，端須開其智。
為教在蒙養，立人必立始。非敢要美譽，我亦窶人子。
自念幼失學，縣恨今無已。駪駪此頭角，孰不可材器。
於是築橫舍，普迪為其幟[2]。谿上十萬戶，一時高君誼。
君曰母之教，我惡知為此。感君嗛嗛德，孝思能錫類。
敢以北堂詠，殷勤為君致。君如作萊舞，歌之令母喜。
游杭与张于相、王东园、洪承晚辈连日晚博，以事归，意惆然，在东中。

【校】

[1] 翕然：張劢成《無邪詩存校勘記》云："《秦潤卿索贈》一首第四句'翕然'誤'翕然'。"茲逕予改正。

[2] 小字自注："君所創貧兒學校名普迪。"

【箋】

此文乃應秦潤卿（1877—1966）之請，為其母七十壽誕所作壽詞，重心在於交代秦氏舉辦普迪學校的緣起。考《申報》1922年5月13日《慈谿普迪學校之成績》云："慈谿縣私立普迪國民學校，為秦君潤卿、李君壽山、王君榮卿等所籌設。成立於民國五年，迄今已六載，舉行畢業四次。"由此可以確定該文作於民國五年。

旅中夢與于相湖上劇飲

如何乍離別，忽又酒纏緜。意重心猶住，秋高目不前。
誰移人外境，與坐夢中天。裸地深深語，分明到汝邊。

壽周羨江

呼苓侶，招芝友。登高堂，將進酒。
髮翩翩，皤者叟。聽我歌，為君侑。
古有言，仁者壽。君得此，天之厚。
願自今，長相守。殖能勤，生乃阜。
更期君，十年後。春未老，歌再奏。
召壽緜緜無盡期，一歌再歌勞我口。

【箋】《無邪詩存》后來載此詩，茲據《天嬰室集》補入。

無邪詩旁篇

《天嬰室叢稿》之二
慈谿陳訓正

居白衣恤孤院二年，院主事若嚴為余裒詩，得一百四十六首，題曰《無邪詩存》[①]。既又搜得篋衍蟫蟫牘尾，尚留百五十首，年時錯出，不能次第，因為《詩旁篇》。火之不忍，將以災木，此戔戔者，化魚所棄吐，尚欲流視人間耶！己未春，玄嬰識。

大鵬歌

北風遙遙塞海天，鰲骨如山白日煎。
我欲跋浪掣鯨魚，但見枯魚泣河邊。
大鵬六翮如浮雲，摩天來見天之君。
天君怒鵬誅鵬身，蒼蠅滿天逐腥氛。
腥氛惡，惡波作，鵬化鯤兮氣蕭索。鵬兮鯤兮，爾獨何心？
不在大溟戲驕虬，乃與螟蟷爭鼎鑊。吁嗟乎！
鬼物方相張豺口，角龍失勢不如狗。
蛇雉遺卵千年伏，一朝震雷天欲吼。
龜背刮毛無一尺，安能待之補鵬翮。

[①] 沙孟海《晚山人集題辭》云："先生著述初刊於甬上，曰《天嬰室詩》，嗣刊於上海、杭州，曰《天嬰室叢稿》，凡兩輯。初輯七種：曰《無邪詩存》，即《天嬰室詩》更名。"此說顯然與《無邪詩旁篇》卷首自述相矛盾，當以《無邪詩旁篇》為是。

鵬翻不得補，腹下落毳紛如雨。

感逝

魯叟抱麟泣，逝哉感泗水。百年搖映過，壯夫豈徒爾。
並代無子雲，揮琴俟百世。堂前一尺地，離離種蘭芷。
挈甕日澆灌，所懼摧零死。願言祝東風，噓拂到階戺。
常令生意滿，毋使纖塵起。

日莫寄應叔子

日莫聞天雞，月色西檐吐。殘杯且停酌，閒吟當窗戶。
所思在遠方，誰能明我素。君子有殚行，饞眼環如虎。
詰言一戾俗，毛髮皆齟齬。落落應叔子，材禹超儕伍。
麟龍為家畜，貂兔那足數。少年享大名，鬼物君前舞。
昔日過城南，邂逅與君遇。時有揶揄者，背君指而語。
此心本無佗，人言良可怖。願君堅美脩，性情古所取。
位置要百年，佞牙徒自苦。

所思

鶗鳩一朝鳴，百草先秋死。涉江贈所思，不見蘭與芷。
墜怨託蕭艾，艱步悲棘枳。昔日何垂垂，今日委厥美。
蔓茅既不靈，筳篿安用此。曲者曲如弓，直者直如矢。
君子與小人，千秋各青史。

徂年歎

踆躔移日夜，靈運何茫茫。回感初生年，倏忽凋華光。
身世如離蟬，燮燮晚風涼。雒雛猶相求，人老委路旁。
弱淵度毳車，惕焉心恐惶。所脩非不美，亡何非我鄉。
徂年不可問，來日愁無量。

利錐

利錐與鈍椎，所當能幾何？群蟻攻豹鼻，似勝狐父戈。
引緪可斷石，此言非虛訑。萬事貴積漸，尺少寸自多。
泰山生一塵，未必增嵯峨。浮沙集蠅羽，不啻千金馱。
世人好大言，與我本殊科。何用紛競逐，守己道無過。

遠火謠二首

明州舊有"遠火燒不到高山頭"之謠，因放其意，成二歌辭。

高山頭，望遠火，遠火不到高山頭。
何論山右與山左，山左山右皆成燒。
家家牛羊破闌逃，燒亦不能熄。
夜夜山頭看火色，牛羊滿山歸不得。
歸不得，歸何處？高山頭，奈何汝？（一）
登高山，望遠火，火勢雖烈不及我。
日莫山頭嘻而坐，青天一夜轉風色。
火鴉聯翩壓天黑，我家即在天盡頭，棟折榱崩救不得。
救不得，可奈何？高山頭，哭聲多。（二）

贈戴季陶

劍澀琴瘖事浪游，窮途刮眼得天仇。
相看白露生肝膈，卻少黃金鑄髑髏。
念子生平最蕭瑟，嗟余遲暮有離憂。
紅蘅碧杜都零悴，欲采餘芳奈晚秋。

【校】

[1] 詩末小字自注："天仇，季陶別名。"

告髮

庚戌十一月十一日，余將去髮①。擎鏡與髮別，髮差差以雪矣。余半世悴瘦，髮若識之以嘲余焉者。今將棄，不可無辭，爰賦詩以告之。

昔如絲兮黳黳，勞余驗兮如今。

三十九年相為命，一朝決之傷余心。

髮雖無語髮不樂，長者垂垂怨余薄。

短者怒鍼鍼，茲何可者肯為諾。

長兮短兮，夜幻見余夢，夢之中兮相為慟。

繭愁巢恨皆爾衷，半世結縛余則痛。

爾復何辭來相諷，爾胡不為我冲冠倒豎，掃缺天斗台？

曇曇一空千萬纏，長倩銀河之水清涓涓。

顧乃萎蕤學豚尾，垢膩滿把護蝨蟣，朝噆膚，夕噆血。

凋余精氣焦如鬼，吁嗟髮兮爾何為？

擎余鏡兮蹉復跎，明之吉兮長剪鐉。

誓去爾兮，將奈余何？

【箋】

序文明言："庚戌十一月十一日，余將去髮。擎鏡與髮別，……今將棄，不可無辭，爰賦詩以告之。"可知該詩作於1910年12月12日。

薦髮

余既告髮，明日，同郡趙八、湖州戴季為余落之。越三日，復成《薦髮》辭。

主人削髮之三日，為辭以薦髮且躋。

髮乎於我戴一天，奉之至老乃相失。

霜苔雪莖態何輕，歲錘月鍊光愈出。

儵焉盪滌一頭空，攬鏡自笑還自恤。

---

① 時至1911年12月7日，清廷准資政院之請，方許官民自由剪髮。詳參《西俗東漸記——中國近代社會風俗的演變》，嚴昌洪著，湖南出版社1991年版，第150頁。

委地蚺蚺莫棄去，此豸自少來相尼。

挂之壁間當縣弓，疑龍疑蛇驚一室。

有時牀頭起噩雷，斷緄五夜叫饑䖦。

客言主人亦太甚，主告客言具以實。

曩年厲鬼來殺我，我頂童童不須櫛。

仙人饋我海上樂，凋顒伏根始見苶。

年來奔走窮益奇，鬖鬖亦復成蕭瑟。

天不可問徒自搔，搔時没頭生荊蒺。

荊有棘兮蒺有刺，堲而袚[1]之乃大吉。

休煩除惱驅不祥，主人有喜凶莫迎叶尼。

【校】

[1] 袚：張劭成《無邪詩旁篇校勘記》云："《薦髮》一首末行'堲而袚之乃大吉'句，'袚'誤'拔'。"茲逕改正。

【箋】

自序明言《薦髮》作於"告髮"之後的第四天，因而可以確定該文作於1910年12月16日。

胡盧謠一十六首

冉初子夜飲於市，醉索壁書雜謠一十有六章，旨譎詞隱，多不可解。或叩之，曰："此余從胡盧中得來，遂名胡盧謠。"時辛亥六月。

薺巴巴

薺巴巴，鎧白華大，蕪根大如瓜。

瓜戀西兒口，兒口赤涎垂過肘。

華戀東姆頭，姆頭帖壓金躍流。

南畦北畦舌不盡，兩三着，斷薺落蕪走血膊。

血膊何模胡？夜夜聞鬼呼。

鬼呼主人，主人坐且吁。

營營蝠

蝠兮東,東營營。蝠兮西,西營營。

爾蝠何營營?

阿嬰口中餅,三世食不成。

投地倏忽來,貍狘貍狘來。

夜微茫,營營蝠,爾乃以為生。

百丈洪

百丈洪,千夫不能過。

一兒赤踝,遄行如梭。

兒亦何能為?兒惟不知百丈洪,何如溝澮多。

大澮無一丈,小溝無一步。

小兒目中習其故,心中烏能知其數。

小兒心目中,安有百丈洪!

鬥白豨

羊骹瘠,牛腋肥。

羊瘠偏多骹,牛肥不能飛。

飛牛出闌鬥白豨,闌外赤雞知故妃。

故妃歸,夜未晞,戌父逐狼狼拔扉。

盈將軍

鼠東穴,馬西馳。

馬馳猶可追,殺鼠并穴摧。

盈將軍,何用巍巍堂上為?

堂上發虎符,堂下百僚趨。

鎖東不筦西,猿子當前啼。

將軍匍匐采蒺藜,茭爾帶,葦爾衣。

吁嗟盈將軍,國人不如君。

羽何徂

水羽名鵷鸂，毛有五色文。

丹鳥不時見，奉之以為君。

白者鵠，黑者烏。

襁兒不能欺，舌姆安所諏。

飾身勤毛羽，金翅畢乃誅。

梟口不辭鸞孽，鷹爪不遺鳳雛。

日出有鷹，夜出有梟。嗟爾羽何徂？

海眼開

海眼開，大水來。

大水汩九州，五嶽之山鬱相樛。

大水涸，海眼矐。

榑桑日出金波作，岷峨之水來自天。

天不絕，月長圓。

卯金豐

銣天漿，簸天宮。犯計羅，騎天龍。

天龍口沫噴赤火，四宙八極光爐爐。

斗戴匡，箕哆風。

澤國人思卯金豐，彼槍胡能懸當中？

斿無旄，挽無弓。

巨口至，斟酌窮，四九六甲繭同功。

鐵為垣

鐵為垣，銀為門，琅玕為樊，堅固不翻，云是誰主者？

金寶子，富媼孫，長夜無驚室鬼尊。

獫喙長，猈脛短。

黑狐白貐來相欵，竇中猶猶聲方亂。

鐵為垣，銀為門，琅玕為樊，安來狐和貐。

白鐵赤鐵

白鐵赤鐵,中心如壑。匪惟壑兮,乃朽之櫱。

惟櫱之柔,柔則易朽。惟石之堅,堅乃長壽。

有酒千卮,奉君耄耋。願君爲石,不願君爲櫱。

白雲在天

白雲在天,繚繞如縣。靈景匪側,見我嬋娟。

有龙曰龍,宵吠花前。我信孔昭,守旦不愆。

仙之人兮,君子來思。未見其趾,乃見其鬔。

何以遺之,碧玉琅玕。

掌上雷

掌上雷一鳴,巨人至。再鳴,巨人死。

巨人死,雷不止。

袖中火龍戰饑虱,焦鱗滿地收不得。

黃靈晝伏百怪尼,井上小兒方夜出。

石梁高

石梁高,石梁何高?

高不能掇天戈,建天旐,天關遙遙九萬九。

前天虎,後天狗,天雖可登難行走。

石梁高,高不與天通呼吸,一夜黑風吹欲絕。

穆滿朝河宗

穆滿朝河宗,河伯號之天。

天曰:"汝滿休,八駿死,艮犬亡,收皮效物歸故鄉。"

滿曰:"悠悠道路,山川間之。將余無死,尚能復來。"

天曰:"捷走千里,雄飛八百,汝滿復來,黃水化爲赤。"

四國之人詛之曰:"山邱平,漢水絕,黃水不赤。"

有鳥

有鳥有鳥,巢於崑崙。三年不食,一食萬豚。

遺卵如盎，破之赤陽。腥流滿地，不見其黃。
其黃其黃，化爲碧黿。焦雷逐之，匍匐過河。

無歸

種秾得瓜，實大如瓿。中有嬰鬼，坐而豕啼。
咻於赤父，乳於黃妃。晝餐网兩，夕噉窮奇。
是名無歸，歸之北荒。北荒不受，投彼豺狼。
豺狼歡喜，奉以爲王。老狋六駁，胥來稽顙。
反踵人身，有虒其角。倨牙印鼻，長頸短嚼。
綏綏其來，非我同族。裂而脯之，魑鬼夜哭。

【箋】
　　自序明言于辛亥六月"醉索壁書雜謠一十有六章"，亦即作於宣統三年六月。

重九懷趙林士

眼前誰最賢，登高念趙八。閟聲若蟄雷，有時天欲突。
豪情消世故，歸來感華髮。橫刀一問之，世人孰可殺？
何以為我贈，探懷出明月。

王東索贈

談士曰王東，吾見亦云希。侶髡復朋朔，其言多滑稽。
匪謂媚世俗，聞者自噓唏。齒牙開金石，歌哭動髦齯。
昏昏此長夜，用汝作鳴雞。

贈范均之

吾鄉談教育，孰如范生賢。心光多內耿，相見何闇然。
古來縫掖士，寂寞皆成玄。世方競功利，師儒退無權。
知君無所合，為君奏獨絃。

【箋】

民國《鄞縣通志》第四《文獻志》第二册《人物類表第十一》："范承祐字均之,自少承家教,束身修學,勤迪有方,性又端默,喜讀書,絕少時染,鄰閭咸好愈以君子呼之,久且沒其名,因取音近者,自字曰均之。既成立,會政府有派遣高材生赴東留學師範之命,鄞以承祐應。……越五年,始歸國,歷掌郡國教化事務。……民元以還,軍閥迭起爲橫,君子道消,自知無所用於世,積憤成疢,遂謝世紛,習靜西湖山寺中,所往還講論,惟老師宿儒數人,於紹興馬一浮最契。病間嘗提舉浙江圖書館,每得一書,必加以平識,正譌辨誣,時有發見。以流疾殁於湖上,著作散失無存。"

二蠱詩

木范穿木令木枯,水范蟄水使水汙。
水魅木魎相咨吁,鼉披閶闔號帝衢。
夕攀崑崙睨黃爐,坤媼不聰乾父愚。
懞宙幕宇任啼呼,眇茲羽孼誰實驅。
千蜣百蝎繁有徒,蜚蠓蠸蝐蚳螯蛄。
蛛旋螆射難杷梳,辟邪那得靈飛符。
威弧毒矢翼以趨,閃屍百怪盡勦屠。
物祅搜剔無遁逋,水清木華神所都。
嗟爾范兮,安所逃其誅!

冥視

窟居無所覩,駢指掩太行。冥視出昌盍,九州渺毫芒。
蟪蛄一百世,彭髮猶未蒼。寗知天上星,曾照媧鬢霜。
君子安所遇,得失兩茫茫。口耳與眼鼻,日用貴能忘。
萬物無等觀,一體生短長。黍盈銖爲絀,尺弱寸則強。
拘拘亦何益,徒見心多傷。人心如海水,海水那可量!

春起調赴選諸君 三首

流蘇十幅張銀罌,春起無言獨坐時。

67

不是畏人矜涕欷，此情那許侍兒知。（一）
妝罷低徊倚鏡櫳，美人意態似春濃。
出門釵朵深深押，只怕風狂結髮鬆。（二）
紫陌青驄見子都，君家敢是有羅敷。
但從來夢常常值，今日相逢那可呼。（三）

林居 二首

驟雨破浩暑，秋爽落孤襟。煩慮一時祛，開軒發素吟。
林居無熱眼，谷嘯多伏音。淵淵此中意，勺泉始知深。
峭樹倚俊風，颯颯如鳴琴。扶屋出煙海，熇塵那得侵。
願攜避秦客，桑麻結千林。（一）
清飆颯然至，翠篠深娟娟。雲外發孤響，高樹嘒夕蟬。
當此澹襟慮，抱尊看白天。遙遙感佳覯，所思在渺緜。
大野盛沆瀣，商吹忽滿川。林居多豁爽，耳目皆游仙。
安得松喬侶，把臂鉏苓煙。（二）

寓夜 二首

閒庭桂露夜凝光，六槅琉璃拍枕涼。
天上妍娥輕宋玉，纔窺簾角便登牆。（一）
偶憶前游欲斷腸，空留殘夢繞年芳。
重來廢院誰專夜，惱殺秋風絡緯孃。（二）

機中詞答于相

何幸機中錦，流光一照之。
妾心與明月，夜夜誓同輝。

鶴皋葉爾老六十生日賦詩，屬和奉酬

湖皋居士見何賢，罷講歸來事屢遷。

甲子已非夏王朔，庚寅猶度大夫年。
流離日月輪無角，莽蒼風濤海可田。
亂世微生能及老，便須料理百舫船。

《嗟嗟有生行》為裘少尉作

敘曰：倭人易我以兵，要我二十一事，我弱無可戰，竟許之。平陸軍少尉裘奮恥之，謂所部曰："是我軍人之辱也。"於是遂自殺。陳子聞而悲之，為賦是篇。時四年六月。

男兒不能百戰沙場死，胡為薨薨衽席安其生！
衽席雖安無所於，安將為傾，嗟爾有生生胡榮？
木大必遭伐，豕肥必遭烹。
人方以刀鋸臨我，我何面目相與委曲而逢迎。
蒼蒼兮予囑，荷荷兮予征。泰山孰為厲，日月孰為明？
黃河千年那得清，太白金氣橫庚庚。
來日之日真大難，伯兮叔兮蹇且盲，嗟爾有生生胡榮？
髡林無鷙獸，頹邦多恐氓。朝聞島師發，指索百無名。
莫聞島師發，刓我城下盟。一盟地肺裂，再盟天面黭。
島師日可來，萬盟希一誠。嗟爾有生生胡榮？
攘無臂，執無兵。人為屠，我為牲。
刎毛剴羽紛縱橫，舉國嘻嘻戴頭行，雍門獨恥越甲鳴。
有士曰裘奮，峨峨千人英。讀書直何用，局脊豈其情。
生當飛食肉，死當擊斷纓。投筆事鞍馬，早拚此身輕。
身輕國不重，毋乃等閩蝨。嗟爾有生生胡榮？
作書謝同袍，千言纍纍如貫纓。
不言國之恥，國恥我所當。不言民之辱，民辱我自萌。
我自不知恥與辱，遂令大軍兒戲成。
我死猶辜況其生，嗟爾有生生胡榮？

攜我莫邪劍，歸我甬東營。是亦越王嘗膽地，至今衽席生棘荊。
臥非可甘胡麂麂，男兒死耳死。不祈千載名，但祈我死人皆生。
嗚呼烈矣，其宜旌揮泪，為歌烈士行！

【箋】

據"敘"文"倭人易我以兵，要我二十一事。我弱無可戰，竟許之。平陸軍少尉裴舊恥之，……遂自殺。陳子聞而悲之，為賦是篇。時四年六月"云云，完全可以確定該詩作於民國四年六月。大抵與此同時，洪允祥亦嘗作《裴少尉挽詞》："死激生人氣，悲風颯古今。西湖鵑舉淚，東海魯連心。諸將資攻玉，群情欲鑄金。所期魂不滅，與挽陸將沉。生亦我所欲，奈何輕殺生。凜然丈夫氣，肯作小朝臣。越甲鳴堪恥，吳鉤躍有神。龐眉書客在，幾死愧陳人。"[1]

聞促織四首

切響來何許，牆根聽最明。所須惟布帛，知汝草間生。（一）
意欲催成疋，聲何似屬絲。為勤一年計，惜此始寒時。（二）
憐汝殷勤意，甯辭女手微。織成直何用，或是製征衣。（三）
杼柚空還久，如何責婦慵。催來無一尺，短短不堪縫。（四）

次韻佛矢述懷之作二首

群癡逐鹿向中原，蹇足生憐託曲轅。
莫效馳驅甯獨拙，終成陌路又誰冤。
愁時坐戴天當笠，醉後狂呼屋作幃。
已分青蠅為弔客，眼前惟著酒人尊。（一）
吾意能知舜禹事，人言都道耳餘賢。
觀時眼倦兒童戲，述酒心攜處士篇。
門靜張羅非拒客，年饑辟穀豈期仙。
生平常笑淵明淺，卻把桃源記晉年。（二）

---

[1] 《悲華經舍詩存》卷3，洪允祥著，吳鐵佶點校，浙江古籍出版社2011年版，第71—72頁。

結襪子

力不舉博浪椎，勸君莫進老人履。
生不遇廷尉尊，勸君莫歌結襪子。
結襪為名重，進履乃賤事。
知君早有報仇心，始肯低頭相役使。

誦直

屈似弓，作上公。直似弦，死道邊。
甯不知，死道邊。
拗木為弓弓勢強，弦在弓上能不張？

邯鄲倡

危鳳高鬟邯鄲倡，粉光肉色輝以煌。
振袖為誰歌唐唐，聲急欲墮俄飄揚。
天風迴入春女腸，中有珠氣不可量。
吐之一一生鏗鏘，三星燦爛臨芝房。
與君夜夜陳樂方，千春萬夏長毋忘。

偶遣

瀾倒何心唱石留，乘槎度漢到纔休。
能通星宿方名海，禹甸茫茫祇九州。

霜夕

冰簟淒涼夢不歡，迢迢遙夕思無端。
誰知青女橫陳夜，瑟縮單衾分外寒。

酬佛矢見憶之作

數年擢髮青青盡，計日程詩稍稍多。
但見名山藏白骨，況依窮巷出高歌。

填胸世事增心壘，照眼人情決淚河。
已分與君同老死，吟呻自苦意云何。

愒園多竹，園丁欲芟去其當路者，詩以喻之

俗夫那識亭亭意，欲把脩竿繞屋刊。
汝愛主人破蕭瑟，我憐此物出艱難。
莫輕覆雨翻雲手，好共風前雪後看。
況復清齋鮮肉食，筍香有待薦春盤。

有夢

無端愁眼生明月，見汝遙遙笑語來。
豈有相思發深寤，獨難稍駐盡歡杯。
淒涼此夕能同夢，宛孌生平已可哀。
猶記出門勞慰藉，得閒自至不須催。

風夕

一夜狂風拔屋山，屋底有士坐長歎。
貧能壁立世猶少，老尚家為來大難。
放眼始成天地窄，吟詩徒有心骨寒。
窮居栗栗懷飄瓦，那不令人仰面看。

無題四首，和陸珠浦

壓衆風流薄媚孃，趁時梳裹內人妝。
眉心喜襄遙峰翠，額角貪涂淺柳黃。
爭道買絲堪繫臂，甯知擣麝不成香。
巫山雲雨支朝暮，夢裏生涯亦擅場。（一）
柳腰嬌嬋燕身輕，幾度窺妝促不成。
銜指思深愁已蹙，簪花手顫把來生。

裾邊翡翠多新繡，臂上猩紅是舊盟。
錯被人間誇秀秀，酥孃玉抱向誰明？（二）
慘別尊前幾斷腸，比肩[1]人遠夢難將。
犀株不鎮孤眠膽，螺屬終燒百合香。
南海無珠堪照夜，東家有玉枉連牆。
新裁舞袖閒來久，猶見鴛鴦壓一行。（三）
薔薇花下動輕塵，乍見心搖認未真。
犬識鞾聲猶著睡，花烘眉氣欲添顰。
獨堪長日支清淚，甯有迴風聳病身。
攜得深深離別意，還從袖底覓殘春。（四）

【校】

[1] 比肩：張劭成《無邪詩旁篇校勘記》云："《無題》第三首'比肩'誤'此肩'。"茲逕改正。

有感四首

芳樹溫央日月間，高蜚黃鵠年南還。
堯羊千里從雌視，不見當年雉子斑。（一）
迢迢海角夕生陰，直北相思坐與深。
我有雙珠可遺遠，當風欲問美人心。（二）
紅華瓊草出群妍，晦映河洲幾歲年。
徒欲移來供露井，甯辭禽豔效君前。（三）
湛湛明月夜舒光，淰淰驚魚出水塘。
穿徧蒲梢無著處，還從四角轉中央。（四）

擬古雜謠十一首

莫種豆，豆老入牛口。
千日青青不長久，仙人肘後生楊柳。（一）
一人堂堂，二曜同光，三梁四柱，賊來大亡。

泉深無底，安用尺量。折緪棄縻，用之四方。（二）
側堂堂，日無光。撓堂堂，走八荒。
蛇乘戶，犬吠牆，刈得新禾不入箱。（三）
高山層，高且崩。打騰騰，不得登。
不畏不得登，只畏下山力不勝。（四）
金駱駝，挽以過。金嘉禾，鎌亡柯。
強人一滴血，平地三尺波。
鱉面小兒當殿坐，日月打成兩片火。（五）
黃犅犢子肥多肉，牛父觳觫俎頭伏。
黃犅犢子出牢走，禿肩老牛作斷後。（六）
汗生礎，天將雨。耳生戶，人將去。
天雨無屋住，人去死道路。（七）
貙貙不食竹，白晝據人屋。
赤繩絆黑牛，驅貙入河腹。
河水乾，翻為田。
種得一石秫，胡能釀取酒如泉？（八）
一立星，孤零丁。二立星，斜著明。
明光滿，橫北斗。斗柄長，帶欃槍。
欃槍作作，蚩尤錯錯。
錯錯落落，牽牛貫索，索朽不得。牽牛郎安用此牛鞭？
女媒牛妁遙相憐，人間烏鵲飛上天。
銜絲填明河，河廣填不多。
嗚呼，爾勞奈鵲何，鵲亦不辭勞！
但願人間女兒，歲歲擲綵如山高。（九）
大姑打得金絲緌，踽偏街頭無人賣。
小姑剪出紙綵花，提筐出門空還家。
市中百物投所好，禿頭不用烏紗帽。（十）

河北擔糞叟，肩頭埃塵一尺厚。
河西賣藥翁，身上結痂大如鍾。（十一）

【箋】

該民謠曾刊於《甯波雜誌》第一卷第一號（1923 年 5 月發行，署名"天嬰"）。當時，陳訓正應邀編輯該雜志"詩文"欄目[①]。

無寐聞烏有感

悽夕支孤慮，耿耿人無寐。迢遰譙鼓聲，塞耳都涼吹。
豈惟意亡歡，貯之心能碎。俄看月魄強，光照無深邃。
宿禽警明旦，伊惡曹而起。起來出覓食，不辭毛羽悴。
飛飛及遙野，甘實苦未致。月魄不長生，忽隨鼓聲死。
翳林何可見，孰謀爾棲止。此時蹉眠人，耳目乃無奇。
伏枕出冥鄉，佳游自茲始。

送太虛講師東游

生天吃佛常謂余[1]，有少年僧曰太虛。
某水某山足幾徧，一瓢一笠身無餘。
爾來見我誇秀句，不肯旁人讀枯書。
忽然振袖朝海去，海風吹出青夫渠。

【校】

[1] 小字自注："吃佛謂寄禪。"

曾記二首

水晶宮裏惜紅衣，曾記虹橋攜手歸？
一自西風斷消息，柳邊蟬語聽依稀。（一）

---

① 按，《甯波雜誌》第一卷第一號"編輯者言"曰："本誌詩文一欄，蒙天嬰陳先生允任編輯，同人不勝欣喜之至。這期有興化李審言先生的詩文，頗足驕視當今之雜誌界。先生為當代騈文大家，著有《學製齋騈文》，所作文字，不易覓得，今由天嬰先生專請為本誌擔任撰述，這是何等榮幸的事呵！"詳參陳湛綺所編《民國珍惜短刊斷刊·上海卷》卷 21（全國圖書館文獻縮微複製中心 2006 年），第 10227—10228、10230—10231 頁。

紅拍青尊幾度春，別離情緒各飛塵。
無端河鼓催愁起，不獨江郎是恨人。(二)

題《紅葉騎詩圖》
無情溝水自西東，擬把閒愁付落紅。
但得佳人肯憐惜，不妨長閉御河中。

秋思
思痕灧灧袖邊明，一握秋心為汝生。
金井玉繩相向晚，況聽涼月墮煙聲。

與客談海上繁華，因賦所見
曾陪綺席賦嘉招，到眼繁華意自消。
渴狻壺頭金的的，眠龍帕底繡條條。
珠光合浦生明月，花氣曾城失碧瑤。
千載風流還想象，玉杯象箸又誰驕。

讀史
一篝狐火起倉皇，滿地龍蛇走欲殭。
兵渡八千誇張楚，城專七十假齊王。
空將玉斗酬心計，可有金椎託命亡？
偶語沙間直何事，望中雲氣故飛揚。

慼慼
慼慼吾生信有涯，騰騰物態亦堪嗟。
出門黑白衣疑犬，入座官私語亂蛙。
東海鯤魚難瞑目，西山薇蕨又爭牙。
看來環象都無可，不獨飄零感歲華。

哭林凫公 名潤藻，鄞人

暫離能幾日，豈道盡今生。夜雨悽魂斷，秋河抆淚傾。

窮途哭吾子，沒世憶人情。寂寂黃壒路，徒嗟失老成。

【箋】

考《鄞縣通志·文獻志》云："林潤藻字凫香，生有至性，好讀書，不求聞達，……嘗王邑之城區自治，砥道路，浚河隍，講教育，謀救濟，靡不畢力以赴，費約事繁，號稱其職云。"① 又，陳炳翰《潔庵吟稿·甲寅記事》云："甲寅余年五十六，……人心不正天心怒，大旱四月農夫懼。……禱雨迎龍各村忙，聚眾入城擠道路。及至孟秋十七日，大雨傾盆蘇涸鮒。"② 由此大抵可以確定：民國三年孟秋，連續十七日大雨傾盆，鄞縣人林潤藻大概就在此期的某個夜晚，爲保護河道而不幸遇難，陳訓正遂作此詩加以悼念。

卻金帖

漢川劉德馨宰耒陽，出梁氏冤獄。梁德之，進八百金，不受；益以進，又作書卻之，時無知者。歿後，其子會稽尹邦驥檢得書稿，表章先德，題曰《卻金帖》。徵余文，余為作《卻金帖》樂府。

卻金帖，照千古。風美德，明臣素。

臣心如水水與盟，濁流那得擾其清。

孔奮自有潤，置之脂中不為徇。

裴寬鄙食肉，安用野人餉以鹿。

吁嗟耒陽侯，風誼乃其儔！

我讀《卻金帖》，青青之天白日流。

白日流，照千古。《卻金帖》，明臣素。

吁嗟耒陽侯，此道今糞土。

---

① 《鄞縣通志》第四《文獻志》第二冊甲編中《人物二》，第 627 頁。
② 《鄞縣通志》第四《文獻志》第四冊丁編《故實》，第 1365—1366 頁。

【箋】

　　劉邦驥（1868—1930）於民國六年三月來官會稽，至同年年底離職[①]，故該文必當作於民國六年三月之後。

予役

　　臨行密囑猶喧耳，豈為飢寒日日驅。
　　每到空山一彈淚，偶中濁酒坐生呼。
　　高堂白髮懸明鏡，獨客孤城聽夜烏。
　　牢落今生賦予役，陟岡何敢望歸途。

忽雨

　　蒼蒼寧有堅晴意，偶倚高樓忽雨來。
　　久渴山光能破笑，乍鳴溪響益生哀。
　　隴頭苜蓿油油碧，嶺上梅花稍稍開。
　　祇是情懷太陰曀，沙愁霧思一時摧。

無眠

　　荒犬尋聲發，遙知巷柝鳴。微微添雪意，悄悄領風程。
　　凍火支殘漏，悽雞破曉城。無眠泊孤宿，側仄若為情。

喻齋二十韻寄艮麓先生

　　燈火無言說，相將到歲寒。端居何所念，兀坐不成歡。
　　往事已如此，餘生良獨難。當茲紛世網，況是誤儒冠。
　　天地至寥廓，江河亦浩漫。寧慚飛動意，竟落病貧間。
　　酒薄心能腐，絃哀泪與彈。強顏聊自解，仰面將誰看。
　　安用勤毛羽，徒勞絕肺肝。湛身非弱水，埋骨豈名山。
　　喧喧愁亡賴，颺颺夜正闌。荒齋戟黃髮，疎漏助深歎。

[①]《鄞縣通志》第四《文獻志》丁編《故實·民國建立以來革命諸役始末記》之三《六年十一月之役》，第 1342—1343 頁。

结想频多幻，徂魂滞未还。苍茫觅知己，牢落极人寰。
大月西江朗，高云艮麓盘。潮声带星泊，雁影入风乾。
壶仄乌犹渴，膏倾鼠欲奸。宵深思宛宛，梦涩路曼曼。
千里回孤忆，寸心缄弱翰。书成一横涕，抶皆尽芄兰。

独夜忆内

孤镫夜静钟声出，的历愁怀向壁鸣。
醼酒可能消永漏，高歌犹复劝长庚。
压檐落落星方晓，支鬓疏疏梦未成。
独抱牛衣温不得，凄凉却忆故人情。

雷儿留学日本，书来索钱，无以应，赋此答之

昨夜愁中梦阿雷，今朝书到索钱来。
相须太切难为应，觅寄无由勿遽催。
且了残寒收岁事，拚携新债上春台。
长安已觉居非易[1]，况汝飘萧隔海限。

【校】

[1] 小字自注："去岁风儿游京师，亦属书乞钱。"

【笺】

考诗中小字自注云："去岁风儿游京师，亦属书乞钱。"而据《陈布雷回忆录》所载，可知陈建风于民国二年夏考取北京大学，两相比对，并参以"且了残寒收岁事"之说，大抵可以确定该诗作于民国三年岁末。

百感

霍霍西风挑百感，湛湛朝雾抑千愁。
人生到此无余恋，我意从来少自繇。
马上黄尘起穷发，盒中白日冷孤裘。
出门犹数寒鸦色，万颗苍凉雪到头。

塗望

望裏關河鬱不開,驅驅我馬欲虺隤。
長塗日薄雙蓬戟,橫海風生萬角哀。
望遠鄉心還入曲,臨高春吹已無臺。
一鞭雨雪迷陽路,猶抗高寒踟躅來。

歲除

蹇足年年願已虛,猶堪卻曲引塵車。
客心亂後詩無氣,鄉夢來時淚有書。
名賤尚生人欲殺,愁奇可貨我能居。
橫天絕地飛難去,獨抱幽憂到歲除。

守爐

誰遣漂搖影弔形,荒齋孤味十年經。
月能流恨還來照,雞是號寒不可聽。
酒罷捫胸常歷歷,涕餘摧髮已星星。
可憐爐火猶難死,愁眼無端向汝青。

江上

江上旌旗大月寒,雄師乍報罷長安。
出關壯士終軍少,蹈海高風魯仲難。
望氣已無雲似蓋[1],捫心豈復井生瀾。
庚庚太白橫何地,獨倚樓頭摘帽看。

【校】

[1] 小字自注:"《吳志》'黃旗紫蓋,利在東南',謂雲氣也。"

南海

噓天忽忽起鯨波,南海焦麟奈汝何。

得水甯辭杯勺少，吞舟已及百千多。
竟虛萬里乘風願，忍聽中流擊楫歌。
卻識枯魚心未死，蒼茫昨夜泣過河。

訪法西大師七塔寺

立錐何地君休問，仗策無心自在行。
每到佳山佳水處，忽禁乍去乍來情。
能排白日差堪老，喜接緇流豈為名。
可笑人間不解事，無端呼作古先生[1]。

【校】

[1] 小字自注："時有呼余為'玄嬰法師'者，蓋以圓瑛而誤也。"

偶遭

敢謂淵明無餓膽，折腰但為一饑驅。
生成渴病何妨醉，已落窮愁豈待蘇。
止酒劇憐人事拙，焚琴終笑此材粗。
舉頭忽作靈均問，天意茫茫不可呼。

挽范慕連 慕連，賢方亡命時假名

分明吾屬將為虜，抵死空拳握不張。
惜汝關山有歸骨，愁人風雨幾迴腸。
深深黃土埋恩怨，忽忽靈旂起激昂。
慘淡南天一回首，蜃潮猶挾海雲翔。

【箋】

考《寧波文史資料》第11輯《寧波光復前後》云："范賢方（1877—1917）字仰喬，號仲壺，譜名賢梓。清光緒壬寅補科舉人。……1917年9月，孫中山在廣州就大元帥職，范賢方出任國法院院長。因背部病疽，於是年10月7日（農曆八月廿二日）逝世于任所。臨終時身無分文，靠保險金運回棺木，於 1931 年冬，歸葬於慈谿縣秦可觀壽南山之麓。"據此，大抵可以確定該文作於 1917 年 10 月 7 日。

守寒

嘮嘮更火對鳴雞，月意蒼涼欲破扉。
屋角梅花風澹澹，眉邊鬢影雪霏霏。
守寒猶奏煎心酒，敖凍誰添熨夢衣。
一粟青燈人未睡，坐聽村柝帶霜飛。

脩髮

覓取并州快剪刀，為君洗伐斷霜豪。
侵尋老態曾膚受，磊落衰華肯目逃。
文賤未能送窮去，愁多應已等身高。
何當一灑風塵色，攜手黃童與笑敖[1]。

【校】

[1] 小字自注："黃銅山亦曰皇童，余廬東北之最高峰。"

寓夜

三間老屋將愁住，九曲迴腸仗酒消。
紅友即今成舊雨，青鐙誰與擁孤宵。
吟聲斷續支更尾，醉意闌珊擊夢腰。
滋味日來悲腐鼠，況禁聽徹泮林鴞。時寓齋鄰近文廟。

夜不寐

星色鰥鰥似懸目，獨支樓角照人眠。
漆園蝶思疏前夢，越石笳聲入暮年。
寒縛孤衾成蠖屈，愁生雙鬢每蟬聯。
常將伏枕淒涼意，來向陰陰未曙天。

視君木疾，君木曰："昔日三病夫，今爾獨耶！"出詩文稿示余曰："願以生平相付託。"余為《泫然歸賦》一律奉慰

爾生何幸到今日，貧病相依四十年。
縱有心光照千古，已無意念出窮泉。
名山得失皆身後，壯歲艱難況目前。
並世不知誰健在，聊憑歌哭破寥天。

【箋】

考虞輝祖《馮君木詩序》云："余友陳无邪以書來告曰：'君木病甚矣，有詩數百篇，皆手錄者，亟付予，惟君序之。君木念子深，毋忘也。'余愴然，以君木發動舊風，體清羸而耆苦吟，每勸語之而不余聽，倘竟失此人耶！冬，余渡江視君木，乃幸無恙，要余宿其家回風堂，時雪月初霽，寒光照屋壁，吾兩人倚爐吟詠達夜分，其意興未衰。君木若未嘗病也。……君木殆欲以詩托命也耶。余為序之，亦以慰君木之意於無窮也。丁巳三月，鎮海虞輝祖。"①疑陳訓正此詩亦作於1916年冬至1917年間。

平陽王子澄謝職鄞縣，縣人餞於愒園，即席賦呈

荊公邁績非尋常，誰其嗣者平陽王。
王侯作宰期而已，豈有奇術為官方。
不須戴星勤出入，儘日鳴琴坐堂皇。
老學於今得治理，千煩百劇俱無當。
製履好期足知適，結帶貴能腰與忘。
本無是非況亂世，胡為強弱判低昂。
年來骨肉出兵火，草間竊竊多回惶。
室驚戶嘯厭不得，萬詛一聲余偕亡。
法窮何術起沈廢，王侯被之心吉祥。
靈臺冥冥一寸地，橫宇直宙都包藏。

---

① 《寒莊文編》卷1《馮君木詩序》，鉛印本，1921年。

世間萬物唯心造，何者為聖何者狂？
　　堯舜盜蹠皆人耳，放眼只見天蒼蒼。
　　天心牢落不可問，來日大難那堪量。
　　鷙巢肯許生弱羽，甘實無由老神凰。
　　熙寧吏事歸手實，嗟爾有心徒徬徨。
　　不敢十年期生聚，豈知一旦空賢良。
　　攀衣牽肘留不住，王侯竟去秋無光。
　　愒園蒲柳早零雾，猶存傲菊當離觴。
　　把侯袂兮酌侯酒，侯不復兮我心傷。

【箋】

　　考《鄞縣通志·文獻志》云："王理孚字志澂，溫州平陽人，廩貢，民國五年十二月二十三日任。……王家琦，……民國六年十月二日任。"①據此，既可知"王子澄"實乃"王志澂"之誤，又可斷定此詩作於1917年10月2日前。大約與此同時，洪允祥亦嘗作《送鄞令王子澄歸平陽》詩六首："浮石亭前落日舟，清風歸袖拂涼秋。吟詩忽作英雄語，磨劍都忘細碎讎。牛刀暫割武城雞，一笑歸歟物自齊。夢爾謝公舊遊處，鳴禽聲變射堂西。折腰我識陶公懶，強項誰將董令嗔。忽憶遺山詩句好，書生只合在家貧。抱書曾謁仲容師，親見龍蛇合識時。此去煩君重問訊，禮堂留得幾佳兒。首蓿盤邊老腐生，送君搔首不勝情。舊游十載江心寺，佛壁狂題酒客名。夕照河山處處哀，故侯懷抱向誰開。水心學記梅溪集，為我重搜舊本來。"②

看菊

　　風餐雨臥侵尋久，鍊得槎枒老骨成。
　　玄酒那堪供痛飲，黃花且可適狂情。
　　誰同憂抑薙初地，早分窮愁種此生。
　　鬢畔秋英能不落，敢將霜意惜輕盈。

---

① 《鄞縣通志》第四《文獻志》丙編《職官·歷代職官表一·縣官》，第1231頁。
② 《悲華經舍詩存》卷三，洪允祥著，吳鐵佶點校，浙江古籍出版社2011年版，第86—87頁。

樓望

風木蕭蕭入雨聲，高樓佇望萬山明。
白雲繚繞將天下，黃葉森疏著地輕。
塞上雁沉秋到眼，江南草落客緘情。
年來耳目都無寄，盡此登臨太恨生。

西出郭門行二首

車聲轄轄行且顛，西出郭門霜滿肩。
僕夫停足請何往，但曰驅之勿流連。
淖深泥滑昏可憐，徂魂一夕橫九天。
驅車驅車驅不止，黃月如盆道邊死。（一）
板車三尺兩頭扶，左載阿翁右載姑。
少男壯妻夾車走，足繭不得隨車驅。
心肝斷絕骨肉徂，黑風一夜吹泪枯。
驅車驅車我心腐，馬頭鬼火覓人語。（二）

《悽露行》奉唁蹇叟喪耦

悽露何淒淒，孤月何鰥鰥。鰥鰥夜不瞑，淒淒亦不乾。
誰能對此苦，有叟坐長歎。愁目鰥似月，月缺猶能還。
泪河雙裂決，豈獨似露然。頭白失心儷，那不催肺肝。
我欲止叟悲，搜腸始一言。天地有分拆，而況落人間。
叟泣回我言，汝言得毋謾。貧賤為夫婦，死生良獨難。
吾生實坎軻，百瓦希一全。單門永朝夕，不絕幸有天。
卅年賃廡下，所怙孟光賢。一旦隔幽明，益復念生前。
老鸞戀衰鳳，此情何緜緜。上窮徧碧落，下窮徧黃泉。
尋尋復覓覓，不見心中顏。吁嗟黔婁婦，汝歸在何邊？
憶昔初結髮，誓不相棄捐。我年已風燭，胡為棄我先！

牛衣冷如鐵，至老乃獨眠。霜風動繐帳，何以妥我魂。
前塵忽到夢，一一心頭溫。猶憶布衣裳，鹿車入我門。
舉室歡無間，凡事盡卑尊。節嗇衣食餘，三黨忘飢寒。
辛苦事門戶，婦道信亡愆。疇實驅我去，浮海忽長遄。
美德缺不報，游子心何安。那知歸來日，復為人事牽。
挾筴干四方，戚戚甯有歡。慚負投畚意，念茲故悁悁。
如何耳目中，音容竟杳然。子婦亦列列，恫哭聲震棺。
遺愛及井間，行路心為酸。況我久比翼，獨飛能無惴？
叟言一何悲，聞之涕泗漣。忍聲復致叟，願叟勿煩冤。
人生百蟪蛄，倏忽幾晨昏。常謂莊非達，未能忘鼓盆。
盆破不忘鼓，絃斷不忘彈。徒令生者苦，死者已漫漫。
賢愚同奄化，黃土豈有垠。願言告吾叟，天道且勿論。
誦我《悽露篇》，致我意拳拳。高高天上月，睒睒照屋山。
濺濺心上淚，滴滴不斷懸。安得浩蕩風，一空千萬纏。

【箋】

考《甬上青石張氏家譜》卷二《系錄》云："美翊，延青次子，字讓三，……配鄭氏，誥封宜人，累贈資政大夫、兩淮鹽運使司運判宗烺五女，生咸豐七年丁巳二月二十七日丑時，辛民國六年丁巳十一月二十四日辰時，年六十一歲。"准此，則陳訓正此詩當作於丁巳十一月二十四日（1918.1.6）稍后。

勵年丈八十生日，賦此奉壽

東海有遺老，皤然稱國叟。是我丈人行，夙昔傾心久。
往歲謁潛廬，相見一奉手。發言鎮浮薄，貌執亦無苟。
孤稟天所弘，性量超物右。天地蘊醇流，百昌根氣紐。
純固德不衰，全德始全壽。人祝丈人年，我誦丈人厚。
丈人德嗛嗛，自謂今頹朽。一笑謝競華，蕪音莫漫扣。

今年春三月，歡應靈耆候。丈人且勿嗔，再拜小子某。
我有《祈遐篇》，敢為長者奏。夙聞丈人世，系出景陽後。
先後潛勿章，丈人身備茂。丈人當少日，閉戶勤圭漏。
厚植自豐穫，聲譽躍曹耦。那知厄多才，蹇困遭天掊。
一衿不成紫，勞勞五十九。劭志起靈宵，吉運窮始遘。
皎皎豈必污，誰云實難副。大圭結光文，勿須致切鏤。
又聞間伍言，丈人性夷娓。于邁親尤孝，而于兄能友。
接物不苛奇，處衆無旌督。世亦有疢惑，鍼石仰大灸。
覽躬常怵怵，履錯知辟咎。崇厓與重淵，未足相喻究。
我美丈人德，天亦丈人佑。篤祜世勿替，寧獨茲身受。
百年未為耆，八十非言耇。丈人近益放，終日全于酒。
酩酊酬義熙，甲子非我有。願薦千歲膏，為丈綏且佑。
搜山捉芩黿，餌火制杞狗。物微余心芳，丈人倘肯首。

【箋】

勵振驤乃陳訓正好友慈谿人勵延豫之父。考《鄞縣通志·文獻志》云："（勵綱）子振驤，字聽和，光緒二十三年舉人，年已五十九矣，遂不復進取。居家以經義教授鄉子弟，翰翰一德，最稱老儒，性和易近人，衣冠偉古，見者懍然生敬。年八十餘卒。"[①] 茲據"光緒二十三年舉人，年已五十九矣"，既能推知勵氏生於道光十九年（1839），又可確定《勵年丈八十生日賦此奉壽》作於民國八年（1919）。

紫宙篇

黮坱彌紫宙，靈運忽以漸。揩眼看海桑，浮雲輒鼓險。
遙遙百年人，身世何奄冉。日月不重明，沉燄迸萬點。
安得無湍性，隨波少遷染。斥盡人間相，西眉飾南臉。
循涯常惕惕，危行吾何嗛。稟德象大圭，敢謂削不剡。

[①]《鄞縣通志》第四《文獻志》第一冊甲編上《歷代人物類表第二上·仕績甲》，第248—249頁。

渾量藏萬春，逍遙齊挈檢。有酒及茲辰，聊與展永念。

王龜山六十生日，詩來索酬。余與交三十年，歲時過從，清狂如昔，不覺其已爲衰翁也。攬鏡自傷，髮亦種種，雖少龜山十餘寒暑，而蒲柳秋零，已無生氣，比至龜山之年，其頹廢可知矣。賦二律奉和

與君夙昔同曹好，古竹江頭詩往還。
興到千篇聊自寫，觸餘萬慮卻都刪。
恩恩白日爭先老，落落名山坐與閒。
幸少狂名驚世俗，好攜梧影照衰顏。
忽然窮眼生光氣，的的明珠落我前。
蚌老未能忘海月，陸沈誰與念桑田。
勞人夢尾牽來日，烈士歌心惜暮年。
且可遣懷一梧酒，何須問取後生賢[1]。

【校】

[1] 小字自注："君詩有'最難得是後生賢'之句。"

【箋】

1918年，應王德馨之請，馮君木作《王龜山德馨六十索詩》五首以賀其六十大壽。① 陳訓正此詩亦當作於1918年。

喜雷兒至自日本

雷乎汝亦池中物，乃欲飛揚東海東。
得少沾濡蘇涸轍，寧期變化起神龍。
到家幸奪波濤險，避地翻愁出入窮。
莫漫等閒作雲雨，蠕蠕鱗爪未爲功。時我國與日本有違言。

---

① 《回風堂詩》卷四，《回風堂詩文集》，中華書局倣宋字鉛印本，1941年。

勸諸山建白衣恤孤院，議數數不決，鄞知事王一韓力爭之，遂定議。因奉二絕句，即題其紀念肖象

雄師一吼佛低眉，多少孤寒誦大悲。

安得平原千百影，偏將繐裸繡金絲。

未必人生皆泡影，能留慧相亦前緣。

香花自是追功事，造像同尊萬佛天。

【箋】

據載，王家琦於1917年10月2日任職鄞縣縣長，至次年2月3日離任[①]。准此，則該詩必作於1917.10.2—1918.2.2之間。

歸自惕園，意有所觸，口占九章

今年春晚雨似麻，五月未見庭榴花。

伏處山城失時節，出門惘惘聞吠蛙。（一）

河溢淖深沒腳寒，農夫愁把青苗看。

青苗鍼短不成握，如此汪洋欲下難。（二）

獨客江頭徘復徊，無邊陌路乍飛灰。

天涯芳草離離碧，又見王孫屑涕來。（三）

閉門不覺兼旬雨，偶見蝸牛欲過牆。

汝是艸根舊生活，安知明日有驕陽。（四）

破車犢子四腋輕，瞥眼只見黃埃生。

白髮老農倚犂泣，水深泥滑不可耕。（五）

行行又是晚江村，有一人兮泣頹垣。

我欲與之通一語，天昏日老水掩門。（六）

擘岸風聲馬耳危，人言舶趠歲為期。

遙遙盼到歸潮信，卻又黃梅雨阻時。（七）

乍解籜龍高過母[1]，初離乳鳩惡于姑。

---

① 《鄞縣通志》第四《文獻志》丙編《職官》，第1231頁。

看來萬物爭新少，何許人間著老夫。（八）

一塔無言荒水濱[2]，獨支天影看行人。

竭來道路吾猶蹇，射得黃埃四十春。（九）

【校】

[1] 小字自注："新竹未落紛，每高過母枝。"

[2] 小字自注："歸經鵝山塔。"

【箋】

據其"今年春晚雨似麻，五月未見庭榴花""竭來道路吾猶蹇，射得黃埃四十春"云云，當可確定此詩作於宣統三年五月。

范生後母陳四十生日，來謁詩，爲賦此篇歸之

靈景下高春，拿室生孤朗。誰能持明月，自非隨氏掌。
西郭有賢母，流譽徧婿黨。蕙風戢貞柯，忽焉起霜響。
孤棲二十載，毳下鷟雛長。雛長念母劬，身口知非養。
累書述嫟德，謁辭來函丈。謂我非曲撰，奕世資信杖。
可以奪丹青，為母寫聲相。余曰吁范生，汝賢余夙嚮。
華葉滋自根，令母賢可想。于以絜余誠，闉闉徵所狀。
狀言母氏陳，來歸我猶襁。無母忽有母，諸孤得憑仗。
誰知天不假，逾月父纏恙。嘉蔭落椿庭，淒淒安所仰。
單門無永日，四壁多駭蕩。惟母苦作家，群謀不敢枉。
錯節抗百艱，凜然畢苦壤。上事逮邁姑，抑搔起苛癢。
下事及衆孱，鞠育皆成壯。日月凋精氣，塊處神不王。
嗟我無肖德，昏娭猶疇囊。愈後嬰母慮，希來厪母望。
益令母瘠罷，涕血穿肺藏。當茲四十辰，綵圍筵方張。
敢請一言重，侑母千歲獎。余諾不待宿，余意誠可將。
敢裂千百縑，大書無虛獎。畀生持歸壽，願母壽無量。

雨後坐月

一雨庭光出，侵袖生秋意。
初蟀吐高涼，作作鳴屐底。
于時豁煩襟，月影將人起。
把酒此獨坐，靜觀天如水。
金颸動蟾魄，忽隨梧葉墜。

明月怨

明月似金鏡，遙挂青楓林。
時作可憐色，流照遠人心。
遠人心中意，何如妾意深。

黃山壽畫《避秦圖》，為丹陽束生賦

甲子不自義熙有，亦不自義熙亡。
既闢鴻濛長憂患，莽騷卓猾事尋常。
人間寧有可避地，武陵疑谷徒茫茫。
折腰老人窘無路，每為飢來驅以去。
去去亦何之，言適彼樂土。樂土漂渺不可求，偶然落想破天囚。
世外桃花春不老，坐令千載人顛倒。
磊磊丹陽生，高懷獨契陶淵明。落落蘭陵子，出手煙霞推老成。
紙上刻畫徒爾耳，眼底山河生故情。
吁嗟乎！祖龍飛去留餘毒，儒冠無救亡之續。
八荒四海同翻覆，孰謂武陵非沈陸。
世事年來日焦脣，將無逃死況逃秦。
安得桃源之水深似海，與爾同作蹈海人！

暍人歎

一月不雨車翻天，二月不雨河上田。

三月不雨雨無年，眼見萬竈生青煙。

渴潭老龍稱靈物，胡為終日長盤詘。

腹中猛雷閉無聲，令我饑腸苦煎鳴。

飢腸鳴不止，喝人喝欲死。死亦何足哀，生亦何足懷。

君不見昨夜官家料軍糈，白米如山載將去。

禾絹謠

禾絹閉眼走，跗下伏鼠強似狗。禾絹閉眼坐，千年鬼魄出龍火。

我語禾絹禾絹汝無見，四目方相光睒睒，一發不收射人面。

生奴口

我聞千金購死王頭，不聞千金買生奴口。

生奴之口，可以出走，安用金印大如斗。

龍無權

明州自六月至八月無雨，焦隴滿野，農咨婦嘆，然猶幸萬一之生。迎龍祈雨，而天日益烈，蒼蒼之意可知矣，因賦是篇。

蒼蒼者天，天胡然。天不令人有年，龍亦何權？

嗟爾下民昏無知，乃欲違天乞天池。

天池之水神所守，龍亦池中一科斗。

龍有何權汝乞之？嗟爾下民死無時！

【箋】

考陳炳翰《潔庵吟稿》之《甲寅記事》小字自注云："自四月下旬至七月既望，加以閏五月不雨，禾稻枯槁而鹹潮又入為害。"① 此與《龍無權》詩序所述，正相吻合。故此，《龍無權》當作於民國三年夏秋間。

甬旱苦無水，如滬十日，滬亦無甘飲者，悵以歸。舟

---

① 《鄞縣通志》第四《文獻志》第四冊丁編《故實》，陳訓正、馬瀛纂，寧波出版社 2006 年版，第 1366 頁。

人云，數日前，甬似大雨，比至，涸如舊，因繼作是篇

　　橫絕四海空八荒，是何主宰龍之王。
　　噓唏作雲欷作雨，萬瞻千矚隔蒼蒼。
　　蒼蒼之色亦何常，盱盱下民啼欲狂。
　　啼欲狂，天不知。
　　龍在天上守天地，涓滴那許人間私！

謝寒莊敘詩

　　我詩哀苦不堪讀，每抱空山坐獨絃。
　　偶欲從君託千古，可能與俗語同年。
　　聲情邈邈棲秋耳，獎借深深入世憐。
　　自是高文能起廢，肉人應有骨纏緜。

【箋】

　　此詩作於收到虞輝祖所撰《陳无邪詩序》（後被用作《天嬰室叢稿》之敘）之後。至於《陳无邪詩序》，虞輝祖在將之錄入《寒莊文編》卷二時，明言該文作於戊午年。故此，《謝寒莊詩》亦當作於1918年。

寒莊歸自晉，約過甬寓廬，待竟日不至，詩責之

　　豈真猥巷謝高軒，倚聽瓏瓏不到門。
　　我正風埃難作達，君猶陌路更誰論。
　　心猜剝啄枝頭鳥，坐徹蒼涼月下尊。
　　竟自遠攜晉山色，飄然已過育王村。

雙十節陪譓憬園

　　偶從酒客酹黃花，逃醉歸來日已斜。
　　道路頗喧雙十節，門庭猶認故侯家[1]。
　　滿城鬔栗[2]都涼吹，出地旌旗有斷牙。
　　朔雁南雲看不定，長攜秋淚向天涯。

【校】

　　[1] 小字自注："園爲韓少將故寓。"

　　[2] 膚栗：張劭成《無邪詩旁篇校勘記》云："《雙十節陪讌》一首'膚栗'誤'戚栗'。"但文海出版社印行本並無此誤。

勞勞

　　勞勞無計逃形役，每向征途一拂衣。
　　魚淑水生清可念，烏林日薄憺將歸。
　　彌天秋色縛頭白，橫海風聲帶目飛。
　　不信關山黃葉路，年年九日困塵韈。

秋旅偶賦

　　涯水巔山足下驅，亭亭落日又西梧。
　　每禁閒泪看桑海，獨遣勞歌載道塗。
　　鐘動千林答霜杵，月生遙野漲煙蕪。
　　如何唱罷迴風曲，秋到思邊夢也無。

市居

　　心念庚無是，口念庚無利。利害尚不明，是非何論矣！
　　人生急憂患，病忘美逢子。天地本無色，黑白強判視。
　　至道難情求，寢虛非實履。三年要一盼，五年博一喜。
　　安當百年遙，乃與道終始。我煩入市聲，匝體喧無已。
　　久居已若瞑，獨坐貴適已。誰謂市塵囂，百念灰不起。
　　萬物本芻狗，寧有橫噬意。皇媧偶搏土，遂滿人間世。
　　豸豸一何衆，倏忽成生死。死者復其形，纍纍見皆是。
　　生者汨其神，勞勞驅靡已。佗心生飢寒，乃有飢寒恥。
　　鑿梁與文繡，飽煖幾日耳。吾生亦有涯，吾玄初無事。
　　願拓一榻廬，暫安耳目寄。

自遣二首

勞牽何事不于鼻，占罷玄經坐自思。
窾木振振難與拔，跛驢蹢蹢為誰馳。
高天厚地一杯酒，白水青山兩袖詩。
猶有窮途著疏放，行藏早判倚樓時。（一）

富貴沈沈欲夥頤，獨攜清酒一商之。
肯同蘇季嗟金盡，豈待楊朱泣路歧。
藏得名山亦堪老，生成窮骨更何辭。
勸君莫作纏緜想，天上白雲有斷時。（二）

白髮

誰言白髮生無種，一夜窮愁放雪花。
入鏡霏微如可攫，盈梳蕉萃豈勝爬。
漸消怒氣冠才整，為抑騷心蓖輒加。
照水忽深滄浪感，俟清可及百年賒。

入秋大疫，至冬未殺。偶過市，見貨材者，巷輒五六，肩背不禁駭汙。回憶十年前幾死流疾，至今心怛無已。死生有故，時為之耶？命為之耶？蒼蒼可問，率賦是篇

四溟鼎沸無寧宇，霖雨曾慳一滴甘。是年大旱。
醞釀盲風猶未已，嶒崚弱骨竟何堪。
吾生落落窮難死，天意昏昏夢正酣。
偶出郭門西北望，素車遙接夕陽曇。

又賦

刀兵水火年年是，死亦多門我尚生。
早滅定知天有幸，老窮愈覺世為輕。
誰非白骨何須肉，已屬殘魂那可驚。

料理詩腸飽鳶啄，遙天坐看鬼車橫。

醉後雜書二首

壺中日月養吾天，卻被人呼地上僊。
盡典詩書當酒直，長攜雞犬給丹緣。
幽情獨契句龍奭，要怡還參司馬遷。
最是生平難滿意，黃流未得泛觥船。（一）

安能獨酌守吾玄，檢罷騷經卻自憐。
反意人間有醒世，空傷時節入殘年。
心如繭緒投湯日，身共醯雞戴甕天。
我自亡聊長託命，但憑何物與流連。（二）

伏處

伏處山城生意微，藏山事業總非非。
骨貧反遣成名早，詩瘦安須食肉肥。
滿眼泪天青欲墮，一頭愁雪白將飛。
出門屢戒狂猙犬，不敢公然易黑衣。

秋宵

老秋似為堅詩骨，卻遣宵風澹澹吹。
月黑天橫支獨坐，漏乾人定入相思。
尋花夢裏無生筆，對酒燈前膌凍厄。
徒有迴腸撐苦語，槎枒霜意到鬚眉。

用韻和太虛上人《雨中望廬山》

徒有嵯峨意，看來不定真。瀑聲下江急，雲勢切天親。
面面沈愁色，峰峰說老人。何當撥高霧，遙結泰山塵。

苦雨

卻自無聊坐雨中,到家十日九濛濛。
一庭涼意初啼螿,半壁狂喧又刦風。
深佇閒情寄天末,苦携羈眼與秋空。
有時雲破星三兩,乍見搖搖出屋東。

湘水飛

南天八月湘水飛,黑魚躍上屋山唏。
堞傾板沒垣生衣,城門夜開鬼火肥。
十屋九窀無人煙,殘生宛轉情可憐。
我欲呵壁聞之天,天虎睒睒當我前。
旐頭剝落橫海青,軍門昨夜摧大星。
靈風趣趣天冥冥,葬錢十萬功為酬。
蒐藏不足徇死侯,汝微嗷嗷安所求。
湘水雖深湘山高,食汝自有山之毛。

陳公子

黃浦黃來唐唐沙,塵昏黑天無光陽。
烏九首,強不屈,嗟爾巧羿徒徬徨。
百矢貫一雀,得失豈相償。
明珠佇彈力,群屌嬉且翔。
陌上走丸鉛如水,北虎雖強不敢視,至今人憶陳公子_{謂英士}。

【笺】

　　戴學稷、徐如《陳英士的死及其反響——紀念陳英士殉難七十週年》:"陳英士(一八七八至一九一六),名其美,⋯⋯一九一六年春夏之交,是反袁革命力量與以袁世凱為代表的封建專制復辟勢力生死搏鬥的重要時刻。⋯⋯由於陳英士在上海積極從事反袁鬥爭的實際行動,使袁世凱更感到畏忌,因而,便加緊指使其黨羽,策劃對陳英士下毒手⋯⋯陳英士被害後,引起了社會強烈的反響,時間持續一年左右。而在這一年中形成了兩次悼念高潮:第一次高潮是一九一六年五月十八日陳被害成殮到八月十三日由孫中山等發起在上海舉行的'陳英士暨癸丑以後諸烈士追悼大會';第二次高潮是一九一七年五月中旬陳的靈梓出殯。"① 陳訓正此詩,也理當作於這一年間。

天口牙

虎頜下,齎千金,懦夫見金不見虎。
赤手奮鬥虎為禽,天口生牙百靈匿。
昆侖供作一朝食,墮地小兒啼斷臆。

---

① 《浙江文史資料選輯》第36輯,浙江人民出版社1987年版,第63—73頁。

敘无邪雜箸

先朝之文，其尤純者，長洲汪苕文琬、秀水朱竹垞彝尊、慈谿姜西溟宸英，而侯朝宗、王猷定、魏禧不與焉。西溟晚通朝籍，為布衣時，已以文鳴，後中蜚語，卒於請室。流俗多徇名勢，《鈍翁類稿》《曝書亭集》，幾於家户傳其姓氏，至《湛園未定稿》，則知者頗鮮，唯尚友論世之君子重焉。

近代囿於桐城姚氏，類纂稍具，科條間架，起應迴復，便足名家。其淺陋無物，公然剽襲，求其文從字順、語必己出者，往往不可多見。蓋古人以讀書為文，讀書多者，其文必工；今人以讀文為文，為文愈多，其格愈下。不能自脫，與足已自封，其敝一也。

陳君无邪，西溟里人也，後西溟二百年而生，而其文純正而肆。其論文也，貴乎法古，而懲夫下究。所謂"下究"，指其奉一為師。如子孫之敬禮祖若父，如奴僕之侍其主，不敢稍易視聽。又言："今之為古文者，積法以致之，非積理以致之。"君云"積法"，即余"科條間架，起伏迴應"之說。窺君之意，殆欲積理以馭巧，不專怙力與氣，軼於埃壒之外，旁薄而無際，則文中自有已在，不僅如黎邱之鬼、偃師之戲，效其形狀而已。余重西溟之文而不能學，君乃以嫻雅綿密，突繼西溟，吾知桐城之燄將熸，而後之談文者，必取君為重。其議論與世牴牾，何害焉！與化李詳。

【箋】

1923 年 5 月，寧波旅滬學會創建、發行《寧波雜誌》，并邀陈訓正編輯

"詩文"欄目，進而通過陳訓正，邀約到駢文大家李審言（1859—1931）先生的文稿《讀慈谿陳無邪文書後》，也就是《敘無邪雜箸》的前身。

《讀慈谿陳無邪文書後》無論就篇名而言，抑或從內容來看，顯然是對《無邪雜箸》的評價，從而在事實上表明《無邪雜箸》的最終完成，不當晚於1923年5月。

無邪雜箸

《天嬰室叢稿》之三
慈谿陳訓正

辭一

懸言

古人占諗之書，大都成于憂患。懸構體象，虛結機元，且當觀變，匪云借易也！余半世艱屯，守其貞吉，假年以學，庶無大過，敢旁太玄，埵此繁辭。俾吉人見之以為吉，凶人見之以為凶，亦所以處憂患之道爾。

有猛其犴，力搏百虎，不見虎子，乃見狡兔，傷于枯株。測曰：獮獮不潔，剛易折也。不見虎子，匪論虎父。傷于枯株，豈況匪枯。兔行作作，終不可邆也；暴德不吉，勞不勝佚也。

戌父[1]得妃，一產二牡。棗木為災，死喪厥母。哺于土狗，為少牛偶。測曰：戌父[2]得妃，克于柔也。並牡不容，實傷其仇。棓乃不捄，食土得慶。龍變為惊，牿于城隉，乃大吉也。

猾猾竇中，守其故雄。生子白蹢，強名為龍。龍德不臧，止于窮桑。巧馬不如拙羊。測曰：雌雄不睽，以義感也。謂馬為龍，終有憸也。止于窮桑，倖不可常也。巧馬不如拙羊，為能藏也。

入林求鹿，雖來相從。卭鼻長尾，其行跫跫。雖曰跫跫，匪我能禽。有翳其衝，終凶。測曰：林有翳道，無遇也。見雖不見鹿，非所須也。

跫跫之行，猶且不逢，故終凶也。

白木赤理，育于凷土。其曲中鞠，匠篡為輅。掔牛三歲，牽服道路。遇坎則覆，百朋見俘。測曰：曲材中鞠，閡于土功。篡輅服掔，其用匪弘。遇坎受虜，百朋宥凶，無朋迺窮。

國犬維瘶，道吠群暴。白楯赤枝，千人犇譟。無陷于淖，邦家有造。測曰：瘶犬道吠，千人勝之。不為淖陷，終克無危，備有時也。

虎無仁相，龍有神通。君子質貴，喪質迺凶。願為金虎，不願為泥龍。測曰：虎相金質，無改其貴。神物惟飾，莫詰其內。君子之德，匪以藻繢，藻繢有悔。

天狼晝見，玄戈不剡。羿鬼雖雄，弦僵矢貶，大人有嗛。測曰：狼見于晝，天戈失正也。死羿不能為捄，日德反明也。夫非其位，是以不貴，大人則嘅。

豢豕負塗，言回我車。回車奚適，越彼沮洳。沮洳之北，迺見我家。歸亦不得，不如前驅。測曰：豕負塗驅，可走沮復。洳歸何有，進退有悔，不如無退。

白豕生象，百獸奉之。奉之奉之，醜母不產靈兒，測曰：豕腹象胎，非物當災，棄于草萊乃吉。

東隣少子，渡河而死。鬼嬉于陰，狂啼不止。蒼顏白髮，哭望水濱，不可以為人。測曰：少子渡河，利實驅之。渡河而死，鬼實迎之。與哭于後，寧作于前。守順無競，君子萬年。

兩犬共牢，狺狺終宵。同芳不蝕，同臭則獂。測曰：君子無獨，小人無兩。昨日狼狼。今日虺蟒，共牢狺狺，連牝之常。

天地平，彝夏并，大丹成。測曰：大丹難成，民故無生，我嗟壽彭。

騏驥不逞，下儕豺群。與豺謀德，乃見紛紜。測曰：獷獷之獸，以貪為德。騏驥耦之，乃為所賊。君子慎交，道始辨色。

牛首豕身，擇肥而厭。陸窮毛肉，水盡鱗潛。亦云孔多，而謂我嗛。一撲一縱，墮于深塹。測曰：貪無厭，終蹈凶恣。其邁入塹，中原上鹿不可逢。

俊犬搏猛，殺盡麛鹿。有虎其雄，在東之陸。測曰：犬雖俊虎不可得，小人以是而尚力。

一乳三豬，俱化為龍。擾于帝宮，火為災，宮為煙。一龍飛上天，一龍泣于途，一龍墜于淵。測曰：一龍上天，矯者乃全。

大國郎，小國王。為郎食厚稰，小國王不如。測曰：盛名不如豐獲，饑鳳不如飴鵲，貴所托也。

鳶棲于梁，燕爵之辱。鳳凰在筊，雞之縛束。同美不相，同惡不讓。一美一惡，胡以自廣？測曰：非止其止，為憎于世。君子厲德，失其安履。

王母來庭，貽我巨桃。破桃得玉，其形似奠。我見其形，不聞其聲。隣龙夜吠，室鬼為驚。我謂玉奠，玉奠不膺。剛玉匪玩，有鬚如林。測曰：王母之賜，不可以破。玉奠之聲，不可以反，冥默有喜，譟人迺既。

薪輿載火，隱于列茅。輿人嘻笑，山鬼出號，傷及林猱。測曰：善走之猱，不戒之火，輿人奈何？

黃口操梃，宵塗為盜。不惕于衆，反以為好。測曰：弱者彊器，不見其威，時為之也。

六月無雨，七月無禾。八月無農，其年無冬。測曰：無年不國，四海為壑，其占大凶。

育于電，散于霰。慌慌惚惚，極覛無見。無見其炎，見炎則痁。測曰：非所見，不可見。強為見，見傷明，其道眩。

歸元黃土，荒蕪千春。千春匪永，與天同壽，與地同淪，測曰：喪其元，歸于土，厥始凶，終乃遇。天不傾，地堅固，貞者吉，萬萬古。

雛乃乳，儷其天，可以人，億萬年。測曰：兩美之儷，有繁厥字，利其季子。

有雄來翔，集于枯桑。桑下之田，其年大亡。不利龍子，利占群羊。測曰：雄巢于枯桑，匪所任也。奪其田禾，亂駸駸也。惟羊有喜，能群勝也。

大田維莠，小田維茂。種秫得秋，可以為酒，令主人壽。測曰：小康大否，有觖者全不期樂，樂乃昌，其年大吉。

丹莫如砂，曲莫如鉤。帶鉤服砂，叱咤而游，天下莫予仇。測曰：虎得狼，暴益彰。一已多，兩無當，服砂帶鉤游帝鄉。

羅城如斗，密網如蛛。胡蜂突至，比牛而殊，測曰：密絲不絆瘦狗，海水不藏升斗。非敵勿出，非時勿救。

【校】

[1][2] 戍父：原本誤作"戌父"，考張劭成《無邪雜箸校勘記》云："《懸言》第二首'戍父'誤'戌父'。"茲據以改正。

【箋】

該文後被陳訓正選入《天嬰詩輯》附錄一《雜言》，並更名為《祟辭》。

演易林二十首

有不已於言，言之又復不易，乃於《易》比附之，此古人處憂患者之言也。因傍焦氏，作《演易林》。

壘金為垣，堅固不翻。鼠牙如戟，穿其四門。（一）

鹿脯千朐，甘酒一壺。賓來入室，主拜於隅。（二）

五雌六雄，莫知適從。狐鳴北陸，踰我高墉。（三）

哀烏集堂，與鵲入房。蒙巢有棘，赤火燒梁。（四）

奴守主金，亡歡見禽。盜來斧門，棄室入林。（五）

少女冶妝，夜行於鄉。東鄰鰥子，胠我衣裳。（六）

一臂十手，升階獻酢。震雷失卮，客把其袖[1]。（七）

大舟無楫，小舟何及。忽遇驚波，白魚愁泣。（八）

飛塵入戶，揮手不去。我有酒漿，蠅來如虎。（九）

有獸似貓，夜幻為狐。許我馳驅，我以為駒。（十）

大口如箕，長舌垂臍。人面鬼身，其鳴嘶嘶。（十一）

烏尾畢逋，咰傷其雛。蛇卵有毛，誰取誰屠。（十二）

网兩道逢，山鬼為雄。據我堂奧，享我鼎鐘。（十三）
夜魅晝見，銅顱鐵面。伸臂摘日，仰口而噘。（十四）
齎貝行噪，慈孫為盜。兒犬迎鼠，同食於窖。（十五）
牽狗求兔，乃得猭貐。獵人歡喜，胥來歸處。（十六）
棄劍入山，拔石閫閫。虎揖我後，鬼拜我前。（十七）
伯蹇仲盲，跌一足行。西見王母，與福相迎。（十八）
室有嬰鬼，祟我家子。巫媼來言，仲孫有喜。（十九）
黑狐穿垣，立而人言。少婦嬉笑，不恥與婚。（二十）

【校】

[1] 震雷失卮，客把其袖：原本誤作"震雷失客，卮把其袖"，考張劭成《無邪雜箸校勘記》云："《演易林》第七首'震雷失客，卮把其袖'句，'卮''客'誤倒。"茲據以改正。

【箋】

1915年3月22日，該詩見刊於《民權素》第五集（署名"天嬰"），後又被陳訓正選入《天嬰詩輯》附錄一《雜言》。

賦二

蟬賦 并序

昔李太白負倜儻之材，游神物表，視世間鶯鳩尺鷃無復與儔，作《大鵬賦》自比。余姝姝半生，志卑量局，無太白之曠逸，求之物類，無可比擬。唯蟬也，所棲不過一枝，所餐不過清露，每當日晏風起，嗷然自鳴，不營不慮，與時變化，昔人所謂蛻於濁穢、浮游塵埃外者乎？然其為物也已微，其見幾也又不早，黃雀隨後，螳蜋伏前，偶一喁唏，輒為所得，亦可閔焉！余生平實類是，因作賦曰：

緊鳴蜩之嗜嗜兮，登高枝而疏引。滄夕爽曰自絜兮，噲晨風其何忍。
發厲響兮夏闌兮，咽唏及虖秋盡。潛群類而無競兮，稟太陰之柔德。
既具體之已微兮，思衆囍之予賊。遷綠林之深菁兮，忍長飢而弗食。

豈嘶嗌之召侮兮，欲噤風而自克。奈中懷之莫抑兮，每自忘其陬側。抱缺葉而啁號兮，齧牙孼亐蚚父。欸鞫株其憪惕兮，血饕蟲之臂斧。冠絕緌而不抧兮，聲裂膀其何訴。黃鳥翕蘇而鴂集兮，冀蜱蛸之攸逐。痛同類之我圖兮，尚何怙虜異族。思凌風目遁氈兮，傷薄翼之易覆。托樊棘曰卑棲兮，又無靈翳之可伏。蛛絲羅而俟飛兮，黝駒賁而緣聲。菲枯體之懷膻兮，實醜扇之善營。朝飲沉瀣曰為粻兮，夕避黍粟而不爭。

塊裸處而久露兮，用自厲其孤貞。彼狡童之作害兮，累楚父之二丸。目睢睢其睨注兮，時掇之目脩竿。夜明火目耀之兮，窾木振其丁衝。申蠻呼而弗獲兮，身虧虧其何從？嗟我辰之安在兮，鳴墜怨亐商風。徒呼嚌求免兮，吾思夫擇術之未工。愍游化以乘時兮，返蛻形亐鴻濛亂曰：

端綏其文，表儀止兮。潄青勿粒，免時恥兮。

不巢而處，儷高蹈兮。含商叶節[1]，為聰導兮。

應垢上九，俟嘉候兮。象之為珥，昭懋守兮。

【校】

[1] 含商叶節：張劼成《無邪雜箸校勘記》云："《蟬賦》'含商叶節'句落'含'字。"茲據補。

【箋】

考《申報》1900年5月29日《庚子夏季寧波辨志文會課題》，其"詞章之學"類有"蟬賦"一題，故疑《蟬賦并序》作於1900年春。

楦賦并序

工之為履必資楦，無楦則履不適足，楦有功矣！然人之於足，德履而不德楦，故小人常為履，而君子常為楦。余有感於此，因為賦焉。詞曰：

惟茲物之精粹兮，剨堅木以為質。參方員之至象兮，昭步武之勿失。瑳小大之不齊兮，櫨范準其畫一。誶巧匠以營意兮，寧徒緝而無術。

若手識以徇智兮,將為賁之奈何。雖符形無小奪兮,恐摧踤之乖和。

文或殫其華靡兮,終病夫其實之喬詑。余嘉茲楦之爲物兮,功似尚乎履也。

何世俗之勿察兮,並朽枝而視也履。惟楦之無言兮,乃獨掎以為美。

及劋光而黯黮兮,疇憎夫鐵鐵之敝屣。

轉穢壑而長播兮,幸不與之俱棄。

蠶蛾賦 并序

蟲族之微,莫哀於蠶。既老而繭,殺於湯火。其幸脫者,將化而為蛾。飼者俟其卵畢,復棄置叢薄中。未能展翅,而蠅蟻已集,黃雀殘之矣。士之貧賤,不克自興,情亟志喪,實有類於此者。余方自悲,適見家人掇蛾嬰於懷者,三日不去,乃作是賦。賦曰:

繄夫龍精之為化兮,體六德之純懿。

何似蠋而失威兮,徒仰人以為食。

怨苑窳之予侮兮,委桑柘以致餌。

縱食檗以肥身兮[1],奈繅車之已起。

蚖珍寒珍,族何繁而不保兮,一熟再熟,身自繭而可悲。

易啄呻之面目兮,甘委躬乎綸絲。思兌坎之或告兮,緒亂纏而多歧。

惟柞棉之成裁兮,老就亨其奐辭。已下箔以俟剝兮,拌駢死於女手。

忽吉羊其予召兮,免受煎於薪槱。熹變化之自我兮,笑同生之不壽。

方栩栩以自慶兮,愧主人之我厚。

留嘉種以為酢兮,予將赴夫園客香草之叢。

詎人心之頗測兮,播弱質於泥中。欲拭羽以自拔兮,冀翻搖夫西東。

鳥何旋而不高飛兮[2],蟎何伏而潛從?

悲人世之多厄兮,寧獨茲么麼之化蟲。

【校】

[1] 縱食檗以肥身兮:張劻成《無邪雜箸校勘記》云:"《蠶蛾賦》……又

'縱食饕以肥身兮'句'以''肥'誤倒。"茲據以改正。

[2] 鳥何旋而不高飛兮：張劤成《無邪雜箸校勘記》云："《蠶蛾賦》……又'鳥何旋而不高飛兮'句，'鳥'誤'烏'。"茲據以改正。

《忘憂草賦》奉壽俞母七十

序曰：俞子仲魯，昆季四人，植躬秉懿，恪慎克孝，門內雍睦，著教州里。余早與往還，備聞本末，心窮慕之，常自流嘆，以謂難能。蓋孝友之風，不見於今世也久矣！

古者人子事親，非惟能養，貴能養志；志之所存，心之所安也。父母之心，不為過求；所責望于其子者，如其志而安焉已耳。安則無憂，無憂則無求。故孝子之于養也，食不必甘腴，衣不必輕美。一家之內，兄弟怡怡，先後無譁，譴謫之言不興于室，詛罵之聲不聞於庭，則雖甚貧且賤，口體之養不具，而骨肉之情浹于上下，飢寒相守，自有餘娛。所謂能養志者，此也。

莊子有言："不擇地而安之者，孝之至也。"然則盡孝之事，不過致其親于無憂而已，豈有他求哉！今俞子陋巷奉母，風雨不蔽，含菽溫絮，備極艱難，而入門娭娭，同居數十人，無有懟色。老母皤然白髮，扶杖相顧，以為至樂。嗚呼俞子，可謂能安之矣，不圖而見之于今之世也！

丙辰之春，俞子過余，言間忽戚戚亡歡，作而言曰："嗟乎！鴻梃兄弟不肖，不能自興于衆，居賤食貧，無以顯其母，尋常肉帛之奉，又不時致，惡矣！而吾母顧坦然相忘，不以為意。今年已七十，目未一接華離之色，耳未一聞靡樂之音，困處窮約之中，且數十年，而未一釋于其懷，縱吾母安之，有以自解，而為人子者，獨無戚然乎哉？"時余主甬之愒園，園多萱艸，俞子因指謂余曰："是名忘憂。昔人言：'欲忘人之憂，贈丹棘。'丹棘，萱艸也。故詩云：'焉得萱草，言樹之背。'顧吾亦安得此忘憂之物，而樹之背哉？子如辱睨于吾，願有所述。俾吾晨昏定省之餘，得諷誦于老人之側以為笑樂，亦忘憂之道乎。"余曰："善哉俞子之事親也，可以養志，可以長年矣！"遂為之賦《忘憂草》。其詞曰：

惟令萱之猗猗，稟純精之二氣。依靈丘以結根，樹北堂而稱瑞。

匪流草之長征，寧散植之駢棄。同皋蘇之釋勞，並卷施之不死。

爰表厥悳，孝子之情。名曰忘憂，可以長生。

異蒲柳先零之質，有榛楛勿翦之貞。

雖負霜而呈綠，常含暄以敷榮。敧奇石而開跗，幕彤雲而耀精。

丰茸貫于四時，葐蒀盛乎三夏。挹柔儀之可懷，願靈芘之長假。

固衆情之服媚，實慈光之善化。茂而不華，質而不野。

既謝織于兔絲，豈任馳于野馬。信榮衰之兩忘，羌常青而無那。

彼夫魏山不偃之草，華林長壽之樹。

袂[1]周之桓辟惡，扶南之香解忿。

極神皋之庶彙，孰與茲卉之彌慮。乃為之歌曰：

采山有芝，不可以療飢；采澤有蘭，不可以療寒。

致余潔兮畢余誠，願奉母兮仙之莖。祛痾兮捐故，長樂兮多祚。

祝母壽兮千春，懷母德兮常新。孰使母憂兮，不可以為人。

【校】

[1] 袂：原本誤作"秩"，張劭成《無邪雜箸校勘記》云："《忘憂草賦》'袂周之桓辟惡'句，'袂'誤'秩'。"茲據以改正。

【箋】

此文實乃陳訓正應俞鴻梴之請，而為其母七十壽辰所撰祝文。據文中"丙辰之春"云云，可以確定該文作於民國五年（1916）春。

弔剡山先生

嗚呼晉卿！自古聞人，輒無良死。吾勿謂信，乃見吾子。

以子之身，金玉匪比。殛彼盲醫，而草菅是。

嗚呼晉卿！子嘗謂余，余實厭游，何饞之驅，輒走杭州。

勿曰道邇，三日其郵。顛海播陸，時況屬秋。

嗚呼晉卿！疇不在念，維梓維桑。疇則匪思，衙衙遠方。
責衣豈柘，課食甯稂。卅年蕉萃，其額有霜。
嗚呼晉卿！明珠在胸，胡光不吐。捐明奪朗，伯強何怒。
必蓬之瘞，乃有千古。為道若此，慟兮黃土。
嗚呼晉卿！已矣已矣，傳葩伐舞，魂歸來只，恍兮惚兮。
望空泣涕。有孤在側，嗚嗚無地，哀哉！

【箋】

考《哭剡山》（其三）云："正月哭鄭生，八月君又死。"而詩末自述則又明言："嗚呼！剡山死五年矣。剡山之死，在戊申八月，距其生之年四十有二。……剡山名鏡堂，字晉卿，一字山密，姓陳氏。壬子四月二十日，玄嬰自寫詩稿至《哭剡山》篇，泫然書此。"據此，可以確定此文必當作於戊申八月，亦即光緒三十四年（1908）八月間。

論三

鯀論

堯咨四嶽治水，嶽曰："鯀可。"堯之廷，無有植黨、行私、罔上、保愿之臣也。鯀不才，嶽惡乎可之？謂嶽不知鯀之不才，或才而不稱其官。然舉舜者，亦嶽也。舜在下而微，嶽且知之，寧於此同廷共職之人，而反不之知乎？以踐帝位之難，無忝德，而嶽尚不失舉，何有于治水之職，而獨失之乎？嶽不失舜而顧失鯀哉？

且當嶽之舉鯀也，堯尚疑其不可矣，而卒以嶽強而用之，堯之用人而可強乎？有可強者，必其才猶可用耳。不然，何囂訟之丹朱放齊，獨不得以之強堯也。然則，何解乎鯀無成功而禹成之？曰洪水災無巨，治洪水事無始。夫事無始者，難其成；鯀為其始，故難成。鯀雖勿成，然治之九載矣，不啻舉其難成之蹟而詔禹曰："若而勿治，若而勿平也。"而禹也，因其治而反之，避其所勿治，以就其所可治，舍其所勿平，以圖其所可平。於虖，此禹之所以為功也，然亦鯀之功矣！

燕太子丹論

史稱秦既滅韓、趙，兵臨易水，禍且及燕。太子丹憂之，乃遣荊軻刺秦王。後之論者，遂以怒秦速亡為太子丹罪。

陳訓正曰：悲哉，太子何罪也！燕且滅，王不憂，國人不憂，而太子獨憂之。憂之必圖之，然王與國人皆不憂，而疇與圖焉？何以知王與國人皆不憂也，曰：軻之入秦也，白衣冠送者二十餘人，皆太子客之知謀者也。夫以燕國之大，而知此謀者，僅太子客二十餘人。此二十餘人之外，似俱無足與憂國者。悲夫！此獨憂之太子，所謂無能為計，不得已而遣軻也。宜其國之亡而身之死也！

田橫論

嗟乎英雄，死亦擇地耶！以田橫之得人，而為漢忌。忌，固死耳；高帝赦而召之，無它，死之也。為橫計，歸漢，死於市；不歸漢，死於島。島而死，敵也，死猶雄。市而死，虜也，死無名。與其市也，毋寧島。而橫則不島不市，而死于途。途死，胡為哉？曰："此橫之所以為英雄也。"惟英雄惜英雄，橫死則島死矣，橫何忍英雄之悉死於島也！乃舍島而途。途者，橫之寄也。途至尸鄉，尸鄉距雒陽三十里耳。橫不自決，市且近矣；即不市，亦將尸於朝。橫若曰："與其朝也，毋寧途。"然而橫豈能終于途哉。不終途，毋寧死。橫死矣。橫曰："彼所以欲見我者，不過欲一見吾面貌耳。"夫高帝欲見橫之面貌，而橫且見高帝之心；高帝之心固以為橫不可生，橫知之。橫不欲令五百人具知之，故舍島而途，途而死，則島而生乎？而高帝亦知橫[1]之所以死于途者，為其島也。若曰："是不可以不悉死之，乃以橫死聞。島中人聞橫死，而忍獨生乎？"嗚呼死矣，嗚呼，橫之死，益可悲矣！

【校】

[1] 橫：原脫，張劬成《無邪雜箸校勘記》云："《田橫論》'而高帝亦知橫之所以死于途者'句，'知'下落'橫'字。"茲據補。

漢高帝論

漢高帝既得天下，知天下之材智足以致天下之紛紜，欲私天下，必先弱天下。於是以身為衡，以邢賞為權，以天下之材智為量，而絜度之。高己者族，耦己者誅，下己者禄，弱於己者侯。

吾聞之爵賞施於有功，刑戮加於不德，而高帝乃故反焉。故反，何者？高帝以為：高己者易己，耦己者不服己，易己而不服己者，恒患己；患之萌，篡之漸也。䐗其漸，折其萌，故雖以韓信、黥、彭之功[1]，而不得無死。死韓信、黥、彭，乃所以生高帝也。下己者附己，弱于己者不敵己，附己不敵己者，恒制於己。帝王之事，求其能制人焉而已。人受我制，乃無我患。無我患，故雖有憾於季布，而可以禄；無我患，故雖有嫌於雍齒，而可以侯。侯雍齒，弱雍齒也。不然，沙間之偶語，安知非雍齒衅於其間！而高帝顧侯之，以資其勢。勢，人為之也。其人苟不弱者，則固高帝之所謂高己耦己者，能無患乎？其人而予以資乎，高帝能無患乎？其人而予以資，則其人之弱，可知矣！

吾故曰：侯雍齒，弱雍齒也。必齒之弱而侯之，使天下曉然於邢賞之準，而怵怵乎不敢不為齒，不敢不弱乎齒！夫天下皆雍齒，而尚有韓信、黥、彭之可患我乎？無韓信、黥、彭之為我患，而天下乃得由我而制之。此高帝私天下之譎智也，然而天下自茲弱也！

【校】

[1] 黥彭：張劬成《無邪雜箸校勘記》云："《漢高帝論》'黥彭'誤'鯨彭'。"茲據以改正全文。

書《魏志·武帝紀》後

嗟乎！千古帝王之創國，有不以盜術行之哉？以力盜者，先盜其勢，勢厚則威信，而取之易，漢高是也；以智盜者，先盜其權，權重則位專，而取之無難，晉宣是也。兼其術而為盜者，魏武帝一人而已。

武帝之言曰："吾任天下之智力，以道御之，無所不可。"夫武帝之所謂道者，盜道也，術也。任天下之力以盜勢，勢之歸也無不厚；任天下之智以盜權，權之集也無不重。勢厚而權重，威信而位專，此時之天下，雖復有大力大智之人，出而與之相爭，亦必不能破其勢、殺其威、奪其勸、傾其位而駕之上矣。

武帝自起義兵二十餘年，總行將相，伐無不克，令無不從，其勢其權，可謂厚且重矣。以武帝之勢之權，雖竟欲盜湯武之跡，天下亦誰敢抗之？而武帝顧猶虛奉漢室名號者，其心以為吾已盜得其勢與權矣。帝王之事，及身行之，可也，身之不有而付之子孫，亦無不可也。小盜盜名，大盜盜實，盜至如武帝，豈尚沾沾于名乎哉！武帝之料事也，嘗言："吾預知當爾，非聖也，更事多耳。"然則武帝盜漢之實而不盜帝之名者，夫亦其更事多而知之預乎？嗚呼，吾今乃知更事多者之可以盜天下矣！

讀《史記·蘇秦列傳》

貴為人上者，能使民無失其恃。農恃力，工恃巧，商賈恃財貨，然則士何恃？恃有養而已！周之盛也，先王知士為四民之桀，收其材智，而饋之於庠序，學校教化之中，固隱然乎有養矣。及其既衰，諸侯力征經營，急近功，忘遠利，廢世祿之制，而士遂失其恃而無以生，庸庸者填溝壑矣。其桀驚有材智者，力不能勝農，巧不能勝工，財貨不能勝商賈，而其意志之所放，極天下事而無不可為，又不能甘心餓死填溝壑，自比于庸庸者眾，則欲逃死而圖富貴，亦人之情。用其材智揣靡干世之術[1]，奮為游說，此蘇秦之徒之所由興于時，亦豈其情之得已哉！

秦嘗出游而大困矣，其兄弟妻嫂笑之曰："周人之俗，治產業，力工商，逐什一以為務。今子釋本而事口舌。"夫所謂俗者，庸庸者尸之耳。若秦者，至恃口舌以為生，生亦厪矣。秦之言曰："使我有雒陽負郭田二頃，吾豈能佩六國相印乎？"然則秦亦失恃無聊之人，君子所為悲其遇而羞之也，不然，士有以得其養矣。守所學而待世用，安取揣摩為哉！

【校】

[1] 用其材智揣摩干世之術：張劬成《無邪雜箸校勘記》云："《讀〈史記·蘇秦列傳〉》'用其材智揣摩干世之術'句，'摩'誤'靡'。"茲據改正。

書四

與友人論外債書

書來極詆外貸，偏蔽之論，出自通人，循書數誦，不勝嗟異。某於斯，雖不敢，然心有所持，不敢苟同，一隙之明，具有靈光，敢貢左右，惟裁察焉。

某聞：水不流，有死海；血不流，有死人；財不流，有死國。不流者，竭之始；水竭故海死，血竭故身死，財竭故國死。死不于其竭之時，當其不流也，已兆之死矣。救死之道，自導流始。導水之流，先開其閼；導血之流，先排其結；導財之流，先疏其噎。中國不患無財也，大患在噎。其在人也，氣不充則噎，道在呼吸外，氣以疏之；其在國也，財不充則噎，道在呼吸外，財以疏之。今夫地盡力，工盡巧，商盡運，三者皆孕財之母也。母不能自為孕，有孕之者矣，孕之者，亦財也。地無財，不盡力；工無財，不盡巧；商無財，不盡運。譬之釀無酵，則變化不生。唯財亦然，以財孕財而生財。孕愈多，斯生愈易矣。不然者，力匪不厚而噎于廢，巧匪不素而噎于蔽，運匪不善而噎于滯。今之中國，是也！起中國死，必于其廢若蔽若滯而疏之。曷為疏？財為疏！國無財，曷為疏？外財為疏！外財無害乎？某雖末學，亦嘗研求之矣。

夫江河之水，流于海；海不死，江河不死。指臂之血，流于身；身不死，指臂不死。然則，外財之流于我國也，豈果如來書所云乎哉？滿政不舉，職非其人，害在于妄用外財，固不在于多貸外債也！來書又謂：

"今之筴也,朝料其藏而朒焉。"曰:"外是貸,暮算其塗而絀焉。"曰:"外是貸,貸之易,不于其封之謹所恃多也,多所恃則多所費,多所費則多所恐,惡乎其國之不敝也。"不知某之無害乎外財者,為其能流也。責流于始,利其入;責流于竟,將其利出。不詘于出,何患乎入!入而不出,固非所謂能流也。足下所慮,殆猶未明乎流之怡乎!

夫理財有道,用必于信,千金之廛,萬億券之矣;理財無道,會非其當,銅山之富,旦暮犁之矣。是故善耗者,不恃內富;善用者,不害外財。外財者,猶廛民之券,于人以母其利者耳。足下何所于見,而必其不可哉!且如足下言,外之貸,則不可,然則貸之民,則可矣。無論今日中國貧即不貧,朝料其藏而朒焉,曰"民之貸,暮算其塗而絀焉",曰"民之貸,貸之易,不於其封之謹,將柰何",夫亦多所恃而多所恐乎?絜乎此天下之故,可得已。足下賢者,輿論所嚮,幸勿多言,益搖世耳。貢愚,乞原,不宣。

與人論事書

嗟乎,渾沌鑿,玄黃分。民始有死法,死不必刀鋸也。顓制之世,其民死,假仁義;庶建之國,其民死,偽道德。道德不偽,名則偽之;仁義非假,術則假之。善術者以仁義為刀鋸,刀鋸殺人,仁義殺人心,故仁義之術愈至,而君主之權愈大,人民之心愈死,規規然循于一人之下,曰:"必如是,乃不錯於禮。"國有禮,斯民無生矣。今者禮意破、顓制失、君主倒,人心復生而仁義無所网。所謂庶建其政者,綜萬以一之,岬老以惕之。斯時之民,宜其有生之望而無死之法矣。乃以余觀於今,無似也。事不必其有害爭之名,則為爭;舉不必其有利附之名,則為附爭也。附也,是非也,好惡也,吾不知其為爭、為附、為是非、為好惡也,名焉而已!名之美,莫道德,若民主之世,儼乎有新道德焉。然而疇信之者,祖父病涼死於用攻子孫病,實忌攻而用補,補亦死,死不於其病,而於其藥,甚且不於其藥,而於其忌藥,其今之謂乎?今議者曰："拒外債，輸私財。"又曰："省國用，薄公給。"名孰美於是？道德孰高於是？然而疇知之者，縱知之，又疇為應焉！渴人過河而不飲，乃刺臂吮血以為飲，則飲曷以繼！鼠蝕倉粟，不為鼠之除，而惟節食忍者以彌其耗，則身且以餓死。彼持一方議者，毋乃比是耶！

與太虛上人書

頃與太虛言文。太虛以為文章者，載道之器，其恉博，其行遠，其辭衍而不為侈，約而不為窘，不可以句節行裁抑，昂乎辭氣之間，務為高世。見時所為古之文者，其于辭也，以寡為潔，以竭為遠，嚴其程法，個乎若無儔，及窺其所至，非有乎理之單而意之盡也。夫一栖之水而加以噫氣，未始無猗冏委折之姿，然而觀于海，則漭漭者固淵且廣矣！

太虛學佛者也。佛之恉無邊涯，推之而益遠，繹之而靡有窮，故其言如是。若夫時所務為古文者，積法以致之，必數習焉乃成，非積理而後能也。故其所受有程法，有程法則有邊涯，句之節而行是裁，其所以為高者，固不貴乎其理與意之盡且單也。然亦有難矣，驟乎進者則不幾，幾之者必由乎其道。

夫文之道，藝道也。譬之射，非其力之怗而可強以幾，其用也則必主乎其所養之氣而後能，亦非其氣之怗而可幾以徇其用也，則又主乎其所積之巧，而後能巧可幾乎。夫力，固其生之有也，氣亦其生之不失養而有也。至夫巧，則非生之固然者矣，非習之勤而時以漸，則無成。彼所謂高世文者，亦若是，然亦異乎尋常者之所務也。其所言要有其體度，命乎其彀之中而不貴乎其革之貫，射者之巧，固如是而已。

太虛之以為寡且竭者，是見其命中之技，而責以不能貫革也。夫貫革，豈射者之所務哉。怗其力與氣之所至而不命于中，革雖貫，亦何尚焉！誠夫太虛之所謂文也，必積理而後能，然此乃學道者之所務，非可以責時之斷斷于文，而自高者之為也。夫人至斷斷于文而自以為名高，其道可傷矣，要亦其積之漸而成之難之可貴也，太虛何薄乎是。夫漭漭者，固水之極觀，然其所以為淵且廣者，眾水之所積而漸之也。太虛終不可以其有邊涯者，而淺之乎凡為水。僕未肯便為于時之所務，而常有以知其所難能，故于太虛之言而發之。

【箋】

　　此文又在1919年5月9日見刊於《覺社叢書》第3期，且其文末較諸《天嬰室叢稿》多出下段文字："古文家所主張，吾嫌其太隘；理論家所主張，吾又憾其太率。吾所蘄向者，於文則漢魏晉宋之淵茂，於理則孟莊荀韓之凝勁。若此文，庶幾能凝能勁者歟！君木文學半山，而所見在半山之上。其用革尤句句屈鐵而成輝祖。"

敘五

馮君木詩序

　　伏四明有病夫三，宿昔以詩相性命。戊申四月[1]，三病夫不盟而會於馮。馮[2]，三病夫之一也。其一，應子悔復；其一，余也。余與應與馮，少日於詩有健耆，淫淫將大成，以飢故，貨其學於四方。四方之羶吾三病夫者，不詩蘄，蘄其它[3]，于是三病夫始噤詩，不欲嘔，已六七稘矣。此六七稘[4]，前歟而櫝者，固戢戢且尺也[5]。

　　既次馮，爪馮所櫝者而燭之光，萬丈虹然，影于腦不去。時三病夫蓬龍[6]瘵塵，久厭之，將繭[7]焉課同功，于是[8]嚮之蟄吾腹而不敢龍焉者，至此[9]復吼，雷雨汨汨，騰於吭而欲出齒，雖罍，莫之關也。期以六月，顛太白山，道瑞巖，放舟蛟水，擷蛟門，過陸乃補陀。凡游必以詩，詩必吾三人互讀之[10]，必盡[11]責其償于囊所逋始飫。

　　馮子乃怛余曰："吾聞病者善悸，夕之圖，或旦之訛。體貌鑠矣，人壽幾何。茲游良夢，他日遂躬之乎，不吾病卜也？比者，吾頭涔涔，常有物蠹其腦。吾衣小，不汗則腹蟆欲裂。又病喉，作時口舌都不津。今若此來，當益瘠，然則吾之詩，安知不廛此櫝焉者而已乎！且吾子[12]囊

117

歲邁癯，拳其脛，行不良；悔復湛于瘵，聲炭若至，不[13]克揚厥，吭病匪吾獨也。脫不幸，二子死先我，我詩雖百等身，又疇能讀焉。"語已，相顧而嘻。是時夜闌，樓深寂寥燈，一螢死簾角。簾之外，玦月幽幽，作黃玫瑰色，露氣灑然，中之養養欲噎，寒不忍鳴。侍媼鼾已久，自起索緜[14]，重焉始溫。少選，聲歐歐，雞四動，有白光，發東方，不能幕，而吾三病夫，猶踞床囁呎無寐[15]意。如是者累日[16]，方別去。去之日，馮子捉余肘曰："子不可無言夫吾詩！"予[17]曰："諾。"因仿佛日者情事，文而薦之，至量[18]其詩度，則馮子嘗有言曰："悔復才而雋，天嬰才而奇；才而雅乎，吾其不古人弱也！"嗚呼，馮子固自信之矣！余乃不口。[19]

【校】

　　[1] 戊申四月：《夫須閣詩敘》作"戊申之四月"。

　　[2] 馮：《夫須閣詩敘》作"馮子君木"。

　　[3] 蘄其它：《夫須閣詩敘》作"蘄其他"，張劭成《無邪雜著校勘記》云："《馮君木詩敘》'蘄其它'句，'它'誤'宅'。"茲據改正。

　　[4] 此六七棋：《夫須閣詩敘》作"然此六七棋"。

　　[5] 固戩戩且尺也：張劭成《無邪雜著校勘記》云："《馮君木詩敘》……'固戩戩且尺也'句，'戩'誤'戩'。"茲據改正。

　　[6] 龍：《夫須閣詩敘》作"累"。

　　[7] 繭：《夫須閣詩敘》作"璽"。

　　[8] 于是：《夫須閣詩敘》無此二字。

　　[9] 至此：《夫須閣詩敘》作"至是"。

　　[10] 詩必吾三人互讀之：《夫須閣詩敘》作"詩必三，吾人互讀之"。

　　[11] 盡：《夫須閣詩敘》無此字。

　　[12] 子：《夫須閣詩敘》作"之"。

　　[13] 不：《夫須閣詩敘》作"勿"。

　　[14] 緜：當從《夫須閣詩敘》作"棉"。

[15] 寐:《夫須閣詩敘》作"睡"。

[16] 日:《夫須閣詩敘》作"日夕"。

[17] 予:《夫須閣詩敘》作"余"。

[18] 量:《夫須閣詩敘》作"准"。

[19] 余乃不口:《夫須閣詩敘》作"余復何言"。

【箋】

在被收錄至《無邪雜箸》之前,曾以《夫須閣詩敘》為題,見刊於重慶《廣益叢報》第235期(1910年)。收錄時,不但改稱《馮君木詩序》,且其文字有所變動。又,考文中有云:"戊申四月,三病夫不盟而會于馮。……去之日,馮子捉余肘曰:'子不可無言夫吾詩。'予曰:'諾。'"是知此文乃應馮君木所請,而作於光緒三十四年(1908)四月間。

書應叔申詩集後

戊申之夏,余冒暑陟城[1],存應子。應子勞[2]矣,出其詩[3],字呼余曰:"無邪,亦知吾之所以勞[4]乎?此蠱蠱者是已!是嘗屋[5]吾心,嗑吾血,靡[6]吾歲月以肥媾,且字若將世矣。吾生平無他,大仇莫或甚然,于吾已宿,棄之不祥,留之將為祟,其奈何?"間又曰:"是亦依吾為命者!吾勞,脫不起,將以赴于後人,不可無辭焉,必子先之。"嗟夫,應子何言之喟也!余既百其口以導其堛、解其嬈,復欲無負乎所屬而為之文。雖然,應子吾畏也,不可苟且。嘗誡余曰:"振筆頃便蠕蠕走,腕下無佳文。"懲是故,益不敢放。別二月,又聞應子咯血將死矣。或曰:"是不可後,及其生而薦之,不瘉于死哭乎?"余曰:"應子必不死也。蠶必俟其繭而後瀹,馬必盡其力而後革。天于眾人,可以死,可以不死,或無用心焉。若才也,必竟之而後殺;應子才未竟,非可殺時也。余是以信其不死也。"後一月,見應子貌蔥蘢如健者,叩其所苦悉脫去,且曰:"此蠱蠱者,將復益之,則信夫才者,果不死也。"應子為詩劬苦,必字字安,乃心安,有甘寢。去歲佽余課郡子弟于城西隅,時余方遭大

119

痾，於校東廂樓下臥，其上應子室也。夜將徹門外聲，踏踏有行人，隣圃畜雄噭然噪嬾娘，猶隱約聞樓上有噎且欷者，低吟徘徊者，擲筆扣釭者，與余號痛聲、它室睡鼾聲相應盒，比明，詢之，應子也。後夜復有聞，詢之，又應子也。如是者，旬有奇，而應子病甦來視，嗚呼，勞也！應子乃棄聰，抑心杍，不復事，愴以歸，自度必死，匝歲不於詩，然而病良已，則又信乎此蠡蠡者之能為祟也。今應子幸逃於祟，不自悐，反益縱之，為後人祟後人，而應子也，被其祟者，不訾也。

【校】

　　[1] 余冒暑陟城：《悔復堂詩序》作"余入城"。

　　[2][4] 勞：《悔復堂詩序》作"病"。

　　[3] 出其詩：《悔復堂詩序》後綴以"可奉把"三字。

　　[5] 屋：《悔復堂詩序》作"窟"。

　　[6] 靡：《悔復堂詩序》作"糜"。

　　[7] 勞：《悔復堂詩序》作"病"。

【箋】

　　該文又可見《悔復堂詩·外錄》，題作《悔復堂詩序》。考文中有云："戊申之夏，余冒暑陟城，存應子。……別二月，又聞應子咯血將死矣。"據此，大抵可以確定該文作於光緒三十四年秋。

《文適》贈虞含章

　　文何法乎？曰："法古。"古之人，非一師也。于其文也，鬖鬖爾，穰穰爾，不可指而終。然則宜何法？曰："適法法上。"適法法上，僅而得焉，猶不失中，不得乎中，不會乎適，是曰下究。下究，非法也。法之審，莫如度衡。度衡之不謹，自差始，寸寸而絜之，至尺必朒，至丈必朒尺；銖銖而較之，至兩必弱，至斤必弱兩。學者之于文也，其猶是乎度衡歟！

　　夫六藝之文，周秦之子，兩漢之史，不啻其度之丈、衡之斤已也。

今差而遞於八家，差而遞于歸、姚。八家、歸姚之文，非不賢于世而有得于古也，然法古而孜孜，以八家、歸姚之法，是謹是剖，寸而絜度、析銖而較衡也。吾惡見乎其文之無差于法耶！且古人之所取法，師法之也，其自居則弟子。弟子之于其師，不以順為正，而今之法八家、法歸姚者，順之耳，非師之也。子孫之于其祖父則順之，奴隸之于其主則順之，以順為正者，子奴之行也。子奴之行愈謹，則門戶之防愈重。門戶之中，莫不期乎有孝子、有循奴，然孝子、循奴之孜孜而謹也，愛而因于忍，惡而安于苟，其能復取夫人之室老家督而俱率之乎？則其于法也，固宜乎其寸斷而銖分，無得乎上矣！今夫俑與芻靈，皆象乎人者也，而孔子謂為芻靈者善，謂為俑者不仁。為俑者之不仁，惡乎其太似耳。然則今之孜孜于八家、歸姚者，其似也，豈特俑而已哉，夫亦惡其太甚矣！

或曰："孔子之所為惡為俑者，為其創也，故曰'始作俑者，其無後乎'。今吾于八家、歸姚，而祖之、而主之，非始作之之謂也，亦何病焉？"曰："吾固惟其不能創也！夫創而適于情，法之所由成；順不適乎時，法之所由敝。文之法，亦求乎其適情與義而已耳，何獨惡乎創而安乎順。且古之作者，如屈之騷、賈之論、馬遷之史、相如之賦、枚叔之《七發》、楊子雲之《太玄》，皆所謂創也，而未嘗聞有惡而訾之者，蓋以其擬于人而不至于為俑、芻靈之類也。弟子之法其師，適求其如芻靈之法人，止矣合于度而不絜其寸之胊，驗于衡而不較其銖之弱，而必曰'類我類我'，毋乃過乎！文之衰也，非一日矣。其始不過一二人之彷徉自適，尋幽僻蹊徑而過之，而慕而踵者，乃以為道之所趨，纍跨錯趾，相率以來。其極也，遂利其涂之淺而行之便，而不知其足之用亦自此而窮。夫豈足為法之適乎哉！吾故曰："適法，法上而不下究。下究，非法也。"鎮海虞君治文章有師法，孜孜而謹，與余夙昔所持不相適，嘗平余文曰："嫌乎創。"予亦謂其似之太甚也。韓愈曰："惟古于詞必己出。必己出，則無求乎人之似矣。"愈之徒，有李翱者，其誨後進也，亦必曰："創意造詞。"創與造，皆必己出之謂也。夫愈、翱者，虞君之所取也，而其言如此。然則虞君亦何畏、何厭而不自強歟？相處六月，一旦別去，畜于懷者，不能無辭。嗟乎，安得吾兩人者，他日盡其生斷斷如曩之時也！

【箋】

觀夫俊丈《詒張于相》有云："于相之言文也，曰潔而已。……耦乎于相而以潔稱者，曰含章虞君。余嘗戲之曰"。茲據《詒張于相》"于相今年四十"云云加以推算，可以確定此文作於民國八年；准此，《文適贈虞含章》大抵作於民國八年或稍前。

敘別王子澄

天下終無治乎？曰治有術，術非法之謂也。法，術之有形者；有形者不可以範無形。盜賊詐偽之起也，其始也，不過其心之所不戒，而偶動于意耳，是無形者也。自無形而著于有形，已著矣，而非遂可以法束今。夫水，天下之善湛者也，而當其未決時，洋洋者固生民之利也。治天下，猶之水矣，及其既決而多其防，曷若先未決而導其利。導，術也；導民無它術，亦曰心赴之而已。夫天下之治，以無形始。無形之事，摠于心。心不治，則凡形于身者，從而侈矣。得百里之地、數萬人之眾，而為之宰，其心皆民之心也，己無欲治之心，而責民以不亂，雖極天下之事之變，而制之法，而終不可以治其心而無動也。彼徒以法為治之術者，無亦執于形而蔽于法乎！清之所以亡，亡于飾法；今之所以亂，亂於怙法。飾法則法之中無心，怙法則心之中并且無法矣。如是者，上以法詭，下以法遁，舉不以心相赴，而天下之人之心死矣。人心死，則懦者無所恃，強者無所畏，盜賊詐偽之事無所羞忌，而天下之亂于是乎形。夫至亂已形，而猶汲汲思以法治之，是猶見水之決而謀束之之術也。一奉之土所當幾何，而能捄于湛哉！

平陽王君用其心于民，而不以法自詭，宰鄞期月，未竟所施而去。

然鄞之民，皆以為王君之心有無形之治，而非尋常怙法者比也。余辱王君知而惜其去，幷以知王君之去而鄞之民皆為惜也。嗟乎，天下不終治乎而若非也，則天下之待王君者衆矣，豈徒此鄞之民已乎哉！于其歸也，書以敘別，且為告繼王君而來者。

【箋】

該文縱論術治與法治之異同，後文《論王子澄去鄞》重在批評地方官任期太短之弊病，兩文大抵同期而作於民國六年。

論王子澄去鄞

或曰："天下有治人，無治法。"余曰不然。天下有治法，不必無治人，然則今天下何如？曰法不足以得治人也。孔子之為國也，必曰："期月而已可矣，三年有成。"今法不然，朝銓而暮奪焉。夫賢者銓，不肖者奪，法也。然人之賢、不肖，而可以朝夕察乎哉？嶽之薦鯀也，曰："試乃可已。"而堯、舜任之九載，九載績用勿成，然後殛以鯀之不肖，堯、舜猶不敢以朝夕決其治。然則今之察吏，其可決之朝夕乎？己之明不能過于堯、舜，而責吏之材必其賢于孔子，豈所謂治法者然歟？雖有治人，不可得而久矣！

共和于今僅六年，他邑吾不盡知，其在鄞也，此六年中[1]，已七易宰，暫者數月，久者不過一年。七人者，雖未必皆賢，要其材多可自見，而王君子澄，尤所稱為治人者也，亦以不中法而奪職。夫有可奪之法，必其人之於其治不勝也，而王君勝治矣，其賢也歟！賢者于法，不當奪而奪之，是謂無治法。無治法，然後無治人。嗟乎，治天下而患無人乎？患在無治法！既與王君別，會有談者，遂折其言，而為之論如此。

【校】

[1] 此六年中：張劭成《無邪雜箸校勘記》云："《論王子澄》一首，'此六年中'句，'此'誤'比'。"茲據改正。

【箋】

據其"共和於今僅六年"云云，可以確定該文作於民國六年。

鄭苕泚先生詩序

余嘗謂詩者，性情之微。人緣之以自成，成之者人也，然有天焉，不可以強，強而後工，此斧性鑿情之技，而非詩之至者。里謠巷謳，不求諧於聲，而聲無不諧；不責法於辭，而辭無不可為法。為之者，特流襮其性情中之所欲宣而已，非有奇能異量之見於其人也。三百篇之作者，今雖不可考見其人何如，然大都皆性情中人，非強而後工者，可知也。學問之事，自非上哲，無不由勉強而得，而為詩則不然，蓋有其性情，乃有其詩耳。

余於朋僚之詩，恒合之于其人之性情以為高下。吾黨詩人，其高者如應叔申、馮君木、洪佛矢數人而已。叔申既前死矣，所造未至於天；君木困躓愁苦，有非常人所能堪，故其性情之所流襮，往往而入於偏；佛矢則純主乎天者也，而人功廢焉。人功益廢，天事益近，讀其詩如遊翳林，奇葩異卉，時流芳息；然其幽蒨鬱茂之概，不自呈露，必披薙乃見，倘所謂天之事歟？余嘗詢其所自受，則曰："吾舅氏鎮海鄭先生之教也。今年舅氏歿矣，傷哉！"遂以其舅氏遺稿相示。余受而卒讀，詩不多，要皆性情中語，非強而後工者比也。余因語佛矢曰："余雖未接鄭先生，而鄭先生之性情，余能道之，蓋純潔篤摯之古君子也。"佛矢喜曰："是能知吾舅氏者！盍書之，為吾舅氏詩敘？"遂錄以付之。

【箋】

鎮海人廷琛（1859—1915），字子剛，號苕泚。察其文意，可知此文實乃陳訓正受其老友洪允祥之托，而作於1915年鄭氏卒後不久。事實上，洪允祥也曾作《哭舅氏鄭子剛先生》四首、《再挽舅氏》二首[1]。

敘別漢川劉彥稱少將解官會稽

漢川劉侯以六年三月來尹會稽，出治明州，用以觀察三郡。維時國

---

[1]《悲華經舍詩存》卷2，洪允祥著，吳鐵佶點校，浙江古籍出版社2011年版，第46—47頁。

枋初回，群慝猶伏，元首仁恕，曲矜有瑕。逃誅之孽，曾不知悔，怙凶締勢，朋侵日厲，恣其多口，潛煽江淮。悍將驕卒，駢起紛紜，道路匈匈，未有愿志。明州當海陸錯會，馹傳通達，風聲所播，訛言益滋。惟侯滌煩解嬈，臬臬於治，躬先勿阻，亦罔有戾，政平民和，上下齊一，里獪鄉風，閭伍頌義，於越舊疆，晏然無失教訓，完其生聚，侯之功也。

夫功以時見，非時不賞。當此之時，眾愁肇政，國失厥理，談士乘勢，是非遙起，群陰交蔽，君子道消，非一日矣！黨系既披，抑揚彌多。屑懁者媚權保祿，罔恤廉恥；敖不率者恃其有徒，悍於構難。故自南北乖離以來，蠡目之徒，振臂疾呼，各戴其雄以起，天下郡國，遂兵破其十二三。

我明川夙著貨殖，睍睍萬曰，方集厥欠，隙末彌，百寶俱裂，遼原之勢，此懋獨免乎？軍人厥張，變起倉卒，尹固散秩，力不能折侮保民之責，惟曉其無擾而已。事平，甬上萬竈安于百堵，較絜勞伐，非侯疇屬？

天實憎德，蘊亂靡已。羑弁橫劍之雄，挾其聲埶，顛倒興誦，材以地遷，功以賄錄，群蚩滿天，得風者克耳。如侯仁賢，乃以讒廢。廢之日，囊無餘儲，旅食況瘁，不能遄歸。亡如何，浮海依其友舟山王故將軍以居。廉吏可為而不可為，其以此夫？甬人多侯功，聞侯且行，合辭籲留至再，勿應已，乃謂余曰："侯勿可復矣！請誦我私，以為侯念。"余諾之而箸于篇。於戲！橫流滔滔，孰則障之？孰謂侯清，而錮于是。誦侯之功，念侯之窮，于今之世，又誰訴者？奉辭識別，三太息已！

【箋】

據載，會稽道尹劉邦驥（1868—1930），因積極響應蔣尊簋(1882—1931)領導的"浙人治浙""寧波獨立"運動，於該運動失敗後的1917年11月底，被迫離職①。大約就在此際，陳訓正撰述此文，既用以表彰劉氏保境安民之

---

① 《鄞縣通志》第四《文獻志》丁編《故實·民國建立以來革命諸役始末記》之三《六年十一月之役》，第1341—1343頁。

功，復又深相惋惜其去職。

贈魏伯楨敘

積人與人而成群，群者，有情之體也，故天下之大群繫乎情。情之見也，極乎飲食男女而已矣。而飲食男女之於人人，恆不彌其所歉，嚮缺者而求具，羨者而求益，求之而不逮，則橫恣而為爭。夫爭，亂之遂也。故天下大亂，常起乎情。情之正，足以繫天下之氣類而立其群；其偏也，又足以致天下之紛紜殘殺而遂於亂。亂不可遂也，於是有條秩其情而束之正者，則法尚矣。法之言，平也。法之平，非外情而求也，亦準乎男女飲食之平而已矣。男女飲食而得其平，安尚有法之云乎哉！

予友魏君，治名法有聲，嘗一宰諸暨。其治主善感，不拘拘唯法是規。為人任俠，輕財好聲色，而不流于度。其言法也，必衷情以出切人事，異乎世之鼇法者之為也。與之游者，皆曰魏君善予人以情。夫惟善予人以情，斯魏君之所以異歟！日魏君卒然命予曰："將欲有聞於吾子。"因述夙所見於法之意者，貽之。

【箋】

該文大抵與後文《再贈魏伯楨》同期所作，亦即民國八年。

再贈魏伯楨

人之求適天下也，必先明其害。害莫大於隨，隨者無我。天下惟無我者常怙人，黜己之聰明，而事人之耳目。耳目，天畀也；而怙人，是謂廢天。天可廢乎？然而，怙天不可也！怙天之過，其害也執，意執，名執，法執；三執者，皆執在我也。夫意，亦天之事已耳。人與我有同然者，有不同然者，我既執其所不同然，而強以同，人亦以其所不同然，而執以強，兩強者，其終同乎？名與法，裁乎意之同然者也。然人之意，往往以時與地而遷。意且遷矣，所謂名與法者，亦隨而俱遷；而我執之以求同，是猶削趾以就履也，其適也幾希！

嗟乎！國家建新八年矣，而法度猶未具。在官庸庸，無創制才；其能者，又多篡取他國成書，矜為莫尚，而不知其時與地之遷變。其害之所極，蓋不僅意之執而已！且恬乎人之意而為執，夫執，已過矣。而又甚之以隨，其可乎，其可乎？此言也，余嘗於伯楨發之，伯楨固能以己之意，而求適於天下者也。同而不為隨，異而不為執，是賢已！復書以要之，伯楨必久而無忘也。

【箋】

据其"國家建新八年矣，而法度猶未具"云云，可以確定該文作於民國八年。此所謂"余嘗於伯楨發之"，就是前文《贈魏伯楨敘》。

贈蔡雨巖先生敘

人之生也有涯，其能也無涯。百年也有涯，其禮晦明也無涯。體貌者，假乎物者也，物無不毀也，無以久也，故曰生有涯。生之能，其有機乎？機而運，有恃乎運之者矣。機老則失運，非運之弱故，機不任運也。其運之能，固久而不滅也，故曰生之能無涯。生之能無涯，故得其養者，亦得其年。百年者，有涯之晦明也；人生者，晦明之積也。朝菌不知朔晦，夏蟲不知春秋。弱乎我者，夫焉知有百年也！百年，我寄也；體貌，我假也。我盜天之清、地之精以生，盜不可久也。無機者可久，有機者不可久。人，有機者也。致其能者，有養也；奪其能者，養不時也。夫唯至人，能時以養。養之道乘于無涯，而不見乎有涯也。知有晦明，而不知乎有百年也。百年有涯也，人生有涯也，唯生之能無涯，而養亦無涯也。養無涯，生有涯，然則養生貴矣。養生之主無宅[1]，無奪其生之能焉而已。生之能，天能也，天之清而地之精。機之運也，死生者運不運也，運也者，非機之能也，有運之者也。夫人之生，猶之乎游塵之相忽也。忽焉而凝，忽焉而散。其凝也，有觸有歧，有感有結，有使之然；其散也，以漓以漸，以滅無以，莫之使而然。其于人也，使之然者，養也。養至者，能之著也。能之著，百年其暫也。百年暫也，弱乎百年，其尤也。然則人生何壽也？朝生而暮死者，一晦明之壽也。

至人不知壽。壽百年一生死也，晦明一生死也，生死有觳乎？然則以年壽者，不知生之養也。

善夫蔡翁之言壽也！蔡翁生六十年矣，僚戚將以為壽。蔡翁曰："吾知生，不知壽。一晦明，吾生也。六十年，吾生也。縱百年，亦吾生也。惡乎五十九之非生，而六十壽也！夫壽者，醻也，施乃有醻。吾無恩于物，無忤于物，孰吾醻也？"斯言也，其殆知養之道乎！知養之道，可以無生，可以無死；蔡翁之生，無涯也。

【校】

[1] 養生之主無它：張劭成《無邪雜著校勘記》云："《贈蔡雨巖敘》'養生之主無它'句，'它'誤'宅'。"茲據以改正。

詒張于相

于相之言文也，曰潔而已。余曰潔非尚也，潤焉而已乎！今夫水，澗溪之涓涓，潔也；若黃河，若渤海，則渾渾者，非潔之謂也。

耦乎于相而以潔稱者，曰含章虞君。余嘗戲之曰："以汝之潔與余之渾，孰勝乎？"含章曰："潔勝。"曰："以汝之涓涓，與余之渾渾，孰勝？"含章曰："不可知。"余曰："以汝之涓涓與余之渾渾，則不可知，然則汝之涓涓，余之渾渾，孰函乎是？"含章曰："涓涓者不可以入也。"余曰："然則，渾渾者勝汝矣。"今于相之潔，猶含章之涓涓也。雖然，余畏乎于相之潔，含章之涓涓，涓涓焉而已，而于相，猶未至於涓涓也。

夫黃河、渤海，導其原者，昆侖也。昆侖之原，未始非涓涓者也。使于相而不以涓涓者是限，則其為黃河、為渤海，而非澗溪之潤也。不可知黃河、渤海之與澗溪潤一也，然而河海勝矣。于相之不能河海，其潤之量不足耳。量不足潤，不能成河海。仲尼有言："四十、五十而無聞焉，斯亦不足畏也已！"于相今年四十，使于相而猶以涓涓者限也，余亦何畏乎于相！

【箋】

張原煒（1880—1950）字於相，號葑裡。這位出身官宦之家的清代舉人，既是當時最著名的書法家之一，亦嘗積極參與民初浙江議會政治建設，更為近代寧波地方教育的蓬勃發展貢獻了近二十年的心力。茲據《詒張於相》"於相今年四十"云云加以推算，可以確定此文作於民國八年。

代張壽鏞頌人五十壽

粵有某君，興于海隅。徇智用時，務物無息。廼克底于有成，有聞于邦。邦人欽之，以率以來，以致于余而稱曰："於戲某君，亦勞有時，維基作悳，是用大康。勿渝朝夕敬止，毋有滔湎般樂。日月不居，汔五十年，曶其有艾，在歲丙辰，朱明方中，乃為君誕吉。余朋余僚，登君之堂，忩召之勤劬，執敬觸止，將衺君德，永亚曰撰，俾于衆有，又疇作頌。頌乃戀庸，惟女有文與有宿，洽聞其德。善女宜作頌，頌乃戀庸，毋陋毋華毋敛，其誠惟誠克尚。"余廼稽首，頓首言于衆曰：

惟余在昔，筮仕姑胥，惟君時奮于野，保惠飢黎有勳，帝嘉乃績，乃命冊于庭，使徇江以南，觀察有衆，余實與有宿。其既嗣皇，勿造禮厥，枋拱于庶，衆曰共和。

共和肇建，政惟求新，人惟求舊。惟余在昔，察于財賄，悉力以任，都厥計曰，惟余工肆，推余于職，播于淛江。淛江初刱，百工勿孫，小民踦區作難，狙故蹈鼍，亢貨勿內，以侮我在府[1]。在府用困，余惟于君既故，咨往誨來，時時告縐以從，俾余職用勿荒。余實懷德，奈之何勿思。匪女之言，余亦有述。

於戲！人罔不私，厥躬務殖于貨，暨其孫子有家。相彼廛民，纖嗇辱處，疇則如君。賤夫造業，罔有忌憚，處市進退，挾金以逞，必其有獲，小獲小逞，大獲大逞，逞不于義，惟其貨滋貨務盡，罔務厥惪。一人之務，群則害之；一群之務，疇則念之？彼之視骨肉如寇仇，視家如陌路，況其在遠，勿親休哉！惟君乃異。君起簡微，用白圭計，贏算羨，俯仰機利，惟赴厥志[2]，匪力有靳，聞義必致，克孚于衆，始漸于鄉，淪于邦國，既乃浸聞于海。海人其來，君益用富。圖乃成毋，實乃人口。於戲！治國無艱，傷于基；交遠無艱，傷于微。我則勿任，人孰任之；我則勿揕[3]，人孰揕之？惟厥時我無內恃，人乃易我。我弱勿與掎，嗤嗤安于苟。百理咸廢，傷厥國重。厥業靡克，舉市大饑。金勿任厥用，人乃來侮，敗我市交。君用怫然，痌我衆時，則有言曰："嗟哉余疇，女其勿思，人將俎我我其鬵；女勿昏厥志，勿務小利，惟利無近功，遠乃克奮。匪惟余商，若稼穡，若酤若林，若土木，若梓若削，若陶若冶鑄，若機構，若航若穴五金，若鹽若織業，毋自狙攸，往罔勿利，矧余母富，鬻財四方。今余有唱，女其余和。惟余四明，寶魁厥市，余欲積箸厥金，俾融于遠邇，女其余攸。余與女咸有慶于海，疇為郵。彼郵者，實侮余，余寧其侮，余將連越，自為郵，女其余攸，余與女咸有慶。"乃衆怵于言，僉曰："余惟女攸命。"君既獲于衆，肆底厥功有成。君有母，誨君敦于義、敦自鄉。殖鄉之海，通于華陸，厥民大阜，惟乃義惟義，克砥厥仁。

在昔辛亥，天降殃于我淅，淅東西歲祲，幾勿粒。君閔茲艱，食斂以振。明年又艱，食振勿怠。惟乃仁惟仁，克成厥勇。在昔丙午，僑人逞權，虐我細民。我民怒勿，禁仇厥僑。僑人覊我，用威于我衆，我乃為踐，君曰："時余責畢，乃誠解于僑，勿得彊之爭。"僑乃服，卒遂厥議，勿敢罔，惟乃勇惟勇，克奮厥智。

在昔辛亥，清命既訖，豪桀假義，蠭午四起，襲權潛武，乃至于今未艾。執政勿公，謀私厥家。順我者貴，勿順我者誅。我民其癉，勿得于南徇于貨，勿得于北殆于訛。君則時厥幾，詭應無方，惟乃智惟智，克保厥身。

於戲！君之犖犖，有若茲茲。其可稱，迺若惠工，若明教，若教武，以保衛予商。凡若茲，昭乎人耳目，不可數以枚，余乃勿宣。戀哉！君之庸，迺可齊年而無窮。爰為作頌，頌曰：

有猗其蘭，可以為佩。有羨其流，可以為溉。
俁俁令君，德聞無既。匪惟無既，日月不廢。
蘭之猗猗，惟君之思。流之羨羨，惟君之無忘。
於維君之賢，人以為天。人以為天，胡不萬年！

【校】

[1] 在府：疑此二字系衍文。

[2] 惟赴厥志：原作"惟赴乃材乃材厥志"，茲疑"乃材乃材"系衍文，逕刪之。

[3] 我則勿揕：張劼成《無邪雜著校勘記》云："《代張壽鏞頌人》一首'我則勿揕'句，'勿揕'誤倒。"茲據改正。

【箋】

此文乃陳訓正受張壽鏞（1876—1945）所託而作，用祝虞洽卿（1867—1945）五十大壽。茲據其"在歲丙辰，朱明方中，乃爲君誕吉"，確定該文作於民國五年。

鎮海鄭君壽辭

有皓其碩，作于海會[1]。蠡鑄圭錯，靈緒亡隊。樹瑤一枝，蔭及句卉。
根氣稟精，所由受矣。大日光光，千海萬桑。都梁百詑，市易匪常。
維碩作業，不綠不將。世譽既闡，遂為國良。祖白師朱，跂其有圖。
靡廢不著，有奇乃居。游滬沿漢，實宏厥謨。既富且耄，六十其祖。
六十熙熙，皤髮而嬉。維萊有母，老猶嬰兒。恆言不稱，于古有辭。
況其賢者，而曾勿思。駪駪婦子，赫赫賓里。咸來告謂，禮古今異[2]。
我公受祜，曾闈之喜。通俗洽情，何嫌乎是。觴舉歌升，介以綷俌。
震川始放，演波益滕。繼先有作，制匪我興。豈況在德，允是福膺。
迆率迆來，求我好辭。匪我藻繢，必于質施。夫惟豐質，乃侈文為。
常嘆無遇，今且庶幾。遂著君常，徵口于鄉。棄其孅節，誦其章章。
君氏曰鄭，昭名伯行。家貫鎮海，世有令望。君生而弱，幼稟澹泊。

131

外沈沈如，內明則躍。髫年作計，頗具心略。耆父稱嘆，輩無爾若。
既童既立，服勤旁邑。鉤稽不煩，約綜博習。三致千金，聲譽遂集。
雷淵之龍，寧其終蟄。漢水湯湯，會于萬方。徇時務地，厥業迺昌。
舀新畚故，君善用長。不數數年，牛耳衆商。情漓世敝，疇則思義。
口腹幾何，責肥無已。積而能散，吾于誰跂？私溺既深，呼之不起。
唯君知愛，邦人所戴。勤我群務，孜孜罔怠。庀館覆露，白骨生采。
潛潛黃流，澤深如海。不忍于人，寧少於親。踵志述德，聿昭先仁。
姓微如寄，廟勿妥神。益蠲委藏，遂奠明湮。盱盱病季，庭嘻閨悸。
與仲夙夜，親視臥起。挈誠天嘉，吉祥戾止。仲貴季彊，伯亦市利。
丹禽育殊，再春斯雛。天圃苗秀，芝芽駢臚。朗朗玉雪，譽重揚烏。
爲善之報，天心不諼。俯怡振振，仰怡慈親。高堂明鏡，遞照昏晨。
天有大和，私我人倫。負髦戴齯，快樂萬春。我緬在昔，慶由善積。
石赤不磨，靈光益澤。惟君之材，于勞有獲。惟君之仁，百體以適。
於戲鄭君[3]，亦既有聞，耆德勿爽，我矚方殷。願力滋溉，永護芬菹。
孰謂嘉蔭[4]，匪人之勤。八月良吉，貢我所述。瑰篇琳瑯，芳譽洋溢。
匪以爲媚，將以昭質。君受我辭，勿訾匪實。我辭有盡，我意靡竟。
敢告在堂，心焉儀鄭。天視匪遙，吉人多慶。閒誦黨摩，勿忘懿行。
余更有言，敢告淑門。世載厥德，緜子若孫。勿謂流長，願泳其源。
勿謂枝邑，願勤其根。我有旨酒，奉觴稽首。申以繁辭，敢告令母。
令母多福，令子同壽。金石堅固，永垂不朽！

【校】

[1] 有皓其碩：張劭成《無邪雜箸校勘記》云："《鎮海鄭君壽辭》'有皓其碩'句，其碩誤倒。"茲據改正。

[2] 禮古今異：張劭成《無邪雜箸校勘記》云："《鎮海鄭君壽辭》……又'禮古今異'句，'禮'下落'古'字。"茲據補。

[3] 於戲鄭君：張劭成《無邪雜箸校勘記》云："《鎮海鄭君壽辭》……又'於戲鄭君'句，'戲'下落'鄭'字。"茲據補。

[4] 孰謂嘉蔭：張劭成《無邪雜箸校勘記》云："《鎮海鄭君壽辭》……又'孰謂嘉蔭'句，'謂'誤'爲'。"茲據改正。

【箋】

洪允祥《悲華經舍詩存》卷3有詩曰《鎮海鄭蕊舫，賈人也，喜作詩，年五十九，自挽有云："胡樂不堪愁裡急，杞憂況是病中多。"余感其言，賦長句贈之》。未知鄭蕊舫是否就是陳訓正詩篇中的鄭伯行。

朱母七十壽詩敘

始余從竹江袁先生游，袁先生有徒數百人，每對客，必稱道："及門無如朱生賢。"時朱生侍寡母家居，恆不出，余未識朱生也。明年，袁先生歿，余事柳先生於芳江。芳江距朱生所居僅一水間耳，朱生亦以母命來曹，與余同齋舍。余習耳其賢也，樂就之，既悉，相與且話家世。蓋朱生亦孤子也，少余四歲，八歲喪父，余九歲；又皆無昆弟，家貧惸惸，依母以活。其時吾兩人者，才勝冠齒弱，學業猶未成，每輒課與坐，交相規勉，輒憮然于將來，懼不克一日而負吾母望，則相對欷歔，以至泣下。歲時歸省，朱生送余江干，握手鄭重，至夕陽宛轉欲盡，猶不忍遽別去。

光景忽忽，今又三十年矣。囘首當日情事，依然在吾目前。而吾兩人卒無所成就，相依以教授，居窮縣間，名聞不出百里，無甘脯可奉母，而又更喪亂，岌岌自保，僅克完聚，斯可傷已！疇非人子，獨吾兩人者，而終賤耶？

今年十月，朱生之母許孺人十生日。凡與朱生有連者，謀先期舉觴稱壽，而問禮及余。余惟古人祝鯣祝鯉，所以事其長上者，必有所稱辭，因事致敬，古亦有之矣。況朱生之孝而其母之賢，又吾人所共聞而共見者也。嗟乎！自世風之降，孅業之徒，出其淫利以飾孝事，士大夫棄恥相從，金帛一日之需，張皇美行，奪鄉閭之人之口，而不顧其齒寒矜衣驕食，娭娭四五十年，而猥曰母德母德。獨至窮巷苦節之嫠，生子不顯，遂無能昌大門楣，與浮俗爭烜赫，則闇然委之如，無與于列女之數。禮亡久矣！生不能及早自拔，取富貴名位，驅役當世，徒此捉捉終賤，如吾兩人者，誰復存念而及其親耶！膏粱之家，禮有加數，菽水之養，為歡幾何？然則如朱母者，持節畜孤幾四十年，而祝年之典僅乃一舉，亦希貴矣。

余念朱生之困蹇近益以進，前年哭女弟、哭妻，今年又哭子。妻，故袁先生之女也，亦賢能以禮事其上，而不克久世，致朱生益以其室事勞慮邁親。余更為朱生懼也！朱生乎貧賤而得其養，養志為尚。朱生之清釗，亦母之志耳。葆母之志而至於沒世，固孝者之事也。余不文，尚能為朱生歌《將母之章》，因為歌曰：

吁嗟母，嫠其傷，嚙冰雪，飫風霜，四十年，苦備嘗。
有一子，聞于鄉，安恬素，畜輝光，雖終寠，久必昌。
豈富貴，可以常？保貧賤，流世芳。吉之日，效昆觴。
勺廉泉，調清沆，召賓婭，躋高堂，拜母壽，祝母康。
願母千萬歲，歲歲樂無央。

【箋】

考其文有云："始，余從竹江袁先生游。……光景忽忽，今又三十年矣。……今年十月，朱生之母許孺人，七十生日。"據《天嬰詩輯·序》，可知陳訓正自光緒十四年"始從竹江袁先生受詩"[①]，由此下推三十年，是為民國八年。而《朱母七十壽詩敘》亦當作於民國八年十月。

張讓三先生六十壽敘

吾郡自有宋以來，士皆淑於深寧之教，相尚以樸學，不較較於文辭之工拙。衍至清世，大儒先後輩出，所務益精。若鄞萬氏充宗、季野、全氏謝山，若吾邑姜氏西溟，類能博洽弘通，自奮於絕學，為式後士，彬彬焉，有文之實矣！然其於辭，蓋無所稱也。

---

① 《天嬰詩輯》，陳訓正著，陳訓慈整理印行，1988年。

洎乎無錫薛公，以兵備甯紹台三府駐節吾郡，於其署之傍構精舍，徵三府士之秀者，日出其所，受於湘鄉曾氏所謂古文義法者，禮而教之。士之祈嚮既正，始稍稍辨其涂徑，於是吾郡乃有高世文字之學，而鄞張先生讓三者，其著也。

先生自幼好學，通國故。事無錫最久，嘗隨之使西國，居五年，益知其國之政教風俗情偽，槩然有經世之志。使歸，歷聘大府，為上賓[1]，主軍國要計，勝繁劇，久亦厭而去之。今老矣，然其為文章，雖倉卒，猶能伸紙疾書千萬言，振筆立就。讀之，規規然不移於法，蓋無錫之教然也。

共和建國之四年，余在鄞主六邑藏書處，曰薛樓。薛樓者，以無錫而名也。樓之建，在今二年前，而無錫之去吾郡，蓋至是二十年矣，而一樓之覆，猶以薛名。甚矣！文化之漸，雖久而勿忘也。然使無錫開建於前，而不得高第弟子如先生者揜張於後，則其為澤亦僅矣。

明年，先生年六十。郡人士習於先生，與先生弟子之著錄者，咸思有所稱述，而屬辭於余。余不文，然嘗辱先生之知而不以其陋棄也，義無避焉。時先生元妃滎陽君，亦年六十，閫內之德，麗夫而昭，故惟述先生之有繫於吾郡文化者，為先生祝。願先生之壽，與吾郡文化相引而俱長也！若夫獻媚逞諛之詞，為湘鄉義法所勿許，則不敢以入，亦先生志也。

【箋】

並見《甬上青石張氏宗譜》卷三《贈言》。考洪允祥《張讓三先生六十徵詩文啟》有云："我讓三張先生，明山閒氣，浙水通儒。……將於今年二月八日先生初度之辰，舉稱觴之典。……所冀東京才子，南國詞宗，貺以佳章，光茲勝舉。庶幾松喬異骨，千秋傳郭景純之詩，句甬名山，萬古有夏黃公之跡云爾！"①准此，則陳訓正此文當作於丙辰二月八日（1916.3.11）之前。

【校】

---

① 《甬上青石張氏家譜·贈言》，張美翊主纂，味芹堂鉛印本，1925年。

[1] 歷聘大府，為上賓：《甬上青石張氏宗譜》作"歷聘為大府上賓"。

贈洪君序

余嘗尋考天地盈虛之數，倏焉而往，往者不知其所屆；倏焉而還，還者不知其所自。然其著也，為泰為否，為吉為凶，冥冥乎，若有操乎其間而不可奪。而其尸之者，亦各以順為受，未至而不可強，既至而不可逃，為泰為否，為吉為凶，隨其遇而止矣！

遇不可倖也！己德之不修，而倖其所未至，則其所遇者，常反其所倖。是故儲德之士，不責報於天，以冀天之倖，而天之所報，往往備其身，而致溢乎其望之外，如洪君益三者，是已。

洪君以商起家，好施與，義所當為，必赴之。既而喪資，脫然歸于農，若無所留憾，不營不慮，垂垂及乎老，未嘗有所爭於市，而故業亦不自意而遂復。嗟乎，天道有時而信也！

當光緒二十七年，關中大饑，淮徐又被水，流骸戢戢相藉。時余適以事過滬，滬之人曰："子鄉人有洪某者，誠俠士也。今釀金二十萬振災兩省，無希微德色。例捐金十萬以上，得以二子賜舉人，當道為之請。洪君曰：'余之務此，豈為子孫地耶？'力辭不受。"余當時尚未識君，謂其人曰："若然，洪氏其大乎！"居數年，復過滬，洪氏竟以敗聞。人曰："如洪某者，而墮業為義者，懼矣。"余曰："吾以天道信洪氏，洪氏必無敗。"今果然。蓋余為此言，又二十年矣，而君之興未艾也。

君有丈夫子三人：長承祥，以潛德佐君力穡，無外聞；仲承祁，少從余友鎮海鍾生學，有敏材，今被舉為省議會議員，視昔所謂舉人者，則何如？季曰承祓，君繼室梅夫人出也。夫人父曰友竹先生，邑之高士，擇婿百不當，獨許君然，則君之賢，可知也。余雖以承祁故識君，然聞君之名而知其為吾鄉儲德之士，則自海上始。今歲某月，君年六十，四方之士會觴于君庭，有舉君當日事語客者，皆竦然起敬曰："信乎天道之可憑，而修德之必獲報也。"余因述所知以為贈。蓋將以示永世、風後人，匪直君之德之頌已爾！

【箋】

考其文有云："君有丈夫子三人：……仲承祁，少從余友鎮海鐘生學，有敏材，今被舉為省議會議員。"又考《申報》1918年8月4日《新省議員揭曉》曰："浙江省議員覆選第四區昨日（一号）在寧郡老城隍廟舉行覆選投票，……今日（二号）即在郡廟當眾開票，計當選人十五名：盛在珩、王廉各二十票，徐志鴻、周紹頤、郭景汾、洪承祁、宋蔚臣、錢玉麒、屠士恒、李鏡第、張原煒、王棟、周鈞棠、裘光熾各得十九票，勵支石十八票，惟費錫齡十三票，為候補當選人。"是知洪承祁於1918年8月當選為省議員，而《贈洪君序》亦當作於1918年8月。

送戚生歸壽其父序

禮俗敝矣！事親之道，駸駸喪其厚意，而相踵崇飾握促無謂之文，名曰壽序。夫祀敘者，貴有其實耳。若艾若耄若期頤，則是盡人而同也。盡人而同矣，雖累千萬言以序之，亦何以殊其人于世，而世顧溘溘然務之，一若不得乎此，將不足以事親。風之薄也，有然矣，豈皆有當于禮乎哉！古之禮，有所謂為壽上壽者。壽之言，醻也，以酒相醻酢，因而致其敬，非紀算之謂也。即以言壽，亦不過如祝鮀、祝鯉之例，固無取乎繁俪耳。今人乃不然，不問其人之實何如，惟雜取古淑人君子之德善，攘竊假飾而為一人行誼，靡曼之辭，非不斐然可喜，然于其人，果何與哉？夫亦勿貴也已矣！

戚生才敏，及余門有年，自童習至畢修，恂恂老成有器望。其於親也，能先意以為事，足乎內，無譁乎外。嘗北學於天津，將成矣，一日以父母念，棄而歸，曰："世方擾擾，邁親在，吾敢遠游耶？"卒守門戶勿出。蓋今歲其父已六十，母亦五十九年矣，戚生請於余曰："壽文非古也，才敏不敢以請，顧才敏有不能已於情者。父母之年，喜懼以之，不可不知也。夫子儻卒訓之以事親之道，俾書之壁而朝夕與接，出入有儆，才敏雖微，庶幾幸逃於不孝名，亦夫子所許也。"余感其意而詔之曰：

"凡為人子者，貴乎有肖德。汝於其親之德，肖乎哉？以汝之優游道藝，不蠶而衣，不稼而食，視汝父之克勤與儉、艱難作家，其勞逸為何如？汝肖之乎？汝父處鄉，刻己而厚人，能盡其矜卹之道，而汝之甯澹自見者，乃遂謂能肖之耶？汝父有剛德，聞義必赴，力所能至者，靡有吝焉，汝年少，汝之行事未見於鄉黨，汝之肖與不肖，余敢必汝許哉？今汝父耄矣，汝父之志，皆汝之志也。汝讀書窮性，方汲汲以古人自期許，余固信汝之能行其父之志，汝能體汝父之志為志，則繼汝父志者有人，汝父雖耄而未衰也！孔子所謂'可喜者，如是而已'。不然，余懼乎汝之無肖德而汝父六十之年，而遂衰也。戚生勉矣！若夫豆觴拜舞登歌介壽而瀹瀹以務之者，猶是乎世俗之見也。戚生學古之徒，胡取乎此！"

傳六

陳孝子傳

孝子名順桂，姓陳氏，鄞人。母丁，嘗當暑中流疾，噤不食飲者數日矣，又時時[1]失惡道漏溺，牀蓐間無乾處。家人戒相染，且畏穢，避去，孝子益謹奉之。醫者百輩勿效[2]，乃號曰："天乎！胡厄吾母之速也。"至夜，屏人出，禱於庭。逾時[3]，奉一湯進飲母，母稍稍蘇。明日，遂霍然病已[4]。人以為孝子誠禱之感也。然孝子自是竟[5]勿袒臂，臂衣上浸汗，往往漬見血，始皆疑之[6]，偶易衣露臂而刲痕見矣，顧孝子終勿言，又十年而母歿。

陳訓正曰：刲己股以療親，世所謂愚誠也。然精神感應之事，亦有時而有矣。孝子之誠，固孝子之愚也。非天下至愚之人，而能有[7]誠之一日哉！孝子孫祥翰，交余久，為言如此。

【校】

[1] 時時：此傳又見載於鄞州《橫涇陳氏宗譜》①，兩相比較，後者無"時時"二字。該句原文，疑系"又時失惡道漏溺"。

[2] 家人戒相染，且畏穢，避去，孝子益謹奉之。醫者百輩勿效：鄞州《橫涇陳氏宗譜》作"家人恩相染，往往避去，孝子獨守之，求醫百輩輒勿效"。

[3] 逾時：鄞州《橫涇陳氏宗譜》作"已而"。

[4] 遂霍然病已：鄞州《橫涇陳氏宗譜》作"病霍然遂已"。

[5] 竟：鄞州《橫涇陳氏宗譜》無。

[6] 臂衣上浸汗，往往漬見血，始皆疑之：鄞州《橫涇陳氏宗譜》作"臂衣上侵汗，恆漬血，人始疑之"。

[7] 有：鄞州《橫涇陳氏宗譜》無，疑系衍文。

徐翁傳

徐翁者，名明顯，清道咸間人，居堇之鏡水。四明之山千百峰，相攢披流而北，蜿蜒至鏡水，益險。當險處，有亭曰鏡水，翁所築也。每山洪暴發，水漲益高，風礴之迅游波，一瞥趨千丈，汧浪無際，故稱鏡水，亦曰千丈鏡。嘗有舟行而上，失勢覆水中，方中夜，聞呼救聲起，翁徒跣足星光下，號衆曰："急拯之，勿失，予有庸。"明日，視所拯者未半，翁閔然曰："彼何人，乃盲進而至此乎。嘻，死者不復矣！"於是遂縣其地而亭之。厥後，粵寇禍浙，肆淫殺，環鏡水數十里，害尤烈，鄉人仇寇甚，見異言者，輒謂寇也。日有三人者，來憩于亭，鄉人大譁，困之。翁聞，止衆，勿聽入，挾一人出，而二人則以毆死。翁引以為憾，曰："亭將以蔽人也，而二無辜者，乃死亭下，悲夫！"翁歿，年八十餘。

陳訓正曰：予友張原煒者，翁外曾孫也。張君言翁早孤，事母孝，能化其子弟。長子學謹，嘗割股療母疾。其季子，且以鬻錢致富。是誠

---

① 此外，鄞州《橫涇陳氏宗譜》所錄《贈陳餘甫五十壽言》，據說亦系陳訓正所撰，其詞曰："於是陳君餘甫生五十年矣，……子雲奇字，寧辭蜀客之求；文生多情，亦錄林宗之齒。重以其弟季屏遠道馳報，屬為贈言。……以文壽人，我敢云爾？因事致敬，禮固有之。……余雖於餘甫、季屏兄弟之間，美德相推、謙衷互抑，……未嘗不嘆太邱之宗緒未墜，……余雖不文，義何多讓，敢竭心抒，甬介眉釐，儻亦賢兄弟之所欲言者乎！乙丑六月，慈谿陳訓正拜撰，余姚張栩拜書。"

然，然吾以翁為異人也。

志七

清故兩淮鹽運使司候補巡檢葉君權厝志

君諱涇，字筱林，慈谿葉氏。其先宋尚書左丞夢得，傳廿二世佐時，以商徙于清淮，居焉，是為君之祖。兆銓，咸豐某年入貲，選甘泉縣主簿，是為君之考。

君生而篤謹，知事親，少長隨主簿君之甘泉任，會洪秀全之變，揚州大震，主簿君曰："《禮》不云乎，內亂不與。"遂棄官，挈君避難仙女鎮，時君母氏傅，猶在清河故居。清河當南北衝要，戰事所必先也，其地頑民又句引捻賊，應秀全作亂。君聞警，泣請于主簿君，走求之，凡三數日，無間晝宵，卒遇諸途，將護以歸，人稱其孝。未幾，主簿君病歿，家素貧，至是益不給。君能以材自立，得鹽巡檢官需，次兩淮，歷辦河防、水利諸工程，幾三十年無缺失，頗頗著勞績。例得升轉，然性孤介，不能媚上官進取，以故終身不遷一階，老益坐廢。

民國三年，始歸慈谿。君既歸，飲食起居非所習，鄰里鄶族非所親稔，坐是益鬱鬱不快，遂得疾，以四年九月二十九日卒。遺命以道服殮，曰："存吾志也。"春秋七十有九。君娶陳氏，訓正之姑也，前卒。側室譚，攝行內事。子男五人：懋宣，陳出；樹宣、棣宣、桂宣、椿宣、枚宣，譚出。女三人。懋宣既厝君柩于慈湖之原，告訓正曰："吾家兩世先櫬，皆浮葬揚州，父命必盡返，乃葬已。今不及舉返葬，故權厝焉，以待先志也。將為異日銘，請志之。"遂為之系曰：湖之山，青屼屼；湖之水，清涓涓。有長德者宮是間，吁嗟乎其賢！

【箋】

此文乃陳訓正應表弟葉懋宣之請而作，既明言葉涇（1837—1915）病卒於民國四年九月二十九日，則其寫作時間當在該日前後。

陳君生壙志

君寡過，務隱德，且七十年。既無譁於世，復無忤於身，無歉於將來。其子又多賢，能事親，不忍替其親之教，汲汲為善尚鄉里。鄉里多君子，因益敬君為，嘆君之能教其子也。而君亦將自娛其可以老，曰："吾有子，且不遑赴其鄉之人以義，他日吾忍以其親之葬重其心？"於是自度生壙，得之於鳳山之原。原有張氏墓者，嘉慶間所造，既成，張氏惑術者言將不利厥嗣，因棄其故[1]穴，而別圖其所謂吉地者遷焉，未百年，今其子孫益不振，至欲券其地與墓於人以活。人又皆以張氏見，見其非吉，無敢受者。來叩君，君將為諾，或沮之，君[2]笑曰："惟地能摯萬物，靡不吉。縱不吉者，吾之嗣已能自樹其德義於鄉，眷天厚，有以自賴，寧賴五蔭耶！"卒以八百緡受其券，已而少完其所已廢已隤者，又將仆張故所建碑、礱而改書之。

君仲子夏常，尤私於余，為余言。余重君之德而又服君之達也，遂以志。君名之祺，字近三，慈谿陳氏。善畫梅，故又自署曰伴梅。為人澹閒多喜，往往於其所畫梅見之。君生清咸豐六年。妻張，少君一歲。丈夫子四，曰恆，曰謙，曰鼎，曰澤。謙即夏常。鼎前死，以劬學稱。女一，適沈。

【箋】

此文乃陳訓正應其友陳夏常（字謙夫，1880—1945）之請，為乃父陳之祺所撰的生壙志。在被收錄《天嬰室叢稿》之前，還在1917年8月，就以《陳君近三生壙志》為題，刊於《新民報》第4卷第8期（第20—21頁），其署名為："同縣陳玄嬰撰文同縣錢保奭書丹。"時至1922年10月，又以同題（署名更為"玄嬰"），見載於《寧波旅滬同鄉會月報》第5期（第57—58頁）。

【校】

[1] 故：《新民報》所刊《陳君近三生壙志》脫。

[2] 君：《寧波旅滬同鄉會月報》所載《陳君近三生壙志》誤作"或"。

葉君主陰記

　　君諱涇，字筱林，姓葉氏，慈谿金川鄉人。始遷祖，宋承務郎錄事參軍櫓，尚書左丞夢得第五子也。曾祖諱培元，字而大。曾祖妣氏陳。祖諱佐時，字其昌。祖妣氏馮。考兆銓，字慶淮，又字載遜，甘泉縣主簿。妣氏傅。君生前清道光十七年十一月二十五日，卒民國四年九月二十九日，為夏止乙卯八月二十一日，享年七十有九。娶陳氏，先君二十八年卒，側室譚攝正。子男六人：懋宣，陳出；樹宣、棣宣、桂宣、椿宣、枚宣，皆譚出。女三人，長鳳楨適仁和馮良煦，次鳳筠適鎮江郭慰祖，皆陳出；次梧宣，譚出，未字。孫男二人，炳發、煜發，懋宣子。孫女三人，霞英、雲英，樹宣子，招麟，棣宣子。君官兩淮鹽巡檢，其懋績碩行，具詳訓正所為《志》。十月二十日，懋宣等奉君柩，殯于慈湖之原。先是，君之考妣及妻歿，均浮葬揚州仙女鎮季家莊。君遺命："必盡返，乃葬。"已不及時，故權厝以竢。內姪陳訓正謹誌。

【箋】

　　據文意，可知葉涇棺柩於民國四年十月二十日"殯于慈湖之原"，故此文寫作時間不當晚於該日。

哀冰集

《天嬰室叢稿》之四
慈谿陳訓正

少日自負許，謂卒生斯世，詩文而外，自有事業在。故偶有所述，輒棄去，不甚愛惜。今已矣，四十、五十，忽忽無聞，自念生平，舍此無復高世，因立斯集，以時次弟，徂春歷夏，都得詩文若干首，題曰《哀冰》，識所始也。庚申七月，玄公記。

哀冰叟五十八韻并序

冰子諱毓崒，字汲蒙，姓馮氏，性伉爽，好直言，以是忤世蒙訾。晚年益失志，涼涼于行，因自號冰子。與余交三十年，既老，依余居愒園，主薛樓文社一年，窮不能自存，走京師，為所識顯宦者司筆札，又一年，旅死。赴至，余牽事，奔走不果，哭以詩。冰子喜余詩，嘗曰："他日先子死，必子詩來哭。"余戲諾之，以為冰子財中壽，未遽死也。今竟死，余亦待死者，可不宿諾？庚申三月，《哭冰子詩》既成，并識。

生平稱交道，八九歸泉途。獨往秉短炬，戚戚疇為娛。
憶昔君生日，與君坐欷歔[1]。君言我三十，過汝雞西廬。
問年汝猶少，咳唾矜萬夫。曹學十餘輩，不肯甘下趨。
功名輕一擲，梟氣吞雄盧。白日無轉側，青鬢凋爾吾。
人生抱憂患，意氣難發舒。洿塗孰為拔，措眼看天衢。

143

誰謂天衢上，乃有仙者都。淮南舊雞狗，翩翩盡華腴。
汝微不能興，吾賤安所逋。相攜就君平，相從林下居。
八月黃菊開，照我顏容臞。四月木桃華，映面生頑朱。
君輒笑謂我，穹伏非良圖。坐令蓬蒿底，惻惻佳時徂。
汝壯猶可為，吾憊直須臾。本無四方志，寧有飢能驅。
故人肯憐惜，殷勤抵素書。一回招不去，再四來促呼。
吾亦忘君老，勸君毋踟躕。世人皆欲殺，疇復相提扶。
餓死事雖小，厚意寧區區。七月秋風來，送君上征車。
君猶強自解，粥生吾其徒。五鬼塞大宙，何地逃痡瘏。
我縱不即死，我馬應已瘏。一時送行客，聞言為嘆吁。
錦口生餓理，乃令四方觎。四方正多事，道路皆崎嶇。
忍以五斗米，擲此千金軀。沈沈一年間，消息空模胡。
旅情無可說，非與故交疏。驛上逢京使，借問君何如？
知君不稱意，憔悴埋窮閭。頫首勤斗斛，硯焦墨易枯。
僚居六七人，同病無一蘇。北方寒最早，九月風剝膚。
敝裘典已盡，匀熱鄰家爐。此情那得久，老罷況如渠。
我聞使者言，旦旦為君虞。驚飆儵然至，哀鳴起夜烏。
思君不可見，遙甸縈鬱紆。鄉國稱妄男，我實與君俱。
弱步無通蹊，孰蠻孰駏驢。一體不能分，每出行衙衙。
謁貴復叩富，所至足趑趄。天生才有幾，身外乃無餘。
嗟哉天降虐，非君自速辜。別離三百日，凶問忽抵余。
才者今果死，彼蒼信有無。人生一短局，百年百乘除。
壯者忽焉老，老者忽焉殂。年來數氣類，祗覺歌哭孤。
種種憐余髮，星星漸凋顱。哭君猶及我，後死更誰須。

【校】

[1] 歟：張劭成《哀冰集校勘記》云："《哀冰叟》一首，'與君坐欷歔'句，

144

'歔'誤'戲'。"茲據以改正。

【箋】

老友馮毓孳客死北京，靈耗於民國九年三月間傳至寧波，陳訓正遂作此詩以致哀，此則該詩序文言之甚明。

窟居十首

窟居光不揚，所照都塵隙。
感慨中余心，奇痛欲吐膈。
世無解痛人，出口良足惜。
埋之深腹中，一夜化為碧。
欲裁古錦囊，貯以陳路陌。（一）
路陌見顏色，云是半生交。
意氣隔今昔，寧無白眼遭。
樊棘謝威羽，飛翔看汝高。
汝高高切天，頫視皆鴻毛。
神雞不自卵，安知哺者勞。
啄盡星與斗，燭龍頭上號。（二）
滿腹未吐心，向君試一發。
所持匪不美，聽著謂我聒。
同是齒牙生，長人無短舌。
身賤名不重，懸河終當絕。（三）
匪不知汝奇，汝奇窮出骨。
匪不知汝窮，汝窮天所罰。
同時曳塗人，能者興亦勃。
牽襟復捉裾，連翩入丹窟。
丹窟神所守，常思惡龍奪。
汝合槁餓生，囂囂復奚說。（四）

我身若行巫,有時亦見貴。
日作驅鬼文,買得酒肉氣。
世人勤畜我,非曰術可畏。
嬉遨入墦間,恐是齊人類。(五)
識字高等身,愁亦等身高。
千古實腹人,非為飽脂膏。
富貴本儻來,萬牛挽不牢。
墮地即貧賤,汝亦安所逃。
解結須用錐,當斷須用刀。
有酒日在手,天地與翔翱。(六)
窮巢無威羽,不須勤拂拭。
生子貴能强,三十猶墨墨。
啜經復飫史,未能療菜色。
汝世故不超,汝父況慼德。
意欲使汝富,謂我教作賊。
意欲使汝貴,謂我教作慝。
疇不責子肖,汝肖胡太逼。
汝亦既生子,邇來始知識。
昨偶試以言,所答何奇特。
神物資變化,吾長安能測。
或者為龍巴,萬虎供一食。
阿父學阿翁,一家啼斷臆。(七)
吾有四犬子,其仲曰阿奮。
少亦讀父書,那知時可徇。
邇自東海歸,其言都不順。
每與阿兄忤,謂兄見何僅。
仁義不榮血,孔孟成道殣。

阿父老猶悔，汝固將安殉。
我非敢蹈愆，常懼槁死近。
所貴為奇男，能蠲人間忿。
抑塞事鞿鞭，徒遭市兒哂。
吾初聞是言，不覺心如疚。
細咀得深埋，奮乎吾不敏。（八）
少子方學走，其高齊吾膝。
呢呢乞人憐，頑橫實罕匹。
阿曜年十五，久放時已失。
驅之入市廛，或能逐什一。
得錢完死生，所望亦非溢。
強父待弱男，此情痛欲絕。（九）
門外春如海，吾室猶秋意。
時節豈不同，哀樂各異地。
失者見為愁，得者見為喜。
至人貴兩忘，惜者吾非比。
自從少知書，即識憂患字。
相守忽及老，行行將槁死。
死亦何足憐，所懼名沒世。
沒世不稱名，奄忽等閩蟻。
發我篋中錦，焜煌良獨美。
裁作千人襁，負攜孫與子。（十）

【箋】

　　該詩作於民國九年（1920）春。這一則因為《哀冰集》自序明言："徂春歷夏，都得詩文若干首，題曰《哀冰》，識所始也。庚申七月，玄公記。"亦即《哀冰集》所收錄的詩文，往往作於民國九年春夏兩季；二則因為該詩之十，內稱"門外春如海"。

將就人二首

拖泥帶水曲中行，宛轉君前試一鳴。
俛首作牛昂作馬，耳邊竹箠䮤䮤生。（一）
出門呫呫豈吾意，愁重萬牛挽不前。
海屋僊人似相識，青腰綠骨何纏緜。（二）

晚車

宵風潑潑車聲輕，箱腹餘光耿眼明。
缺月當梳樹丫出，連山結枕雲臥橫。
村獠滿地黃昏逼，燈火遙天三兩生。
却喜歸途如斷夢，乍真乍幻望中情。

得寒莊都門書，奉答兼告近況 三首

故人知我無好懷，茖蒂都門有書來。
抑抑愁華春未放，憑君澆沃為催開。（一）
汝書本是添愁物，雲路堯羊忽眼前。
意欲臨風摧拉雜，揚灰應有玉纏綿。（二）
別君冉冉忽三秋，聞在長安事俊游。
倘念人間有高賤，應憐王粲日登樓。（三）

【箋】

民國九年初春，三年未曾謀面的老友虞輝祖，自北京來信，先生答以此詩。之所以認定該詩作於初春，其因就在於詩中所提到的"茖"，義爲新春最先萌芽冒頭的植物。

酬自勳

自勳，寒莊之族。余于靈岩諸虞，識自勳最早。飛沉既殊，馨欬遂閒。庚申三月，自勳忽自山西廳署貽詩及余。野老捧珠，喜極而涕，情之所動，哀樂俱緣，因申感槩，答以此辭。

一鶩靈山四羽光，猶傳威采照窮鄉。
舊盟水木成空抱，變體蛇龍入斷章。
白眼高歌吾自老，淺尊薄髮孰相將。
湛湛天路來青鳥，為答瑤詞付渺茫。

【箋】

　　民國九年三月，久未聯絡的老友虞和欽（1879—1944）自山西來信問候，陳訓正遂作此詩以答之。此則其詩序言之甚明。

烏曹歌

烏曹烏曹吾語汝，汝聽何不聰？
小毦密口占終凶，是何主者曰迷龍。
我欲火汝揚以風，天風不舉汝頑骨。
飄落人間森窣窣，平生意氣一擲輕。
金注瓦注百不名，博耳直得淵淵聲。
一梟吞百盧，其事信有糵。
千古豪情客，乃在牧豬奴。
世事由來如局戲，勝者豈必皆能技。
機緣縷結非人為，偶然黑白亦天意。
天意茫茫那可知，我欲乘之時乎時。

都廄篇

刻駿入都廄，指索千金馬。踳躓復循鬣，所見皆下下。
神物豈有種，與時生變化。目謀那得真，皮相益亂假。
俊骨遭牛鞭，村兒走叱咤。怒騰驕莫抑，佚足輒耍駕。
世無九方皋，握刀問豚價。

楓阡晚步有感，賤所見 三首

夕陽落碧潭，返景生雨障。牛羊喧莫途，濊濊辭林莽。

豆陌亂風穗，魚汊動星漲。四月新水活，苗尾乘潮上。
欹梁一笠間，老漁方待網。（一）
林昏四禽集，煩響出煙背。噪棲久無定，回峰收夕曖。
野寺清鐘發，流水聲忽潰。舉首尋初月，松柏悠然在。（二）
四山沈沈夕，流雲三兩星。蟹岸畜深火，魚汐送零青。
光氣時相薄，歸途未全暝。暗樹作人立，依水何亭亭。
行歌起驚羽，疑有鬼出聽。（三）

曉登楓阡，用前均，復賦所見三首

初旭帶高樹，宿露烘灌莽。山氣沒烏背，幽啼時破障。
樵徑淫猶辯，緣溪蜿蜒上。峭天青欲墮，彌目風暈漾。
晴蛛不避人，枝間自結網。（一）
林潊得日遲，棲羽戀餘曖[1]。偶嘯回谷響，萬樹翕蘇潰。
煙重飛不高，曙色蕩風背。徘徊歷耳頃，遙天聲猶在。（二）
烘樹露零星，晴曦乍破暝。出山谿觜活，過雨佛頭青。[2]
市趁湖橋路，人喧野店亭。沙間誰偶語，隱約不成聽。（三）

【校】

[1] 餘曖：張劭成《哀冰集校勘記》云："《曉登楓阡》第二首'棲羽戀餘曖'句，'餘曖'誤倒。"茲據以改正。

[2] 小字自注："佛頭，山名。"

哭翁二四首

廻風吞白日，萬嵐生夕蒼。郊外烏烏樂，隴上楸價長。
夙昔游釣地，今為冥伯鄉。故人十八九，相見及泉黃。
凋凋我猶在，後死良獨傷。固知跀者壽，天隤何渺茫。
如君彊慕義，得不委道旁！（一）
結交不須多，要可託生死。落落人寰中，猶及吾與子。
契納在情性，所締有獨至。交老歲益成，抉心肯互示。

沆瀣本一氣，奚啻唇依齒。荏苒廿年來，眼看交可市。
人心有冰暑，百年那得恃。薄俗共形影，益復難捐棄。
寧知天不仁，風霜輒虐使。道路百其身，一朝殺良士。
蒼蒼不可復，于嗟吾老矣。（二）
與我有曹好，酖酖汝尤荒。我時舉為言，汝笑謂我狂。
人生多失性，猶牧俱亡羊。勤荒雖則殊，殊亦穀與臧。
臣質死已久，所貴吾不亡。此物含天地，挹對深無量。
可以息囂念，匪獨陳樂方。千古稱賢聖，惟有一杜康。
我于此世間，蜿蜒五十霜。何者養生主，何藥非腐腸。
四體皆駢枝，性命託瓠觡。終當破寥廓，大化日與翔。
我初得汝辯，旨哉若蒙莊。疇料遂為讖，奄忽汝遁藏。
我亦未醒人，對此感茫茫。死生豈天意，必欲盡其良。
舉杯吾獨在，眼河流浪浪。（三）
白骨已不肉，吞聲猶道路。宿澤久益烈，沃心心能腐。
知君非市德，人自念恩數。赫羲方肆威，千里無潤土。
江海靳涓滴，槁鄉易為雨。太息擁脂人，腹儲堅不吐。
仁者孰果壽，刻夫每得祚。詛天天無聞，意氣萬人沮。
及生不食報，吟口自千古。（四）

【箋】

考張原煒《菂里賸稿》卷1《翁厚父墓碣》云："今年夏五月，予在杭州，聞友人翁厚父以疾歿。……其卒以民國九年五月某日，年四十又三。"① 故此，該文理當作於民國九年五月翁厚父卒後。

鄞江徐翁七十敘

始余筦鄉校，與鄞之人接，鄞之人往往稱述其鄉之賢，能散義淑群，負作育大情而毫無解者，曰鄞江徐先生原詳。徐先生，廛人也。廛人旦

---

① 張原煒：《菂里賸稿》，可見沈雲龍主編的《近代中國史料叢刊》(87)，台灣文海出版社1972年版，第22—23頁。年四十又三，下文《翁處士述》作"年四十有九"，此從《菂里賸稿》。

夕持鐵鐵，胥于利是厚，而徐先生獨不然。此其所好，必有賢于人者，顧余不之識，不敢必其人，然心竊識之，以為余之所友士，無少曲于譽，其言當可信也。

既余弟子劉生考滿，將貢太學而不能自舉資。一日忽辭去，曰："徐先生許我矣！"余因詢徐先生之為人，劉生曰："徐先生者，勤人而克己，息息務于義而不自功者也。鄉子弟無戚疏，苟以餉學請，徐先生必資之，不留諾。其幼者，且塾而裁之。茲十年矣，資其力，得不廢所學而矯然有以自立者，蓋亡慮數十百人云。"及余居愒園，友人張申之實主余。申之固知徐先生者，徐先生亦時時過申之，日淫雨且旬，風习习，猶未已。余與申之方伏處，戒出門，而徐先生突至，顏髮蒼然，躡金齒屐，手大，蓋神明湛湛，無希微憊色。聆其言，氣下而意高。規規者，逾時許，皆其鄉水利、學校之要，而不及於私。余緣而與之習，于是益堅鄉所聞于人者信，而徐先生誠實賢矣！

劉生又言："去鄞江二十里曰后龍。后龍之水披萬山而下，溪窄不任流居，民眾逼岸而屋，每洪發，暴流衝岸齧屋趾，屋呀然懸水上若鵲巢，不沒者僅版瓦。過其地者，輒咨嗟道之，顧無有議戒防之策者。徐先生戚然曰：'獨不可改其流乎？'乃懷巨金，逆舟上，既盡得其所為患，又剌土人言一家良，遂詣之，以五百金獻，詭其辭，謂曰：'有某君者，憫是地暴流壞民屋，屬僕轉致金，願謀所以安之。不足此區區者，或可料，僕亦願畢誠從某君後。'其人心動，會村人，告其意，村人亦感泣曰：'唯徐先生命。'徐先生于是相與共議遷流改隄之法，鈞其輸，壯者以力，富者以財，旬月而功集。竟役，徐先生輸獨多，后龍人至今以為誦。"

徐先生無子，既盡所畜澤其鄉，鄉之人皆父事之。今年七十矣，劉生介其鄉人來徵辭，遂書以付之，且告曰："徐先生之為人，有可自壽者在。若夫世俗所稱七十八十，縱百歲，亦烏足為徐先生榮哉！"庚申四月，慈谿陳訓正敘。

【箋】

該文乃陳訓正應其弟子劉考滿之請而作，且文末已明言作於民國九年四月。

翁處士述

處士名傳泗，字厚父，姓翁氏，居鄞西鄙。爲人樸訥和夷，余與交二十年，未嘗見有怨怒容，休休有養者也。人利其易與，恆以術伺之，處士亦樂受，曰："彼非易吾所，吾圖者少，哀之何害？"事母孝，奉養極甘旨，余每過處士，方劇飲談笑間，處士遽離席去吾，識之日未中，已十數朝矣。御下寬，僕圉廝養，起坐不以分，客有以爲言，處士曰："吾不過受先人芘，乃可奴使人。"尤好振施，譁門者無不應而自奉約，夫人錢嘗笑提處士衣，視客曰："此非二之服耶？已三綴矣！"二處士行，與游者皆以"二字"之訓。子七人，門以內不聞叱狗聲。性嗜酒，一日訪兄京師歸，過飲，失血卒，年四十有九。鄰里哀之曰："唏，如處士者，曾不下壽，爲善者愳矣！"

【箋】

據張原煒《菽里賸稿》卷1《翁厚父墓碣》記載，翁傳泗（1878—1920）以疾歿于民國九年五月。陳訓正此文，當同其《哭翁二》詩，作於翁厚父卒後未久。

逃炎

大火灼窮原，百里無潤土。逃炎既不能，因熱亦何苦。
熇塵起煩襟，招要集靈侶。猶得二三子，歸乎吾其與。
朋談有藝伯，曹學非羞伍。短吟送白日，淺醉發奇吐。
不知晝與昏，那復論新故。願持清涼心，欵欵同結取。

夜大雨不寐

襲夜天盫沉，大雨傾篷瓦。街衖出鳴螻，故故殊未下。
驚風颭梧枝，隔窗秋可貰。湛伏無好懷，對此益悸咤。

苔蒂忽三更，憂多夢亦寡。牀頭淅瀝聲，入耳心能寫。
披衣驚起視，高愁破棟罅。

感事三首

人心無臺敵，堅師摧眾怒。莫謂威可假，既革非生虎。
楚人借勢重，健者挾以赴。長城罘即毀，祖龍應早悟。
三戶亦既多，而況八千渡。萬目橫無秦，慢罵稱大度。（一）
誰謂菫毒口，攻毒疾可藥。畜艾亦何用，有時膚可灼。
灼膚膚知痛，痛亦非為虐。毒口口知苦，雖苦不辭嚼。
人心有同嗜，痛苦豈所欲。萬紛起比較，于吾何厚薄。
生豹搏死虎，其猛或相若。（二）
挂弓必扶桑，埋甲必丹穴。富貴必自致，肯為人所屈？
神雞據燭龍，星斗啄可絕。安知烏已踆，其行等跛鼈。
夸父不解事，猶矜雙足疾。（三）

鄞北李氏惠族祠[1]記

鄞之李居甬東者，其先奉川人。遷甬若干年，衍而起江北，又若干年，江北李氏始有祠。清宣統間，北李有萊山者，以商致富，不忍其族人之微，捐萬金以卹。食其惠者，謀于祠之廡生祀萊山，萊山不可，欲為舉白旌義行，萊山曰："族之鳩以情，情相卹，吾事也而曰義，必不可，且以輸故。稽之乘，吾先李之為輸者多矣，獨萊山乎哉？"

萊山既沒，其族之人思萊山不已，又不欲非其意，于是族議之，于祠之餘辟一室，祀萊山，并追祀其先族之有惠于諸李者，曰"惠族祠"，而屬予為之記。予不及見萊山，然高萊山誼，訪之耳，徵之行路，良信。且聞萊山起業二十年，所哀贍顧不多，而檠其半予兩弟；族亡遠戚仄疏，鄉扁仄識與不識，各如其所急財取之，先後計所耗殆十七八。以吾所聞于甬之人，彼漬漬號稱義行者，舉無足以當萊山，而萊山乃如是。烏乎，前乎鄞之乘，無萊山也！

【校】

[1]祠：原誤作"詞"，茲據文意改正。

贈崇明嚴師愈敘

凡政，制之古者析而專，制之今者絯而備。它無論，已於內，吾見其鬢鬢乎，劇劇乎，而蔑以舉也。曷為言？第言乎警之務，可知也。

夫警，鄉遂士之類耳。士之誼，于古為察，然古秋官之制，析事而設官，今則備唯備，故察難。察難，故事不舉。余嘗論之《周官》司寇之屬，自布憲、禁暴以至蜡雍、萍烜、野廬、滌狼、修閭、壺涿、銜枚，凡為職二十有餘，皆以士為之。士之下有胥徒，胥徒各有數、不列數者。其外又有所謂民役，有時而役于民者也。士所掌，無備事，唯一專，如告戒、防患、除害、道路清潔、詰姦、互衛諸政，析而畀于職。所職約，用心不紛，而程效以章，故所謂察之事者仌不舉。今獨不然，長警務者一人，而備責以方百里之地，所署吏雖眾不專，事分有庫，舉凡布憲、禁暴二十有餘之職，胥于其所掌備求之。今之人寧有賢于古之人乎，而求之備？然則于其職也，方日恐恐焉而鶩之，而又惡乎察哉！

崇明嚴君，長警廳於甬三年，能舉其職矣，猶卒不中考而去。今又一年，而甬之警已兩易長。夫職不分而求之備，既難乎其為吏，而任之又不久，則其所謂絯而備者，尚有能舉之之日乎？君既廢，常不忘于警之務，賦詩見意，徧貽所知甬人。余則道其槩以為答，倘亦君之所欲覽乎！

重有感 二首

亦知造物隨時會，亂世偏生跋扈才。
天上狼牙磨斗壁，海東鯨呿劫風雷。
談兵世已輕雛括，逃祿山應謝介推。

只惜中原少全鹿，問君逐逐又誰來？（一）

當年聚米反雄掌，此日量沙壓餓魂。

北地燕支已無色，西山薇蕨又誰論。

旄頭夜氣湛天路，猪嘴餘腥塞鬼門。

短短牛鞭還自攬，可能叱咤學王尊。（二）

古意 三首

製裳莫裁錦，留作雙鴛衾。買絲莫作繡，留繫遠人心。（一）

今年故園生意微，孤螢獨抱涼火飛。

宵深安用汝耿耿，時入綠窗坐人衣。（二）

高樓明月光，照我故衣裳。

衣裳雖故不忍棄，中有那人別時意。

別意纏綿妾心知，願共流輝千里馳。（三）

袁先生傳

袁先生諱壽彝，字劼甫，原諱濂，字絜夫，號粹菴，慈溪諸生，宋大儒燮之後。先生守燮學，不苟于行，性峻潔，有風裁。所御巾服裳履，雖甚敝必飭，步趨徐疾有常。每讀書，焚香危坐，不盡卷不起。治文章有聲，弟子著籍者，盡一鄉之雋。訓正事先生最晚，其時先生及門猶十餘人，日抱所為文環奏請益，先生目治手答，一一提曉之，竟數簡，皆株株謹寫，不塗乙苟且一字。

生若干年，以某年八月旅卒於杭州。弟子中有陳鏡堂者，其行誼類先生，繼先生北面稱師。訓正交鏡堂久，諗其所守，嘗謂鏡堂："他日余當傳先生，必傳摹君乃信。"今鏡堂亦前死矣，悲夫！

先生家貧，自高、曾世所遺硯百有二，寶之，日摩挲不輟手，曰："余世非宿貧者，而先人獨保此戔戔者及余，意可晰矣。"因名所居齋曰"守硯"。先生無子，以從弟子敦瑛嗣。敦瑛不肖，蕩其家所寶，百二硯遂不守。女一，歸同縣朱鳳翮，鳳翮亦先生弟子也。妻某氏，惠淑能持門戶，後先生若干年卒，與先生俱葬剡嶴，戚友共成之。

文學袁君傳

袁君名某，字夢舟，慈溪人，邑諸生，師事其族粹菴先生，稱都講，屢舉不得志，遂棄書。同邑裘鴻勳知廣豐縣，以君才，錄為賓客。廣豐當光緒某年間有積寇某圖亂，幾發矣，裘用君謀，破獲之。既裘以他譴去，君益無悰，走海上，依其兄，又時時出其才治計術，無不中，未竟，遽以勞廢，卒年四十四。

贊曰：君為人尚氣誼，家雖貧，能濟人急難。吾鄉之士多巽愞且畏事，事不舉，輒走求君，得君言，乃辦。烏乎！假使及君之生，有大力者材君而資之地，其興也勃，其所成也卓卓，寧獨茲一鄉一邑已乎哉！

驅鼠

牀頭竊竊鼠行跡，吾欲驅之輒無術。
公然出盜亦何心，纔逃鴟口反為嚇。
艾羅作機待汝來，汝黠往往抵吾隙。
詛汝汝不畏，誶汝汝不懌。
汝何冥頑日擾吾，使吾終夜無安席？
今年米粒貴如珠，羅掘到汝將汝腊，汝復何怙長出出！

寓夜坐月憶趙八

一更二更三更闌，四顧清清萬蟲閒。
安得徂魂生遠道，提攜明月與君看。

【箋】
民國九年，陳訓正特作《與趙林士》（亦載《哀冰集》），懇請好友趙林士為其兩兒介紹工作。《寓夜坐月憶趙八》詩，據其內容推斷，大概就作於殷切期盼趙氏回覆之際。

七夕

織女嫁牛郎，年年今夕度。
年年有今夕，更覺別離苦。

乞巧

日沒昇雙星，日出雙星沒。相昇未光明，雙星汝何黠。
閨女不知羞，翻謂巧可乞。昏夜薦瓜果，背人偷下膝。
喃喃各致私，所懷情匪一。七夕曰佳期，明朝有離別。
天孫號善織，終古不成匹。嫁郎得牽牛，其情癡已絕。
雖為天上姝，人間無汝拙。汝巧盡今宵，安能質天日。

【箋】

　　根據《哀冰集》收錄詩文的原則（庚申年"徂春歷夏"，以及《七夕》和《乞巧》的內容，可以確定兩詩作於民國九年七月初七（1920.8.20）。

李母挽詞

誰謂鳳已衰，光翬曜靈囿。誰謂蚌已老，珠氣森明浦。
一行玉雪人，團團照朗宇。華葉滋自根，能不念母劬！
天隲果可憑，為善始無沮。浹水流不東，笠山當其戶。
中有萬頃波，槁鄉成潤土。行路多澤思，李母真千古。

為章生閣題《巨摩室讀書圖》

巨摩汝無似，好奇乃過我。不能免旦夕，還復事瑣瑣。
束髮結儒冠，作計良已左。夙昔擾五鬼，汝窮吾亦頗。
同是抑塞人，相慰無一可。多文寧飾身，實腹翻遭餓。
吾生最不幸，詩書逃秦火。羲頡造羅網，千載人自墮。
縱有神仙字，萬蠹食不破。方欲乞清淨，空山展獨坐。
夫汝亦何心，寶此陳人唾。珠玉匪不珍，飢來安所貨。

冰蚖匪無絲，胡捄汝寒裸。吾足已三刖，益復念汝跛。

念汝汝不知，懲汝汝則那。

答洪佛矢

辱示起居大適，誠慰。僕自別佛矢，習靜般吉巷，冠者六七人，挈以俱來。老友中濟、于相、仲邕實主，余、君木閒一過之。兩弟彥及、行叔，朝夕并首，長孫辟塵方七歲，踵阿翁至此，留旬餘方去，其頑響可破屋棟。今日之集，不意而甚樂，惜乎吾佛矢不與也！日所課亡定程，任自擇，唯範圍文與史，不涉他科學。計住此四十日，飲酒而外，吟詩、酣眠而已，選伎、擁擲、游戲之事，屏絕既久。佛矢信我乎？佛矢縱信我，必不信于相，然此四十日中，于相出巷門才三數日耳，其所操可知，邇又耽靜坐。寶精嗇氣，往往蹈于枯空；才人成佛，必早其或然歟？

所論某報詆隴西事良然，僕于市兒逐響之談，久不接耳，千桑萬海，薈仄所知；君木亦嘗憤彼報論言不中，大較亦為隴西而發。今日之隴西，已成井上蟪餘，棄之惜，食之無甘，而彼數少年，必欲聚而蹧蹋之，亦何心耶？前二月，都中人來，言隴西近狀，吾已料其必敗。鄉者，隴西接人無戚疏，善予其意之量譽，甚譁京內外；自任部長以還，日為黨人驅策，至好中如君誨、季屏，且月不得一面，前後左右所嘗與接者，非婦人，則舌客耳。放乎般樂，怢乎淫佚，纖趨之肩，擁腫之背，閃尸之口，契俞之牙，極其視聽，喪其聰明。嗚呼！隴西乖持盈之方，昧處盛之道，罹比匪之凶，受逆施之報。削趾而累綦，輳手必倒；鑿舟而為渡，中流必沉。此固不必為之諱也。雖然，以情而論，隴西雖敗，有可原者。蓋隴西之為人，誠佛矢所論，文而俠者也。其所過短，在乎無知人之哲而喜延攬，非致遠之具而輕任事。要之，皆牽率於人傳以成其罪耳。人情當炊則不耻因熱，既涼則遽思濯風，匪獨近世然也。傳致于理而不得，則據情；據情不得，則掎勢。及夫情勢之既窮，則雜摭市聞，緣飾直言，以巧逃人目。前日舐痔而不足，今且揕其胸矣。嗟乎！嗟乎！骨肉之親，且生異膜，輿誦所嚮，詎有公道？況此數少年，固望隴西之塵而不及扳其趾者乎，宜乎其譊譊為也。

君木已謝幼漁之招。仲濟、黎叔倡明學會，和者眾，冒暑會講者，至百餘人，亦盛集也。師校、省廳，濫施干涉，僕殊不平，又為人出而爭之。習靜初，願其究竟，乃至自尋煩躁，氣習難移矣。因思隴西之牽率，未始不知是。可危，可危！初涼，留念，眠食，不具。

【箋】

考沙茂世《沙孟海先生年譜》1920年暑期條云："與馮都良、徐公起（可燻）、陳行叔、俞子怡、葛夷谷同住在效實中學，講述文史，并請馮君木、陳屺懷（訓正）、張于相（原煒）等前輩作指導。錢仲濟先生（保杭）與陳彥及先生（訓恩、布雷）短期亦來指導。因效實中學校址在寧波城西般吉巷，此次活動被稱爲'般吉集'。陳屺老有詩記其事，編入他的《天嬰室叢稿》中。"[①] 是故，《答洪佛矢》當作於民國九年暑末，而文中所述及的"隴西"理當就是慈谿人李思浩（1882—1968）。

柳先生述

嗚呼，柳先生既歾，而吾鄉遂無聞德矣！彼昏胡帝，曾不憖遺，天道悠悠，人脩曷恃。傷哉！傷哉！訓正童艸侍游，長益相親，形景周旋，不可離析。伯強何怒，奪我哲人，行路心怛，豈況小子，有哀莫渫，於邑申辭，遂為述曰：

先生諱某，字鏡齋，慈谿柳氏。先德隱約，潛光勿曜，祖某父某。起家廢箸，麓足田廬，洪楊作難，燔毀兵火，漂搖[1]風雨，高蔭以凋。先生兄弟三人，皆在稚齡，母氏聖善，教誨成立。而先生尤能述緒，淵行昭質，並顯文章，雖厄于前，于後有光，中光緒某年舉人，三謁禮部，竟艱一選。先生抱璞自貞，深悲再刖，守道在躬，四體都邕，里誦井諱，流聞益起。會朝廷改憲，稍衷民意，延攬聲望，參論國計，先生與訓正

---

① 《沙孟海先生年譜》，沙茂世編撰，西泠印社出版社2010年版，第8頁。

同時以里選，充浙江諮議局議員。退席之暇，鉤稽故牘，析其利弊，言其當否，淒旅戚戚，人孰堪此，惟先生目纂心繕，每徹昏旦。與人和易，而遇事牙牙，不肯少屈，春日滿川，孤冰未泮，先生當之矣。國體既改，群慝逞權，政以賄成，多金者貴。先生遂湛伏閉門，不自媒見，然郡國大計，了了佇胸，孰興孰革，強人而吐。邑有忠信，見畏當塗，八歲七宰，不敢侵專，吾慈至今鄉扁苟完，吏課無擾，其誰之功歟？先生心尤慈明，聞義必赴，剔蠹除螫，覆幼存孤，砥道輯眾，約社儆偷，凡百施鳴，不隨不苟，恩究威約，匪水匪火，輿誦所嚮，宜其受祚。何期卒卒，凶問忽縢，嗚呼傷哉！

先生生清某元某年某月日，卒民國九年某月日，享年六十有幾，葬某原。先時，孤子發將赴所知，以狀屬丁訓正。訓正知先生益詳，後死之責，不能弭忘。爰詮敘先生行誼大略，用告當世。有道之碑，敢俟大雅焉。謹述。

【校】

[1] 漂搖：原本誤作「摞搖」，考張劭成《哀冰集校勘記》有云：「《柳先生述》'漂搖風雨'句，'漂'誤'摞'。」茲據以改正。

與趙林士

八兄足下：

滬上人來，輒言足下拳拳故交，憐僕久困處，欲援而出之。洿塗盛情，可感可感！

僕周旋世故，三十年矣。所至契納，不為不多。昨日戴笠，今日乘車，意氣既殊，疇肯為下，子雲所謂"面朋"，一出巷門，往往而是。獨吾足下，不以貧賤相棄，時見提扶。極意為謀，動遭牽沮，命也限之，於人何尤！

僕今年四十有九，餘光雖耿，不能以倍，麄衣疏食，取足苟完，即終歲道路，猶可丐活。所悲者，兩兒已成人，乃亦共我蠐食槁壤，少年銳氣，折之將盡。足下思之，寧不惜哉！近世人情，最輕文士。兩兒既少門勢，所學尤孤冷，非世所須。窮巢之中果無威羽，天上高鷗，輒據腐鼠以嚇，僕縱欲令兩兒奮其弱翼，扶搖而起，剛風萬里，胡能相搏？是以嘿嘿，不敢聞人，今惟為足下一發耳。

某方文書之職，聞尚未定，君墨在甬時，曾與言之，彼亦許僕為地，然中原衹此鹿耳，逐之者千百，其來則絜情比勢，蹇蹇者又復見後矣。足下晤君墨，乞更為僕申請，君墨篤于故舊，心知其不見遺，所以必䐴䐴為者，以為君墨交廣，其為情徧博，而今所懸之職非多，未能一一予人。倘非足下重為之介，則環而牽沮之者，寧無其人乎！此非僕之過慮也。

夫事機之來，不能常有，而僕父子朝夕之需，不能更待。元亮高士，飢來猶能驅之，僕何人，斯復何愛其啽息，而不自吐于知己之前。嗟乎！人惟能窮乃有窮耳，苟稍知抑損，不恥詣人，叩再叩三，未始必無應之者，僕今乃知矣。牽于事，不能來，足下試為僕一圖之。

【箋】

該文作意，在於懇請趙家藝（1876—1925，字林士，排行第八）為其兩兒介紹工作。據其"僕今年四十有九"云云，可以認定該文作於民國九年。

秋岸集_{起庚申八月，訖十二月}

《天嬰室叢稿》之五
慈谿陳訓正

秋岸野薇花猶放，越夕風雨即萎，用遺山《荆棘中杏花》韻

　　秋岸曲曲抱溪斜，水落荻枯秋不芽。
　　獨有幽花開紅白，千冶百嬌爭春華。
　　我來早判秋無色，眼前突兀生怪嗟。
　　借問道旁誰知得？云是野薇今重花。
　　豈其得天薇獨厚，爛熳花氣長無涯。
　　年年看花到徂夏，蝶衰蜂老燕辭家。
　　今日何日偏照眼，游人濊濊齊駐車。
　　輕雷倏忽轟地起，層陰作霧低欲遮。
　　自來花好無千日，凄雨淺風愁暮分。
　　本非其時不長久，殘香宛轉隨搏沙。
　　偶然生色天無意，孤豔獨芳寧足誇。
　　來朝看取一溪水，兩岸秋枝啼殺鴉。

【箋】

　　該詩既已被收錄於《秋岸集》之中，自當作於民國九年八至十二月間；又據其"秋無色""兩岸秋枝啼殺鴉"云云，不難確定其作於民國九年秋。

過北門弔新死者

埋得青山非弱骨，溝中斷瘠亦吾曹。
高秋薤露雞初唱，落日墓門風自號。
豈有丹砂種蒲柳，況禁白髮向蓬蒿。
淚河孰與黃泉永，莫作雙流一處淘。

贈朱生炎復

有窮在下髾者徒，神崖孤映才甚都。
墨水飲盡不果腹，硯田歲歲嗟大無。
爾來益饑驅不遠，肩破鼻牽安敢緩。
朝出隴頭暮來歸，嗟汝窮骨紛何算。
君不見，山中狡窟廻復環。
一株枯守汝且難，我亦為汝愁無顏。

見陌上餘李感賦

井上蠐餘無全李，誰其惜之於陵子。
當春花發動行陌，果熟累累紛紅紫。
紫李紅李皆成陰，千人整冠來相尋。
老夫臭味酸酢外，獨倚枯樹看華林。
五月惡風卷炎雨，斷梢折柯摧將去。
蹧蹋不盡黃堆泥，萬蟲屑屑據其腐。
蟲乎蟲乎爾無知，尋甘覓脆需有時。
已成敗核寧可鑽，留取生性他年枝。

食瓜用老杜《園人送瓜》韻

今年雨多田事遲，園食蒿苣都不早。
瓜陌淹沒生活希，比及薦新秋已老。
瑪瑙作瓤翠作膚，纔破端欲誇甘好。

枝頭甘實荔支香，粵阻川壅無來道。
清冷可口何他求，真須愛惜如芝草。
俗人那識此時心，謂吾既老能枯槁。
當暑常苦生消渴，恨不等閒冰雪抱。
口焦舌乾津不流，縱無我投將出討。
吁嗟乎！故侯濊濊非東陵，一嚼之甘誠可寶。

秋洪發後述客談

秋洪薄萬山，電棟生電吠。三莫復三朝，晴光忽破涕。
逃死稍稍還，相見慶幸在。屋廬麓可完，溝渠勢亦退。
有窮者誰氏，相將出負米。濘泥猶沒脚，河深那得濟。
飢來生命輕，匪不知所畏。遙遙趁市墟，情急心多蔽。
仄岸斷行路，二人揭復厲。怪風不貰人，一人墮淵底。
一人足差強，攀岸未為繼。驚定馳而去，身全更何計。
歸來誇妻子，彼哉今當斃。人生各有天，天興疇能廢。

宿白衣寺，和遺山《秋夕》韻

轉輾宵深思未清，僧窗借榻聽秋聲。
淒啼早分烏頭白，微色遙憐月魄生。
饘粥幾人共硯歲，詩書至老擁愁城。
年來徒有嵯峨意，坐徹莎雞高下鳴。

寄圓瑛法師北京，用遺山《答謙長老》韻

一歷耳談誰會得，參窮五味問何繇。
種蓮結社寧長舌，托缽沿門可白頭。
聞道京華足塵土，何時佛脚下明州？
禪房借榻支孤夕，聽徹木魚聲更幽。

義行陳君墓舍記

故清[1]國子監學生、候選府同知加一級、題旌義行鄞[2]陳君，諱愈守，字某，以某年月日葬[3]縣西南章遠鄉元之匯。越二十有二年，君四子隆澤，更于其墓之旁建墓舍，凡為屋若干。南楹者三，曰饗堂，東西拱而翼者六隅，艮者又二楹，庖湢備焉。功既竟，時為民國六年[4]，隆澤告其宗人慈谿陳訓正曰："嗟乎！陵谷之遷，寧不懼哉？我先公旁施輯[5]眾，大德在人心，行路吟口，更豸豸文[6]何為。然夏朔已更[7]，耆老凋亡，後生厭薄先德，風尚既殊已[8]，不有載述，將遂荒湮，吾子圖之。"訓正曰："諾，謹唯命。"隆澤又言："先公有子五人：長隆藻，後先公若干年歿；次隆瑜，歿先藻若干年。二兄者，[皆][9]賢能，助先公成義，有聲井間，今皆以族葬禮祔先公墓。藻子賢凱、瑜子聖佐，益起家為世聞人，各為割膏地崇祀事，墓舍之幸成，亦其力居多。隆澤不肖，不能繼繩我先公志，推義于鄉，夙夜祇懼，唯敬率諸子，督勉為善人，守門戶勿隳[10]，如是者或可庶幾。今老矣，不久亦當從吾父兄地下。滄者既桑，桑者復何如，後人[11]皆佐、凱之賢也，雖千滄萬桑而陵谷不遷[12]。然吾無寗及吾生之知而托于[13]千秋，千秋不可知也。知吾子之文必赴信將來[14]，敢以請。"訓正既受辭，爰為《述德詩》，著之碑，蓋所以聲君誼，昭萬世而垂靡涯也。詩曰[15]：

於懿宗哲，令德作後[16]。奉川之望，正言實胄。
螽衍斯繁，徙鄞益剖。卒奠昌基，有孫愈守[17]。
藹藹其行，光光其德。家祇黨仁，靡微不克。
禮美[18]能散，孔難厥色。稱志述惠，流誦四國。
四國既淑，胥來歸處。天不眷善，強年而化[19]。
里吁州咨，謚為慈父。籲旌于朝，義也爾許[20]。
嗚呼義行，于今孰賢。有孫有子，所全者天。
峩峩貞石，堅固勿遷[21]。匪曰勒德，敢告萬年。

【校】

[1] 故清:《寧波旅滬同鄉會月報》作"清故"。

[2] 鄞:《寧波旅滬同鄉會月報》作"鄞县"。

[3] 葬:《寧波旅滬同鄉會月報》后缀"於"字。

[4] 六年:《寧波旅滬同鄉會月報》作"五年"。

[5] 輯:《寧波旅滬同鄉會月報》作"戢"。

[6] 文:《寧波旅滬同鄉會月報》無此字。

[7] 已更:《寧波旅滬同鄉會月報》作"更矣"。

[8] 已:《寧波旅滬同鄉會月報》無此字。

[9] 皆:據《寧波旅滬同鄉會月報》補。

[10] 賺:《寧波旅滬同鄉會月報》作"隋"。

[11] 後人:《寧波旅滬同鄉會月報》后缀"而"字。

[12] 陵谷不遷:《寧波旅滬同鄉會月報》作"陵谷可不遷"。

[13] 于:《寧波旅滬同鄉會月報》無此字。

[14] 知吾子之文必赴信將來:《寧波旅滬同鄉會月報》作"吾子之文必赴信於將來"。

[15] 訓正既受辭,爰為《述德詩》,著之碑,蓋所以聲君誼,昭萬世而垂靡涯也。詩曰:《寧波旅滬同鄉會月報》作"訓正既受命,因為《述德辭》,著之碑。辭曰"。

[16] 於懿宗哲,令德作後:《寧波旅滬同鄉會月報》作"於猗宗君,令德有後"。

[17] 徙鄞益剖。卒奠昌基,有孫愈守:《寧波旅滬同鄉會月報》作"于鄞則首。傳若干世,曰孫愈守"。

[18] 禮美:《寧波旅滬同鄉會月報》作"禮曰"。

[19] 天不眷善,強年而化:《寧波旅滬同鄉會月報》作"天不眷仁,嗚呼黃土"。

[20] 籲旌于朝,義也爾許:《寧波旅滬同鄉會月報》作"籲性於朝,詔曰汝

許"。

[21] 堅固勿遷:《寧波旅滬同鄉會月報》作"堅固不遷"。

【箋】

作於庚申（1920年）秋的該文，曾在1923年3月，以《義行陳君墓舍碑》為題（署名"慈谿陳訓正"），刊於《寧波旅滬同鄉會月報》第6期（第57—58頁）。

答客嘲

豈有金剛不壞身，胸中水鏡任昏塵。
每摧頭項隨癭俗，偶集襟裾笑裸民。
臧穀雖殊亡已久，馬牛何事走還頻。
臨河合唱公無渡，莫喚蛟龍出問津。

禾將熟，忽大風雨，三日夜不止，愁歎賦此

飄風忽兮，雨揭揭兮，勢如傾兮，中心結兮。
雨兮風兮，何天之瞢。天不使人有粒，吁嗟乎其窮。
一之日隆隆，二之日蓬蓬，三之日穿圩，四之日拔塗。
塗拔人不得行，圩穿禾不得生。吁嗟乎天，吁嗟乎年。
胡天匪覆而令我無年！胡生匪壽而我獨顛！
顛之倒之，自天好之。昨日如寶，今日如草。吁嗟乎昊昊！

重有歎 三首

曉窗梧背風蹴踏，今枝故枝皆成壓。
高葉如掌遮不能，滿屋落泥秋颯颯。
白頭書生出戶看，重雲四冪青無天[1]。
如繩之泪挂壁下，床床屋漏何時乾？（一）
甕大小屋但安膝，終日閉居愁不出。
中庭瀼瀼水欲決，黯黮牆陰晝如柒。

拔禾折圩風色昏，村頭老農聲暗吞。
老夫袖手嗟無策，坐看蝸牛沿過門。（二）
涼雀啾啾翻屋瓦，須臾直墜蓬階下。
蝙蝠驚愁蟻螻喜，橫據泥封未肯捨。
低不入地高絕飛，戚戚爾生生亦微。
人間白骨皆蠐食，雀乎螻乎吾何譏？（三）

【校】

[1] 青無天：張劼成《秋岸集校勘記》云："《重有歎》第一首'重雲四冪青無天'句，'青無'誤倒。"茲據以改正。

明日又作

早稻方割遲稻齊，老農看天冒雨啼。
去年米貴有兒賣，今年無禾愁向妻。
掘山覓食癡作計，秋茶雖老甘于薺。
一家瘦黑無人色，白晝往往遭餓厲。
相將匍匐去告官，入城衝破酒肉氣。

孤酒

小樓孤酒下深宵，淺嚼高斟薦寂寥。
漸放窮光依落月，蹔支悽響對荒蕉。
冥搜老覺秋心澀，獨坐真成人意消。
擬托觥船載愁去，泪河肯許阻新潮。

百字令·自題詩卷錄舊作

頭顱如許，竟青絲消盡，居然霜意。看鏡何勞動業問，妄想年來都廢。小技雕蟲，奇文吐鳳，自玩還堪喜。閒情多少，浮雲過眼而已。

回憶剡社當年，風流裙屐，標榜相騰起。鄴下才人誰健在，不分凋零如此。我亦窮愁，荒荒歲月，四十無聞矣。豹皮留在，未知留與誰氏？

【校】

[1] 小字自注："少時與陳山密、鄭念若、馮汲蒙、君木、應叔申、錢中濟、胡君誨、魏中車結社講藝，推山密為長。山密居剡㠗，故名剡社。後改稱石關，亦山密所居地也。"

【箋】

陳訓正雖將該詩收錄到《秋岸集》，卻又明確交代"錄舊作"。茲據其下闋"我亦窮愁，荒荒歲月，四十無聞矣"，斷定該詩作於宣統三年（1911）陳訓正四十歲那年。

天台許翁壽辭

庚申之秋，余道武林。有彥者許脩介來見，辭貌既接，情意漸淪，宵談竟昕，遂深契致，乃稱於余曰："某，天台下士，修名未立，愧無方聞，彰我家德。年事卒卒，奔走及壯，自念終寠，靡克顯揚。事親長年，不知所謂。憯憯門蔭，沮顏無地。明年吾父七十，一喜一懼，宣尼所嘆；曾是小子，憖無啍息，顧以問躬勿承，托念彌永。清湛之體，匪文則野，藻繢之施，必資于質。敢請大雅，用以為教，某實獲幸焉。"余既諾之，遂叩其所欲言而為之辭。繁稱汎引，蓋以述德，因事致敬，勿嫌匪古。辭曰：

崔崔台宗，比崇圜獄。惟厚載德，實啟靈淑。有嶓一老，隱居自足。
於後有光，昆金季玉。開歲獻春，仁者宜壽。駪駪孫子，暨其賓舊。
以率以來，徵及下走。再拜裁詞，謹致觴侑。壽之言酬，福亦云備。
夫唯令德，受天獨至。於鄉之口，昭君之義。天隤可憑，人脩曷廢。
會稽三郡，台實瘦土。刖烏矘籠，歲時乖忤。庚寅以降，藺十四五。
哀哀下甿，疇卹道路。惟君之仁，提漿委粟。人以惠存，歲邇忘惡。
里歌巷奏，胥於君祝。必世必昌，必君之族。輯流鳩屠，臚善所先。
危危百行，孰如君賢。既備既酬，宜錫之年。孫孫子子，受祚縣縣。
豈惟及身，流澤靡既。塗人碑口，載詠其事。菶菶杏莊[1]，曇曇槐里。
斯人斯德，於千萬祀。

【校】

[1] 小字自注："杏莊，翁所居地名。"

【箋】

其開篇"庚申之秋"，實已明確交代寫作時間，即民國九年秋。

題盧洪昶僧裝小影

豈必逃禪感陸沈，空山偶與結靈襟。

蒲團坐徹雞鳴夜，猶共人閒耿耿心。

【箋】

老友張美翊曾於民國十二年四月十二日作《鴻滄老道兄先生浮屠小影》，《菉綺閣課徒書札·致朱百行76》載曰："布衣遊俠聞天下，江漢交流度量寬。巾舶專司通海外，北人古法卌同居。佛門老去空留鬚，故國歸來人掛冠。我亦端居獨惆悵，鬚眉莫作畫圖看。"①此疑《題盧洪昶僧裝小影》與張文同時而作。

《菊賦》壽馮止凡同年

歲九旻之莫月，始霜之旦。群競既歇，老圃迴香。有皓一士，空山獨嘯。歌絃之暇，課鉏自灌。于時日精效節，作作都華，玉蕤薦畦，金枝被路，可以共夕飱，可以托朝興。世外神仙，不知有漢；眼前玉雪，相視成行。其為樂也，莫或如之，況復投畚之婦，含飴偕來，儷影婆娑，盡茲佳日，則雖高年耆德，可證之圖詠，而雅人澹致，固無假乎丹青也。因獻《菊賦》，以寄羨嘆，蓋匪直制齡益祚之為祝而已。賦曰：

稟純兮為化，象德兮昭潔。既謝榮于蕤春，亦逃炎于暑月。異流植之早零，嘆散木之易折。比君子之貞守，存歲寒之勁節。爾其金風既動，萬卉洗陌，玉露方寒，千葩斷驛。采山興衰蘭之思，涉江致悴蕙之惜。獨有幽芳，悽悽霜圃，厥名黃蓳，著稱伊古，騷士愛其落英，酒人引為逸侶。徑雖荒而常存，霜何嚴而可拒。伴孤松以寄傲，後叢桂而招隱。對之可以忘言，餌之可以蠲忿。不同易轉之蓬，非比早謝之槿。爰有幽

---

① 山西畫院《新美域》2008年第2期，第120頁。

人，隱齋多暇，泊然相與，無所營藉。人存標格，境絕紛化。偶寄靈耆，亦陶之亞，乃為誦曰：空山千日，流水一曲，露泊霜餐，成茲幽獨，即之澹澹，望之肅肅，伊可懷也，斯人斯菊。

【箋】

据其"歲九旻之莫月，始霜之旦"，可知該文作于民國九年"霜降"那天，亦即1920年10月24日。

王孺人述

孺人王氏，諱湘令，慈谿人，國子監學生諱某之女。稟性婉竺，淑慎有儀，年二十二，歸同縣舉人馮紹勤。紹勤前取于董，遺二孤而殁。孺人既歸，字勞有加，謹衣調食，摯于所生，里婦吟口，吁咨其難，相夫克壯，上下無間。性又敦詩，知風善諫。紹勤少狂，自得孺人，遂乃進德。居四年，生子忠敷。明珠既胎，老蚌遂剖，嗚呼傷已！越若干年，忠敷材成顯世，有聲井間，追念母劬狀，來乞書，頓首曰："唯夫子言。"遂為述。

白衣院屠母功德碑

民國六年秋，四明僧之高者，稱其先德天童敬安上人之遺志，議於城北白衣廣仁講寺，建院收恤孤兒，用推其教義，而又以余之淑，其人也，誰主其事。既舉三年，六邑之孤者來益眾，所會材不苟于用，院且廢隤。余與諸山戚戚憂之，方以為莫之繼也。

一日，鄞屠君齋千金來，稱曰："用錫不能事親，奔走四方，無得于晨夕。今歲吾母七十，用錫始念母之勞劬，將會朋僚姻婭，謀所以為娛，顧以母命不許靡靡踵俗之所為，而責用錫能效于群者務之。用錫不敢違，謹奉千金以致，蓋母志也。"余于是乃率諸孤者，拜辱賢母之賜，復颺言于眾曰："嗚呼！人情莫不惡陋而喜華，故內之不足而外侈焉。親之於其子也且然，日常庭闈之地，豆羞之供，几杖之操，則有時貰其子而不備于求，獨至耆耄周紀之日，坐堂皇，朝賓客，鐘鼓酒醴之設，歌頌之聲，趨拜躋蹌之容，一不備焉，其心怫然，以為其子不能孝事；為其子者，亦唯其外之飾，朝夕之不謹，饔飱衣衱之不具，怡然不為戚，而獨于此十年一舉非禮之典，孜孜乎，縻大金而為之。俗之漓也，久矣！孝敬之意亡而文事繁，求所謂勤乎中，無侈乎外者，以吾所見，舍屠君母子之賢，而又誰之見為賢哉？"眾曰："是功德，不可忘。"乃礱石碑于院，而余為之文。

母張氏，故清永福縣知縣諱宗基之妻。永福公在官有仁聲，事具余所為《傳》。當母隨任永福時，永福民有孤子，新取妻犯法當死者，母聞之，不忍其族之斬，隱使吏招犯婦補女卒，而故緩其防，犯婦得常私其夫左右，逾年生一子。其事本隱約無可傳，然亦仁者之用心也，例得附書。九午某月，慈谿陳訓正記。

書屠母碑後

禮之起也，奚衷乎？衷乎情，不違其俗而已矣！俗之相漸也，奚範乎？範乎禮，不違其情而已矣！情，禮之內也，無情乎其內，而惟致其外之飾，雖備，勿為貴。是故，情至者無備禮，敬至者無備辭，辭尤飾之外者也。

今夫孝子之於其親也，日視三膳，鯉鮒必祝，禮也，然孝子之事，豈僅此視羞祝、鯉鮒而已乎？無情乎其視與祝之間，則雖犬馬之微，皆能有養，亦何貴乎！此靡靡者為哉。自禮俗之敝也，人子之事親，食不必足乎其親之口，衣不必足乎其親之體，口體之養亦僅矣，而猶有不足，獨於其親之年，計旬而為壽，廣致賓客，為宴會酒醴之設，笙簧歌舞之具，文章繢藻之盛，一日之暫，輒數千金立縻，不惜其所以，必如是者，夫豈禮之所貴乎？而為人子者，乃至乎不敢或缺，苟缺焉，心為之欿然，而隣里之議且至，推其所為，議所欿然，不過曰："俗爾爾。"俗爾爾者，乃禮之所由起乎？吾國自《禮》亡，至今數千年，骨肉之間猶相繫維無形，不至公然斁奪其倫敘，為子者猶知一日用其心于其親之年，雖曰無情乎其中，然禮之得以藉存于萬一者，固猶是不違俗之效也。

余友屠君康侯，篤於事親。母氏張，賢而知禮，年七十矣。屠君欲為循俗舉慶，母不可，曰："必不能已，毋效靡靡者之為也。"請其意，曰："吾聞城北白衣院收恤孤兒，且眾貲不舉。恤孤，吾意也。"于是屠君遂移其賓客宴會之費千金，將母命來致。嗚呼！此可謂情至者無備禮、敬至者無備辭也。屠君遠矣，可以風國俗！既為立石紀功德于院，復申論其事如此，蓋所以咏嘆屠君母子之德靡已也。

贈傅老敘

古者稱人之年，自幼學至期頤，更十年而為之名，其取義各有居，其大別有三：曰幼曰弱，曰壯，曰強。此三十年者，為進學之年。強而艾，艾而耆而老，為當事之年，既老而后為進德之年。夫人之大期，不過百年耳。去童耄之年半，去學之年又半，而所堪當事，致心與力于世者，僅此五十、六十、七十而已。四十曰強而仕；仕，事也，人至四十始事，更十年而益進。所歷久，于事無不治，故五十曰艾。艾，治也。更十年而至六十，六十曰耆。耆象著，著之於事，無不舉，則又進于五十矣。至七十曰老，《禮》曰："老而傳耗心與力之已盡，則可以無事於人而食於人。"自既強至既老，其間為時三十年，較之百年，則不足乎三之一，亦僅矣。夫人之生，僅僅此三十年，所能耗心與力以赴事，其裨于世者幾何？況耗其心與力于無益之事之間乎哉！

鄞傅老宜耘，居廛六十年，有子克其家。傅老曰："吾于家亡慮，吾將慮世，顧世何事而當吾慮耶？"聞余與諸山興白衣院，收恤諸孤無告之民，喜曰："此吾事也。"走就余，會院中資未集，余與諸山方皇皇無措手，傅老曰："是何難！"挈裝囊私金別余去，之南洋列島，投某寺，受五戒，發誓願徒行告募，徧叩吾國人之僑其地者，期年得二萬金歸。行旅、舟車、饘粥之需，計亦千餘金，皆身取之，無與于院。

嗚呼！傅老之用心，可謂善用其生而矯乎，異於今之人之所為矣。

今人自少至長，恒廢浪而無所於事，一及艾耆，輒自謂已衰，安居傳食肉帛之奉，飲博游戲之具，方侈而未已，安復知有古人當事之義！而傅老獨不然，以象箸之年，忍嗜欲，別妻子，不甘安居傳食肉帛之奉，出其數十年勞汗所得，抱慈悲教義，赴萬里荒遠不測之鄉，效佛者所為，投門乞食，為窮民諸無告者謀所以養。夫其垂老赴義、耗心與力而不辭如是，非見理明更事多者，孰肯奮而為之？即奮焉而勿舉也。嗚呼！傅老善用其六十之生，得謂盡今之人而然哉！余今更為傅老約：以子之用心與其精力，雖再更十年而至於老，猶未為衰也。余弱于子十年，而心與力皆不及子，是子之當事之年可強余以倍，故余于茲院之存在，終不能無幸于吾子，吾子益勉其繼而已。天如不廢吾院，他日者，吾兩人得見吾院嬰婉之兒皆壯強成立，各抱吾了之心，赴義四方，則雖盡天下之孤而院之，不難也。然此亦安能必得者，姑與子張言之。

【箋】

鄞縣人傅宜耘（1863—1938）為緩解佛教孤兒院的經費緊張，遠赴南洋募捐。為此，先生特作《贈傅老敘》以誌其事蹟。

為某銀行創立作頌

稽古作貨，制名以前民用，曰刀曰泉，義各有居。泉取常流，貴能勿竭；刀取常利，貴能善克。惟其流也，則小受大疏，千河以潤；惟其利也，則麤礱精削，百器以治，覈言所効，今豈獨殊！然自姬法無存，漢政始厲抑末之禁，至異巾服，國誦所輕，齊民勿齒，君子潔身，賤夫競進。滋蔓彌路，香艸為之不生；載鮑一車，清瀣因而相亂。于是市流益下，有靦石民，金德方羞，等于屠儈，雖袖長之能舞，豈龍斷之可私！泉匪不流，遏之以自潤；刀匪不利，當之而輒靡。形實相反，其為害亦烈矣！

歐風既漸，祖制浸革，怙財劾勢之風日戢，集力共哀之舉時聞，則所謂銀行者，前于後嘔，相唱于道路，日新月盛，要之以百年。而上海一隅，高闤駢起，異幟弘張，蓋尤為五都之會、四國所瞻者也。某君鑒百業之就衰，知獨營之非計，意摹心纂，垂垂及昔，響附景從，駸駸以大。本互助之精神，開無前之事業，因勢利導，無橫決之虞，厚集厥鋒，有勿摧之銳，乃于滬市闢某銀行。載道德而行賈，群拜端木之風；傳貨殖而論人，獨欽白圭之守。敬為祝曰："綏爾力，厎國通，輯爾賄，躋市雄，維萬有，業爾其功。"

【箋】

考《申報》1921 年 3 月 26 日《民新銀行開幕》云："民新銀行於去年九月間組織成立後，即自行建築三層樓洋房于河南路一八三號，經營數月，於本月初始告落成。昨日為該行開幕之期①，……該行經理馮芝汀前任華孚副經理，信用頗著，副經理馮松雨為美國哥倫比亞大學經濟科文學士，辦事認真，尤精稽核，該行將來營業之發達，可預卜也。"據此，大抵可以確定該文乃陳訓正應邀為民新銀行之創建而作於 1920 年 9 月。

和南豐《苦雨》韻

點龍天半橫冥冥，出地萬泉殷作聲。
溪觜活時山勢壯，水綿花後壁衣生。
奎沉環象愁先合，黶澹中原蟄亦驚。
安得淋漓長濡首，不令擢髮見霜莖。

客有勸為京漢游者，作此奉答其意

寋寋取合敢何求，朝出京關暮楚游。
減刺幾人惜鸚鵡，近名從古笑犧牛。
每逢歧路迴朱泣，肯博多金注白頭。
自是高情能為計，還君商略住浮邱。

---

① 《申報》1921 年 3 月 17 日《民新銀行開幕紀》卻誤系其時於 3 月 17 日。

哭萍鄉有敘

萍鄉喻公諱兆蕃,字庶三。清光緒某年,以翰林院庶吉士改外,守吾郡。其時吾郡風尚塞陋,民尠通達,搢紳先生多蔽於舉業,而鄞尤甚。鄞,郡治之所在也,守者百輩至,未始無賢者,然卒不能奪其俗之陋且頑。公至一年,廣咨博求,得其故,稍進各屬士之材者而任以事。時余與同志倡寧波府教育會,請公指。公曰:"是不可緩。"為轉聞部使者,以明令行之,舉中國莫之先也。會既成,竟郡之屬,得學校三百六十餘所,風且一變矣。公守郡四年,擢任寧紹台海防兵備道,僅一年,以母憂去官。國體既改,遂不復仕。與余不相見十餘年,前三年忽書至,云於義寗陳散原處見余詩稿,憐其況悴而教之以自勝,且曰:"如子才,當自謀五百年,勿餒也。"已又和余《感遇詩》,獎借大過。余生平所與遊,無若公之知我也。方圖道西江,冀一面公,訴余積感,忽得告公以民國九年十一月某日歿于里第[1]。已矣,已矣!成連既死,誰復與彈?嗟哉!余生長此終古,遂哭其私,成三十二韻。天壤有靈,知為余喟。詩曰:

昔余求世用,艱屯夐所止。面術既不工,心匠寗為計。
摧項逐瘦俗,蓬篠見輒議。妦嫿固難並,矯作無全理。
施身不自章,萬喙端面峙。鄉國尚驚懼,薜苫孰無棄。
惟公闢四目,其明燭幽翳。蘭杜披薙盡,豈無當公意。
小草隨出山,居然誇遠志。本非斧斤材,如何責成器。
礱餘發烈音,士窮感知己。相依四及春,門牆爛桃李。
皆公手所植,得不念靈芷!蒼蒼天信遠,公忽悲陟屺。
素旐出荒浦,無由攀公趾。緜緜艮嶽雲,渺渺西江水。
雲水兩無極,相思隔千里。千里不為遙,挾日吾能至。
誰知長房術,至今無縮地。滄者忽已桑,人事日零替。
與公不相通,計年窮十指。飛鯉天上來,中有琳瑯字。
致我意何勤,酸鹹豈偏嗜。無以為公報,作詩遙相寄。

投瓦得明珠，益見公高誼。常欲棹西江，一訪艮樵子。
饑足不任驅，道遠致無自。方謀及公生，寗忍聞公死。
平生積知感，感極翻無泪。今日詩當哭，焦喉啼莫起。
吾詩公夙愛，瞑目肯為視。嗟嗟吾安仰，天末情靡已。

【校】

[1]民國九年十一月某日：《庸海集·萍鄉喻先生誄》稱時在民國九年十一月二日。

喻齋記

會稽之分，地毗海者，類通脫，占風氣，獨句甬東，自古樸塞嵒[1]野如山鄉。海通以還，甬為中國五大商港之一，風氣稍殊矣。顧其士重邦獻，規舊白首窮舉業，終不舍人文之嬗化，故亦唯甬為陋。當先朝初議改制，天下智識之倫，罔不盱盱起謂："必若是，乃可責士效，為國用。"而甬之人翻疑其事之未果真，恐恐然若猛獸毒蛇之將至。嗚呼，何見之愎而多乖也！自萍鄉喻公來守吾郡，稍稍用材望，推選各屬士，任以教化之事，于是朝之新令，乃始得行于甬。甬故以商雄于國者，公至一年，富者相勸勉，助公興學，匝郡之竟，遂有學校三百餘所。夫甬自置郡，守者先後至，奚啻百數輩，卒不能奪其俗陋，而必待公乃興，風氣之目，果人為之與！先是，公言於寧紹台道某公，改道屬崇實書院曰府教育會，院故道治西偏地，當後樂園南，所謂雲石山房者是已。余居是，主辦學務凡若干年。及公擢任本道，朝夕過從，講論益勸，推行教化亦益廣，顧不及六月，而公以憂去官，國體亦旋更矣。曩所與公朝夕講論之徒，徒以無人焉為之提扶，各抱其利器，棄所業，散而之四方。余獨以無能用世，猶守其地，閉戶教子弟不去，晦明風雨之中，往往瘖痱恍惚，懍然于前日事，輒一念公，以為終今之世，無復有公者，因顏所居室曰"喻齋"。今又更五六年，余不能終守其地，公亦前死，天下洶洶，益復不知有教化事。然甬之俗，且日益通脫，汎然而靡所屆。信乎，公可死而余可老也！

【校】

[1] 啚：張劬成《秋岸集校勘記》云："《喻齋記》'樸塞啚野'句，'啚'誤'圖'。"茲據以改正。

城頭月

相逢各有心頭語，眾裏休流露。脈脈難禁，只把香情，偷上眉尖度。分明玉手曾攜處。對面成幽阻。別也怱怱，只怕迴波，便卷儂心去。

金縷曲

秋夕，憶亡友應叔申詩，泫然賦此。

蕭夜清無寐，把心頭、故人佳句，重新溫起。唾欬自天難收拾，斷玉零珠猶記，問當日風流誰比？雨雪江關原共惜，云弟兄、詞賦吾憖矣[1]。甘俛首，深深地。

一時裙屐稱才子，最傷心、晨星牢落，數來無幾。風雅猶存溪南北[2]，似我虛名而已。但後顧茫茫誰繼？亂世文章天下賤，更何人搜索窮肝肺。九泉下，應垂淚。

【校】

[1] 小字自注："君詩有'楊柳別離今雨雪，弟兄詞賦尚江關'之句。"

[2] 小字自注："溪南北謂君木、佛矢。"

【箋】

該詞既然被錄入《秋岸集》，自當作于庚申八月至十二月間，且其序文明言："秋夕，憶亡友應叔申詩，泫然賦此。"故該詞當作於民國九年秋。

雙雙燕·望海

茫茫海水，問昔日夷亶，而今何處？扶桑濯足，此志潛悲無據。徐市求仙逕去，頓化作彌天蜃雨。憑風寄語蓬萊，還我三千男女。

幾度，潮聲聽取。似汩汩飛揚，東華塵土。越王臺圮，剩有零星漁戶。誰作中流砥柱，任一碧驚濤飛舞？至今指點猶疑，煙島夕陽無數。

好事近二首

燈語太無憑，還把玉釵拋卜。不問那人歸未，問歸人遲速。數來又是誤佳期，慵整蘭湯沐。只怕肌香銷散，待郎來裝束。

破了畫工夫，勻不盡眉間黛。放着愁痕如許，怕傍人疑怪。今宵細雨昨宵風，都[1]作淒涼態。便着團圞雙影，也無言相對。

【校】

[1] 都：張劻成《秋岸集校勘記》云："《好事近》第二首'都作淒涼態'句，'作'上落'都'字。"茲據以補正。

逃海集 辛酉

《天嬰室叢稿》之六
慈谿陳訓正

自海上歸
逃海歸來意自消，到門無故忽心搖。
途人自說陶元亮，不恥饑驅恥折腰。

更出海上
蒼蒼豈是窮天色，日月無端忽莫年。
淺酒安能消永晝，名山漸欲近黃泉。
空支骨相成何用，偶附皮毛有孰憐。
聞說知音移海上，抱琴更出覓成連。

寄憶
曾憶艱難食苦年，依依城北兩人憐。
虛齋燈火吹春夜，小隱花禽養晦天。
今日豐毫歸遠海，當時弱魄對窮泉。
作詩聊寄蒼茫思，可有還雲到夢邊。

送長兒風、三兒斗赴上海，飲於甬上酒樓
擬把艱難付汝肩，出門念念不能前。

金昆玉季非吾望，萍合蓬離亦世緣。
苟活何須誇遠足，臨行祇自戀殘年。
尚期異日團家樂，未抵今朝惜別筵。<small>時吾母病未起。</small>

窮鳥

威羽翱翔極天半，誰憐窮鳥在樊林。
奮飛高不能千尺，棲息低猶得寸陰。
飲啄有天爾無幸，飄飄何地獨相尋。
黝駒時出求甘食，更惜泥塗淺復深。

看家人漉酒

酒泉不比黃泉永，擬泛觥船到海求。
落落百年已過半，皇皇一日忽成流。
吾生托子以為命，世事牽人可白頭。
卻笑山妻無遠識，未移糟粕築高邱。

喜楓阡所種木都活

吾客有能今郭駝，手栽童木忽嵯峨。
雨前已孕青青色，霜后應看蒻蒻柯。
得拱墓門結嘉蔭，願依畏壘發高哦。
新枝異日成龍去，休誤東山羽葆多。<small>阡在東山麓。</small>

百字令·春雨托興

凍花纔破，又霏霏草背，千絲參直。做了春陰曾未足，竟被餘寒羅織。水眼回青，山顏轉翠[1]，望裏都無極。風低煙重，料難一霎收息。

似向綺陌芳塍，團團密密，刺出傷心色。薄霽雷聲還斷續，寒罽怎能消得。不是牽愁，都應洗恨，日夜勞人側。半朧枝影，故園幾處香跡。

【校】

[1] 轉翠：張劭成《逃海集校勘記》云："《百字令》'山顏轉翠'句，'轉翠'誤倒。"茲據以改正。

江母七十壽辭

歲辛酉春之季月，有賢母曰王太夫人，七十舉慶。太夫人者，余友江義均之母也。義均有兄二人：曰義脩、義銘；弟一人，曰義準，具粥材海上。獨義均自京師大學畢業，歸且十年，未曾離太夫人側，豸豸乎，惟其鄉之義是務。

民國五年，義均曾以材辯，被舉為浙江省議會議員。今制：參院之選，三之一出省會。其時黨爭方烈，參選者各樹黨幟，載金帛收勢於吾浙，相競逐者二人，甲多資，人券餽五百金，乙則無所餽。義均貧，幾不能自存，甲乙皆遣客說，使附己，義均曰："彼，余餽者，豈其賢！"卒舉乙，不為多資惑，余以是益賢義均，義均不自多稱，曰："此吾母之教也。吾母自為女，有四嫻之德，及歸吾先府君，事長接屬，一循于禮。先府君以進士供職刑部八年，改官知江西永新縣事，廉明純約，以不得于上，奪職。巡撫使者某公，察其枉，檄回永新原任。先府君激發知己，欲以身殉職。吾母以為非其時，時多巧宦，溫良者終必黜，不如歸。先府君然之，遂謝歸，未一年，即棄養。嗚呼！自義均之為孤子也，逮今又十三年矣。此十三年中，吾母之所以為義均兄弟者，靡不誨且盡，每詔必舉先德曰：'若而廉，若爾非汝父志。'故義均雖終困于世，不敢一日忘吾母之教。"余以是益賢義均之世。而義均之能守也，非此母不生此子，其江氏之謂乎？余既為《介雅》四章歌太夫人之德，復書此歸之，俾義均有以勖其繼也。

【箋】

據"歲辛酉春之季月"云云，可以認定該文作於民國十年（1921）暮春。又，張美翊在作于宣統元年（1909）元旦的《書江甫事》，對江定甫（義均之父）任職永新一中，也頗有論述。張美翊此文，1922年見刊於《寧波旅滬同鄉會月刊》第5期。

與廖泹老書

泹老足下：

自滬歸，母病漸起，飲食坐臥，已復恆姿。侍居多暇，遂紛念慮，三五故人時來夢憶。情所難已，發為狂吐，惟足下幸聽之。

當僕去滬之日，芝老約共規足下，勿再事投機業；以事未果歸，挈挈于心，終不能忘情左右，故有所論述。僕雖狂愚，所言未信于人，然于世之所務，自謂能達其微，而異乎芝老之所虞。芝老謹人，戡倖射心，操曲柄以臨方鑒，其道固不相謀嗟。

夫人孰不有希望，希望之構成，基于倖射心，天下之物，無不以倖而成。句句之卉，蠕蠕之豸，而得遂成其梗楠、虎豹之生者，皆倖而致也。人之所以知自支其生活而不即于死，豈有他哉？人無倖射心，則墮地而死，孰愈乎期頤而生也！人類之滅亡久矣。故僕之所持，每以勸獎生人倖射心為主旨，嘗于昔年編輯《生活雜志》中發其概。孔子之所謂"乘險僥倖"，為士之在位者言之。若夫憶則屢中，則嘗以之稱子貢矣。"投機"云云，猶是倖射心之激動耳，而芝老必以為非是，是芝老之慮之過也。

雖然，僕于足下之投機，獨以為不可。不可者，非不可倖也，謂不可狃已耳矣。夫機之來也，不能測，其為時又猝而不能常，得失之間，至暫而至忽也。以金注者拙，以瓦注者巧，巧拙之所分，不繫乎物而繫乎人。足下之所注，何如乎足下之所謂金？百乎足下者，瓦視之矣，故足下終必處于拙也。且僕尤不能不為足下慮者，足下之于業，喜合富資以營，是以瓦金共為一注也。足下自思之，得豈為功，而失則將何如？僕懼足下之適尸其咎也！足下清明之體，不宜受他人指摘。僕謂足下既入投機業中，必不能脫然無動于心，擇其所謂瓦者，注之而已。得一瓦，失亦一瓦；一瓦之得甚微，然累積之，未始不可為培塿。愿足下幸存吾言而聽焉。

【箋】

　　寧波人廖壽慈（字淦亭），肄業於南洋公學文學部，曾與范均之合譯德國布列所著《世界通史》。

市箴一_{為粵商貽甬人}

芒芒禹州，汔我海裔。從蕃衡育，物以天鳌。
孰底厥通，石民之寄。於滬之壖，邦聞蓁蓁。
心迥力博，他則匪比。惟粵與甬，克徇群義。
人之相群，焱焱胡締。必得其情，匪直聲氣。
萬沙不搏，丸泥矯矣。百水無原，一涔庶幾。
小群大群，國迺有恃。恃群無道，獷聚臚至。
形合神離，曰一閧市。鮮有厥終，孰與無始。
衛魯弟兄，政則猶是。誰曰異枝，必無連理。
毋以石頑，遂忘玉恥。我琢爾磨，丰光聿起。
昭誠畢虔，蒞茲盟誓。旦旦之申，永矢弗替。

市箴二_{為甬交易所作}

於古有聞，日中為市。爰立之平，物論攸寄。
準眇槩微，紛汩以整。末作既競，闤都毀義。
矯偽日仍，貪冒亡恥。君子勿貴，賤夫益起。
俶俶千年，孰匡拂是。裔海之雄，存我先制。
消息盈虛，惟義之比。邦人有叶，推暨厥美。
著滬能效，甬圖其繼。嗚呼！惟誠克孚，匪則匪恃。
惟孚克眾，顓欲則靡。毋讎毋賊，毋罔獨利。
罔利棄眾，彼憪亡智。倖時賊功，獲亦厪矣。
惟爾明嘉，實淑斯世。永固弘基，昭茲執事。

185

不將日息，胥來受祉。俾爾有復，出入視此。

【箋】

考陳炳翰《潔庵吟稿·記交易所事》云："營業新開一利藪，滬上創立交易所。魔術賺人無出右，慈邑洪某作俑始。證券物品為宗旨，物品賣空與買空。……鄞邑聞風後塵步，大利所在遑顧他，牌樓彩結繁華地，軍樂悠揚車馬玊。賀客朱歸吊客來，祝融告警亦奇事①。冬來證券幾墜淵，魔高一丈倏登天，僉云趙璧連城價，轉瞬不值一文錢②。滬上營業先停止，各地從之皆如是。鉅賈富室入彀中，為此破產比比是。洪某作俑大罪人，萬無生理斃其身，盲從諸人罹禍酷，悔煞當初妄效顰③。……作惡自斃理當然，家產蕩盡何足憐。是以君子循常道，儻來富貴等雲煙。"④是知寧波證券交易所成立於八月十五（9月16日），而《市箴二》也就作於此際。

湖上訪范[1]均之養痾靈峰

十里靈山護鍊臺，存君兼為訪幽來。
路侵雲腳常疑雨，溪合松顛忽破雷。
多病故人此高臥，入秋風物有餘哀。
到門先索孤芳訊，料可安心過早梅。[2]

【校】

[1] 范：張劭成《逃海集校勘記》云："《湖上訪范均之》一首，'范'誤

---

① 陳炳翰自注："八月既望，吾邑交易所成立。是夜火起大門外，彩牌樓付之一炬。幸人眾旋即撲滅。"

② 陳炳翰自注："仲冬，證券價跌，洪某抵甬，加以魔力，價乃大漲。是後，無人入彀。"

③ 陳炳翰自注："交易所失敗，洪某倒賬數百萬，自知無以為人，服毒死局中。富室大家及著名人物，或百餘萬，或數十萬，以破產律了事。創辦之始，日人賺百餘萬，去不復來。吾國獲利者得當即止其數，多則四五萬，且人數亦不多。以重利借人款，所售證券作抵押品，借之者貪其利重，失敗證券一文不值，是為貪利被害者。""服毒死局中"，《陳布雷回憶錄》民國十一年條作"憂憤得疾以死"。張原煒的觀感與陳炳翰頗有不同，其《蓴里賸稿·洪承祁傳》云："……會日本人覬覦殿庶，皆有所規建，陽揭通引滯鬻為名，陰欲以網市利。諸如賈于鳫者大謼，顧莫敢誰何。承祁亟懇其鄉人虞和德，謀募白金百萬版，設所謂交易所者□拄之。……行之一年，乃大效。當是時，江以南交口稱洪承祁矣。……性故伉直，……自其既得體，益務為恢廓，不欲以曲俗呾尺自囿，卒坐此致敗。承祁以民國十一年二月二十八日卒，年三十又三。……張原煒曰：……夫皦皦者易缺，而庸庸者常勝，自古然矣。"

④ 《鄞縣通志》第四《文獻志》第四冊丁編《故實》，第1370—1371頁。

'范'。"茲據以改正。

[2] 小字自注:"靈峰寺多梅。"

彌勒院訪太虛講師，時師將赴北京

不見阿師忽三載，白雲飄渺尚人間。
前身明月秋之半，出世高文古以還。
寶石山頭一為望，金松林尾杳難攀。
來朝又控京塵去，寥廓巾袍未是閒。

【箋】

考《現代佛教學術叢刊》第86冊《民國佛教年紀》民國十年條云："九月，太虛在北京講《法華經》，周少如編《講演錄》；又為蔣維喬等講《因明論》，並擴大組織金卍字佛教籌賑會。"兩相比對，可以確定此詩作於民國十年（1921）夏末。

1922年3月18日，該詩又以《西湖兜率寺訪太虛講師，時將赴北京講經》為題（署名"玄嬰"），發表在《海潮音》第3年第2期。

御帶花

朱樓已是愁時候，偏又鬧天風雨。玉鈎親控，下重簾不許，曉寒輕度。分付調妝，須着意、染紅勻素。便那不，歸來肯放，儂顏消沮。

怕憶當年相見，了意密情重，等閒心許。儂愁如綆，終莫絆郎歡，並頭長住。聽徧離鴻，儘夢裏、也無尋處。數歷歷、天涯更不，盼有郎歸路。

月上海棠·題畫美人

崔孃費盡丹青手。祇圖成、軟障人消瘦。語也傷心，道真真、畫中真有。憑千喚，一卷香封依舊。

裴郎到處携懷袖。賦閒情、等等相思咒。萬一佳期，早安排、綵灰仙酒。燒香佇，有美一人來否。

蹋莎行 二首，錄舊作，和冰子韻

草綴紅心，枝垂翠影。幾番寄到春歸信。荼蘼一院尚開遲，夕陽已在花闌頂。

乳燕心猜，流鶯舌佞。沐蘭芳約渾難定。阿誰捲上水精簾，風尖不管佳人病。

絮影搖晴，落文圻凍。小鷺溜過兩三哢。碧桃花下一相逢，春泥濕透鞵頭鳳。

細雨朝朝，新愁種種。纖腰不耐羅衫重。秋千架上立多時，身輕只待東風送。

摸魚子

最撩人、雨邊蟲響，宵來催做涼意。憑闌聽取渾無賴，一段秋心擣碎。風未已。又瑟瑟樓頭，鈴語支更尾。驀然憶起。憶月色那時，流光無礙，照萬里千里。

曾携手。幾度高樓倚徙。天邊曩誓猶記。無端報罷銅街鼓，一霎鴛鴦歡墜。今已矣。縱朔雁歸來，莫寄相思字。還須夢裏。覓個去年人，傾心接膝，與話去年事。

風入松

鈿蟬金雁夜停塲，乍是新霜。無端花犬驚寒吠，似那人、窺玉登牆。偷眼簾前相覷，泥他蹕過廻廊。

疑雲疑雨煞思量，不是荒唐。記曾避面夫容裏，有回風、兜得衣香。心逐麝塵飛徧，池亭四角中央。

十年十月十日作箴

維十年十月十日，是為共和建始之節。凡在逌職，咸有誦言。吹故歆新，劾茲宣舌。寒寒十霜，汔無寧歲，益變而厲。國且不治，何美可諷，顧曰其慶。余早學六義，不知崇飾，焦啼竟野，敢效姸唱，用覼所聞，以申太息。

嗟乎！頏上失眾，滿政始覆。今也何其，室驚道哭。孰為高俎，登茲弱肉。

瞻爾巖巖，實生虺蝮。有喙如矛，峙於弸腹。塗氣不揚，强男匍匐。
維古哲訓，懲是佳兵。爾獨怙亂，資以橫行。南齲北齲，骨肉朋爭。
操刀學割，先決其肱。疇云同體，而賊其生。陰沈四海，胡弟胡兄。
伯謇仲盲，相讎未捨。東熊西虎，曹食就我。狼扈猲來，舔舔胡可。
既搚我吭，復攀我踝。爾獨嘻笑，忍視而坐。殘骴未盡，反思頤朶。
豈無聰耳，雷呼不入。豈無離目，只尺不及。溝瘠縱橫，道殣戢戢。
易子炊骸，披穅覓粒。孰致厥眚，明嗥幽泣。爾亦何心，嵬然傀立。
人叢其怨，天昭其恭。小慝上昏，鬱為杯異。蘊毒方深，豐亂靡已。
國興雖張，投趾無地。孰階之厲，俾予況瘁。逢惡導奸，憎茲魍魎。
堅辯惑聽，懸談鑿空。干權刮勢，舌客之雄。陽捭陰闔，緣以為功。
晝隱宵見，遇之終凶。何金不斷，何神匪通？猶據我嗌，謂我意同。
凡茲民害，實亡我國。民氣勿旦，相視而墨。接耳亡歡，惟聞悽惻。
童娛髦豁，顛倒擿埴。云胡樂郊，千僵百踣。居高嗚施，色猶予德。
維民建國，忽忽周干。往事不諫，來日大難。敢告在職，苟恤我完。
竊時盜政，我豈爾安。必仁而世，乃可勝殘。今日何日，思之心癉。
吁嗟予眾，胡不自思。是民是國，誰實尸之？我勿之徇，彼暴胡為。
吾屬將虜，敢告我私。我興我奮，今豈後時。苟我與者，作哉毋疑。
模虎勿成，更冶而善。刻鵠勿工，易技乃辦。惟爾無良，有忝厥選。
林林黃裔，茫茫禹甸，任爾屠割，外媚是獻。今不爾謀，破亡曷免？
於茲之日，撫往之年，始建共和，歡忭欲顛。今何慘慘，有鬱莫宣。
鐸人之職，口舌是天，匪敢矯拂，亂其醜妍。言危心悚，爰述茲篇。
匪詛匪祝，惟肯之心。曰筆曰削，我則勿任。丁此時厄，憂患何勝！
巢危之爵，鳴豈擇音。起我瘵魄，畢我呻吟。知我罪我，胥於此箴。

【箋】

　　該文之作，旨在敦勸執政者關心民瘼、心憂國是。据其"維十年十月十日，是為共和建始之節"云云，不難確定其作年，即1921年10月10日。

與友人論投機業書

　　書來極詆今之商者不事投資而事投機，謂之曰："無源之水，此盈而彼涸，挾日不雨，暘暴風蝕，將消歸于無有。"言誠是也，然于商之本體，認為即生產之事，大錯大錯，試為論之。夫生產業者，非商之謂也；其在《字詁》，"自有之無曰生"。[1] "自有之無"云者，本無而今有也，農與工是已。若夫商賈，固以貿遷有無為事者。貿甲而乙，遷乙而丙，嬗相推，嬗相遞，變其所主，發紐牙于機，足下亦何病乎，投而詬之？且吾聞之："商者，計也；計取其贏，利在樞運。"賈者，固也，班氏所謂"固其有之，用物以待民來，以求其利也"。[2] 曰固其有，非自無之有可知也；曰待民來以求利，其為投機可知也。即返之往史，三代迄周，農與工皆有世官，而商獨無之；漢則重農抑末，至異其巾服，不齒齊民，誠以商者為貿遷有無之事業，非能離農工而獨立者也。其所嗚施，不過曰投機而已，雖行使金力烜赫如今銀行，豈遂得謂之生業哉？足下責富人不事投資而事投機則可，若以之責商者，是謂不知商之本體。僕敢略論之，以還質足下，足下其肯之心，以為何如？

【校】

[1] 此語當是陳氏自造。

[2] 此言出自《白虎通義》卷下《商家而非班固之口》。

論投機業再答友人

　　還書期期以僕所持者為不可，僕非投機業者，何事必為足下難？然僕之所以持之者，其用意固不弱于足下也。足下試思之，吾國富人守什一之稱以謀子母，欲責以投資農工，此猶攀天而摘星，夢幻或遇之，非事實也。僕嘗見交游中，貧則已耳，一旦得有財產，千則千衷之于國外銀團，萬則萬衷之于國外銀團，其所券者，百母而五子，我之所獲幾何？外人即以是徵息于國人，且稱倍焉。自往年交易所始事以來，國之富人始知死財之非計，于者于，禺者禺，為時不過二年，而向之稱息于外團者，胥從事於投機。夫投機，乃投資之先路耳，譬之窖藏，既發矣，詎有還復之理？僕所樂觀者，非必以投機為可恃，誠以機者萬事之命，不得機，雖累資甲一國，猶窖藏也。交易所既流行，于是畜資者之興味乃大振，不一年而有信託事業之經營。信託業者苟慎為之，則近於投資之謂矣，亡論異日之興敗如何，然藏既發矣，必不能復成為死財。僕知三年後，吾國農工業之敷展，或以此發其機括也。足下所云，猶不免乎執之見。率言惟亮察。

市箴三

十年十月二十四日，上海某信託公司始事營業。慈谿陳某作箴，鄞張原煒書之以贈。

維古作訓，徠商致賈。商之言章，賈亦云固。既固且章，持之有度。
孰最其尚，是惟機素。惟我亡素，匍匐外媚。彼安于怙，致余況瘁。
天閟地蘊，厚藏為祟。如曰啟之，利惟爾市。惟爾多賄，責爾靡竟。
敢澤厥言，用為爾諍。凡機之來，千湊百競。小群匪恃，獨智乃梗。
甘泉百里，始見潤漬。無原之水，蟻飲可殼。萬矢所的，厲此一鹿。
必爾恁者，懲是野逐。國富維何？曰農與工。于爾之信，金乃有融。
狙機必失，狙得必窮。構虛豈務，儲實先通。惟爾儲實，信以昭之。
惟爾昭信，旦旦誓斯。窔明不奪，光大乃期。願爾受嘉，常復我辭。

【箋】

該文顯然作於1921年10月24日。考《陳布雷回憶錄》民國十年條云："七月以老友洪承祁君之邀，辭商務職，入中易信託公司，任籌備處文書主任，何旋卿師及德之表哥任科長，十月正式開幕，承祁為經理，盛同孫、俞佐庭任副經理，公司業務分信託及銀行兩部，然實際乃以證券買賣為主業。余心勿喜就商業，礙於親友情面擔任其事，頗感心理與生活之矛盾。不數月，以上海證券交易所之牽累，公司內部漸不能支，而承祁仍強自支屬焉。"准此，則《市箴三》所提到的"上海某信託公司"，顯系中易信託公司。

市箴四 為某市場作

物萬可居，奇乃益放。勿謂纖業，民用所向。
惟余有權，汝諢諸掌。準眇槩微，毋抑毋抗。
計取厥贏，嫥則匪尚。去齮制逆，何謀不廣。
祝汝多獲，信馬智杖。

白衣院南洋國僑布施恤孤金題名記

四明之地，陸輳金峨，海津寶陀，實降真修，亡墜靈緒。顧末法不振，世音失觀，慈悲之旨終虛，苦難之生奚托？余嘗閔之，婁以為言。賦緇衣之好，幸結靈襟；入玄府之門，欣逢善識。於是長眉尊者，昉議給孤，廣舌化人，相與樂埵，托缽乞緣，鳴榜飯眾，蓋於茲三年矣。雖巍象在瞻，不少簣山之覆，而溝流方斷，難成杯水之仁。

有居士傅老者，勤德務劭，耄嗜彌篤，喊數米之匪炊，知集裘之先腋。一行白髮，濯濯黃蕉丹荔之鄉；萬里孤蓬，驅驅蜑雨鼉風之地。精誠所至，金石為開。凡南游十六月，募得恤養金萬餘圓。瓶中甘瀝，分傅南海之香；地上黃金，遙挹西天之朗。既拜多賜，用申無極。為闡長人碩德，名山留造象之碑；佇看童子善財，異日成報恩之塔。

爰為之記如此。

【箋】

文稱傅宜耘歷時16月，從南洋募得萬餘元而歸。茲據上文《秋岸集·贈傅老敍》之作年推算，斷定《白衣院南洋國僑佈施恤孤金題名記》作於民國十年。

書寧波工業學校十年紀念冊

樹人百年計也，十年者，亦屢矣。僅而克，曷為紀？紀以為後來者念也。曷遺乎後來者之念？念建始匪易也。念建始之匪易，夫而後能守；守之謹，毋忘乎創之艱，夫而後能有成。予之於工校，猶治河之有鯀也。九載績用勿成，鯀有罪矣；然鯀治之已，故若何而治，若何而勿平，所以遺禹之念者不為少。後來者，其皆禹乎？哀是冊，策來者，且以諗。郡人知我、罪我，竢諸百年。十年十月，校長陳某書。

【箋】

文末明言作於"十年十月"，亦即1921年10月。

工校十年度豫算表書後[1]

右表據上年度決算增削而為之。

綜見歲縻萬有二千金，其所由資，以為可指數必亡缺者，不過七千；較覈出入，歲絀五千。余役工校，于茲九年，歲亡不絀，此猶其小焉者。自二年承職至七年，計六匝年，積負萬有七千。舊者未償，新者無所貸，不得已盡貨校產慈北沙地以抵，然尚不足二千。八年，江北路捐以無羨停發，于是歲又短三千，合豫算所絀，當在六千以上，而校之用費已刻，又無可節減。陳願于省，主者漠然，議者且齮之。[2]至今年春，始許增給補助費一千。歲絀之數雖小，猶在四千以上，而二年來，新所負者計且及萬。

往事姑勿問，來日大難，將何以圖其繼？僉小如余，當此重寄，力不能強，終見絕臏，欲謀逃責，又悲無地。且十年勞瘁，小有成功，一簣之覆，已具始基，余即欲棄之而不顧，而校內外之責備不貰也。飄搖風雨，盡我綢繆，舍求助外，更有何策？所幸交游之中，不少豪士，將伯之呼，同此聲息，必不忍余瘏口而亡聽也。敢舉先後困情狀，畢誠以告，惟覽者勿視為故事而幸察焉。

【校】

[1] 此文末，原本載有"門人張劭成校字"七字。

[2]《白虎通義》卷下《商賈》。

【箋】

　　該文深以辦學經費不足為憂，據其文題及文意，足以確定該文作於民國十年夏。

庸海集

《天嬰室叢稿》之七
慈谿陳訓正

余受庸海卜，干茲二載，詒牛諛死，酢應益繁，發于情者，間或有之，然不能多得矣。自辛酉八月，迄癸亥五月，得詩文若干首，都為一集，題曰庸海，以所居廎名也。

珠氣生明月

珠氣生明月，老蚌忽已陳。生兒有大志，母心多苦辛。繈褓日以遠，道路日以親。

倚門望孤月，遞照昏與晨。欲寄千里意，含淚不能申。楊柳別離去，雨雪斷歸塵。

作書付驛使，但言報我頻。游子捧母書，慷慨語坐賓。骨肉久不屬，寧知尚為人。

夢中題畫梅斷句

蒼皮竟體成何用，不合槎枒堂上生。

江干觀潮登六和塔

分明此是西江水，卻被狂胥挽以來。
拔地銀山支冷塔，轟天玉螺響高雷。

憑闌不盡蒼茫意，挾弩空思叱咤才。
古往今來幾桑海，可堪重問越王臺。

月夜同周茞老飲湖上酒樓

絕勝湖山清可憐，湖樓飲罷各蕭然。
二分明月三分酒，四壁閒蟲半壁天。
柳掩山眉向澄夕，鳥驚鐘尾破蒼煙。
歸途更覺淒涼甚，載得新霜欲滿船。

萍鄉喻先生誄

歲庚申十一月二日，前署浙江布政使、兩浙鹽運使、分巡寧紹台海防兵備道萍鄉喻公，卒于里第。越年十月，訃始至，甬人士追念舊德，會而悼焉。訓正辱先知遇，方深感引，于公之喪，憖無益恫，爰為誄曰：

惟夫子之諒達兮，裁天道以為化。方就矩而毋毀兮，圜受規而勿隋。楷曲特以致器兮，並妠嫭而同課。俯吾志之未信兮，恃長德之善諰。既謐我俾底于成兮，起瘠俗而為厚。黨懷義于一心兮，里流仁于千口。申古娛其有獲兮，何紛錯之與遘。非夫人之迥迥兮，終無會乎此數。山四明以昭聰兮，水湯湯與海通。日浸潤而不鑿兮，彼崔嵬吾所宗。願長峙以為屏兮，又濡沫而無窮。何天之不我覆兮，竄余宗于西江。猶謦欬之在聞兮，雖千里而無遠。日月儻不余迫兮，心萬一其來遠。名吾齋曰喻兮，識故思之未捐。絕世紛而養玄兮，撫獨絃以自彈。香溫夕而辟惡兮，艸薦晨而躅忿。克予心以自廣兮，亦夫子之所云。儵怔服而來告兮，悲吉人之逢屯。懷諠暑而風萎兮，械丁秋而雨紅。物雖微而有知兮，矧倫類之善感。望艮嶽而莫即兮，遮何曇而黮黮。托二水以送哀兮，曾渺渺之是贛。登峴臺而徘徊兮，寄東思于西覽。愓矣哉！醰醰其容，不我覿兮；朗朗其胸，不我與兮。風為駟兮雲為車，怳若出兮儵復徂。陳柔甘兮腆芳，致馨潔兮明素。神不來兮目極，山何深兮水虛。

【箋】

据其"歲庚申十一月二日，……萍鄉喻公，卒於里第。越年十月，訃始至甬"云云，大抵可以確定該文作於民國十年十月。

書《粹華製藥廠出品目錄》

余嘗讀方書，疑古人治病，率以蟲石五金之屬入藥，血肉敗質耳。若夫卅其蘊毒尤深，神農氏何取耶？且吾聞之藥治病，艸也，故書亦多言神農嘗百艸，然則藥之為物，大氐不離乎草木者，類也。草木甘柔之體，可液取其精英而用之，而蟲石五金不能也。夫變化之質，極之於蟲石五金，稍稍難矣。彼歐士尚器辨性，取生物、非生物劑合以入藥，非鑿空而得之。顧我國煮煉之技何如哉？藥之用蟲石五金，非自今始，其由來蓋數千年矣。積驗以致物，縱非神農氏之舊，要其時必有煮煉之功，特今失其傳耳。上海粹華製藥廠用歐法煮煉吾國藥物而劑合之，試有效矣！將以某月日發行，先時具說帖，傳告遐邇。余懼夫聞者之驚怖其事，以為創而亡徵也，于是乎言。

【箋】

李平書創辦於1921年的粹華製藥廠，乃上海第一家現代中藥製藥企業，其存續雖僅三年，卻改變了傳統手工加工中藥、中成藥的方式，可謂近代上海中藥工業化生產的先驅[①]。考吳承洛《中國之化學藥品及化學原料工業》云："以中藥製成藥水，用時只需混合，不待煎煮，此乃民十一年上海粹華製藥廠等之企圖。"[②] 准此，並據"上海粹華製藥廠用歐法煮煉吾國藥物而劑合之，試有效矣！將以某月日發行"云云，不難斷定《書粹華製藥廠出品目錄》作於民國十一年。

鄞廖母墓銘

鄞賢母，廖吳氏。故歙人，灝者子。年二十，妃耆士。

[①] 黃瑛：《近代上海著名中醫實業家李平書》，《中醫藥文化》2011年第3期，第23頁。
[②] 《經濟建設季刊》第一卷第四期（1943年），第128頁上欄。

性慈孝，德無訾。前室張，遺三女。子壽同，妾所舉。
母將之，如己乳。里姆言，不可數。方母至，奉姑嫜。
母新進，試以方。先與後，睨其旁。母益敬，譽乃張。
上下洽，無譁口。門以內，歸于厚。致婦道，禮可久。
尚勤劬，儉尤後。更十年，辛復苦。同也傲，不得父。
既別籍，撫如故。飢使飽，寒使煦。同不幸，死海上。
有遺孤，弱且尪。母憐之，躬為養。昔呱呱，今成長。
母一子，曰壽慈。用文學，稱名師。忽來告，葬有期。
嗚呼母！壽止斯。母之生，光門戶。母之死，動行路。
述斯銘，碣之墓。示來世，千萬古。

禽言六章

行不得也哥哥

行不得也哥哥，行不得也哥哥。
山行有虎，郊行無梁，橫有河，行人出門驚日多。
道路密如羅，性命輕於梭。
哥哥哥哥哥哥，汝奈何？

布穀

布穀布穀，春不得布，秋不得熟，布穀當速。

泥滑滑

泥滑滑，泥滑滑，滑滑泥過膝。
愁入復愁出，昏晝昏夜無人色，道路吞盡專車骨。

脫郤破袴

脫郤破袴，脫郤破袴，袴破當補，小破不補大叫苦。
匪不知，破當補。
傾筐沒得一尺布，針線長長無縫處。

提壺盧

提壺盧，提壺盧，天地渾沌一壺盧。

眼中所見乃其麤，終日惺惺誰與徒。

萬海涸，千桑落，壺公據壺大笑樂。

得過且過

得過且過，得過且過。過得去，毋須多。

千車金，萬車銀，日日街頭纏煞人。

同王生幼度程之訪太虛彌勒院不遇，適均之自靈峰移寓於此，遂詣之，並同棹游丁家山康游存別墅

兩年溷市塵，心上垢可爬。偶然念方外，寄想一時遐。

矯矯王叔子，曹好視我加。蕭晨控靈鷲，相將就佛跏。

幽叢出清磬，聲尾發怪咤。山尨憎客至，蹲門吠巴巴。

蟫蛸掩經槖，晴簷張袈裟。雛僧驚不識，問師未還家。

隔舍范居士，見我評坐茶。與談南湖勝，蕉石自古誇。

言有南海客，覆屋山之丫。引徑開落葉，養煙招倦鴉。

四覽頗頗足，結願殊未奢。歸路方雞午，曷不携伴過？

有舟輕於葉，朋坐據一瓜[1]。萬巒落蒼鏡，波底呈崟岈。

繞繚雙塔影，傍槳若助划。風滑水不任，須臾破洞霞。

主人聖者徒，陳設僕無華。繫匏汲虎泉，曲肱枕石蛙。

割據山一角，全湖依肘胯[2]。開襟納孤朗，風月不須賒。

閒著平章手，麈杖課禽花。草木自名貴，入詩詩亦葩。

我念游存子，角處非全蝸。孰蠻孰為觸，何事費口牙[3]。

室邇人已遠，攣景生喟嗟。振嘯下山來，紆棹看日斜。

漂泊忘所屆，吾生寧有涯？

【校】

[1] 小字自注："湖船名曰瓜皮。"

[2] 小字自注："讀平。"

[3] 小字自注："時浙議員以康侵公地，持之方急。"

十一年新旦誡滬上諸友帖子

入廛門，察物論，與其市之豪俠游，一歲之中，忽忽見為喜，忽忽見為悲，悲喜無端而齎余心。余誠不解其所自，要之，有其所自感耳。與歌者居，聞其曼聲促節，未嘗不為之喜；與喪者居，聞其痛呼疾號，未嘗不為之悲。苟入悲喜之境，而漠然無所動于中，此必非人情，余獨非人情哉？與諸君馨欬周旋至今日，又一年矣。日月不居，忽更歲曆。積感成知，蘄于一叶，開我府藏，陳諸陌路。見知見罪，是在諸君。

比歲以來，滬市投機業者之奮起，幾乎十人而九；其敗也，亦幾乎十人而九。此十九人者，孰不自謂察時觀變，今之白圭？使太史公猶生今世，目繪心寫，不能一一盡筆之書，余何人，敢以悠忽之口，持諸君後而有所論？然一隙之明，不能終閟，諸君倘汰其非而存其是，未始不可為諸君思慮之一助，吾願諸君坐而卒聽焉。

機之一字，其訓為主發。主發者，樞崇發動之謂也。天地之間，凡可以行動表情之事物，何者不始於機？廣言之，則呱呱墮地而幸其成人，一中之生而冀其成材，皆投機也。故投機不得為商人病，且商人固以貿遷有無為標幟者，其樞崇之所發動，明明在物之有無間運使其心思，舍此別無所謂利也。百物之入市門，安能如百川歸海，湯湯乎而無盡？量一旦夕之所求，即可以感百物有無之差，有有無，斯有貿易固也。鄉使百物亦如歸海之水，恣所欲求而不涸，則物為無權；物無權，金亦與之無權，金物具無權，則商之名，可不必見於辭書。蓋商者，操金權、物權之一牙人耳。所利以博取贏餘者，惟此百物有無之差；有無之差，即所謂機也。彼投機業者，其商之謂歟？吾惡得以之病商！顧吾所以為病者，以其尸投機之名而昧審機之道也。機之作，止其間，不可以瞬。前乎機者，謂之逆；後乎機者，謂之需。不需不逆而適直其時，則謂之機。

然挾其時以為驅者，尤在乎其材。無材而有時，譬之農，猶揠苗助長之宋人，雖得天之和、地之利而苗無不槁也！盲者擿埴索塗而行，一步一慮，僅僅而免于危，若使騎而馳騁，足不與地相習，益不能知地之險夷。不知其地之險夷而好為馳騁，何者控鞭追赴，何者弭轡徘徊，彼瞢瞢者，固未嘗攖之於其慮也。夫投機者，猶之御耳。御之道，貴能進，尤貴能退，險夷形目，利害計于心，操縱摁于手，可左則左，可右則右，可前則前，可後則後。御因於形勢，不必待至懸崖而後勒馬也；待至懸崖而後勒馬，此必非善御者，昧機之徒而已也。善御馬者不失地，善御財者不失機，具不可以盲為生；而盲者，其心本無黑白，自無黑白之用心。若夫壯明而耄盲，據心之中，早有一黑白存焉。示黑以揣白，懸白以測黑，終其身，無黑白之　當機云乎哉。且機有機之會、機之能。能者材也，會者時也。水可以撲燎，然遷遠河而救近火，則失其時；刀可以立斷，然使童子而操利杖，則失其能。今之投機者，吾縱不敢謂其皆失時、失能也，顧其所投之機，狃于利而忘其害，輕于任而難其備。踵此之為，不惟失時，而且逆時；不惟失能，而且好用。其所不能，是豈投機者之所尚乎？觀機欲其審，而今則將之以野心；赴機欲其敏，而今則承之以惰性。如是者，雖百其機而百其投，其所直者僅矣，此余之所以病其人也。

余居上海二年，目之所見，無非愁苦之病容，耳之所聞，無非呻吟之病聲，且洞然其人之性情、嗜好、居處、避忌。余雖非醫者，然於其受病之原，可謂診之熟而知之深矣。於此而猶墨然向之，仁者不為也。故當茲蛻舊更新之際，不敢不盡所知以為病者告。雖然，彼病者何知此時已惛瞀悠閡而喪其故覺，縱瘏予之口而不能聽也。所冀者，環守病人之牀而與病人有連者，一用其心于余之言，節其喜怒以養肝，抑其動作以養神，謹其飲食以養胃，時其寒溫以養體，而又清其四塞不淑之氣以養其肺，夫如是，而後其病可治也。

何者為投機業者之主病？人皆曰原於貪，而余以為非也。貪者之於利害，計之必審，安肯僥險乘危，盡輦其黃金而為孤擲之注？貪者必鄙，故貪之連詞曰貪鄙。鄙吝之人，難與進取投機者進取之事也。僅而貪矣，猶不至於敗，然則其主病在何？曰妄焉而已矣！賈子有言："反度為妄。"[1]度者，法度也，度量也。少年喜事之徒，往往以法度為束縛，以度量為不廣，任心尚氣，敢於犯難，翻雲覆雨，一手而盡，視天下事俱不足以當其指靡，此其人又必小有材智，自命既高，逢順之者尤眾，前後左右皆非其敵，于是遂輕天下無大敵矣。足未切泰山，而自謂泰山已出其胯下，口未領江河，而自謂江河盡吞其腹中。聞雷鳴而訝為蟻唱，遇颶風而疑為龜息。充其意量之所極，昂頭則絕天，舉足則陷地，彌宙充宇，一人而已。其為妄也，吾惡得而究其竟。雖然，彼妄者亦非喜自為妄也。其所以妄者，正由其知之未切耳！瘋夫舞刃，不敢自擬其頸，蓋猶知刃之效可以殺人，而妄者視之，且自謂不如予齒之決矣。果也齒與刃決，孰利孰鈍，不難呈判于目前。況以有涯之財富，而伺無涯之物機乎？夫財富，譬之鴻鵠，鴻鵠冥冥，彌天而游，飛者自飛，墮者自墮，吾縱善射，一矢之功，所及幾何？而必欲盡彌天之羽登於吾俎，此必無之效也。且射者齋矢，不過箙一；投機者之所齎，不過數萬，數十萬至數百萬者，夥矣。射者終日不獲一禽，所失者，盡箙之矢已耳。彼妄投機者之得失，果何如？一身之被蘄，止於煖；一口之餬蘄，止於飽。飽煖而外，孳孳日夕而務之，此何為哉？謂其為貪乎？彼亦一豪也，非尋常食肉者比，故吾甯謂之妄。妄者喜自大，自大而能循法度、徇度量，則幾于豪矣。惜乎其不能也！

　　懲妄之病有三期焉，始期曰虛妄，二曰狂妄，三曰庸妄。幸也今之妄投機者，猶未至乎末期也。虛者實之，狂者甯之，醫不必扁手，藥不必峻劑，補其元虛，涼其熱狂，起死回生，不過旦暮期耳。失今不救，虛者至於枵，狂者至於尪，朝氣已盡，暮氣中之，昏昏長夜，而猶是盲騎以犯難，其勢必至於折脛破額，而入於陳尸之墟。嗚呼，危已！

【校】

[1] 典出賈誼《新書》卷八《道術》。

【箋】

據文題，足以確定該文作於民國十一年元旦。在作者看來，投機者之所以大多虧損，其關鍵不在於"貪"而在於"妄"，進而認定致"妄"之由，正在於投機者"知之未切"，進而呼籲加以及時疏導。

答王生幼度歲莫見寄

豈不思吾黨，栖栖奈道途。
齒窮一經老，口借四方餬。
魯國尋男子，高陽賸酒徒。
威闌猶得汝，相憶滿江湖。

題《霓仙先生詞稿》

夢愡老矣西麓逝，法曲飄零不可聞。
一夕玉參差忽起，月殘風曉望夫君。
黃茅白葦吁可嗤，章句雖多奚以為。
才人咳唾原矜貴，兩字應題片玉詞。

【箋】

葉同春《霓仙遺稿》卷首《題辭》稱"七言二首 同縣陳訓正无邪"。此外，尚錄有馮汲蒙、洪允祥、應叔申、楊省齋、胡君誨、錢太希、王仲簋、蔡同常、湯璞盦、湯評盦所作詩，以及馮君木、張原煒所作詞。這些詩詞當作於葉秉成葬其父葉同春（1855.3.21—1902.7.22）之際。

答李審言先生書

審言先生閣下：

辱不棄，還書諄切，獎掖有加，愧甚慚甚。正播轉人間，匪伊朝夕，並世高知，闃無所受，不圖遲莫，忽見流光，寱寱卅載，僅乃一遇，私心竊喜，百體具蘇，然其所志，亦可悲矣。既荷長德咰沫，返其尸氣，中心養養，遂有所吐，願先生幸覽焉。

正九載失怙，育于寡母，家道本嗇，束脯未脩，齎籌入市，求為廛民，沒世薰膻，異器並藏乖和。既壯而後，遂我初服，姬情孔思，蕩無胸儲，口吃目短，自喻材廢，雖孑見寡聞，麁有論述，要之蛣蜣所持，自適其好已耳。國變以還，躁夫競進，君子道消，益復不敢自放，戢影里廬，日惟樵唱牧謳相和答，白眼青天，更何所冀幸。顧亂世微生，食窮尤難，朋僚垂閔，牽曳出山。旅滬二年矣，媚生諂鬼，賣文求活，蕉萃生涯，汔無長進，琳瑯滿匧，不投眾好，徒以周旋既久，不惜分馬俸鶩糧之餘以為我畜，此江湖鬻技者所羞也。先生謂正之心樂乎？否乎？歲闌无悰，屢有所思，而先生突以書相況，譬之冥埴飄落明珠，光生餕眼，距躍俱神，感激餘私，無任千里。

自先生歸鹽城，正亦旋歸慈谿。天上冥冥，飛鴻何托？江南草長，計當還客。此時擬要老友馮君开走訪滬寓。馮君治容父之學，與先生有同耆者，故先書以介，倘亦先生所樂與乎？春日漸舒，寒氣猶厲，伏維珍重。正再拜。

【箋】

該文既被收錄在《庸海集》，文內又稱"春日漸舒，寒氣猶厲"，且後接《戌正月雜興五首》，故當作於民國十一年正月。

同趙百揆飲于白樓

與君夙昔聯歡伯，滴滴心頭醞釀深。
世事蒼涼復何說，酒情溫厚好同斟。
青衫司馬無乾日，妙契句龍有賞音。
今夜白樓無限語，徒悲老大一沾襟。

壬戌正月雜興五首

負盤

飛蠚飛而食，其形若負盤。天地結陰毒，游離何漫漫。

觸嗅令人惡，反吐絕胃肝。逐臭誰家子，畜取若露繁。
食心寧在草，痛剝膚似剡。生人成白骨，猶向枯骴攢。
蔓滋除不可，寵久驅更難。腥聞驚百里，汝獨以為安。
汝安復何說，忍謂我言謾。

金樓子

生死若樞閉，黃金為其樞。髑髏孰為鑄，泉刀雄萬夫。
殺人不濡血，但見白枯骨。共工有流孽，梟橫世所無。
嬛嬛金樓子，并命注一孤。六木倚虎口，吼聲吞道塗。
強足且無幸，況汝墮呱呱。剖心奉上客，傳食蹠者徒。
怪嘯破堅壁，肱肐出飛蚨。昨日控高駟，今日匍匐俱。
安復有全瓦，而云玉不渝。嗟哉金樓子，富貴直須臾。

聹夫

聹夫扣木鐘，心摹鏗鏘似。實響無切聽，虛聲專其耳。
操筳以語人，吾已盡斯技。輕重總之心，應手宮商起。
小扣大扣鳴，良工無啞器。人閱彼不聰，否否告以理。
聹夫啈然笑，反謂人譽己。坐臥就木鐘，鐘刓聲未死。

日浴

日浴西海沒，月浴東海出。月浴西海沒，月浴東海出。
出沒十二間，壺更聲唧唧。一唧一徘徊，暮途雞叫徹。
天地無終閟，晦冥養朝日。烏兔互息呼，疇云遂相失。
八萬六千停，中有循環律。大鼾擁待旦，心勞徒見拙。

冥徼

挾銳擊惰歸，驟馬入冥徼。強肝濯陰血，柔化指可繞。
朝氣曾幾時，大炎成流爚。安有不暮天，大地長光照。
亦無久蒙人，終身未覿曜。神雞知時節，燭龍飛乃叫。
願君養晦德，人事非所料。

【箋】

据其詩題,足以認定該詩作於民國十一年正月間。

同馮子廣、勵建侯、葉叔眉、汪輔季攜白君遊半淞園

十里煙屯乍放晴,偷閑來向曲中行。
淺莎過雨車聲細,初柳迎風鳥語輕。
雜樹花生三月暮,孤樓人對半淞明。
相看同有天涯感,不獨江州泪欲傾。

行來

百結闌干導徑斜,行來小院是誰家。
柳眉帶恨眠方起,月意含羞面半遮。
隱約鐙寮聞落子,朦朧鏡檻擁初花。
渾疑畫裏真真影,一段春情欲透紗。

題慕蓮居士《松磵坐月參禪圖》四首

松下一頭陀,坐月若有省。明月自來去,何處着人影?
侵眉山色白,繞趺石聲活。心外不住流,心中常住月。
西沒復東出,月亦如流水。寂寂空山中,無風落松子。
借問娑婆洲,何如松子大?恁地着佛性,不在這箇外。

上山行

上山打得燧石,下山拾得濕薪。石有蘊火可種薪,薪濕奈何乞諸鄰。
鄰曰汝暴之日,朝不成然夕當成。然寶汝火種,胡愁突無煙。
出門視天色,天雲滿天壓頭黑。入門抱薪泣,敲石徒見火熠熠。
飢雷轟腸不肯蟄,舌翻狼涎喉虎吸。緩我須臾死,濕薪有乾時。
濕薪乾時石芒盡,火種已絕胡為炊。匍匐復上山,上山覓石火。
山高力微石不破,閧閧一朝打一個。下山歸來竊心賀,今日炊成當

無餓。

含笑發甕醅雞啼，鼠餘那得有留栖。空腹坐鼓將何谿，似繩之泪垂過臍。

欲向鄰人乞一飽，鄰人憂釜隱為告。破甑仰屋久生塵，吾亦活火供死竈。

續胡盧

辛亥夏，余有《胡盧謠》之作。十一年來，曩所謂胡盧者，依然胡盧也。余之謠乃與之相引而益多，故命之曰《續胡盧》。

冶金以為虎，雖貴不見武。搏埴以為龍，雖似不見工。

荒荒匆匆事乃神，翏靈自來坐享人。

開門揖餓厲，閉門抱枯髑。眼前人鬼不得辨，昂然方相稱四目。

有鳥止屋隅，夜夜出怪吁。

主人聞之心不愉，挽桃作弓柳作矢，誓汝不去吾其塗。

豸豸自南來，老蠻出迎心顏開。

豸豸來不速，蠻父蠻兒一齊哭。

罡風萬里張天口，湼面書生聞聲走。

君不聞蚩尤噴毒霧，銅顱觸即腐，而汝豸豸何足數。

泥濘濘，雨濯濯，大道蕩蕩生鹿角。

小兒強作健，高不及馬腹。

馱在馬背恣游逐，冒危憑險馳將絕。

從者猶謂馬不速，一鞭未下四蹄怒，嬰啼宛轉僵路曲。

一版復一版，百版築高臺。

臺高切天何崔嵬，基土未燥風橫摧。

椒塗牆，桂架梁，黃金白玉嵌中央。

市聲如虎猛莫當，二馬脫勒奔且僵。

臺版抽折人逃亡，壹上壹下沸蜩螗。

利箭利箭，中有蟄刀。悶雷出吼，九龍大猱。

君子佩之，吉亢乃有，悔吝莫逃。

擁劍桀步，橫行道路。霜落篝燈，川梁問阻。

醢之怙之，強者虜。

【箋】

考其序曰："辛亥夏，素有《胡盧謠》之作。十一年來，曩所謂胡盧者，依然胡盧也。余之謠乃與之相引而益多，故命之曰《續胡盧》。"據此推算，可確定該文作於民國十一年。

宛轉行二首

宛轉復宛轉，郎心與妾心。妾心井中水，唯郎知淺深。（一）

廻腸結不理，中貯郎心意。郎意似春蠶，肯許同功死。（二）

答轟叟次韻

文章有真契，冥結千里外。荃情夙所佩，芬茝生衣帶。

如何室中芝，肆諸魚鮑儈。臭味遂相失，獨芳益無賴。

沆瀣微可通，積氣成流靄。九天起堯羊，墮地化璣貝。

國風既不張，陋邦自曹鄶[1]。敢必窮乃工，誰云文無害。

流植漫山野，孤葩勢當汰。我有萬古愁，舉梧孰為酹。

明月不須邀，對影神先會。高哦憶太白，傾懷惟爾最。

各據蠛蠓天，心念庚庚大。百灼不知痛，尚求九年艾。

【校】

[1]陋邦自曹鄶：考張劭成《庸海集校勘記》有云："《答轟叟次韻》'陋邦自曹鄶'句，'曹''鄶'誤倒。"茲據以改正。

【箋】

此所謂轟叟，亦即興化人李審言（1859—1931），沈其光《瓶粟齋詩話》初編卷七云："興化李審言先生，博聞強識，于學無所不窺，享海內重名數十載，晚號轟叟。其詩大抵源于《騷》《選》，而汪洋肆衍于杜。……民國辛未，年七十三卒。"

次前韻代簡答齲叟

歲莫寄君書，期君不我外。涉江何所思，盈盈隔衣帶。
李投瓜為報，互市若牙儈。悽悽人日中，坐雨亡聊賴。
飛鯉忽相況，喜氣破冥靄。申函出好語，的皪驚朋貝。
吾陋不成邦，差大非虢鄶。出愁入亦愁，道路驅何害。
口舌覓生活，在勢久當汰。塊壘堅胸壁，痛飲徒自酹。
悼頭復蹈海，此意君倘會。愁亂多於絲，百理不得最。
短筆支長言，所恨無椽大。書罷看曙星，相思正未艾。

幾回

幾回相見媚香樓，一握芳情繞指柔。
俊眼何妨教作白，佯嗔未肯許無愁。
東西蓮葉隨魚戲，三五晨星掩月流。
十索詩成郎不會，替郎親典鷫鸘裘。

花院

花院沈沈月色微，前塵來夢總成非。
明珠在握甯論直，白璧能完便是歸。
多事鸚哥窺鏡語，空巢燕子傍梁飛。
孤宵偶觸相思物，蠟淚成堆尚獨輝。

一見

人比曇華一見難，遭來又坐霧中看。
朝天倭髻金鏤約，曳地旗袍玉壓闌。
各抱羍情春未露，相逢茜陌日猶寒。
眼前可有閑閑地，願與鋤愁種合歡。

有美

有美一人遙相望，丰姿綽約極時妝。
釵梁高顫三丫髻，鞵屜輕匀百末香。
步步生憐金帖地，朝朝待嫁玉窺牆。
春風吹遍尋春路，山下蘼蕪放夕陽。

訪梅，同葉叔麋作三首

玉骨冰肌清可憐，水晶簾下乍娟娟。
東風似有溫存意，一樹兜羅盡著綿。（一）

老去閒情托子虛，廣平賦罷悵何如。
蕪愁未得深深地，擬訪孤山一伴渠。（二）

五十春光鬢漸絲，偷閒猶鬭早春詞。
廻腸徧索相思譜，但憶東風第一枝。（三）

佛矢書來，舉荆公詩"問舍求田計最高"句相諷，賦此答之

問舍求田亦我謀，青山何處許埋愁。
囊無王氣詩為霸，筆有騷心命與仇。
兩鬢風霜成去日，卅年涕泗送橫流。
陳詩自是高君誼，可奈窮途歸莫繇。

次君木夜至湖上韻

廿年冷落吟邊路，垂老重來眼欲花。
久別湖山生悵惘，舊題水木失清華。
寥天大坐愁無絕，白日高歌生有涯。
我亦孤舟共漂泊，徒多浪跡向君誇。

視去矜病歸，太息賦此

臨床藥訣說無生，顧我還能一舉名[1]。

橋舌那堪多著語，鼓嚨猶有未通情。
心知末日難為別，意向重泉半已傾。
死亦尋常人有事，如君可贖百身輕。

【校】

[1] 小字自注："君知醫，方病，自謂必死。正月三日，余往視，已昏不省事。余至，少間，遙呼曰：'無邪，吾死矣！'"

【箋】

據其小字自注"正月三日"云云，可以確定該詩作於1922年1月30日。

哭錢去矜

少同辛苦事玄文，長益通今輒拜君。
去日無多成隔世，疇人空復惜方聞。
庚庚遙野晨星盡，落落孤風夕艸薰。
滿目樧枒未凋意，一坏終古我何云。

【箋】

此詩顯然作于錢保杭（1878—1922）病卒之時，而據下文《錢君事略》，可知錢氏病卒於民國十一年二月十一日，故此詩當作於1922年3月9日。

錢君事略

君諱保杭，字仲濟，一字吟韋，姓錢氏。其先臨安人，當五代時，武肅王鏐奄有吳越之地，傳三世至儼，籍疆土歸宋，守和州，其子孫遂為和州人。又三世，徙蘇州，錢氏之族，蘇為大，衍而分於明州。元末，有均舉者，始遷慈谿，曰城南錢氏，君其十七世孫也。高祖諱世祿，清太學生，贈通奉大夫，游粵以醫名，施藥力善，至今粵人猶稱"澍田翁勿衰"。澍田，通奉君字也。通奉生二子，長諱汀，贈朝議大夫，次諱津，贈通奉大夫。汀無子，以津子諱迨者嗣為後，迨贈朝儀大夫，生子經賢，廣東補用巡檢，貤封朝議大夫，是為君之父。

君生五歲而孤，母何恭人多疾病，育于庶母李氏。方十一歲，母病革，君私與其幼姊後適董者涕泣露禱，齧決股落二指許，煮湯以進，卒無救，哀毀終喪逾成人，里黨難之。君自少有用世志，為學務通敷，年十九，成諸生，與其兄鯢群、同縣葉念經、董承欽、孝欽、陳訓正，讀書於金川鄉繁露祠，治名器之學數年。直北方拳匪肇亂，東南伏寇投間竊發，君約同志，集資糧，置器械，募四山民壯善獵者，部勒以備，城鄉各為團。鄉團念經為率，承欽、孝欽副之；城團君自為率，應啓墀副之。其時應募者，多驍悍鬥狠之徒，小不獲意，則橫目思逞。一日昧爽，君導團丁至校場，謂之曰："今日當與諸君校射。"既立的等其器，以次籤唱出校，人三彈，中者籍之，周則移其的稍遠，又予彈復校，凡三周三移的，中者益希，君乃持射器，顧謂眾曰："余試效爲之。"三發皆中，眾大愕，自是不敢弱視君。至終事，遣歸農，無有敖不率者。

明年訓正東渡，訪書日本，君送之上海，諄諄以溝通文化相勖勉。乃合念經、孝欽、胡良箴、陳鏡堂、洪允祥、馮保謙等走上海，創通社。訓正獲書歸，分類迻譯，成《通社叢書》數十種。已而通社火，資喪，不能繼，君歸，益發憤讀書，凡名哲、政法、教育、醫藥之籍，旁及故訓、文藝、排日程課，靡不究其潭奧。

如是者數年，乃始媷意教育，每海外新書出，必展轉求得之，雖重直不吝。其為教也，主自動，而以有器象者導發其機。嘗曰："吾國人有天材，無人材。直者縱其勢，曲者暢其生，如是而止矣！必員是規而方是矩，此匠教也，可以施之死物，而不可以施之生人。"所居曰"去矜齋"，賓朋、門弟子日常會，坐無隙席，遇疑難，輒來就諮君，君準情理，陳是非，指示人，人率意滿去。馮开嘗言："去矜知有不言、言無不知，殆非吾儕幾已。"

己酉，邑大疫，君与陳夏常創議募建保黎醫院于城東，聘鄞吳欣璜主院事，今十二年矣，院有屋五十餘棟，就治者歲二萬餘人，用資逾十萬，而君輸力最多。辛亥，革命軍起，各縣響應，君懼莠民為亂，亟與良箴說知縣王蘭芳，先致政於縣耆儒楊先生敏曾，而又推四鄉之有材望者數十人輔以保民，勒吏兵晝夜徼巡，羣盜斂戢不敢動。三月事定，君即謝歸。時初經變革，少年習於囂競，尟務實爲學。君乃建議就鄞西城立效實學校，以收教郡子弟。於勢與利，湛然無秋毫顧計，而于義所當爲，獨奮起不畏沮如此。元年，被舉爲省議會議員。是時黨爭方烈，斷法怙勢，渚言益披，君持正居中，擇較利於民者徇之，事圖其可行，不挈挈於黨見，同進者皆歎服。三年，議會中解，君喟然曰："天下事，無能爲矣。"遂不復出。

會縣人秦祖澤等謀設普迪學校，要君總學事，君曰："吾亦欲得教育實施地，以驗吾夙所會於心者。"遂承之。期年小效，三年大效，視學使者《歲報》成，上君所主校爲優良最。君生平無它耆，耆飲酒，飲輒盡量，性好自持，雖極醉不亂，然卒以是致疾。疾亟，臨視者踵屬，客座外内，飲泣之聲相聞也。

君以十一年壬戌二月二十一日殁，春秋四十有五。取胡氏，子男三人：鴻範，工學士；鴻陶、鴻業。女二人。孫一人：紀端。鴻範等以訓正知君深，句爲狀傳君。惟君生能恬定，不務名高，飾終之典，又何可過辭以誣死者！謹據所知，爲《事略》付之。俾赴四方而彰來世，且爲範等示之正焉。

【箋】

此文當與《哭錢去矜》詩相繼遞作於民國十一年二月十一日（1922.3.9）或稍後。考陳訓正《書李琯卿〈新教育談〉》有云："教育難言矣，而世顧易言之。主故者不知新，蔽今者昧乎古，其極也，皆足以殺人才。夫教育者，所以成人才，成之不克而反至於殺，此輕言教育者之罪也。……故吾謂就中國論教育，則天才教育近是已。李君琯卿爲吾甬教育學者，其爲教也，主自學輔導，而於今之所謂設計教學、所謂道爾頓制，尤儼然決然而行之，其識尚矣！蓋吾之所稱天才教育者，亦猶是云云也。"然則揆諸《錢君事略》，不難發現陳訓正頗爲自得的"天才教育"觀，不但無甚新意，而且大抵是對錢保杭相關論說的複述。

登蒿淞樓

一剪吳淞深復深，高樓倚徙夕陽沈。
潮回估舶乘新漲，鳥倦歸雲識故林。
野望彌天生客思，孤征到處著鄉心。
拚當兩目窮千里，煙樹空濛接地陰。

春旅寄憶

山巔水涘尋春徧，到處春光起暮愁。
無主桃花迎野渡，失巢燕子戀空樓。
客中節物驚心晚，天末相思繞指柔。
已是漂蕭非少日，何堪更作五湖游。

草《錢君事略》竟，賦此志悲

自慙覘筆學中郎，有道碑成淚數行。
東國人倫成絕代，衰年知感掃靈光。
迷離愁眼君先合，水火餘生孰與張。
未信遙遙天可問，憂來呵壁總荒唐。

【箋】

此詩顯然作於《錢君事略》寫成後不久，其時約在民國十一年春。

郤饋

冬葅春韭足腆芳，謀肥早已謝膏粱。
明明入口皆成理，靈武何來五百羊？

雜酬十六首

江南江北一水遙，眼中衣帶碧迢迢。
誰知井底翻瀾日，十丈黃泥阻暗潮。□古和友韻。
合尊促坐兩情融，酒到深時意最濃。

襟上香痕眉上暈，無端看作淚花紅。嘲友人。
燈回酒罷乍排場，蕭鼓聲中鬧媚娘。
北臉南眉都不會，銅琶獨唱小秦王。伎樂。
憂端如緒復如環，一日之間萬往還。
安得三年拚一醉，笑隨玄石過中山。飲酒。
客中春事去堂堂，猶見花風放野棠。
手弱枝高攀不得，無端零落一身香。客中見野海棠有感。
萬柳堂前柳似絲，芳鶯宛轉晚風時。
落花滿地無人省，自作春聲媚故枝聞鶯。
斜支翠袖韠花闌，似怯春風避曉寒。
最是癡心小兒女，似尋紙背一迴看。題背面美人畫。
底自多心倚鏡傍，春來思病減容光。
愁深恐被人輕薄，不敢迴身理曉粧。又題。
新浴初成半額妝，含嬌韠過小迴廊。
美人貴到難言處，相面何如相背詳。前題，和人韻。
天外晨光破翠微，怪峰兀突瞰禪扉。
山靈應有垂天翮，奈落人間不解飛。飛來峰題壁。
游罷歸來意已消，門前五柳正新條。
臨風故作輕狂態，似替先生學折腰。門前柳。
花啼怨頰春過雨，月帶離心夜上潮。
一段梨雲愁漠漠，無人解唱《念奴嬌》。題"睡妝美人卷"。
深樓花影漾絲絲，乍罷新妝獨坐時。
曳地春風吹不起，隔簾聽徹玉參差。簾閣。
一樓明月半樓花，花影茸茸帶月斜。
睡到五更雞忽曉，枕邊孤雨響天涯。寓夜。
明璣翠羽望如神，脈脈秋波澹澹春。
眉語端教心上聽，不關錯學息夫人。瘂羌人，和友韻。

春光似海漲天涯，冶葉倡條接狹邪[1]。

婪尾東風猶著意，陌頭開徧女兒花。春游。

【校】

[1] 狹邪：原本誤作"挾斜"；考張劭成《庸海集校勘記》有云："《雜酬》末首第二句'狹邪'誤'挾邪'。"茲據以改正。

湖樓遠眺，同幼度

湖氣山光逐眼生，高樓倚徙若為情。

柳邊落日垂垂盡，雲外連峰澹澹橫。

何處煙椵可充隱，早年泉石有題名。

朅來幾度留游跡，郤愧閒漚是舊盟。

十八澗

十八灘頭聽雨聲，前峰滴翠後峰晴。

峰回樹合欲無路，破碎天光時一明。

月子亮曲二首

天邊月子亮彎彎，天邊行人尚未還。

綠窗女兒坐相看，看到雞鳴下屋山。（一）

好事恰似初三月，一夜一度看將圓。

不知長安路多少，只道郎在月西邊。（二）

谷居

小屋巖腰自結邨，天光沓沓失晨昏。

自從靈鷲飛來後，終古斜陽不到門。

展約

春來曾約看山茶，又到闌風婪尾花。

遲我何妨霜落後，好携秋色過君家。

過靈峰寺

谷口煙楸半吐吞，梅花落後不開門。
山禽喚客斜陽外，小竹疎疎又一村。

紫霞嶺題寺壁

破寺蕭寥結碧厓，山門不鎖有雲薶。
老僧鐘後渾無事，斜日荒塍自拾柴。

鷓鴣曲

曉風暮雨隔關津，陌上花開空好春。
正是鷓鴣啼不歇，天涯始有未歸人。

《述願》八首示叔麋

淵明老去賦閒情，差似空花夢裏呈。
難得傾城與傾國，不辭綺障墮來生。（一）
無賴東風出若耶，蘇臺日莫有啼鴉。
新愁乙乙絲千尺，願替晴蛛網落花。（二）
玉樓西北隔迢迢，出骨相思暮復朝。
願逐春風拾珠唾，新詞為譜憶多嬌。（三）
道是嫦娥天上侶，明姿綽約月中來。
人間肯對娉婷影，願化溫家玉鏡臺。（四）
有盡春光無盡思，故應瘦損舊腰支。
稱身願作屝邊帶，愁淺愁深總得知。（五）
被胸寶璐夜明光，一一酥融玉乳香。
我有柔腸如絡索，願憑結約護心襠。（六）
有約尋春大道西，垂楊處處鷓鴣啼。
痴心願隊春歸路，好共楊花踐作泥。（七）
裁恨題愁笑太癡，空雲何地寄相思。

無情最是天邊鳥，說與殷勤總不知。（八）

灤河曲 三章

十萬雄師初度關，旌旗光薄四山殷。
笳聲吹落長辛店，月黑沙黃奪馬還。
紫髯將軍心膽麤，目中早已無全吳。
旄頭折落鼓聲死，紫髯將軍夜亾胡。
灤河之水瞥不流，宵師欲濟河無舟。
將軍馬上親宣誓，明朝戰勝亨大牛。

調于相

明月灘頭月似霜，鮫人淚盡不成行。
然犀搜海無消息，那有雙珠照蜃孃。

遣意

紅心草是斷腸苗，都說春來無限嬌。
藥有蘇愁誰憶得，空山暮雨發連翹。

同馮晦庈、揆先、子廣、陳又丞挈珠兒飲于白樓

寥落天涯隔人境，携珠共上白家樓。
好花照座金能醉，纖月籠眉語欲流。
老去閒情更何著，相逢狂笑半無由。
尊前況聽衰蘭曲，金雁蕭蕭起暮愁。[1]

【校】

[1] 小字自注："自孃名蘭，故云。"

金臺歌辭

金臺臺上月如煙，臺下楊花初放顛。
楊花滿地人歸去，缺月彎彎不上弦。

奉壽轉上人五十臘

南洋新嘉坡普陀寺開山轉道上人，演凡善世，法中龍象，慈雲所覆，無遠勿屆。吾郡佛教孤兒院承義寄附，歲受多金，院董傅君慕蓮，其皈依弟子也，兩出重洋，托缽乞緣，巨投細納，咸資其力。余實嗟嘆，以為莫及。會上人五十臘辰，謹奉詩以壽。

　　阿師講法嗣仁王，手握慧日燭南荒。
　　塵塵萬念俱已寂，獨有弘願結難忘。
　　給孤長者金布地，新闢寶坊連雲起。
　　隨方各現摩尼光，光明徧普無遠邇。
　　瓶中甘瀝甘如露，能蘇人間一切苦。
　　阿師豈是大醫王，精誠往往起沈蠱。
　　四明佛地古所宗，金峩洛伽在其中。
　　祇園荒蕪久不振，摩頂幾人嗣法同。
　　義粟已窮仁漿絕，無告孤寒聲啼咽。
　　誰挽南海作慈流，仗有阿師廣長舌。
　　阿師高德五十春，疑是西國之化人。
　　投地五體遙相拜，豈獨區區誦其仁。
　　仁者必壽信之天，況復阿師得天全。
　　善財稱童惟難老，敢傾恒沙計大年。

【箋】

據廣義《轉道老和尚傳》，可知轉道法師生於同治十一年（1872），卒於民國三十二年（1943）[1]；由其生卒年推算，可以確定《奉壽轉上人五十臘》作于民國十年。

寄題梁氏虹橋別業

　　瘠俗博貨輕門戶，夥頤沈沈隨征路。

---

[1] 廣義：《轉道老和尚傳》，刊《南洋佛教》第 4 期（新加坡南洋佛教雜誌社，1969 年），第 20 頁。

　　　　錦衣不照舊日光，安用丹桼名其堂。
　　　　甬東諸族梁為大，奇彥往往羞伍噲。
　　　　名成不忘游釣鄉，居室寧誇人境外。
　　　　自生相習誰最親，門前宛宛虹如帶。
　　　　春風杖履先人經，石花潤路猶留青。
　　　　小知涓滴皆遺澤，慈流終古繞門庭。
　　　　既妥家寢結書屋，子絃孫誦長被覆。
　　　　更令橫舍從我居，鎔陶士氣湛鄉族。
　　　　如君行誼吾無譏，眼中突兀所見希。
　　　　華葉自根不辭糞，吁嗟古道君其幾。

【箋】

　　考忻江明《虹橋別業記》云："梁君文臣，以乙卯之秋作宅甬東彩虹橋。越年就其北為別業。經之營之，既有成緒。壬戌冬，君歸自齊，識余於費瑚卿廣文所，迺屬為記。"① 准此，可知陳訓正此詩顯然亦應梁文臣之請而作。

旅夜逢王幼度，話達旦始別
　　　　酒後燈初眼未醒，兀將寒影答奇形。
　　　　心成古井還思潤，首共秋山漸失青。
　　　　旅底蒼涼見吾子，樓頭倚徙及晨星。
　　　　明朝馬足知何地，得得西風那可聽。

喜齳叟過存滬寓，次韻別後見寄之作
　　　　文章非徒器，所貴能致重。
　　　　引鼎不程力，絕臏逞吾勇。
　　　　卅年逐瘦俗，舉目多擁腫。
　　　　曠坐思佳俠，瘖寐作嘸捧。

---

①《鶴巢詩文存》卷三《虹橋別業記》，忻江明原著，忻鼎永等整理，黃山書社2006年版，第182頁。

庸海集

歲暮忽來過，市居正洶洶。
萎蕤兩儒生，形影相顧懾。
饑眼受珠光，百體都驚寵。
置身雜傭間，幾自忘凡冗。
跫然喜可知，奚翅三百踊。

創立寧波公書庫告募疏

自器象之學益明，道與藝相引而日遠，學者惟神詭變巧是務，無復則古稱，先求所謂形而上者而通之，國學之不振也久矣！天下靡靡相高，以智數其究也。功利之途闢而道義凵，詩書之澤盡而盜賊橫，于彼進化之說云何也？比者環瀛諸國，鑒於黷武之禍，稍稍知所翻變，亟稱吾國先儒學說，自孔老以下至陽明諸書競相傳譯，見述于彼邦文字者日以滋多，顧吾國人獨以為無足愛，此又何耶？

寧波舊有藏書如天一閣范氏、抱經樓盧氏著矣，蔡氏墨海樓晚起，得鎮海姚氏大某山館舊藏皆精本。亂後，范、盧二家之書有不保者，往往轉相貨鬻而歸于蔡氏，故蔡氏之藏獨富。今蔡亦舉貲矣，其勢不能復保其所有，而外族之來吾國者，輒欲委致多金而纂之去。夫范、盧與蔡三家者，皆吾甬人，彼失此得，猶可言也，若一朝失之于外族，不可復矣。吾甬人僅此鐵鐵者而不能自保，吾甬人之羞也。用制公約，具條理，即舊後樂園地，募建公書庫，收買墨海舊藏，非為蔡氏私也，誠以吾國粹化所寄，小之于己則繕性，大之于人則造群，廣詩書之澤，而弭功利之爭，其在斯乎？其在斯乎！

【箋】

該文在被收錄到《庸海集》之前，曾以《甯波公文庫緣起》為題，發表在在《甯波雜誌》第一卷第一號（1923年5月發行，署名天嬰）①。是故，該文當作於1923年上半年。

---

① 《民國珍惜短刊斷刊·上海卷》卷21，陳湛綺編，全國圖書館文獻縮微複製中心，2006年，第10227—10228頁。

壽袁丈八十

自來造化根氣紐，渾渾之金堅不剖。
擁腫大樹得美蔭，負巖磽确生芝秀。
物理既然況天隮，彭殤得失寧云偶。
丈人高德高可風，嶽之泰岱星之斗。
一生榮悴皆自致，天于丈人非獨厚。
人間何器堪載福，常德夷行歸無咎。
惟丈不知矯世名，肎肎著體仁能守。
風饕雪虐摧難落，潛谷春發春長久。
丹棘本是亡憂物，況與靈椿成老耦。
繞跗菌桂吐顏色，昔何晦澹今何茂。
臨風一致十年思，那不令人羞回首。

贈傅居士

蒼髯居士天之徒，老而學佛神益腴。
心中肎肎無人念，願携長襦覆諸孤。
仁粟義漿沿門乞，風霜十遭九在途。
精誠自來通天地，蹈險往往得提扶。
兩渡南海不言瘁，通明寶光生髮鬚。
白衣齋口百千眾，朝粥暮饘惟爾須。
出世當從入世法，但求心安他無虞。
居士之心何所安？_{居士近自稱安心頭陀。}
一夫不獲時予辜。吁嗟居士天之徒。

題賀佛證僧裝小影

吾性根氣紐，吾生與無涯。生成壽者相，百年非為遐。
如何飾枯貌，跌坐學僧伽。我懷佛證子，風雨見顏色。

周旋濁世間，舉蹈多荊棘。入山苦不早，逃空寄懸臆。
非不知名教，自有樂地在。儒服亦莊嚴，強遣效世態。
何當買蒲團，安心無挂礙。大亂殷四宇，未得清淨地。
草木作兵聲，谷處亦不易。夫惟慧業人，始不為世器。
棄我寬博衣，欲從君歸去。君鄉單奇洞，遙遙海東路。
君如結茅庵，還願從君住。

次王幼度韻，寄題趙八湖上園舍

亦欲攜鉏理蔓荊，從君湖上共孤清。

風埃未許還初服，山水終慙負此生。

眼底飛揚雲造意，杯中冷煖酒知情[1]。

何當位置靈峰下，一席瑯環坐與爭。

【校】

[1]"杯中冷煖酒知情"後，陳氏小字自注："時君方失志傺侘，避亂湖舍，故有'飛揚雲意，冷煖酒情'之語。"

【箋】

考趙志勤《趙林士系年要錄》1923年條云："君自所業失敗以後，一度避居杭州，期間，陳訓正有《次王幼度韻，寄題趙八湖上園舍》七律，中有'眼底飛揚雲造意，杯中冷暖酒知情'之語，以君方失志意不自聊故云。"是知此詩作於民國二十二年（1923）。

感寓 四首

新華宮裏百花香，新華宮外柳成行。

因循暮色今何夕，潦草東風又一場。

目斷關雲飛漠漠，愁生海樹隔蒼蒼。

南榮北顧空消息，舶趠年年為等忙。（一）

眼見亭亭日轉西，白楊門巷有烏棲。

關心節物悲前度，袖手河梁記舊攜。

不數江潮催夢遠，卻看庭艸與腰齊。
癡情最是堂前燕，空幕無人自拾泥。（二）
斜煙密雨長紅蘿，一樹凌霄見遠柯。
木有旅生名續斷，花緣失暖著無多。
慣成獨坐廻愁睇，強抑相思托艷歌。
莫道當年親護植，臨風作態已婆娑。（三）
沈沈畫閣晚晴天，巡索無端思悄然。
花地夕陽金破碎，風闌浪絮玉纏緜。
迴腸但貯相思泪，極目終虛一見緣。
彳亍空庭起孤咽，緣槐高處正喧蟬。（四）

陌上 三首

陌上黃驄去已遙，旅魂空復繞津橋。
波明雁齒棱棱在，日下螭頭寸寸銷。
一路閒花開躑躅，滿山浪植斷連翹。
缺天終古無情碧，覆雨翻雲自暮朝。（一）
記得年時三月三，碧天如水水如藍。
行人馬首占風色，歸鳥雲端噪夕曇。
渺渺高樓隔西北，飛飛孔雀悵東南。
別離楊柳今成絮，搖落征途已不堪。（二）
江南艸長乳鶯飛，下澤何人歕段歸。
驛樹經風高鳥盡，春郊過雨野煙肥。
問津瓜渡潮初上，秣駟芝田月已微。
卻欲驅馳盡千里，彌天暝色壓征鞿。（三）

題麻姑畫象

曾探弱水三清淺，又見揚塵海可桑。

長爪仙人如不死，也應愁鬢早成霜。

王穆之將之粵，口占調之

出門未辦宿舂糧，何事驅驅問海鄉。
餓理分明橫入口，還貪畫餅救飢腸。

與穆之飲酒 二首

不識黃金是何物，遂令身外物亡餘。
銜杯照見蒼蒼色，莫漫狂呼一問渠。（一）
一尊相屬我當歌，歌罷烏烏奈若何。
欲遣舼船載愁去，不知心上逆潮多。（二）

貽薛老

物權零替金權墮，市易瀘敝滋喬訛。
眼中多少心計徒，千曹百耦真瑣瑣。
海通以還談商略，咄哉夜郎坐自大。
盲騎擿埴心已危，況復途巇行又跛。
射倖投遇那得常，騁逐浮末計尤左。
百物誰非生活原，奇如可居豈成貨。
海壖薛老稱市魁，圭經蠹策讀且破。
運掌低昂壓時流，發言輒復傾四座。
滬尾淞頭受廛人，人人胸中橫著我。
朱口墨心今誰賢，以吾所見君其頗。
他日若成馬遷書，居君第一餘孰可。

蓉老五十生日，為賦《程德篇》

程巧不程德，市聲日喬訛。沸沸闤闠中，儒服徒委佗。
戴信受廛事，腐氣時所訶。白圭久不作，黃金奉為科。

安能無改度，貞履蹈緇河。吾宗翰香後，生姿非婷婴。
庸海徇末作，拔俗矯厥頗。銖銖必于義，石守堅不磨。
勿謂土壤細，久亦致嵯峨。勿謂條杘短，時至成遠柯。
脩德要冥眷，如君良足多。五十稱始事，百年當如何。
相期在進德，老眼對君摩。

【箋】

考張美翊《陳蓉館文學五十壽宴詩序》云："今歲癸亥六月十八日，為君覽揆之辰，海上文社諸君相與為詩，……凡若干篇。郵書抵甬，屬為之序，因為述君先世及其生平行事，以告當世知言君子。"① 據此，可知該詩作於民國十二年六月十八日（1923.7.31）之前。

贈董君廉三

君子全道德，始謹身。能謹身者，其操心遠，其慮禍詳。其於人也，能無競，而於己也能約。能約，故寡取；寡取，故無與競。夫天下惟善競之人，足以召覼。以才競者，才禍之；以貨競者，貨禍之。競愈甚，而覼愈深，以吾所見于世，往往然矣。吾國自建新以來，禮意既亡，競人益逞，怙于力者競其武，敏于口者競其辯，狃于利者競其貪。而上海為競人四轃之區，其所競尤甚，游是地者，冷者熱而熱者沸，攘攘其往，熙熙其來，安復有操心慮覼之君子之出乎其間耶！

吾友董君，棄儒服，行賈海上，株株于一業，幾二十年，守己約，與人無競，近又自字曰"廉"，蓋其有取乎寡取之義也深矣，因書此貽之。

【箋】

考《陳布雷回憶錄》民國十年條云："十一月，太原君來歸。……第三日乃同輪赴滬，遷入卡德路广安里之新居，与董廉三君同住。廉三夫人王女士，為

---

① 《近代鄞縣史料輯存》，第469—470頁。但1923年四月初二日，張美翊在致朱百行的信件中則又稱："蓉館生日系本月十二日，請於初十前照寄。……塞具，初二。"詳參其《菉綺閣課徒書札·致朱百行73》，山西畫院《新美域》2008年第2期，第1112—113頁。

太原君之同學，時時對余家事加以指導，而廉三亦與予友善，兩家同寓，甚不寂寞。"據此，足以斷定1921年11月，既是陳布雷与董廉三交往之始，大抵亦系《贈董君廉三》作年之上限。

倉基宗人蓉老五十生日贈言

　　吾國自古重農抑末，風教所漸，人心嚮之，士之負材桀出者，往往來自田間，故天下知識之倫，高言服疇食力，不以躬耕為恥，獨至商旅之事，舉世目為齷齪賤夫，漢之令，且異其巾服，不齒齊民。儒者又妄庸自大，卬鼻搖肢過市門，遇其人無賢不肖，輒駔之、獪之，不與通。于是市井中遂少詩書之澤，而其業益下矣。自鬻爵令開，高貲者進，賈人始得以金力要榮典。海通以來，歐人用商業經營東方，儒服之徒日惟哦詩讀書為事，財富之廢居，瞢然非所知，鑑彼之長，形吾之短，則不得不援引嚮之所謂孃業、所謂末作者，以收指臂之效。彼儒者亦既知市井中有人材，不可輕以視，于是始稍稍習其人，效其所為，久且合于污而與之化矣。

　　吾宗蓉老，為鄞倉基陳氏聞人，居滬壘二十年，已致金殖貨矣，而其所守，卓然不稍改初度，凡所舉事，罔不當于義。口之所誦說，身之所動作，躬躬然一老儒，無有輕佻蕩佚之見于其行。夫以滬上貨利聲色相競喧之地處之，至二十年之久，苟其人非有可自持者，白入而黑出，有不見化于市井齷齪者乎？然則蓉老為難能矣！會其五十生日，賓朋來觴者，咸有辭致祝。余以蓉老儒者不可謾，況其在進德之年，來日方長，所期于吾蓉老者，正未有艾，故余僅舉其所難能者，書以為贈。若夫泛然常德之俚引，于吾蓉老，何取也！

【箋】

　　此文顯然與《蓉老五十生日為賦〈程德篇〉》同時作於民國十二年六月十八日之前。

貽孫梅堂

四民之偁，始見於《管子》，而古無是也。古之時，惟農與工有世官，所以教民利物前用，雖士也，亦必有一業於其身，如伊尹耕于野，傅說起于版築是已。蓋其時商為農工者之附業，以其所有而易其所無，通四方材貨以資之民，皆農工之事也。自賤丈夫起，操心計，龍斷天下貨賄，屬我細民以逞，于是商之名，乃為世之不勤四體者所媷。白圭察時觀變，陶朱三致千金，雖曰其術，要之皆背本業、務虛射倖之人，而隆治之世不貴焉。輓近人心浮伕，益用機利以行廢箸，巧注博進，鼻視一市，而國家既弛抑末之禁，復譁然相與，一稱斗冊，賠之僅安，輒再三獎褒，而榮之曰實業、實業。夫自以商為實業，而農工病矣。貧富之差，緣之而益起於乎，此勞農、勞工之說之所以騰于天下也。

吾鄉孫君梅堂，旅滬上，治機構學有年，善造時計，大者如槃，小者如莢，徧國中名市區，皆有其行廛。富貴之家，几者、壁者、臂鞲而襟佩者，莫不喜孫氏物，故孫君為吾國創始製造時計之一人，商而本于工者也。人但見其坐幄中，持籌課出入，指役百千人，頫首受事，各竭心手以奉所執，行則據高車，控塵道上，猋馳而過，疑其與不勤四體者比數，而不知孫君敝精極慮於制作中，匪朝匪夕而務是，固未嘗一日背棄其工之事也。且其人有士行，能養親，凡事必稱父命以出，示無專；交友信，不輕為然諾，遇于義當為者，雖不宿言，必瘁力赴之。識君者，僉謂君俶儻奇士，非市中人，而君自視兀然，亦以為落落無所苟合也。君既居貨不自有，哀歲所息，常散之鄉族間，先後會所輸材，逾十數萬已上。《禮》曰："積而能散。"君當之矣！余于是益賢君能盡己而盡人，異乎浮伕者之所為也。海通以來，四方商旅咸來滬上，而吾甬人居十七八。甬人中，君年最少，今才四十耳，其所成就，隆隆然有聲望，軼其前輩。

初，吾甬旅滬諸商有同鄉會之舉，簡苟而未備也。自君為理事，謂淑群之道以情感始，情感合而規律乃行，徒名不足以致實，必有地焉，以為講誼之所，庶情不渙而感易生，奔走經年，事乃克蕆。今過滬北勞合路，有穹居巍然在望者，非君之勞之所遺乎？

且吾聞君之好義，不規規於一鄉，而其大者，有時且及于國家。當禁煙令未下時，君思阿片為患，耗貲殺生，誠振古未有之奇禍，欲倡率消毀之，而阿片自外來，國權且不行，遑論一人力，顧君以為不然，"吾蘄無負吾匹夫責，盡心而圖之，效不效，非計也"。出私貲收買滬南煙具製作所，一日燬萬金而君無吝色。海內外聞其事，咸高君之義，故未幾而禁約成，令遂以降。此為君無名之功，而世顧誰知之哉！

綜君行事，如上所言，駸駸乎有合于古人。余嘗戲君："君不欲龍斷天下財賄，而欲龍斷天下人之名譽耶？君之心計為尤工已。"會君生日，交游來觴君。介觴當有辭，余因書占之所謂尚及君之事之不肖丁古誼者歸之，頌其往，勖其繼，蓋吾於孫君來日之望無厭也。

【箋】

據文意，可知此文顯然為"鐘錶大王"孫梅堂（1884—1959）四十生日，而作於民國十二年（1923）。

費君神誥

維某年某月日，前寧波總商會會長慈谿費君，以勞殁于旅第。凶聞既滕，遠邇悲悼，盡市之人，亡疏亡戚，咸來會喪。同縣陳某，嘆君行誼，允孚道路，於法宜書，遂作神誥。其詞曰：

君諱紹冠，厥字冕卿。溪上諸費，踔躒名成。詩書孝友，于邦有聲。
學優迺仕，豈君所意。恢恢才度，愁茲百里。性本無營，競實可恥。
聽鼓江邑，曾不及祺。還依舅氏，權算是司。圭經蠡術，靡彀匪治。
明珠謝蚌，光氣益吐。丹穴久湛，遂成威羽。流譽所屆，騰于曹伍。
惟市有宰，材蒐德選。句甬奧區，屬系匪俊。孰荷厥重，僉曰君善。
自戊歷辛，既飭既理。國變忽邁，大盜毛起。悍目縱衡，亂將靡已。
君以所知，言于大府。曰弁也某，實致厥蠱。艾從匪艱，必先之主。

瞶瞶大府，聞言猶疑。告再告三，朝從夕時。大府卒感，不敢護私。
魁惡梟首，群慝咸逐。廛門無驚，市易始復。伊誰之功，惟君造福。
丙辰既冬，南北違言。甬軍不遜，渡江出屯。失其勢地，遇強而奔。
君曰咨嗟，甬無遺矣。冒危排解，剖陳害利。桑梓是保，身家匪計。
惟君畢虔，紛難不逞。苟非君者，吾屬無幸。君卒緣是，心瘴致眚。
醇醇其容，昔何矍鑠。廑茲八年，精耗神索。嗚呼哀哉，斯人不作。
舉君生平，靡善不赴。覆孤振貧，待君而舉。常德勿道，已成千古。
滿川春日，乃見孤冰。敢謚其私，和介是儷。用昭來世，視我文徵。

【箋】

考《四明日報》1922 年 12 月 9 日嚴修《費冕卿誄》云：前上海寧波總商會會長費紹冠，"以疾終於寧波旅次"。是知《費君神誥》作於 1923 年 12 月。

庸海二集_{起癸亥六月，迄甲子三月}

《天嬰室叢稿》之八

慈谿陳訓正

贈趙七二首

趙侯磊落古之徒，酒到焦脣萬念蘇。

入世巾袍百年半，向人肝膽一身都。

山河即目成今昔，風雨論心尚爾吾。

各有蒼茫千古意，相期豈獨在冰壺。（一）

亂世餘生莫計年．地行一日便如仙。

直教有酒終須醉，滂許知音且獨絃[1]。

脣口已愁來不易，鬢毛何術復成玄。

銜杯坐對榆桑下．眼看蒼涼起暮天。（二）

【校】

[1] 小字自注："時君年五十，好麋交。"

【箋】

考該詩第二首小字自注云："時君年五十，好麋交。"茲據趙家蓀（1874—1950）生卒年推算，可知兩詩作於民國十二年（1923）。

谿行

雲薄山來雨，煙沈寺下鐘。密林遞孤響，橫艸刦危峰。

日氣昏吞陸，風聲細入松。緣谿看不足，隔岸一僧逢。

壽洪丈潛菊七十

起廢針盲老此身，先生有道是天民。
曾同令子稱兄弟[1]，每對高峰憶丈人[2]。
學易終期無大過，談玄豈謂但全真[3]。
人間積慘成秋氣，還得醫王著手春。

【校】

[1] 小字自注："謂佛矢。"

[2] 小字自注："丈所居東步去余廬，僅隔北山諸峰。"

[3] 小字自注："丈精醫，晚年好讀《易》，潛心道家言，自謂盡性乃能盡物。"

【箋】

此詩顯系陳訓正爲恭賀其老友洪佛矢（1874—1933.4.18）之父七十大壽而作。

又代彥及

溪南與溪北，人説邑先生。書翼千金祕，道探三易精。
病鄉多樂惠項斯句，令子用文名。福澤人間有，如公老更成。

【箋】

據文意，此詩實乃陳訓正代陳布雷而作，用於祝賀洪佛矢之父的七十大壽。

敘交贈趙七

人之相與也，有終身之交，有一日之交。一日之交何曰？揚子雲有言："朋而不心，面朋也。"面朋者，形合而神離，其執不可以終日，遑曰終身。然則何謂終身之交？曰："終身之交，心以之而無假乎面。"余嘗舉語人："至交若相忘，天下惟無心于交而交遂深者，其交乃可久。"苟非然者，心之所利，色予之；心之所害，色距之。一予一距，時時授其色于面以為之媒。夫以彌根道義之交而泚泚乎惟面是媒，面術雖工，何貴也！彼以其面來此，亦以其面往。面與面之構接愈多，而心與心之結合愈疏。雖曰莫逆，亦莫逆之于面而已耳，終身云乎哉！

余與趙君芝室交，落落且二十年，初無甚歡極熱之色之見於面也，然吾二人之心，時若有物焉繚紹其間而莫之解，一日不見，輒舉杯相念。當余交君時，余之心未始必有君，君于吾亦常人遇之，及相與既久，君之言笑聲欬，遂牢據吾心勿去，而君亦謂："吾不自意，獨肎肎於子也。"嗚呼！交至今日，面術亦窮矣[1]，誰謂吾二人者老，雖尚能善其術，以面天下士哉！

【校】

[1] 交至今日，面術亦窮矣，張劼成《庸海二集校勘記》云："《敘交贈趙七》'交至今日，面術亦窮矣'句，'面'誤'而'。"茲據以改正。

贈鎮海李徵五少將四首

黃金如土義如山，人海爭傳李五官。
獨控高驄來莽蒼，時攜孤膽向艱難。
唾壺徒貯三年碧，玉具能生六月寒。
我欲漫陳豪士曲，銅琶聲咽不堪彈。（一）
當年狐火起倉皇，義感如雷動八方。
湖海古人多虎步，江東子弟盡鷹揚。
豈期魁斗回旋日，尚見龍蛇戰鬥場。
眼底英雄君亦老，劍花空悴十秋霜。（二）
莽騷卓滑迭為爭，十載洶洶汝尚生。
曾見千金求季布，終無雙玉報張衡。
三游自昔亡人國，五厄何年解鬼兵。
拔劍茫然空四顧，留將肝膽與誰傾。（三）
我生半百行將暮，君亦朱離五十年。

且與高歌一尊酒，那須重問九霄天。

浮生空惜此沈陸，清聖未能還濁賢。

今日飄搖更何所，橫流惟擬送觥船。（四）

【箋】

考《陳布雷回憶錄》民國十二年條云："湯節之君以營業折閱經濟破產，乃將《商報》讓渡于新公司（以中國通商銀行爲後盾），李徵五先生改任總理，徐朗西任協理（僅擁名義），編輯部中無更動，後以本埠新聞編輯沈仲華辭職，改聘朱宗良君繼任。"而《贈鎮海李徵五少將》既被收錄于《庸海二集》，自當作于癸亥六月至甲子三月間。故疑該詩作於民國十二年（1923），且不當早於該年六月。

題人僧裝小影

先生可是謝蒲離，抹古山中有歲時。

消盡三幡開覺路，脩來四靜到禪枝。

浮湛人海聊充隱，倚傍空門為息慈。

惜取靈蘄鉏忍草，羨君老去得真師。

《孤桐引》為董居士賦

友人董子咸，學道十載，頗開悟見性，弟子從者數十人。一日沐浴易衣，無疾而化。將葬，余為賦《孤桐引》送之。

孤桐高百尺，一朝摧為薪。為薪亦何惜，孤桐自有真。（一）

孤桐雖死聲不死，冷冷千載流音旨。誰毀孤桐，孤桐寧爾毀？（二）

孤桐之高，玄鶴來之。孤桐之孤，天風吹之。

天風浩浩玄鶴還，有一士兮老空山。（三）

老空山，悲曷已。撫孤桐，思佳士。（四）

撫孤桐，思佳士。嗚呼！孤桐自有真，孤桐雖死聲不死。（五）

【箋】

考下文《天嬰室叢稿第二輯》之一《塔樓集》所錄《董君傳》云："董君承

欽，字子咸，慈谿金川鄉人。……民國十二年六月日，晨起沐浴更衣，無疾而終，年五十有二歲。其葬也，友人陳某爲賦《孤桐引》送之。"是知該文作於民國十二年六月。

送何旋卿歸壽其母敘

何君旋卿，將歸溪上，爲其母夫人周七十舉慶。先期徵辭於訓正，且曰："其樞不敢徇俗所爲，假借其親之年壽，侈陳家德以博靡靡者稱譽。惟念吾自少孤貧，母氏劬勞，賴以至今日。今母耄矣而禮養未具，將無以慰其志。且子不亦有邁親在乎？養親之事交相勉而益謹，其樞今日所責於吾子者，吾子其可無辭！"

訓正於是離席再拜，謹諾擇言以進，曰："嗟乎亂世，養親之不易也！自貪夫執國，上下罔罔，相勝以暴力。盜賊塞野，責賄無饜，里居戒怵，十室九驚。尋常饔飱之奉，時且不能致甘脆。晝無怡游，夜無恬息，雖曰口體之養，吾寠人子，有難言之矣，而曰養志，養志豈易易哉！"嗟乎旋卿！吾与子不幸生亂世，不能自奮於功業，立名節以顯其親，僅僅保首領、完家室。伏居窮閻，朝夕瘽瘽以避危害，不令吾母有憂之，此宜其可圖。顧人事不可知，緣吾境環而機禍者，隱相待也，大者辱志，小者辱身，皆足以重吾親之憂。夫親之憂其子，豈有他哉？吾与旋卿，雖不至辱志辱身，不顧其親之憂而妄有所事，然苟忽焉汲汲乎慰其親，而忘己之所處何世，亦取憂之道也！嗟乎旋卿，此余之所自勉而願與子共勉者，旋卿必有取焉。癸亥九月，陳訓正書於上海旅舍。

【箋】

該文作于民國十二年（1923）農歷九月，此則其文末言之甚明。

送李培天歸雲南省親敘

賓川李生培天，年少有美材，嘗自以生長鄙遠之邦，所學囿於地，未能充其志量，慨然辭父母，航大瀛海而東至日本，求所謂經濟學者而學焉。既卒業歸國，猶以爲未足。最國中之材者，爲會於滬壖，曰經濟研究會，朝練而夕靡，學益進，可大用於世。顧其人僕訥無華，不汲汲于求知，而世亦遂無有知李生者。李生抱其材器，游名都邑，皇皇者數年，冀或遇其人，藉一業終身以自效其所學。夫學與事之不相入也，久矣！人方以拿漏庀駁為事，而李生乃欲綜覈名實繩天下，豈其時也耶！

李生既倦游，思鄉，念父母年邁，戚然垂首，歸行有日矣。書來別，且曰："必有以寵吾行。"余関李生之材而窮，又夙聞其父之賢而母之淑也，因告之曰："賢父淑母之望其子，豈必其有顯學哉？雲南自革新以來，一時豪傑北面爭天下，料丁壯，蒐財賦，亂亦亟矣。亂世之骨肉，益易生愛憐。吾不知此時李生父母之望李生何如，脫不幸而李生遂以其學顯於世，則世之所以牽率李生者，正靡有已時耳。邈邈南雲，何日可即？李生益顯，將益傷李生父母之志，而於李生何樂耶？行矣李生！勉事父母，勿以窮為念。"

贈奉化俞叟七十

壽者，久也。久存而不敝天地間，惟絪縕化醇之物乃然，故世之稱人壽者，輒擬之於金石、散木。金石、散木，非氣血之生也。金石、散木無氣血，故無感應。無感應，故無哀樂。無哀樂，故無生死。寂然而不動，其性也；塊然而常處，其生也。若夫人，意知職於官，嗜欲牽於習，喜惡集於心，一食之頃，感應萬端，為哀為樂，隨見而具，耗精凋神，皆有其緣，內奪於惑，外襲於誘，歲磨而月削，生亦有涯矣。杜甫氏之詩曰："人生七十古來稀。"夫古人言：上壽百二十歲，中壽百歲，下壽八十歲。人至七十，尤未及下壽耳，而曰稀，何也？意者古之人之養壽，猶近於木石，而後之人不能如古人之醇者乎。自余操翰為文章，凡以壽言來謁者，歲且數十百人。綜數十百人之年壽，則五十、六十者為多，年七十者，蓋不能一二矣[1]。此一二人者，又必為山野淳僕之夫，體勤而貌閑，少所欲，倮然自存，終日娭娭，若無所用其心者。奉化俞叟，亦其人也。

叟居奉化山縣中，躬耕養志數十年：衣，取足以蔽身；食，取足以餬口；有家，取足以安妻孥；儲有餘，取足以蘇戚里；言寡而能要，取足以解人紛；任事果有悍志，取足以破艱難、全大舉。而其自處也，尪然若不勝，泊然若無與，空空然，窾窾然，若無有乎其中！利害遁於目，得失泯於心，喜惡不呈於意知，哀樂不起於感應，汋汋渾渾，歸於其真，昧昧墨墨，歸于其樸，此叟之所以異乎人，而可以與金石、散木等量其年壽也。夫豈獨茲七十已乎哉！守是道以養年，則所謂八十下壽、百歲中壽、百二十歲上壽者，於吾叟，何稀焉！敢為叟卜之。

【校】

[1] 蓋不能一二矣：張劼成《庸海二集校勘記》云："《贈奉化俞叟》一首'蓋不能二矣'句，訛倒為'不能蓋'。" 茲據以改正。

送鍾君憲鬯歸壽其母八十敘

與鍾君別久矣，一旦來滬上，過余寓庸海樓，風塵飆顉之色浮於顏面，種種若可數，顧君習之，不以為勞也。既見，相與握手道故，笑語喧遝，歡然移日之晷而未足。余謂鍾君："自君之出也，以時則楊柳而往，雨雪而來，歲凡數數更，所歷不為不久；以地則北踰長城，東南盡於海，西溯江河之源而上，凡為省十餘，為里程萬以外，所至不為不遠；以事則陸窮華毛，水窮珍異，凡天地間化生化醇之物，莫不冥洞而顯剖，所業不為不勤。方今天下，治《爾雅》之學，博聞多識，孰有如君賢者？而君乃欿然若不慊，何也？"鍾君曰："子非知我乎？吾豈輕去其鄉者！吾有母，年且八十矣。於情，吾不當挈挈終歲勤道路為。夫道路日以親，骨肉日以遠，此常人之所悲也，子將謂我何？"蓋君自少講學讀書，毅然以天下倫教自任，不喜鑿空為駭世疑俗大言。中年以還，浸淫西方學說，博取而約守，以為致知當先格物，盡物之性，雖一草一木至微也，而其滋生長、養依互、纏結自然之故，要自有可言者，嘗云萬物無不有其情也。然則君豈好騖無情之域而以為樂哉，其不慊於志固已！

君既歸，將以明年甲子歲，朝率其昆從子婦，敬為母夫人舉慶。使來要余曰："必有以慰我私。"嗟乎鍾君，余更何言可為君慰哉！有邁母而不能晨夕相依，徒以急饔飧之謀，驅而之四方，蹙蹙靡騁，此吾與子所同也。吾與子亦皆年五十有餘，往者血氣強，多所自負許，謂天下事皆吾人任，不屑屑於求田問舍，顧今何似乎！陸之車、水之舟，吾兩人之僕僕未已也，而庭闈之歲月荒矣。吾以是思，吾以是思。嗟乎，吾兩人者，何日得奉吾母優游林泉間，而與道路相忘耶？癸亥十二月，慈谿陳訓正。

【箋】

篇末明言此文作於癸亥（1923）十二月，而早在民國三年五月，虞輝祖也曾應鍾憲鬯之請，爲作《鍾太孺人七十壽序》，《寒莊文外編》載曰："……前清末造，有言理化者必歸鍾氏，……而太孺人能不惑于流俗，束縛而馳驟之，必俾君兄弟得盡其天，能如火然泉達，成名于世，斯乃所謂賢也。君行矣勉之，由君兄弟將使母之精神智見，有以永久于世，是乃壽之大者矣。若區區頌禱之，誠無足陳也。共和紀元三年五月朔日虞輝祖書于滬館。"

送張君歸壽其母七十敘

鎮海張君將歸其鄉省母，且為母祝年，行有日矣，而語余曰："某兄弟不肖，不能自樹立，日卹卹奔走四方，遺吾母。念吾母自歸吾家，無一日之安。始佐吾父，治耕清水湖及來龍山；遷業為貿易，吾母又日雜傭間，操役戶庸，綢繆風雨未已，吾母之廑勞可知也。今吾母年已七十矣，有子二人而禮養未至，吾兄弟用是戚然。吾聞之：'與人子言，依於孝夫。'子其有意乎？願受一言以行。"

余曰："吾曩者嘗有事於北海，道龍山。龍山魚鹽之鄉，其俗嗇儉，其人類狷躁自喜。吾每見君，君少年通脫，則未嘗不悠然嚮往海國之風，以為如君者，蓋少也。比又數數與君鄉人周旋，益習聞君之世。始，君父某翁，受廛龍山，性好施與，每出門，必囊錢行，塗相直者果無告，輒量所急予之，人以故多德翁。嘗夜出，所過聞翁一人行，人持炬，爭先戒路，曰翁善人也。翁世故不超，既下世，家無贏畜，夫人王亦慈明，能推暨翁之志，安貧教子，故張氏之子多賢云。吾聞龍山人言如此，蓋龍山人至今猶感善人之德不忘也，勉矣張君！君善人后，鄉黨之目咸屬焉，豈獨賢母之倚閭倚門已哉！人情於其所屬望深者，其求備也靡不至，此為人子者所當知。若夫饔飧肉帛下孝之養，則有時限於地與遇而莫之致者，吾寰人子所同然，君又何戚耶！"

春風

春風漫誕欺人面，翕艷獨回桃李顏。
似遣低佪媚襟袖，偶因惆悵滿江關。
王孫遠道青青艸，游子歸心疊疊山。
卷地芳埃飛不起，楊花何事又吹還。

白衣恤孤院第六周報告芻言

余長是院六年矣，一簣之覆，苟合始基，吾止吾進，每用自策，然荒荒日月，變遷方長，陵谷桑海，實滋疑懼。前者沿門托缽，賴有傅老長舌，今傅老已祝髮溈山，棄余而去，余亦以饑驅故，奔走道路之日多。由今以往，是院前途之明黑，惟視後來善心人之弘願何如，余屢不能勝重也。傅老臨別時，謂余曰："肉身非百年物，況爾吾已過去泰半，眼前事結束宜早。"意蓋諷余速為院籌措基金。余非無此心，奈資階無尺寸藉，言不足以動人，開口河漢，徒取煩惱，是以遲遲耳。

傅老為僧後，屢有書來商院事。最近一書，尤為摯切。書言："吾悔不在三年前著手募金，爾時吾甬人經營信交事業，各有所獲，起家數十萬百萬，交游中大有其人。人能稍損遊戲、飲食之費以為吾助，吾院當可百年矣。電光泡影一轉瞬，便了去來空空，吾早見及，但不料興敗若是之速。惟大福人能作大善事，老衲常向人苦口而人不我信，良由其人根本淺薄，然亦吾院之不幸也。富貴貧賤如空中轉輪，沒一時不可變化，我勸有力人及早佈施造福，勿錯過行善機會。今日王侯，明日乞丐，原不算希罕，天下那有子孫萬世之業。秦皇痴夢，畢竟難圓。忍痛割棄，所戀回味，郤有大甘。吾甬尚不少巨室，願公廣播我言，傳之道路，萬一有看破金錢之人援助我院，成全功德，老衲此書不虛發矣。"傅老書到，適吾院方印六周報告，因轉述之，以識其嵩。傅老悟道之人，其言具有菩薩性，當有聞而感孚者。癸亥十二月，慈谿陳某題。

【箋】

該文顯然作於民國十二年十二月，此則其文末言之甚明。

書李琯卿《新教育談》

教育難言矣，而世顧易言之。主故者不知新，蔽今者昧乎古，其極也，皆足以殺人才。夫教育者，所以成人才，成之不克而反至於殺，此輕言教育者之罪也。中國自古無人才教育，譬之樹藝，天時、土味與人力參其用，偏主人力者，雖勞而不獲。樹藝，小技耳，猶不可恃人力，然則欲教育人才，獨可以人力爲乎哉？謂人才不可無教育，則可；謂人才必出於教育，則不可也。

余參與教育事業二十餘年，自小學中學乃至大學，其間卒業以去者，所見不爲不多，而要之拔萃之秀，皆非教鞭所驅而來。此不特吾國然耳，環瀛海各國所稱爲疇人、爲創作家者，亦豈尋常科目所能裁成之哉！故吾謂就中國論教育，則天才教育近是已。

李君琯卿爲吾甬教育學者，其爲教也，主自學輔導，而於今之所謂設計教學、所謂道爾頓制，尤儼然決然而行之，其識尚矣！蓋吾之所稱天才教育者，亦猶是云云也。琯卿既創新說，爲主故者所痛斥，不自已，復著一書，鄭重而剖辯之，曰《新教育談》，郵以來乞識其端，似欲藉吾言徵信於今之世者。嗟乎琯卿！余與君皆世人所目爲庸妄者流。其言也，疇復與聽？吾益見此書之因余言而廢矣！

【箋】

考前文《錢君事略》有云："始婣意教育，每海外新書出，必展轉求得之，雖重直，不吝。其為教也，主自動，而以有器象者，導發其機。嘗曰：'吾國人有天材，無人材。直者縱其勢，曲者暢其生，如是而止矣！必員是規而方是矩，此匠教也，可以施之死物，而不可以施之生人。'"是知陳訓正頗為自得的"天才教育"觀，並非其原創。

慈谿保黎醫院錢馮二君紀念碑

慈谿舊無醫院，自有清末年，邑中大疫，厲氣所被，病者十九，邑之人始知陰陽五行之說不足以去疾疫，稍稍嚮用西醫矣。顧其時西醫惟鄞有之，路遼，間數十里，急邃不可得，患者往往失治死。錢君仲濟乃集同志，爲醫會謀（脒）[釀]金，創建病院，皆口："誠不可緩。然茲事創體大，不易舉，必君自主辦乃可。"錢君諾之，爲規制院務，犁然具條理，議旬日而院成，名曰保黎醫院。

保黎醫院成立之十三年而錢君歿，又二年而理事馮君亦歿。馮君者，名忠敷，任監理基金，當院初成時，資未集，凡所建置，皆麤陋不盡如規制，馮君曰："既舉矣，奈何勿竟？"貢議于錢君，佐錢君奔走告募，期以歲月，卒能彌其所憾。是二君者，皆有功于院而遺吾人之念于靡既也。今亡矣，嗚呼！因紀之于碑，以視來者。

【箋】

據《庸海集》所錄《錢君事略》，可知錢保杭卒於1922年3月19日，而從文意來看，此文顯然作於馮忠敷卒後，故當作於民國十三年（1924）。

貽沙生僧孚

初，沙生以其大母八十生日來謁文曰："文若有今日，得親先生教澤，而免爲世之棄人，吾兩世寡母之力也。今母年五十有餘，而大母且八十矣①。文若衣食奔走，卒卒不自暇，禮養之謂何？先生倘卒誨之以養親

---

① 沙文若《僧孚日錄》明言民國十年十一月十九，乃其祖母周氏（1842—1929）八十生日。

之道，俾文若有復焉，則文若異日或庶幾幸逃於不孝名，先生之賜也。"余念沙生意之摯而辭之懇，已諾之矣。會來海上，未即予。又三年，沙生復以請，余曰："沙生已得乎養之大者矣，余何以益子？《禮》不云乎：'大孝尊親，其次弗辱，其下能養，尊親難言矣。'"若沙生者，辭修而行立，無有悔尤之端之見於其身，嘗自言其大母之教曰："無遺先人辱。"夫養親之道，孰有過於養志者，無辱之訓，沙生終身誦之，可也。

吾聞沙氏之世，其先人類能遺外榮辱，居貧力穡，以事其長上。今生獨棄其先疇弗治，而治文學，年又少也。吾每見少年意氣之士，小有得於古輒狂放自恣，以為今之人莫吾若矣；及涉世稍深，折磨之事漸至，乃始知天下權勢之所嗚施在彼不在此，則不惜媒妎忍恥，蒙世訾而爲之，小者辱志，大者辱身，辱志辱身之不止，甚而至於辱親，而其人猶踽踽然誇於其曹曰："吾學古之效也。"其稍賢者，厚責人而薄責己，周旋世故之中，一不得當則怨懟，不平之氣發之為辭言，極論而醜抵，日惟擊惰、時隳讐讎恨為務，一矢所加，百矢反焉。人情於其所不快，未有不思梱復之者，又豈遠辱之道也？嘗與沙生論世，深痛士之不能畜德而安貧，今大都類是，而生亦惴惴用以爲戒，故自學校畢修以汔今日，捐耆欲，屏紛華，挈其子弟相從於寂寞之野且五六年，與人言，恂恂然氣下而辭恭，此其家之教之漸而風之遺歟？固然無疑，沙生勉哉！徇是道以終身，《禮》所謂弗辱者，生有之矣，吾何以益子！

【箋】

《僧孚日錄》甲子正月："廿五日，……陳玄丈見過。三年前求丈作家大母壽序，項已撰竟，熹不可言。其稿尚未攜示。……（廿八日）玄丈所撰一文，項於報耑披露，不曰壽序，其體例為尤高。文中以蓄德安貧養志毋辱相戒勉，讀之惶懼。敬錄其辭（即陳天嬰《貽沙生文若》），用自匡飭。寒丈、翁須舊有撰作（即張寒叟《沙母周太孺人八秩壽讌詩序》、馮須父《沙僧孚大母周夫人八十壽序》），師友風期，殊辭同意，以類相從，因並錄焉。"[1] 是知該文作於甲子正月二十五日（1924.2.29）。

爲人題青山把酒小象

腳底青山爭腐骨，眼中白日放孤尊。
知君亦有蒼茫感，棄筴歸來不出門。

邵老人索贈

小築臨江野色賒，青門故業在天涯。
分明一摘無餘蔓，猶傍人間學種瓜。

慰君木，即次其《耳疚自遣》韻

世議於吾格不入，轉覺有耳聽非便。
大矉小矉久成俗，病豈爾獨何須痊。
塊然入世身且贅，徒我與我相周旋。
靈官雖靈安所用，坐令萬竅生鬱煙。
世音可觀不可聽，能反聽之無涯邊。
勸君冥居好持養，得趣何妨琴無絃。
此心自具哀與樂，希聲豈必假鳴宣。
吾舌猶存終蹈舀，瞶瞶郤羨君得天。
天實厚君君謂薄，呻吟反托詩流傳。
自來逆耳須藥石，致余美意延君年。

次前韻再慰君木

聾俗即今無救藥，矯矯獨聰良非便。
況爾抑塞窮到骨，貧也非病難為痊。
天然觟䚡苦不得，爾何人斯得之旋。

---

[1]《沙孟海全集·日記卷》，洪廷彥主編，第584—586頁。《貽沙生文若》，陳訓正《庸海二集》題作《貽沙生僧乎》，詳參《天嬰室叢稿》，第340—342頁。

〔蝹蜎一時緣俱絕，置身清虛若凌煙。

元音自在空靈中，不與人間通際邊。

收響反聽吾獨會，噭急有管繁有絃。

譆譆出出難名狀，奇怪不用大舌宣。

斯人斯疾寧終痼，徒欲問之天乎天。

吾家孔璋愈頭風，吾亦陳詩當檄傳。

詩味勝似杜公酒，不須治聾沽遠年。_{酒名。}

【箋】

考《僧孚日錄》甲子二月三日（1924.3.7）條云："又得師諭，錄示近作《耳疾自遣》七古一章。有云：'他人不聞我獨預，矜寵付與寧非天。由來絲竹不如肉，妙音在耳誰能傳？'矜寵付與，語奇而趣。"①是知《耳病自遣》詩作於1924年3月7日前。《慰君木，即次其〈耳疾自遣〉韻》《次前韻再慰君木》兩詩，理當作於陳氏目睹《耳病自遣》後，且其作旨，看似安慰馮氏，實則抨擊時勢。

盛省老七十

有鄉祭酒老而傳，籍甚^[1]名聲在里端。

高不疑今行可久，清能入俗見為難。

山之泰岱星之斗，面有冰霜氣有蘭。

愧我匪材資檃栝，徒留焦尾未成彈。

【校】

[1] 籍甚：張劭成《庸海二集校勘記》云："《盛省老七十》第二句'籍甚'誤'藉甚'。"茲據以改正。

又贈

自是龍蛇入化姿，行藏早定倚樓時。

生平不直陶元亮，但有詩篇托義熙。

---

① 《沙孟海全集·日記卷》，洪廷彥主編，第593頁。

【箋】

考《鎮海縣新志備稿》云："盛炳緯字省傳，又字養園，……辛未卒，年七十六。"且其傳末小字注："袁思亮撰《行狀》，陳三立撰《家傳》。"①而陳三立《前江西學政翰林院編修盛君家傳》則云："鎮海盛君省傳諱炳緯，……庚午七月卒，享年七十有六。"此從後説，并據盛炳緯（1855—1930）生卒年加以推算，認定《盛省老七十》《又贈》兩詩作於民國十三年（1924），且在三月之前。

今年雨多，立夏重寒猶峭，野望愴然作此

陰屯亦天意，浩蕩總爲愁。四月麥不浪，一春花有羞。

何當遣佳節，偶自倚高樓。野闊空停佇，蘇蘇雨意流。

【箋】

據"立夏重寒猶峭，野望愴然作此"，可知此詩作於立夏；又，《庸海二集》所録詩文皆當成於癸亥六月至甲子三月間，故可認定此詩作于民國十三年立夏（5月6日）。

述德贈定海賀君

歲甲子春，舟山賀師章以其母王太孺人明年七十，將徇俗之所爲，設酒醴，召賓客，先期而舉祝。太孺人聞之不悦，曰："嗟乎！比年儉矣，穀不升道路，流亡夢夢。夫人孰不欲有其生，顧獨余爲壽耶？"止勿許。

賀君唯唯，退而言於余。余曰："禮固然已，太孺人之教可誦也。聞之古：成年穀足，賓祭以盛服美義，滛無禁；一穀不升曰歉，凡美不修；二穀不升曰饉，則勤而不賓舉，祭以薄；四穀不升曰荒，五穀曰大荒，則國不稱樂，舍用振穹，俾民有匡。今會稽之分地，迄十年，大荒者一，荒者二，十之四五饉而歲厘，歉者已盱盱相慶賀，稱成年矣。當壬戌、癸亥之秋，吾明州暴洪海溢，山縣成澤國。舟山位揚子、錢塘二水之衝，縣海而島，溢時具風卷版垣，反灌沒道衢，窪黽、咽咽據屋篷啁徹，

---

① 董祖義：《鎮海縣新志備稿》卷下《人物傳》，載《中國地方志集成·浙江府縣志輯》（34），上海書店1993年版，第927頁。

從生衛生之屬，野扣而山食，漂骸泛漫無問里。議振者，傾佗方材，猶不濟。此一稘事耳，流未戢而生未復也！吾子幸逃於災，而挈挈獨以母念，則宜乎太孺人呵之也！且吾繹太孺人之旨，壽不欲專於己，而願與人同之，此於古義有然。古云：'壽，醻也。'交為侑之謂醻。今邑有亡戶，道有流匃，古人所謂'分助有匡，以綏無者'。其時矣，非醻之日也。吾子其體太孺人之德焉，勤於脩而勿過於禮，是叵已，安在必徇俗飾事之以為孝哉！"於是賀君乃拜手稽首，而請曰："願有述焉，唯命。"余曰："諾。"作《述德篇》歸之。

【箋】

據其"歲甲子春"云云，足以確定該文作於民國十三年（1924）春。

賀太孺人七十壽敘

粵維閼逢困敦之歲，運貞元會，節旅上辰。南海化人坐法林而種祚，西池王母搴蟠木以祝延時，則為我賀母王太孺人七艤躋齡，宜頌宜禱之日也！

伯歌季舞，嬰倪而承懽；金駢玉蟬，希鞠而習禮。樹北堂之草，可以忘憂；擷南陔之華，于焉羞絜。於是車笠舊盟，梓桑廣里，捧觴率止，秉蓍偕來。傳甘奏制齡之酒，願賫千春；披香獻鬚忿之花，相期彌路。佐軒饗于萊彩，共效嬰啼；致黻飾于江毫，敢臚輿誦。小子不材，竊有所疝。蓋聞龐洪之祉，襲之者有基，駢蕃之庥，膺之者非偶，有大德，必得其壽。惟媷意乃延厥年，故闡母儀者，非徒侈夫曼齒，頌壼德者，必推本於徽華。戩茲頤穀，乃地德之所昭；副爾眉梨，實天休之自至。則於我太孺人養年之道，有可得而言者矣！

太孺人生長梅里，依瞻槐庭。苕齡通大家之誡，淑守有方；綺閨讀女史之箴，齊型自屬。固已令則維柔，生性能孝，騰於里口，無間人言也！逮乎笄歲，歸於鑑湖，悵風木之何依，烏飛三匝，絜澗毛以為薦，蘋傾一筐，所幸高堂明鏡，猶遞照乎昏晨。慈竹孫枝，乃益饒其姿媚低徊曾閫之中，白華載誦；宛孌重闈之側，丹棘有心。則謂太孺人之孝敬，所以成其壽者，此一說也。

昔賀氏之世，朱公三致，端木屢中。載詩書而行賈，抱道德以居奇。風塵蹀躞，老擘畫之壯心；戶庸綢繆，資拮据於女手。太孺人賢能相室，健可持門。廡下鴻妻，同其恬素；岡上龍妃，遂此寧靜。憐單緒之纏綿，衣何厭乎百結；念粒食之辛苦，粟無取乎高舂。雖房中有曲，未堪寫此勞音；即閫外無言，已足昭其懿守。凡美不脩，惟勤乃獲。則謂太孺人之恭儉，所以成其壽者，又一說也。

今夫陰教偏柔，難强慕義。地道本嗇，無與推慈，而太孺人則異是。哀王孫而進食，憐公子以饋殮。買髮助交，慷慨則鬚眉動色；脫釧振困，姓氏則行跡沓暝。怙劒過河，借潤者九里；寒簷得曰，負煦者萬家。飢里分其甘瀝，井養無窮；喝人披此惠風，棘心都放。君子曰："如其仁，婦德也，斯為美。"則謂太孺人之仁惠，所以成其壽者，又一說也。

洎乎鳳老旃塗，冲天者盡成威羽；蚌明瑤浦，照日者不數烈光。非此母，不生此兒；有其志，竟成其事。高門緜詩禮之傳，實折敻資其教；囂市定廢居之策，亦晝荻啟其奇。瘠土能材，始信敬姜之效績；笥金何愛，乃成麴子之多聞！觀子職之能修，知母德之必酬。則謂太孺人之慈明，所以成其壽者，又一說也。

是蓋刪黃門婦人之集，斧藻先捐；廣中壘列女之編，風徽斯卓。綜其懿媺，有翟儀鮑德之全；紉彼芬華，亦仇範班箴之亞。靜女宜風，壽母宜頌，凡此鳴施，允當揚扢也。抑僕更有進者。太孺人居近安期，籍標昌國。神山不遠，携家與梅福同岑；覺岸在瞻，問渡則洛伽可杭。本屬紫房之秀，班錄金仙；生成青闕之英，誥承靈寶。則厪此古稀之年、下壽之稱，又何足為太孺人多哉！茲者與修蘭禊，得觀葇儀。洗爵蓮花洋畔，敷衽紫竹林中。願附仙韶四奏，藉催大地之春，會看寶婺一星，長駐遙天之朗。蓋不獨假因事致敬之文，為于禮從宜之舉已也。謹敘。

【箋】

無論題目抑或內容，該文顯然是為預祝賀太孺人七十大壽而作，故當與《述德贈定海賀君》同期而作於民國十三年春。

孫君象贊孫君名文柱

安安其行，肅肅其容。姝姝其守，落落其蹤。實弘聲雋，為州里宗。春日滿川，孤冰未泮。和而不流，君子所嘆。胡不壽考，天道漫漫。我瞻遺象，心焉傷之。我懷風義，再拜述辭。匪曰昭德，善人之思。

與余嚴書

雲岫道兄足下：

自違左右，雨雪楊柳，不期而速，佳時徂矣。春寒惻惻，益無好懷。僕自來下里，三月于茲。病母在榻，朝夕呻呼，自腰以下，癱腫失仁，醫者言肺萎所致，非蟲石五金之為功，相視束手，驚怛無色，比雖小間，猶未離險候，以故不能來滬。

去歲承纂《定海縣志》，初藁已具。僕為此志，自信能籀《禹貢》《職方》之微，而洗《朝邑》《武功》之陋。彼中人士，實鮮識解，見僕所規體裁節目，及去取詳奪之間有乖舊例，頗致駭怪，竊亦無以自明。聞足下數數從餘杭章先生游，丹穴久湛，自發威羽，敢以《例目》奉教，餘一分並求代呈章先生。僕識章先生在二十年前，此時想不能記憶賤名。竊念章先生海內弘碩，一言之重，足以堅人信而袪眾惑。倘因足下之請，惠賜一敘，俾僕之撰述得伸于已，悠悠之口有所沮折，萬幸萬幸！

嗟乎！士窮不得志，伏處邑邑，無所暴白，徒以稍知澤古，為人驅遣，冀分其鶩鶴餘粒以養邁親。悵乎若行巫，備吉凶之禮，亦可悲已！而彼乃欲以信今存古之作，比之于諂生媚死之文，世遂無知言之君子乎？每自低徊，輒有所念，則非章先生，無以發僕之狂妄也。

僕竊以為方志之作，所以表著地方文物嬗進之跡。彰往開來，乃其先務。而前人最錄，博而寡當，非綜覈之實。雖以章實齋、惲子居之賢，其所持論，不能無偏，此亦時之風趨使然，不足怪，不足怪。使二賢者居今之世，成今之書，僕有以知其必不爾也。故睍然敢于反古，盡吾所知而務之。雖未敢自謂創作，要其用心之所至，立一時之條例，矯從前之習尚，自不同于應聲逐響者流，章先生必有以信僕也。

夫名器貴有所主，世無薛燭，雖有湛盧之斷，不能振區冶之奇。然則僕舍章先生，有誰望哉？臨書澐墨，伏惟矜察，不宣。訓正再拜。

書張葑里《徐母壽敘》後

徐於縣，故著姓，清咸同間所稱為城東徐氏者，以雄貲聞于時，息相通、聲相屬者也。逮光緒之季，諸徐寢不振，頃十年來，興者蹶而剝者復，僅一晌之寄耳，而盛衰得失，今昔之感，乃如是。其天耶？其人耶？於乎，夫亦其人之事也歟？

蓋人之于家室，作之艱者，承之易，易故敗；受之困者，守之謹，謹故成。成與敗之間，所以轉旋之而追促之者，無佗，教而已矣。有善教乃有善述，則于後起之徐，觀可知矣。

慶雲、承勳者，皆徐之族；其於行爲從，又同昏于陳，亦兄弟也。家故微，以勤儉殖貨起家，各致產數百萬，今之稱城東徐者，必首舉焉。余嘗詢其族，是必有其所自來，不然，何二家者獨興之暴也？會承勳母八十生日，其人乃出鄞張原煒所爲侑觴之文以視，曰："觀此可以概也。"原煒言承勳母少寡力貧，撫孤至成立。承勳初作賈，所入微，母督承勳必謹識之以為儲。及既起家，朝暮必呼承勳，戒毋忘曩昔困厄時。客過承勳，母會察客動止言語，退必私告承勳：某也賢，汝友之；某也不肖，汝絕勿與通。承勳唯唯，故承勳處順持盈，不敢一日以習非朋邪，遺其母之憂，所謂得事親長年之道者。雖然，非其母之教之賢而能如是乎？余于是乃嘆盛衰得失之非偶，而母教之不可以忽也！《書》曰："慎厥初，惟厥終，終以不困。"又曰："惟耽樂之徒，自時厥後，亦罔克壽。"然則慎始終而又不耽樂是從者，其即致富與壽之道歟！于吾城東諸徐概之矣。遂爲書。

感時七疊多字韻寄所知

郊外鳥烏樂，城邊野狗多。勸君莫行道，行道奈愁何。
孤月奔羿矢，墮陽明魯戈。吾生若飛絮，天地苦相羅。
憂患成渴病，杯酒不須多。塊壘增胸壁，森森竟若何。
人閒起蒼狗，天上見玄戈。旦暮委零落，飛埃孰為羅？
無術回天怒，狼星墮地多。出郊聞野哭，千里更如何。
流蔓陰成棘，猛牙森若戈。眇身北山鳥，日夕畏張羅。
昨過桃花渡，渡頭春不多。歲華凋未已，日飲愁亡何。
空責駒支口，誰揮狐父戈。網城森窣窣，蜂蝶豈成羅。
失布寧由尹，歧亡日慮多。綵緣誰着此，光火奈明何。
過隘關如虎，循涯船有戈。冥冥天上鳥，飛不近高羅。
家報頻頻至，此中焦气多。困人春不起，望我意如何。
入市金通語，摘塗肘倚戈。奇憂無所寄，牢落一胸羅。
吟詩可殺賊，顧盼我已多。空惜舌有劍，其如不斷何。
含沙且妒影，緝履豈勝戈。負此便便腹，甲兵那得羅。

日來

日來無酒气，詩骨豈能強。餓口橫成理，蓬心澀不揚。
虛尊托孤傲[1]，酣夢憶荒唐。衰老覓知己，如何失杜康。

【校】

[1] 傲：原誤作"傲"，茲據詩言改正。

為甯波效實學校代表贈孫君衡夫序

自衣綵乘車之令弛，而傳鈎掣鏁之行彰。湖上金牛，爭噓寶氣；池中犀犬，競效祥鳴。牟瞀之儒，藉以實口。竊嘗論之，以為三輔之起明堂，不廢槐市，九星之主闤闠，實名天弁。管子著石民之稱，端木負屨中之譽。販脂而能潤人，無傷辱處；登龍而不自斷，豈必賤夫。苟旁施以及眾，何呰苛之足云。則如我孫君衡夫者，有可稱也已。

孫君富春舊望，安化華宗。世傳益智之編，家近居仁之里。齊莊則幼稱令慧，思邈則夙號聖童。言其介，則聲溢懸溪；論其專，則譽浮脫壁。異玉台之迂緩，比銀海之精微。亢直有如若穆，明敏過於介夫。丹扶之氣撼龍，孝則之心愛日。故其居業也，一閱莫解，伯海常為前驅；萬變相乘，處約足以獨斷。表守卿之勇，事少艱難；察振之之材，治無錯失。燭機則水晶籠光，選言則金石擲地。蓋不有漱石之襟期，烏足見擔峰之面目也哉！是故，衍陽報之休，卜楚薦之門，必大弘濟時之願，知辛讜之年未衰。醴水成流，頌潤河者九里；圜煦舒景，感溫養者萬家。十步之中有芳卅，歊息皆香；百年之計在樹人，絃歌可晤。

儳與孫君，出同里貫，□□□聲。雖聲欬之未通，實影形之善釋。一則尼父美顏氏之多財，願為爾宰；一則蜀客慕子雲之奇字，請載於書。既異器而同薰，甯畏形而郤背？則今日者，效昆池之勺，貪挹甘流；入玄圃之林，冀分美蔭。多寶會當成塔，愁無道上之璣琲；黃金可以餌丹，竊附淮南之雞犬。敢臚所私，用申無極。

閼逢困敦集

《天嬰室叢稿》之九
慈谿陳訓正

　　起甲子三月，訖乙丑正月，都得詩文若干首，以古干支閼逢困敦名之。或問于義何取？余曰："甲子爲剝極將復之會，鬱勃渾沌，其象也。閼逢困敦者，乃鬱勃渾沌之今昔語，本無他義，而吾集適成于是時，故舉以為名，非有所取義也，不過曰此吾鬱勃之氣、渾沌之念之所寄焉耳！"玄叟識。

丁翁傳

　　丁翁純增，字祥綬，定海人，以抗髒善罵聞其鄉。家故微，顧好赴人急難，貧乏者踵門，無以予，忍訛辱，百方轉貨貸之，舉責益多，名益高，然身亦益困。家人以為言，翁罵曰："吾縱貧，不有天乎？若婦人，烏知之！"已而其子商於海上，大獲歸，盡償翁夙所逋于人者。翁乃大笑，顧謂其婦曰："此所謂天也。"

　　翁每貸人錢，必與之要約某日當歸償，日至勿應，翁怒，親過其家，叱責之曰："懶奴不自努力，而沒乃翁金耶？"持益急，負者無為計，率妻子環求翁，述比所遭狀萬難，幸翁稍緩我。翁瞠目左右視，悽然有間，則又罵曰："懶奴累妻子矣，乃作此態，不自羞！"拂衣起欲行，既又謂之曰："歲迫矣，吾責即可緩，顧來日何？"一手指負者詈，一手揣囊出裹金，擲之曰："姑益汝，明年今日并償吾。"負者得金欲謝，而翁已行矣，歲率如是。人孰聞翁之詈，多德之，無有怨者。

翁嘗謂人曰："緩急吾分當為，但稍苦之，使知求人不易也。"每歲暮就市，市俗所急者，量取各物，綜一之，縶縶數十綜，懸之壁，里之窮乏者，過翁請，翁見輒瞰瞰罵不已，旋揮令自取壁上所懸，曰："將一綜去，明年當努力，毋謂我能壅汝也。"計翁歲所貰金不貲，然諸子為業，益隆隆上。

翁年八十有八卒，卒之夕，集諸負者所貸券，火之盡。及葬，白衣冠來會者，數百人。

陳訓正曰：吾觀翁之所自信，而知天人之際，感與應之昭昭，若可期而至，有足于作善降之祥也。翁生八子，皆材。口駿照者，翁第四子，為人亢爽婞直尤如翁，嘗董上海商務總會矣！每與同列論事爭是非，不苟必直而後已。日偶屈于人，不得爭，大怒，血衝腦而卒。嗟乎，此又烏得謂之天哉！"

【箋】

此文與《民國定海縣志》有關丁純增的傳記①，僅字數多寡而已，因而理當撰成於民國十三年《定海縣志》定稿前。

書桐峰遺文

嗚呼，此亡友桐峰虞君之遺文也。君嘗自選刊所為文若干首，曰《寒莊文集》。時吾兩人皆客滬上，每見，互出橐，商所刊，君必曰："某篇可，某篇不可。"余頗不然之。一日，戲謂君："文章者，吾心所自出也。吾心非歟，何不可視天下？"君聞而駭然，怒吾言何謾此，何事乃可無棄取，竟斂其橐而去。去移時又來，方及門，即謂予曰："子言亦可思也，然如某篇某篇者，終不可斷斷者。"又久之，笑曰："他日不幸先君死，吾兒或以此所不可者來匄，君爾時任為之。吾今不可奪也！"尋

---

① 《民國定海縣志》冊三己表一《凡有功德于鄉者入之》，《中國地方志集成・浙江府縣志輯》(38)，上海書店1993年版，第531頁。

君北游,與余不相見者月餘,京中人來,微聞君有病。又數日,傳君病甚,歸甬。余方擬過君,審所疾苦,而君之赴已至。君之文亦於時始竟刊,君不能視已。嗚呼,命也歟!

君木既釐定君未刊文為《寒莊續集》,將付刊,君子和育果持以來請。余欲增益之,而懼非君之志也,卒如君木所定。自君文集出,學者治古文辭,始稍稍稱桐峰先生。異時,君講學甬上,謂"吾所受於古作者如是如是,吾不可獨私,欲以喻之人",人以為君自矜高也,相與非笑之。今君既歿,人之讀君文者,顧疑君為乾嘉間人,非近世有。何也?事固有詘於近而信於遠者。君之所成就卓已,然猶藉此落落數十篇者,收名聲於身後。或曰君之幸,夫吾烏知君之幸不幸哉!惟君往日言,益令吾不能無念也。

【箋】

應虞和育(虞輝祖長子)所請,陳訓正為馮開所編《寒莊文外編》作跋。據馮開《寒莊文外編·序》,可知《寒莊文外編》纂成於民國十二年十一月,其詞雲:"寒莊既遴汰所為文,甫汔工而遽歿。臨歿,顧言以遺文付開刪次,別為外集。承命悲啼,憚於發匧,因循三載,始克措手。旋取旋舍,旋舍旋取,反復審斠,廑得文二十首,寫定一卷,題曰《寒莊文外編》。……癸亥十一月,馮開。"准此,則陳訓正跋語當作於民國十二年十一月《寒莊文外編》定稿前。

據跋語改編而成的《書桐峰遺文》,究竟改編於何時,雖難考證,但既已被收錄於《閼逢困敦集》,則其編寫時間,既不當早於"甲子三月",也不會晚於"乙丑正月",換言之,即在1924年三月至次年正月之間。

酒夢

淵量不如酒,孔取聊自娛。傾懷常竊竊,到口萬念蘇。
憑尊展大坐,酣意滿宵衢。獨遣忘歡戚,昕[1]然朝莫俱。
既醉逃塵世,不覺夢中殊。夢中泛瀛勺,揖讓仙者都。
座有長爪人,綽約麻氏姝。私念塞人寰,背痒信爾誣。
美意若可招,且與同檻觚。海水有清淺,海桑今當枯。

析桑煮海水，為誰供大酺。長鯨吸不盡，呰呰更何須？
過河憐鼠飲，裂腹汝誠愚。迷蒙憶所遭，夢耶事有無。
伏枕耿不寐，淒更警鳴烏。烏烏愁殺人，不如提胡盧。

【校】

[1] 昕：張劼成《閼逢困敦集校勘記》云："《酒夢》一首'昕然朝莫俱'句，'昕'誤'聽'。"茲據以改正。

贈人

石肈淵思自不同，每從蜀客話高風。
由來粟帛關生計，豈僅泉刀課歲功。
多寶有基終並塔，善財難老合稱童。
萬家生佛脩成地，祇此《齊民要術》中。

雞山村晚即目

夕陽展遙野，新水明阡陌。良苗乍受風，油油盪晴碧。
霽光引初長，水衣陰纍積。宿鳥喧晚霞，蘆蒲動荒汐。
老農牽犢歸，閒耜挑笠襫。婦稚兩三人，往來理場麥。
疇云病夏畦，形影都善釋。即目成天趣，欣然靜者迹。
　　好拓村樂圖，千里遣行役。

【箋】

該詩既被收錄於《閼逢困敦集》，自當作1924年三月至1925年正月間，而詩中又稱："夕陽展遙野，新水明阡陌。良苗乍受風，油油盪晴碧。……疇云病夏畦，形影都善釋。"明顯夏日景象，故該詩理當作于1924年夏。

書金氏《澹靜盧壽言冊子》

壽敘非古也，文章之士，類能言之。自方、姚以來，震川歸氏之學，益演而光大矣。天下方翕翕於其所謂義法者，奉為不祧之祖，顧獨訾非其敘壽之作而不之諒，何也？震川非好為諛人者，又嘗以修辭立誠之訓自彊矣。其敘人壽也，又非刦於勢而溺於所私，又無利賄之行、爵祿之誘，然則震川何樂而為此哉？吾初亦以方、姚之言為言，既而思之，夫人孰不欲顯致其親乎？《禮》有之"小孝用力，中孝用榮，大孝不匱"。大孝，吾未能也。吾儒者，四體不勤矣，而吾所謂養，又非吾力所自出，吾不與夫人子之數乎？既與夫人子之數，其必有居乎此三者。三者何居乎？極吾心之所全，則所謂用榮者，或庶幾能之。嗟乎！為人子而不能顯致其親，親老又不能使其親之德善，著乎微而昭乎晦！孔子曰："父母之年，不可不知也。"傷哉，孝子之心！震川蓋極関之矣，惡乎其作古。

余友鎮海金君俶凭，耆儒磷叟先生之子也。先生有潛德，自景甯罷講歸，直國變，益用自晦，而世亦遂與先生相忘。俶凭念先生隱居全道，足為世重，不可無所襮白，會先生年七十，於是謹狀先生言行，走數千里外，歷謁當世能文之士，如王晉卿、馬通伯諸先生者，求一言為壽，都得叙若干首、賦一首、詩與頌若干首。既又歷謁海內名書家，為之書，攝於石，綴為一冊，曰《澹靜廬壽言》。俶凭可謂能盡孝子之用心矣！

當徵文時，俶凭曾要余，余既諾而未果。今俶凭復以其冊來，且責信焉。世道大夷矣，少年染濡西方侮老輕長之邪說，父子之間如飄萍，汎汎於江湖而偶相直。情之不屬，何有乎其年，骨肉至今日，蓋極人倫之變已！彼桐城之儒，猶呰呰議震川之善諛人父母而薄之，嗚呼，夫孰知昔之所薄者，今且以為古道也！吾與乎俶凭之賢，而不覺愾乎其言。俶凭其遂以此為余之贈言，可乎？因書於冊之耑而歸之。

【箋】

考張美翊《菉綺閣課徒書札·致朱百行40》云："徐积翁送來鼎文洗文，絕可愛；金雪膡送來壽言，尤淵雅，皆大家書。散場後速來一觀，并煩寫大小字也。百行文覽 蹇叟手具，六月朔。"又，該文附錄《致鄭孝胥》云："海藏先生左右：前晤教，甚邑。茲老友金磷叟廣文七十生日，其門下士虞含章君代求新城王晉老為壽言。令子雪膡明經出以見示。讀之充然有餘，自系老手。弟謂非公法書不能相稱，雪弟恃與公有一日之雅，擬奉百金求為先容。茲將原文呈覽，如蒙俯允，雪弟再來叩求，面呈錢紙。"①《菉綺閣課徒書札·致朱百行40》自稱作於民國十一年七月初一（1922.7.24），則陳訓正此文也理當作於民國十一年。

官漵夜眺
官漵蒲蘆長，漁火盪遠青。宵風初收岸，廻汐動天星。
遙看跕跕飛，墮水欲破暝。淫煙開河曲，時見三兩螢。

過王君蕭坦園，俞穆老、胡君誨、楊輯父皆來會飲
招煙渚畔泛清卮，鬬雀庭前見折枝。
山色一樓送晴雨，蛙聲四壁亂官私。
彌天酒意成孤仕，接席清狂非少時。
此會尋常難再得，遞尊相勸莫相辭。

《古離別》擬東野
匊淚與郎別，要郎知妾心。
妾非卓氏女，不解《白頭吟》。

前題
別郎意千重，不忍向郎吐。
兩袖忽斑斑，歸來郎自數。

笠山引題李氏《八徽圖》
山四明，開石牕。石牕一何穹，繞跌扶服子與孫。
子子孫孫七十有二峰，繇延奔海若游龍。
脈連氣結不可斷，拔地忽起蛟門東。
望如大笠張天空，崟崟高疑天與通，有仙李者居其中。

---
① 山西畫院《新美域》2008年第2期，第72—74頁。王晉老即王樹枏（1851—1936），字晉卿，河北新城人。

李家阿母今女宗，慈孝直為天下風。

里有口，萬斯同。天有耳，陰是憑。

玉華之女金蓬童，一本百枝何蔥蘢。

云是阿母德所種，人間陽報殊無極，驂鸞一朝賓紫宮。

紫宮兮不還，悵望兮笠山。山虛兮海深，天碧兮湛湛。

念母徽兮不能已，托丹青兮籲子心。

籲子心，惟母思。思母不見兮，安用丹青徒爾為！

戴天望笠山，笠山高高在人間。喝蔭山之木，渴飲山之泉。

木不凋，泉長流。山萬古，人千秋。

道上燕

道上烏衣為等忙，斜風密雨苦相將。

聲聲欲喚行人住，卻自低回過野塘。

蝶戀華 二首

徙倚樓闌春眼困。苦楝花開，豕斷番番信。柳外餘霞紅不盡，傷心又是斜陽近。

絮影飄搖生夕暈。慘綠尊前，亂入愁人鬢。別意彌天難問訊，浮花浪蝶飛無準。

只道春歸歸尚早。幾度聽鶯，人倚鶯聲老。故國山河青未了，夕陽冉冉生芳草。

算是今年春事好。春落天涯，游子何曾到！至竟東風難破笑，蘼蕪山下行人少。

柳君六十壽詩敘

夫良金資于灌辟，赤堇之山斯破。靈鬐濡于雲雨，龍門之淵斯躍。明月之珠，胎于不枯之岸；鵷雛之羽，絢于久湛之穴。非有所受，曷成其美？推之物理，揆以人事，固章章著已。

僕自領鄉校，廿載于茲，胸中水鏡，喜對佳士。掌上絲繩，不徇曲撰。雖非薛燭之明，能決湛盧之斷；常笑汝南之淺，敢輕月旦之評。獨於柳生紹韓，偉其器量，許爲世重。江南卑俗，徐穉處之而自拔；陳國童子，郭泰遭之而知心。張鶉鷃之網，偶羅白鵠；披菰蘆之岸，忽挺異材。僕嘗訝之，以為難得，及叩其世，諗所由來。潤河九里，自有醴源；槐樹一庭，知為舊植。天上德星，惟照季和之座；山陽橋木，乃啟伯禽之心。過高馴之門，人姱陽報；佩神姥之策，天與陰功。則僕於柳生尊甫某某先生[1]，有不能無稱者矣！

先生夙漸義方，生多心略。綺歲受經，少沐詩書之澤；冠年佐父，已標廢著之稱。石畫呈材，淵思析辨；出地一頭，嶄然見角。去天幾尺，攀而可登。玄豹指為實情，白士首屈貨殖。億則屢中，勤乃有獲。先生其始殆庶乎！顧其時偃柳將起，火德益壯。天半流烏，挾丹書而時下；人間赤仄，逐白雀以俱飛。先生於是撥餘燼，睎重光，謂除舊所以布新，惟剝極乃能復受。冰蚓之絲，熨之而色煥；神蠵之尾[2]，爇之而靈憑。志雖摧而不灰，鋒以淬而愈出。江陵炎氣，遂成劉昆長者之名；蜀國黑氛，乃見樊英異人之術。然此猶先生之材之見於外者。

至其生性善感，遇物能祥。誦《曲禮》之文[3]，積而能散；循《蘿匡》之訓，凡美不脩。陰德貫于耳鳴，蚩眚貴乎心襄。道出病鄉，怯夫多其藥惠；行經桑下，餓旅分其橐儲。其在溧陽也，過投金之瀨，見臨流之婦，衣百鶉以承兒，髮飛蓬以被淚，宛宛嬰啼，依慈懷而潛楚，飄飄弱魄，對浩流而欲墮。先生詢知其隱情：為責家所迫，割愛肉以補創，哀強食以緩死，今當訣別，不忍遽棄，日莫途窮，樂郊何適？天荒地老，缺憾方多。先生于是恥伏惠公之獨飽，慕劉凝之之察饑。封黃金以待陌路，舉無吝色；解紫帕以贈途人，不質名氏。遂以所得子母，為全骨肉，高世之誼，流輩所嘆。

及自溧陽游倦歸來，紆棹惠山，乘潮曉渡，花開陌上，緩緩而歸，鳥喚枝頭，聲聲且住，適來重客，遂返輕裝。吉曜不臨，惡波遂作。龍噓氣而成墨，魚鼓腹而出吞。俄頃之間，一舟並命。而先生不與焉，識者以為雖天隅之所憑，亦人脩之獨至。先生之風，可以勸善矣。

甲子七月，會先生六十大年。柳生詠南陔之什，開北海之樽，車笠載塗而率止，梓桑吟口而偕來。襟裾既集，觴詠遞從。或述德以裁篇，或揚芬以成誦。或廣荀卿之賦，祝以延年；或繹董相之書，醻其久視。或泛昆池而效勺，涓滴成甘；或入玄圃而蒐材，琳瑯自韻。僕覽其眾作，矜是雅裁，敢附知言之列，聊陳介首之文。材非平子，詞無假乎憑虛；語出樂天，義惟取乎聲實。柳生帣韝曲跽時，一誦余言于老人前，謂將據觚而聽、掀髯而笑也乎！

【校】

[1] 某某先生：《柳雲卿先生六十壽詩敘》作"雲聊先生"。

[2] 神螘：張劢成《閼逢困敦集校勘記》云："《柳君壽敘》'神螘之尾'句，'神螘'誤倒。"茲據以改正。

[3] 曲禮之文：張劢成《閼逢困敦集校勘記》云："《柳君壽敘》……又'曲禮之文'句，'禮'誤'體'。"茲據以改正。

【箋】

該文曾以《柳雲聊先生六十壽詩敘》題，發表在《錢業月報》第8卷第5期（1928年7月20出版），文字小異。茲據其"甲子七月，會先生六十大年"，可以確定此文作於民國十三年七月。

贈楊輯父

楊生意氣塞窮途，腰硬饑來不解趨。
貧到於今壁猶立，身餘亡幾酒為徒。
苦撐傲[1]骨支殘歲，橫據青山作霸圖[2]。
他日過君當盡醉，不知挂得杖頭無。

【校】

[1] 傲：原誤作"傚"，茲據詩意改正。

[2] 小字自注："君主慈湖講席已十餘年。"

馮晦庈五十生日贈序

粵在閼逢困敦之歲，斗建申位，律應商聲。金颷初霜，玉瀯始流。纂纂安期之棗，爛朱實于璚林；盤盤度朔之桃，薦紫文于瑤席。則有我友馮君晦庈，海內劉仲牆東君公，當艾髮尚事之年，正桑計工心之日。張循王之適獨坐，孔取何憑？蘧伯玉之嘆知非，感深始滿！

于時舊盟車笠，酌酒相勞，少日襟裾，撰言並進。禮從俗宜，事因敬致。姱習所張，謙光曷讓。而君獨以為五十雖曰始衰，八紀猶為下壽。繹醻德之文，躬不自有；循行久之訓，愧未克承。潁上高風，始入廬山之詠；震川陋體，豈登藝苑之英！蓋君少習六義，頗識道要，知弸中所以彪外，信積厚乃能流光。陋閭丘之三願，守質士之四安。誕漫之辭勿貴，妄忻之喻妄施。所謂真樂，有得之己。虛榮無假于人者，繫世比情，君當之矣。顧江河雖潤，不絕湊于百川；泰岱雖巍，不謝高于撮土。謙撝者，君子之光；景附者，下士之思。扇扇春風，常回暄于寒草；絲絲舊雨，自戀榮于故枝。況異糅始杖，古禮垂文，裁德命篇。昔人有作《嫗乎采苢》之歌，歸吾成子，翕若《翔雲》之作，投彼季倫？君亦何厭何溺而勿受，我欲且觴且詠以相從。謹書羍較，用發羨嘆。

君自少通敏，長益知方。鯉趨過庭之日，已字聖童；駒足上道之初，便名千里。馬少游之澤車，竟辭鄉里；吳子顏之馬筴，遂指漁陽。始也白顛異履，寄出內于官牙；繼則連騎擊鐘，致譁騰于里耳。計然之策，范蠡用其遺；白圭之經，腐史稱其大。故能驅市人而為戰，七縱七擒；遭時變而勿回，再接再厲。湖上搜奇，識金牛之寶氣；山中訪祕，得玉豬之祥符。名聲籍甚于里端，度量超然乎流輩。淞頭滬尾之間，高閈弘起；名鎖利鞘之地，異幟獨張。懷衣被群倫之願，杼柚非空；操經綸天下之權，泉刀是繫。恤緯之功同課，理絲之劇堪任。君時任棉業銀行行長。君之材之高世也，此其一。

今夫販脂之徒，廑知自潤。辱處之下，益用驕人。意氣與阿堵爭高，交游以孔方比德。入市而求，何來佳士？登隴而望，不少賤夫！惟君也湛丹穴而羽不加威，倚銅山而處之若素。一卷《周髀》，澤以詩書之氣；屨中端木，發為道德之光。故其戢志禮輿，植躬仁地，泰而不驕，積而能散。富彥國之接人，雖微而平坐；樊季齊之答婢，每問而下牀。推暨先德，猶存屏樹之風；恥與鄰爭，時有移藩之舉。君之行之高世也，又其一慨。

自東海揚塵，三見清淺，中原逐鹿，遂爾縱衡。天外盲風，相翔于道路；斗南間氣，牢落乎人寰。讓泉久涸，出山鮮涓滴之清；神鼎既移，逐影皆罔兩之幻。惟君也擬人必于其倫，察惡不為已甚。司馬徽之水鏡，見無遁影；孫太沖之晶籠，當之畢燭。入玄豹之目，盡屬寶精；擯虞集之門，知非遠器。以故治煩不亂，遇猝能詳。信指揮其若定，見施展之有方。雖其時金德方羞，市聲無悝，而君以寧靜鎮其囂浮，規矩齊其畫一，抑躁夫之競進，標柔道以為治。譬若治兵，程不識獨嚴刁斗；誰云倖射，養由基不失蜻蛉。君之識略之高世也，又其一。

僕與君，生同里閈，長益親狎，聲氣可托以肺附，笑談不比于面朋。述子長之願，欣慕執鞭；叩朱博之心，肯許結綬。何文肅之過原璩，一時人美醼交；揚子雲之作《法言》，無待客求媵載。則今日者，坐昆圃之尊，勺壽泉之液，其可無辭於君之前乎？奉巵起壽，破肛為言，惟君大雅，勿我訾呵。謹敘。

暑中過坦園，會風雨將至，賦此示同游諸君

雨頭風尾上初蟬，涼意喧喧欲徹天。
半屋藤陰人坐酒，一簾山影榻橫煙。
望秋心念零蒲柳，踠地愁痕發水綿。
莫向高邱悲晼晚，重來猶及薦瓜前。

費瑚老七十索贈 費老，溺于酒色者

人生似度黃河曲，君已龍門七節還。

好據觥船送殘日，休憑玉鏡見蒼顏。

花籠暮色難禁雨，蠶課同功欲上山。

我亦長帆歸去客，滄浪濯髮共斑斑。

【箋】

考忻江明《豁上費瑚卿廣文七十贈序》有云："甲寅，君六十，並成四律以獻。"（《鶴巢詩文存》，浙江明廈著，忻鼎永等整理，黃山書社2006年版，第88頁。）據此推動，則陳訓正此詩當作於民國十三年（1924）。

新竹

亦欲蕭蕭自寫秋，風前雨後不勝愁。

全虛老節應摧折，出地終教讓一頭。

再贈輯父

當年繁露結經巢，每見揚雄輒解嘲。

酒入愁初好斟酌，詩成月下共推敲[1]。

寧知卅載稱壺隱，賸有窮途著醋交。

裘馬少年幾人在，愁聞雞語起嘐嘐。

【校】

[1] 小字自注："少時結繁露社，君每過我，談詩竟夜。"

雨夕湖樓獨眺 錄辛酉舊題壁

入夜雨初收，獨來山外樓。蟲聲艸閒活，月意樹梢流。

楊柳誰家笛，木蘭何處舟？等閒心與目，作作欲生秋。

【箋】

其小字自注明言"錄辛酉舊題壁"，且詩中又云"作作欲生秋"，因而大抵可以確定該詩作於民國十年（1921）初秋。

陳君子壎五十生日贈序

維共和建國之十有三年，夏朔十二月。節旅星廻，律升陽動。策土牛以送寒，獻公豼以纘績。垂龍之葉，傾地而成珠；綰鳳之椐，隨游而可杖。則有太邱宗喆，湖海奇豪，艾年始滿，蓬髮初花。禮循異粻之文，俗徇介斝之祝。一時車笠舊交，襟裾素侶，仰綺柏之姿，方依日永，攀金松之尾，共老歲寒。訓正忝列末宗，夙聞高誼，裁德命篇，當仁不讓，用掇辜較，以寄欣慕。義取贈言，辭有重于珠玉；僕本善頌，志惟襲乎荃蘭。序曰：

夫丹穴三湛，始發羽威。龍門九節，乃有潛靈。犀犬非池中之物，金牛實湖上之奇，凡屬寶精之選，允當貨殖之儔。惟我陳君子塤，少漸義方，長益通敏。劉中游市，海內奉為禮宗；徐穉處鄉，江南易其卑俗。揣駿蹄于唐肆，不數曲轅張水鏡于廬門，何來佳士？以吾所見，君殆庶乎。覶言其異，蓋有三焉。

自白帖之令既廢，而赤側之化遂流。治生之經，比于六藝；心計之士，被以高名。胸無奇字，豈求載于法言；口有橫鋒，常欲屈其坐客。亥豕魯魚，象形得似；秋蛇春蚓，下筆成文。入國問俗，大都從同，而君則掊冊未安，先拓庋書之地；指揮既定，便開益智之編。入其室則芝蘭歆鼻，非同魚鮑生涯；問其人則星斗羅胸，遂搶金銀光氣。與古為徒，方今無二。此其異一也。

慨夫世道失平，人心益險，爾虞我詐，此掎彼擠。習成倖射，人佩利鞘。鑽核出於清流，拜金比夫蠻俗。銅山未倒，洛鐘先應之鳴；大廈將傾，狂風反拔其木。欲申一己之私，不恤他人之口，慸刻之風于今為烈，而君則淵量若江河百川，從而丐潤，施物若雲雨，艸木恃以回榮。飲公瑾之醇膠，不覺自醉；脫高鳳之巾幘，遂解紛爭。一舟共濟，當險常為舵公；眾矢摯可，集力始無堅敵。此其異二也。

至如心老讐謀，神安習伏，用刻嗇為精明，訾忠厚為庸散。占張循王之星氣，一孔獨尊；懸呂不韋之《春秋》，千金不易。鑽之彌堅，可借以喻；積而能散，未見其人。而君則生性善感，遇物能祥。李士謙之陰德，常發耳鳴；裴之橫之賓游，共擁廣被。人瞻愛日，寒簷有不落之暄；座滿春風，塵隙少積慘之氣。借季心之名，行路動色；入孟公之刺，四坐皆驚。此其異三也。

綜此三異，原夫一德。眼不作青白，所照自發光明；足不擇險夷，所蹈乃無荊棘。行不疑今，言能澤古。圭經蠹策，始登經世之編；隸首周髀，要是齊民有術。是故問晏子之居，願近于市；奮子雲之筆，應載其名。匪直因事而致敬，敢同緣飾以崇詞。坡公義法，美不忘箴；吏部文章，辭豈掩質！請張座右，用表人倫。慈谿陳訓正敘。

【箋】

作者开篇就已明確交代該文作於民國十三年（1924）十二月。時至1928年冬，馮君木也曾爲作《陳子壎君母余太夫人八十壽言》①。

湖上得塞翁訃，賦此述哀二首

霜聲滿天地，屬耳有餘哀。一雁將秋至，初潮挾恨回。
所思雜人鬼，作者半塵埃。惻惻愁行役[1]，無辭遣夜臺。（一）
此老堂堂去，吾生是寄生。何心傷逝者，有淚墮秋聲。
暮雀喧涼吹，空山憶故情。愁雲忽堆眼，似爲助淒清。（二）

【箋】

此文又可見《甬上青石張氏宗譜》卷三《贈言》。乃身處杭州的陳訓正，在得知張美翊去世的消息後所作的悼詩。考《申報》1924年8月13日《名宿張讓三逝世》云："鄞縣張讓三先生，現年六十八歲，前清時曾為薛福成隨員，遊歷歐洲各國，回國後，曾充上海南洋公學提調，及寧波旅滬同鄉會會長，熱心公益，為時人所重，忽於本月十日下午四時逝世，甬人多聞而惜之②。"准此，該詩當作於1924年8月中下旬。此外，洪允祥、谢某（实奉化人邬子松代拟）、章梫也曾賦诗悼念；冯君木、冯昭适更分作《张君行述》《张蹇叟先生传》。

【校】

---

① 《錢業月報》1928年第8卷第9期，第164—165頁。
② 例如沙文若《僧孚日錄》云："張蹇丈於舊曆七月十日申刻病故，爲之泫然。人之云亡，吾邑風教文物於斯頹矣，豈但哭其私而已。"

[1] 行役:《甬上青石張氏宗譜》作"形役"。

贈阮荀伯二首

陽元匿靈會，陰紐紛爻統。群點國門舞，安來萬蒙頌。
周鳳不鳴岐，秦雞日下雍。歷歷天上榆，徒聞責口種。
君子無輟行，世士何匈匈？大巧不任織，妄更躡與綜。
尺布料深衣，胡能密無縫。吾以是滋懼，托子為名重。
笈中不饑章，時時相存誦。吾聞先哲言，名者實之從。
法名與情實，善術始善用。得一足以寧，於理無不共。
如何會盈庭，健舌出險訟。自來鼓簧客，物度多厭縱。
心口日構鬨，大都累才壅。何人明表裏，所言無回恐。
陰沈四天閟，待子起霧雺。（一）
憶昔蒼雞鳴，與子成良覯。謇謇馱牛鐸，所期在言績。
其時國誦輕，群萌日離析。伏慝不能回，徒勞相糾逖。
白日流青天，蟄雷聲霹靂。常謂互曙光，那知陰翳冪。
昏昏十年來，肌膚亦茹慼。東海三清淺，于茲猶漣滴。
腥氛彌交塗，何時始躅滌。人生若射馳，憂患為其的。
有舌不任耕，所至莽葶藶。吾子負領聞，朗度見動迪。
自是賢者徒，行堅不受擊。華辯非無人，煩氣空耳激。
摩眼望靈侶，舍子吾誰適？（二）

【箋】

　　考阮毅成《學者從政的典範——迴憶陳屺懷先生》有云："屺懷先生所著的《天嬰室叢稿》，於民國十四年出版，分為四冊。有詩、有詞、有文。前有鎮海虞輝祖序及諸家評識。……在《叢稿》第四冊《閼逢困敦集》中，屺懷先生有贈先君的兩首五言詩。我素知他們二人是好友，但在先君生前，我卻並未看到過這兩首詩。此詩以年代攷證，當係作於民國十三年與十四年之間。因在本集之前，屺懷先生曾有識語，謂：'起甲子三月，訖乙丑正月，都得詩文若干首，以古干支閼逢困敦名之。'"① 其實，陳訓正贈詩，至少還有《天嬰室叢稿第二輯》之七《聖塘集》所錄之《哭荀伯》。

天嬰室叢稿第一輯	天嬰室叢稿　乙丑二月　錢罕			
	冊一	無邪詩存　無邪詩旁篇	冊三	哀冰集　秋岸集　逃海集
	冊二	無邪雜箸	冊四	庸海集　庸海二集　閼逢困敦集

調盛佩葱

宣髮中郎最解頤，笑譚雜沓何詼奇。
毫添半頰神能活，枕秘千金鬼亦疑。
玩世好為青白眼，逢人不作異同醉。
莫嗤臣朔金門客，要是龍蛇入化姿。

感事雜詩示沈衡 三十六韻

偶從玄石結仙隣，丹訣商量細與陳。
郫意中山千日酒，至今猶有未醒人。
棗瘤槐瘦作上材，狼牙靈智為誰來？
如何大匠施心巧，卻把絲繩徇曲裁。
借聽何心獨寵聾，人間可有破天鐘。
湛湛消息無尋處，欲向飛靈乞上峰。
天下洶洶徒兩人，遂令萬里起飛塵。
關中父老遙相念，猶道江東有幸民。
國計何如家計工，桑羊心計更無窮。
而今吳下論人物，刮目居然到阿蒙。
仙人雜雜不饑章，枕秘千金自有方。
莫妒淮南雞犬近，西山薇蕨亦沾光。

---

① 《浙江文史資料選輯》第43輯，浙江人民出版社1990年版，第147—148頁。

緩櫓輕帆出亂流，帶天無匝一孤舟。
蜃噓忽幻空中市，祇道東南海盡頭。
辟兵牛輔計誠愚，復見奇謀出賤夫。
果使泉刀能厭敵，黃金勝似赤靈符。
不惜千金事嗇夫，凶門嘻笑直須臾。
問君養虎成何用，逅欲謀皮龍野狐。
逐臭由來自有人，暫蒙不潔亦何嗔。
西施欲避人掩鼻，曷不歸來東海濱。
生小羅敷碧玉家，那知門外有天涯。
女觀芳樹無情碧，一著斜陽碎作花。
曲房窈邃繡功夫，女伴商量未是孤。
費盡金針千百孔，可憐顛倒為天吳。
靨靨花陰裊碧絲，靈蛛作吐晚春時。
勞勞只護飛花路，可奈花飛不上枝。
春風帳底動春雷，火色榴花帶笑開。
聘得佳人真絕代，好將金屋比金臺。
疑雲疑雨本荒唐，意托微詞感楚王。
不道巫山最高處，猿聲終古斷人腸。
吟詩白日意亡何，袖裏新篇稍稍多。
拉雜臨風燒不盡，為誰緘淚到關河。

擥鏡

偶憑鏡檻見愁莖，自覺年來老更成。
料量苕苕添幾許，十分霜意八分明。

秋望托感

誰與添涼意，西風獨倚樓。遙看天際雁，陡入鬢邊秋。

野闊疑無路，蟲深始欲愁。徒悲三五夜，蘆吹滿汀洲。

贈趙舒

籍甚當年擊惡聲，至今猶說趙臺卿。
如何十載為輕俠，捉得蒼龍袖底鳴。

衡三過余湖樓

斜陽柳外垂垂盡，人語樓頭稍稍開。
今日相逢皆老大，何堪與話十年來。

呈楊省齋先生

雅風久銷歇，醇蘊日零漏。停縞佇故音，心念十攬舊。
貤繆一何極，士忕忘祖構。寒谷無豐黍，溫律誰為奏。
衆明失當宵，陰燭生白晝。戴天倆辰光，所見毋乃貿。
夫子聖者徒，一朝發其覆。日月焱經天，天東始離蔐。
羲鞭不可攬，馳光到幽陋。我慚非造父，三年從泰豆。
四方與上下，喘喘徒汗走。惟先有神功，施心應居句。
作式取靈智，下材及棗楙。證辟禽有皇，丹巢湛凡毃。
响沫亦生暈，明珠當在昧。如何忽吹霧，藏妖晝出遘。
滔天劇洪水，橫噬猛于獸。吾黨二三子，鳴鼓奮公鬥。
詩書為干櫓，幸未孤此授。斯文天不喪，夫子與並壽。
取我百辟金，鑄作青文鏤。上言長毋忘，下言長相守。
臚美起邦誦，謹為師門酳。

【箋】

此詩顯系爲祝乃師楊省齋（1855—1937）六十壽誕而作。考陳布雷《外舅楊先生行述》云："外舅諱敏曾，字遜齋，……外舅生九月而孤，外伯舅省齋先生只四歲。……民國二十六年日寇侵逼，外舅避地滬濱，憂心國難，竟於二十七年夏正二月初七日，一病長逝，年八十有一，去外伯舅之沒才四月耳。"①由此推算，可以確定此詩可知作於1924年。

貽坦園主人

今年夏，余避暑城西干氏坦園。園主人君肅，穆之老友也。鲁而好客，客到門，日無慮七八輩，主人接禮之，必以差，常大言曰："必陳某來，出吾美醪飲之。若輩與吾共啜醨耳，亦足酣已！"余每至，據高榻，異器獨酌，他客與主人共一器；客罵主人，主人[1]還罵之，謹呶盡宵分始散。明日客復來，然終不與主人忤也。

主人早孤，既壯，為輕俠疏財。嘗游燕趙，得一官，未逾月而罷。郎當歸，家人怪其狂，交譴之，主人怒，浮海去金塘為僧。金塘僧詗知其為慈谿王氏子，勿許，遂流落金塘，棲孤廟，為人課童子自給。數年，忽念母，歸侍母一年，母歿，主人自是益飄飄無所泊。游大連一年，轉徙關以外，依豪士孫遜持國誦。又二年，益困，還至坦園。意不自聊，時時出游滬杭間，就故人，取飲啖，人亦不以為忤，而樂暱之。

主人居坦園，飲博自喜，無所事。有季弟曰程之，陸軍中校，官杭州，為軍醫正，喜吟詩學佛。余每游湖上，主其家。亦性情中人，善視兄，藏有餘，必分飲之，主人以是得常供客，無餒色也。

主人父縵雲先生，用文學名，方嚴疾惡。主人童幼，即不謹，日被笞于父。坦園有屏山樓，主人少日讀書處也。主人嘗導余登樓，指樓檻謂余曰："吾父曾鏁吾于此，夜深，吾母涕泣解之。今吾父母，曷往耶！"主人今年已五十，縱酒亡賴如曩時，然其所獨，至重儒術，好賓客，不可謂非名父之子，余是以常念其人也。將別，主人曰："吾亦自知吾四十九年所為皆非矣。微子言，無以存吾真。"因作此貽之。十三年七月，

---

① 陳布雷：《外舅楊先生行述》，載《陳布雷集》，張竟無編，東方出版社2011年版，第154—155頁。

陳訓正。

【校】

[1] 主人：張劭成《閼逢困敦集校勘記》云："《貽坦園主人》一首'客罵主人，主人還罵'之句，落'主人'二字。"茲據以補正。

【箋】

作者已在文末明確交代該文作於民國十三年（1924）七月。

誦直贈陳君子壎

人何以生？生何以久？俞俞之生，其得厚也。何以厚生？根乎氣紐也。帥氣服神，則壽其醽也。壽之為醽，非私其人，必立之先焉。所先維何？孔子曰："人之生也直，罔之生也幸而免。"然則直也者，其生之道乎？生既遂矣，而復持之以直，千春萬秋，胥于是始，故曰生生不息也！人之能壽，以不息故；生之不息，以善直故。何謂善直？不逆理，一也；不徇曲，二也；不掩短，三也。誦此三者以終身，則終身有生之望，是以壽也。反之，則為罔罔，亦有時而生矣，然罔者之心刁刁焉。若見伐之豕，體貌雖全，而不可以安旦夕，此之謂幸免。今之人，得生之道而有生之望者，幾人哉？彼人言而禽行者，皆幸免徒也。

善夫吾宗子壎之養生也！循其生之理以事長則孝，循其生之理以處家則和，循其生之理以御下則慈，循其生之理以迨群則義。此不逆之效也！其於人也，登善不沮于難，察惡不靦于靦。而其持己也，內照庚庚，不以私而虧其明；外念纂纂，不以矜而用其蔽。此不徇曲、不掩短之效也。以三效養生而復時之以不息，不息之生與年無窮，君子以是而禔躬。

吾見子壎克夫善直之訓，其誠免于今之世矣！子壎雖居市，有儒行，余所慕也。今年五十，余既為駢儷之文以壽之，子壎曰："吾欲得陳某一言終身可誦者銘吾座。縟辭無當也。"余感其意，復著是篇以進，曰《誦直》，子壎志也。

【箋】

考該文內稱："子壎雖居市，有儒行，余所慕也。今年五十，余既爲駢儷之文以壽之，子壎曰：'吾欲得陳某一言終身可誦者，銘吾座，縟辭無當也。'余感其意，復著是篇。"是知該文亦作於民國十三年十二月，稍晚于《陳君子壎五十生日贈序》。

蝶戀華 六首

試向樓頭遙一睇。月轉天空，似露微微意。木落秋高風未已，一聲雁唳人千里。還憶年時春乍起。佳約從頭，數到秋聲尾。今日尋君霜葉底，潑天蟲語涼如水[1]。

澠沉人間霜信後。夕樹離蟬，已過秋時候。河影湛湛天欲漏，孤城斜倚星如斗。城上鳥唬人白首。城下寒潮，帶雨聲聲驟。半死歸心還扣扣，無端海氣生襟袖[2]。

衰艸天涯秋色沮。陌上王孫，無復從君住。剪剪西風何太苦？猜心燕子斜陽路。不道垂楊無意緒。纔了青青，又作彌天絮。落葉已隨流水去，一川涼影零孤雨。

雨歇煙啼蟲語放。激耳無邊，愁與聲成浪。碎碎秋容天一掌，殘陽溼徧秋蕪上。衰艸陰陰愁入望。西北高樓，怕有人惆悵。孤淚空雲千里盪，一城霜杵連天響[3]。

秋葉灣頭秋水至。森森愁波，目斷斜陽裏。此去關山何處是？彌天牢落征人意。斷泊蘆花飛乍起。卻被西風，吹皺蓬蓬[4]水。水色天光秋破碎，一時都攝孤帆底。

碧漢沈沈清可念。即目樓頭，觸處生幽感。月挾河聲天半撼，風占雁勢秋來險。苕蒂新霜人影淡。滿地關河，望去愁千點。道路銷磨寒色漸，重重別意心知減。

【校】

[1] 小字自注："送李五。"

[2] 小字自注："九月十五，甬上感事。"

[3] 小字自注："得海上消息。"

[4] 蓬蓬：張劭成《閼逢困敦集校勘記》云："《蝶戀華》第五首'吹皺蓬蓬水'誤作'逢逢'。"茲據以改正。

無題和君木韻

相思一夜到天頭，春語何心記十洲。
漠漠朝雲廻別夢，沈沈夕樹擁孤愁。
香泥豈意辭梁燕，繡幕無端鏁海牛。
獨有深情拚不得，亂題紅葉出溝流。
淺頰深眉學內家，妝成著意弄箏琶。
為誰顛倒留珠佩，願與廻翔接檻車。
遞恨銀烏羞露澀，鎮愁釵燕彈風斜。
明知躑躅難為艷，馱馬來看頃刻花。

亂後客幼度湖上聽秋館

聽風聽雨過君家，聽徹秋聲秋尚賒。
高館梧桐紛落葉，夕陽門巷正噪鴉。
雁將人影飛揚盡，鬢帶鄉愁歷亂花。
莫遣凄涼對佳日，應知身共在天涯。

次前韻答幼度見和

西湖雖好不如家，漫說秋來景正賒。
廢院愔愔有啼螿，寒林墨墨似塗鴉。
黃妃故塔南屏路，游女新歌陌生花。
更覺凄涼是今日，共聽風雨遣生涯。

自石湖盪渡至楓涇

戴愁仰天天惻惻，行人束裝看風色。

日脚下地方出門，邵到江頭午煙直。
停車問渡船無多，騈脅雜坐嗟如何。
飢來不得一瓢食，空空腰腹徒自摩。
渴極那有涓滴甘，開口意欲吞千河。
軍聲兩岸猶浩蕩，行人淚盡刀斗歌。
斷橋荒落紅葉渡，野燒騰騰作煙霧。
十家逃生九未還，汝獨棲棲來道路。道路雖長不為苦。

湖濱行

九野各自分，山川有主名。如何十里湖，使我不得行。
湖水何蕩蕩，湖山何蒼蒼？
蒼蒼蕩蕩天地間，惟見高樹夕陽，白鳥相飛還。
千年古塔隨衰艸，日薄回峰無餘照。
野刺花發斷頭墳，南屏山色不長好。
仙霞迢迢隔關嶺，國門眼懸孤月冷。
三衢少年今何在？秋風吹亂驚鴻影。
深山大澤生龍蛇，胡為薦食來巴巴。
黃鬚碧眼誰家兒，使我惻惻愁無時。
朝出湖濱愁，暮出湖濱愁。朝朝復暮暮，行人愁白頭。
行人頭白歸不來，彌天火鴉叫如雷。

羈望

悲風倏以至，白日動千川。即目迷鷗外，相思到雁邊。
關雲帶行色，霜岸作秋妍。欲識南來意，孤愁萬里天。

過均之湖寓，飲既醉，作歌

郊外鳥烏聲何樂，霜風吹卷湖光落。
故人何事尚飄零，晨夕湖樓支寂莫。

半閒堂坯螿聲死，南屏山色如灰起。
興來提壺號酒人，高歌白眼看秋水。
秋水長長秋日黃，餘耿猶照酒顏蒼。
蒼顏蕭索作秋氣，胡能從君盡千觴。

湖濱晚步

搖落江關是舊游，尋詩湖上不勝秋。
一山紅樹明霜意，半墻微陽冷客愁。
天末歸鴻雲寫影，人邊旅草露垂頭。
閒閒吟袖無安處，籠手來看水上漚。

送虞伯曠歸壽其母敘

鎮海虞君伯曠，將歸為其母壽也，來請曰："放不肖，不能事母。家故微也，脩脯之所入，僅僅免吾親于凍餒，而又終歲離異，橐筆游都市，山川間阻，舟車非旦夕可至。惟祁暑休假之日，得一奉吾母顏色，稍循乎子職。蓋匝歲之中，不過數十晨昏，依吾母而居也。先時，放有弟，亦嘗奔走在外，然年時歸省，此往而彼來，猶或博吾母歡笑。今吾弟又不幸而早殞矣，吾母雖日見放而未嘗忘吾弟，矧不見吾弟而又恆不得放耶。吾母自歸吾家，五十年無一日不處愁苦中。猶憶放為兒時，吾父教授鄉里，摯微不足以贍家，食無宿糧，四壁蕭然，尋常寢處之具，至假鄰舍板扉為之，其困頓如此。當吾父捐舍時，放才成人，不足以自立，而吾弟尤弱；吾母以吾虞氏仍世儒習，雖甚貧，不願使兩兒改其所操，節衣縮食以供讀書。放每念此，未嘗不悲吾母之志節與其所遇，而思所以慰薦其暮境。顧今七十之年，既不獲其子之豐養，而又挈挈勞其心于游子之身，朝倚門而夕倚閭。嗚呼！此非放之罪而誰罪歟？願吾子有以勉其卒也。"

訓正于是肅拜而起，言曰："吾亦孤子也，吾母今年且八十，而吾僕僕道路之生，又視子而加甚，子乃責吾言乎？吾憨矣！雖然，吾交子二十年，其情固非汎然而與者可比。吾或言之而不能自行，而子則能行之，亦所以通吾兩人之情也。嗟乎伯曠，貧固也！人情莫不望其子之能富，而子之母，獨不肯遷其世業，非儒之外無可慕之業也，不足慕耳！子能守其世業而勿致慕乎外，則雖日游都市，何害也？昔晏子之居，不嫌近市，誠以市者，物情之寄。吾儒且恥一物之不知，況物之情也乎！知儒者之所當知而不為惑，真能守其世業而勿遷者矣，是子母之志也。養親之道，養志為上。若夫供頓聲樂之養，則《顏氏家訓》所謂江南陋俗也；子儒者，又何慕焉！

貽王叔雲

天下之亂，奚自而始也？曰："始于爭。"奚自而爭也？曰："不平乃爭。"於何而感不平也？曰："自夫人心。以為平則平矣，心以為不平則不平矣。"夫貧富貴賤之不平，非今日始也。

共和建國以還，久厭之生，一朝而甦。人人心中，自以為辭。辱處而騫聞途，旦夕間事耳！於是謹者放而放者侈。天下之才與不才，遂紛騰驟突于渺芒不可昭計之數，而其意念之所極，夢寐之所形，益低昂差池而失其平。此不必遠取之證，觀于鄉而信之矣。

始余來甬上，當先朝光緒之季。凡所與游，大都皆一時文章議論之士。每要約為期會，雍容教化之地，意甚恬而氣甚下也。未及十年而國變起，人心之約束盡破。善競之夫，或以口舌，或以勢地，或財賄，或奴顏婢膝，泚泚瀹瀹，相奔轒于當塗形要之間，而嚮之所稱為文章議論才者，至是皆一奪其初衷，而求自效于世。更十年來，其猶有伏居于鄉，規規于其鄉之義而不出者乎？以吾耳目之所接，則王君叔雲遠已。

余識叔雲二十年，叔雲之才，非弱于儕輩也。叔云苟思所以自見而不甘於落莫，行行然抱其利器奔轒于四方，叔雲之所遇，豈必後于人哉！而叔雲獨曰："吾守吾常，以老吾鄉，富貴奚慕焉！"嗟乎叔雲，今年才五十耳，非可老時也，何其所操約而所取僅耶？人謂叔雲：其才可以得富貴而不為圖，是吾鄉多一叔雲，而吾鄉遂少一富貴有為之人。余謂叔雲：其遇可以感不平而澹然以處，是天下多一叔雲，而天下亦遂少一冀幸造亂之人。雖然，今天下洶洶矣，此其意非吾叔雲，而誰與發之？

說射貽林端儀

物之動也，使無外緣以奪其力，則不至輟其所程功。辟諸為射，樹的以擬矢，矢之發也，無不及乎的。就坂以走丸，丸之運也，無不盡乎坂。不及乎的，不盡乎坂者，必其為射之力未至也，不然，必其力之不能勝外緣也。夫矢未及乎的而激之則矢撥，丸未盡乎坂而梗之則丸披，披與撥者，皆緣外而起之事也。內力可以自生，而外緣不可以自滅。然則矢丸之有時不能完其所程功者，又豈射者之咎也！

人之求財貨亦然，財貨無不可求而得，然而有時而不可必得者，又何耶？彼求之者，非其人乎？不然，則羿之矢、僚之丸，其人固老于所事矣。行之數十年而不躓，忽之一日而即踣。天下事，往往然已，人之力，云乎哉！

余友林君端儀，用廢箸聞于滬甬間，有操持，能任重行遠，自幼至老，甚謹也。一旦受紿于小人，毀其程功，人皆惜之。君嘗與余言："行年五十，今乃始知成功之不易。"觀其色，若有甚不然者。余無以解之，因為射說以進，林君於此亦可釋然于成毀之迹矣。

趙君述

趙君家蕃字匊椒，慈谿人，故世家也。兄弟八人，多循謹守儒法，獨君與其季家藝，用任俠名。居海上最久，一時所與識者，皆天下節檗之士。當光緒季，香山孫文以倡言革命亡海外，君與南潯張人傑，慕文之為人，因假骨董商航大瀛海至法蘭西，從之。時文潛召四方豪傑立盟樹義幟，內渡諸軍備，所需不訾，人傑與君每行商有所獲，輒舉以輸文，計人傑先後所輸金百數十萬，君亦數萬也。

君淵性大量，善容人，與人交，始終以之。其人或給君太過，君不為忤，且曰："此其境使然，人孰不欲為君子，彼何責焉？"以故，人多樂就之。君于兄弟行居六，交游中皆以"六"相字呼，于是"趙六"之名藉甚滬甬間。滬甬間人，或不能舉君名氏，然無不知有"六先生"疏財好義也。六先生之名益盛，而其遇乃益窮。

既返國，亡所事，日與同盟中文章議論之士，謀所以沃人心而起國誦。集貲創報社，始曰"民呼"，滿政府忌之，被鋦；改創"民吁"，不久又被鋦；乃創"民立""民意"。自"民呼""民吁"被鋦以來，天下之耳目，翻聳然一改其故，未及三年而武昌首義矣。吳興陳其美起滬南，應義師；鎮海李徵五毀家養士有年，至是亦將其徒八千人起滬北，號"光復軍"，遙爲聲援。其美，君之老友；徵五，其姪婿也。故君于滬南北兩軍輸力獨多。

及事稍定，孫文自海外歸，就職南京爲臨時總統，念君舊人且材，欲令整一國幣，任君南京造幣廠廠長。非君所樂也，君視事數月，即棄去。自是浮湛滬市，不復問國事，壹意經營商業，冀得所贏[1]，敷展民生事業。然卒以君居業好徇人，不自封殖，所圖輒無幸而敗。君既失志，人稍稍疏君，君亦避人行也。更五六年，窮愁益甚，遂旅死。將死，忽張目大呼曰："静江，吾不忘也。"静江，人傑字，與君為刎頸交，已三年不得君面云。

陳訓正曰：甲子之秋，君避囂湖上。余過之，遇于王氏聽秋館，見君眥赤肌黃，神志頹然衰深矣。因問君何所苦，君不答。坐有閒，忽還叩余曰："然則君又何樂也？"嗚呼，世果無可樂而君遽死耶，何其言之可悲若是！始余遇君，君謂天下無不可為之事，亦無不可與有為之人，此不過二十年閒事耳。昔何見為樂，而今乃憂也！惟君後先言，可以慨君之世已。

【校】

[1] 赢：張劭成《閼逢困敦集校勘記》云："《趙君述》'冀得所赢'句，'赢'誤'嬴'。"茲據以改正。

【箋】

考下文《塔樓集》所录《趙君林士述》云："余友趙君林士，殁于滬上旅邸，去其兄菊椒之喪，僅三月也。"又據趙志勤《趙林士系年要錄》，可知趙家藝殁於1925年3月21日①，是知趙君家蕃卒於1925年1月中下旬，而《趙君述》亦當作於此際。

俞穆卿先生七十壽詩序

邑之聞族，俞爲大。其族尤多篤寒守正之士，余皆獲爲友，獨穆卿先生者，識之最晚，前年乃始遇之。既遇，相視而莫逆，將有所契者，無不合耶！

先生立譽最早，自余爲童子時，已頗聞先生能殖德而賤貨，少所欲而厚于情，齁齁然老儒也。更三數十年來，意先生之爲人，必鶴髮鮐背，行步擁腫，稱先道古，性情迂拙而不宜于時，而孰意所見，乃殊不然者！先生以七十之年，神志湛湛，鬚髮純玄，如漆而可鑑；日往返城郊十數里，無罷容，見之儼然四十許人，且聞其妾今年猶舉一子矣！

余少先生幾二十年，而體貌荼疲，尪尪如不勝，每對先生失然，以爲如先生者，雖期頤何難也！顧先生乃曰："人之托于百年者，要自有其真體兒者暫耳。吾自傷早年蹉跎，不克自振拔，至老而始服官，又不幸國變起。制度既改，人心日非，吾何能與少年者比肩而趨也！今歸家又十數年，縱汲汲于暮景，其如脩名何？"余曰："以余所聞，先生自有其百年者在，何不自足？"

若是往歲，余游江海間，曾一遇樅陽人。樅陽人言先生官馬蹄石巡檢時，廉公不苟，能盡心于民。方先生之初至任也，適江潮大溢爲患，

---

① 《古鎮慈城》第49輯，2011年9月發行，第19頁。

瀨江圩堤亙六七十里久不治，先生曰："堤且崩，今不為防，吾民無幸矣。"乃檄其境，令富者輸金，貧者輸力，先生躬自往來提策，立暴風雨中，盡日一食，不稍懈退，民感其勤而相勸督，凡為工五日夜，無厲聲遽色之加而壞圩盡合。是年他邑被水傷禾舍，人畜不訾，于是樅陽以先生力獨免。先生在樅陽三年，出入不設威嚴，務予民易近，民亦忘其為官也，樂親之，先生以是益知民間疾苦。有胡善章者，破罡保奸民也，其子永泉尤狡頑。光復初，父子假名號聚眾，為橫鄉里，先生偵得其不法狀，勒民兵往禽之。善章率徒黨反鬭死。永泉遁，偽為狀，訴法庭，庭吏得賂，右永泉，遂罷先生。先生將去樅陽，樅陽民爭之不得留，乃相與為期會，送先生江干，一丈夫踵至，伏道旁，涕泣叩頭，言不敢違教訓，詢之，乃嚮日所治盜也。

  樅陽人為余言如此。余于是乃嘆先生之生平，固有以自托于不朽者，百年又烏足稱哉！會先生生日，其戚若友，咸賦詩壽先生。余為書所聞以介其首，俾鄉之敬慕先生者，知先生之耄德不衰，有自來也！乙丑正月敘。

【箋】

  該文文末已自我交代寫作時間，亦即民國十四年（1925）正月。

題洪雁賓《柳亭垂釣圖》

  洪生恬者徒，濠梁寄微尚。熇熇炎景中，端作持竿想。
  臨淵寧不羨，竭澤非所望。掄絲設芳餌，責願貴能償。
  縱不致大鼇，瑣尾或吾況。蓮葉自東西，魚苗自下上。
  親夫不知止，急流投大網。徒抱吞河願，終乖實腹量。
  安得此圖本，持以聲群妄。

戲效禁體詠雪

一夜風騷屑，開門忽失山。犬聲隱天末，絮影漫空閒。
積素迴塵睇，餘霏霽日顏。恍疑入梅谷，夢挾暗香還。

《天嬰室叢稿第二輯》敘目

　　前輯之刊，汔于十四年一月，計四冊，凡為名者九，除《無邪詩存》《無邪雜箸》二種出自手定外，餘皆詩文雜錄，且未經去取，故曰稿。日月忽忽，不期又七年矣，稿之積者，與年俱高。今年十月之晦，為余六十生日，賓朋來會者，皆以續刊各稿請，且為謀集印貲。余亦以人事不可知，即此散亂覆瓿之物，不能不有一結束，因取庚午以前各稿，仍如前例，拉雜成之，為《天嬰室叢稿第二輯》。至其他專論、特撰之著作，則不入此。印既竣，識其緣起，并附列稿目，便檢覽焉。二十年十二月，玄嬰。

名稱	作年	備註
塔樓集	乙丑	詩文共四十一首
北邁集	丙寅	詩二十七首
末麗詞	乙丑	五十六首
金虎今樂府	丙寅	雜歌謠二十五首
紫英詞	乙丑 丙寅	三十首
吉留詞	丁卯	四十三首
聖塘集	丁卯 戊辰	詩三十五首
纜石秋草	己巳	詩五十首
纜石幸草	戊辰 己巳 庚午	文二十二首
纜石春草	庚午	詞二十六首

塔樓集

《天嬰室叢稿第二輯》之一
慈谿陳訓正無邪

歲乙丑，余游湖上，始寓紅春橋，後遷寶石山塔樓。樓結覆山巔，俯瞰全湖，地甚幽勝，友人王幼度偕婦居之。幼度夫婦以師禮事余，余因依焉。然山未深，林未密，往往為人所知，不能絕酬應，弔死賀生，每有所作，輒付弟子寫之，為《塔樓集》。玄叟識。

趙君林士述

余友趙君林士，歿于滬上旅邸，去其兄匊椒之喪，僅三月也。二君者，皆用俠知名，而林士尤任氣敢為，于事所當然，雖犯名義、叢謗怨而不辭，一時議論之士，交口紛綸，不足于君者多矣。今君已死，生前之恩怨，以漸而忘，而其行事，乃始稍稍見稱于流輩。嗚呼，可悲已！余感君之知深，知君夙于其喪也，泣而述之。

君諱家藝，字林士，慈谿趙氏，故世家也。自幼讀書尚志，不規規繩尺儒業。嘗自以生長脂腴，于世務少所習，既壯，游學四方，居日本最久，潛心于彼邦所謂經濟學者，慨然有用世之志。性好延攬，輕貨而重義，于時吾邦東渡學問之士，多引附君，號君"今世孟嘗"。君亦頗自負，諸來納交者，一言既投，終身以之；與人言，必開陳肺腑，不作牢漫兩墮之辭。

當清之季年，中山孫公倡言革命，君嘗與于同盟。己酉，攜重貲至廣西，主辦[1]墾殖事務。官中人詗知君之動迪，若為革命來也，多方計困之。君既失據，無所就，遂歸上海。生平于諸同盟，最曙吳興陳其美，許為奇傑，其美亦弟畜之。辛亥，東南義師起，甯波以君力，宣告獨立。旋推為軍政府參議長，總行庶政，議有所不可，雖暴將悍卒，亦慄然意下，無不執服君之能守正也。事定，君謝職去。

　　時國體初更，民氣方張，鄉豪里猾，塗附萬計，人人發憤快志，欲以彊力盜名勢；其尤者，且皮傅"人權""自繇"之說，用抵冒國法、侮略良細。君乃嘆曰："民生彫矣！彼含甘吮滋者，既保自潤，甯知天下尚有茹戚之人哉！"因與余及其兄匊椒、三原徐亞伏，創平民共濟會，設總部上海，刊發《生活雜志》，抒渫其所負民生主義，蘄行之各省縣。當事駭君言論激昂，力尼其所為。自是君敵罔靡徒，意氣益不平，每當朋從期會，言及國事，輒眥目赤張，擊齒而痛詈之。人持論或與君殊絕，君以謂撫拍勢途，對之詈呼[2]，聲振振出屋棟，不肯稍假詞色，以是不合于時，底伏市廛間，無所事，先世遺貲，揮斥盡矣。

　　先是，君自日本歸，念吾國市易不軌于法，廢居乘利之徒，往往网私龍斷，朋食浸淫而無限極，貧富不均之差，日相引而高，君乃唱于市，思有法矯拂之。八年春，遂據日本取引先例，集貲創立上海物品交易所，凡國中物論之至不齊者，必由所當其直，俾不得抑揚。行之一年，效大著矣。會君有心府之憂，棲養湖上數月，出內者偶不謹，遂為人所掎，業大喪。由是君之疾，日即疲曳，歷三年，年五十卒。有子一人，曰倞，尚幼。嗚呼，如君之志行，而厄于天，命也夫！

【校】

　　[1] 辦：原作"辨"，當系刊刻之誤，茲逕予改正。

　　[2] 詈呼：《天嬰室從稿第二輯校勘表》云："《塔樓集·趙君述》'詈呼'誤作'□'。"茲予改正。

【箋】

赵家艺之子赵志勤，在所作《赵林士系年要录》中，称其父殁於1925年3月21日①。准此，则《赵君林士述》当作於1925年3月底。

裘處士傳

處士姓裘氏，名之藎，字某，慈谿人，居橫山下，稱橫山裘氏，邑之著姓也。處士生而澹定，多意好讀書，不干時譽，方壯即謝，務隱處，陳花鳥，雜娛庭前，朝夕相耽悅，雖諸嘗與有連者，終歲不能得一面。嘗自言："志趣與人乖，無強合之，吾以是存吾真也。"

世故超高貲數十萬，處士視之眇然；歲所贏，悉以散鄉里。年五十七，卒。卒之日，召諸子，誨之曰："吾裘氏先世所遺，愁不在德？富貴非尚也！能善用先貲者，則令子矣。"夫人周，亦明惠，先處士五日而殁。

陳訓正曰：處士可謂能居富矣。高貲之家，往往驕忕淫侈，相與緣習，伏象神地，或使之然歟。而處士獨以善用先貲教其子，非有夫過人之明，烏足知此！至其深居絕紛，寡朋游，簡出入，則類乎駭世疑俗者之所為。天下皆靡靡矣，然如處士者，塊然而獨真，將誰與哉？將誰與哉？

書《張氏旌節錄》

嗚呼，自倫常之說破，而國俗夷矣！近日士夫又多喜異標新，相習為貊道，如犬羊然，儳儳而聚，儳儳而散，情之不屬而義賊焉。獨澦[1]之水，自絕甘源；負瘣[2]之枝，傷其美蔭。施身且不愛，何愛其先德？[3]為[4]親親之道，蓋非冀于今之少年[5]矣！

鄞張生延章，年少而有孝思，念其祖母戴孺人貞苦守節四十餘年[6]，生既盡其養，殁又為之請旌，已復求當世之能文者歌詠其事[7]，哀而為

---

① 《古鎮慈城》第49輯，2011年9月發行，第19頁。

《旌節錄》。其所用心，異于今之少年[8]之所為，踔踔乎古之疇也。余喜而遂書其崖[9]。若夫[10]太孺人之行誼，則其宗人美翊所為《傳》詳已[11]。

【校】

[1] 獨漶:《甬上青石張氏宗譜》作"濁濂"。

[2] 貞塊:《甬上青石張氏宗譜》作"塊木"。

[3] 何愛其先德:《甬上青石張氏宗譜》作"尚何愛其先德，而為之闡顯乎"。

[4] 為:《甬上青石張氏宗譜》無此字。

[5][8] 少年:《甬上青石張氏宗譜》作"青年"。

[6] 念其祖母戴孺人貞苦守節四十餘年:《甬上青石張氏宗譜》作"念其祖母戴太孺人苦志守節四十餘年"。

[7] 歿又為之請旌，已復求當世之能文者歌詠其事:《甬上青石張氏宗譜》作"歿又為之請旌如例，並求當世之能文者歌詠其事"。

[9] 余喜而遂書其崖:《甬上青石張氏宗譜》作"余喜而遂書其崖如此"。

[10] 若夫:《甬上青石張氏宗譜》作"至"。

[11] 則其宗人美翊所為《傳》詳已:《甬上青石張氏宗譜》作"則其宗人讓三所為《傳》詳已，余可不贅"。

【箋】

據《甬上青石張氏宗譜》卷三《贈言》，可知除陳訓正此文外，尚有楊家驥、沈金鑑、高振霄、沈衛、章一山、左孝同、邵啟賢等人，也曾應邀為作詩文以詠其事。

孫母靈誥

奉化孫遜，將于十四年四月二十一日，葬其母葛孺人于北鄉金弨山之原，先期來告喪。其友人慈谿陳訓正，敬述懿德而為之系。系曰：

繄賢母，葛其氏，奉化人。生知禮，年二十，歸同里。

夫孫姓，曰翼衛。孫於邑，稱淑士。得助賢，家益起。

細紉澣，大賓祭，母主之，靡不理。

外族黨，內廝婢，曰惟母，人無似。
順為正，相夫子。既生兒，教不貰。猛督屬，寬並濟。
接先後，和娣似。輩多口，嘖嘖異。於童倪，撫尤至。
導厥明，疏厥滯。嘗有言，材無棄，纖與洪，皆可器。
天於材，生匪易。惟幼荒，壯乃廢。
獎讀書，勸識字。日諄諄[1]，見輒誨。
母於人，視無類。富何驕，貧何恥？弱不陵，強不畏。
母之行，百於此。厥嗣遜，述如是。如母者，法可史。
吾於遜，交有誼。播懿芬，義毋避。遂作誥，為之系。

【校】

[1] 日諄諄，《千闓宦業稿第一輯校勘表》云，"《孫母靈誥》'日諄諄'誤作'曰'。"兹據以改正。

【箋】

考其序云："奉化孫遜，將於十四年四月二十一日，葬其母葛孺人于北鄉金弨之原，先期來告喪。"是知《孫母靈誥》作於1925年4月21日前。

贈金華王孚老

世紛堅不治，俛仰徒管管。生人多縛束，乾坤落螳卵。
誰謂五兵長，用之可衛短。奇愁若亂緶，金刀豈任斷。
百念牢據心，吐之令牙款。識君十載還，何日離浼濺。
徒憶始遇時，心用各沌沌。惟知僅可立，甯計媒有但。
鈍足服鐸車，策途忘險坦。白日驅幸生，有如鹿行暖。
吹霙已大憂，而況客吾瘴。吾肉非氏牛，割屢胡能滿？
焦壤不到春，何許有妍煖。極往窮所之，占濟常屯蹇。
延目竢來碩，流庸惡足算。弊俗賣口種，生意吾見罕。
惟君善持物，內外交鞿鞻。標義絕縣攣，沈指藉恢纂。
吾亦老好事，厚顏逐食伴。心殭已成木，那堪事華誕。

君癡過懷祖，我褊類中散。四宇塞緇蠹，漏液將誰盥。

寄語王子贛，羊腸終畏阪。

【箋】

此所謂"金華王孚老"，即金華人王孚川，名廷揚，清光緒進士，歷任工部屯田主事、浙江兩級師範學堂監督、浙江省視學等職。早年加入同盟會，民國成立後又歷任浙江省都督府顧問、眾議院議員、省議會議員諸職。工氏能詩、工書法，著有《湖山草堂集》《山鳥山花館文稿》《詩選》等。

考平陽人王理孚（1875—1950）所作詩文集中，有詩名《乙丑初夏，舊諮議局同人杭州吳淳白、洪克臣，嘉興褚慧僧，湖州蕭劍塵、張篤生、潘芸生、蔣馥山，寧波陳屺怀，紹興阮荀伯、沈蒲舟、樓醰安、羅颽伯，台州陳襄臣、鄭平甫，金華王孚川，衢州鄭渭川，溫州黃胄庵與余，凡十八人，小集於杭州青年會，共攝一影，詩以紀之》①，由此可知陳訓正曾在1925年初夏與王孚川等人相聚於杭州。故此，《贈金華王孚老》雖寫作時間不明，但既已被收錄於《塔樓集》，就理當作於民國十四年（1925）。兩相比對，大抵可以確定該詩作於1925年初夏。

哭趙八

世無采淵客，珠氣時不揚。窮眼向冥壙，得汝若靈光。

巍然忽終古，眼見天蒼蒼。夫人孰不死，五十況非殤。

於汝亦何戚，所悲世炎涼。當汝彊盛日，聲譽劇孟嘗。

寒就汝取暖，饑因汝為糧。弱羽勞濡沫，一一化神凰。

句卉勞芸溉，一一成豫章。豫章得美蔭，神凰遠飛翔。

美蔭雖可托，無由及汝傍。飛翔極天路，肯衈汝蹌蹌。

勞者自辛苦，饕風復虐霜。囊空意氣盡，交散毀謗長。

汝生既不堪，一瞑萬憾忘。夜臺無昭日，主者曰伯強。

人間多橫流，九原泉更黃。何以起沉魄，作歌寄冥茫。

---

① 《王理孚集》，王理孚撰，張禹、陳盛獎編注，上海社會科學院出版社2006年版，第34—35頁。

冥茫不可致，疇念我心傷。

【箋】

趙家藝之子趙志勤，在所作《趙林士系年要錄》中，稱其父歿於1925年3月21日①。准此，則《哭趙八》當作於1925年3月底。

初夏與蔡仲衍、徐弢士、趙芝室、李霞城泛舟南屏山下

日脚剛下地，雨意忽暄天。四山青欲滴，一水柔生煙。
挈侶出尋詩，紆櫂且盤旋。緩歌趁鷗路，蘋風拍吟肩。
濮濠落胸襟，所見故娟娟。岸樹如待客，招要彭祠邊。
繫纜風初定，新芰香滿川。展坐開涼閣，勺水話當年。
山色不長好，陵谷日變遷。九霄豈云高，沈亦輒九淵。
我心況匪石，對之誠慨然。俯仰皆遺物，白雲起眼前。
刺渡一來訪，直窮頹峰巔。無臺寄孤嘯，有淚傾窮泉。
還拜斷頭墳，野草花如然。貪坐林亭勝，滿山響杜鵑。
午煙破村店，旌搖心俱懸。羇人無春耳，羇眼有秋妍。
一曲清波引，歸來勸金船。

蔡仲衍壽日西湖游讌詩并序

乙丑之夏，僕客杭州，老友蔡君仲衍、徐君弢士適來湖上。排日程詩，逢山課畫。披襟南翳之林，濯髮中泠之水。欹竹聽煙，盟鷗泛月，游從彌日，僕輒與焉。亂後相逢，難忘去日，客中道故，共數羇年。每當洗爵回尊之際，為尋異粻宿肉之文。操鄉音而序齒，陳方物以制齡。于是問大夫之年，攬揆于庚寅，而後披隱居之卷，署篇之甲子方周。弢士謂余："昔齋壽日，放舟澄江，玉田生為賦《清時樂事》一関，當時羨其美游，至今傳為佳話。蔡君志潔稱芳，骨清神遠，弄琴調鶴養其年，摹水仿山寄其尚，不為時羇，遂成世贅。今之休明，古之夷白，方之昔

---

① 趙志勤：《趙林士系年要錄》1925年修，《古鎮茲城》第49輯，2011年9月，第19頁。

賢，蓋無多讓。況今日之游，尋常匪比，一笑難逢四愁休。賦號真率以會朋，盛爭洛下；對僎令而發詠，興寄廬山。吾子其有意乎？"僕曰："謹聞命矣。夫香泥徒質，必埏佛而成尊；芻艸無靈，以裝龍而見貴。如蔡君者，結廬人境，游心物外。賣藥長安之市，笒嘯蘇門之山。漢陰丈人不親機事，縉雲逋客遂落賓名。種慈竹以結村，分潤河以養井。胸中邱壑，早絕淄氛；座上琴尊，常留佳客。取性情于百行之中，乃成獨行；逃姓氏于四民之外，是曰幸民。賦碩人以為贈，竊敢比于伯喈；搴高士而成書，尚有竚乎叔夜。爰獻五言，以當首唱。"詩曰：

　　落落懷真子，名外何所寄？鑿谷嗤愚公，肯為子孫計。
　　黃金與鴻毛，俱是陳人棄。緘之欲遺誰，斗筲本虛器。
　　智水灑靈臺，乃有光明地。邇來湖上游，湖水清沘沘。
　　突兀見顏色，白髮無遁避。就渚裁碧筼，中貯深深意。
　　吾欲持壽翁，願言從翁醉。人生一旦暮，當惜旦暮事。
　　太息擁脂人，勞勞疇知此。

【箋】

其序明言："乙丑之夏，僕客杭州，老友蔡君仲衍、徐君弢士適來湖上。排日程詩，逢山課畫。"是知該文作於1925年夏。

雨後紅村夕眺

　　一雨蟲聲出，秋生萬樹顛。濕空流夕翠，暝色動高蟬。
　　半郭涼侵水，四山青入煙。峰峰雲有腳，都插草堂前[1]。

【校】

[1] 小字自注："紅村橋畔有《雙峰插雲題碑》。"

塞人謠

　　出門望綎群，塞人為我言。夜夢雙翅翩，飛飛欲上天。
　　天上白榆樹，子落化青錢。人心非枯海，那得無波瀾。
　　饞眼熱若火，饑眼急若弦。

鳴弦向天鵝，不見天鵝影，但聞天鵝飛鳴過我前。

吁嗟乎！人生缺憾亘萬端，夢中快意猶艱難。

堇江劉翁六十贈言

昔管仲治齊，因太公之遺俗，使民闢山海之利，用富強其國，故其《書》稱："士農工賈，為國之石民，而又以治民者之所操，不塵塵於其事功。所以開物而成務者，必有教以先之。故仲之教國民，輒曰四維。四維者，禮義廉恥是也。"自齊傅海而南，盡吳越竟，其俗知治生殖貨類齊，而越范蠡者，用生聚教訓之策，佐句踐[1]取霸諸侯，至今稱貨殖之祖，殆亦夷吾之流亞歟！

句踐之竟，句甬在其東南偏，當時避吳棲此，世所傳臥薪嘗膽、朝夕怵惕以圖復國報讎者，大都不出此百里之地。其民處患難之日久，積漸而成俗，故句甬之俗，數千年來猶守先民勞生之說，而無忕泰放侈風習之見於其人，蓋其所由來尚已。

余弟子劉生之父曰寅甫翁，躬耕于甬東之鄞江鄉，今六十年矣。其人善知識，稼穡而外，兼治伐山業，以故，翁尤曉土木工程之事。鄉有大將作，翁必昌率其鄉人，財會而成之。比年邑數遭暴洪患，人畜旁山，道路盪決輒數十里，三塘失防不守，流沙衝刷沒膏田，村虛汎濫，往往不保。于是翁大閔，號于鄉，會鄉之人，號于官，已而號于四方，遂得四方之力，以工振活其鄉之被難者，而道路隄防，亦以次而修復，翁之力也。

翁以禮教子，子五人，皆彬彬庠校之秀，而其長者，且貢太學、得學位，為名教師于時，而翁之力嗇躬苦自若也。翁生平狷狷自喜，寡所取，非其尚勿尚，而盡心于用義之途，雖至老而不衰。余乃嘆古之所謂石民者，今殆見之矣。歲某月某日為翁之誕辰，劉生謀所以壽其親，來問禮于余。余曰："禮成于俗，俗固有稱壽之文，且如翁者，四德備之矣，於禮可以壽。"劉生遂以文請，余因臚述翁之行事之合于古石民之說者，歸之。

【校】

　　句踐：原誤作"句賤"，即越王勾踐。

贈馮觷序聲名良翰

　　夫一葉之秋眇矣，而霜鐘應節；方礎之潤厓矣，而石鷟于飛。鳶不搏生，小鳥匝枝而來集；樗能養壽，百菌開跗以分榮。是知物緣性以呈能，雖異氣，其可感；士相群而淑道，惟合義之謂朋，則僕於馮君是已。

　　君名德之後，士林之雋。丱角通經，童而稱聖，黑頭致用，老乃益成。水鏡當胸流照，無遁形之物；芳蘭在御生香，絕居肆之嫌。負七尺之軀，偏逐短嬰而近市；抱百羊之願，遂為腐史所執鞭。且僕與君，自昔連牆，時通謁席，于今戴笠，輒念騎郎。雖榮瘁之枝分，而投桃可以借色；通塞之塗異，而推轂可以成驅。故張裔石交，葛亮欲申貧贈；吳郡道主，徐陵勗以光輝。劉彥度之築室，獨居陳留；周公瑾之醇醪，惟醉老普。把朱暉之臂，重諾所以信心；廻韋复之車，久要始夫難合。昔人謂薛元敬不可得而親、不可得而疏者，君殆其疇歟！

　　然或疑王子陽自奉鮮明，秘笈有咒金之術；簡憲和好為縱適，燕居多傾枕之談。遂謂池中犀犬，輒來猙吠之聲，山上玉豚，慣作橫噬之態，而不知千金揮手，久薄慳夫，百尺名樓，難登俗士。玉以潤而見珍，豈數枯塚之朽璧；鶴以傲而自遠，匪同伏俎之摯禽。自來慷慨之夫，寧為詭激之行。如君之不容隱偽、自發光明者，豈可引繳繞之繩，而切尺寸之墨也哉！矧夫聞名敬座，孟公本湖海之豪；振衣絕塵，范泰是雲霞之客。趙壹為鄉曲所擯，其峀出自忌材；應瑒報龐君之書，惟責以無過。意大都人心似海，汔少滿容。客舌有鋒，憎茲多口。有殷勤之意者，好麗乃曰習奢；彼昌率太過者，害文反謂知禮。是則顏淵陋巷，強端木以同居；魯侯威儀，勉展禽以共守。擬不於倫，情非其實。譬若珠投盲俗，刮目誰須；璧號完珍，索瘢益細。惡斑斕而斥秦鏡，指殘缺而議商彝，亶其然乎，非所聞也！

僕溪上狂生、人間棄物，酸鹹于世殊科，謗疑與子同負。我心匪石，群呼夏統為木人；厥口常緘，敢效孫公反金狄。空山獨坐，舊雨不來，四壁為家，狂風欲刮。胏沙思水，歎大欲之徒存；亡羊補牢，嗟為計之已晚。影落重淵之底，顏借酒而不紅；身處飄瓦之中，氣破棟而俱墨。偶傍席以觀棋，伸腳則恐妨局亂；雖重跡以行路，納履則懼招瓜嫌。嗟乎！下士蒼蠅，終非弔客。窮途暮日，猶戀陳人。愁輒等身，欲爭高于著作；物常附骨，豈僅止于膏肓。少年結客之場，荒煙久蔓；老子出關之日，去路尚遙。茫茫身世，胡天胡地；落落人倫，予智予聖。肝膽陳于陌路，人皆蹈而過之；顏色畏於天人，我每見而避矣。蓋非恃惠子之我愛，無以駿以公之酒狂也。

茲者，孔融始滿，許攜座上之尊；蘧玉知非，屬為屏風之誡。問神針于同病之夫，扣樂方于多憂之子。艸有蘇愁，豈貧山之舊植；花能蠲忿，惟大樹之餘春。於是效班孟堅而答《賓戲》，代劉孝標而成《自序》，循浮俗、介雅之俙，追古人贈言之指。龍蛇滿紙，借天問以為辭；針棘在喉，逢故人而始吐。明知用以代薪，惟供鍊客燒丹之竈，所願棄而覆瓿，尚近敬通思舊之杯。

答孫叔仁

負笠豨呼不得妃，窮眼鰥鰥生饑啼。
飛龍脫壁忽來況，光翠銜出珠百琲。
江東雋少安化胄，頸頭銀海通精微。
水晶作籠冰作鑑，畢照塵苴無遁迷。
緣瀘督聽騁彊口，蕞謀單脣孰扶提。
同抱百憂無與渫，似繩之涕垂沒臍。
四幕昏昏竟不旦，榑桑蒙谷相東西。
群娭曹坐弄白日，欲騎燭龍逐天雞。

天雞唧唧向星斗，堯羊雲路開九扉。

九扉雖高猶可即，吁嗟人海九淵低。

我生流浪隨弱水，卅年湛伏長無歸。

毳車目挽將安適，君如願載吾其徯。

沈母夏孺人行述

　　沈孺人者，今眾議院議員定海沈椿年之母，而故清廩膳生諱用賓之室也。姓夏氏，父諱雍和，博學隱居，有稱鄉里。母袁氏。孺人少孤，事母謹。母嘗羸疾，命孺人經紀家事，無鉅細，衷于理。年十九，歸沈，事長、畜幼、接齊、處先後，無間言。生三男五女，而夫歿，年猶盛也。孺人以一身寄教養之責，待諸子，務匡飭。

　　椿年，其長嗣也，甚材辯，自中國有民選之制，椿年與焉。當袁氏顓國，欲自帝，風天下將吏，章飾民意以進。浙江興武將軍朱瑞、巡按使屈映光，首希旨，假事徵各縣耆望會于省，定海以椿年應。將行，孺人送之曰："兒善自為之，吾老矣，不願見女得富貴而還也。"既至省，將軍、巡按使即勢脅諸所稱代表者署章稱臣，椿年獨不從，人以是多之，不知其母教然也。

　　袁氏既覆，諸閫藩各據土地爭長，口舌之士又互挾外勢持政府，共主屖，命令不出宮門，久之，徒黨益披，大力者遂欲負天下重器而趍。十二年六月，曹錕覬得總統位，遣其黨賄國會，說兩院議士來歸，人五千金，月摯亦強百官，若勳，如所指。時孺人就養椿年京邸，會有病，聞變，亟促椿年南下，椿年意遲遲，不忍去。孺人曰："吾病今少損，旦夕且起。且女留，蒙詬以侍我，豈愛我哉！"自椿年別母去，諸黨于曹者，謀尼其行，百方徵知椿年孝，遣人佹以醫來，間奉巨金為母壽，要孺人具書召椿年，曰："若是，則富貴母子共之。"孺人笑曰："人固各有志，吾兒自不欲比高賢，吾安所強使之。且吾八十老嫗，須富貴何也？"自是不復召醫已。椿年留滬久，思孺人不能忘，微服潛省之。孺人猝見椿年,大怒,呵曰:"奈何以私愛遺公義?"乃與椿年期某日會某地,令椿年先行。方椿年之離滬也,曹黨已得諜告,至是使吏卒伺其門。日門者忽傳訃外舍,趣具駕,云太夫人疾亟,將就醫某門外,既轅,諸婦婢將一病媼出,脅持而登,偵吏以為信,勿前阻,已乃覺,孺人與椿年行也。

先是,孺人以母病,家人先後喪故,年九十餘,猶在堂,念有以慰薦之,朝夕侍側,勿敢離。及母之歿,孺人年七十矣,居喪,自忘其衰,躃踴號泣過禮,用致偏疾。自來京就養,又遭政變,皇遽出國門,行役勞困,益風發大潰,凡寢疾三年,終於滬寓,春秋七十有九,時十四年某月日也。烏呼,孺人慈孝以成義,可謂全歸矣!男子子三人,曰椿年、康年、昌年。康年早殤。女子子五人,長適施,次適張,三適費,四渭清,五毅,皆守貞不字,主辦定海女學,亦孺人所剏謀而俶成之者也。

孺人嘗痛晚近士夫之於其親,薄生事而侈喪葬,害良田,召盜篡,甬東俗尤甚,謂反俗當自躬始,疾初蓐,豫於縣北郊買田若干畝,樹其四陲而緜之,以為沈氏序葬之所,制公約,命之曰:"吾夫葬於是;吾死,葬於是;吾子孫,世世葬於是;吾緦麻之親,願從者,亦葬於是。人予一肩地,毋題湊,毋襲,毋崇封高碣。勿如制者,不孝。"於是椿年不敢違母遺命,以某年某月某日,禮葬孺人於真武山原之公墓。以予習沈氏,能詳孺人之德善,先時來謁狀。因謹籀所聞,而述之如此。

【箋】

考文內有云:"自來京就養,又遭政變,皇遽出國門,行役勞困,益風發大潰,凡寢疾三年,終於滬寓,春秋七十有九,時十四年某月日也。"是知該文作於1925年。

送鄞縣知事婺源江君調任黃巖敘

余嘗論國家設官任吏,貴知所先:世治先吏材,世亂先吏德。

人之性知,至不齊也;材與德,匪可兼而致。如其材故,不如尚德矣。今夫材者，於事無不舉，然天下事之至不韙者，亦惟材者敢冒為之。材尤大，其所冒尤多。當在治世，法立而政舉，材者之心思知慮，無所冒於私。無所冒於私，則功名之奮烈矣。夫材者，不好名，一好名而天下之名，無不可得而享；不圖功，一圖功而天下之功，無不可得而成。此治世之所以先吏材也。

世亂則不然。法興[1]而不知守，政煩而不知行。聚天下之殊囚以共國，割天下之愛子以肥身。無所謂禁令，位顯則惡隱；無所謂廉恥，勢至則名歸。於斯時也，士皆駔行，戶盡蹠徒。倒是而顛非，醜正而毗邪。國誦輕矣，人材佹矣。於是，盜貨賄則狡足以成其貪，逞淫威則果足以致其忍。以是事上，上無不悅；以是臨下，下無不怨。此亂世吏材之效也，吾故曰不如用德。

然則徒德焉，奈何以[2]濟亂？曰：救亂非下吏責也。且民之苦亂，惟近民者見之審而聞之詳。縣長之於民也近，苟其人不急急以材自佹，而稍有不忍人之心，則必不至為上助威，長惡保憝而肆殘虐如其材也。利害之見益明，趨避之徑益熟，贏絀之算益巧，盜篡之術益工。如是者，則於亂何濟焉！

婺源江君，知鄞事一年，嘗有德於其民。一旦，忽奉檄調任黃巖。黃巖，巖邑也，視鄞有差矣。其去也，鄞之民為籲于省者再；不得請，則相與誦君之政，為狀來謁，使余文以祖之。予雖不習君，然耳君稔，知君之德在民，不可以無言。

君之始至也，會有江浙之役，甬上軍防悉徵調境外，群盜覬鄞富奧，蠢然思起者相屬。君微得其謀，召邑中諸少年，訓練為民兵，旦夕躬率，徼巡備盜。已三衢師潰，還竄甬，陽稱無食，督君斂甚急。君謂若輩猶盜也，不予，勢且橫，徒苦吾民，乃負責券諸商者，會得金十四萬，資賂之，約其帥毋得縱一卒侵吾治，故[3]浙東西比年苦兵匪流離，獨鄞恃君無恐。

君尤深覈民隱，每事究利病所在，不為長官勢地脅持。先是，鄞之西鄙[4]產材藥曰貝母，貿遷徧國中，歲直數五十萬以上，小農儋石之所轇也。有黠商某，謀龍斷居貨，冒所謂生產組合者謾君，圖獨營。君察其奸，不之許。商乃賄當路有力者，繼請于君，又不得，當路怒君彊項，訛君材不勝上縣，遂調黃巖。

狀所述如是，余徵之所聞，亦如是。《詩》曰："豈弟君子，民之父母。"嗚呼，君當之矣！夫父母之於子，無所用其材，安則予之利，危則去其[5]害，使為子者，咻咻然日處縕袎之中，濡涵德意而不自覺，此豈弟之道也。余觀江君之治鄞，庶乎幾之。因表掇以為君誦，且以識[6]余之嚮所持論者不繆云。十四年十二月，慈谿陳訓正。[7]

【校】

[1] 汁興，《寧波旅滬同鄉會月刊》作"法且"。

[2] 以：據《寧波旅滬同鄉會月刊》補。

[3] 故：《寧波旅滬同鄉會月刊》作"以故"。

[4] 鄙：《寧波旅滬同鄉會月刊》作"圖"。

[5] 其：原作"之"，此從《寧波旅滬同鄉會月刊》。

[6] 識：《寧波旅滬同鄉會月刊》作"誌"。

[7] 十四年十二月，慈谿陳訓正：《寧波旅滬同鄉會月刊》無。

【箋】

1925年11月，鄞縣縣長江恢閎因為官清廉剛正而遭排擠，調任黃巖縣長。12月，陳訓正即應鄞縣百姓之請，為作《送鄞縣知事婺源江君調任黃巖敘》，以誦其德政。1926年1月，此文見刊於《寧波旅滬同鄉會月刊》第30期（署名"慈谿陳屺懷訓正"）。

《求我說》贈莊景仲先生

有儒服墨行者莊先生，刻己而勤人，六十年口不言我。既老，乃更所操，自稱"求我公"。於時公為室，從者藥之，衡者扁之，無之而不我求也。過其友，言若甚唔焉，貌若矍矍焉，行若囘皇而亡適焉。其友以為疑，問求我公曰："吾鄉者見夫子，與言高卑之乎若可搔而絕，與言深淺之乎若可呷而盡，未聞夫子之言我也，今且求焉，意者其懝乎，何夫子之操不懝也？"求我公曰："子何疑乎！夫我，我非人，我也；子不我我而人我，則小乎我矣！小我非我也。且子不見夫礧礧者山乎，麗乎山以為物者，木石是也，而木石非即山也。有人焉，操山之石若木以語人曰'此山也'，則雖慾亡知者，亦謂其惑矣！何也？木石者，山之一體也。木石之外，又有木石焉。今夫人，絯乎人與我而命焉者也。人之中有我，人之外則無我；我之中無人，我之外則又有我。我之為我，亶乎一者，小我也；絯乎萬者，大我也。大我無我，吾求其大，麗乎我者，吾後也。曩之日，吾嘗觭乎小我矣。小者之挈挈，一我之外無我矣。夫一我之外，而遂無我，則我何麗焉？且我終不能逃人以自存。一本之木，不足以成林；一拳之石，不足以成山。一我之我，不足以成人，而世之挈挈者不知也。不知我之為我，而唯以我為我。不唯為我，且毀人以全我；不唯全我，且削人以益我；不唯益我，且賤人以貴我。此我之所觭也，吾將以何道易之哉！吾始之勤人也，非為人勤也，勤我而人勤也。人而亦我見矣，則天下可均，人我可忘，害可絕而亂可不作也。而不然，天下非止一我也。烏乎，其能均哉！不均則爭，爭則亂，亂至今日，極之矣。吾勤人以義，人反其義以棄我；勤人以恩，人反其恩以讐我；勤人以功，人反其功以敗我。以言勤人，反之毀；以財勤人，反之吝；以力勤人，反之墮。勤愈多，而反者亦愈衆。烏虖，天地大矣，何所用吾勤？吾故農也！吾將求吾農而致我勤焉，庶其可老乎？然而未可知也。"其友聞而悲之，為述其說，書於求我公之廬。廬在奉化某鄉。友者誰？慈谿陳訓正也！

【箋】

朱仲華《憶求我山人莊嵩甫》云："莊景仲字嵩甫，浙江奉化縣曹村人，生於清咸豐十年庚申農曆十一月十六日。光緒十六年庚寅始入泮中秀才，其時年已三十有一，光緒二十四年戊戌補廩膳生。從這年起，莊嵩甫從事農業，實地勞動。光緒二十七年辛醜，莊嵩甫創辦農藝學社，研究農學，在家設館授徒。光緒二十九年，任龍津中學堂舍監，辦曹溪小學，著《養蠶必讀》。翌年赴上海，任《新學會社》編輯，校訂農業、蠶桑諸書，認識陳其美、褚輔成等，開始革命活動。……一九二〇年和一九二一年，奉化、鄞縣遭風災、水災，寧波旅滬同鄉會辦急賑，莊嵩甫被推為主任。一九二四年被選為省自治法會議代表。……自號求我山人，……有自力更生之涵義。一九二九年，莊嵩甫七十歲，他印有《求我山人雜著》一書，計上下二冊，奉化鄔俊卿、慈溪陳訓正、杭縣陸啟均有序文。莊嵩甫分贈其書于親友，壽儀移助奉化孤兒園。其書卷一為政論，卷二為畫牘，卷三為傳記，卷四為語錄，卷五為詩詞，卷六為年譜，書末有金華王廷揚跋。"[1] 疑陳氏此文，就是為莊嵩甫《求我山人雜著》所作的序文。

潘氏愛廬記

孝豐潘君某，結廬于湖濱，曰愛廬。既落成，請其說於陳子。陳子曰："難之乎，君之用愛也！夫愛生於欲，欲生於情。情也者，性之籥乎外者也；欲也者，情之見乎著者也；愛也者，欲之極乎正者也。唯其道于欲也，故愛之為愛，私而不能公也。私其愛以事長，則為孝；私其愛以逮群，則為義；私其愛以接屬，則為慈孝也。義也，慈也，皆漸于私者也。漸于私，不能無專于獨，故或易焉而流于過。易焉而流于過，則毗于禽犢矣。禽犢之為愛也，無別無止。無別無止，則欲不極乎正。不極乎正，則放情反性而為亂。古聖人慮愛之極足以亂天下也，于是乎制情裁欲而作之禮。禮也者，人所為也。人所為者，謂之偽，而愛則若性焉。性偽之持，不可以久，于是乎乃重之以法。自法之權尊，而天下乃無過情之愛，然亦自法之意亡，而天下乃有不致愛之人。法與情之不相用也，久矣！吾嘗譬之匠者，操曲直以入林，繩墨之餘，必無生木。今之言法者，大都如是。以死法裁生人，而不知稍致其愛，是謂無情之法。夫情之中有法則可，法之中無情則不可。天下之亂，皆自無情始。法者，

---

[1] 《浙江辛亥革命回憶錄續輯》(《浙江文史資料選輯》第27輯)，政協浙江省委員會文史資料委員會編，浙江人民出版社1984年版，第108—109頁。

亂之防也，而無情焉，此益亂之道也。亂亟矣，無情以濟之，則雖日日操法，周旋于習亂者之側，亦烏足以動其心哉！潘君，法士也。法士之口不及情，奈何獨以愛為？夫以一廬之微，尚不能不致其愛，然則重於廬者，何如也？吾以知潘君之法，愛人矣。愛人者，生人。"

贈李霢老六十

君子之居亂邦也，不矜直，不拘方，不求譽，不見材。儠乎常，為其所勿勝；湫乎常，為其所勿庸。非勿勝也，不自勝也；非勿庸也，不為庸也。不自勝，天下自無勝之者矣；不為庸，天下自無庸之者矣。夫唯不勝，是以勿任；夫唯不庸，是以勿重。勿任之任，乃見其能；勿重之重，乃見其通。此明哲之所以稱君子也！所與吾游者，吾常以是為風。矜直者舉以吾為橈，拘方者舉以吾為刓，要譽者不吾屑材，自急者謂吾墮也。獨鎮海李君，其行也，似有契乎吾之言。

蓋李君之為人，橈而不失其為直，刓而不失其為方，不邀譽而譽自至，不急材而材自盡。難者無所實于口，忌者無所忍於心。故其在鄉黨也，墨墨焉而甚渲，鑿鑿焉而甚通。君子習之，以和其光；不肖者委佗之，以同其塵。是非皦然不淬而有以自守于中者，能乎哉！當其挾禹筴以興也，郡之人皆弱食視之，削者期為喉，渴者期為瀁，黨議族謀灃如也，而君曾不少嬰位素，而行壹衷乎是！口不語教化而鄉校倚之，足不跡形勢而邦政主之，手不操筆削而國誦鄉之。不博名於濟施，而求焉無不應；不矜意於為人，而謀焉無不盡。其自乎、乎物也如是，故獅吠滿塗，雖有霽者，久迺安焉。君之所由高世者，此也。

今夫剸己者网衆，刻人者自多。褊薄之夫，往往致紛紜而連氍難，亂世之淄潞尤甚。彼旌督瀆德者，既登里選，自以為聞望，恣狙無憚，予聖而予智，不復有人之見。利則己也而害乃嫁之人，勞則人也而功乃收之己，鄉扁聞見之中，不少其儔矣。若夫十年三舉而三得選，曾甸甸抱素，絕無尚人之色如李君者，可不謂難歟！

李君今年六十，其姻若好，將醵而會觴之，先時來徵詞。夫假為壽之名，而炫其交游顯貴之衆、供頓聲華之盛，此世俗人之所甚喜，雖四十、五十而儳為之，無不可也，李君豈其比哉！雖然，余固知李君者，余之言尤李君所契可，於其《周紀》也惡乎已，遂撰言以進。李君儻為我據壺，一大樂乎！

上海《商報》五週紀念宣言

先哲有言："物之然也，必有其故。"求其故，明其然，則中中之生而至於梗柟，涓涓之流而至於江河，無駴也；不求其故，不明其然，則方其生之始中中者，常懼其不能為梗柟，流之始涓涓者，常懼其不能為江河。始懼其不然，而今乃然矣。于是乎見梗楠而駴其生之速，見江河而駴其流之廣。速且廣之形乎外者，其形也。夫形必有其所以形者，知其所以形，乃始可與言形之真。

本報自刊行至今日五年矣，固猶是中中、涓涓者類也，然而其形則已具，以為梗楠也可，以為江河也可。知其然者，為之懼，不知其然者，為之駴。余竊以謂居亂世而齊物，論彼懼與駴者之[1]，俱無當也。旦之期而夕之訛，見其始而不能測其竟，使中中、涓涓而遂絕也。不可知不止中中、涓涓而遂為梗楠、江河也，亦不可知本報之有今日，雖猶在不可知之數之中，然其培之勤、疏之勞，挈挈而務於此者，五春而五秋矣。余之於本報，亦負耒操畚之一人，共其苦辛也久矣，於是日也，不可無辭。

本報之綱緼，實始于民國七、八年間，主發者為番禺湯君節之。湯君既以商為楬櫫，於是商於海上者，皆前唱邪而後唱許，其聲甚聳聳也，接余耳者且二年。已而寂然，問其由，則知嚮之所口者，俱未嘗肯諸心，故諸所舉資，未能踐信於其口。竊韙湯君之所為而惜其中沮，因與亡友趙君林士，謀所以欣成之。會趙君有大經營於滬市，方魁率衆商，一言相假，百廢具起，本報乃遂於九年十二月某日建始流布。

當是時，吾國輿誦數受刦於暴吏，獨滬上為賓萌僑居之地，單脣游舌，絕無顧憚，遠邇國聞，胥蓋會於此，而諸所稱海上記者者，其識見、言論，亦相差而較為善。顧木鐸久振，金口亦缺，迶人失軏，牛車不前，時之所止，勢亦有然。本報晚興，有志更革，彌力內充，畢誠外美，音驛四同，論壇獨斷。論行輩，則屬在後進；言改造，則常為前驅。蓋自本報發軔而後，而在野之言路益闢，雖其間不免有輪摧轂折之慮，而同人精神所會，再接再厲，愚能移谷，志可成城。每當國內外大事起，有所持論，微言中窾，痛砭刻膚，國誦因而改聽，遠人為之側目。往往借端溱恨，蹈隙致難，然同人等心不他紛，氣毋自餒。百辟堅金，勿畏狂火；一規涼璧，早絕蒼蠅。臏可絕而筆不可屈，齒可鑿而口不可關。塗堪擿埴，豈曰冥行，方有定針，匪同盲騎，此則五年中微效之由申當，亦論世者明目所共見也。

　　嗟乎！載筆之政，其事則史，其志則《春秋》。眾好眾惡，予奪本之人心；知我罪我，毀譽聽之物議。是曰史德，君子與焉，同人不敏，敢不加勉。若乃覆雨翻雲，盡茲一手；朝秦暮楚，判若兩人。黃金可以鑄孔、顏，丹鉛可以生莽、卓。徒比舌客之雄，誰曰辯才無礙。同人等束髮受書，稍習六義，昏夜秉筆，尚有微明，凡此諸慚，吾知免矣。雖然悠悠人事，難以憶中來日，大難變化，曷極為龍為巴，不忍卒言。況強藩暴客，相與繆結，殘民以逞，吾儕處此橫政之下，耳目且出人為，口舌豈成天賦？縱欲抱其正義，口誅筆伐，以與天下周旋，而滿地橫流，滔滔皆是，一奉之土，所當幾何？且危言危行，難居無道之邦，一貶一褒，易召反應之禍，此亦必然之勢也。然同人惟知職責所在，不敢廉恥俱亡，載書而往，珥筆以俟。人自形其媸妍，水鏡豈任厥咎；物自分其曲直，絲繩未有容心。雖異時本報之變化如何，而今日同人之精神不懈。百年之計，俟焉五週，萬里之程，凜茲初步，用發誓言，以告讀者。

【校】

　　[1] 論彼懼與駭者之：疑"之"后有脫字。

【箋】

1926年1月1日，陳訓正署名"玄嬰"，以《本報五周紀念宣言》爲題，在《商報》刊發此文。故此，該文理當作於1926年元旦前夕。

毛孝婦述

毛孝婦余氏者，餘姚毛羽豐妻也。父某，字蔚卿，同邑諸生，有顯學，士林稱重焉。孝婦自幼從其父受經，尤喜劉向《列女傳》，終身以之，故其爲女也，克循乎其爲女之道，以事其父母；及歸毛氏，年始笄，又循乎其爲婦之道，以事其姑與太姑。太姑、姑皆蚤寡守節，至是人見毛氏婦孝，乃嘆曰："此再世苦節之報也。"

毛氏世故豐，其先發跡田間，以羨財高一鄉。洪、楊亂起，鄉之不逞者，利其家孤弱可欺，稍稍侵斂之。洎孝婦入毛氏門，毛氏已帑無留畜，僅遺田百餘畝，歲所息，裁自取給。既而羽豐諸女弟成長，將出嫁。句餘之俗侈，昏因之禮，往往責賄無已。羽豐計無資爲治賸物，欲貨所息田，孝婦沮之曰："若然，將益傷母心，且令小姑受之難堪。夫棄先疇、徇俗貫，此世之靡靡者所務，吾士族，何可哉！雖然，人非盡是吾之見，亦不可使小姑低顏入壻門。吾歸時，吾父賸吾者不薄，今尚計直數千金，願壹以分遣諸小姑。保先疇，毋易。"於是聞其事者，皆道孝婦賢。

孝婦尤時時勸其夫益務義輕財，會歲祲，饑者不得食，私相謂言，惟毛氏一家，良能岫人，率扶服往就食，食盡，舉責爲糴，舉重不得復，終貨產濟之。孝婦則日夜任織，佐羽豐行義。久之，羽豐益困落不振，家儲小有直者，質典殆盡，至冬日不得重綿取溫。孝婦削柳枝簪髮，屑穅秕雜食，褺褺風雪中，用女紅供甘旨，十指皴裂不自休，人皆難之。時姑老且病，瀚㶁抑搔，一切須孝婦，孝婦昏晨不離側，躬奉侍匝月，兩目赤腫，未嘗一言疲。年四十五，以勞卒。有司上其事於部。八年，奉大總統令，以孝婦褒。縣志、省志，皆有傳。

董君傳

董君承欽，字子咸，慈谿金川鄉人。邑著姓，惟董為最。舊漢有孝子黯，君之六十四世祖也。自孝子後，諸董之在金川者，不甚顯，至君高、曾之世，始用商業起家。曾祖秉愚，嘗稱先世遺命，鬻田數千畝，仿宋范氏義田之制，立義莊卹族。于時"董義門"之聲，甚嘩於州里，而其子弟亦先後多發跡科貢。曰墉，中同治甲子舉人，官工部營繕司郎中，是為君之父。

君少孤，與其弟孝欽，事母能養志。讀書不沾沾章句，主務實用，既成諸生，即棄舉子業，求所謂藝學者致力焉。已而悔之，謂象器之學，徒汩人神，明益機巧，非身心之務。乃矢願博綜諸儒先學說，參之釋老二氏所言，浸淫者數年，通其指歸。其為學也，用靜觀見心為始功，止善明性為竟功，儼然以先覺自任，所至宣導不倦，人多感其誠，從而受學者數十百人。

民國十二年六月日，晨起沐浴更衣，無疾而終，年五十有二歲。其葬也，友人陳某為賦《孤桐引》送之。君講道十餘年，不遑治生產，家故豐，比歿，無有羨者。

吳缶老為陳季生七十徵詩，歌以似之

缶廬老人來告謂，有皤一士吾冰交。
曾看東海三清淺，眼中若木霜氣高。
賓華脫落春不死，黃金乃是子孫事。
獨抱古娛媚山川，難得青青長如此。
四明山下逸老堂，宣和佚事吾宗光。
金蕤玉華出僊種，至今春滿走馬塘。
人生百年如走馬，羲鞭七十塗猶賖。
翁真矍鑠輕萬里，據鞍顧盼未肯下。
尋山訪水無停蹤，健行人言翁猶龍。

相將願逐白雲去，隨翁劚藥明山中[1]。

【校】

[1] 詩末小字自注："季生，鎮海人，系出鄞走馬塘陳氏。余族亦走馬塘旁支，自奉化來遷者。"

沈母述

母葉氏，慈谿觀海衛人，清國子監學生沈寶廷之室。年二十而歸，歸十年，生二子二女而寡。家故貧，織紝力作以長諸孤，節縮日事，歲有羨也，朧而畜之，程年以大，遂有田園廬舍，稍稍底于安矣。教子家萱、家蕙，各業其所性以成。萱奮于商，繼父志，蕙以諸生，習象器之學，皆有聲邦閭間。顧母鰓鰓，猶以為未足與立也，拮据門戶，至老弗貰。生平不畜奴養，井汲爨紉必躬，賓祭必虔、必備禮，尤明義利，無所苟。屬有無嗣死者，遺產數百金，宗人議于世，當以萱、蕙一人後，母曰："祭則吾家自承之，此遺金者，諸沈有也。"命二子謹算之，歲孳其息而奉諸公。于是衛中沈氏鳩族之謀始備，母之詒也。年七十，歿。

陳訓正曰：夫儉，美德也，而不貪，尤難。世有利遺金而爭祀者矣，母獨讓而勿有，推其所宜私而公之人，此豈常婦人所能哉！嗚呼，賢已！

李雲老六十生日來索詩，余如其意答之"童子""時事"二句，即雲老夙所誦者

圭經廢不治，金德羞無似。市嚚天所放，富媼有驕子。
纖業號素封，曲撰開腐史。弱本彊毫末，輓近術益厲。
海通生狂瀾，柱流石孰砥。玄豹衿寶精，斗筲謬名器。
石民吾不得，所見惟老李。老李慕齊嬰，結居實近市。
市門汩鮑臭，被以芝蘭氣。澆情若流沙，盲風況無已。
惟君勤澆沃，勿令瘵塵起。當日爛聲施，今日何頹廢。
名重世反輕，材大天亦忌。匪曰國無人，賢者今避地。

童子稱善財，時事可知矣。君年已六十，臨淵感逝水。
本無羨魚心，結網安用此。願與浮大桴，蹈海明吾志。

徐生公起之父貞齋翁六十生日，來謁詩，賦是篇付之

入市莫問禮，近名莫責利。爲仁與爲富，尼父尚較計。
如何貞齋翁，至老彊慕義？詩書澤子孫，遂擯金銀氣。
犀犬出祥鳴，豈徒池中蟄。翁家鏡水頭，有亭覆鏡水。
飢溺雖由佗，憂患當分己。不貴子子生，是翁先人志。
余嘗傳盛德，太息今亡此。前翁有仁父，後翁有令子。
繼善復啟賢，兩者皆翁事。吁嗟翁誠難，作述唯爾視。
竊欲笑謂翁，如翁可老矣。霝命本天隲，耄期且坐致。
願翁耿餘炳，照我鄉與里。推仁毖前脩，暨惠光來祀。
吾文亦百年，珥筆爲翁竢。

乙丑既臘，徐仲可出視《純飛館填詞圖》，屬題。歲莫亡悝，率賦五十韻，非所喜也，異日當更爲之，先此答其意

湘臯蕚孤岺，東沬漸江水。漸水有清音，泠泠疇會此。
佳人起南國，雅聲追四始。意内詞乃成，毋曰其餘事。
綺懷托琴趣，幽語發蘭思。此道古來尊，作者幾人矣！
昔覽復堂篇，篋中得吾子。輒疑百年人，豈圖生並世。
文章具神契，感應有獨至。日者把君手，冥冥孰驅使。
涼壁忽當前，蒼蠅應自廢。未見心已折，既見慚益起。
如何天上姝，不惜豨呼妃。裁成雲錦裳，殷勤爲我寄。
翠羽爲其飾，明珠爲其佩。開緘何芳蕋，中有芝蘭氣。
靈脩實信姱，所要在内美。自來文緣情，匪謂徒靡靡。
元箸故自超，不與凡響比。結想赴微茫，陳辭返端麗。
因知畜有素，乃見文無害。攬豪寸心中，抽思万象外。

得失如耳鳴，他人那許會。辛苦媢獨學，謗譽皆知己。
制氏久云亡，簺弄等小技。求鼓先麟楥，皮相乖音致。
世音徒在觀，矇師偏責耳。耳目有專識，奈何紛以檵。
余妄嘗有言，巧匠無拙器。百境起想象，萬古一議擬。
夫惟善感人，所處不囿地。君走囂塵中，心澄絕凡累。
何必入山深，林泉吾袖裏。鑿空明吾素，一圖聊自志。
循涂出高歌，寧嫌居近市。拓館號純飛，虛靈當不昧。
唯靈涵諸有，靈臺本尺咫。萬窾收一隙，小縱輒千里。
端居念姱脩，高詞吾心意。置心君腹中，彷彿得其意。
古情證所同，有幟敢立異。彊邨老好事，校夢開先例。
夢憁吾鄉人，靈芽堅吾遺。所幸落文游，餘薰猶得被。
因感子意勤，名業今有繼。鳴缶要大聰，亦以存吾恥。
千古托寸縑，流與後人視。幾輩苦詣人，於中見名氏。
風雨襲予心，空山來神鬼。掩卷一嘆吁，雞鳴長無已。

【箋】

據其"乙丑既臘"云云，可以確定該詩作於乙丑十二月。

《壽植篇》賦呈洪丈念祖

丈今年七十，凡諸賓朋投遺及酊酢供頓所費，并算其資券賃錢務課歲所息，以畜一鄉之老無告者，亦仁人之用心也。因感椿與樗之為物，同植異稱，一華一悴，地實使然，托生顧不重哉？賦詩申意，用附比興，匪直頌禱之私已爾。詩凡五章，章十二句。乙丑十二月。

有木兮鶱鶱，在南山之巔。風為蘇，日為暄，雨露為零。何溥溥，其名曰靈椿。椿亦有年，五百為秋，五百為春，豈不曰以地受祜自天。于嗟乎椿。一章

有木兮蒽蒽，在南山之趾。風為摧，日為燬，雨露為零。何泚泚，其名曰樗，亦椿之與，五百為秋，五百為春，胡天之怙而生獨不辰？于

嗟乎樗。二章

維春有壽，人則展之；維樗有壽，人則踐之。丈人曰：譆物，吾與也，壽則同壽，曷椿曷樗，而異其酌。天地之仁，物靡不春。于嗟乎丈人。三章

風為蘇，日為暄，雨露為零。莫我椿厭，莫汝樗艱。食思其餒，衣思其寒。人孰不有生，而汝鰥鰥，鰥鰥不瞑，仁人是省。于嗟乎仁人，于嗟乎椿。四章

天下肇平，匹夫是程。剖絲析粟，均則無爭。赤日庚庚，光彌四方。予樗有言，敢效椿前。願風同蘇，願日同暄，願雨露同零，願千春萬秋同其年。五章

【箋】

該文之序，已明確交代作於乙丑十二月。

仲可以《和夢坡元日感懷詩》見視，屬為繼作，次原韻

彊愁未許酒能排，暄暄無繇起宿霾。
郢入陽春聞白雪，郊從寒後見枯柴[1]。
崔言臨老難為聽，犀角通靈奈自埋。
我亦亡何拚日飲，可堪荷鍤與君偕。

【校】

[1] 小字自注："遺山詩'孟郊老作枯柴立'。"亦即元好問《清明日改葬阿辛》詩："孟郊老作枯柴立，可待吟詩哭杏殤。"

依前韻壽筠連曾次幹七十，仲可所介也

罷講歸來万念排，熙春庭宇絕숨霾。
種瓜人老猶提汲，羅雀門荒自補柴。
白日無情拚獨醉，青山有約許同埋。
逍遙歲月琴書裏，黃髮而今願可偕[1]。

【校】

[1] 小字自注："何邵詩：'私願偕黃髮，逍遙綜琴書。'"

貴志贈秦潤卿

君子之立於世也，不以物而以志，志微也，物著也。《春秋》之義，功罪昭乎著，而予奪嚴於微，故觀人莫如觀其志。董仲舒曰："志敬而節具，君子予之知禮；志和而音雅，君子予之知樂。"禮樂者，生人之本，而仁義之假以行也。見於人者，謂之仁；見於我者，謂之義。仁義之事著，而其崇則微也。觀人之仁，必於其所施；觀人之義，必於其所持。施有親遜，持有久忽。於其遜者親，而親者何如矣；於其忽者久，而久者何如矣。此其微者，志之所由存也。聖人右志而左物，故質勝而文不敝。叔季之世，靡靡於文而質亡，揭揭於質而文敝。文質不能舉以具，與其文也，無寧質。志質而物文，故君子不貴物而貴志。

余持此義以觀人。疑仁者，觀其所施；疑義者，觀其所持。雖微也，莫或著。同縣秦君潤卿，與交十年，余嘗觀其微。其為人也，盛威儀，善言辭，行矜而氣和，視高而意下，蓋所謂禮樂君子也。其見於物者，如平糶，如救荒，如卹孤寒，如興學，如勸農惠工，如砥道路，如駕梁穿渠，如輯族崇祀，事凡義靡不舉，舉靡不力。歲所會貲材，輸其入之泰半，潤卿之於仁義，可謂著矣。

夫著，微之充也。吾於潤卿，縱不及其微而已，無疑於其所著。況潤卿之志仁義，固吾邦君子之所共予者哉！潤卿居廛中，喜接文學之士，近又約交游子弟，立學社於滬上，聘名師儒主之，揭其名曰修能。修能者，內美之謂也。此尤見潤卿所志之微矣。潤卿今年五十，余嘉其志至老而不衰也，因取古人贈言之義，書此歸之。潤卿倘有契乎其中也耶！

【笺】

癸亥（1923年）七月，慈谿秦潤卿（1877—1966）在上海創辦修能學社，聘請馮君木爲社長，"主國故、經傳、文史之屬"①。《貴志贈秦潤卿》即緣此而作。茲據文內"潤卿今年五十"加以推斷（此五十當爲虛歲），可以確定該文作於1925年。次年，該文見載於《新聞報》1926年9月2日第19版。

韻之招同佛矢、幼度飲湖上酒樓

故人集天末，尊酒此高樓。相對無言說，但聞煙水流。
山明青到鬢，波闊碧生眸。不有蓴鱸感，寧知是客游。

送孫天孫之粵，飲于叔美寓樓

炎風靧海硬浪生，南中五月沙觜鳴。
之子挈侶將遠征，銜杯且問征人意。
蜃煙蜓雨橫何地，方今四海無安流。
垂橐出門得非計，于嗟乎！
壯士去國身爲輕，離絃戛戛將誰聽？
今朝有酒奉君別，明日放船無留停。
樓頭按劍望天末，眼盡斗南三兩星。

贈虞君洽卿敘

吾國自白門議約、五步通市以還，環海而國之僑民，胥挾其材賄國力，仰機利射倖，梯航而至，最會於揚子江下游。于是上海遂以弊難散邑，一躋而爲東南菁華萃蔚之區。業是地者，非爲殊材遠識，踔然於囂市蝸螗之中，則人以智運而我窮于應，人以力取而我弱于抗。辟諸童子操杖佩刃而逐盜，匪惟無以勝人，且將無以自勝，物論亦至不齊矣！一闠之市，蜃幻而虹亂，暈夕異時，遏邇異程，南朔異趣，今故異徵。

彼僑商者，善用其心略而攻我于不豫，先以金力攫我物權，繼以物權敗我金權，迨至金權、物權胥入于野心者之掌握，而後麾之欲其左，

---

① 陳布雷：《修能圖書館記》，詳參《沙孟海書法集》之《修能圖書館記石刻拓本》，上海書畫出版社1987年版，第12頁。

反之欲其右，進之欲其前，邰之欲其後，揚之使高，抑之使下，沈之則九淵，昇之則九霄。意之所如，勢足以赴之；志之所鄉，力足以展之。交易之道，至是而不可問，國枋夷矣，夫豈廑吾商之病已哉！

上海開步於前，壬寅之歲，西力東漸，演年而進。客勢與國枋相比，率為贏脗，政府孱不能保我商旅，互市之場隱然見戈矛，若在在有大敵勁讐憎而來者。迄于今，且八十有五年矣，雖其間紛變沓化，不謂不深且久，而吾人之商于滬上者，猶足以保群自衛，不至盡為異族所剝蝕而無存，此其故何耶？蓋不得不歸之於一二人轉移之功，而吾友虞君之所以稱也。

虞君行業滬上，自童習至老成四十餘年，輒能察時觀變，鞏護我國金權、物權，以與僑民乎貿易之幾。嘗曰："為國家乎體制，為吾民乎生存，吾雖微，庸讓乎人哉！"余高虞君言，偉其為人之能轉移國俗，于其六十之生也，敘以貽之。既誦其往，將復以勗其繼云。

【箋】

據其"壬寅之歲（即道光二十二年/1842），西力東漸，……迄於今，且八十有五年矣"加以推算，可以確定《贈虞君洽卿敘》作於1926年。

先妣訃狀

先妣氏顧，為同縣鳳山處士鳴琴先生之女。年二十一，歸我先公。又十六年，而先公歿。不肖正，方九歲，二女弟尤幼。先公生時好行義，歲所獲貲，則舉畀之于公，故其歾也，家亡畜私，來日茫茫，既哀孱孤，又患無恃，吾母之戚可知也。顧以先王父猶在堂，不敢流哀亡節，日含淒潛楚以供昏晨。先王父每指不肖，顧謂之曰："吾自信之天，天其不廢吾世，是兒可成也！"烏呼，孰知吾母至死，而終不見其子之有成耶！當母初嬰疾時，年已七十有二，肺枒而微炎，醫者皆曰以勞故，然心強，雖甚罷，尚能自持。素不喜服參樂，謂草木何靈？久益甗之，有時亦稍稍起矣。凡困于牀者八年，乃大潰，則又孰勞之而孰甗之哉。烏乎痛矣!

母生故清道光二十七年十一月初二日,卒民國十五年夏朔二月初一日,春秋八十。男子子一:訓正;女子子二,長適葉來騋,次適葉懋宣,皆縣人。先公諱某,字儒珍,先王父諱某、字克介之長子。其行誼,詳馮開所為《墓表》。訓正泣述。

【箋】

文末明言:"母生故清道光二十七年十一月初二日,卒民國十五年夏朔二月初一日,春秋八十。"則此文之作,不當早于民國十五年二月初一。

佛證齋中會飲,未林有詩紀事,君木依韻和之,余亦繼作

天寒日莫海之濱,暫可偷閒作酒人。

客路艱難成此會,我生牢落是何辰?

已無江介長吟地,賸有壺中舊貯春。

莫笑焦喉少妍唱,抗哀猶足動梁塵。

【箋】

《僧孚日錄》丙寅十一月廿八日(1927.1.1):"晚,集雲飛路賀寀唐寓中,同席者,木師、玄師、袁伯夔思亮、劉未林鳳起、葉伯允秉成、陳彥及、金雪塍、洪太完。木師始赴周氏晨風樓消寒集,後至。"① 當時,馮君木即席賦詩,即《賀西凌招同劉未林鳳起、袁伯夔思亮、陳天嬰畏壘兄弟、沙孟海、洪太完會飲寓齋,次未林韻》:"一槳軍聲動海濱,歲寒清讌集流人。亂離此日足可惜,凋耗吾生太不辰。姑托梏觿消慘沮,深愁兵火結冬春。片時作適須珍重,莫遣餘酣委路塵。"陳訓正此詩,當同時所作。

長孫更名說

風之子生十有三年,已有名、字曰辟塵、炎駒。父辟塵炎駒者,麟之別稱,希世而非常有者也。為長上者寶愛其子孫,而以希世非常有者命之名,情也;顧吾以麟望其人,而為吾麟者不自麟,奈何哉!昔司馬

---

① 《沙孟海全集·日記卷》,洪廷彥主編,第1150頁。

相如名犬子。犬子，賤稱也。相如不自甘賤稱，而慕藺相如之為人。今吾孫獨無所慕乎？

夫名者，實之賓；犬子與麟，雖各有所取義，要之皆寓焉而已耳！謂為麟者，固未必皆麟也。吾孫習書數七年，性好弄，不自寶愛，今當出就外傳，來請更名。予冀其棄乎故而知所改也，于是命之曰"更始"，字曰"改"。夫以"始"與"改"之義責其子孫，豈為長上者之心所樂而出此耶！更始乎？往者已矣，繼自今而往之；所謂始者，何如也？

【箋】

《哀冰集》所録《答洪佛矢》云："僕自別佛矢，習靜般吉巷，……長孫辟塵方七歲，踵阿翁至此，留旬餘方去，其頑響可破屋棟。"已知"般吉集"之時在1920年夏；茲據辟尘年齡加以推算，可確定《長孫更名說》作于1926年。

童君樹庠家傳

童君士奇，字樹庠，鄞之鄒谷人。其先有晏者，唐貞元間松江別駕，自嘉禾來居此，二十八傳至君。君少讀書，即趨然期施用于世，不屑屑章句，為文章，立大體，同里儒師皆折服稱道之。年三十一，始補博士弟子員，嘗一應鄉試不售，即棄去，曰："是枸枸者，豈士君子立命之道邪！"居家教子弟，先經術。為人和易，不為岸異絕俗之行，然人與接者，不敢以非禮犯，每相語曰："童先生溫溫長者，未嘗責望于吾輩，顧吾輩畏之，何也？"

清光緒三十年，始行地方自治制，君被推為鄉正。鄉之利病積數十年未能舉者，群議興革，必君署，乃畢舉，無或異議，其取信之重如是。

君于學無所不窺，自陰陽、卜筮、相人之書，皆能精究其術。年四十九①，微病，一日黎明，徧召家人至，誨以孝友、任恤之道。既已，促家人食，曰："不食，即日中，汝食不下咽矣。"至日中，果卒。妻張，亦賢明，後君一年卒。子五：第錦、第德、第穀、第周、第肅。

---

① 據《童樹庠先生墓表》，可知童樹庠卒于丁巳八月廿八日，享年四十九（1869—1917）。詳參《童氏家族》附録三，胡紀祥編著，寧波出版社2011年版，第260—261頁。

陳訓正曰：余未識君，君中子第德，過余數，故余習聞君之行誼。第德卒業于北京大學，儷文學士，精于小學，已為人師矣。然其人，抑抑自下，無囂氣，余所見少年，未有第德若者，然則君之教可知矣！

【箋】

有感于弟子童第德之為人，陳訓正欣然爲乃父童樹庠（1869—1917）作傳；該文既已被收錄於《塔樓集》，就理當作於民國十四年(1925)。

北邁集

《天嬰室叢稿第二輯》之二
慈谿陳訓正玄父

老友應季審長掖縣，招脩《掖志》。時盜賊毛起，川塗多梗，余乃遵海而北，自夏至冬，凡兩渡，得詩詞若干首，題曰《北邁》，以當游紀。丙寅，玄叟識。

旅次青島

吾生好冥游，落想窮天外。仙瀛與神都，閉目往往在。
傳聞有青島，著勝冠東海。昔昔夢過之，習覯恬無怪。
誰知佳山水，心窄不受載。縣摹已多奇，躬歷始欲駭。
吾來當炎月，天地常苦隘。此島何清涼，耳目時為快。
沆瀣塞四游，草木都春態。入市斷囂聞，飄風答天籟。
泉澄碧於酒，山濃青若黛。征人道其間，襟屐自忘憊。
憶昔秦嬴氏，遵海曾東邁。仙山望不見，鮑輀沙丘待。
吾今亦何幸，車馬少煩殆。飈輪若搏雲，遠靡勿吾屆。
垂老作快圖，放覽有餘慨。道塗結生平，茲游會當再。

夜自青島上行赴濰縣，車既至，同行者皆昏睡。比覺，已越站大圩河，不得已，露次俟曉。復乘下行車囘至濰。行旅況瘁，誰實遣此，
作詩寄慨

大圩河，蹉復跎，大晝白日，尚不得過。嗟爾昏宵，踹踹其奈何？

宵昏天若漆，一鐙熒掛壁。下站覓旅夥，端面無人色。

矮簷齊肩草沒腰，風啼紙櫺鬼語驕。

裸地沓坐愁畫牢，仰面息息看斗杓。

斗杓移，東方起，雞聲動，露洒洒。露洒洒，征人涙。

家有四堅當堪住，爾胡為乎來道路？朝炙日，夜犯露。

上行車如飛，下行何遲遲？

但聞車聲奔萬雷，不見車來時，僮罾奴怨誰職之。

于嗟乎！道路蹙蹙饑驅來，吾窮安所辭！

【箋】

陳訓正此行，始至青島，爾後在某夜，又從青島北上，故該詩之作，雖稍後於前詩《旅次青島》，但亦當作于同年夏日。

掖城懷古

炎風斷行人，沙日乘孤障。我登北夜城，四彌青莽莽。

莽莽竟何似，振目輒千里。憑高擎神山，三山落掌底。

霧重煙濕天色微，天外夫容撐不起。

舉頭看海水，低頭思往事。往事何悠悠，海水流不止。

田橫島，韓信山。英雄慷慨死，遺恨在人間。

人間何物堪千古，丹藥不死良獨難。

黃金可成河可塞，徐市求仙竟不還。

漢皇幸台今無處，沙上白鳥意何閒。

君不見城下堡，古磨一何多[1]，縱橫出戰道。

昔人斂石作機具，白骨碾盡，野狗飽至今。

牛羊下坡來，悲鳴不嚼牆根草。

【校】

[1] 小字自注："掖城四關通衢，皆磨石縱橫甃成。土人云是古戰具禦輷車者。"

膠萊道中

膠萊河畔草烟平，萬里沙頭日色明。
牢落天心照荒土，混茫海角倚孤城。
燕台古木秋風早，鄭谷殘禾石馬橫。
聞道此邦真不夜，至今陌路戒雞聲[1]。

【校】

[1] 小字自注："戒雞，坡名，亦云芥子。"

始至萊子

孤旅蒼黃暮日何，炎沙暑路乍經過。
四雲瞑合三官嶺，一雨秋生萬歲河。
禾黍離離送行色，山川宛宛起勞歌。
斜陽帶眼無情狀，拋落征途故自多。

代簡答南中諸親友垂詢旅況

老來始賦北征篇，每蹈緇塵惜白顛。
袖手閒看雲影去，側身數見月輪圓。
南天風雨應如晦，北地燕支祇自妍。
擬向麻姑借顏色，蓬萊清淺又成田。

又

問爾何事蹈東海，笑而不答心自悲。
炎風六月乾河道，悽雨三山夜泊時。

客久疲驢肩漸熟，途窮老馬智難師。
偷閒來訪巨人跡，卻曲迷陽有所思。

鳳喻呈應掖長

江南少甘粒，饑鳳乃北征。垂羽遇飴鳳，引頸相為鳴。
一鳴振翰色，再鳴音氣輕。三鳴裂膀嗉，昹昹見生平。
夙昔湛丹穴，云是旃塗英。奮飛各有托，要能避榛荊。
飴饑雖不同，異枝無殊情。相期勖光采，心念何庚庚。
飴鳳盛毛澤，饑鳳少鮮明。饑鳳何所願，敢為飴鳳傾。
匪欲搏扶搖，天路為我程。所願結梧棲，少異屯棘生。
沆瀣易為飲，竹實非所爭。有欲不成壑，于勢良可盈。

【箋】

據《北邁集》序，可知陳訓正應邀修纂《掖縣新志》後，曾分夏、秋兩次北上。《鳳喻呈應掖長》雖時際關係不甚清晰，卻仍足以確認該詩作於1926年夏。

將去掖日大雨，道梗不得行，夜坐無悰，口號一十八韻

北方龍失權，不能行時雨。芒芒萬里沙，自來無潤土。
如何不祥人，所至遭乖遻。槁鄉忽澤國，斷我南歸路。
出入隨馬蹄，游子難自主。況茲滑滑泥，甯無陷淖懼。
飈車雖四輪，不得飛行去。人非子列子，敢輕風以御。
逢掖何博寬，終不可徒步。一日不得晴，一日莫出戶。
日日不得晴，日日裹愁住。歸心迸若箭，雨腳密於縷。
眠坐兩無可，作痴聽燈語。錢卜當玟擲，拈字亦成數。
得吉喜欲狂，凶則神喪沮。遙念深閨中，此情當更苦。
但知行不歸，惡能明其故。戚戚此夜心，歸當為爾訴。

【箋】

被收錄在《北邁集》的此詩，雖時際關係不甚清晰，卻仍足以認定作於民

國十五年（1926）夏，且当时陈训正急欲南下返家。

喜晴詩一十八韻

宿溜俄斷簷，一蟬噪高綠。初陽淡若烟，林亭出新沐。
繞階汩汩聲，蟻隧飲風淥。娟翠滿院涼，老檗陰過屋。
瓦鱗閃零光，烟霏屑蒼玉。襟慮驟豁爽，幽居頗頗足。
囘肌曩之夜，苦霾專心曲。雨脚迅奔來，所過輒沈陸。
我馬不生翅，胡能出飛逐。泪雨迸成河，豈惟榨頭漉。
歸心急圖南，一夜苦不速。奈何忽間阻，三朝悲湛伏。
陰翳故不常，會當見晴旭。天意善予人，商羊昨見僇。
海甸展晴光，雲雨無反覆。此時行人心，不啻饑得粟。
僂指數歸程，虛想慰懸目。喜極情無寄，作詩媚幽獨。

沙仔甫自滬迎余來掖，既至，索余詩。余戲曰："汝誠有勞矣，然驅老夫數千里至此，以情論，不能無怨汝也。"因賦二十韻調之

道路不貰人，荀荀驅以去。誰實遣為之，眈彼東道主。
一書招不來，將命乃勞汝。夫汝亦奚為，遠道躬來赴。
匪不感汝誠，嗟哉徒自苦。雖曰饑驅我，性命託道路。
白首賦北征，終悲非故土。汝言車同軌，勢地殊今古。
胡貊猶一家，齊越[1]本庭戶。況在始滿年，健猶堪蒙旅。
及今不為游，過此更艱步。吾時亦忘衰，聞言色喜舉。
意謂膠萊地，自昔稱奧府。東海表雄封，夜城乃其著。
跋涉雖云勞，壯游亦足慕。豈知心所期，八九乖身遇。
但聞泱泱風，短目謝良覯。懟汝動形色，作詩寄薄怒。
如何汝得詩，頗頗聞笑語。曰吾勞雖微，得此良足副。

【校】

[1] 齊越:《天嬰室叢稿第二輯校勘表》云:"《北邁集》《贈沙仔甫詩》'齊

越本庭戶'誤作'齊燕'。"茲據以改正。

既晴又雨

作詩誌晴喜，輟筆忽風雷。喜怒亦安用，陰晴未易推。
真成愁出入，匪直路屯回。我欲翻天問，天心少主裁。

《寒同行》為應季老作。季老有出世
想，屢為余言之，因舉鄭道昭棄官入道事相喻

窅冥冥兮寒同，儇之人兮山中，猿鶴守兮白雲。
封邈千年兮莫相從，獨來去兮成孤蹤。
孤蹤在人間，高高不可攀。我來日已短，山色應更寒。
朝綴寒同雲，莫薦寒同石。一生住寒同，不知衣與食。
儇人鄭道昭，於世何逍遙，掛冠棄人間。
天放白日驕，致余誠兮明。
余素儇之人兮不可遷，知君早有入山心。
清風朗月時來去，拂袖欲行終不行，眼前紛紛奈何汝？

掖多古櫰，大者數十圍，云是宋元時遺植。余寓齋前一株，其錄錄
小者，然亦百年物也。炎午偶坐，無聊對此婆娑老態，不能
無動於懷，因作《老櫰》，詠以自嘲

齋前老槐高覆庭，當頭橫絕天青青。
終午日腳不到地，風開葉漏光零星。
枝柯翠互嬌欲滴，暎階忽生晴波碧。
澄陰滿院深復深，凝塵吹出瑠璃色。
時當六月火體雄，烟姿宛衍流天空。
枝節猶存身早僵，俄看端欲成真龍。
稠柯密葉何影舉，當暑昏昏疑為雨。
嗟爾豈有濟物心，居然撐距當炎路。

自來傲植矜生初，脂零膏剝心始虛。
　　雖非唐檜與宋柏，要可百年今無如。
　　老屋生意微乎微，眼前菁蔥惟爾奇。
　　亦曾蠕蠕誇鱗爪，奈何輒受虮蜉欺。
　　乃知物老材將棄，生性雖好安所麗。
　　析薪供竈然無炎，結槎為渡浮濡水。
　　徒貌古色艱天香，媚姿不如桃李強。
　　桃李不言自成蹊，槐亦綠徧人裳衣[1]。

【校】

　　[1]小字自注："甬俗有'穿了綠衣裳，忘却槐花樹'之謠。"

【箋】

　　據其"炎午偶坐"及"時當六月火體雄"云云，足以認定被收錄在《北邁集》中的此詩，作於1926年夏陳訓正第一次北上期間。

秋九月，重入掖。掖侯[1]應君命虞候關芝田出青島道迓。既至，乞詩，賦此勞之

　　自笑臨歧路輒窮，徒勞迎候出膠東。
　　弟兄四海各天末，樓市三山又暮空。
　　馬老獨驅當智仗，塗深未鑿待愚公。
　　此行真道吾猶箭，射破迷陽仗汝弓[2]。

【校】

　　[1]掖侯：《天嬰室叢稿第二輯校勘表》云："《北邁集》……《秋九月》一首'掖侯'誤作'候。'茲據以改正。

　　[2]小字自注："是行，中途遇暴，車被奪，以虞候力，得反。"

【箋】

　　該詩作年，其題目言之甚明，時在1926年9月，陳訓正第二次北上纂修《掖縣新志》期間。

竺某先自濟南來索書，以詩答之

吾書拙于蚓，壞食少體化。詰鞠一時間，那有問世價。
生平百所好，心抱頗頗野。沒頭入藝海，奇獲吾誠寡。
世俗善諡私，貤譽濫文霸。人苦不自知，心度安所假？
比絜短中長，拙書等益下。如何腐鼠腐，猶為餓鴟嚇。
凡眼矜毛澤，樸狗當虎畫。自來東海濱，乃有逐臭者。
遂令胴生物，乘化起龍巴。竺生故好奇，博問注孤瓦。
千里況飛鯉，以書固要我。我書拙愈工，近且死蚓若。
意欲蓋吾拙，臨池端自怕。惟手出生龍，小詩吾無怍。
雖曰未離拙，稍稍近爾雅。以此答生勤，不辭侏侏寫。

減蘭·歷下雜興

西風雪涕，瘦馬登登黃葉地。一角烟青，畫破天痕歷下亭。悽筇斂夕，市樹荒寒喧暮色。幾折相思，又到黃昏月上時。

寒譙點點，麴陌塵深鐙火淡。起倚闌干，認有殘明在斗間。釀霜閣夢，漠漠鄉心催不動。何處荒雞，歷亂風前破曉啼。

鵲華霜曉，終古河橋南北道。邐迤山容，盡在行人指顧中。清流似帶，宛宛天痕人影外。趵突無端，道是東來第一泉。

珠泉一曲，不比人間泥獨瀝。著潤無多，浪意淫淫欲過河。別風離雨，溝水東西成閒阻。底事遲遲，鬢沸情懷十二時。

到掖二月，不聞有促織聲，心怪之，口占一絕

一自秋城住，未聞秋蛩聲。
非無秋意思，不敢向人鳴。

大基山道士谷

入谷疑無路，嶙嶙直到峰。人行廢河底，天坯亂巖中。
馬首懸黃日，犬聲紛涇空。歸途吾有省，駐想得初鐘。

登濼口城觀黃河鐵橋

如何天下險，一葦竟杭之？
南北難終限，山川故自奇。
鵲華賸寒碧，清濼與流離。_{小清河源起濼口。}
欲問悠然意，行人那得知！

趵突泉

勿謂此涓涓，人言第一泉。潛流直到海，突勢欲翻天。
市地花分潤，背城山倒懸。得閒暫相過，眼冷塹雲邊。

登千佛山四覽有作

千佛山頭看落暉，東南有雀正飛飛。
征雲目斷吳天碧，旅草風吹大野低。
半谷人聲巡騎至，滿城觱篥放營歸。
昏塗濺濺牛羊下，萬點蒼煙帶夕扉。

一陽將復而遍征未已，憶內有作

幾番裁素報行期，雁帶鄉心歷亂飛。
細撥蘆灰悲去日，兀將霜髩受斜暉。
江關夢熟春前路，風雨情憐別後衣。
早料浮蹤無自主，不應恁地寄當歸。

末麗詞

《天嬰室叢稿第二輯》之三
慈谿陳訓正無邪父

少日好綺語，月下花間，幾成日課。嘗於老圃西種茜一畝，因自號茜畎生，有《茜畎詞》若干首，既而悔之，盡棄所作。今年春，游海上，始獲交臨桂況蕙風太守、歸安朱彊邨侍郎。二先生者，輓近海內詞學大家也。明珠出海，枯岸借輝，余請益焉。自是復動夙好，春夏以來，輒有謠詠，裒得一冊，題曰《抹麗》。抹麗吟館者，亦茜畎生舊物也，蓋不署此名已四十年矣。乙丑八月，玄翁識于滬北庸海廎。

乙丑歲暮，余手錄《末麗詞》[1]。藏諸篋者，又四年矣。今春，童生藻孫第德過我纘石山房，見而喜之，為倩寫人別錄一通，而請原稿以去。童生之勤，亦童生之癖也。庚午二月識。

【校】

[1] 末麗詞：原誤作"未麗詞"。

蝶戀華 春江道上，賦寄蕙風、木公

牢落天涯人自去，偏又東風，吹綠天涯樹。燕子迎人如送語，無端聽徹聲聲住。

野色苕苕愁日莫，燈火江南，漸墮空濛處。客裏看春人坐霧，囘頭不辨來時路。

【箋】

況周頤《餐櫻廡漫筆》所載《蝶戀花》云："少日年芳何處去，極目江潭，總是傷心樹。愁到今年誰與語，十年漂泊愁邊住。杜宇聲聲朝復暮，未必天涯，只有春歸處。往事如塵吹作霧，漂搖獨活悲歧路。"且其自注曰："天嬰自滬之杭，賦詞寄貽。蕙風次韻。"① 疑況氏此詞，即爲和陳訓正《蝶戀華》而作。

山華子 新柳二首

似學啼眉未放顛，倚春嬌彈妒春妍。底自憮憮眠不起，別離天。
燕尾梭來金作縷，鶯聲溜到玉堆煙。誰遣東風吹別淚，與纏綿。（一）
冶葉倡條大道旁，幾經攀折不成行。又是一年春到處，對斜昜。
臺畔月明籠恨住，笛邊風細引愁長。攬得天涯離別意，滿可梁。（二）

憶江南

芳樹外，無限夕昜紅。何處佳人吹玉笛，聲聲墮入莫雲中。打斷落花風。

偷聲木蘭花

紅牙拍斷春蔥瘦，間煞當筵雙舞袖。莫怨綃輕，幾日絲絲淚織成。
銀荷爛爛飄珠蕊，徹骨思寒人未睡。記得年時，慣摘槐花染綠衣。

秋千索

多情恰是無情侶，春已到、落花深處。要訴東風識此心，說不出、心頭語。
巫昜本是天涯路，早錯過、朝朝莫莫。身似巫雲繞夢飛，更誰會，《高唐賦》。

菩薩蠻

瑠瓈六榻明蟾墮，愁痕界斷葳蕤鎖。何處最心憐，棗花簾外天。

---

① 《況周頤詞集校注》，[清]況周頤著，秦瑋鴻校注，上海古籍出版社2013年版，第467頁。

屏山雙翠幝，美夢夗央妥。今夜夢中人，好教心上尋。

浣溪沙 和君木慰蕙風韻

缺月如鉤掛斷腸，雲時和夢墮階涼。生愁牢守有顛當。

哀竹吹春還斷續，悽鐙飄泪乍昏黃，思深孤夜不能長。

慢卷紬

空雲佇想，高蟾照泪，一夕相思路。夜鵲警虛寒，帀樹依依，心知未肯，將愁飛度。謾說分明，此生看月，能得長如許。又爭似當年，對影花間，釵鬢相覰。

清輝處處。前塵夢，夢也難重數。別來幾黃昏，尚記良宵美景，與坐綠牎心語。算是尋常，不應憔悴，便乎困閒愁緒。衹消息而今，有箇音書，沒箇傳與。

西子妝慢 雨中葛嶺，訪秋水觀故址，南宋賈相行樂處也

密雨藏山，長煙蔓水，漸近漸看無路。雲源十里暗啼鶯，似聲聲、不離辛苦。無心聽取。怕觸動、行人愁緒。且低佪、問青山腳底，繁華何許？

南朝土。半壁天光，澹到無情處。當年秋水最關情，乍回頭、便拚今古。登高漫賦。看癡碧、溼雲千樹。自愁人，血色山花亂舞。

清波引

乙丑四月，衢縣鄭渭川永禧、樂清黃迂仲迂、平陽王海髯理孚、溫嶺陳襄老樹鈞，招飲湖濱，會者十九人，皆先朝諮議局舊僚也。歡樂既終，感嘆乃起，歌以當哭，遂占此解，用玉田體。

百字令 西湖晚櫂，重過稽園，弔趙六

夕陽如水，潑春蕪放出，春青滿路。一鑑頗黎敲欲碎，斗大飛花亂舞。柳外鴉昏，鷗邊絮暝，櫂入雲深處。芳雲冉冉，鬲廬花發無數。

還憶孤館當年，西泠放夜，戴月尋僧去。一樣清游今昔在，可奈蘅皋日暮。綠意霏霏，紅情澹澹，何處春長住？者囘重到，種桃人是前度。

水龍吟 _{春日湖上寄蕙風、君木}

惱他婪尾東風，猶烘花氣吹人倦。晚芳時節，厭厭最是，思隨春遠。陌上飄歌，听來依約，□一聲緩。問東西勞燕，兩邊花訊。分離處，誰長短。

怕過斷橋橋畔。有垂楊、儘情撩亂。依依馳道，昔年今日，幾曾相見。何事天涯，青袍草色，看看都徧。莫臨風，鼙笛最銷魂是，是《長亭怨》。

南浦

遙天一攬，作登樓，春色聚眉梢。滿眼青山如滴，生怕有愁苗。都說好春難駐，料春歸、墜艷未應消。況晴游初放，淺寒輕煖，明日是花朝。

且自低佪暗數，數前游、笛語隔鐙寮。一樣偷聲添字，別後最魂銷。闌外夕易紅盡，照愁顏、故故嫌人嬌。悵鳳皇臺遠，更無人解憶吹簫。

摸魚子 _{樂清黃迂仲來湖廧，出示所作詩篇，賦此以答其意}

儘疏疏，滿天風絮，等閒都上簫鬢。相逢又到春歸處，悽絕柳昏花暝。君試問。問眼底湖山，可似當年俊？攜尊坐並。好收拾詩囊，斟心酌意，留箇酒邊影。

重游地。滿眼斜易歸徑。別懷禁得愁損。燕疑鶯滑年來慣，翻怩落紅無定。君且聽、正廢院烏啼，宛轉黃昏近。傷春泪盡。縱貯得春腸，愁深愁淺，付與阿誰省？

大聖樂

麝靶飄黃，鶯釵賣翠，此情終古。一瞥間，春影驚鴻，目斷遠天，猶認舊時歸路。墜玉已塵難收拾，問深貯、迴腸愁幾許？真癡絕。尚凝想夢中,端的重遇。

春啼惱他怨宇。正啼徹,黃昏風又雨。便化成胡蜨,漂搖如此,難通宵寤。砥室翠翹飄瓊絃,最悽斷纖蟾斜墮處。更深矣,肯輕遺,巫雲飛去。

一枝春 溫嶺陳襄老,不見十七年矣。一日叩湖寓,示于詎畀許
得讀《摸魚子》詞,愛之,乞有所遺。余感其意,為占此解

春路㤪㤪,乍相逢,又是飛花零雨。湖山對酒,旋減當年風度。浮蹤笑我,只贏得一囊詞賦。還自意庾信,生平蕭瑟,有人憐取。

惛惛好春遲莫。縱尋山問水,猶能強步。煙雲過眼,自分已無情緒。黃金計短,看雙鬢漸成霜縷。誰念是、人海飄萍,未歸故渚。

惜餘春慢

岸柳喧煙,堤梅過雨,幾處林塘清曉。登臨目遠,俯仰情移,不數故鄉春好。回憶佳游那時,提檻尋詩,五泠曾到。奈重來,崔護桃花門巷,落紅如掃。趙八有"園在靈峰下故後,落花無主過"之愴然。

因自念、孤負佳時,因循長誤。甚說抽身須早。萍蹤漸絮,艾髮都花,目送有情天老。便即天能假年,問水尋山,佇情多少?莫恩恩拋去,煙邊禽弄,雨邊花笑。

水調歌頭 秋日,同木公、戍阿訪蕙風吳門,信宿始別

辛苦度秋日,無地著高歌。百年心眼都倦,對面起滄波。道路驅人不捨,安得天風相送,住我白雲窩。強笑就君計,貯意不能多。

持濁酒,寄長嘯,日亡何?倚樓心事,憑教呎呎客中過,孤雨淚邊如洗,洗出川塗一碧。老眼為誰摩?此別莫輕易,攬鬢惜蹉跎。

【箋】

按,況周頤《浣溪沙》序:"乙丑七月,左湖、天嬰、君木,薄游姑蘇,集閶門旅邸,蕙風來會,即席徵歌。寶琴索詞,君木、蕙風連句賦《浣溪沙》贈

之，每句嵌座中人字。小美玉磨墨，冶葉老四捧硯。"又，沙孟海《僧孚日錄》乙丑七月二十五日條："師與陳玄丈、洪戌丈晚車赴蘇。又韓昨日來茲，與同去。"① 准此，該詞當作於乙丑七月二十五日（1925.9.12）夜。

齊天樂 為孫孃作

憑欄偶近春繁處，偏偏夕陽紅短。繡陌花深，回隄絮聚，道是東風渲染。芳情乍煥。又勞燕天涯，折分良伴。夢也恩恩，一回顛倒一回遠。

碧雲天末冉冉，盪蘅皋莫色，都到愁眼。露宿星奔，雞晨雁夕，珍重前途千萬。聽來委宛，甚好鳥枝頭，盡情嬌喚。喚徹關梁，落花飛應讀去滿。

浣溪沙

澹澹斜易又到門，茜窗撩起舊紗痕，悄無人處易黃昏。虛枕香函餘麝气，彈枝花影殢梨魂，更難殘夢與溫存。

浣溪沙 春綺樓紀事

春綺樓頭過雨時，鶯聲潑潑燕遲遲，紅薇開徧沒人知。曲录凝塵迷馬眼，迴廊虛厭起雲疑，東風索性不須歸。

薄倖 杭州議廳前木筆花，和人韻

春風婪尾，已過了，桃緋李紫。最無賴，迴欄干外，忽起挐雲書勢。任欹斜，顛鳳倒龍，看來咄咄都空字。也寫出纏綿，一篇幽怨，可惜無人會此。

在草草春歸處，曾撩得，天花亂墜。綠天無限好，磨愁醮恨，問誰濡首芭蕉底。真成墨醉，笑年來雨擲風拋，慣共榆錢戲。臨池乍煥，趁箇當兒早起。

---

① 《沙孟海全集·日記卷》，洪廷彥主編，第870頁。

換巢鸞鳳[1] 范西廖湖上移居

散盡千金，問天涯何處，寄爾飄零？湖山饒夢想，書劍結平生。新詞重譜喜遷鶯。料應是浮，家歸未成。傷心也，春路燕覓棲無定。

人境，愁耿耿。無計避愁，休說桃源近。訪鶴林亭，戲魚花港，還算鱸鄉清淨。我亦浮蹤托窮途，種花何物堪蠋忿。搜回腸，倚新聲，且共騷飲。

【校】

[1] 換巢鸞鳳：原本誤作"換巢鶯鳳"，茲逕予改正。此曲系南宋史達祖自製曲，因詞中有"換巢鸞鳳教偕老"句，故名。

殢人嬌

淖約淩波。風流裙帶，幾曾見，窪銀昂黛。綠羞紅妒，是何情態，又艸艸，相逢碧桃花外。

一軒瓏鬆。橫遮低礙，悵天上，人間早界，去年人面。宛然春在，只一擲，秋波已翻情海。

風蜨令 過玉暉樓

翠煥懷中玉，嬌擎掌上花。乞名泥我彈鬢雅，合取紫瓊相字，字無瑕。

竟體都冰素，前身儻月華。玉暉樓是玉清家[1]，人道倚妝飛燕，最夭斜。

【校】

[1] 小字自注："玉清家，用葉子奇故事。"

蘇幕遮 為玉暉作

玉生成，花與並。比似梅花，恰到梅花韻。不用燕支敷浪粉。買箇冰綃，就月裁疏影。

澹無痕，嬌有暈。嫁與東風，應減春來困。豈道相思還肎肎。出也多愁，入也多愁甚。

阮郎歸

臘寒殘漏未成眠，月梢聞杜鵑。庚庚牕外淡如煙，孤啼到曉天。思鹿卜，恨蟬聯，鯉飛何處邊。定知書到落花前，故人心肯憐。

長相思

花似煙，月似煙，照徹銀床不得眠，相思在那邊。思纏緜，恨纏緜，淚亦纏緜到曉天，此情須自憐。

憶王孫

瑲鉤如月月如眉，一樣彎彎下夜遲。深院垂簾獨坐時，乍相思，屏上鴛央邮得知？

菩薩蠻

彌天積雨無昏曉，西風陌上行人老。見說少年時，黃金籠馬歸。知君多意氣，情為君迢遞。迢遞隔山河，朝朝望若何。

望中渺渺天涯樹，行人獨向天涯去。秋色未成寒，涉江好采蘭。采蘭無一把，將以存君雅。芳意不須多，盈盈惜袖羅。

滿山黃葉秋蕭瑟，秋風細細吹將出。安得錦郎當，送君還故鄉。故鄉何處是，見說人千里。總是不歸來，音書又一回。

登樓日日風兼雨，樓頭心眼安無處。楊柳碧于煙，夢君煙外天。悽悽芳艸地，未肯拚憔悴。一度夕易明，遠山眉意生。

遠山莫靄沈沈紫，紫鵑聲住紅鵠起。不是斷腸聲，行人那解聽！哀蘭雖並蒂，秋色寧當佩？沈坐下黃昏，解衣惜故薰。

芙蓉簾閣明秋錦，畫蘭兜處風難禁。閒綠上階沿，斜易涇半邊。茜牕花鏤影，日短燕支損。又是上鐙初，夢痕教孰扶？

坐深不覺高樓暝，開簾失喜銀河近。佇意望雙星，新霜點袖輕。羅衣寒漸徹，桂露流光淫。耿耿此何時，雞聲下夜遲。

摸魚子 觀潮日，宿寶石山，月下作

幾回看，一年明月，最難情遣今夕。人間怕對團欒影，而況雨風初息。歸未得。乍夢覺揚州，盪目生寒碧。高樓望極，聽沼上悽烏，故宮清怨，夜夜白啼徹。

憑闌處。捲地銀濤千尺。等閒驚破幽寂。有誰會得鴟夷怨，渺渺江頭愁色。情自昔，問萬古嬋娟，意肯相憐惜？湖山作客。趁一笛風微，萬蟲霜緊，墜恨費尋覓。

渡江雲 代簡寄發士並示近況

蟲深秋似海。開簾一望。明月故人心，最難情遣處。露冷風高。響徹雁邊音，離愁點點。和落葉飛滿霜林。人未歸，倚麼心事，只是費沈吟。

沈吟，西風身世。算比秋蟲，又螿咽蟬噪。笑近來，愁多移帶。髮短羞簪，人間誰會長門怨。壽長卿，安用千金，還夢想，家山恣我幽尋。

月華清

檐側明河，屏迴皓月，一秋涼意堪把，對酒開襟。人在水晶簾下，莫言愁。愁若來時，且付與，西風蟲話。蟲話，話淒涼多少，秋將歸也。

況是殊鄉羈夜，正迢遞新霜。關心寒乍，無雨瀟瀟，落葉滿城如灑。說無愁，愁到深時，算只有，奉君一斝。一斝，抵離腸百币，如何能下？

南歌子 秋宵湖上對月雜憶五首

送抱有明月，舉杯非故山。一年迢遞雁飛還。偏是西風，消淚未成乾。漏入今宵永，天從別後寒。江湖滿地故人顏。脈脈清輝，禁尋幾回看。

一自山中住，姮娥是故人。青松白水亦佳鄰。多少吟蟲，舉眼葉紛紛。

急切殊難已，碪聲多苦辛。新霜過處是關津。只恐歸遲，故遣月中聞。

蟲夕清無寐，高寒獨憶君。涉江誰與惜芳芬？零落秋風，難覓舊時薰。桂露湛天外，無聲墮莫雲。銀河澹處玉煙溫。底自飛飛，夜鵲繞孤邨。

月色無分曉，愁中只是寒。纖纖誰遣兩頭看？又況金波，起處漸生煙。人影橫秋地，明河向夜闌。弟兄詞賦尚江關[1]。坐徹深更，涼意上眉山。

殢柳生悽碧，羞霞泛淺紅。眉蛾汝亦可憐蟲。慢卷晶簾，只怕失瓏瓏。何地無銀漢[2]，多情自玉儂。一年涼月此宵中！莫為圓遲，錯怨到西風。

【校】

[1] 小字自注，"用悔餘詩句。"

[2] 銀漢：《天嬰室叢稿第二輯校勘表》云："《末麗詞》《南歌子》第五首'銀漢'誤作'漢'。"茲據以改正。

哨徧 題葛暘《慈勞室圖》

嗟汝葛生，先聖有言："孝養先親志。"曾是乎，雖犬馬皆能，敬不別人也！何以生曰："唯吾無以安吾母，吾悲吾賤而無似，嗟吾母之年六十而不得休，生子如此是可哀，吾罪亦奚辭？吾焉敢忘吾母之慈！夫子哀吾，為吾作圖，勞吾母氏。"圖為其師趙叔孺所作。

噫！自我為兒，不聞吾母言及戲。衣垢而食敗，三十年苦作計，至今日如斯，嘗呼兒謂："惟人安遇能逃恥，兒讀聖賢書，須兒無辱，不須兒得驕貴。"懿哉母明惠，庶其幾時之人，誰復尋如之？葛生乎，今世何世，毒蛇猛獸，相與比比而皆是，但知有子，不知有母，而汝乃獨何意。吾聞慈母生格兒，覽斯圖者，信之矣！

十二郎

素秋似練，又恰直、晚霞落綺。趁葦曲風迴，蕭闌煙定，重把詩襟自理。折得蘆枝橫吹去，怕怨絕、參差不起。聽蚓竹漸沈、蛩絲都咽，更消閒淚。

誰會。吟邊墜葉，饒人霜意。縱賦得秋聲，哀絃獨撫，甚說愁來便抵。帀樹烏悽，挂譙蟾冷，今夕夢醒何地？嘆繞恨，夢亦尋常慣向，客中秋底。

高陽臺

三帀烏悽，百般蟲細，傷心況又殊鄉。盡夕生愁，高樓怕近斜昜。離塗黯淡無人色，待雁來、與說蒼茫。倩憑空，寫箇人人，教自思量。低佪不盡山河影，況西風古道，彌目荒涼。斷翠零紅，霏霏可是年芳？行人到處啼蛄急，細聽來，不比尋常。更堪消，暮色天涯，幾度昏黃。

碪急風高，譙橫月落，作寒聲在天涯。黃葉無多，離情還著寒枝。幾番送昇秋歸去，奈者番、偏自遲遲。縱音書，雁字能來，沒箇人兒。野煙荒陌人千里，只寒螿唧唧，替訴相思。別後銅駝，心知淚有乾時。滄桑事影君休說，怕淺清，也少人知。笑一般，惜翠憐紅，總算情癡。

簾角風尖，樓頭天闊，今宵愁重難蘇。何事不歸，秋腰帶眼憐渠。孤鴻身世天涯慣，有斜昜，總近征塗。任飄然，夢徧春蕪，踏徧秋蕪。饑來猶著揚鞭地，縱桃源不見，未阻長驅。白髮陶潛，風流可是當初？東籬長見年時約，奈花黃，不抵霜腴。問而今，有甚心情，為甚踟躕？

愁入煙蕪，寒生蟲杵，傷高還自臨臺。畫角參差，不如春吹情懷。天涯秋色隨人遠，說有涯，總是無涯。問年年，聽雨聽風，知為誰來？秋心帖帖斜昜路，縱商飇劃地，莫起靈埃。故苑香遲，黃花賤淚催開。客中風物無時節，漸夜闌，蛩語流哀。驀回頭，月色當時，人在秋階。

高陽臺 和人韻

斜月窺牆，悽蟲專夜，天涯那更西風。悄立闌干，不知秋向誰濃？相逢盡是傷心侶，怎管他，去燕來鴻。說丹林，曾傲清霜，總是羞紅。

迴腸拚貯悲秋淚，奈秋光滿地，灑亦無從。怕有相思，今宵飛夢天東。殘楊縱帶飄蕭色，作秋聲，都在高桐。最無憀，院落黃昏，横據雲封。

清平樂 題仲可《純飛館填詞圖》二首

抱琴歸去，獨向雲深處。若有深情依碧樹，立盡斜昜無語。一篇秋水南華，相從世外人家。袖裏林泉可據，不知身在天涯。

山川如故，豈是人間路。總被閒愁分了去，冷卻一春芳杜。幽人來去空空，會心只在山中。莫問山深山淺，能消幾日東風。

【箋】

況周頤有詞曰《婆羅門引》，其自注稱"題仲可《純飛館填詞圖》"[①]，疑與陳訓正此詞作於同時。仲可即徐珂（1869—1928），原名昌，字仲可，浙江仁和人，光緒十五年舉人，官內閣中書，參加南社，任商務印書館編輯，有《純飛館詞》《清代詞學概論》《近詞叢話》等問世。純飛館乃其室名。

憶故人 又題

片段輕綃，為誰留尋閒風月。憑教細意問青山，只是無言說。夢裏林泉清絕，更何消，濃裝淺抹。故山何處，卻道山深，不聞啼鴂。

---

① 《況周頤詞集校注》，上海古籍出版社 2013 年版，第 257 頁。

炎虎今樂府

《天嬰室叢稿第二輯》之四
慈谿陳訓正玄父

此丙寅歲所作也，故曰《炎虎》。時多忌諱，種豆種桃，動招嫌怨。玄翁每有謠詠，不敢以名見，必假署之，然猶懼久而為人知也。一事一名，以自韜匿。二十年來，凡七八易矣。來日芒芒，不知當復幾易也。丁卯春，識于閘北寓廬。

東家火

東家火爐爐，日腳下地紅。
西家日包頭，飛露半天浮。
露出當枝，日出當扉。
勸君口渴莫飲露，飲露傷人脾。
勸君身寒莫近日，近日灼裳衣。
衣裳雖破可蔽身，脾官由來重關人。
君不聞，昔人語：衣灼焦膚，脾壞害土。
人在土中生，當在土中腐。
知君生有華屋住，奈何屋山開門戶。
朝暴日，夜犯露。

【箋】

　　1926年8月15日，該詩以《玄翁今樂府·日與露》爲題，見刊於上海精武體育會印行的《精武月報》第52期（署名陳訓正）。

鬼出兵

昧谷出鬼火，羅殿點兵坐。鬼火厭神京，羅殿點兵行。

羅殿未行火未明，幽幽鬼語先相驚。

勸汝毋相驚，自來疑心生暗鬼，我心不疑鬼當避。

羅殿不是天驕子，鬼火胡能燒萬里。

人人談鬼不得真，我能彷彿得其似。

臼眼丘準氣勢雄，可惜有頭沒得尾。無尾不足喜，有頭何足畏？

當年蚩尤具神力，頭觸不周山傾側。

毒霧四旁天無色，黃帝滅之供朝食。

羅殿何如蚩尤，鬼火何如毒霧？軒轅子孫九州土，黃靈至今應未沮。

我問羅殿，羅殿汝自思。

既不如蚩尤銅顱鐵額，口噴毒霧，能令山川摧，百靈哀？

嗟汝螢螢之火，胡為乎來！

走馬辭

走馬錦水頭，錦水長長好廝留。

十日廝留九日霧，連繾結銜無去處。

無去處，不如歸。歸來下馬山鵑唳，斷魂吹落夜風微。

人言錦城好，相思不能到。

人言錦水如錦城，相思日逐春草生。

春草短，春日暖。瘦馬馱嬌兒，馬背春不煖。

我語嬌兒，嬌兒當知之。

餓駿嚼春草，翦翦安得飽？錦水雖云樂，何如錦城好！

白皚皚[1]

一九白皚皚,禾奴生子連地栽。二八白隱隱,寸絲忙得千針引[2]。

還我三尺鉏、七尺筐。今年歲直虎,虎口多殺傷。

有衣不得身被之,有食那得嘗?

生不能為屩與蹠,勞勞至死無時息。

人言橫生生,不如橫死死。橫死一死,橫生萬死。

死生即在虎口中,莫逐虎尻看雌雄。

【校】

　[1] 小字自注:"《春雪謠》,越諺也。即其聲,引申之,為《白皚皚》。"

　[2] 小字自注:"原辭。"

鬪閿子

鬪閿子,無甯居,朝號饑,夕寒呼。

日復日,驅道塗。道旁華屋何渠渠?一解

渠渠渠渠,歲來大無。

昔日華屋住,今日鬪閿無甯居。

無甯居,伏道隅。

道上何所見?兩馬夾幰車。

車載郎,馬乘奴。

不見,令人憶;既見,令人吁。二解

車中何所見?窈窕雙名姝。名姝出京洛,顏色天下都。

頭上何所有?的的鑽與珠。百鑽結釵頭,千珠綴冠梳。

一珠千百強,一鑽直萬餘。被體何所有?輝煌百寶襦。

金地玉壓闌,徧繡紫天吳。下裳何蔥蒨,襉襉青芙蕖。

芙蕖凌曉開,上有紅飛蝴。裳下白玉藕,雙鴛抱蓮跌。

縐波生春暖,隱隱見圓膚。借問道旁人,富貴竟何如?三解

車中富貴郎,馬上富貴奴。為奴亦不惡,意氣劇萬夫。

怒蹄高過人，人命甘若芻。生芻齧不盡，汝賤安所逋？
貴人端面來，飄電忽已徂。快馬無停眼，甯見汝籩簠。
人生各有天，籩簠汝何如？四解
作驕官，取美姝，畜駿馬，養俊奴，入華屋，出高車。
日復日，聊自娛。聊自娛，歌烏烏。
歌聲苦，歌意愉。閼關子，汝安頟？
朝號饑，夕寒呼。日復日，伏道隅。
伏道隅，莫近衢。貴人來，驅驅驅。五解

埻埻埏其聲演自句甬雜謠

埻埻埏，野豕駝兒晝入城，戍父取得小獮精。
猪觜不生象牙，氂膏不如沙麈。快馬不認孃，快龍不識奢。
誰遺一粒火，滿天罾出火，老鴉火鴉紅。
罾向東，火鴉飛。罾向西，四角中央鴉翩翩，潢池罾翻龍上天。
天生六龍，五龍守四方，一龍主天潢。
焦尾在野，肉角為皇，闊舭牛兒好形相。
好形相，驅汝服鹽車，力莫如老猳。
驅汝以為田，不如禿肩賢。白貆度遼死，赤貆度遼生。
生貆死貆皆食人，六駁至今坐稱神。

鋬金刀

煎鸈膏，鋬金刀。金刀鋬，鸈鵒不生。
鸈鵒胡不生？金刀之用在殺人，汝微奈何先為禽？
汝既不能學人舌，掉弄言語巧如猩猩鸚。
又無好毛羽，小若河翠大沙鵒。
生無逃死術，多膏非善名。強火欺屠魄，汝鸈固當烹。
吁嗟乎，瞽師造洪鐘。

大呂之聲出自銅，牛羊何辜釁其中！
麒麟希物世難遇，聖人革之以為郊天鼓。
汝虪之生孱且微，奈何多膏為！

昆侖冠

小冠下為梳，大冠垂牙魚。道逢莫相顧，相顧顏無姝。
顏無姝，且歸避。歸來剪帛象昆侖，還取明月當珠珥。
絞膽為其青，瀝血為其紫。
高結無極下無涘，送與阿媼寵驕子。

中林鹿

中林鹿，何嶽嶽？
威楞出四斿，誰能折其角。
角芟芟，尾促促。
促促不得掉，芟芟安所觸。
生不貴頭貴有足。

白唐子

老奄秋將子，自呼曰白唐。彌體紛斑羽，禿尾少翬光。
蹲蹲飛不峻，眷眷居無常。竦翼若為鬭，血味何淋浪。
橫草尚不越，同類反殺傷。乃知田鼠之所化，聖人曰不祥。

女蘿曲

蘿草依井桓，吐絲蔓大空。結託亦云頗，生姿恐不同。
騫桓近井泉，出地已撩天。女蘿雖善化，胡能齊其顛。
尋木非無顛，寸苗自有根。舍根而齊末，君子以為言。
豈謂地勢異，膏窳各土味。高花有凌霄，孰念其根寄。
伸手摘高花，縮手批浮茄。一茄連百蒂，再春那得華。

嗟嗟不得歸

嗟嗟！吾不得歸，將與子南邁。

山川閒之，將為北徂，雨雪滿塗。

悠悠白雲，習習飛鳥。蒼丁白乙，薜若中道。

相顧一鳴，致我生平。羽澤不同，歌意可通。

歌曰："蒼海碧波，龍氣峨峨。"

飛鳥愁不渡，行人奈何！

支離曲

撤垣樹無患，毀堂種忘憂。主人何所計，僕夫難為謀。

譆譆出出，宵狐逐野譟，到門聲振屋。

俎肉登周狗，重門誰與守？重門不守，主人出走。

勸君莫用金作堂，鐵為牆。僕夫雖賤，其言光昌。

拔我無患樹，忘憂草。短短野荊花，能令樊柴好。

高樊高過人，長柴長週巡。田鼠不能入，宅狐門外蹲。

縱無吠門犬，狐鼠那敢主人嗔！

苦農行

澤農種得一石粟，饑來就市典黃犢。

山農種得一儋棉，寒來縮脚敲火眠。

人間作苦農最多，晝出耕，夜戽河，一春沒得空閒過。

東獪兒豁善搖脣，斗載黃金車載銀，道逢西駔說苦辛。

打稽行

車列列，馬嘶嘶，大將開口坐，小將出打稽。

打稽來街東，火把滿天紅。

打稽來街西，雌雞飛上屋山啼。

打稽來街頭，但聞老婦罵少婦，聲啾啾。

打稽來街尾，火把擲地哭聲起。
黃者金，白者銀，車載馬馱來軍門。
大將點軍坐堂皇，小將奉令立兩傍。
今日勞多早歸息，明朝買肉大家嘗。

流郎曲

有梟一足，人面羽身。大雷逐之，琶琶而蹲。
匪不畏雷，天自不神。東神出雷，西神出雨。
孰謂天高，而無厚土。穿地百丈，有泉如注。
雖則如注，歲不我與。祝彼梟神，無戾我郊。
江漢之廣，曾不容刀。三施之土，安有二毛？
啄多傷觜，不如其已。朋食流郎，不如用異。

緇河歎

素履蹈緇河，河廣惜不過。匪為愛貞履，濯足水無多。
我欲改道就金仙，因風突過蓬山前。
山中杞狗大若虎，不與凡人通丹緣。
蓬萊咫尺無尋處，笑君萬里毋其然。
回我故步，葆我貞履。荊棘未除，莫問道路。
路分東西，又限南北。門外天高高，天底有愁色。
人在天日中，奈何行不得！

采山吟

采山莫遺璞，璞中有美玉。
采河莫棄蠙，蠙老珠典腹。
生材貴相知，奈何治以目。
目治須出骨，皮相須入神。
西施不自潔，遂為矇矓人。

野馬曲

游塵不是馬，乃以野馬名。固知微塵微，亦有千里情。

媧皇搏黃土，隨手撒為塵。物物起名字，強我獨為人。

人生若搖睫，百年何影勿。

一睫朱生顏，再睫綠遂髮，三睫骨化腐，四睫還復歸黃土。

黃土日乾風吹之，野馬出地人隨之，百年搖睫過知之。

封蛾謠

二月菜花黃，三月菜花香。

蜜官作牙出課蜜，歸來奉其皇。

四月楝花苦，日日風吹雨。

土蛾分封出避潦，各各從其主。

得甘不自恣，邁患不相棄，誰謂爾微乃知此？

吁嗟今之人，何如蠢與蟻！

麗留行

麗留麗留，晦映河洲。

朝出覓食噍噍，夕出覓棲啁啁。

卑棲悲狐兔，高棲畏摯羽。

生成厚口無甘食，何敢辭故土。

鳶在林，鶚在泮，托生豈有殊。

麗留不是爾行，伴飛委蕤鳴歷亂。

日日踏春枝，不見春爛漫。春色可蘇愁，麗留亦療妬。

委肉媚春人，未嘗心知苦。入門競容好，悅聽在言語。

黃袍之澤非孔翠，佞舌至竟遜鸚鵡。噍噍啁啁奈何汝？

萋萋草

萋萋草，露被之。露被之，華以離。

熇有日，奈何晞？奈何晞，心悲之。
萋萋草，有乾時。華以離，不可期。

橫河曲

一鶚沖舉，盤天四顧。胡不自東，逢彼之怒。
彼何人斯，乃鏴其羽。雖鏴其羽，猶跋其股。
虩虩雷鳴，習習風生。鬼車夜出，過我故營。
孰謂烏九頭，鳴則噍噍。噍噍之為聽，孰與無聞？
南口北舌，其音若歜。不可為言，安為言悅？
嘉林無凰，摯羽成邦。高林無鳶，屖飛戾天。
戾天之飛，孰折其翚。彼艾如張，胡為乎堯羊？
堯羊不下，腐鼠為嚇。鼠腐猶嚇，不腐奈何？
高鷗跕跕，愁絕橫河。

江東曲

前年將軍來，怒馬出江隈。江潮自摧落，鐵弩不須開。
去年秋草肥，將軍馬如飛。眉氣挾浪舞，將軍看潮歸。
今年潮又至，將軍出揚子。江聲飛不起，云隨將軍死。

蒼崖行

四月魚汛來，漁檣候潮開。
早潮溜網出，晚潮收打回。
打得百頭魚，云是千人餐。
千人餐不盡，置魚蒼崖間。
蒼崖坦列列，日暴風乾之。
大腦臼，小腦斗，磔腸并肝堆一阜。
取火煬為膏，意其光明非世有。
體有蘊腥不可聞，海空四燎天渾渾。

奈何群小鱻，奉之以為君？
吁嗟乎，魚在海中生，海水日日盪其腥，死後之膏何光明！

右雜歌謠，嘗為弟子輩纂去，登於報耑。南海葉玉虎見之，抵書仲弟畏壘，詢炎虎何人？葢詫為奇構也！余曾賦《哨遍》答之。今年，玉虎復來書索詞稿，云將輯《後篋中詞》，而與余始終未晤也。感其意，為志數語于此。十九年三月，玄父書。

紫荑詞

《天嬰室叢稿第二輯》之五
慈谿陳訓正玄嬰

乙丙之際，踵蹈四方，旅居無悝，輒以詞程日，心與聲會，失律漸尟。然人事益工，天事益遠，詩人浩蕩胷襟至此而極，其變非所喜也。舍其夙好，徇此綺業，辟之博奕，猶賢乎已爾。西疇居士識。

紫荑香慢秋旅颯颯，都無好裹，傷高念遠，情見乎辭

費思量一年容易，遏來又到黃花。問征途何戀，秝已熟，不歸家。漫道東籬長好，正滄江秋暝，思薄蒼葭。對青銅，坐惜澀髩著霜葩。只款款、此情似賒。

堪嗟，逝水年華，流不盡，去由他。笑門前五柳，先生耄矣，却慣天涯。落得一襟秋思，忍蕭颯，起如麻。盼遙天夕陽紅處，故山不見，愁入無數歸鴉，一點點斜。

大酺

正夕紅殷，晴藍淺，林外殘陽窺隙。南雲吞朔雁，帶吳山吳水，掩來何疾。隊葉欺蟲，零枝辭鳥，歸路都生悽迹。秋聲來天末，似碪霜齊搗，杵飛欲出。況時節蕭蕭，白衣人至，乍驚燕客。

倚樓看莫日。眼中事、依黯抛阡陌[1]。念此夜、蕭燈圍影，藥臼停舂。話征途、易悲風物。第一難忘處，衣未寄、愁聞寒螿。天則各、情

如一。秋水方至，眼逐滄波俱溺。迢迢更誰共惜。

【校】

[1] 拋阡陌：《天嬰室叢稿第二輯校勘表》云："《紫荑詞》《大酺》'拋阡陌'誤'入阡陌'。"茲逕予改正。

霜花腴 聞蟲

露啼漸徹，向夜闌、聲聲似吐幽寒。霜徑秋腴，月階花瘦，離心碎也無端。強顏自寬。奈晚風、悽絕尊前。縱多情、細把紅荑，斷芳留取與誰看。

依約髩邊涼語，是迴腸百結，乍趁哀絃。寒怪宵心，酸吞風尾，呻吟汝亦艱難。聽來欿然。算也曾、相伴關山。度清商，莫路喧喧，淚消千寸烟。

夢夫容 山樓憑月

秋嵐青未損。又涼欄，雨過小樓月近。艸間蟲語，猶自報霜信。草悽聲漸引[1]。聽來生怕愁困。曳袖臨風，憑疎[2]桐漏影，蕭瑟點吟鬢。

入夜寒枝隱隱[3]。愁絕啼烏，露重棲難穩。畫譙催起，一段舊時恨。貯腸春淚盡。西風又[4]復相趁。佇看遙天，橫[5]愁娥樣淺，無意對眉暈。

【校】

[1] 聲漸引：《天嬰室叢稿第二輯校勘表》云："《紫荑詞》……《夢夫容》'聲漸引'，'漸'誤'逾'。"茲逕予改正。

[2] 憑疎：原本誤作"恁疎"，《天嬰室叢稿第二輯校勘表》云："《紫荑詞》……《夢夫容》……'憑疎相憑'誤'恁'。"茲逕予改正。

[3] 隱隱：原本誤作"悄悄"，《天嬰室叢稿第二輯校勘表》云："《紫荑詞》……《夢夫容》……'隱隱'誤'悄悄'。"茲逕予改正。

[4] 又：原本誤作"還"，《天嬰室叢稿第二輯校勘表》云："《紫荑詞》……《夢夫容》……'又'誤'還'。"茲逕予改正。

[5] 橫：原本誤作"但"，《天嬰室叢稿第二輯校勘表》云："《紫荑詞》……

《夢夫容》……'橫愁娥'誤'但'。"茲逕予改正。

最高樓

余客杭州,主寶石山王氏寓館,館後一小閣子,余所居也。戲用大通、同泰例,切"天嬰"二字,題曰"聽烟"。客問:"烟可聽乎?"余曰:"固惟其無聲而聽之,無盡也!"並占此解示之。

秋來信,歷耳總淒然,往恨況成煙。高樓聽到無聲處,空山怕是沒情天。更禁佗,深雨後,驟風前。

喧曉渡,滄波吹寸碧,瞒夜月,山川餘半白。空色相,斷聞緣。清秋人已飄如燕,高歌琴合配無絃。且側身,涼樹外,暗蟲邊。

瑞鶴仙 贈鄞王故將軍

將軍百戰老。問似今,因甚琱弓閒了?山川謾憑弔。怕回頭芳甸,已生橫草。斜陽故道,任喚著,幾群亂鳥。且摩挲,橫膝霜鐔,冷卻血花多少。

誰料。射鵰身手,走狗功名,落人調笑。頭顱大好,彤不盡朕孤徼。甚年來,一樣據鞍雄盼,眼底乾坤漸小。莫聽他,夜半雞聲,怨歸太早。

一萼紅

數歸鴉。正秋高人遠,愁點著風斜。莫色銜山,依依欲盡,一時心緒如麻。念當日,莫愁未嫁,都道是,春色屬盧家。曾幾何時,白門淒柳,秋水蒼葭。

憶自初移豔渡,載桃根桃葉,恰好年華。暖玉尊頭,醉金歌尾,怎知猶有天涯。可奈何,曲終人散,院沈沈、閒殺語兒花。幾樹斜陽灰起,蘸徧煙丫。

八聲甘州 答虞二

記前游把酒話東風,春事太怱怱。歎年芳漸遠,關河漸冷,夢想都空。老去悲秋不易,又況別離中。愁極無安處,渺渺飛鴻。

萬里虞生堪念，念秋心卷卷，畢竟猶蓬。莫青蠅笑我，我自惜蟲蟲。悵一番、楝[1]風過後，隔天涯，何處覓珍叢。空回首，有秋芳處，怕是殘紅。

【校】

[1] 楝：原本誤作"棟"，《天嬰室叢稿第二輯校勘表》云："《紫荑詞》……《八聲甘（妙）[州]》'楝風'誤'棟'。"茲逕予改正。

瑞鷓鴣 同幼度作

夜光如水屋如舟，四壁蟲聲撼欲浮。夢滯寒潮雲漠漠，心隨落葉雨颼颼。山川故國消清淚，萸菊重陽起暮愁。忽漫相思難著睡，擁燈聽到五更秋。

八犯玉交枝 塔山樓望

蒼點雲輕，碧圍煙澀，暮意忽沈秋眼。月上潮生天底白，橫絕愁痕一線。關山過雁，滯影吹入荒寒，悽悽心目飛俱遠。愁殺西興西去，天青如卵。

不知是路不知，路長路短，高樓空自憑看。爛莫爛，涼蟾欹轉。怨莫怨，暗蟲低喚。數[1]時節，秋芳未斷。怕[2]須紅葉題愁滿。況似翦西風，霜芭剝盡心頭卷。

【校】

[1] 數：原本誤作"縱"，《天嬰室叢稿第二輯校勘表》云："《紫荑詞》……《八犯玉交枝》'數時節'，'數'誤'縱'。"茲逕予改正。

[2] 怕：原本誤作"亦"，《天嬰室叢稿第二輯校勘表》云："《紫荑詞》……《八聲甘（妙）[州]》'楝風'誤'棟'。"茲逕予改正。

霜葉飛

甎窗煙語，飄蕭入，偎人如報秋去。北風著意送征鴻，愁絕無歸處。更甚說，湘皋日莫，天涯香艸迷蘭杜。謾去采秋江，渺渺夕雲生，怕有洗秋飄雨。

　　猶記紫燕來時，紅鵑喚後，冶英開滿春路。幾日無夢到江南，搖落便如許。怎禁得，離懷別苦，傷心揚子東頭渡，竟一夕，飄流盡，漠漠楊花，不成情緒。

江城子_{詠柳}

　　眉梢籠翠欲生春，越溪濱，乍黃昏。雨過天青，遙看是煙痕。生怕東風難受影，教澹澹，著精神。

　　依稀夢事不成真，只芳塵，與溫存。濯濯風姿，曾見滿關津。睡態至今還未起，難道是，殢離魂。

瑣窗寒_{懷坦園舊游}

　　雨潤春青，煙喧野白，早梅天氣。東風万縷，欲繡芳郊難理。又一番，淺晴淺寒，幾曾逗得鶯聲起。問柳邊消息，殢陰多少，故人歸未？

　　曾記，斜陽地。有小小亭林，酒人花底。前塵似麴，莫問別來芳意。想青山，排闥送詩，至今尚共人憔悴。儘東流，第一難禁，廟子灣頭水。園在廟灣。

解連環

　　鏡華冰潔。是瑤台怨侶，一時清絕。笑自是，終古嫠蟾，甚風櫛露梳，盡情妝抹。碧落沈沈，拚一段，幽愁誰說？問填河夜鵲，馱得綵絲，為誰要結？

　　梧宮露啼乍徹。料無端怨抑，都為天末。最可念，弱步娟娟，似竊藥當年，玉魂猶怯。弄斧吳郎，慣句引，西風撩撥。但如今，皦光夜夜，甚時可掇。

側犯_{感花蛛而作}

　　翠春漸沮，幾番困損花間住，無主。但作意娟娟弄晴吐，落紅網不起，冒鬢添愁緒，遲暮。膡葉底顛當自幽語。

休疑見喜，總是銷魂處。閒自數，一絲絲，曾被幾風雨？鬯向闌陰，怕人驚顧。鶯妒還來，蝶蜂歸路。

瓏瓏玉

無寐蟲宵，擁桐椏，落葉霜腴。明河偪仄，等閒放徧蟾株。惱亂秋衾夢短，拌鰥鰥醒眼，蝶思愁扶。膤虛。便一夕，看老玉蜍。

謾說月明可掇，伴橫陳青女，獨夜憐渠。是處風寒，夢王孫，總殢蘼蕪。歷歷今宵情緒，傍吟檻，流黎六楄，度盡蕭疎。更無悝，對零星，間數白榆。白讀去。

掃花游 春雪和夢牕

凍雲暮合，漸絮路霏霏，作寒聲峭。素空漫裊，對玉蛾墜羽，有情天老。翠澹籠春，數樹蟾華破曉。動孤櫂。趁番風夜游，梅訊初到。

春意屬漂渺，共月地栽愁，鏡花攜照。夢情草草，悵瓊姬翠袖，倚闌思窈。語不成溫，冷卻陽春曲調，睡還早。佇玉階，屧痕休掃。曲讀去。

高陽臺 殘雪和彊邨韻

夕靄零烟，春寒殢草，餘霙落圻晴文。著地無多，迴風難起芳塵。相憐澹澹斜陽裏，有何人，說到溫存。任銷沈，一曲陽春，催動琴尊。

冰鉦閙亂春人語，正巡簷索笑，梅意初溫。月影寒牕，雞聲幾度黃昏？明朝屋角知多少，盪晶簾，總覺銷魂。更何時，送盡春潮，剗盡愁根。

真珠簾 用草牕韻，為人題《曉春試妝圖》

絮雲春殢蛾心黟。人剛起，澹澹眉峰休霧。却下水晶簾，有曉霜橫地。幾日東風初試柳，漸逗得、望中空翠，還比。怕喧枝瓊露，難量珠淚。

空記別後消寒，數籌花鬥草，纔餘九二。殘雪蘸晴颸，冷一庭芳氣。坐有芝蘭香自煖，問底事，神寒如水，沈醉。料思邊憔影，愁看鏡裏。

琴調相思引 _{和人韻}

熨意香籠細細溫，夜深思倦擁愁橫。碎零烟緒，心字結難成。釀夢濃丁別後春，覺來窗眼倍分明。月痕過處，半是霜痕。

濕翠無端上鏡華，碧窗釵影霎蟬紗。是何珠氣，吹作臉邊霞。玦月幽幽帶淚斜，舞塵飄恨斷紅牙。不因人去，無夢到天涯。

帖帖愁痕挂鬢梳，擁釭無寐到雞初。曉霜迢遞，天末獨憐渠。總被相思未解除，粉光零亂淚如珠。惱他多事，屛上畫金鴣。

掃花游 _{有懷幼度，依玉田春飲[1]韻}

乍晴又雨，似潑地流春，滿郊青洗。霎陰數里，想芳尊對罷，笛船初艤。料有吟情，問在南峰第幾？別來意。縱裁翠翦紅，難為君寄。

花訊空撚指。奈偏數番風，別離長此。漫疑夢裏，認重來巷陌，肯留芳綺。寶石香叢，定有穿花鳳子。舊遊地。最難忘、斷虹春水[2]。

【校】

[1] 飲：疑當改成"水"。

[2] 小字自注："虹春橋有余舊寓。"

瑞龍吟

春日同經伯、伯颺、石蠶、守卿、季劭及子弟輩九人，道剌陬，至大霖山清虛觀，登八卦臺望海。蓋三十年不復此游矣！回憶與山密石關訪勝情景，忽忽如夢，憮然解此。

去來又，還是翠靄籠春，紫鵑啼晝。前塵望裏愔愔，青山似淚，都來灑袖。

竚吟久，春意逐人旋減，幾番風驟。携尊折過巖腰，依然曲曲，迴腸貯舊。

休說登高能賦，采蘭人去，空思眉岫，天帶海痕零星，飛點雲漏。鈴旛自語，遙戛泉聲瘦。興亡事，山川過夢，漁樵吟口。地是人間有，最難禁處，風僝雨僽。已落愁時候，還甚說，年光都添鶯柳。曳雲去也，愁陰十畝。

哨徧 有見余今樂府者，問"玄翁"何人？戲拈是闋答之

吾賤莫名，呼作馬牛，吾亦應之唯。何取乎，老到百無稱。爛聲施，此生已矣。諺有之：一黑不能重白，哀吾墨墨今如此。嘗自比子雲，生平一部，玄經稍解奇字。便會得僭易號人師，又焉敢妄將素王希！人以茲名，玄之又玄，用存吾志。

誰！不用多疑。縱能知我亦無謂。名落人海底，漫道呼之能起。問措大生涯，除卻署券，人間何處著名氏。認羅雀門前，飄搖五柳，先生何許近是。甚豹文，自惜苦留皮。笑吾道猶龍畫奚為。只年來，未拼名累。眼中不少突兀，孰是平生意？顧天假我餘光學《易》，完了太玄玄理，曰吾玄者乃如斯，若夫夷白又其次。

芳草渡

夜正釅，認屋角寒星，殢光溼徧。甚夕風喧碧，鰥鰥膌對愁眼。天末渾似卵。流遙情千萬。但黯黯，送盡春寒，說甚情煥。

人倦。鏡闌倚處，向壁虛燈籠月滿。漸凝咽，虬壺唧唧，參差響銀翦。不成困損，坐聽曉、雞聲天半。漫起舞，袖底霜痕淚浣。

南浦 和碧山

曉日動春冰，看殢陰，漸銷幽渚都滿。畫意念池塘。青青草，晴波碧翻如翦。木蘭舟艤，別情休怪今番淺。昨宵凍汐初送煥，應有歸心一片。

銷他一寸春痕，便柳眼穿鶯，簾腰抱燕。幾度殢東風。芳江上，多少絮蘋飄徧。相思渺渺，別來南浦年時怨。欲通烟語渾無處，心逐麴瀾

俱遠。

燭影搖紅 谿西春游未果

春動花初，麴塵香煨谿西路。問君何事費沈吟？作計尋詩去！還把花風暗數，待招要，琴尊伴侶。幾番商略，紫燕來時，紅鵑開處。

纔度花朝，柳邊飄夢添新緒。綠沈腰眼瘦于春，俊約無端阻。晴滴如過翠雨，蘸輕寒，芳黏遠樹。儘銷凝也，望裏陰陰，天涯飛絮。

風流子 和梅溪

東風喧[1]落日，春隄外，倦眼度將飛。悵千里瀰陰，草隨愁長；數聲啼宇，山賸雲歸。何心也，玉闌扶悴影，金管起芳思。休說墮塵，碾香如麴；況聞折柳，吹淚成絲。

晴光開遙甸，葳紆綠，蘋上徧染春衣。誰念此時，眉色低翠遲遲。嘆金縷罷歌，慣牽芳恨，玉釵拋卜，難問佳期。除卻短宵，悽夢無意逢伊。

【校】

[1] 喧：原本誤作"吹"，《天嬰室叢稿第二輯校勘表》云："《紫荑詞》……《風流子》'喧落日'誤'吹'。"茲逕予改正。

驀山谿

斜橋流水，翠合官墩路。小竹淨娟娟，亞桃紅，帶煙淺吐。誰拋倦眼，先上柳梢青，愁無數。鶯能語，但向春來處。

蜜官妮隊，抱得春紅去。巷陌麴塵深，釀春陰，浣花過雨。餳簫十里，繁吹嫋晴絲，千萬緒。芳風阻，目送蘅皋暮。

吉留詞

《天嬰室叢稿第二輯》之六
慈谿陳訓正屺襄

雨過天青，吉留升樹，晚風忽來，聽之噭然，以名吾詞，庶幾似之。十六年秋，西疇居士客杭州日，始立是冊。

滿路花 賦事

高桐秋作弄，落葉乍哀蟬。是何消息也，悵尊前。前塵似海，望眼欲生煙。幾度憑闌處，涼月娟娟，曳風還過蟲邊。

木香臺榭，坐徹小涼天。滿城霜角動，黯無言。玉牀空倚，索性不教眠。有淚中腸貯。一匊纏緜，知他肯許心憐。

滿路花[1] 叔麐攜玉暉來湖寓，遂偕老妻、求兒，兩孫辟塵、明玗同游南山

山光無限好，最惜雨餘時。白雲天底淨、意遲遲。明娟十里，嵐翠滴晴枝。路逐行人轉，野色迷離，看來卻費猜疑。

木犀開未，曳杖一徘徊。放眼煙椵窟，好尋詩。抱琴挈榼，會得一家癡。澗上春鴻影。莫遣差池，攜教異日相思。

【校】

[1] 滿路花：原本作"又"。

滿路花[1] 九月八日賦

幾翻花下局，何處著殘思。故山紛落葉，況秋時。一枰秋影，零亂覆猧兒。點檢愁中柳，颯颯風微，作寒聲在高枝。

不成消遣，瑣瑣總成悲。寥天存獨坐，憯無歸。歸途香滯，采采欲遺誰？斷豔零芳地。小立遲回，冷螢飛坐人衣。

【校】

[1] 滿路花：原本作"又"。

滿路花[1] 十五日又賦

故山秋颯颯，最是雨來時。雨深山欲活，聽依稀。似鳴孤臆，蟋蟀亦聲微。向壁沈沈夕，無限淒迷，人間算汝情癡。

夢中消息，一夜失天涯。蕭蕭人外路，草何齊。野風喧碧，十里盡煙堆。愁見官橋柳。橫絕高枝，忍教枝上鳥啼。

【校】

[1] 滿路花：原本作"又"。

滿路花[1] 坐聽秋館賦此

瑣牕愁獨掩，風雨晚來多。釀秋聲起處，望如何。雁飄蛩泊，寒意逼山河。迢遞新霜路，滑滑憐他，忍教夢也輕過。

思邊煙語，隱約得來頗。秋墳誰出唱，不成歌。地荒天老，轉念騰消磨。作盡淒涼態。落葉庭柯，愁扶鬢影婆娑。

【校】

[1] 滿路花：原本作"又"。

滿路花[1] 九月二十九日，獨坐府中，見庭上木犀盛開，灑灑落地，意甚惜之

無風香自墮，澹澹一庭秋。秋心俱以碎，不成收。但多殘意，橫出夕陽樓。為是傷心地，那敢迎眸，卻來蟲語階頭。

晚涼天氣，獨坐易生愁。隔簾渾不見，聽颼颼。帶將紅葉，零亂逐

溝流。縱有餘香在。未許長留，坐看落日幽幽。
【校】

[1] 滿路花：原本作"又"。

真珠簾湖居雪望，報春人至，云孤山老梅著花矣

開簾失喜孤山路。乍深深、照眼梅花無數。心逐白隄西，帶冷香顛舞。幾日西風吹不起，便料峭，春寒如許。欲去。怕鶴徑依微，探春無處。

有客一笠飄然，道歸來剛自，林家祠宇。雪意忒輕盈，擁瓏鬆千樹。短短紅亭雲外倚，偶回首，又成幽阻。看取。莫錯認春遲，滿天飛絮。

真珠簾[1]立春日，雨中望白隄

簷頭一夜聞寒響。乍憑看，迸入迴腸孤盞。濯濯白隄深，帶一痕新漲。眼底春青初上柳，猶道是，做愁模樣。凝望。更幾日東風，華光齊放。

怎地織恨羅愁，問何時消得，彌天煙障？潦艸不成春，佇王孫陌上。見說陽烏原有腳，怕來去，恩恩無狀。怊悵。對曈曈山川，佳人天壤。
【校】

[1] 真珠簾：原本作"又"。

真珠簾[1]寄仲弟彥及南京

東風儘力將春至。奈春寒，陌上花光猶滯。天末憶佳人，渺沍会千里。緩緩歌成難寄與，填不盡，空雲心事。無已。但目送塵涯，思君《苕帚》。

昨夜夢到江南，漫相逢就我，還商歸計。蒲柳入羇年，又青青如此。物自多情天自老，香艸外，著愁何地？遙指。問似睡湯山，而今醒未。
【校】

[1] 真珠簾：原本作"又"。

真珠簾[1] 二月七日賦

東風作意催春晛。縱喧喧，不到覊人心眼。新綠入眉愁，露柳梢一綫。咒盡韶光無等等，曲闌外，鳴鳩聲晚。淒斷。正草長鶯飛，江南人遠。

望裏落日英英，夜微茫恁地，芳情難遣？玉笛不禁風，送青青河畔。聽說春臺花雨足，纔睡起，海棠宮館。天半。怕一夕參差，夢痕吹徧。

【校】

[1] 真珠簾：原本作"又"。

漢宮春 十三日賦所遇

天上銀蛾，曳春風環佩，妍步珊珊。瞻來万方妙態，不是人間。雲璈盪夕，忽堯羊，飄落尊前。齊奉壽，山呼海祝，一時傾倒瓊僊。

珠朗玉腴花煖，念煇煌多麗，何處嬋娟？生成粉光肉色，雪捏冰摶。當胸帶結，結同心、瓔珞琅玕。情曷已，金釭徧扣，湛湛芳息猶寒。

真珠簾 南山看梅調鐵尊，即用其人《日見和》原韻

雪痕黏夢春難曉。簪聲動，煖入看花情抱。芳意落前林，問故枝遲早。冷豔孤葩含露竚，似怨絕，今年春少。間眺。認南峰高秀，擢擢煙表。

遙溯十里雲涯，乍暄回巖雪，山明如埽。樹斂旭光寒，倚翠屏深悄。竹外風來香細細，算甚時、瓊妃初到。娟好。倘嫁與林家，情堪煖老。

春從天上來 花朝前一日，湖廔間望懷王幼度，依《玉田海上回槎》體

綠意迢迢。是恨涯愁泊，不是芳郊。潑翠煙輕，盪青雲殢。休說寒罂都消。陌上王孫歸未，便歸也、總覺魂銷。鎮無聊，又一番風雨，明日花朝。

情遙為誰倚徙，悵草色天涯，纔上征袍。多少閒情，一時斷送，杏

花村店醇醪。心逐懸旌不定，斜陽外，飛鯉搖搖，漫臨高。怕麴塵生處，長盡愁苗。

【箋】

兩浙民間舊俗以二月十五日為"百花生日"，並名之曰"花朝節"①，茲據"花朝前一日"，足以確定該詞作于民國十七年二月十四日（1928.3.5）。

南鄉子 訪石屋未遇

何處住娥媌？道在銀塘第一橋。門外垂楊攀折後，飄飄。春色而今未上條。

風送紫鸞簫，斷續餘聲墮晚潮。都說春腔無怨曲，曲高。奈是思深不任調。

南鄉子[1]

寒雀忽春聲，向曙簷頭不住鳴。最是勃姑無意思，登登。日踏高枝喚雨晴。

拾豆打黃鶯，豆亦相思淚結成。若遣鶯兒能解事，休驚。夢裏千山萬水情。

【校】

[1] 南鄉子：原作"又"。

南鄉子[1] 擬稼軒二首

春夜不須長，未必春魂到妾傍。未必相思能到處，雙雙。化作丹禽一處翔。鶯語又荒唐，日日樓頭喚客忙。料恐風塵容貌改，難詳。便見行人說是郎。

落日妾心當，宛轉天涯總為郎。郎在天涯看落日，昏黃。知是阿誰心上光。昨夜雨風狂，春水綠波忽滿塘。若使春流能到海，蒼茫。定送

---

① 例如宋吳自牧《夢粱錄·二月望》云："仲春十五日為花朝節，浙間風俗，以為春序正中，百花爭放之時，最堪遊賞。"

郎情到妾傍。

【校】

　　[1] 南鄉子：原作"又"。

南鄉子[1] 擬東坡

　　玉爪怯離春，一撫朱絃一愴神。愁重腰支撐不起，牛嗔，錦瑟辰辰欲過人。

　　好意總成塵，擣麝情懷戀故薰。不信人間猶有路，關津，落日芳涯載斷魂。

【校】

　　[1] 南鄉子：原作"又"。

減字浣溪沙 擬改之

　　健者何如不倒翁，誰知亡是亦稱公。使君與操豈真雄。安有青蠅能作弔，更無走狗可言功。不關人事馬牛風。

鬲谿梅令 四月十日賦

　　夕陽已墮半邊山，忽飛還。猶自搖搖沿上。鏡屏閒，照人別後顏。阿誰敲破水晶槃，滿湖寒。一半跳波一半。助成瀾，忍教愁眼看。

虞美人

　　午庭晴日調鸚武，花背流春語。小詞新譜念家山，教汝惺惺上口莫辭難。

　　愁時行立嬌無定，喜就花闌凭。偶拋紅豆觸簷唇，驚起掛簷眠雀罥申申。

蝶戀花 寄應三萊子

　　叵耐東風輕似翦，一著垂楊，碎碎愁千片。如此春光須避面，行人忍泪看勞燕。

最惱飛飛風背雁。兩字平安，竟少南來便。豈是春寒飛不遠，膠河道上音書斷。

醉花間

花外夕陽黃過面，愁人樓上看。本為聽鶯來，翻怪鶯聲亂。但言人近遠，不問春長短。人歸春自煖，憑教愁眼對春寒。日懨懨，春欲晚。

連理枝

郎自愁中過，儂自愁中坐。兩地厭厭，新愁滋味，得來誰頗。怕郎邊春好不如儂，更傷春則麼。

郎也歸無可，儂也思無那。一例銷春，魂隨風斷，此情難妥。縱天涯盡處有歸程，問歸程真箇！

江城梅花引

月籠城郭水籠邨。過黃昏，越黃昏，一樣離宵，到此煞愁人。天上白榆何歷歷，縱光滿，是殘明，照淚痕。

淚痕，淚痕。掩羅巾，聲暗吞，總為君。遠道遠道，道上艸、綠[1]已成茵。見說芳涯，西北有浮雲。滿眼幽寒銷不盡，河澹澹，露清清，欲向晨。

【校】

[1] 綠：《天嬰室叢稿第二輯校勘表》云："《吉留詞·江城梅花引》'綠已成茵'誤作'緣'。"茲據以改正。

風光好

說歸來，不歸來，又是音書一度乖，費疑猜。

歸遲歸早何心計，郎安未，但得郎安百事諧。任天涯！

三姝媚 過孤山，見白桃華一枝臨水盛開

傍芳蘭半鬋。似傷春瓊姬，臕肢慵妥。宴罷西池，乍載來湖畔，澹

妝粗可。瘦損風姿，曾幾夕，玉魂驚墮。一笑凌波，相見盈盈，素情無那。

崔護而今重過。便省識東風，也驚緣[1]錯。露靚霜勻，認舊時人面，豔銷芳朵。萬縷情柔，空化作，纏緜愁裹。怕被林家梅妬，鶯聲乍破。

【校】

[1] 緣：《天嬰室叢稿第二輯校勘表》云："《吉留詞》……《三姝媚》'緣錯'誤作'綠'。"茲據以改正。

萬年歡 絮天偶近鏡闈，見纍纍非復昔態矣，感歎成此

春暝楊花，乍霏霏，向人催送華髮。數點蒼涼不道，便成凝雪。搔首沈吟未決，怕難得，和愁都鑷。嘆老去，合杳風塵，計疏還共誰說。

無端鏡闈坐徹。認浮華障淨，惟賸孤潔。寒相生成，愁眼看來休刮。染向人前媚悅，笑阿叔，真成癡絕。今何日，浪漫生涯，又逢飛絮時節。

湘春夜月

乍惝惝。絮天鶯煩樓深。幾日不向花間，胡蜨漫相尋。一樣惜花時候，怕此時花萼，須借輕陰。奈春皋日暮，芳痕收拾，猶費沈吟。

無人解憯，風僝雨僽，飄亂如今。翠意紅情，惟有倩，護簾鈴語，傳與青禽。新聲聒耳，又聽過，麥鴰桑鵀。甚剗恨，算除非撇卻，天涯道路，休去登臨。

送入我門來 四月二十一日賦

謾說同牀，都成異夢，思量卻費吟呻。自上征塗，眼見盡塗人。郎情千尺巴江水，妾不比巫山朝暮雲。甚天風，吹去別離心眼，賸付凝塵。

休怪楊花太薄，休嫌楝花太苦，何物兩溫存？海上繁英，豈是故園春？解將芳佩捐蘭杜，怎又寫夫渠繡練裙。總嫣紅奼綠，向人愁眼，也減春痕。

生查子 同日賦

浮雲薈不開，面面青山阻。蝶意尚殷勤，化夢尋山去。夢中疊疊山，帶得愁無數。莫怨隔浮雲，卻斷愁來路。

江聲夜乍沈，渺渺江頭樹。月色未分明，錯認人行處。征帆去若飛，畢竟難留住。兩岸白楊花，解作風前絮。

夢芙容 題吳醜籟所藏《隋董美人誌》原拓本，和木公韻

閒情難懺綺。認前朝，片石玉魂曾墜。好花春短，空見墨流翠。故山辭帝子。鵑啼聲是愁史。斷語淒涼，便繭黃蠟盡，中貯萬千意。

漫道重淵可起。一落人間，總共春魂碎。美人黃土，一例豔陽外。臘寒誰與理？惜芳怕聽新製。好事吳郎，還歎蘭悼蕙，消得幾多泪。

【箋】

此所謂"木公韻"，當是馮君木《回風堂詞》所錄之《夢芙蓉》："年芳沈夢綺。有凝雲空白，掌中飄墜。片瓊寒色，零落臘幽翠。瘞花銘帝子。餘芬猶綴彤史。石墨纏緜，看中央四角，無盡斷腸意。想見扶鬟乍起。輿疾悤悤，一夕春紅碎。佩環歸否，魂散杜鵑外。斷絃難再理。千琴枉費清製。淺印苔華，將重泉密愛，消與故年泪。"

瑞崔儒

魏君伯楨自滬來，周枕琴運使約余與方聘三秘書陪飲湖上。坐小龍泓石池上。既晡，乃別，留景為念，依玉田體題其上。

楝風初斷信，又一番，芳意闌珊人困。前游謾重訊，倚高蟬，深樹看看秋近，別離未忍。甚放著，金尊孅引。小句留煙渚，招涼緩緩，夕陽紅損。

休問。客中作客，說到歸期，算來無準。天涯意盡，歡緒絕不成寸。任牽纏，絮絮白雲過眼，怕有風高未穩。把別顏，記付山阿，異時共隱。

憶舊游

記鐙帆放夜，笛社迎秋，澹澹湖心。領略清商後，甚山愁水怨，都付沈吟。井華為誰躅忿，提樋苦相尋。但折得楸枝，婆娑對影，搔首羞簪。

而今殢愁地，又目斷秋陰，夢斷春陰。杜宇千山老，背西風無力，莫替青禽。欲憑寄書雲末，孤雨晚沈沈。念別意彌天，天涯暮色應更深。

生查子

姚芒父雙清畫箋，一梅一水仙也。王伯群於北平見之，以所題合止澄名氏，購以贈止澄，屬余賦之。

出塵誰為容，不忍淩波去。怕被說孤清，願伴梅兄住。墨仙與玉田，兩兩無雙譜。名氏帶天香，卻遣丹青誤。

瑤華

所居湖閣，遙對寶石山，雨後嵐深，塔影納牖，披襟當之，泠然意遠，屬有所念，未能忘言，遂成是解。

開簾隱約，鈴語流空，與愁天俱濶。蒼嵐千尺，偏點染，一塔雲間突兀。飛虹波動，盪煙渚，風生蘋末。披一襟，詩思蕭然，已是入秋時節。

憑闌偶目思量，曾幾日芳情，閒了蜂蝶。山川送媚，還澹澹，相對都無言說。袖雲去也，怕世外，桃花春絕。念故鄉，少此湖山，夢境許應同潔。

徵招

省府後園，小具邱壑，公退時，偕雙君、止澄過之。草徑始蟬，作作吐涼，桐影搖風，打頭一葉，當之愴然。因攝影留念，並賦此為識，不覺其音之可悲也。

回風不捲閒愁去，飄蕭乍臨秋地。未抵入林深，但略多幽意。一官真似繫，怕回首，半垂霜蔕。繞徑扶疏，綠沈紅泪，樹猶如此。

屈指又一年，高梧下，吟蟲向人還是。閙亂不平心，墜芳塵俱碎。客途吾與子。幾消受，草根情味。者邱壑，不是人間，是夢雲真際。

垂楊 休日，過白隄，望南屏山色而作

客途倦矣。籠一鞭暮色，乍來人外。馬足塵深，柳兜煙眼明秋地。空雲不與填心事。怕天雁，背風難起。甚清清，瀰望山川，也似人蕉萃。

終古囘峰滴翠。看殘日挂林，總無晴意。万杵霜聲，舊愁應共秋紅碎。當年幾點金牛氣。但賸有，柔光繞指。任喧涼，半壁蟲沙，催暗淚。

法曲獻仙音 秋渚敗葉中，猶見白蓮一枝，撲撲作香

香雪塵霏，夢雲鷗疊，一鏡霜魂秋泪。步玉波心，濺珠煙曲，多情更招鴛妒。打敗葉簫船去，西風為誰語？

暗香度。似淩波，縞裳仙子，羞避面，相見又還迴步。翠耦不知情，悄飛來，驚亂花霧。墜粉零脂，怕芳盟，安頓無處。秖亭亭玉畔，賸有斷腸人住。

宴清都

得甬訊，云仁湖總帥自陸來杭。偕省府諸公，至江干迎候。是日大風雨，阻津渡，久遲不至，乃望潮而還。

立馬聽風雨。行程絕，候潮門外官步。山瞞暗日，沙喧斷壁，念公無渡。吳魂慣逐鴟夷。莫更盼靈胥解怒。笑此日，駐望江干，傾城万目良苦。

無端送盡。愁潮望塵不見，空見歸路。江吞恨臆，天抛泪色，為誰淒楚？當年霸迹都刬。只射後，驚濤如故。任縱橫，到海沈沈，魚龍自舞。

【箋】

考布萊恩·克洛澤《蔣介石傳》云："當蔣的辭職被宣佈的時候，他已于8

月12日前離開了南京，踏上了返回家鄉奉化的路程，家鄉的群山挺拔寧靜，深深地吸引了他。他把住所安置在雪竇寺。這是浙江一座山脊上的佛教寺院。……1927年9月23日，蔣帶着一小隊隨從離開山里的寺院，到達了上海。"① 准此，并衡之《宴清都》的副題，大抵可以確定該詞就作于1927年9月23日。

華胥引 雨後坐庭中有述

日荒天澹，花瘦秋肥，翠寒庭院。幾樹殘飄，時瞞墜葉抛倦眼。向晚蟲語尊頭，擁酒情千萬。酌我無多，一襟涼思零亂。

消息沈沈，問空雲，甚時回雁？倚闌人悄，西風吹愁目遠。慢說霜高煙老，上泪痕都徧。悽念家山，夜來無夢相欸。

喜遷鶯慢

中秋日，江行至雲栖，萬竹娟娟，雙檜落落，木犀風來幽香，滿院坐而樂之，茶占是解。

翠濤堆眼。試延睇隔江，越山何亂？蕭渡風森，疏秋日澹，彌望艸連沙斷。暗潮猶作弄渾，不記舊時清淺。溯洄久，漸雲隨足起，心與雲遠。

看看。路暗轉。無數賸情，萬竹參差見。鳳實霜勻，龍鬚煙鬈，人外午鐘初蟬。灑襟涼未透還，認取古樾亭苑。且小坐，問一山業桂，香汎長短？

桂枝香 孤雁

煙空自語，看一雁飄蕭，迴翔秋路。揀徧沙汀欲下，竟無棲處。斜陽不與消寒色，問銜蘆，爲誰辛苦？送將歸也，彌天攬得，亂雲情緒。

念甚事，飛飛不去，似萬水千山，愁重難度。落葉天涯此意，那堪持與。飄浮不比鷗身世，向江湖漫尋心侶。辟寒何地，銷魂況是，雨朝

---

① [美]布萊恩·克洛澤著，封長虹譯：《蔣介石傳》，國際文化出版公司2011年版，第109、113頁。

風暮。

惜秋華 十月三十日賦

對老秋容，賸西林墮日，斜烘紅樹。飄葉送尊，離心亂雲無處。年時眼熟山川，渺雁景歸來能語，愁訴。怕風高陣側，銜蘆心苦。

到念便消阻，伴黃花冷落，蕭然情緒。籬下傍人，花又為誰眉嫵？而今野色低迷，一半是，新霜耽誤。凝佇，謾臨皋，晚芳霝露。

聖塘集

《天嬰室叢稿第二輯》之七

十六年三月，蒞政杭州。公退有間，不廢觴詠，流連景物，輒多比興，揆之六義，有足存者，遂立是藁。

【箋】

考顧彭年《四年來之杭州市市政》云："……任命黃伯樵先生繼任杭州市市長，嗣以黃伯樵先生不就，又任命周象賢先生繼任。周市長於十七年十一月二十二日就職以後，……市政府組織方面始初幾個月，卻沒有什麼變動。"[①] 是知陳訓正於民國十六年三月首次就任杭州市長，至民國十七年十一月二十一日卸任。故《聖塘集》所錄詩文，理當作於1927年3月至次年11月21日之間。

雨後游九澗十八灘

一雨先人出，山行萬翠中。漏天絮晴滴，虛籟答林空。
春盡餘芳在，山連暗水通。野花徒照眼，灼灼上顏紅。

放眼

放眼蒼蒼是何世，黃金能語缶能鳴。
祕中神鬼三肱折，袖裡乾坤一握盈。
偶自憑樓數山色，每從對酒憶人情。
蟲沙猿鶴幾生死，可但詩篇有泪聲。

---

① 顧彭年:《四年來之杭州市市政》,《市政月刊》1930年第9期，第9頁。

揭鯉旂越俗舊有是謠，因引申成此

淒春二月二，揭鯉候風市。風色開遙陌，拂拂自南至。

朝風吹我面，有米勿肯賤。夕風吹我背，無米勿肯貴四句原詞。

米貴如金賤如瓦，徒勞長安問米價。

長安兵前人無田，長安兵後田無人。

人無田，猶可為；田無人，不可治！

一體生兩手

一體生兩手，右操盾，左操矛。

矛陷人，盾蔽身。如何兩不能，各各求其勝。

甘脯吟

一褓承兩兒，被以紫羅裳。甘脯出慈注，各各自相當。

大兒隱蒱泣，小兒攀蒱嚷。不聞慰母劬，但聞聲惱孃。

骨肉本一體，官器亦佛仿。如何乍脫褓，忽焉分弱強？

流烏自西北，墮地化為狼。呱呱不自卹，胡為逐家羊。

圈苙八九破，戶垣日替亡。惡聲憎雞犬，矜采妒鸞皇。

乳口茁虎牙，齮齫多剝傷。禦侮有其真，手足貴運長。

削荊以為棓，佩之恐不祥。

獨倚

獨倚樓頭冷眼看，滿湖風雨水煙寬。

無邊山色晚來靜，有數林花著處寒。

都道今年春意淡，卻聞人外鳥聲乾。

臨高感入蒼茫地，賸是狂歌亦大難。

孤往

出門輒孤往，莽蒼適吾蹤。極意尋幽徑，回頭得亂峰。

山高看益近，林密入無從。失歡興歸詠，暫來就夕鐘。

過湖上嚴氏山莊

垂老尋春足尚強，每貪小憩過山莊。
芳園日涉成孤趣，危檻多憑自兩忘。
花有蘇愁寧不落，賦能解祟果何方。
游蜂撲眼收衙去，幾處斜曛賸墮黃。

湖樓間望

彈指樓頭有所思，湖陰覆檻獨憑時。
東風有腳忽焉去，積水能深照自知。
莫笑顏紅添酒力，徒憐鬢亂長愁絲。
無心數到南山色，不記當年《夕照》詩[1]。

【校】

[1] 詩末小字自注："九年夏，余訪雷峰，有《夕照》詩題壁。今塔圮，詩亦失記。"

山行自湖濱至韜光而還

山情娟好此佳俠，湖思空濛若有人。
所喜與居多木石，不知歷閱幾秋春。
我來地老天荒後，僧話流華墮絮因。
但覺無心對雲岫，行藏何事倚樓頻。

蔣仁湖總帥自滬得間來杭，宿南高峰煙霞洞，余於翌晨偕仲弟畏壘過之，遂同游韜光

南山何巉巉，橫天高出雲。此中有佳氣，薜荔忽逢君。
君自戰地來，兵聲隱在耳。所見乖所聞，乃知君自異。
惟山出雷雨，鳴施貴有時。天人善變化，於此見清姿。

下馬揖煙客，上馬訪仙竈。絕頂一擊鞭，誰謂天下小？

茫茫若可搏，海氣生襟色。朔雁忽來翔，恐非南風力。

老夫意氣盡，無以為君重。長嘯下山行，袖雲聊致送。

【箋】

考《陳布雷回憶錄》民國三十七年條云："九月中旬赴海寧觀潮，順道至杭州遊覽，當至煙霞洞，在臨江軒品茗時，回首民國十六年四月間，偕其大哥屺懷謁蔣介石於此，當張靜江面蔣公稱其文婉曲顯豁，善於達意。以此因緣，浮沉政海於茲凡二十一年矣。"准此，則陳訓正此詩顯然作於1927年4月。

田間來

有客新從田間來，面顏黧黑腹吞哀。

俄見無言徒咄嗟，愁目如臼意深埋。

須臾涕止喘稍定，低喉顫動聲始開。

寫愁有其形，傳恨非無聲。

室中鐘漏鳴嗡嗡，室外天日青庚庚。

仰屋已多飄瓦懼，客言淒楚難為玨。

君不見，南山有雌北山雄，天網地紘誰肯容。

利堅喙爪亡所恃，毛羽鍛落紛籠中。

既為籠中物，欲飛向何處？殺氣塞兩間，甯恣汝來去！

客言田間苦，田間何所苦？當年輟耕人，但知彼可取。

揭竿以驅饑，白骨流道路。

于嗟乎！禾頭生奴蘗作公，乾雷出地野燒紅。

我心中貯萬千言，搏作愁雲與纏緜。

勸客慎毋言，多[1]言亦徒然。

客聞我言意多沮，別矣一聲泪如雨。

【校】

[1] 多：原無，茲據文義補。

過靈隱，會卻非上人脩復飛來峰翠微亭。亭，故宋韓蘄王所築。千古英傑，往跡已非，臨風涕賈，感會無窮。既與太虛法師登覽，久之，各賦一詩而別

一生為志役，勞勞心與魂。詩書不榮血，致身寧足論。
垂老服官政，興象非少年。西湖依我肘，無由落眼前。
故人湖上住，枉書招我去。休日一來過，山靈亦怪語。
有亭倚翠微，登覽殊惘惘。當年驢背人，今日徒想象。
世人輕英物，老僧多古娛。眼前起突兀，此山應不孤。
亦有古律士，拄杖道我游。與話剎那頃，靈曇現指頭。
才障懺難盡，每見輒以詩。相將蹈塵海，安用咪咪為。
虛靈君不昧，我意頗頗足。一笑下山來，行吟過雲曲。

湖居夕望寄彥及

譎雲飄忽起樓頭，到眼都成碎碎愁。
檻外夕陽一螢死，煙邊歸鳥萬山啾。
側身天地思佳日，負手闌干悵遠游。
祇為風塵隔苕蒂，端居歲晚有離憂。

歸自聖塘

天星慘淡不成輝，照我行吟款夕扉。
落木千山雲失據，荒郊獨客月同歸。
明明可掇何時掇，故故將飛無與飛。
卻被風塵汩東北，支離景色眼前非。

春日登高懷應掖長

訪石寒同憶舊游，臨高念遠此時愁。
沙雲海國何迢遞，春艸天涯尚滯留。
卻訝東風先上道，每逢佳日一憑樓。

知君早有青山約，曷不歸來共白頭。

【箋】

考《北邁集》自序云："老友應季審長掖縣，招脩《掖志》。時盜賊毛起，川塗多梗，餘乃遵海而北，自夏至冬，凡兩渡，得詩詞若干首，題曰《北邁》，以當遊紀。丙寅，玄叟識。"《春日登高懷應掖長》理當作於1927年春。

代簡寄應三萊州

壯不如人老可知[1]，一官落拓又奚為？

青山有約君應記，去日徒多我自思。

別後蓬萊幾清淺？望中雲物更支離。

川塗渺渺難通語，擬托音塵一訊之[2]。

【校】

[1] 小字自注："佛矢句。"

[2] 小字自注："屢擬電訊近狀，以道阻未果。"

諸友垂問近況，賦此以答

身世甕中飛不去，徒勞垂問到醯雞。

一官匏繫如秋蔕，終日箕驅類夏畦。

慘憺人情吾自得，紛紜物論古難齊。

高堂坐作彌天想，多少白雲過眼低。

哭荀伯

于嗟乎！山中神爝結大燔，景鳥心長孤翼鶱。

焦體所需能幾何，涓滴不辭翩以翻。

道南老人人中鳳，非時不見見則恫。

旃塗於今失威采，竹粒秖應料鷟俸，爾非其時將無恐。

陽烏九首，其鳴祝祝。蒼隼彌天，安用仁獸。

璒爾有儀，胡不在林？勞勞其羽，喊喊其音。

勞羽剝落譹音死，天風湛湛天日紫。

國無人兮可奈何，歲寒空山望吾子[1]。

【校】

[1] 吾子：《天嬰室叢稿第二輯校勘表》云："《聖塘集》《哭荀伯》'吾子'誤倒。"茲據以改正。

【箋】

沈鈞儒《阮荀伯先生事略》云："君諱性存，餘姚人也。"①

題林鐵尊《半櫻詞》

鏤月鏤雲出肺肝，早拚勳業鏡中看。

佇將間淚孤腸盪，抱得冰絲玉爪彈。

眉度深深能擊遠，心光作作欲生寒。

蕙風已去彊邨老②，一握靈芬亦大難。

【箋】

1930年2月，該詩以《題〈半櫻詞〉》爲題，見刊於《觀海藝社》創刊號（署名"陳訓正玄嬰"）③，其詞云："鏤月鏤雲出肺肝，拌將勳業鏡中看。應多孤淚迴腸盪，自有冰絲玉爪彈。眉度深深能貯遠，心光作作欲生寒。蕙風已去彊邨老，一握靈芬亦大難。"考秀水人金兆蕃嘗作《側犯·林鐵尊新刻〈半櫻詞〉見貽，即用集中與彊村、蒿盦二公酬唱韻題寄》，疑陳氏此詩亦應林鐵尊而作。

葛嶺訪姚貞白歸，口占即和其《湖上雜詩》韻

馬頭黃日帶魂銷，故故相隨過斷橋。

柳外暝禽自相語，不成為客破孤寥。

偕省府諸公植樹鳳皇山

石老煙荒艸不開，幾人荷鍤此中來。

---

① 《浙江月報》第1卷第7期，1928年3月1日出版。

② 沙文若《僧孚日錄》謂況蕙風因患赤痢，病卒於1926年8月24日夜；但包括鄭煒明《況周頤先生年譜》在內的更多文獻，皆稱況氏病卒於1926年8月25日。

③ 此外，《觀海藝社》創刊號尚刊有朱孝臧所作《側犯·題〈半櫻詞〉》。

百年計短違初願，一簣功微惜遠材。
入地終通山下澤，移根莫近刼餘灰。
巖阿有托寧無事，樹得風聲亦費才。

五五節登初陽臺雜感四首

昔年曾駐白雲鄉，每會登臨作慨慷。
佳節於今又重五，高臺終古得初陽。
看花老眼隨春短，倚塔間吟送日黃。
聞道塵生東海上，愁中風信總茫茫。（一）
遙遙若木出天東，又見驕陽照海紅。
隔岸潮生喧蜃蛤，壓城雲黑泣猿蟲。
入燕人載忘歸矢，好魯誰來大屈弓。
老去傷春真不易，登臨況在感時中。（二）
韶光誕漫忽關津，愁眼相看不定真。
野草青黏漸江水，乳鶯飛亂秣陵春。
無端怨宇啼行陌，何處仙源著幸民。
不信扶桑有高旭，長令昧谷失雞晨。（三）
百花風信番番盡，苦楝黃梅又一時。
舉目山川何歷歷，盪愁禾黍總離離。
襟塵半屑河邊骨，笛怨空傳塞上辭。
莫道蘭成能作賦，江南春遠不成思。（四）

湖興六首

蕭蕭襟袖獨憑闌，晴軟湖光尚曉寒。
簾外青山看更遠，煙中初旭出來難。
趁風乳燕爭間絮，帖水新荷阻暗瀾。
又是一番花過信，不堪凝佇向春殘。（一）

檻外天光接水光，兀將形影答蒼茫。
一湖淡日生春草，萬樹晴嵐結綠楊。
出谷鶯雛聲漸放，候潮魚婢尾成行。
眼前多少無情物，墮向愁中自可傷。（一）
芳事闌干寧復論，西湖入暑水雲昏。
楝花開後風無信，梅子黃時雨有根。
幾度看春到桫尾，偶然照影亦銷魂。
已知鬢上青青盡，誰與商量對酒尊。（二）
雨沈四山忽如睡，我欲呼之那得醒。
雲意飛揚向高樹，酒懷淒楚憶新亭。
尋春屐齒隨年短，映髩絲痕入草青。
花事恩恩成去日，鷓鴣滿地不堪聽。（三）
煙柳六橋深復深，滿湖湖氣正陰陰。
魚迎潮上愁鱗逆，鳥避風飛畏羽沈。
水自漫瀰雲自靜，日何蕭淡暑何森。
端憂遂減看山興，幾度沈吟未入林。（四）
雨過雙隄萬樹煙，未成落葉已哀蟬。
物情中酒渾無似，人意先秋清可憐。
一角天光照杯底，四垂山色聚眉邊。
閒閒心眼難安置，強對薰風倦欲眠。（五）

湖上逢項蘭叟

吾生化外羽，万食憂患字。仙神不可得，披皋來人世。
人世本蟲蟲，而吾生尤骰。五苦與六辛，味輒窮所至。
昆侖當飯顆，入口多橫理。孤奇盜迴腸，湔滌誠不易。
兩歲汎漸江，慙愧漸江水。菰岸逢故人，其言可起廢。
晏平不言利，所居實近市。耦談市出虎，驚使鳳在枳。

忝為酈下長，刻駿入唐肆。卹卹將有求，衙衙豈其意。
囂塵似浩海，恐非貞履寄。種桃若成源，明當誓去此。
所願要平生，故人今老矣。

北伐告終，首都有追悼死難將士之會，賦此郵挽

于嗟乎！蚩尤出地星無曜，神土歷歷生橫艸。

沙蟲猿雀一時啼，血海翻天天破曉。

自來沙場無義戰，此僵彼倔暴易暴。

吾黨師行以義動，用民作盾還作導。

智杖信馬本無敵，齎仁為糧士皆飽。

渡江子弟天下奇，意氣橫薄清濟道。

方期撥霧絕全沈，青天白日相流照。

逃海徐市有遺孽，侏侏自喜身手好。

破信敗交橫為梗，機毒要險慝是保。

櫾槍蝕景欲無天，變齊變魯成貊道。

嗚呼白骨何崢嶸，山河燦爛誰實造？

招魂未足瞑死目，馨帛胡能渫深悼！

江流鳴噌自東來，遺恨失吞海中島。

國恥如山尚為人，後死之責良非小。

臨風揮淚哀國殤，國魂彌天青杳杳。

【箋】

1928年12月29日，張學良宣佈東北易幟，國民黨至此完成形式上的統一。由陳訓正纂成於1935年的《國民國民軍戰史初稿》，亦將12月29日東北易幟視為北伐完成之時："……我海軍仍集中待命，擬即跨海而北，為犁庭掃穴之計，貫徹北伐主張，適值我陸軍以後方鞏固，奮勇前進，勢如破竹，河北克復，敵軍解體，而遼東三省亦表示服從中央，至此我國遂完全統一矣。"① 准此，

---

① 《國民國民軍戰史初稿》卷三，陳訓正編，《近代中國史料叢刊》第79輯，沈雲龍主編，台灣文海出版社1972年版，第775頁。

則《北伐告終，首都有追悼死難將士之會，賦此郵挽》理當作於此際。

贈弢士

羞將白髮受癡嗔，猶料迴腸貯苦辛。

此意不堪持與子，並年更欲語何人？

填空心事隨雲幻，去國天涯得雁親。

懸榻而今為誰下，願分煙雨兩湖春[1]。

【校】

[1] 詩末小字自注："弢士居月湖，余寓西湖煙嶼樓，君祖柳泉先生讀書處也。"柳泉先生，即鄞縣人徐時棟（1814—1873），字定宇，一字同叔，號柳泉，清代著名藏書家。

纜石秋草

《天嬰室叢稿第二輯》之八

一年不事謠詠矣,積感不能無吐,既吐不能自已。山居無憀,則又非此不能遣長日。于是朝眺夕矚,湖山發我以情,情長景短,汲汲顧之,慨慷當歌,日裒成帙,題曰《秋草》,志其時也。玄翁識於湖上纜石山房,十八年十月。

樓望簡回風別後

天涯蒲柳望中零,人世斜陽幾館亭。
山色終朝還自好,雞聲漫夜不堪聽。
百年每念愁無據,一昔之游夢亦經。
孤酒高樓誰與倚,但憑羈眼數流星。

【附錄】湖樓感賦,次天嬰韻

馮开回風

任使湖山萬卉零,紛紅駭綠徧林亭。
惱人燈火彌天沸,如鬼車聲帶夢聽。
百計銷金渾不解,一生蓄眼未曾經。
清涼辦取須臾適,坐倚高空看曉星。

時西湖有博覽會之舉,主其事者專崇淫飾。電火炤燿,明如白晝,汽車往來,入夜繁殷,蓋會場中雜伎始作也。聞是役用費百餘萬,故回風和予詩云云。

玄父注。

【箋】

　　考張任天《西湖博覽會紀事》云："西湖博覽會原定一九二九年三月開幕，後來因為籌備時間來不及，展期到六月六日開幕，至十月十日閉幕，時間是四個月，每天開放時間從上午八時至下午八時。"① 據此，足以確定《樓望簡回風別後》與馮開《湖樓感賦次天嬰韻》皆作於1929年秋。

滯居湖上感事寄回風[1]並示仲弟

人間得失幾雞蟲，自笑年來計未工。
已悔薰香事魗婦，更勞調舌說聾公。
種山苦少千頭橘，學舞徒多兩袖風。
歸去未能留亦好，傍人翻道戀秋紅。

【校】

　　[1]《天嬰室叢稿第二輯校勘表》云："《纜石秋草》：寄回風，誤風回。"茲據以改正。

【箋】

　　寒同《纜石秋草後記》明言《纜石秋草》所錄詩文皆作於民國十八年秋，更何況《滯居湖上感事寄回風並示仲弟》詩內又有"戀秋紅"之語。

秋來不雨三月，湖上風物俱非，日夕游矚，感嘆成詠，先後得十首

不知今日是何日，但覺西風生夕哀。
百念都隨秋漸短，一心猶道雁將來。
溪流久絕難為枕，山色不腴總到灰[1]。
放眼蒼蒼亦何極，吾生爭似夢中回。（一）
悲哉颼颼秋為氣，行路中之便欲難。
不待愁多知足重，寧須膚受怯衣單。
滿山檞葉風過雨，兩岸霜花日放寒。

---

① 張任天：《西湖博覽會紀事》，《浙江文史資料選輯》第21輯，浙江人民出版社1982年版，第9頁。

惘悵臨高托覊目，懸河已絕到脣乾。（二）

【附錄】次韻寄玄嬰

馮开

遮眼湖山黯不開，幔亭高會祇增哀。
俊流爭逐青蠅集，游女齊歌赤鳳來。
酒罷天容如共醉，劫餘江色亦成灰。
武林舊事吾能記，南渡而還第幾回？
持危無計暫偸安，壯不如人老更難。
晏歲生涯隨水縮，窮居門戶比雲單。
漫從天末追殘照，祇覺城中增暮寒。
等是枯魚相呴濡，年來涸沫亦都乾。
小病經旬未出游，那知時節已高秋。
蜚鴻野外無青草，浴鴨沙邊只斷流。
瘁葉當風作乾泣，寒花失露欲低頭。
饑年辟地談何易，況復山居非故邱[2]。（三）
量珠論米桂論薪，豈謂逢秋又不辰。
白螳尊頭坐忘我，黃花籬下慣傍人。
亦知清淨非吾土，自惜哀遲多主臣。
聞道龍泉失光氣，霜風滿地走愁塵[3]。（四）
熒熒光火豈人間，日暮天寒客未還。
廢壘西風唬絡緯，秋墳夜月唱刀鐶。
銷金事迹不長在，鬭蛩情懷非半閒。
俯仰何心問今古，憑教惜取好湖山[4]。（五）
經秋兀兀一尊同，自惜孱顏借酒紅。
醉後看花如坐霧，愁來倚石獨聽蟲。
故人斷絕門喧雀，暮日荒涼鬢轉蓬。

剩有拒霜留晚色，隔籬猶認是春叢。（六）
露白霜腴節物遷[5]，花黃蟹紫莫流連。
濤聲夜半西興渡，海色平明北埭天。
歸夢先秋何惝惝，客心與日共懸懸。
得閒且復窮朝興，偷向初陽石上眠。（七）
當年小閣聽煙地[6]，今日枯筇訪石歸。
半壁靈光膡頹塔，一湖零火是斜暉。
烏烏郊外聲何樂，蟋蟀堂前秋已微。
祇有西風能惜逝，時吹落葉打人衣。（八）
半間秋水費平章，好事而今尚佛仿。
到眼山川無媛意，抗塵道路豈周行。
過江有士談揮麈，懷土何人錄《夢粱》？
我自無憀蟲自急，可堪與汝語寒螿[7]。（九）
十載聽秋九在塗，祇今猶滯石函湖。
煙喧水荻生初白，葉落山楓失故朱。
忘老登高誇腳健，因風思舊覺年徂。
吟詩白日恩恩盡，安得黃金鑄黑顱。（十）

【校】

[1] 小字自注："酒尊詩卷：'消殘照人面，山容等死灰。'"

[2] 小字自注："今歲災蟲被境，歉收，米至二千八百餘萬石。"

[3] 小字自注："近報龍泉陷于流賊，縣長黃穉賢，余長民政時所拔士也，被劫質，月餘始脫險。"

[4] 小字自注："比歲，饑饉、盜賊毛起，而湖上電炬環帶，炤耀若晝，時有鬼唱發自林間，故前四句云云。"

[5] 《天嬰室叢稿第二輯校勘表》云："《纜石秋艸》：……《秋來》十首'露白霜腴'誤作'腴'。"茲據以改正。

[6] 小字自注："余寓塔山時，題所居閣曰'聽煙'，不到已八年矣。"

[7] 小字自注："半閒堂、秋水觀故址，相傳在錢塘門外。山齋或即其處，杭人云。"

雙十節後一日賦

如何老去逢佳節，對盡斜陽一句無。
往事淒涼共誰語，生平哀樂與人殊。
亂行雁至多驚影，落帽風高已剝膚。
亦欲當歌托微感，尊前醉倒不成扶。

【箋】

寒同《纜石秋草後記》明言《纜石秋草》所錄詩文皆作於民國十八年秋，而"雙十節後一日賦"這一題目，更為具體地交代了該詩的寫作時間，亦即1929年10月11日。

蔀里五十，飄瓦以詩為壽，次韻繼作

人生急似下灘船，行到中流覺力絲。
逃世已無春可老，送窮寧有術能傳？
枝高莫托非鳩拙，澤竭空漁況木緣。
今日會當同辟穀，好收杞菊過饑年。

【箋】

鄞縣人張原煒（1880—1950，字于相，別號蔀里）年將五十，其好友胡君誨（飄瓦）賦詩祝壽，陳訓正次韻繼作，這就是《蔀里五十，飄瓦以詩為壽，次韻繼作》的問世背景。茲據張原煒的生卒年，確定此詩作于1929年秋。

次韻答飄瓦

我似秋江不繫船，汝猶春語出蠻縣。
眼中人老三山遠，霜後風高一雁傳。
香稻莫須鸚鵡啄，饑腸恐是鳥烏緣。
愁來未把殘鬚染，那有羞顏事少年。

用瓢瓦韻再寄于相

愁海浮沉五十年，送窮無術托觚船。
斯人不出真天幸，吾舌猶存豈口緣。
亂世文章三策短，空山風雨一經傳。
與君本是同功繭，百感侵尋欲裏縣。

【箋】

此詩理當與《葑里五十，瓢瓦以詩為壽，次韻繼作》相繼而作於1929年秋，用以恭賀好友張原煒的五十壽誕。

湖山雜諷一十九首

西泠橋下打船過，幾隊驚魚出淺波。
記得前游春水足，青錢滿眼是新荷。（一）《孤山看殘荷》二首。
紅泥亭畔夕風涼，隔座猶聞說藕香。
煙重敗荷翻不起，池頭波冷到鴛鴦。（二）
山上高臺不蔽雲，臺空下見水泛泛。
明湖返照來天畔，看罷初陽看夕曛。（三）初陽臺，看落日。
單梅雙鶴憶當初，好事從來有莫須。
何幸埋香近清骨，行人猶道此山孤。（四）行經孤山馮墓。
黃童谷口望仙家，隱隱林間冷著花。
金果秋荒長猿鶴，沙蟲一路過棲霞。（五）訪金鼓洞，歸過棲霞嶺。
當年傾國銷金地，一角殘山尚翠微。
天外西風何太急，人間頑石亦能飛。
洞荒猿懶呼難起，泉冷魚驚餌不歸。
多少英雄驢背老，秋光猶是作零暉。（六）飛來峰翠微亭為宋韓蘄王遺跡。
十月桃花六月霜，傳疑傳信事荒唐。
如何秋眼分明裏，一路西風放海棠。（七）山行，見數處野棠，倚西風盛開。二首。
歲歲看花到闌尾，棠花道在百花頭。

東皇豈有偷憐意，卻背春人媚晚秋。(八)

萬竹森如杖，相將到上方。

此行應有托，何自怨郎當。(九)郎當嶺多竹如立杖。

慘慘征塗日色微，問君何事不能歸？

天荒未破輪生角，待築雲衢插翅飛。(十)外間言，有人欲築高架鐵道，以飛船之翼，傅于列車，御風而行，可以橫絕江湖。聞將于此試行之。

飛灰何處不成刧，奇貨而今大可居。

此地銷金莫須有，但教竭澤一爲漁。(十一)又言環湖諸寺，年燒紙，直三十萬金，皆流入湖中。此湖不濬二百餘年，所積錫，不貲。起之，可大富。日來，集諸博士論之，亦唯唯以爲然也。

閉門天子歸朝後，插翅將軍破壁[1]來。

當日人煙過百萬，袛今剩有未寒灰。(十二)元時，意大利人馬哥孛羅記杭州"人煙百餘萬戶"，今僅二十餘萬。

海外未尋新大陸，天城猶說舊杭州。

誰知故國銷金地，此日何曾半壁留。(十三)馬哥作此《記》在新大陸未闢以前，《記》中猶稱杭州為天城。時馬哥拜元樞密副使，曾一度來杭。

陌上花魂不可招，錢王艷迹黯然銷。

而今鐵弩無才思，日日江頭逐野潮。(十四)談臨安故事，木公曰："陌上花開，可緩緩歸矣。今人有此才思乎？"悵然久之。

飛飛一雁日邊來，自背高雲下水隈。

打動蘆花秋意思，銜寒還趁夕風回。(十五)雁。

年深石色半凋昏，往事悠悠那可論。

今日巖頭齊下拜，更無人解怨楊髠。(十六)靈隱巖壁諸佛，為元楊璉真伽自鐫相。

對面相看不相識，癡心猶道認非真。

須臾日出煙消盡，依舊青山是故人。(十七)霧中訪山。

人間直何事，酒罷一思之。

荷鋤行將老，卜山居已遲。

真成霜後葉，還對歲寒枝。

乍乍無朝暮，當歸胡不歸？（十八）松下對酒。

誰言天尺咫，出手便能攀。

踏盡棲霞路，依然在此山。（十九）登北山。

【校】

[1] 破壁:《浙江省通志館館刊》作"破群"。

【箋】

自"閉門天子歸朝後"至"對面相看不相識"六首，以《湖上絕句》爲題，并以陳屺懷遺稿的名義，1945年5月15日見刊於《浙江省通志館館刊》第1卷第2期。

偶述二首

三年羈宦住杭州，一日身輕尚苦留。

豈有煙霞肯容我，況當蒲柳已經秋。

青山沒脚添新骨，落葉無情點白頭。

何事不歸還自解，西溪深處訪安邱[1]。（一）

出門何意向蕭晨，偶念高情過子真。

坐久煙霞都上榻，行狂猿鶴亦猜人。

山中蕨少容分我，谷口雲多許結鄰。

慙愧生平貪作計，種桃彌路未逃秦[2]。（二）

【校】

[1] 小字自注："饑歲，流民為患鄉里，有家不得歸矣。杭人言西溪自昔未被兵禍，隱者居之。余亦有往從之意。"

[2] 小字自注："過鴻痕老人山莊。"

杭市連夕被火

夜夜城頭叫赤烏，何人篝火假鳴狐？

神龍本是天池物，遠水寧教一滴無[1]。

【校】

[1] 小字自注："時旱久，無可得水。或曰有盜縱之。"

有府中小吏被逐，謁余，自述非罪，憐而賦此

入無魚食出無車，彈鋏歸來一過余。
口上橫文皆餓理，篋中幸草是方書。
十年火候功休說，百念灰時刼有餘。
不信人間足奇貨，九天欸唾獨先居。

四疊君誨韻卻寄

早晚江頭亦底緣，狂波終阻載愁船。
扣舷為唱公無渡，盼雁真成日似年。
秋水中央何宛宛，浮雲西北正絲絲。
裁書欲付鷗夷去，怕怒胥濤不肯傳[1]。

【校】

[1] 小字自注："飄瓦須早晚渡江至浦口，甚困，來書屢以為言。"

五疊前韻寄于相

哀樂俱忘五十年，知君思緒正纏緜。
吾親猶在休言老，幾輩為經好督緣。
人到知非徒惜誓，公名亡是豈期傳。
乘風我亦虛存願，共載終傷逆水船。

六疊前韻寄葉叔美浦口

山館聽秋又一年[1]，遲遲未去是何緣？
吾生只合針氈老，此意寧勞雁帛傳。
思亂看山生塊壘，愁多對酒死纏綿。
夢魂猶逐長風去，欲托君家萬里船。

【校】

[1] 小字自注："山齋有'王氏聽秋館'舊額，梅赧翁所書也。"

胡飄瓦書來，屢述歸隱之意。詩以招之。時胡佐津浦路局

舉世無全瓦，飄零惜汝材。莫歌泥獨漉，肯許劫俱灰[1]？
白髮經秋短，青山有夢來。佳人思不見，為上最高臺。

【校】

[1] 小字自注："時西北叛軍方爭隴海路。"

柳

柳亦多才思，無人解惜憐。為詩助蕭瑟，與夢做纏緜。
得露眠曾起，因風舞輒顛。至今秋路畔，猶自曳殘煙。

客有見余詠柳詩者，謂人曰："《天嬰集》中無詠物詩；有之，乃罵人耳。"余聞其言，賦此示意

自謂文無害，誰言物有真。茝蘭豈君子，蕭艾亦佳人。
草木原多態，潛飛不可群。唯心各殊念，郵敢與深論。

【箋】

該詩題中所謂"客有見余詠柳詩者，謂人曰"云云，應該只是陳訓正自設的場景，此詩理當作于《柳》成之後。

誡小烏

家蓄二犬，子母也。以色名，名母曰"老黃"，子曰"小烏"。小烏不能如母知人意，然隨母狺狺，已解吠影矣。因誡之。

小烏墜地纔三月，隨母狺狺不受侵。
主曰犬乎吾語汝，誰言人也貌如心。
衣反黑白寧為識，劍及蒼黃易見禽。
漫道應聲便無事，幻形魑魅在花陰。

竟夕鐘聲，不知發自何寺，居者聞而相疑，以為吳山火警也

杭市報火鐘在吳山最高處。時連夕數鳴，市房被焚千餘家，居者皆有戒心。

寒鐘遞更下，側耳有餘驚。隱覺鼪鼯出[1]，起看星月橫。

欹烏閒答響，荒犬莽尋聲。擾擾徒為此，山僧睡正清。

【校】

[1] 小字自注："俗言將火，鼪鼠先出避。"

老黃歸余已三年，甚馴知人意，良犬也。今老矣，賦二詩閔之

汝黃胡不去，我亦憺忘歸。相守終非計，為生況已微。

拍䐣覓餘骨，因熱就殘暉。未忍猛糠盡，徒憐主有饑。（一）

亦知就衰暮，敢惜盡情噑。見影蹲門伺，尋聲繞屋遭。

眼昏多浪吠，氣竭有餘豪。念汝殷勤意，守窮室自勞。（二）

種豆無所獲感作

長鑱托命老冥辭，辦取南山悔已遲。

春去偶然擲紅豆，秋來為孰責枯箕。

釜空日日相煎迫，蔓落年年有別離。

籬下風過蟲語出，細聽無復似當時。

答四弟[1]叔諒自金陵寄書數種

知我無娛老，書成為寄來。眼昏難卒讀，意亂與俱堆。

對酒思當日[2]，看雲惜此才。弟兄皆四海，盼得幾潮回[3]。

【校】

[1] 弟：原作"第"，茲據文意改。

[2] 小字自注："去年，弟依我住聖塘。"

[3] 小字自注："時五弟游歐洲未返，六弟在滬。稚者數人，亦負笈遠方。惟二弟長浙教廳，同賃居湖上。"

【箋】

考陳訓慈《晚山人集·后記》云："回憶丁卯秋后，伯兄方從政省垣，余來任省立一中教職，承兄命寄居其貝莊寓中，……其后，余去南京，時或以与友人所輯《史學雜志》及當時國學圖書館新刊書寄奉，伯兄貽詩爲答，有'對酒思當日'句，更感于諸弟分散四方，故結句云：'弟兄皆四海，盼得幾潮回。'當時五弟去法游學已三年，余在南京，六弟以次則猶在滬甬求學中，兄視諸從弟不啻同懷，而蒿目時艱，已不勝家國之感。"據《陳布雷回憶錄》，可知五弟陳訓恕于1926年仲夏留學法國，由此下推三年，正是1929年秋。惟《答四弟叔諒自金陵寄書數種》自注"去年，弟依我住聖塘"中的"去年"，當改爲"前年"。

潮陶潛

生平頗笑陶元亮，有此田園不得歸。
謀醉未能還止酒，遣愁無術始驅饑。
門前柳弱腰常折，籬下花黃色亦微。
至竟桃源何處是？《山經》讀罷一歔欷。

【附錄】玄嬰先生寄際詩詞，不見已十年矣。互通筆札，有若再生。所著皆去官之作，芬芳悱惻，情兼哀怨，當以劉彥和書"隱秀"名之。即題二詩於上，以代序言。興化李詳。

群雄競逐起風塵，誤信玄嬰作貴人。
地窄未容雙袖舞，詩多滿貯一囊新。
湖山管領甯非福，仕宦蹉跎合署貧。
老去茂先研博物，餐霞吐納付閒身。
天遣回風倡和多，相逢銅狄對摩挲。
分投名士如唐季，入奏新聲半楚歌。
南國美人詒繡段，中原故鬼泣蓬科。
宛如辛臼簌前叟，況似奇觚兩鬢皤[1]。

【校】

[1] 小字自注："長洲叶鞠裳先生有《辛白簃詩隱》，多庚子都門紀事之作。《奇觚廎》，其集名也。"①

【附錄】

再和玄嬰嘲陶潛
李詳

公田秫酒未沾脣，豈有桃源可避秦。
九域甫通規欲往，五男失學運終屯。
甘將襁縷從人乞，無計彌縫令俗醇。
殷鐵經過虛此願，空聞過盡殷勤。

【箋】

李詳此詩，1930 年 9 月又以《和慈溪陳無邪訓正嘲陶潛》爲題，發表在《虞社》第 167 期（第 11 頁）。

讀玄嬰《雪阻詞》再題
李詳

瓊樓玉宇不勝寒，興至乘風大是難。
積雪滿山行徑塞，有人當此獨憑闌。

纜石秋草後記

此先生十八年秋所作詩也。僕時聞比興，麤解指歸。歌以當哭，知阮籍之途窮；筆而爲箋，愧任淵之材短。先生自十六年春蒞政浙府，至十七年冬去職，凡十有八月。其時，盲風遝至，四壁都喧，弱水多沉，一舟莫渡。盜揖門而欲入，鬼載塗以俱來。隴興輟耕之歎，巷絕宿舂之聲。帶犢佩牛者，塞于道路；篝火狐鳴者，聞于一時。履巨人跡而羨登

---

① 詳情可參見王立民《叶昌熾字號及藏印考》，刊《古籍整理研究學刊》2008 年第 4 期。

僑，牽下澤車而思逐鹿。人心如壑，豈奉土之可填；國步方艱，況跳梁之非小。亂靡有已，治將安施？先生則夙夜在公，富貴非我。惡其文之著，求我意所安。種無患之樹，庭蔭將成；登急難之原，鳥聲何亂。紛紜莫解，敢辭予口之卒瘏；熠燿方多，不覺人言之可畏。雖知體絕蘊腥，猶辱青蠅之集。所幸口鮮甘粒，終逃黃雀之爭。先生于是被推，三揔常務，兩權民政。又以杭市草創，同在都會，不別置長，兼以攝行。事繁食少，幸縮羽之未損；勺水斗泥，嘆澄清之無術。一肘掣而百體不順，膏肓襲而腠理皆虛。彼方謂飾芻靈而事鬼，不必責其似人，奉木偶以登場，所貴牽之由我，而先生不知也。放慈航于人海，時觸逆潮；休嘉蔭于學林，又逢惡木。心如止水，何來覆水之憂；利欲斷金，反實爍金之口。此先生之所以去乎？在先生，行藏早定，豈待倚樓，功業未成，徒悲載道。惟此日無邊，風物又到殘秋，大好湖山，已非樂土，此《纜石詩草》之所由成乎？僕聞之："欲讀其人之詩，當知其人之世。"敢本斯恉，以述是篇。文不求深，懼推敲之見罪；事惟存略，懲穿鑿之害辭。後有覽者，當自得焉。寒同記於石埭旅次。

【箋】

該文大抵作于《纜石秋草》成冊後不久，內稱陳訓正雖"三揔常務，兩權民政"且曾兼攝杭市，但實則傀儡；在此基礎上，進而認定《纜石秋草》諸詩，折射出當時陳訓正進退失據的內心苦痛。

纜石幸草

《天嬰室叢稿第二輯》之九①

纜石幸草自序

余既廢居伏湖上，稍稍董理舊業，不與世通謦欬，世亦與我漸忘矣。顧世之忘我者其人，而其人之文，常發光燄而照天壤，固猶是挈挈焉，不能遂忘也。于是介而來乞者，趾相錯，踵相接，若曰："其人雖賤，其言可傳也。"余亦好事者，苟我求，罔不一一予之。意既借此博閒矣，且以諗二年來簿書之耗，吾業不知猶有存乎哉！星月荒荒，又將歲晚，心計此一歲中，為人誦生哀死，無慮百餘事，其齋僅所收，敝簏所棄，完篇未燬者，檢之猶得三之一，亦云幸矣！既裒成冊，因署其端曰《纜石幸草》。童生藻孫為屬寫，人清之意可感也。十八年十二月，玄翁識于湖上聖唐路寓樓。

徐弢士六十詩敘

自余蒞政杭州，不能時至甬上，夙昔游從雅故稱莫逆者，或累月而始一面，或經歲而不直其蹤。人事遷變不可知，今猶幸同處一州部，海行六百里，陸行三百餘里，郵馹皆一晝夜可達，相隔未遠也，而會合之難如此。

趙君芝室自鄉來，輒與述所感。趙君曰："若然，子於徐君弢士之諾，宜踐也。"蓋弢士長余三歲，今年六十矣。當前年去鄉時，會於趙

---

① "纜石幸草《天嬰室叢稿第二輯》之九"，乃整理者所增。

君許，弢士請賦詩，既而曰："吾過矣，子憂未闋，不可強，然必責子三年。"余諾之，心不敢忘，今忽已過所責時矣。

余於朋輩中，交弢士最晚。弢士居近市，用廢著自殖。余初以為鄽人也，已乃諗知其為鄉先進柳泉先生之孫，始稍稍禮敬其人，與之言，叩以所從學，則異于尋常。弢士知古今，善辨析，雖不喜為文章，然其量度體裁，尌剫神理，見人所作詩或文，輒據案目治，如老吏處囚所，輕重罔不一一當於理，故余每見弢士，必盡所業者出眎之，聽其所可否而後快。

夫自文化革命之說興，儒林中乃有近蹊少年，略識蟲魚，便自謂爾雅，把筆為文章，千萬言蠕蠕走腕下，兒讙婢詛，俯拾即是，殘文缺畫，憑肊而造。人利其易也，以為不必讀書溫古而博，作者之名于是前耶後許，相聞道路，衆咻一傅，遂成國俗。天喪斯文，匪一朝矣，縱有弢士之聰，顧安所用其鑑識哉！嗚呼弢士，天下之物，適者存焉。犀之黃，牛之矢，其為香惡不同，而要皆禽畜之遺也，固無所謂珍與賤，有求之者，乃有其直耳。世自無用乎予珍，而吾弢士猶較較其直之高下，無乃非適乎？若曰吾適其適而已，則余今日者日抱牘背、尋文摘隱，決當否且不暇，而暇為吾弢士課悅目之具耶？雖然，弢士固吾求矣！有求之者，乃有其直。業雖荒，吾猶願以有直者一進之。

【箋】

該文內稱"蓋弢士長余三歲，今年六十矣"，茲據陳訓正生卒年（1872—1943）加以推算，大抵可以確定《徐弢士六十詩敘》作於民國十七年，也就是陳氏五十七歲那年。

故清封中憲大夫羅君碑舍諮并序

君諱豫昌，字也庭，姓羅氏，慈谿人。其先祝融之後，妘姓，初封于鄶。周衰，鄶為鄭滅，遷封羅，其子孫遂以國氏，居襄陽宜城。周秦之際，乃徙長沙。漢初，有珠者，由大司農出守九江，始城豫章，因家焉。于是天下諸羅，皆出自豫章。

其徙慈谿者，曰甫，唐僖宗時，官兵部尚書，以劾田令孜罷職，退隱桐廬。既黃巢作亂，其黨犯桐廬，甫乃自桐廬徙明州，道經慈谿。慈谿南扁境有地曰蘆江，土沃而未治，甫曰"是可任也"，遂躬耕其間。數年，人歸之，成聚，感其惠，乃更名蘆江為羅江。及歿，又以先嗇祀之，今所稱嘉德廟者，是也。

自甫十九傳至均厚，明嘉靖時，始由羅江遷城水闕口，是為君十四世祖。更十三傳至君考，諱萼，有潛德，一時人稱長者。妣二，皆周氏。

君，繼妣氏所出也。兄弟六人，君最少，有摯性，事親能盡禮養，生平厚人而薄己，于其族尤亟，力所能為，靡不殫且先。嘗有鳩族之志，牒其先世，自羅江始遷祖以下，無疏戚，必謹注昭穆行次、生卒年月而籍之。曰："吾貧，不能卹族，此戔戔者，或可盡心也。"

夫人張氏亦賢明，奉姑謹，相夫持門戶有道。咸豐中，髮匪擾慈谿，周恭人猶在堂，君與夫人奉邁母避亂山中，倉卒不得篋輿，乃掖以行，君或離側，出偵外事，夫人獨承左右，歷險阻萬難，無憊色。姑歿，哀臨盡禮，繼主內政，必謹必飭，凡閫教所受，罔或乖舛。時君鬻材川楚間，道路間阻，率累歲不歸，門以內一倚夫人成務。及君不祿，諸孤猶未壯，夫人輒稟君遺教，訓育之，俾皆成立。歲時賓祭，戚里慶弔，縱甚困，必備于禮；其自處，則節縮衣食，泰如也。先是，水闕口舊居以鄰人不戒於火，將及焚，夫人獨斂君所籍世牒而出，他物恝不之顧，謂人曰："此吾夫畢生精血所聚，親親之道所由托以行者，即重寶，不吾易也！"其識事體小大，有明見如此。

君生道光十八年戊戌七月二十四日，卒光緒十六年庚寅六月十二日，春秋五十有三。夫人生道光二十二年壬寅九月初一日，卒民國八年舊曆己未九月二十七日，春秋七十有八。男子子二：國榮、國華；女子子一，適同邑王某某。孫八：瑞麟、瑞禾、瑞廷、瑞慶，國榮出；瑞趾、瑞雲、瑞星、瑞聖，國華出。瑞麟，同知銜加一級，封中憲大夫，例得封贈君如其官。民國十六年七月，國榮兄弟卜葬君與夫人於治西二十里官橋井頭村之原，來請曰："將以垂久，久而志不忘，願受辭。"遂為銘其碑陰。銘曰：

馬嘶西，雞鳴東，鳳翥虎胛鬱蔥蔥。疇幽之宮，曰有長德者羅君，千春萬秋宅其中。

【箋】

該文內稱："民國十六年七月，國榮兄弟卜葬君與夫人於治西二十裡官橋井頭村之原，來請曰……遂為銘其碑陰。"據常理，當作於民國十六年七月羅氏夫婦卜葬井頭之前不久。

《掖縣新志》敘目

地方之志，道古不如合今，單聞隻見，曾於所箸《定海縣志》發其例。墨守之士，輒以余敢于反古，用相詬病；獨吾友應君季審，見而韙之，以為窮古徃今來之蕃變以會其通，推天行人事之奧衍以治其究，體裁節目，斷然創始，雖未敢言絕後，要當空前無疑也！

會應君出宰掖縣，有纂修《掖志》之役，遂要余屬筆。余感其意，楊柳而徃，雨雪而歸，踆迡半載，始立體幹，大氐用《定海志》之例法，而更損益其間。凡為目，大別者五，曰方輿，曰政教，曰食貨，曰人物，曰文藝。五大目之中，又各以其所系屬者小別之，為小目。《方輿》之屬一十有八，曰：沿革、疆界、形勢、山林、海洋、河渠、隄防、鄉區、村落、市鎮、戶口、氏族、土質、氣候、物產、名勝、營建、局所；《政教》之屬一十有七，曰：田賦、雜稅、地方稅、公有欵產、行政、司法、自治、教育、實業、交通、武備、祀典、宗教、職官、史事、風俗、方言；《食貨》之屬，不箸小目，民生概況，括以表說；《人物》之屬九，曰：科貢、仕進、學位、公職、選舉、名賢、學藝、列女、方外；《文藝》之屬二，曰：箸作、金石。括五大目、四十七小目而成書，是為《掖縣新志》。屬於方輿者，又有縣境圖、鄉區圖、市鎮圖、海岸形勢圖、沿海水之深淺圖、漁區圖。圖多，不能列一冊，別出之于冊首。都四冊：一《圖》，二《方輿志》，三《政教志》，四《食貨》《人物》《文藝》三志。創始于民國十五年五月，越若干月而書成。慈谿陳某識。

【箋】

考《煙台晚報》2008年3月23日第18版《稿本〈掖縣城區詳圖〉》云："自民國十五年六月設局，至民國十七年一月，始成底稿二十卷，內附總、分詳圖二十五張，名曰《掖縣新志》。"[1]由此，當可推知《〈掖縣新志〉敘目》作於民國十七年初。

送東陽陳備三歸壽其父序

自邦政失枋，姦回朋起，士駔而吏獪，借權據勢相逞脂胰之中，焦嘘竟野，白骨柴立，民萌苦矣，而殺人之術，猶推之而靡有已。彼橫劍桀步之雄，無論矣，乃當日與于革鼎、號稱志義士者，亦復踵悖比邪，堂堂而起。習伏遷染，白入緇出，殆吾國人之性，有同然者乎！

今民國中興，東南既定，余奉委蒞政杭州，與府中人偶談辛亥往事，深慨群德摧墮、人欲橫流，落落十七年中，忽而惠夷，忽而躋躓，人心不可問矣！橫盱斯世，用為大憾。趙君伯蘇曰："是殆不可以概，吾鄉有人焉，亦吾子所知也。"余亟問其人何如？伯蘇曰："有陳備三者，非當年袺金挾丸、馳驅滬杭道上而躬與逐滿之一人乎？今其人老且窮，轉轉末僚底，博升斗養親，朝飽而不知夕饑。囘顧曩昔所稱為同志者，擁嬌妾，居華屋，意氣隆隆，劇于侯王。天之生材，或有高下，而同功異遇乃如是，得非備三守己安命之過歟？"余聞言，為之竦然曰："嗟乎，不圖于今之世，而得見古之人如備三者，是可敬也！"

伯蘇因又言備三之世，明備三之清夷卓苦有其所自受。蓋其父恒一翁，以孝弟力田世其家，立名節，寡耆欲，居約安素，勿妄希不可必得之數，翛翛然一老儒也。律己既嚴，督子弟平平務人道，毋慕驕貴厚富。

---

[1] 《煙台晚報》2008年3月23日第18版《稿本＜掖縣城區詳圖＞》續曰："乃於二十一年地方俶擾（即1932年韓劉之戰），新志稿本全被炮燃，毀於兵。"

生平好游，不假車馬行，自東陽出百餘里，始及川塗。翁至老猶強步無改度，嘗謂備三曰："非吾愛貨，養廉耳。"以故，備三自學成游宦四方，能以義法自持，雖少日嘗與革命之役，功多勿自言，人亦澹然忘之也。

今年翁八十，備三將歸壽翁，介伯蘇來請辭，且曰："吾非敢徇俗之為，閔吾父嗇處數十年，目未接華離之色，耳未習靡曼之音，吾貧不能備禮以養，願得君子一言以自厲。因事致敬，當亦禮之所許也。"余曰："諾，是誠孝子之思！"遂書此贈其行，且為備三勖其繼云。

【箋】

考文中有云："今民國中興，東南既定，余奉委蒞政杭州，與府中人偶談辛亥往事，深慨群德摧墮、人欲橫流，落落十七年中，忽而惠夷，忽而躊躇，人心不可問矣。"據此足以斷定該文作於民國十七年。

趙節母杜氏墓誌銘

節母杜氏，父某，東陽人。年十七，歸同縣趙宗丙。又二年，生子觀魯而宗丙卒。母自是毀容居戚，目不窺庭戶，教子以長以立，凡十有八年。于是觀魯成諸生，又得孫伯蘇，母始一為驩然，然其心之痛，益隱而靡已也。

伯蘇生未稘，失怙，母厚憐之，躬為鞠養至成人，猶嬰倪視，煦煦有加恩，里誦嚮之，稱貞慈焉。清光緒某年，鄉人之官於朝者部郎吳品珩，上其事，有旨建坊以旌。民國十三年，部僉事金子直等，復聯名為請，奉狀褒揚，並頒婦德網維題楔。

母以十七年七月十六日疾終，春秋七十有三。子一，觀魯。孫三：伯蘇、仲蘇、季蘇。越月，觀魯將祔葬母于某鄉原之先阡，命伯蘇來請銘。時伯蘇任省府秘書，余以府委主常務，僚屬中于伯蘇最夙，誼當銘，遂為銘曰：

　　貞固純潔，惟母之懿；莊靜淑慎，惟母之儀。
　　煦仁澤義，惟母之慈；孫孫子子，惟母之遺。

千春萬秋，惟母之思。惟母之思，歸我詺辭。

【箋】

考文中有云："母以十七年七月十六日疾終，春秋七十有三。子一，觀魯。孫三：伯蘇、仲蘇、季蘇。越月，觀魯將祔葬母于某鄉原之先阡，命伯蘇來請銘。時伯蘇任省府秘書，余以府委主常務，僚屬中于伯蘇最夙，誼當銘，遂為銘"。據此足以斷定該文作於民國十七年8月中旬。

樓先生饗堂碑

樓先生海漳，字雅贍，蕭山人。性端潔，家貧，有孝思，自少即異常兒。常采於山，見山實之可口者，獨斂之就市，人怪其不自啖，曰："將以易米，奉父母也。"少長劼于稽事，知力養。會有國變，蕭山當錢渡要衝，人民夢夢死難者眾，先生母與焉。先生自是抱大戚於心，所行益峻，終其身，寡言笑歡容，鄉里敬憚之。

先生用本業起家，兼事廢居。中年而後，稍稍完田舍，有餘給，然自持儉刻，非賓祭大禮，不設帛肉之享，而于事尤勞奮不懈。日常行數十里，戴星出入，雖甚寒極暑，無間也。

樓氏之族，自義烏徙蕭，至先生已三十一傳，其屬衍甚，奉別子而祀者，或絕或興，先生接之，亡戚疏，皆一一為盡力，起衰宗，卹孤寒，脩祀事，殖公田，謹分讓腴，稱一姓長德。由族而里而鄉，先生盡人而予其意，歲時贈賻，不可以僂，故終先生之世，雖悍夫敖子，無有不遜於先生側者。

先生卒于民國六年某月日，春秋六十有九。夫人俞，少先生若干年，前先生若干年卒，淑惠有則，稱先生耦。先生晚年以宿勞致疾，膺肺間養養欲吐，隱有癥，劇時輒氣沖上逆。嘗殆矣，醫謝無所藥，夫人恐急，出禱于神，願減己[1]算，益先生，于是先生愈而夫人尋病，遂不起，時清光緒二十九年某月日也。自夫人歸樓氏，已不及見其姑，翁邁，事之有加禮，相夫作家，尤善推志逮群，雖極自刻嗇，而周人靡不至，卒以成先生之義，蕭之人至今並頌之。

子金鑑，明律，習吏事，嘗一宰東陽，先生送之曰："汝今為官矣。夫民，何賴有官，惟愛民者，民賴之耳。《詩》曰：'樂只君子，民之父母。'汝為父母官，當盡父母事。行矣，勿忘予言。"已[1]而金鑑果以能愛民聞，大吏禮致之慕，佐治刑事。先生又諄諄以審慎相屬戒，金鑑理獄無枉，卒著嘉績，先生之教也。

先生既歿，里族有餘思，金鑑以狀來請曰："願有所述。"余曰："如先生者，可以風矣！"遂書之，俾碑于饗堂，以示則後世焉。

【校】

[1] 已：原本誤作"己"，蓋刊刻所致，茲逕予改正。

【箋】

該文乃陳訓正應其同僚樓金鑑之請而作，用以追述乃父樓海漳（1849—1917）生前事跡。則該文之作，當在1928年11月21日陳訓正卸任杭州市長之前①。

王故將軍遇難記代

故將軍王公既歿之七年，其兄伯群改葬將軍杭州，并狀其志行、功業，謁善文者碑之於神道。犖犖生平，已箸其大者矣，獨於遘難時事，僅具始末，清以為猶未盡也。清與將軍少共學，長共事，其死也，又直清在側，見其危而不能救，知其讎而不能討，負吾將軍，因追憶當日情狀，泣而書之，以志吾憾于無窮。嗚呼，愴矣！

當將軍之來滬也，清實偕之。將軍故有第在滬西，以清主賓客計，便啟問，別舍之於西藏路。時總理孫公亦在滬，方謀復揚子江上游軍勢，設方略，屬將軍，將軍于是旦夕就孫公計事，還必過清舍論之，日往來有常，或告將軍："將有奸人圖君，君當簡出入，備非常。"將軍笑曰：

---

① 按，顧彭年《四年來之杭州市市政》云："……任命黃伯樵先生繼任杭州市市長，嗣以黃伯樵先生不就，又任命周象賢先生繼任。周市長於十七年十一月二十二日就職以後，……市政府組織方面始初幾個月，却沒有什麼變動。"（《市政月刊》1930年第9期）

"于私，吾無觖于人，人孰利我？若公也，吾方與孫公負天下之重，其敢避死？且吾豈能效弱女子，守里門不出邪！何備為？"徃來馳驅如故。

居數日，將軍復自清所歸，清送之，猶未返室也，聞門外譶吺聲雜甚，知有異，趣出視將軍，將軍已負創，一手橫當胸，彌襟淋浪都血，一手攀車上伏兔，瞠目向舍楾一窗，大謼"賊""賊"。清見狀大驚，急令從者抱將軍登車，馳赴醫救將軍。伯群亦適至，于是共召街吏主捕者，闔舍門大索，次第按驗楾舍居者，其人已亡不可得。乃更奔視將軍，將軍創甚，見伯群，欲言，已不能舉舌，目囑之而絕。此民國十年三月十六日事也。

將軍既歿，將軍客人人憤，欲為將軍報讎，久之，乃微得凶人主名。先是，北廷待吳佩孚收勢天下，謀間專西南諸軍以孤粵援，獨黔軍以將軍故，始終右粵，不為用，佩孚銜之。有袁祖銘者，起微賤，從將軍十年，頗頗與機務，顧其人多欲而少恩，佩孚啗得之，使圖將軍，將軍不知也。及將軍居滬上，祖銘乃私赴宛平以情告，佩孚隱令其黨何厚光，出重金遣客覘將軍，即楾舍賊害將軍者是也。

佩孚已殺將軍，遂貴祖銘，使招西南軍北嚮，粵亦尋自亂，北伐大計至是而盡隳。十五年冬，今革命軍總司令蔣公中正，始克大舉，北定江介，祖銘、厚光俱死常德亂軍中，其諸與于宛平謀者，亦相繼取滅亡。于是時也，將軍之讎略無存者，然將軍死已五年矣！中華民國十八年三月，臨川雙清記。

【箋】

該文作於民國十八年（1929）三月，此則文末交代甚明。

定海程氏先德記

余友程君慶濤，著儒服，行賈海上，亮風雅志，矯然不群。歲初度矣，凡與君有連者，將徇俗之所為，製屏以為君壽，而徵辭于余，時余方旅居湖上。君聞之不悅，趣走杭州，止余，且曰："子謂我何？若謂我猶是世俗人也，任為之；如不然，程某豈受人壽哉！"余笑曰："即不言，余亦非妄諛人者。雖然，交游之意殷矣，不可以不受。"君于是俛然有間，作而言曰："無已，願推惠於吾親。夫古者，父母在，不言老。今某雖不獲終事父母，而吾心妹妹，固未嘗一日離吾親之側，猶之乎在也。子如辱況于某，請為某述先德，可乎？"余曰："此孝子之用心也，敢不承命。"遂述君先德如左《記》。

君先德程翁，諱鴻禧，其先潛德勿光，自安徽經商定海，遂為定海人。歷三世，至翁。翁少孤且貧，給事魚肆中，體貌偉異，顏如渥丹，兩目奕奕有神光。有英僑過舟山，見翁奇之，招之滬，為薦于美國行商，供職於其所謂洋行者。久之，用勤儉，稍稍占業有聲，然性澹退寡取，年四十，即謝歸，勿復出。居近市，日以飲酒、種花、汎覽稗史自娛，間或著絝踦走海濱，尋漁父、野老，與話先朝故事，輒俯仰感嘆，以為"吾生夢夢，不自意而至今日也"。蓋翁生道光間，會英人來襲，喘息甫定，又直洪、楊軍興，其所歷境，固有不能令人遽忘者矣。

當翁之來滬也，並時行者十數人，靡不藉廢箸致厚畜，以財雄于鄉邑，獨翁不肯擁脂自潤，得輒散之故舊戚里間，故其歸也，蕭然無多贏殖。生平少所耆好，偶習之，亦不為痼。嘗與友人期翌晨會釣郭外某溪，翁至，少後，其人以隱癖微誚之，翁笑受，無所辯，既罷釣歸，即斂其具與所儲者悉燬之，終身不復近雅片，人以為難云。

年七十三卒。娶阮氏，繼娶胡氏。子二：益水，阮出；慶濤，胡出。女二，胡出。胡，崑山人，名族之後，性慈惠，嫻禮，善自持，笄年遭亂，家人離析流散，莫知存亡。自歸程翁，雖處泰境中，亦戚戚若抱痍在身，終日無歡意。年七十卒。合葬於縣之某鄉某原。

周夫人神誥

夫人方氏，奉化人，今兩浙監運使周君之繼室，民國十八年一月二十一日歿於任所，懿行嫕德，于時流誦。周君思之靡已，其友人慈谿陳訓正為作《神誥》，既表嘉徽，亦藉漵周君之哀云。

有賢者妃，曰方夫人。父世溙，潛德早世。一母一弱弟，與相依倚，俯仰維謹。年十八，歸同縣周駿彥。駿彥前室子方十一歲，夫人撫之有加恩。奉姑處家，事無鉅細，罔不一一當理。駿彥嘗出遊日本，旋又佐蔣總司令中正於粵於滬，居外之日多，不常歸，間一歸省母，母謂駿彥，輒曰："婦善事我，婦善事我！"以故，駿彥得娉壹國事，無分厥心。十六年，駿彥調浙，理釐務杭州。杭州去家僅二日程，夫人始時來相從，顧不久，即以姑為念，別去。凡三年，先後在任所一年而病歿，年三十有八。

計夫人為婦二十年，躬所歷，今昔通嗇絕殊，而處之如其素，不以大貴易操。性好勤，兒女衣履皆手自紝紩，不假人女紅。駿彥每治事至夜分未歸寢，夫人則篝燈內室，執針業耑坐以待，必駿彥入，始罷。其習勞、知禮敬，類如此。烏虖，賢矣！乃為系曰：

於懿令德，嬋娟有行。歸我君子，靡共勿敬。
嗇處善持，居貴能下。風染習伏，不與遷化。
秉性慈祥，豈惟于子。無內無外，胥俾卒悖。
大孝錫類，此其昭昭。淑聞廣暨，匪伊夕朝。
惟勤褆躬，儉亦自克。胡天不仁，奪茲令德。
於懿令德，于周有光。死生之戚，曷其有常。
何者曰壽，壽其可久。我告周君，令德不朽。

【箋】

其文內有云："今兩浙監運使周君之繼室，民國十八年一月二十一日歿於任所，懿行嫕德，於時流誦。周君思之靡已，其友人慈谿陳訓正，為作《神誥》，既表嘉徽，亦藉漵周君之哀雲。"據此，《周夫人神誥》當作於民國十八年一月二十一日或稍後。

貽程慶濤敘

　　始余游滬上，以為滬當江海材貨委輸之地，㹚㹚有徒，日倍義取贏，相聚為姦利，疑無儒者之出于其間。及居久之，稍稍習其人。人固有躬處貨利之中，而其心皭然出於貨利外者，未必盡如吾曩所疑云云也。

　　當庚辛之際，諸滬商之豪者，用博簺之道以事廢居，瓦注而金貴，欲以少儌，遂其大獲，居奇射倖，趨市若狂，即誦詩讀書之子，亦且有以端木貨殖自解，妄憶而徼奇中。于斯時也，吾留滬最久，默以此論絜交游、簡士夫，所謂蹈緇河而不失其貞履者，則不能不心折于吾舟山程君。

　　程君自弱冠成諸生後，即抱其下孝力養之恉行賈，來滬擇一業，終身未嘗有所浮慕。方滬市奔利風競之日，君獨致力于其邑之文獻，執業少間，輒就余商方志體裁，衣冠整潔，步趨優暇，凡始與君遇者，幾以為君新自田間來，而不知其為二十餘年之老滬商也。生平篤於故舊，事親有孝思，年五十，猶徃徃夢哭其先人，此尤為吾儒者之所難。人言習俗遷染，入市者俎廉非君子，則於吾程君，又奚說耶？

舟山丁艦僊先生七十壽敘

　　往歲，余纂脩《定海縣志》，蒐訪故聞，得一人焉，曰丁翁，隱居行義于其鄉六七十年，遠近歸之，顧其人以骯髒善罵聞。有子八人，亦皆任俠有為、慷慨好議論如其父，每出，其鄉人輒避道，相告謂曰："此丁善人後也。"其見敬重如此。

　　翁八子多殖貨海上，以所獲助翁行義，獨其季艦僊、紫垣二先生，自少治經世之學，務欲以功名顯其親。紫垣嘗以舉人一宰雲南某縣，頗頗著治聲。而艦僊奉派出洋，留學美洲九年，歸，供職江海關幾四十年。先是，海關最高職皆條約國人所占，吾國人未嘗有被命至稅務司者，有之，自艦僊始。人以為殊遇，而不知其所以得之者，公謹、廉明，有殊乎人者在也。既老歸職，僑居滬壖，飲酒樂道，無營無慮，以養天年。

岁三月初吉，爲艦僊七十生日。鄉黨重其人，將醵而爲之壽，徵言及余。余與紫垣嘗同被舉爲浙江諮議局議員，每期會，至杭州，居比舍[1]，昕夕數數過從，紫垣輒爲余道其父兄行誼，故余於丁氏之世，聞之獨詳。

當艦僊之奉召而歸也，當國者慮學生旅海外久，習聞新邦政治，浸淫其風氣，歸必不滿于吾故所爲，乃以武職授歸國學生，收之營，不許自繇，艦僊大憤曰："吾別親離鄉井九載，所不辭辛瘁者，爲何今乃以百夫長辱國士？"遂破壁遁去，自是無意用世。久之，用友人美國杜維德薦，入江海關，主賠冊，勤于職，鉤稽出入，尤其所素學。性本恬寧，苟得一事，執之以終身，無復妄冀非分，雖其時同學中有顯宦如梁敦彥輩，聲施爛然甚盛，艦僊皆鄉祝之，絕不與往還。其于貧故舊或戚里之與有連者，則必推分相與，各盡其意而有加。人或以爲德，則誘以謂："吾父之遺教然也。"其意良美。荀卿有言："美意延年。"如艦僊者，當之矣！余因述所聞于昔者以歸之，懼爲長者呵，勿敢有所夸飾也。中華民國十八年三月，慈谿陳訓正敘。

【校】

[1]舍：原本誤作"含"，茲據其文義而改正。

【箋】

該文作於民國十八年三月，此則文末交代甚明。

戴母述

母黃氏，其先黃州人，祖父商于蜀，遂占籍成都。年十六，歸同郡戴某。戴爲吳興望族，遷蜀已四世矣。母慈孝明惠，知大義，不苟於事。其爲女也，一循乎爲女之道；及其爲婦，事長接屬，致敬致愛，一循乎爲婦之道；夫死教子，以長以立，一循乎爲母之道。綜母之生，嘗處蹇遇，十九寡歡，而母寧澹自持，不見可欲，一循乎安身立命之道。鄉鄙流誦，無間遠邇，皆曰賢母。

賢母母四子，其季傳賢①，生有大志，未冠，即游學國外。事中山先生久，奔走革命，不遑將母。民國十一年，奉命宣撫蜀中將領，始得一至家省母。時母年已七十，不見傳賢一十有八年矣。傳賢欲終事母，不得請，既別去，母念傳賢切，乃封手書《孝經》，郵付傳賢子家秀，且曰：'是余十年前所書也。今益老矣，不復能爲此。'傳賢得書大戚，顧以身負國重，不敢全私情、輕棄所職，且知母亦不許其子娑娑安下孝之行，蓋其素所聞于母之教者然也。

母持家有儉德，戶牖拮据，位素而行，不以子貴易操。傳賢嘗畜俸餘饋之母，母大不懌，還書督過之，謂以財事親，非士大夫之孝。又嘗言："安民即所以安親，民不安，親孰與安？"傳賢終身誦之。

十八年二月，母殁于成都里第，傳賢時方以中央委員提舉國府考試院，告至，將奔喪，會有鄂豫之變，不克行，乃即首都招魂而祭，舉襄三日。既成禮，傳賢爲撰具母言行本末，屬其友慈谿陳訓正曰："謹爲述之。"訓正不敢辭，遂詮次之如此，且爲論曰：

嗟呼！自國俗喪，故士失雅教，淺植之徒，馳騖新異，創爲偏激之說，欲盡棄中國舊化，絕倫蔑紀以張貉道，前邪而後許，招要道路。天下失性相從，甫離乳口，便發梟聲，而有教化責者，又復非孔斥顏，恣為曲說，以取媚少年，長其風而助之餤。人心既汨，戾聞漸于國中。母以一婦人，獨寶其天經地義之遺文，鄭重而付之子孫，其為見也奚如？

傳賢雖在官守，未能曲事其私，然知用榮不匱，孝道所先，稱母教以風天下，固其賢也！昔中山先生論民族道德，推本於孝，傳賢嘗詮發其說，以為欲返民厚，莫若用孝，殆證以慈氏之訓而益信。夫教化之行，自上而下，傳賢居民上，化下之責縶重。然則母之以《孝經》付傳賢者，意固不在戴氏一家私也。進法治而爲孝治，其由此歟？其由此歟！

---

① 戴季陶（1891—1949），原名良弼，字選堂，號天仇，後改名傳賢，字季陶，筆名天仇。作為國民黨元老，戴氏先後擔任黃埔軍校政治部主任、國立中山大學校長、國民黨中央宣傳部部長、考試院院長等職務。

【箋】

揆之常理,該文必當作于戴母"歿于成都里第"之際的民國十八年(1929)二月。該文在評述其母黃氏生平的基礎上,籲請重建"孝治"秩序。

張君生壙志

鄞之為縣,西南蔽于山,山四明[1]絕高,溪谷[2]錯互,相薄而為流。流之所至,凡為江入海者一,為大河入江者三,為小河若渠若漕,湊而入于大河者又若干[3]。民恃以汲以灌以運,顧其水源多而亡常,雨暘不時,潦與旱皆足以患民,故治鄞之政,莫急于治河。

河之有始功,相傳唐鄞令王元瑋實啓之。民不忘其惠,為立廟它山,而以其鄉賢之有功農田者祔焉。余嘗游它山,謁其廟,歸,笑謂吾友張君:"他日者,或當位置君于其廡下。"蓋其時,君方有意于其鄉之政,水利固君所先也。今又十餘年矣,君所治水利[4],亦于時始竣功。來告曰:"願畢矣!余將圖其可老。余有地在鳳山寺前,辟之營之,以為余長眠之所。子可無詞以廣我意乎?"余曰:"善乎君之所自處[5]也!鳳山去它山不一里。廟與寺皆古之所謂社,鄉人尸祝之地也。而君又有功德于其間,曩余所欲位置君者,今君已自爲之矣,烏可無志!"志曰:

君名傳保,字申之,姓張氏,鄞縣某鄉人。祖諱某,父諱某,世有隱德,稱純儒[6]。君生而明敏,既冠,成諸生,中清光緒某科舉人[7]。宣統元年,被舉為浙江省諮議局議員[8],遂參與辛亥革命之役。民國元年,以選為國會議員,在京若干年。曹錕竊政,欲以財賄收黨徒附已,君不為動,自絕其籍[9],出國門南下,世所稱護法議員[10]者是也。

君既[11]居鄉,日亟亟為農田水利謀,不辭艱難力赴之[12],凡五載,治河若干里,用金若干版,事具詳余所為《碑》。十六年春,國民革命軍既徇復浙江,軍需急,徵稅[13]不足,乃任君浙海關監督。君知關權低收,其[14]弊在徵吏,非更革不能收大效,于是盡去舊吏,用士人之有鉤稽才者為其屬,歲增收稅過其額之半,而民晏然無擾。十七年秋,

407

君解關職[15]，奉召為財部參事，不赴。

君當事謹廉，不好爲矯矯絕俗之舉。與人無忤，而持己[16]獨嚴，君子敬之，小人愛之，皆以為張先生賢者也。

壙成于十八年某月，同其穴者，妻某[17]氏。

銘曰：藏身于山林，藏名于人心，可以無死，可以無生，惟君之貞。

【校】

[1] 四明：《寧波旅滬同鄉會月刊》無此兩字。

[2] 谷：《寧波旅滬同鄉會月刊》作"澗"。

[3] 為小河若渠若漕，湊而入于大河者又若干：《寧波旅滬同鄉會月刊》作"為小河若涇若漕，而入于大河者又若干"。

[4] 君所治水利：《寧波旅滬同鄉會月刊》作"君所治之南塘大河"。

[5] 處：《寧波旅滬同鄉會月刊》作"取"。

[6] 鄞縣某鄉人。祖諱某，父諱某，世有隱德，稱純儒：《寧波旅滬同鄉會月刊》作"鄞縣同道鄉人。祖諱鏽，父諱守瀾，世有隱德"。

[7] 中清光緒某科舉人：《寧波旅滬同鄉會月刊》作"中清光緒庚子辛丑併科舉人"。

[8] 被舉為浙江省諮議局議員：《寧波旅滬同鄉會月刊》作"舉為浙江諮議局議員"。

[9] 自絕其籍：《寧波旅滬同鄉會月刊》作"乃自絕其籍"。

[10] 護法議員：《寧波旅滬同鄉會月刊》作"拒賄議員"。

[11] 既：《寧波旅滬同鄉會月刊》脫。

[12] 不辭艱難力赴之：《寧波旅滬同鄉會月刊》後接"必期以成"四字。

[13] 徵稅：《寧波旅滬同鄉會月刊》倒作"稅徵"。

[14] 其：《寧波旅滬同鄉會月刊》脫。

[15] 十七年秋，君解關職：《寧波旅滬同鄉會月刊》作"十七年夏，君解職"。

[16] 己：原本誤作"已"，蓋刊刻所致，茲逕予改正。

[17] 某：《寧波旅滬同鄉會月刊》作"胡"。

【箋】

據其"壙成於十八年某月"，足以確定該文作於民國十八年。1930年2月，該文又見刊於《寧波旅滬同鄉會月刊》第79期（署名"陳訓正"）。

書魏伯楨五十小象

魏君伯楨，治律[1]有聲。前年奉委提舉浙江司法，選屬敘官，一[2]以不嗜殺人者爲歸。既罷政，游滬，出其所素學，為人理訟事。凡有陳乞于君者不概受，惟好為被訴者承其事。其言曰："吾不忍以法殺人也。夫殺人，豈必勤刀鋸、殊身首哉！[3]情實之不比，則以枉殺；是非之不直，則以曲殺；輕重出入之不審，則以過殺。殺人[4]之道不一，而[5]損名喪利皆殺也。然天下有可殺人之法，而無不可生人之仁。仁者之於法也，罪原于其所自起，讞決于其所自成，吾終不以其成罪而遂謂無法以生之也。且人孰不畏死，彼舍其有生之望而就于必死之途，果何為也耶？吾力不能於法之外多予人以可生之機，吾心詎可不於法之中一求人以無死之方[6]？求人無死而不得，則無憾于吾心[7]。吾責吾心之無憾而已，何忍剛剛抵人爲也！"

其友陳訓正聞言[8]，竦然而興[9]曰："此不忍人之心也。有不忍人之心，斯有不忍人之政。使魏君而為政，竟其所仁施，將見天下無不可生之物，而惜乎其以讒廢也。"因述其言而書於象[10]，俾見君之貌者，并以見君之心云。十八年六月。

【校】

[1] 治律：《魏伯楨先生五十壽敘》作"治法律學"。

[2] 一：《魏伯楨先生五十壽敘》無此字。

[3] 夫殺人，豈必勤刀鋸、殊身首哉：《魏伯楨先生五十壽敘》作"夫殺人，豈必勤刀鋸哉"。

[4] 人：《魏伯楨先生五十壽敘》無此字。

[5] 而：《魏伯楨先生五十壽敘》無此字。

[6] 方：《魏伯楨先生五十壽敘》作"法"。

[7] 吾心：《魏伯楨先生五十壽敘》作"意"。

[8] 聞言：《魏伯楨先生五十壽敘》作"聞君言"。

[9] 興：《魏伯楨先生五十壽敘》無此字。

[10] 書于象：《魏伯楨先生五十壽敘》作"書于君之舴象"。

【箋】

該文作於民國十八年六月，曾以《魏伯楨先生五十壽敘》為題，發表在《寧波旅滬同鄉會月刊》第74期（署名陳屺懷）。①

鄞西南鄉治河記

治河興利也，而害實倚之。害不去，利不可興。故自古治河無成法，害之所在，即功之所加，或瀦焉，或疏焉，必相而後有事，殆所謂因勢而利導之者然歟。

鄞之為縣，西南依于山，山重而峻，積地尤廣。潦時暴洪湊突，齧石披沙而下，往往不遒于故所治河，汎濫奪防堤四出，害禾田、廬舍；旱則少渟蓄，不足為灌溉。蓋西南水利之失脩者，二百餘年矣，其鄉之賢者憂之。民國十三年[1]，鄉人會而議于社，僉曰治之宜。于是制章約、明職責、規將輸、料材力、博徵興誦，以張君申之主其事，周君炳文②、施君某某[2]副之。凡[3]再會而議定。

議自它山始，先其急也。先是[4]，它山之水自四明來，東傾入江。江毗海，鹵潮一日再至，反灌害稼。唐太和中，鄞令王元暐乃于它山錮[5]石為堰。堰南之水，始西北折而成渠，今所稱前塘河者是也。前塘河為西南七鄉三大河之一，其流最廣，工最鉅，而所繫利害亦最切。當

---

① 陳屺懷：《魏伯楨先生五十壽敘》，《寧波旅滬同鄉會月刊》第74期，1929年9月發行，第53—54頁。

② 陳訓正《周君生壙志》，對於周炳文行跡，記載頗詳。文載《寧波旅滬同鄉會月刊》第79期，1930年2月出版。

它山初成堰，準水之高下而為之平，畜洩以時。先民言遇潦七分入江、三分入河，旱則反是，然河久不治，寖失，故其法今無存矣。

張君既任事，訪于奉化莊先生景仲。莊先生者，老于治水者也，謂張君曰："毋言利，去害而已矣。且吾聞西南之水出萬山而東，潦之害實大于旱。吾相其所施功、究其利，入河利灌，治宜深，深則多畜而旱可備；入江利洩，治宜博，博則易下而潦可備。兩者斠然不可亂，亂乃害。夫天下之害，皆成于不知害者之所為。苟知之而為備，利莫大焉！"張君乃曰："此吾先民七三相出入之說也。先生之言固信。"

其年某月，張君乃始督功，自它山側鍾家潭迤東而下，至南郭門向陽橋，為河長九千餘丈，工所任金，凡十四萬有奇，是為南塘河，即前塘河也；自向陽橋緣城而束玉靈橋門，又長若干丈，任金二萬有奇，是為南濠河，前塘河之委流也。前塘河治既半，鄉人益知其利，乃于十五年某月，要張君分濬中塘河。中塘河源出大雷，自十字港汊[6]而為三旁流，所注達若干丈，任金若干。今年復議濬後塘河。後塘河亦曰西塘河，西郭門外之通渠也，發源下寮山，流視前塘、中塘為縮，故規之為次功，擬于明年繼作而完之。

是役也，先後用金十六萬有奇，而某某等輸最多；致功凡六年，而某某等力尤多。于是鄉人之被其利者，議即其鄉永鎮祠辟二室，為尸祝之所，並樹石紀其功，而屬余文之。余謂永鎮祠者，清時故賢令周犢山先生之神之所主也。先生興隄防之役，有功其鄉水利、農田，民為立祠。祠故三楹，左右猶虛也。當時之建是祠，固以尸祝有功，非為一人之愛，虛其左右，實有待于將來，其意遠矣！美其先，勸其繼，異日者，其復有慕張君之為功而踵之者乎？請識吾言以竢。祠舊有田若干畝，今益增至若干畝，于例宜附書。民國十八年冬記[7]。

【校】

[1] 民國十三年：《寧波旅滬同鄉會月刊》作"民國十三年春"。

[2] 施君某某：《寧波旅滬同鄉會月刊》作"施君竹晨"。

[3] 凡:《寧波旅滬同鄉會月刊》脫。

[4] 先是:《寧波旅滬同鄉會月刊》誤作"先自"。

[5] 錮:《寧波旅滬同鄉會月刊》誤作"於"。

[6] 汊:《寧波旅滬同鄉會月刊》作"岔"。

[7] 民國十八年冬記:《寧波旅滬同鄉會月刊》作"民國十八年冬,慈谿陳訓正記",且下接編者按:"作者自云:'此文極有變化,或倒敘,或插敘,不同尋常蹊徑,後世有姚惜抱,當續采入《類纂》也。'其言信矣。顧吾師申之行誼、事業,自犖犖可傳,殆亦文以人重者歟!"

【箋】

文末已明確自我交代作於民國十八年冬。1929年12月,該文見刊於《寧波旅滬同鄉會月刊》第77期。

故處士鎮海劉君暨其夫人王氏墓誌銘代

處士諱咸良,字立三,姓劉氏,鎮海人。父諱豐盈,以鬻海業起家,素事佛,仁慈好施,既老,盡散家儲,振濟其鄉之無告者,不遑卹厥後。生三子,處士最少,性端謹,不苟于取,家遂益落,至無以供朝夕。父歿,處士乃挈妻之滬,用醫自給,稍有贏,又以資貧病,于是仁醫之名振,而其窮乃益奇,所居無宿糧,徃徃竈不舉火。會妻方蓐,需孔亟,不得已,乃出之戚友許,告貸無所獲,歸見遺金道上,處士曰:"苟其人貧如我,不返,將以累遺者。"因忍饑守之,候得其人始去。禮曰:"臨財無苟得。"[1] 處士當之矣!

處士持已[2]約嗇,愛人以誠,每行醫出門不以車,雖疲,必走赴之。晚年應人益繁,精力稍衰,嘗於沍寒風雪中,視疾十數里外,徃返徒步,勞甚,遂病不起,卒年五十有三,時光緒二十三年丁酉十一月十六日也。殯之日,遠近聞者,涕泣來會,亡慮數百人。夫人王氏;子一:灝;孫四:同翊、同福、同縝、同繹。

夫人諱皈雍,同縣隱居王道通之女。道通信事先天教,推仁行惠,一時稱長者。處士父善其教義，從所請，毀家徇之，遂至貧困。劉氏族怨道通，疑其為姦利，將訐之官。道通懼，知處士為其族所重，乃偽與約婚，以女妻處士，其族果憐處士而釋道通，女即夫人也。

夫人七歲時即茹素，奉教律嚴，誓願終身清脩，不適人。至是道通不欲奪其女志，議毀約，夫人聞之曰："背誓、背約，其為非，義一也。雖然，吾從其輕者，願屈己[2]志以全父信。"于是夫人遂歸劉氏。劉氏既怨道通，夫人歸，亦懟視之，夫人不為慊，惟益謹婦道，事上接屬，無或失禮，久之，乃為其族所賢。

當處士行醫于滬也，不責償，日所入微，夫人乃庸女紅，佐處士盡瘁以從，二十年如一日，無怨色，且時以歡言慰薦處士。處士既歿，子灝猶未成立，教養所費不貲，夫人又年衰，不復勝庸事，曰惟為人咩經，取直資灝游學。灝學成，有大志，數從四方豪傑游，而于余及吳興張人傑交尤深。余每過灝，登堂拜母，一接藹然慈愷之容，至今猶復之而起悚也！

民國十三年十二月三十一日，夫人以疾卒于滬寓，年七十有五，距處士歿，已二十七年。又四年，灝始克葬其父母于慈谿香山獅峰之陽，以孫同翊、同福從。二孫者，皆夫人所篤愛，而同翊尤能孝事夫人。先是，夫人以邁年持門戶，傷一足，不良于行，家貧無雜備，飲食起居，一恃同翊。同翊不言勞，即廁牏浣滌事，亦不假人手，以是致疾，後夫人一年殤，年僅二十歲。銘曰：

行義而貧難，貧而行義尤難。處難若易，夫惟其賢，兩世隱德，吾信之天。天不廢善，君子萬年。

【校】

[1] 禮曰云云：此語出自《礼记·曲礼上》："临财毋苟得，临难毋苟免。得毋求胜，分毋求多。"故當改作"《禮記》曰"。

[2][3] 己：原本誤作"已"，蓋刊刻所致。

【箋】

兹據其"民國十三年十二月三十一日,夫人以疾卒於滬寓,……又四年"云云,大抵可以認定該文作於民國十七年底或十八年初。

故處士鎮海劉君墓表

劉君諱咸良,字立三,鎮海人。其先有翊者,五代時進士,避吳越王諱,改氏金。入宋,以省郎出官明州,卒,其子孫始占籍慈谿,復姓劉氏。自詡九傳至復卿,卜遷故定海貴駟橋,今為鎮海地。又若干傳,至君考太翁。

太翁諱某,用鹽筴起家,慷慨好行惠。同縣有王道通者,先天教閩浙主教也,常抱其教義,巡宣郡邑。太翁與之遇,心韙其言,篤信之。道通數教太翁散私財赴義。會洪、楊亂後,鄉閭被兵久,又直歲儉,民流離無所得食,道通曰:"此其時矣!"太翁遂傾所畜,振給其鄉諸無告者,不足,并斥鹽場、田舍盡,太翁家由是浸墮,至不克自為養。劉氏之族閔太翁,以道通一言毀家,怨之,疑其為姦利,將檢發之官。道通急就太翁求解,乃假約為婚媾,以弱女妻君。君,太翁少子也,自幼馴厚謹愨,為其族所愛重。于是族人懼連君,遂罷其議。

既太翁老病且死,道通索返約,女微得之,大驚,泣曰:"此何事,可偽為耶?吾誓死必為劉氏婦!"劉氏聞之,遂逆女歸。時劉氏益不振,君乃挈妻賃食滬上,用醫自給。人有求者,不計酬出應;其貧無貲者,雖酬不受,或劑藥并貸之。夫妻處久困中,俱持義寡欲,不苟苟於取。嘗晨炊不繼,妻方蓐,君出告乏友人許,無所得,還見遺金道上,自計曰:"舍之,必為他人所篡;不得返,將累遺者。"遂忍饑守之,日昃,候得其人始去。其急人後已[1]如此。年五十三卒。君既旅死,遠近聞者走會,執紼送葬,老幼百數十人,皆嘗受君藥惠者。

妻王氏,少君五歲,所遭艱苦刻嗇,尤過君。生一子灝,君歿時,僅十三歲,又多疾眚,飲食調護一恃母。母素事佛,日為人喃經取其庸,資灝游學。灝學成，從諸豪傑游，將參與革命之役，請于母。母始告灝曰："吾父舅當日破家行教者，固為此耳。"因激厲之。母耄年衰，病足偏患，行殊不良。其時灝方奉國府命，監權潮海關，兼主潮汕交涉，不克歸，乃遣子同翊侍養。同翊孝，盡心事大母，抑搔扶持，無須臾離，日常廁牏瀚濯之細，皆躬執之，不以假人。久之，同翊以勞聞，母憂憐甚，病遂大漬，以民國十三年月日卒，年七十有五。後一年，同翊殤。更四年，灝始克葬其親于慈谿香山之陽，以殤子同翊、同福從瘞其旁。同翊殤年二十，同福九歲，皆有愛于其大母者，故陪祔焉。

【校】

[1] 己：原本誤作"巳"，當系刊刻所致。

【箋】

該文理當與《故處士鎮海劉君暨其夫人王氏墓誌銘》相繼而作於民國十七年底或十八年初。

鎮海耆德王君傳

王君予坊，字海帆，鎮海人。父某，嘗以材器受知合肥李文忠公，被命董治軍實于上海，精敏廉介，見稱一時；又善知人，凡所與接，異日皆成材望。君生有父風，喜學問，兼嫻武事，書劍倜儻，頗頗有用世志，顧家無宿財，父既歿，益困生計，遂棄儒入市。市之人方以詐虞相爾吾，非君所樂也，以故浮湛闤闠，中無所獲。既文忠重蒞滬上，見君驚曰："琴生不死矣！"琴生者，君父字也。屬以事，君婉辭稱謝，退語人曰："吾不得于市，顧能得于官耶？"于時君問譽大起，四方節鉞之過滬者，輒欲以計事屬君，君皆笑絕之。滬道袁某，初蒞任，欲得君綜覈出內，再三要約君。君謂袁曰："辱知，誠感公！雖然，友我，可；吏我，則不可。"袁知君終不肯屈，因堅請君任人以代，君不得已，諾其請，然于利，卒無所苟，矯然絕異于人。人謂君當日者少自損，則著富矣。

邑人葉澄衷者，以商雄國中，微時嘗假君父力以起，既發跡，思以富君者，報君父。于是舉已[1]所營諸業，畀君摠持其成。君已承事，盡心于職，益介介不少損所守。葉知君寡欲少取，因敬重君，而富君之意亦愈堅，乃擇已[2]業之贏獲可倍算者，名為君附母，使分享其子利，然君執不可，謂："于義，無其母而享其子，惡可哉？"故葉氏始終推信君，以為君可任也。年七十有七，卒于滬邸。歸喪之日，遠近來會者數千人，皆咨嗟君非晚近所有云。

陳訓正曰：嗟乎，世尚趨進矣，而人心嚮利無已！一市之眾，各奮其私智以事僥倖，縱無少假牽傍之緣，亦將蹈空而起。人人自以為百萬之雄可以術簒，得志崇朝，終身安富，慘慘人世，安復有禮讓之士哉！王君有數數可富之遇，而臨財不惑，卒持義自見，謂非異人之量之識，而能若是乎？先哲恆言："讓者，禮之宗，德之主也。"君何慼焉！若夫君之行義，其鳴施于一鄉一邑者，在人為難能，而于君乎奚重？故不著。

【校】

[1][2] 己：原本誤作"已"，當系刊刻所致。

【箋】

該文既已被收錄于《纜石幸草》，就理當作於民國十八年初至十二月底之間，但具體寫作時間，似難質究。需要指出的是，該文雖為表彰王予坊"臨財不惑，卒持義自見"而作，實則藉題發揮，表達對世風的不滿。

陳綏之先生靈表

君諱隆祺，字綏之，姓陳氏，鄞之豐和鄉人。其先有國寶者，當明太祖時，平方國珍亂有功，官福州知府。累世力田、孝弟，潛光勿曜，十七傳至君。君少孤，勉學，文行卓犖，顧以先世命不許出應科舉，湛伏里閈，養親教子孫，躬躬自克，卒稱鄉之舊德。嗚呼，賢矣！

先是，君父棄養，有業在異縣，一時失所因據，浸浸且微，君憂之，亟請于母，願出為察督。母以君童年未更事，不之許，且曰："先業與先德孰重，汝將安取耶？"君自是不敢再言游，日侍母作家，且耕且讀，戶庭藹然，如其祖、父之世。君祖諱烈賢，生三子，曰諱愈生者，君父也，于兄弟行居次。當君父異財時，其季願，不善生理，常依君父以居。及君父歿，君析父業之新入者半，奉之，假曰："此季父所有也。"不受，強納之，乃歡。鄉里至今稱其孝義，以為君非常人也。

君既重內行，澹泊自甘，不事紛華，然于黨族任恤、輯睦諸鄉政，苟可以澹災解紛者，雖艱勞，毋所辭，嘗自言曰："于世，吾未遑；若夫井閭猥細之事，務之無甚高名，吾所樂也。"故其鄉每舉社約，必推君董之，以君能明義輕財、里誦所響也。

生平待人以恕，獨于子弟嚴，不稍貸言色。忍嗜欲習勞，身示之則，一家化之，無敢偷息。體素健，無疾痛，日常盤匜、灑掃之細，至老猶躬執之，若與子婦爭役也者。年六十二，偶困於暑，乏甚，自知不起，趣家人治喪具。未歿之前夕，猶自次第規摹，若何斂，若何葬，雖弔客供頓舉襄節目，識冗必及，其神明至死不亂如此！

君為學，先質後文，不妄言論。中年嘗以肆事，一至齊魯間，著有《北游瑣記》一卷。山川行役，每有謠詠，懷舊念母之篇，居其十九。六十歲時，作詩述志，猶不廢孺慕，則可以概君之為人矣！君既歿，其子旦等來告喪。余以君之篤行，于時為難得，不可以不書也，遂為之表，俾赴於遠邇，以風薄俗云。

【箋】

該文既已被收錄於《纜石幸草》，就理當作於民國十八年初至十二月底之間；據其"年六十三，偶困於暑，乏甚，自知不起"，又可進一步確定該詩作於民國十八年夏。

新登陳君述

陳君寶書，字獻庭，新登人。先世隱約，潛光勿曜。君生而敏明，讀書務求實用。既成諸生，受廩餼，即棄帖括之學，高自期許，於先儒學說，尤服膺姚江王氏。館于長蘭，一時從游者，盡鄉邑之良。

時浙西歲歉收，民間訛言四起，會臨安、於潛匪人結教，謀為亂，聲勢浸浸及新登、長蘭。有僑民某者，為眾所疑，告密於縣，縣令周熙得報，皇駴無措，遽檄團丁徃捕，而督君將之行。君友廩生羅蔭鈞、武生陳錦標、監生沈鴻章，恐君儒弱為所敗，率眾持械來會。紛擾間，斃僑戶一人，而所告事亦無驗，令懼獲愆，乃假詞陷君及蔭鈞等三人罪獄，具皆遣戍。君在戍所七年，歸，浙參將雷某閔君冤，且重其為人，聘君參軍事，旋以軍功，得敘六品戎職。非所喜也，謝去之，習勤丘隴，間雜傭保，耕作無間寒暑。力田之餘，則又盡心鄉政，有惠于其鄉，人皆戴之。嘗遇亢旱，田者爭水，甚攘攘也，獨讓君先灌，曰："不可使陳先生之禾後我也。"其得人心如此。

君歿于民國十八年一月，年八十。娶潘氏，前卒；繼娶吳氏，生子五人：慎初、復初、贊初、育初、本初。余長杭市時，育初曾供職財政局，于余屬也，來謁文，誼不可辭，為剌狀，得其大者，述而傳之。

【箋】

據文意，可知此文乃陳訓正再度就任杭州市長期間，應杭州市財政局陳育初之請而作於 1929 年 1 月，時當陳育初之父寶書（1850—1929）病卒後不久。

周母葛太夫人靈表

母葛，奉化人。幼被箴紃之譽，長俶盤匜之教，有鬚女士，無間族嬾。年十九，歸同邑周氏。周故聞族，世有潛德。府君某，庸書柱下，作吏府中，抱瘁躬之願，鮮退食之間。母則子道、婦道備於一身，課織、課耕紛然百度。尊章謂其善事，臧獲毋敢為欺。稟天既異，生性尤慈。聞寡婦之歌，停箸不進；過貞娥之里，載粟以行。缺天可補，方何秘乎千金；起廢有心，春且回于女手。

蓋其仁也，陽報隨之，生五男一女。神蚌得月，儲腹皆珠；菌桂當風，飄香彌路。長君駿聲，権酤句甬。次曰駿耀，化居槐市。天上德星，人間麟鳳。第三子駿彥，今浙江省政府委員、兩浙鹽運使，兼陸海空軍總司令部經理處處長。君子不器，上孝用榮。推錫類之思，務為仁之本。戴星出入，難忘馬上之昏晨；攬轡低佪，徒展空中之色笑。時欲以許國之身，還而奉母，母則謂持門有我，孝且移忠。駿彥懼違母志，黽勉從公。諸弟[1]亦負領聞[2]，後先競爽。

非此母，不生此兒；有其德，必得其壽。方謂樹亡憂之草，惟以長年，豈知戀可愛之暉，已成末日。十九年一月十五日，母微感不適，遽告厥凶。慘慘征途，麻衣如雪；荒荒凋歲，風木無春。嗚呼哀哉！母有子六人，叔子及女已前卒。孫若干人，殤者三人。曾孫十一人。蓋自府君之歿，以迄今茲，哭子哭孫，紛綸靡歲，晚節之華，豈掩秋肅，死喪之戚，況在人倫。壽終八十有五。有美意而不獲延年，天隳之謂何。爰述哀誄，用揚懿德。

【校】

[1] 諸弟：據上文，大抵乃"諸兄"之誤。

[2] 領聞：理當改作"令聞"。

【箋】

此文顯系應兩浙監運使周駿彥之托，而作于周母葛氏（1846—1930）病卒之際，大抵就在民國十八年十二月十六日或稍晚。

纜石春草

《天嬰室叢稿第二輯》之十[①]

玄父十九年春所作詞，都二十有六首。

金縷曲 雪阻

凍雨瞞春至。儘霏霏，趁將風力，欲低還起。歲晚驚心猶莫定，而況仌天尺咫。數山色，都無晴意。欲上高峰看天日，怕高峰高處寒加厲。行不得，雪深矣。

歸來坐徹晶幮底。度高歌，冰絃自擁，指僵難理。歷亂雙蓬爭色相，禁得清清長此。怨檐響、宵來未已。料識明朝門前雀，縱飛來沒箇張羅地。居不易，且謀醉。

浪淘沙

鳥語四山寒，大雪飜飜，冰天萬里怯雲單。何日東風初上道，願與春還。

春夢太無端，不是人間，迷陽滿路獨飛難。出谷鶯多高木盡，何處緜蠻？

一萼紅 雪中孤山

乍憑闌。正塵絲枝影，一雨洗殘年。遲日亭臺，沍雲坊陌，看似芳

[①] "《天嬰室叢稿第二輯》之十"，乃整理者所增。

訊猶寒。問何事、東風次第，都不管、草色妒梅先。雪約分明，月盟珍重，總是無端。

前度看花人在，念天涯袍色，青到誰憐。孤嶼林塘，幾遭尋覓，都付鶴夢幽單。賸一例，斜陽無語，還草草，紅盡武林山。不信彌天吟絮，猶殢人間。

滿江紅 雪後感事

一夜刀刀，問似睡，山容醒未？試放下，晶簾坐對，朔風還厲。埽郤門前都不管，看來草背渾無際。指高臺，猶自說初陽，欠天底。

丹井冷，青尊廢。鶴語咽，猿啼起。繞梅花百匝，先生老矣。白雪愁聞秋士曲，黃金錯鑄春人淚。笑年年，一度試冰車，干卿事。

臨江僊 雪夕守寒

窂地空花誰翦出，城中日暮增寒。瓊樓高處有誰看？六街初放夜，燈火懶明天。虬箭聲遲壺水凍，鄰雞爲報更闌。孤衾邀夢夢成難。玉魂紛似雪，蝴蝶滿千山。

玉宇人家何處有，心知不是尋常。飛瓊一夜爲誰忙？仙人鉛淚盡，別路隔微茫。別後山川無暎意，臘寒猶照新妝。愁來燒斷百和香。溫靡心上事，皎潔眼前光。

望江南 前詞意猶未盡，復占三解

今何夕，大雪下紛紛？爐火欲微懷未煖，酒尊倒盡意難醺，心事付空雲。

今何夕，大雪到門深？夢爲衾單難帖體，燈因膏盡欲煎心，孤漏滴沈沈。

今何夕，大雪念川塗？著體鯀輕如衣鐵，因風唾去可生珠，問意竟何如！

虞美人 觀兒童戲雪毬

兒童疊雪裁冰綺，相約晶毬戲。等閒跨上玉龍身，拋擲由他那肯便輸人。

輕狂身手稱年少，博得人顛倒。問他堅白異還同，只此推襟送抱已難工。

望江南 雪初霽，憑牕有作

開牕望，晨色動冰枝。殘滴依稀青女淚，餘霏繚繞白公祠，春日尚遲遲。

開牕望，積翳一何深？小鳥畏寒還擇樹，凍雲避日欲歸林，天際渺春陰。

開牕望，入望總曇曇。柳挂冰絲飄冷泊，風收凍雀曬晴簷，何況住江潭。

卜算子 見有跑冰者超湖面而過

又是一番寒，寒徹明湖底。問君何事踏冰來，足下魚龍睡。好意阻君行，不惜殷勤指。林間隱約有驕陽，早晚生春水。

浣溪沙 乍晴又雪，至此三見矣

都道瑤姬是上仙，如何三謫到人間？無多光采已堪憐。生就冰姿明的的，還隨月步見珊珊，飄天風唾玉纏綿。

解連環 望梅

暮寒吹徹。正凝雲絮幕，亂山香發。付眼前，如此冰天，冷得到成春，也稱芳節。回念宵來，阻幽夢，曾同風雪。待瑤華自朗，說與玉人，肯許攀折？

橫波乍承素靨。度溫磨細細，都入情熱。甚罩煙，欲吐還休，又卻怕分明，向人唐突。知汝多愁況愁絕，更無言，說任那時。夜深夜淺，但來伴月。

瑞鶴僊 歲暮過放鶴亭

能消寒幾九。甚番風盪瀁，故梅吹瘦。春痕上眉岫。有斜陽過處，一枝孤秀。幽人去後，賸依約，清寒如舊。問疎疎，數點華光，忍與玉魂相守。

憶否年年客裏，野水孤村，幾曾消受？間來坐酒。對明豔，倚吟袖。念空亭鶴夢，淒涼覓得，可是那時薜苟。這好春，都付流鶯，為誰苦咒？

八六子

渺仙途，好春晴雨，憑聽枝上鳩呼。記去日，袍帶飄煙，來日華光轉爥。愁魂一宵九徂。

別來問訊何如？蟻綠難消，情渴鵑紅。肯借顏朱，但黯自，驚疑夢雲同絮。泪潮同泊，恁地模胡。相念不見[1]，當歌翠袖，寧憐舊贈羅襦。鎮愁余，愁深況聞夜烏。

【校】

[1] 相念不見：原作"空相念不見"，衍一空字。

六醜 月夕

擁孤衾夜悄，盼不滿，牀前明月。鏡闌墜寒，孀阿誰為說。此意天末。持與同心侶，滯光千里，問郵邊孤潔。關河到處成空濶。幾躍更黽，成行夢蝶。淒涼最難分說。縱離心肯煥，猶欠安帖。

無端轉折。賸冰魂一玦。墮付瑠璨帳，愁惝忽。愁深怕看圓缺。對娟娟體態，總憐唐突。氤氳滿、室香猶熱。曾一度照徹，屋梁不與，故情同熱。虛櫳掩，殘漏聲渴。奈思沉，便著明明地，何時可掇。

探芳訊

漸春轉。有小樣眉梢，蹄痕初泫。照媚波娥岫，青青又教看。人間別意知多少，天在闌干畔。指星辰，昨夜昏黃，郵人憑徧。

休問恨長短，問夢入春來。和春深淺，蝶影疎疎。歸飛路何遠，便能著得搔頭玉。也減華光晛。況無端，點滴綃紅怨斷。

驀山溪[1]

高寒如許，春似歸人遠。一樣天涯[2]，問天涯，何時曾見，去年楊柳？是處送君行，行未已，春先轉，人向春邊看。

今年河畔，草色青青斷。馬首閣東風，甚朝朝，流鶯苦喚。杜鵑花發，與淚間成紅，拋不盡，離塗怨怨，也無人管。

【校】

[1] 驀山溪，原本倒作"驀溪山"，茲予逕改。

[2] 一樣天涯：據詞牌名，可知此句少一字。

絳都春

六街放夜，正月滿鏡闌，星垂瓊絓。轉燭看春，春到人間應如昨。鰲山笑語燈初罷，暗風動衣香吹麝。問歸何處，霜嚴路滑，剩寒猶賚。

驚怕。遙遙更鼓，好並芳心催下，泪意滿襟。珠顆盈盈，飄羅帊誰家燈火。參差射，便不是，多情迎迓。行來第一銷魂，袖痕露惹。

琵琶儔

飄盪年塵，問何似，但見朔風吹刮。無限情熱冰霜，彌天與孤潔。都說道，山容睡足，又誰見岫娥愁潤。陌上花開，江南草長，前夢須熨。

漫相念春色誰家，只楊柳，江潭費尋覓。回首杜鵑蹄處，有斜陽紅抹。看盡萬千山，怎不見，舊時素面團月。一樣春吹樓臺，那人天末。

金瑱子

滯夕寒嚴，守一燈，愁底語兒花落。好夢近來疏，明孤照，蘭膏燼憐雙萼。坐深思亂無端，費魚書尌酌。千萬緒，從頭細教分說，寫來依約。

情惡半無著，春不見，芳風任寄泊。離魂倩，誰喚起，聽牎外，雞聲送曙喔喔。麝灰怕少餘溫，問悽香何托？沈吟久，還惜數點晨星，伴我樓角。

綺寮怨 雪初霽，客中感賦，用清真韻

雪眼初消人意，曉山濃睡醒。問滿地、破碎驕陽，環湖曲，幾處芳亭。梅花封寒未著，高枝上，黛暈先轉青。又者番，澹蕩東風，偏吹皺，一池春水盈。

一樣客中過程。關河冷落，前時怕憶飛瓊。舉目清清，賸煙語，共愁聽！人間萬千歸路，似待我，更何情。誰歌渭城？不須新柳色，對孤零。

蘭蕙芳引 即事依海綃韻

春吹自寒水亭閉，斷虹飄笛，正夕樹。留紅殘照，費他修飾。又逢過燕問倦旅，經年風力。想舊時鶯伴，應話昔曾相識。

柳帶煙沈，山顏霞淺，看看將夕，待新月珊珊，眉樣更誰畫？得閒花多怨，送情何極歸。未饮愁聞，滿庭芳息。

諸家評議

《無邪詩存》，慈谿陳訓正無邪所作。應啓墀曰："天嬰詩，五古最有功，樂府亦剡剡出光氣，奇警而幾於自然，皆足以虎眎一時。次爲七律，又次爲五律。七絕、七古最下，七絕往往失之佻率，七古往往失之散漫。吾願天嬰益努力也。"馮幵曰："玄父詩，不患其不奇，而患其不馴。昌黎云：'文從字順，各識職。''識''職'二字，即'馴'字註腳。凡詩文，無論清奇濃淡，必須臻'馴'字境界，方爲成就。玄父似猶有待也。"徐韜曰："天嬰自謂三十以前未嘗學律，五古、樂府得力於風謠；讀其擬古之作，信之矣！近作稍入宋人具茨、陵陽、眉山諸家。天嬰又言'平生實未讀宋人詩'，此欺耳，余不敢信。"鄭孝胥曰："愛奇嗜古，不作凡響，此必使哀樂過人、性情絕俗，乃堪相稱。工夫自在詩外，不足爲尋章摘句者道矣！"陳三立曰："慘輝妙旨，成嵯峨俶詭之觀。神血湛湛，殆欲分液郊貺。"喻兆蕃曰："荒忽幼眇，跌宕光怪，如《搜神記》，如秦漢童謠。十年不見君，幽憂沈鬱，乃至於此邪？噫！"釋太虛曰："噫作靈飆，將搆其變；液勻神雪，將擇其質。騫古路而動容，擊寒旻以流響。"作者自贊曰："余詩可以觀，可以怨。若夫興群之義，尚竢之異日。"[1]

應君蓀舲輝以馮君木幵《回風堂詩文集》、陳无邪訓正《天嬰室叢稿》寄示，二君皆慈溪人，負文望，時有"馮陳"之目。……天嬰著作，乙丑以前所印謂之《前輯》，余未之見也。此爲乙丑至庚午，年六十所作，曰《塔樓》《北邁》《聖塘》三集，則詩、文、詞雜廁者；曰《纜石秋草》，純為詩；曰《纜石春草》，純為詞；曰《纜石幸草》，純為文；又有詞曰《末麗》《吉留》《紫英》三種，總謂之《天嬰室叢稿二輯》。錄其《旅次青島》，云："吾生好冥游，落想窮天外。仙瀛與神都，閉目往往在。傳聞有青島，著勝冠東海。昔者夢過之，習覩恬無怪。誰知佳山水，心窄不受載。懸摹已多奇，躬歷始欲駭。吾來當炎月，天地常苦隘。此島何清涼，耳目時為快。沆瀣塞四海，草木都春態。入市斷囂聞，飄風薈天籟。泉澄碧於酒，山濃青若黛。征人道其間，襟屐自忘憊。憶昔秦瀛氏，遵海曾東邁。仙山望不見，鮑鯨沙丘待。吾今亦何幸，車馬少煩殆。飆輪若搏雲，靡遠勿吾屆。垂老作壯圖，放覽有餘慨。道塗結生平，茲遊會當再。"五律發端佳者，《孤往》云："出門轍孤往，莽蒼適吾踪。極音尋幽徑，回頭得亂峰。"《雨後江村夕眺》云："一雨蟲聲出，秋生萬樹顛。濕空流夕翠，暝色動高蟬。"皆有杜味。《膠萊道中》云："膠萊河畔草煙平，萬里沙頭日色明。牢落天心照荒土，混茫海角倚孤城。燕台古木秋風早，鄭谷殘禾石馬橫。聞道此邦真不夜，至今陌路戒雞聲。戒雞，坡名。"《登千佛山四覽有作》云："千佛山頭看落暉，東南有雀正飛飛。征雲目斷吳天碧，旅草風吹大野低。半谷人聲巡騎至，滿城鬢篥放營歸。昏途戢戢牛羊下，萬點蒼煙帶夕扉。"《湖山雜詠》云："十月桃花六月霜，傳疑傳信事荒唐。如何秋眼分明裡，一路西風放海棠。山行見野棠盛開。""陌上花魂不可招，錢王豔蹟黯然銷。而今鐵弩無才思，日日江頭逐野潮。"《歸自聖塘》云："落木千山雲失據，荒郊獨客月同歸。"此最為天嬰詩之高朗者。

余謂天嬰文動宕，不似回風之奧賾；回風詩生新，不似天嬰之刻琢，猶之元、白同為長慶體，而面目不同也。如云："檻外夕陽一螢死，煙邊歸鳥萬山啾""煙喧水荻生初白，葉落山楓失故朱"，則真嘔出心肝矣。

集中《金虎》樂府，以成於丙寅而名。自言時多忌諱，動招嫌怨，故一事一名，深自韜匿。詩陸離光怪，迷其所指，然雖不能名其器，亦自知為寶也。以篇多未錄。

天嬰字屺懷，一字玄嬰，光緒壬寅舉人，留學日本。清季與從弟布雷主《天鐸報》《商報》筆政，歷任杭州市長、民政廳長等職。著述宏富，有《讀禮籀記》《睍言》《睍林》《甬語名謂攷》《澤畔吟》《歲寒述學》《掖縣志》《鄞縣通志》《定海新志》等。卒年七十二。[2]

【箋】

[1] 又可見《天嬰室集目》；且前綴「古詩四卷，部一百六十八首」。

[2] 該文原未見載於《天嬰室叢稿》，茲自沈其光《瓶粟齋詩話》五編上卷補入。①

---

① 《瓶粟齋詩話》五編上卷，沈其光撰，可見張寅彭主編的《民國詩話叢編》（五），上海書店出版社2002年版，第747、749—750頁。沈其光（1888—1970），字樂賓，號瘦東，晚號瘦冬、瓶翁、蘭笋山人，江蘇青浦人（今屬上海）。《瓶粟齋詩話》五編上卷，原系油印本，編成於1953年。

陳訓正詩文補遺（1934年底前）[①]

育德初等農工學校校歌

陳訓正

堂堂亞東，泱泱大風，四明佳氣橫青蔥。

閩越中子弟，誰人不是文明種？

黑消紅滅，何堪父老尚癡聾。

撞破自由鐘，責任如山壓肩重，喚起人間夢。

民權挽補天無功，願同胞大家努力，一雪奴才痛。

心腸菩薩膽英雄，福我眾生眾。

【箋】

見載于《寧波光復親歷記》（林端輔口述，何雨馨整理）[②]。自1903年11月至次年下半年，陳訓正在與人合辦於上海並擔任主編的《寧波白話報》上，

[①] 此外，尚有《唐宋時代的莊園組織與其發達為村落》一文，始則連載於《興寧縣立一中校刊》1933年第2期（第3—6頁）、第4期（第2—5頁），繼爾在1936年又見刊於《中法大學月刊》第8卷第3期（第45—64頁），其署名為："日本加藤繁著，玄嬰譯。"這其中，《興寧縣立一中校刊》1933年第2期篇首曰："□兄：我譯這篇文章的目的，是想給中國的一般國故迷……以一面鏡子。看！人家是怎樣，用什麼，來把那些散碎的珠子綴成有用的物件？……原著是日本現代有名的支那學家，尤長於經濟方面，著作甚多。譯文曾勞北平名教授錢稻孫先生改正，□致謝衷。譯者，一九三三．一，於故都。"又《中法大學月刊》篇首所附"譯者附記"云："本文著者加藤繁氏為日本現代有名的支那學者，尤長於經濟學方面，著作甚多。原文載於一九三一年日本《狩野教授還曆紀念支那學論叢》六五五—六八一頁。原書非賣品，幸蒙北平名教授錢稻孫先生出所藏見借，拙稿錯誤亦多承先生改正，銘感難宣，附此誌謝。"根據這些文字及陳訓正的治學偏好、生前交往，大抵可以認定他與《唐宋時代的莊園組織與其發達為村落》譯者並無關聯。

[②] 《辛亥革命寧波資料選輯》，寧波市政協文史委員會編，寧波出版社2011年版，第7頁。"育德初等農工學校校歌"乃筆者所增。

通過選刊《小學教育問答》《論女人家應該讀書的道理》《論實業的教育》諸文，不但設計出一個比較完整的小學教育方案，而且大力呼籲重視女子教育，甚至提議創辦徒弟學堂和實業補習學堂。也因此，時當盧洪昶（1856—1937）等鄞縣士紳聯名懇請"捐建農工小學，收教墮民"的這一上奏，在呈請農商部代奏而於光緒三十年（1904）十月獲批，並於次年設立育德初等農工學校之際，不無偶然卻又合乎邏輯地受邀"總持"該校的校務①。走馬上任後，既"詭以人格教育"②，同時又著重課以農工常識，并親自編寫宣導自由平等的這首校歌。

謁馮簟溪王篤庵兩先烈墓

慈谿陳訓正屺懷

土篋何人為祭魂，靈風十里晚江村。
崇碑猶識同歸墓，野哭當年北郭門。
馬公橋下草如薰，鬱鬱千春起古芬。
野老亦知亡國痛，至今猶話斷頭墳。
馮臂王頭共一抔，忠魂歲歲有蒿萊。
今朝乃敢分明拜，白酒青瓷上冢來。

【箋】

民國二年（1913），馮君木和從子馮貞群（1886—1962）在馬公橋畔，找到了其八世祖馮京第（字躋仲，號簟溪）與另一抗清志士王翊的合葬墓，③遂賦《與從子貞群尋馮躋仲、王完勳兩侍郎合葬墓，得之》詩，④以紀其事。陳訓正的《謁馮簟溪王篤庵兩先烈墓》三詩，亦當作於此時，爾后被馮貞群輯入《馮

---

① 陳訓正：《墮民（丐戶）脫籍始末記》，《鄞縣通志》第四《文獻志》第四冊丁編《故實》，第1334—1336頁。
② 陳訓正：《墮民（丐戶）脫籍始末記》，《鄞縣通志》第四《文獻志》第四冊丁編《故實》，第1336頁。
③ 按，《僧孚日錄》辛酉正月廿四日（1921.4.2）條小自注："夫子之曾祖白于先生有《馬公橋尋簟溪公墓不得》詩，夫子因與曼孺約馬公橋更訪尋之。野草荒榛，邱墳累累，夫子信足，直抵其地。碑石漫漶不可讀，與曼孺以指捫之，先得四點，知是'馮'字，後於旁行又得四點，知是'篤'字，於是使人洗其石，摩抄良久，乃得盡讀。方夫子初至其地，何以不向他處，此蓋亦有神物呵護者焉！《回風堂詩》有五古一首，其題為與從子貞群尋馮躋仲、王完勳兩侍郎合葬墓，得之》。"詳參《沙孟海全集·日記卷》，洪廷彥主編，西泠印社出版社2010年版，第111—112頁。
④ 《回風堂詩文集》，馮君木著，中華書局仿宋字鉛印本，1941年。

王兩侍郎墓錄》。①

張母宋太君墓誌銘

慈谿陳訓正紀懷

生而諱於鄉鄰，死即闃寂焉，身亡而愛絕，非俗之孀也，要其人之生平，有不可信者若然。余友鄞張世杓之母，其信賢乎哉！母宋氏，為女時，以十指奉寡母，循乎其為女。為婦時，將夫以順，遇前室子以慈，循乎其為婦。夫死，葬夫三世之親，完夫之責，循乎其為嫠。嫠而撫子於成，畢婚畢嫁，循乎其為母。蓋自生至歿六十餘年，一循乎其所應為，無所謂峻絕可驚之行也。乃其生也，鄉鄰之人無老幼疏近，愛之莫敢名其德，畏之莫敢議其辭，皆曰母不可慢也。及其有疾，鄉鄰聞之，居者欷於室，行者泣於途，皆曰母不可死也。而其歿也，庭無樂傁，巷無嬉童，寢無佞婢，門無豪丐，則皆哭曰："母不潛乎！"於乎，非母之賢而得人能如是？是其可銘。銘曰：

母之德如穀菽，人得之，生骨肉。

母之行如膏澤，人沐之，生瑩魄。

於乎母之賢，乃可以萬年！

【箋】

文載《翼社》1917年第1卷第1期（第44—45頁）。

葉君碑陰記

君諱同春，霓仙其字也。父諱森，字筠潭，歲貢生，內閣中書。生五子，君居次，出後於叔父諱金齡。金齡聘楊氏，未娶。金齡歿，楊誓志來歸，撫君為子，全貞四年歿，葬翁家隩。同治元年，以貞孝旌。君以咸豐五年乙卯二月初四日生，光緒二十八年壬寅六月十八日卒，得年四十有八。烏乎！以君之才望，而卒不永年，傷哉。君為文淵淹，中光

---

① 《馮王兩侍郎墓錄》，馮貞群輯，《四明叢書》第六冊，廣陵書社2006年影印本，第3408頁。

緒五年舉人，以資當官景山官學教習、國子監學正，中書公曰："不願女違鄉棄親而宦也。"遂不受。居家課子弟讀書，著有《霓仙詩詞稿》。余於輩稍晚，未獲交君，於友人許得讀君詞，淵厚悱惻，宋人之遺也，心識之。又數年知君，君已寢病矣。娶王氏，少君二歲。生子男六：秉成、秉常、秉良、秉孚、秉祥、秉賢。女二，長適同縣應周規，次適鄞縣李翊然。孫九人。君之卒也，家多故，不克葬。後十五年，為共和之六年，秉成以母命葬君於獨山。既葬，秉成請銘於余，失時不及窆，遂題其碑陰如此。

【箋】

文載《霓仙遺稿》卷首，據文末"共和之六年，秉成以母命葬君於獨山。既葬，秉成請銘於余，失時不及窆，遂題其碑陰如此"云云，足以確定該文作於1917年。

寧波佛教孤兒院告募疏

屺懷

天下無告之民四，而孤為甚。鰥、寡、獨三者，有其養之力，至老而失者也。夫人之至老而失其養之力，其於生也，猶有所以為養之謀。飢也而呼食，寒也而呼衣，有不忍人之心者聞其呼，不忍覯其死，則必有以應其所急，而予以所養。獨至孤者，依於人以為生，無衣食之者，雖飢且寒而不知所以謀也，雖予以衣食之具而不知所以養也，則其受罰之酷，固生民之至窮而無告者矣。嗟乎！自國家失仁政，而此四無告者，於是益窮，顧老而窮焉，其生也間，其效於世也可以知，而其受飢寒之虐，苟至一身而止，猶無害於群之事也。若夫幼而無父之孤，則生之方始者也，譬諸草木，株株然句曲之萌耳，極生之量而無沮，其葱蘢所至，可以為駢章之植、連抱之材，而當其始，則所以躪踐之而摧伐之者，一雞犬之擾，霜霰之集而已足矣。天下至偉大之人物，莫不成於襁褓之中，襁褓之中，人群之興替繫焉，故此無告之孤，仁者尤惜之。徒惜不足以為仁，必有其方以處之，使不至於躪踐摧伐而失其生之量，此孤兒院之所由立也。佛之教曰慈曰愛，教養孤兒，慈愛之事也。明州之佛教徒，有岐昌、諦閑、一峰、淨心、宗亮、圓瑛、智圓、僧朘、太虛者，諸山之先覺，而根性於慈悲以為教者也，慨然有見於棣群之道，而議設孤兒院於鄞之白衣寺。節衣以被之，縮食以食之，而不足則將呼於群以補之。夫育孤群之責也，方外猶云爾，而吾群之人宜何如？吾知其必有以應諸上人之呼，而慷慨援助之者。議既成，岐昌等以院事諉諈於余。余亦孤子也，回憶童昏無告之日，歷歷猶目前事，敢辭勞焉！遂承其事而述其繇如此，并為呼之。群群之人，孰不有慈愛之念乎！苟有應者，雖一絲一粟之微，亦被其仁而食其德矣。戊午元旦，慈谿陳訓正。

【箋】

文載《覺社叢書》1918第1期（頁124—125），後又載文載《寧波旅滬同鄉會月刊》第34期（1926年5月出版）。《寧波佛教孤兒院報告冊》第十四期《本院沿革》有云："本院之創議發起者，為天童寺住持寄禪上人及慈谿陳屺懷先生。民國六年冬，地方紳商學界與諸山長老集議於白衣寺，本我佛慈愛普度宗義，救孤苦兒童，定名為寧波佛教孤兒院，以僧立普益學校舊址為院舍，以寧波各寺庵常捐水陸捐充教養經費，不足之數，向各界捐募。七年五月十二日，本院正式成立，向縣公署立案。"

鄞西接待講寺佛教講習所成立大會演說詞

玄嬰

今者接待講寺瑛上人會講佛學之始，鄙人以佛教會居士長之資格，來與斯盛。瑛上人固余舊交，諸學者亦多與余接熟。余念瑛上人與諸學者冥搜玄理，具徵道力，則對於斯會之成立，不能不有一種表示讚歎之言說，貢於諸學者之前。

昌明佛教，雖由於脩人感善之力，要亦有其時哉。蓋自禮教衰微，人心沈溺於功利之途，人人有功利之見，斯人人有爭奪之心，及至爭端既烈，強者益奮，弱者益退，前者為積極，後者為消極，消極而至於寂滅，此佛教之宗義，遂乘其時以行。余每讀史，慨乎佛教之所以盛，而未嘗不歎其世之亂之亟也！余今者不必以歷史過去之蹟，證明其事實，第就吾人之心理，為諸學者詳言之。

吾人之心有同然者，即易被外加之感而生動，又易被外加之阻而還原。還原者，還復其本體也。心之本體，苟無感於外加之業力，則可以寂然而無動，即動矣，亦能循其軌法而無變其方向。心有不軌法之動者，外緣於業力故也。業力深，心之本體，漸為所動而不能持，於是種種妄念緣之而生。所謂種種妄念者，不出功、利二途。外圍之感觸，即業力自體之變惑，即妄念，故外圍之感力愈強，則自體之定力愈弱。試假一圓體以喻心之本體，心體無外感時，絕不發生倖射心，雖有軌動，循乎直線，亦平正不變而無所差其方向，如第一圖是。及受外圍之感覺，而心體之定力不能勝其所加之業力，而發生其一種倖射心。倖射心所循之線，以漸而高，即軌動線之變相，如第二圖是。漸次增高之方向，亦有極度，倖射線至極度時，其歸著點仍還至原位，而與未發生倖射心時同其體。蓋倖射心所發之線，不循直線，必又有一種反衝之阻壓力加於其上，如拋物然，以受地心吸力而成特殊之曲線。故倖射線方向愈高，其歸著點念近原位，至高極度而不復成曲線矣，如第三圖是。甲'甲"……為倖射度，乙'乙"……為歸著點，業力愈深，倖射心愈高。高至極度之甲，則其歸著點即心體原位之乙，故云還原也。

今何時耶，人心之倖射度，已幾至於高極矣。既已功無可倖，利無可倖，嗒然喪氣，則必歸還其本元。故歷史上之佛教，每乘大亂後而興盛。蓋大亂時人心皆趨向功利之途，彼爭此奪，而反衝之阻壓力，亦隨之而增。今非大亂時乎？余因以知其去人心還復本元之時不遠矣。

循上所說，昌明佛教，茲其時矣。瑛上人與諸學者在此講習，可謂識其時機。三年學成，適當中國大亂初定之日，諸學者散之四方，宣揚宏法，皈依之衆，余可豫料。此余依據吾人之心理及其時世而為言者。

余更有一說，決知人心之不能無動，動極不能無靜。佛教者，人心歸宿處也。余於佛學所涉極淺，不敢妄有揣測，第就吾儒門之宗，得一例，更為諸學者言之。

孔子四十不惑，孟子四十不動心，蘧伯玉五十知非。夫孔子聖者也，孟子、蘧氏大賢也，若謂聖賢無倖射心，何以必四十而後不惑、不動，必五十而後知四十九年之非耶？既云惑矣、動矣，且有非矣，則其心之不能無差其本體之元。可知當日皇皇道路，未始非為功利而來。功利二字，若就廣義言之，即致君堯舜，饑溺天下，亦功利之見端耳。但其所發之倖射心，能不奪其定力。外緣之業自難發生強度，非謂聖賢可不必制欲也，制欲功夫未至四十時，差妄之念，亦不能劃除淨盡。蓋人之倖射心，又以年增高被反衝而成，曲線漸移近其歸着點於原位，必至四十而心體乃可復，聖賢且然，奚論其他。此又無可諱飾者也。

余為此言，蓋亦有故。諸學者皆青年雋材，制欲功夫，所得果如何能乎？其有定力而不為業力所奪耶？故余今日對於講習所之成立，既為諸學者賀得時，復希望諸學者有持定之識，苦下功夫，制克業力，使無變惑，必自信如孔、孟、蘧氏，至四十、五十之年，而後學乃有成。若僅僅此三數年中會而講之，便謂得其奧窔，此口耳之學耳，亦烏能利用其時以昌明乎佛教哉！

【箋】

文載《覺社叢書》第 3 期（1919 年 5 月 9 日發行），頁 5—8。

賣文恤孤

禮俗既敝，文事遂繁，尋常歌泣，動輒慶弔，徵索無已，余頗厭之，爰立酬格，藉資恤孤。必我求者，請如左約：（一）墓誌銘、墓表、碑記，三百元；（二）壽文、哀誄，一百元；（三）雜箸，隨喜。慈谿陳訓正。

【箋】

文載《寧波佛教孤兒院報告冊》第十四期（1931 年 12 月出版），考同冊《本院沿革》有云："八年，院長岐昌上人逝世，公舉圓瑛法師繼任。總務主任智圓上人辭職，由王吟雪先生兼任。增收院生十名，創辦製鞋、裁縫、印刷、紙工等工場。院生漸多，經費困難，本年八月，董事傅硯雲先生自備川資往南洋募捐，院長陳屺懷先生賣文恤孤以資救濟。"准此，足以確定《賣文恤孤》作於1919年8月。

定海縣志例目

慈谿陳訓正無邪

方志之作，意在彰往開來。已往之利病，即未來之興革也。昔人有言："善言古者合之於今。"故方志以表著地方文物嬗進之蹟為先務。道古雖尚，合今尤亟，理則然已。自來作者，牽於前志成例，往往墨守局界，詳其所不必詳，而於地理、賦稅、財產、民生、教化、風俗諸端，反無以會其要。流寓清望，引為土著，窮山惡水，標為名勝，傅會穿鑿，難可窮究，科條舛雜，識者譏焉。予自承修《定海縣志》，廣甄博訪，每欲抒溁所見，用彌前憾。然異縣羇旅之士，足跡未親三鄉，耳食不飽肫中，[1]亦虛逡遁二載，始克斷手。碎聞膚記，悉從刊落，體裁節目，頗乖舊志，要以質實有用，取徵後來。依類排比，寫定六冊，不以卷次者，用周濟《晉略》例也。列目如下，粗陳指例，庶有闊碩，理而董之。

第一冊　輿地志

第二冊　營繕志、交通志

第三冊　財賦志、魚鹽志、食貨志、物產志

第四冊　教育志、選舉志、人物志

第五冊　職官志、軍警志

第六冊　禮俗志、藝文志、故實志

凡志有圖者，各附本志中。惟《輿地圖》以帙廣、取便檢閱，故別自為冊。[2]

《輿地志》第一

舊志《輿地》，紀錄甚略，《疆域》一門，僅志山川，且多屬於舟山本島中者，環舟山四面數百之列島，則并其名稱、方位、面積，亦闕焉未詳，殊不合全縣名義。又戶口、水利，舊志皆附《田賦門》，於性質亦未合。災異為氣候之變徵，不必別立專志，今彙為一門，分目十一。

一、建置沿革《歷代建置沿革表》《各鄉遣徙展復始末表》

二、形勢形勢總論

三、疆界《四至邊島》《浙海漁區經緯距》

四、列島《縣境全海島嶼概表》《礁險彙紀》

五、洋港潮流《洋港彙紀》《實測潮汛時刻表》《舊傳大小潮漲退時刻表》《年中潮之漲度高低表》

六、分區《鄉莊沿革表》《清光緒三十四年畫分選舉區域表》《宣統三年畫令城鎮鄉自治區域表》《民國八年改編城鎮鄉自治區域表》《各區村莊概覽表》（案，是表須詳列村落方位、居民、氏族、戶口多寡，茲以未及調查，故闕之）

七、戶口《清光緒二十六年編查戶口表》《宣統元年人口調查表》《民國元年至七年內務統計表》《七年戶口調查表》《八年戶口調查表》

八、水利案：是類祇列水利大綱，其他如築塘、濬河等工程，應入《營繕門》。舟山本島、金塔山、冊子山、大謝山、桃花山、六橫山、朱家尖登步蝦峙、蘭秀山、岱山、長塗山、朐山

九、土質案：是類未及考查，待補。

十、氣候《年中氣溫風雨實測表》《舊曆年中太陽出入時刻表》《災異彙紀》《占候雜謠彙錄》

十一、名勝古跡《名勝匯紀》《古跡匯紀》

《營繕志》第二

此即舊志之《營建》，因所志創少而因多，故改稱《營繕》，凡縣境內之重大建築物應皆列入。惟是門紀錄，前人多視為不甚重要，致各項工程如河渠、塘堤、街衢、道路、橋梁等，舊志僅舉其名而略其實，最近採訪又不為增補，此一憾也。今就略可考見者，彙為一門，分目十。

一、城垣縣城、道頭土城

二、學校學宮、校舍、圖書館

三、公署縣治、《舊有各署存廢概表》、監獄

四、礮臺

五、會所縣議會、勸學所、教育會

六、場廠製造水產品模範工廠

七、倉庫常平倉

八、善堂體仁局、同善堂、育嬰堂、養濟院

九、公園

十、祠廟

案：舊志祠廟與寺觀並列一門，非是。祠廟者，即古之所謂社，人群要約期會之所托者也；其興廢實係民戶盛衰，非宗教徒之寺觀比，故記之特詳。《各區祠廟概表》

《交通志》第三

此為舊志所未詳，採訪又僅及航渡，故茲纂陸道，無里程可計。分目三。

一、水道《輪船航線表》《全縣船埠概表》（附）《舟山道頭航船概表》《燈塔彙紀》

二、陸道《舟山本島陸上交通表》，案：此表僅據舉嶺路，未及塘路、公路，待補。[附]《路亭彙紀》

三、郵信郵政支局、郵政代辦所、信匭

《財賦志》第四

舊志有田賦而不及地方財產，非是。今彙列一門，名曰《財賦志》，分目五。

一、田賦《城鎮鄉已墾田畝總數概表》《民國元年至十一年額征表》《四年各則銀米額征表》《六年至十一年新陞各則額征表》《銀米折價及帶徵各項捐費之規定》《現行銀米折價及帶徵各捐費定則表》

二、關稅定海分關及各鄉分卡

三、雜稅　契稅、典稅、牙稅、印花稅、屠宰稅、煙酒公賣稅、醬油稅、漁船牌照稅、漁鹽稅

四、地方稅及雜捐　錢糧附加稅及特捐、房捐、稽查費、屠宰附加捐、黃沙捐、石宕捐、其他各捐

五、公款及公產　《倉儲公款概表》《教育款產概表》《育嬰公產概表》《恤嫠公款概表》《振貧款產概表》《衛生款產概表》《其他各善舉款產概表》《縣地方財產概表》《關於各項公產之碑記彙錄》

《魚鹽志》第五

魚鹽為定海特產，縣民生活資焉，舊志失載，是大缺憾。今特闢一門，紀漁撈板晒法及漁區、鹽場各狀況，分目二。

一、漁業　《漁區》（圖附）《漁船駐泊地與各洋面之路線里距表》《漁況》《魚之種類》（見《物產志》）《漁船號數出入及產銷地概表》《漁之歲息》《漁具及捕法》《關於發展漁業計畫彙錄》

二、鹽業　《產地方位面積概表》《各產地鹽滷濃度表》《鹽戶鹽板概表》《各地產額概表》《鹽之成本計算表》《各地場價比較表》《製鹽之程序及其方法》《副產物》《鹺政彙紀》[附]《歷年鹽勵廠價表》

《食貨志》第六

是亦舊志所無，專紀關於縣民資生事項之統計。《全縣丁壯分業比較表》《客民旅食人口表》《食糧統計表》《十年以來食米價格升降表》《主要食用品歲輸入總額表》《十年以來主要服用品價格比較表》《十年以來建築用品價格比較表》《十年以來各項工價比較表》《奢侈品歲額統計表》《縣民生活之概況》

按：關於民食貨之主要項目，因一時調查困難，未能備列。右所舉者，不過十之二三，聊存概略而已。

《物產志》第七

按：舊志分屬乖牾，記載蕪雜且所收非盡屬縣產，不可從。今據實地所產，取要汰繁，依類立表，分目四。

一、植物　凡尋常園藝及野生散材不錄，《有用植物列表》

二、動物　凡普通共有之物，無大宗產息及利害可言者，不錄。《海

鮮概表》《家畜概表》《鳥屬概表》《獸害彙錄》《益蟲害蟲概表》。

三、礦物　石、炭酸鎂

四、雜產　鹽、冰、灰、蒲包、醬油、螺鈿鈕、罐藏物品、黃沙、海松

《教育志》第八

此與舊志《學校》性質不同。蓋教育為動體，自有進行之蹟可言，非如舊志《學校》僅備儒學、書院名目已也，分目三。

一、學校教育《最近學校統計表》《歷年學校發展概況表》《歷年學生人數及教育經費比較表》《全縣各學區教育盛衰概況表》[附]《西國教會設立學校彙錄》

二、社會教育《社會教育概表》

三、教育機關勸學所、縣教育會、城教育會、僧教育會、小學教員研究會、私塾改良會

《選舉志》第九

舊志《選舉》專載科貢仕進，今以學位、公職及褒章等附列之，於義亦允，分目五。

一、科貢《歷代科貢人名表》

二、學位

三、仕進

四、公職

五、褒獎

《人物志》第十

案：舊志《人物》不以類著，而《人物》之外又有《列女》《寓賢》《仙釋》。竊謂列女及游寓、方外，亦人物之一，不必別出。人物或以事功著，或以道德著，或以文學著，應各就所著者表而出之，使庸流凡品不得依附其間。今依類列表而系以簡傳，俾可考其生平。列女則祇書姓氏，貞孝之德，大都從同，故不為立傳。分目十。

表一　凡有功德於鄉者入之

表二　凡負學術道義之望者入之

表三　凡有至性獨行者入之

表四　凡自一命以上而著有功績或氣節者入之

表五　凡有文學之稱入之

表六　凡隱居全道之士入之

表七　右諸表所未備錄者，各依行誼著其姓氏

表八　列女

表九　游寓即舊志之寓賢

表十　方外即舊志之仙釋

《職官志》第十一

案：舊志職官列表，名宦列傳。傳名宦即所以表職官之治績也，應彙列一門。《歷代職官沿革表》《歷代職官人名表》《治績彙紀》

《軍警志》第十二

案：舊志《軍政》備列軍額軍實，紀錄極繁，而海防尤為注意。然今昔異勢，前人所視為重要者，皆非今之所急，故略之，僅記兵防沿革而已。警察、保衛團亦皆地方治安之保障，今彙為一門，分目三。

一、軍防《宋時兵防沿革表》《元時州司弓兵額略述》《明時兵防沿革表》《清時兵防沿革表》《民國兵防沿革表》

二、警察《創設時代之警務》《民國以來縣屬警務之進行》

三、保衛團《各鄉保衛團成立年月表》

《禮俗志》第十三

《記》曰："禮從宜，使從俗。"宜者，不反習慣而順其自然之謂也。禮法雖制定，不能回人心所嚮，告朔犧羊，此亦時代趨勢使然。宗教浸溺人心，信崇過於秩祀，不可奪矣。民間吉凶諸禮風尚自別，豈可執古以議其後。至語文之變化，演而益奇，雖子雲復生，不能定其方言，然其變化之跡，要自有其起原，可考而得也。今彙列一門，曰《禮俗志》，

為舊志所未具，分目四。

一、祀典《秩祀彙錄》

二、宗教《縣屬各教徒人數統計表》《僧寺彙錄》《道院彙錄》《西國教堂彙錄》

三、風俗《鄉風彙紀》《人事彙紀》《職業彙紀》《歲時彙紀》

四、方言《汪音字母表》《轉韻表》《變音表》《俗字表》[2]《諺語彙錄》《口吺聲彙錄》《童謠彙錄》

《藝文志》第十四

此仍舊志例，而以宋紹熙以來各舊志附於其後。金石為藝文之一，亦附列焉。分目二。

一、書目舊志附

二、金石目

《故實志》第十五

此即舊志之《大事志》。《宋高宗避兵航海》《宋遺臣張世傑之海外孤軍》《元末方國珍之亂》《明初湯和經略海上》《倭寇擾海始末》《明遺臣舟山死事始末》《清初曾養性之亂》《蔡牽擾海始末》《有清一代之對外交涉案》《莊民暴動始末》《清亡及改革時之官制》

右志凡十五門，體裁節目，大半依據近刊《寶山縣志》（錢淦等撰）。十年以來，全國新修縣志無慮七十餘種，獨《寶山志》能不為舊例所拘，去取最錄，差為精審，故本志略遵其例，而參之以馬君瀛、沈君椿年、施君皋之主張。《禮俗志》風俗、方言二分目實馬君助成之，圖事則施君之力為多，列島及鹽產各項調查，皆沈君所餉云。中華民國十二年十二月，慈谿陳訓正。[4]

【箋】

文載《史地學報》第 3 卷第 6 期（1925 年出版），題為《定海縣志例目》，文末明言作成 1923 年 12 月。时至 1934 年，又以《定海縣志序目》為題，見刊於《浙江省立圖書館館刊》第 3 卷第 4 期，且在篇首插入一段編者按："民國以来吾浙新纂县志，本刊前已选载《镇海》《龙游》《寿昌》诸新志之《序例》，以飨读者；兹更移写《定海县志序目》于此。《定志》编于民国十二年，为慈谿陈屺怀先生所主纂，而《方俗》《物产》二志，则出定海马涯民先生（瀛）之手，其他体材亦多经其商讨。全志体例，大较师法近刊《宝山》钱志，去取最录，不泥旧例：如《交通》《财赋》《礼教》《渔盐》《食货》《方俗》诸志，均能独运匠心，别创新格。《方俗》一志，详考方言风俗，不捨鄙俚，所以彰民隐而移民俗，甚足为后来取法。至如《舆地志》第六目'分区'项之阙各区村落与居民氏族表，及第九目'土质'一项之全付阙如等，则皆由采访未周，未足为累，列目待补，尤足彰其启后之效。全志于列表一道，可谓畅乎其用，惟偏重太过，于人物不免阙略。于列女亦列表不立传，以为'贞孝之德，大都从同'，实则世俗贞烈节孝传略，固多千篇一律，且率出俗手，鄙俚无当，然节烈事蹟，倘能择尤纪载，要足以存信史而昭激劝，似未可以概从简淆也。至于谊例之情要，载笔之简絜，要足为后来方志学家之楷模。读者第先讽籀是篇，然后更进诵原书，当更能有所邊会也。"

【校】

[1]颇乖旧志：《定海县志序目》后接小字自注："《定海光绪志》为县人黄元同先生所修。"

[2]自"第一册"至"故别自为册"，《定海县志序目》的相关记载颇有不同，兹列表如下。事实上，《序目》较诸《例目》，文字多有不同，兹仅罗列其显著差异之处。

冊首列圖
第一　輿地志
冊二　營繕志、交通志、財賦志
冊三　魚鹽志、食貨志、物產志、教育志、選舉志、人物志
冊四　職官志、軍警志、禮教志、藝文志、故實志
冊五　方俗志
列圖
　　案：舊志縣圖，輪廓纔具，山高水深，礁灘航線，皆未嘗著列。分圖較詳，山川、營建，尚具型範，而標識陳腐，未適時宜。署宇、祠廟各圖，率皆意繪，方位距離，絕尟準則。今總、分輿圖，參酌海關、陸軍、水警等圖七種繪成，城廂、普陀及建築圖，則由實測。名勝古蹟，改用景片。敢謂不失毫釐，庶無大誤謬云爾。
一、輿地圖
縣境總圖
列島分圖一　舟山本島、普陀、朱家尖、大榭、金塘
列島分圖二　岱山、魚山等
列島分圖三　朱家尖、登步、桃花、蝦岐、六橫等
列島分圖四　長塗、中街山等
列島分圖五　衢山
列島分圖六　黃龍、泗礁、徐公、白蹟等
城廂圖
普陀山圖
二、建築圖建築平面圖五、縣公署縣議會各一、校舍三，名稱從略
三、景片凡十五幀，大抵爲學校、醫院、古蹟名勝等，子目從略，景片皆用銅版，前乎此者所罕見也

[3] 在《定海縣志序目》中，風俗、方言又獨立為《方俗志》第十六，且稱："自中原多故，頻淪戎夷，語言參雜，非盡華夏之舊。而古音古語，轉多寄於南荒，雖語文變化，演而益奇，然其起原，自可考而得之。風俗每因地域、時代而異，習尚所趨，雖不盡如古，要亦有自然之傾向，進步之跡，胥于此繫焉。述《方俗志》，亦舊志所無也。分目二。"

[4] 末段，《定海縣志序目》改作："右志凡十六門，體裁節目，大半依據近刊寶山縣錢《志》。十年以來，全國新志無慮七十餘種，獨《寶山志》能不為舊例所拘，去取最錄，差為精審，故本志略遵其例，而參之以馬君瀛之主張。《物產志》《方俗志》亦馬君手定。圖事則施君皋之力為多。列島及鹽場各項調查，得之于沈君椿年。審校之事復一委諸馬君。蓋沈、馬、施三君皆縣人云。慈谿陳訓正述。"

馬大師

陳屺懷

東阜先生曰：今之為盜眾矣！庸夫盜生，娓夫盜形，戔戔之夫盜名，功利之夫盜時勢，其黠者盜人心，甚至怯夫盜鬚眉，獷夫盜斯文，凡此數者，何一非盜？彼盜賄盜貨之流，猶其盜之磊落而存乎真者。詰盜當自偽盜始，真盜不足誅也。雖然，有較焉。盜貨者冒盜之名，盜賄者掩盜之形，則真中猶有真者。此馬大師之死所可以書也。

鏢者馬大師，道光初，聚徒百，于清江售技，年垂垂將六十，髮鬢盡白，倒植如銀戟，見者咸敬畏之，呼為馬大師。馬大師之稱著，而其名乃轉失矣。顧其人和夷近人，行旅至者，必爭先致幣焉。有黔客某者，載重貨赴都，就馬求護衛。時馬以年老久絕聘，客有求之者，則遣其徒曹從之。以黔客所載裝不貲故，策賊必多其力來襲，而其徒之健者又盡遣未返，餘子碌碌，非能當劇盜者，因謝客曰："前途多險，吾徒靡堪委付之者。"黔客固哀之，馬大師曰："倘非重裝來者，余徒將余之名往，雖贏亦了之矣。今無能。"客因之愈怖，必求馬大師自行。馬始猶辭，久久乃得請。馬大師行後之三日，果於途遇二少年，摩騎過，屢回盼不離行裝遠近，若一一心揣其輕重而目識之者。是日日未晡，大師即命下裝歸宿，戒客曰："嚮所遇二少年者，盜探也。既探矣，將來圖簒。"麾其僕曰："汝以裝支余床下，余獨守之。汝奉汝主出就別室，勿重乃公累也。"夜將半，漸聞櫺罅處齒齒作鼠響，大師坦床臥勿動，俄室門自開，炬數十朗朗如白晝，照耀刀光，有二十許健漢，躡壁虓呶而入。馬大師始欠伸張目，笑而語之曰："不面兒輩數十年矣，乃不長進猶昔耶！"盜憤爭舞刀來撲，刀猶未着牀，已聞門外盜羅而噪曰："老髥已登屋顛矣。"室中盜方驚顧，一彈如鳥卵大，飛墮直中盜魁。盜魁之顱，似與彈競其堅固，砢然有聲，則其雄已流血死矣。餘更非大師敵者，滅炬躡足遁去。盜去後，馬大師始呼黟客，客與其僕已於隔舍窺見之，乃謝大師曰："勞大師！非大師自行者，吾主僕將無甯魄矣。"因指行裝語大師曰："吾幸苦作官五年，僅乃獲此。方欲入都引見，獻我相公，謀轉一階，得稍遂所願。不幸盜乃瞰我，脫大師果不自行者，吾命即能續，吾所冀者畢生已矣。"馬大師聞語失色頓足曰："誤矣。殺吾好漢。汝贓官，盜吾民膏血者。乃令馬大師作護衛耶！"繞盜尸走十數匝，已而瞪目視黟客，忽大呼曰："羞！羞！！羞！！！"抽劍自決其脰而死。黟客之僕驚極，即於是夜逃去。後其僕在金山為僧，始向人述其事如此。

【箋】

文載《精武雜誌》第四十七期（1925年1月15日出版）。

定海魚鹽志

陳訓正

　　海鄉物產，除魚鹽外，幾無其他品類可述。民生所繫，不厭詳盡，因就漁業、鹽產兩項，搜訪所聞，專志之。

　　漁業

　　漁區　海為天生利域，無界限可言，惟漁船出入捕魚，其路綫所經里數猶可迹求。自鎮海關起計，東盡國界，與日本海綫相交，約一百九十六海里；南至象山、南田，與台州海綫相交，約五十八海里；西至乍浦洋面，約四十四海里；北至馬鞍群島，約六十二海里。綜計漁區方里二萬八千八百海里。

漁船駐泊地與各洋面之路綫里距表（單位：海里）

駐治地	各洋面 時間	大木洋	黃大洋	浪岡	胸港	黃澤港	黃龍港	羊山	大戢洋	漣泗洋
爵谿	春汛	9	—	—	—	—	—	—	—	—
石浦	春冬汛	18	—	—	—	—	—	—	—	—
東沙角	春汛	—	—	—	24	—	—	18	34	—
長塗	春汛	—	8	—	12	—	—	—	—	—
中街山	春夏汛	—	8	21	—	—	—	—	—	—
胸山	春汛	—	—	—	8	20	—	22	29	—
馬蹟山	春秋汛	—	—	—	28	—	—	26	16	—
陳錢山	春秋夏汛	—	—	20	—	—	16	—	—	370
沈家門	冬汛	45	18	—	—	42	52	—	—	—

案：漁船出入路綫不盡屬縣境，是表所載係據《外海漁業總局調查報告》，兼涉鄰界不少。要之，定海占其面積多數云。

漁汛　約分四汛。第一汛，一月至四月，為將旺未旺時期；第二汛，五六兩月，為最旺時期；第三汛，七八兩月，為最衰時期；第四汛，九月至十二月，為次旺時期。

魚之種類，見《物產志》。

漁船號數出入及產銷地概表

船之名稱	漁幫及船數	出洋	回洋	魚品	產地	銷地	附識
墨魚船	鄞縣張黃村約1200號；姜山360號；柬湖160號；本幫約五六百號；盡山各島500號	立夏前後	小暑後	墨魚、蟶蜅、墨棗	盡山、黃龍、泗礁、青浜、黃呈、小柵、廟子湖、花島、洛華	墨魚、墨棗由中路釣船進甬銷售，蟶蜅由閩商銷售者多，進甬者少	容量一二千斤不等，每船3人
張網船，又名打撈船，小者曰抛釘	鎮北幫約300號；本幫在各島者約770號；在平湖一帶者約50餘號；在崇明各島者約150餘號	清明前，本幫或秋冬張網	夏至後	大小黃魚、墨魚、鰻、虎魚、鯧魚、帶魚、雜魚、蝦、蟹。本幫秋捕海蜇，冬捕雜魚	南至白沙、胡盧、月嶴、蝦岐等處；北至朐岱、大小羊山、黃龍、泗礁、盡山等處	鮮者隨時由冰鮮船運甬，其在島中曬鯗，後由中路船運甬消售	有大小2種，大者容量萬餘斤，每船4人。小者，容量六七千，每船3人
大寧船	鄞幫約130號；象幫約200餘號；鎮幫約30餘號；奉幫約五六百號；本幫約600號	清明節或霜降前仍出洋	立秋，其霜降前出者，回洋遲早不定	同張網船	南至奉象洋面；北至朐岱、大小羊山等洋面。	同上	容量二三萬斤，每船5人。
溜網船	台幫約750號；本幫約1180號；鎮幫約150號	清明前居多	隨時進出，無一定時期	鰳魚、鰻魚、鯊魚、箸鰻、銅盆魚、蝦、蟹	南至溫州洋面，東至琉球洋面，北至大小羊、馬鞍群島洋面	由本船自備冰鹽，或進乍浦、或甬江銷售	有大小2種，大者容量三四萬斤，每船8人。小船容量萬餘斤，每船6人

陳訓正詩文補遺（1934年底前）

续表

船之名稱	漁幫及船數	出洋	回洋	魚品	產地	銷地	附識
高釣船	奉化大溪堰幫約百餘號	清明或白露後仍出洋	大暑白露後出者冬至回洋	鯊魚、虎魚、鰻	南至象山，北至大小羊、盡山等洋面	鯊魚售與閩商，魚翅運甬銷售，餘曬鯊運甬	形同小釣冬船
淡菜船，其船常年在海山	鄞東南鄉約千餘人，進出俱乘中路釣船	夏至後	霜降後亦有長年不回者，並采取紫菜	淡菜，大者曰貢幹，小者曰幹肉，鹹者曰鹵菜	同墨魚	由中路船裝運進甬或至滬	—
海*船	即采淡菜者	小暑後	秋分後	—	同上	同上	—
元蟹船，其船長年在沙	鎮海新碶幫約60餘號	大暑	周年回洋	鱟圓蟹，由本船備鹽自醃	崇明、奉賢、南匯等沙	亦有自運進甬者	—
小對船，亦名紅頭對	台幫約2000餘對，本幫多寡不定	夏至	秋分後	大黃魚、桂花黃魚、雜魚	馬跡、大小羊、胸港等處，不往南洋	由冰鮮船售運進甬或進滬不定	容量五六千斤，每船4人。
大對船	鄞東湖幫約330餘對；本幫約400對	霜降	穀雨後	帶魚、小黃魚、墨魚、鰻	霜降時在盡山洋面，冬至後在胸岱及沈家門等處	由冰鮮船轉運至甬，或乍浦、杭州、上海、長江等處銷售	容量三四萬斤
海山對	本幫與鎮海幫約六七百對	同上	同上	同上	同上	同上	—
大小對，一大一小为對	台幫約200對	同上	同上	同上	同上	同上	—

续表

船之名稱	漁幫及船數	出洋	回洋	魚品	產地	銷地	附識
釣冬船，又稱閩漁船	閩幫約五六百號	同上	同上	帶魚	盡山	由鹹鮮船轉運甬滬或杭州、長江等處	有大釣、小釣之別，大釣容量約10萬斤，小釣容量七八千斤

各幫漁業公所列表

名稱	組織漁幫	創立年分	駐在地點	漁船類別及所轄船數	附識
明州公所	定海、岱山、長塗、秀山、梁橫各幫	—	平湖乍浦	鹹鮮船	—
四明漁商公所	寧屬各幫	—	平湖乍浦	冰鮮船	現暫停所有商船，分屬於永豐鎮安、定沈等各公所。
永安公所	鄞縣湖幫	清光緒二十八年	沈家門	大對船冬290餘對，春40餘對。	—
協和公所	鄞縣大嵩鹽場幫	清同治初年	岱山	大莆船120隻	—
永泰公所	鄞縣姜山幫	清光緒三十二年	青浜	墨魚船約360餘隻	—
永慶公所	鄞縣姜山伙飛廟幫	清光緒三十二年	盡山	墨魚船約1200隻	—
永寧公所	鄞縣湖幫	民國五年	鄞縣東錢湖	墨魚船約158隻	漁場在定海大西寨
永豐公所	鄞縣湖幫	民國二年	鄞縣江東	冰鮮船約60隻	—
南莆公所	鎮海定海各幫	清雍正二年	鄞縣雙街	為各漲網公所之總機關	—
北莆公所	鎮海北鄉幫	清雍正二年	鄞縣雙街	為各漲網公所之總機關	—

续表

名稱	組織漁幫	創立年分	駐在地點	漁船類別及所轄船數	附識
鎮安公所	鎮海江南江北幫	民國二年	鎮海大衛頭	冰鮮船 30 隻	今改鎮海漁會
永靖公所	鎮海新碶頭幫	清嘉慶二年	鎮海大衛頭	冰鮮船 60 餘隻	—
共安公所	鎮海新碶頭幫	民國八年	鎮海新碶頭	元蝛船 40 餘隻	—
維豐南公所	鎮海沙河頭幫	清光緒十八年	鎮海沙河頭	溜網船 80 餘隻	—
維豐北公所	鎮海蟹浦幫	清光緒十八年	鎮海蟹浦	溜網船約 70 餘隻	—
老漁商公所	鎮海北鄉幫	清嘉慶初年	岱山	廠家	
慶安公所	定海螺門幫	清同治二年	岱山螺門	大莆船約 190 餘隻	民國十年，改螺門漁會分會，四月漁汛駐岱山，常駐螺門。
靖安公所	定海釣門幫	清光緒三十一年	岱山釣門	大莆船約 40 餘隻	—
南定公所	定海高亭幫	清光緒二十八年	高亭	溜網船約 60 餘隻	—
人和公所	定海各島	清光緒三年	沈家門	大對船冬 400 餘對，春 200 餘對	—
定沈漁商公所	定海沈家門幫	民國二年	平湖乍浦	冰鮮船	—
定岱漁商公所	定海岱山幫	清光緒二十八年	岱山	廠家	—
新漁商公所	定海岱山幫	清光緒十三年	岱山	廠家	—
南平公所	定海螞蟻幫	清光緒二十六年	舟山	張網船約 150 隻	
長慶公所	定海長塗幫	民國十一年	長塗	溜網船約 70 餘隻	—

续表

名稱	組織漁幫	創立年分	駐在地點	漁船類別及所轄船數	附識
定朐漁商公所	定海朐山幫	—	朐山	廠家	—
永豐公所	定海梁橫幫	清宣統元年	梁橫	溜網船約40餘隻	—
興安公所	定海瀝港幫	清光緒二十四年	瀝港	溜網船約70餘隻	—
瀝港漁業公所	定海大平山幫	清宣統二年	鄞縣	溜網船約90餘隻	—
品亨公所	定海各島	清光緒二十六年	舟山	張網船約120餘隻	—
指南公所	定海南峰山幫	民國十三年	南峰山	張網船約50餘隻	—
長濟公所	定海長塗幫	民國七年	長塗	溜網船約60餘隻	—
元和公所	定海長塗東劍西劍幫	民國七年	長塗西劍	溜網船約170餘隻	—
仁和公所	定海六橫佛肚幫	清光緒二十四年	朐山	大莆船約140只	—
保和公所	定海湖泥幫	清光緒二十五年	朐山	大莆船約110隻	—
鎮定公所	定海高亭幫	清光緒二十一年	高亭	溜網船約網船約200餘隻	—
保定公所	定海高亭幫	民國十三年	高亭	溜網船約40餘隻	—
信遠公所	定海釣山幫	清光緒二十二年	釣山	溜網船約70只	—
靖海公所	定海廟子湖幫	清光緒三十二年	廟子湖	墨魚船約100餘隻	—
維豐公所	定海岱山幫	民國八年	岱山	大莆船約50只	—
魚信公所	定海岱山幫	民國十四年	岱山	大莆船約40餘隻	—

续表

名稱	組織漁幫	創立年分	駐在地點	漁船類別及所轄船數	附識
永順公所	定海沈家門幫	民國十年	沈家門	大對船之陸上理事機關	—
普益公所	定海秀山幫	民國七年	秀山	溜網船約40餘隻	—
閩定公所	定海沈家門幫	民國五年	沈家門	漁商約70只	—
魚販公所	定海沈家門幫	—	沈家門	漁棧47棧	—
魚豐公所	定海岱山幫	民國十三年	岱山	鹹鮮	—
長塗漁商公所	定海長塗幫	民國十二年	吳淞	冰鮮船約50餘隻	—
恒安公所	定海沈家門幫	民國九年	沈家門	大䈕船約60隻	—
公廉公所	定海岱山幫	民國十二年	岱山	廠家	—
同和公所	定海朐山岱山幫	民國十四年	朐山	溜網船約80隻	—
元一公所	定海魚山幫	清宣統元年	魚山	小溜船98隻	—
棲鳳公所	奉化棲鳳幫	清乾隆十年	朐山	大䈕船約200餘隻	前駐岱山,近因漁船泊朐山,公所辦隨駐
義和公所	奉化洞礁幫	清嘉慶初年	岱山	大䈕船約180餘隻	—
義安公所	奉化洞礁幫	清嘉慶十八年	岱山	大䈕船約90隻	—
莆釣公所	奉化大碶堰幫	清光緒十九年	盡山	高釣船約40餘隻 冰鮮船10隻	—
奉化漁商公所	奉化幫	民國四年	朐山	廠家	—
太和公所	象山東門幫	清乾隆初年	岱山	大䈕船約80餘隻	—
爵溪公所	象山爵溪幫	清光緒二年	鄞縣	漁商	—
安瀾公所	象山幫	清光緒二十二年	朐山	大䈕船約120隻	—
普安公所	象山幫	民國十年	象山石浦	漁商漁船	—

续表

名稱	組織漁幫	創立年分	駐在地點	漁船類別及所轄船數	附識
南安公所	南山幫	清咸豐初年	象山石浦	張網船約40餘隻	—
三門灣漁業公所	甯海臨海象南各幫	民國初年	象山三門灣	—	今改漁會總會
寧海漁業公所	寧海幫	清宣統二年	象山石浦	—	今改漁會總會
禮安公所	寧海東鄉幫	同治十二年	岱山	花頭對船250餘對	—
新寧公所	寧海合山幫	民國四年	魚山	溜網船約240餘隻	—
溫嶺漁業公所	溫嶺松門等幫	民國六年	岱山	白底對船約350餘對	今改溫嶺漁會分會
箬裏漁業公所	溫嶺石塘幫	民國四年	溫嶺石塘	—	今改石塘漁會分會
臨海漁業公所	臨海北岸幫	咸豐初年	岱山	紅頭對1100餘對	今改臨海漁會分會
海葭漁業公所	臨海幫	民國十二年	臨海海門	—	今改臨海漁會總會
黃岩漁業公所	黃岩幫	民國二年	象山石浦	—	—
甌東漁業公所	永嘉幫	民國元年	舟山衢頭	—	—
樂清漁業公所	樂清幫	—	象山爵溪	—	—
瑞安漁業公所	瑞安幫	—	瑞安	—	—
平陽漁業公所	平陽幫	—	平陽	—	—
坎門漁業公所	玉環坎門幫	民國十四年	坎門沈家門	—	上半年公所設於坎門，下半年因漁船變換漁場，公所亦移設

陈训正诗文补遗（1934年底前）

续表

名稱	組織漁幫	創立年分	駐在地點	漁船類別及所轄船數	附識
玉環南公所	玉環江南幫	—	象山爵溪	—	—
玉環北公所	玉環江北幫	—	象山爵溪	—	—
越州公所	紹屬各幫	清宣統三年	吳淞	滷彈船	—
振遠公所	江蘇松江金山奉賢川沙各幫	民國八年	松江金山嘴	張網船約50餘隻	—
昇平公所	江蘇崇明南匯各幫	清光緒二十三年	崇明枸杞南匯	張網船	—
八閩漁業公所	閩屬各幫	清同治初年	沈家門	釣冬船480餘隻	—
閩浙公所	閩浙各幫	民國二年	沈家門	—	—
崇武漁業公所	福建惠安崇武	民國二年	象山石浦	—	—
恒孚公所	臨海東鄉幫	民國十四年	魚山	溜網船約500隻	—
鴻安公所	崇明黃龍四礁石各幫	民國十四年	上海	冰鮮船60隻	—
桶業公所	定海沈家門幫	民國十二年	沈家門	冰鮮之裝木桶者	—
北平公所	平湖白沙灣灘墟各幫	清光緒二十二年	灘墟	張網船約40餘隻	—
南匯漁業公所	南匯白龍港幫	清光緒二十八年	胸山	冰鮮船約40餘隻	—
久安公所	大小羊山幫	民國二年	羊山	張網船約160餘隻	—
同豐公所	定海岱山幫	民國七年	岱山	魚行	—

　　右表所列各公所，有漁幫不屬定海，而地點則在定海者。有漁幫雖屬定海，而地點則在他縣者。亦有定海與外縣各幫合組者，參伍綜錯，故彙列之。其間有漁幫地點概非定海而亦列入者，因漁船所至原無界畔，漁民往往發生關係，故擇要列入，以備參稽。

漁之歲息　案每年漁船放洋，大船約四千號，中船約五千號，小船約三千餘號，共計大中小漁船一萬二千餘號。除客漁外，本幫漁船約四千餘號，每號船豐收時，可獲魚數萬斤至數十萬斤不等。歉收時，則數百斤至數千斤不等。平均以八千斤計之，約可得魚三千餘萬斤。查各船所得魚，以黃魚為最多，鰳魚、墨魚、鯊魚、帶魚次之，鮸魚、虎魚、鰻鱺、鯧魚、青鱣、馬鮫等又次之。通常價每斤自二分至二角不等，以平均七分計之，歲收亦在二百萬元以上。

國外海產輸入概況

東洋蚶，產日本神戶，輸入中國已二十餘年，其蚶大而且腥。清光緒間，每擔價衹七角五分，漸增至一元三角，係在神戶交易。近年則移在上海交易，每擔價約三元許，每年入口約一萬二三千擔，共額在四萬元以上。又花旗青鱣，俗稱東洋魚，其實北美產，每年輸入約十萬箱，每箱三百斤，價十五元，共額一百五十萬元。又海豔由日本輸入，每年約一千箱，每箱價十八元，共額一萬八千元。案，以上三種皆足奪浙海之漁利，而青鱣之輸入尤多。查青鱣在定海歸雜魚一類，無專捕之者，所產亦不旺，此緣青鱣多在深水中，非舊法捕撈所能多獲，不得謂浙海少是產也。又案定海無蚶，田市上所售本福皆奉化產。

漁具及補法案　尋常捕魚用物，如叉、如籪，適用于內港漁船者多。外海只近岸灘塗間，有設籪於淺水處，闌魚入內，俟潮退而捕之者，叉則絕無用處，其常用之具，惟鉤、網兩種而已。鉤之用，分勒鉤、摯鉤二種。勒鉤，每船用長繩一為總綱，短繩較細者千餘支，繫於總綱上，每支距離三尺許。其端施鉤，又于支節間施浮子，俾隨潮漲落，一魚著鉤，牽動他鉤，亦隨而附集，令不得脫逃，此捕大魚之法也。摯鉤，每船備鉤線五十闌，每闌配鉤八十枚。放鉤時，先用大椗拋入海底，將船扣定，然後將鉤餌依次施放。每間三闌，用小椗扣住總綫，又用八斤重之沈石繫于椗尾，使之壓沈海底。五十闌總綫連接為一，各總綫有無數施鉤之短綫，以誘魚吞噬，此又一法也。網之用有四。一曰溜網，繫網船首,隨潮而溜。分輕重二法,輕者捕黃魚、鰳魚,重者捕鯊魚、鮸魚及蟹。一曰張網,種根海底,迎潮張網,分固定、流動二法。固定者為杙椿船,流動者為跳捕船、拋杙船、大簫船、串網船。又有依山拖網以捕墨魚,傍岸推網以捕小雜魚。此外,如扳罾、掤罾,亦皆網類,而因捕法不同,以殊其用。凡此皆船之單獨取魚者也。其合併取魚者,曰大小對法。用二船各帶網之,下網所施長索之一端,網如仰笠,網口周圍極大,約十分之七為上網,繫浮子浮於水面,十分之三為下網,繫沈石沈于水中。兩船分向前行約數里,同時收索起下網,至兩船相遇,然後再收上網,而魚乃收入網中矣。

關於發展漁業之計畫　一、省立浙江水產模範工廠,二、農商部漁業技術傳習所,三、浙江外海漁業總局,以上三機關設立之本意,專為發展漁業、改良漁撈、保護漁民起見。然事經官辦,往往有其名而無其實,或因經費未充不易措手,主從數十人,但朋食閒俸,絕少成績可言;或因職權太廣,主辦未專,苟不得人,反致侵擾。此皆無可諱飾之事實也。

省立浙江水產模範工廠之略史

民國四年,浙江巡按使提交省議會議決,至五年八月,省委曹文淵為廠長。六年一月開辦,擇定海縣西門外舊大校場營地建設,計地址五十三畝零四圍,以河為界,其已造成者,計辦公室十二間,工場十六間,鍋爐房二間,棧房三間,烘房三間,鹽魚室二十四間,工人宿舍十八間,湢一二處,門房一間,又六丈高磚結煙囱一支,二丈高儲水塔一座,四面繚以圍牆,外有大曬場一方,照牆一堵,加以購置機械器具等類,共計費銀圓二萬六千元,均由省庫撥給,此為臨時費,又有臨時資本金,年定三萬元,至常年辦事之需,月約一千元,惟以上各費每年多寡不等。先期由省長提交議會議決,照數支撥。內部組織:廠長兼技術員一人,專任技術員二人,助理技術員三人,庶務一人,會計一人,文牘書記一人,營業員五人,監工一人,機匠一人,工頭一人,工役五人,工人多寡不等。廠中分六大部,一事務部,二罐儲部,三原動力部,四鹽乾醃藏部,五骨殼部,六化制部。辦法:先辦食用、工用兩種,出品亦分六項:一鹽乾品，二醃藏品，三乾製品，四罐儲品，五介壳品，六化製品。現時營業情形，以製造鹽乾魚鯗為大宗，罐頭食物、螺扣等次之，化製物品則無一定，隨時試驗。又于岱山東沙角設立分廠，製造鹽乾魚鯗等類。本廠除春季添製魚鯗，長年以做螺扣及罐頭食物為主。此外，如沈家門、石浦等處，則視水性洋花之盛旺，臨時設立鮮乾魚鯗製造派出所各一所。冬季則租海船一二艘，往來於江浙洋面，收買魚鮮。每年僱用工人，以春季為最多，約可百餘人，冬季次之，秋夏則僅長工四五十人。其銷貨地點，如罐頭食物、螺扣等以滬杭甬為主，鹽乾魚鯗以滬杭甬紹溫為多，螟蜅則由本地銷售，亦有運往香港等處者。

農商部漁業技術傳習所之略史

民國七年一月間，由北京農商部派員到定海，暫借學宮內縣議會地方為所址，所內設所長一人，技術員二人，事務員三人，以傳授捕魚技術、改良漁具漁法為宗旨。傳習方法分所內、漁場、漁港三種。所內傳習，於每年一月至三月，由所招集漁民，授以漁具製造及各種機械試用方法。漁場傳習，於每年四月至七月及十一、二兩月，由所分派技術員乘實習船，攜帶漁具，駛赴漁場，實地練習。漁港傳習，於每年九、十兩月，由所分派技術員前往漁船聚集之港灣內實行講演，傳習之漁民暫以二十人為限，學膳宿費一概不收。

浙江外海漁業總局之略史

漁業總局設在舟山衛頭，民國九年十二月成立，以整理外海漁業行政、發展漁業為宗旨，由實業廳呈請省長委任前省議會議員費錫齡為總局局長。又設分局於臨海、永嘉二縣，其分局長由總局長薦任。總局設文牘一人，會計兼庶務一人，調查四人。又組織評議會，延聘評議員十二人，每年開常會一次，遇有緊要事件，得隨時召集臨時會。其職權分為六項：一、關於漁業調查事項，二、關於漁業公所公會等之整理事項，三、關於保護魚業事項，四、關於振興漁業事項，五、關於徵收漁業船舶牌照費事項，六、關於漁業範圍以內之其他事項。其經費均由省稅支出之。

鹽業

產地　定海產鹽區域共二十九島，以岱山為最廣，且為鹽事長署所在地。故各島所產鹽，均稱岱鹽。此二十九島之產地，如舟山、岱山、大朐山、大羊山、長塗、秀山、長白、冊子、金塘、大榭、六橫、桃花，計十二處，為大島。餘如盤嶼、摘箬、東西蟹峙、大小渠、拗山、長嶼、擔嶼、小干、盧家嶼、蒲門、官山、穿鼻、外神馬、外嶼、佛肚，計十七處，為小島。茲據《全國場產調查報告書》，摘錄各島產地四至、距離、面積各項，立表如下。

地名及產地		四至				距離（公尺）		鹽地面積（方公尺）
		東	南	西	北	東西	南北	
岱山島	宮門、橋頭鎮	宮門山下石壁	石橋	大嶺小嶺	海	900	1500	625000
	泥峙	泥峙礜	塘	宮門山石壁丁	海	1800	1400	1425000
	南北峰山	海	老虎頭山	塘	澔兜礜	2850	3650	3500000
	大小高亭、石馬礜、冷礜	海	海	南浦	塘	5500	1500	2250000
	茶前山、南浦	塘	海	搖星浦	石橋	3250	5000	7000000
	念母礜、搖星浦、尖刀頭	南浦	海	海	塘	4250	2650	4000000
	大鹽場	塘	仙牛跡嶺	海	青黑山	3000	2250	2750000
長塗島		倭井	長塗港	塘	塘	2300	150	310272
蒲門島		山	海	山	山	630	140	83558
官山島		山	海	山	山	450	140	59597
秀山島	箬帽山	山	塗	海	塗	100	150	22050
	鳥岩頭	山	塗	海	山	100	450	51660

续表

地名及產地		四至				距離（公尺）		鹽地面積（方公尺）
		東	南	西	北	东西	南北	
舟山島	東港浦、青壘台	土城	海	東港浦	土城	40	1150	141435
	甬東浦	浦	海	山	塘	860	80	98280
	小嚴	浦	海	浦	塘	750	80	66465
	惠民橋	塗	海	浦	塘	650	100	57645
	廠頭浦	廠山塘	海	塗	深水塘	800	140	54810
	鷺尾巴、毛墩、後山	田螺峙	海	廠山塘	塘	1000	220	177786
	田螺峙	半塘	海	後山	塘	450	240	166131
	半塘、曹山浦	曹山浦	海	田螺峙	萬丈塘	1200	240	246078
	雙洋、平洋浦	平洋浦	海	曹山浦	萬丈塘	1000	90	288414
	中弄、蘆花浦	蘆花浦	海	平洋浦	外塘	1600	100	265608
	盧嶼硬、大干、中沙潭	茶灣	海	蘆花浦	塘	1100	100	323568
	沈家門、墩頭	蒲灣	海	茶灣	塘	100	100	7560
	茅洋	螺門	陸家塘	茅洋硬	海	850	250	56385
	北馬秦、大小支	松子嶺	塘	白泉莊	海	1700	300	264600
	三江浦	海	山	塗	海	80	500	2520
	蔣海礦	山	塘	山	海	500	400	46935
	小丹塗	山	塘	山	海	300	200	12600
	青壘浦	塗	塘	塗	海	200	80	4095
	商會廠	山	塘	山	海	600	120	39060

续表

地名及產地		四至				距離（公尺）		鹽地面積（方公尺）
		東	南	西	北	東西	南北	
舟山島	煙墩下	山	塘	山	海	100	80	1260
	狗頭頸	山	山	浦	海	100	100	2520
	古茨							2520
	平岩潭	山	海	山	塘	200	80	5040
	中港、獺山、竹山門	山	海	山	塘	850	80	25830
西蟹嶼島	貓頭、中礐、小礐、大礐	海	海	山	海	200	2500	101682
盤峙島	東山頭、大龍岡、小南礐、長坑、小盤峙、石塘奧	山	海	山	海	600	2800	125685
摘箬島		包茨山大王腳片二島						18900
大渠島								28350
小渠島								36855
東蟹嶼島	東蟹峙、鳳皇山	山	山	海	海	600	1000	224280
	坳山島	海	海	海	海	600	2000	78750
長峙島	長峙、王家墩、馬鞍山、老墩、外長峙	山	海	山	海	3500	1800	1074465
	擔嶼島	海	海	山	海	1500	400	79500
小干島	小山、大山、東礐	海	海	海	海	5200	1400	23013
	盧家嶼島	海	海	海	海	4500	800	178542
	大羊山島							59850
大胸山島	沙塘	茶園、石柱灣	海	北箇箕	沙塘	3000	900	1247022
	塘礐	錢杭山	錢杭山	海	中柱山	1200	900	489195
	東礐	沙嶺岐	雞冠礁	雞冠礁	海	1200	300	145593
長白島	大灣、小龍山							16380
冊子島	雙巒	塘	山	海	山	300	1500	225540

续表

地名及產地		四至				距離（公尺）		鹽地面積（方公尺）
		東	南	西	北	东西	南北	
金塘島	南山	山	海	山	塘	2500	500	257040
	西堠	海	山	塘	海	600	1000	53550
大榭島	北蠡	華封碶	大榭塘	鹹河碶	海	2000	600	70119
	鑱頭	海	山	山	山	400	1200	53550
	穿鼻島	山	海	海	海	400	800	22050
	外神馬島	海	山	海	海	700	400	17955
	外峙島	海	海	海	海	4000	500	98280
六橫島	翁家菁	海	山	山	海	4500	1000	414540
	佛肚島							178290
	桃花島							7875

　　各產地海水鹽滷之濃度　案海水為製滷之原料，而滷又為製鹽之原料。出產品之良否，成本之高低，無不與海水及滷之濃度相關。茲據《全國場產調查報告書》，彙錄其各項比重表如下。

地名	產地	海水			產地	鹽滷			備註
		種類	溫度	比重		種類	溫度	比重	
岱山島	橋頭鎮	浦水	3.5	最高 2.0 最低 2.0	橋頭鎮	桶滷	2.5	最高 16.5 最低 15.0	民國三年二月十日測得
	宮門	海水	4.0	最高 2.0 最低 2.0	宮門	同	2.0	最高 18.5 最低 17.5	同
	新道頭	同	11.0	最高 2.0 最低 2.0	新道頭	同	8.0	最高 19.0 最低 18.5	民國二年二月二十一日測得
	北峰山	同	15.0	最高 2.0 最低 2.0	新道頭	同	3.0	最高 16.0 最低 15.0	同
	高亭	同	15.0	最高 2.0 最低 2.0	泥峙	同	4.0	最高 17.5 最低 16.5	同
	南浦	同	10.0	最高 2.0 最低 2.0	北峰山	同	10.0	最高 17.0 最低 16.5	民國三年二月二十八日測得
	南浦	浦水	15.0	最高 2.5 最低 1.5	高亭	同	9.0	最高 16.5 最低 15.5	同
	南浦	溝水	15.0	最高 3.0 最低 2.5	南浦	同	9.0	最高 17.0 最低 16.5	民國三年二月十二日測得
	大鹽場	同	4.0	最高 2.5 最低 2.0	大鹽場	漏滷	6.5	最高 17.0 最低 16.0	民國三年二月十日測得
					大鹽場	桶滷	3.0	最高 20.0 最低 19.0	同

续表

地名	產地	海水			產地	鹽滷			備註
		種類	溫度	比重		種類	溫度	比重	
岱山島	東港浦	海水	30.0	最高 2.5 最低 2.5	東港浦	桶滷	32.0	最高 25.0 最低 20.5	民國三年七月九日測得
	又	浦水	32.0	最高 3.0 最低 3.0	惠民橋	缸滷	32.0	最高 20.0 最低 17.0	同
	惠民橋	海水	30.0	最高 2.5 最低 2.0	田螺峙	又	32.0	最高 21.0 最低 19.0	同
	又	浦水	32.0	最高 1.5 最低 1.5	平洋浦	又	30.0	最高 22.0 最低 16.0	同
	田螺峙	海水	30.0	最高 3.0 最低 2.5	蘆花浦	桶滷	31.0	最高 21.0 最低 20.0	民國三年七月十日測得
	又	浦水	32.0	最高 2.0 最低 2.0					
	平洋浦	海水	28.0	最高 3.0 最低 3.0					
	又	浦水	30.0	最高 4.0 最低 3.0					
	蘆花浦	海水	29.0	最高 3.0 最低 3.0					
	又	浦水	30.0	最高 3.0 最低 3.0					
大朐山島	沙塘	海水	32.0	最高 2.3 最低 2.3	沙塘	桶滷	32.0	最高 22.0 最低 17.0	民國三年七月四日測得
金塘島	南山	海水	22.0	最高 2.5 最低 2.0	南山	缸滷	22.0	最高 21.0 最低 19.5	民國三年五月十八日測得
大榭島	北嶴	海水	24.0	最高 2.0 最低 1.8	北嶴	缸滷	25.0	最高 18.0 最低 17.0	民國三年五月十九日測得

鹽戶及鹽板 鹽戶有專業、兼業之別，鹽板有官板、私板之分。茲就其大略，立表如下。

地名	鹽戶（人）			鹽板（塊）			備註
	專業	兼業	合計	官板	私板	合計	
岱山全島	4216	5526	9742	184304	202	1845406	據鹽務署報告，岱山全島中，惟大高亭有私板二百零二塊，然經實地調查，私板額實占官板額五分之四，官署報告未可憑也。
長塗島	136	400	536	5047		5047	
蒲門島	29	59	88	94	1264	1358	
官山島	23	43	66		965	965	
秀山全島	17	19	36		1170	1170	
舟山全島	353	998	1351		37415	37415	
舟山南面附近之小島共十處	200	910	1110		33294	33294	
大胸山全島	629	500	1129		29870	29870	
大羊山島		47	47		930	930	
長白島	1	11	12		260	260	
冊子島	33	65	98		3580	3580	
金塘全島	30	145	175		4930	4930	
大榭全島		78	78		1963	1963	
穿鼻島		18	18		350	350	
外神馬島		17	17		285	285	
外峙島	7	51	58		1560	1560	
六橫島	56	239	295		6580	6580	
佛肚島	26	78	104		2830	2830	
桃花島		4	4		125	125	

產額　　各島標準產額頗有參差。查岱山，豐收約每板三百五六十觔，歉收約二百觔以上不等。大胸山、舟山及舟山南面附近各小島，豐收約每板三百二三十斤，歉收約每板一百五十以上等。其餘各島多係兼業，即豐收亦在三百觔以下。今合各產地豐歉而平均之，每年每板約產鹽三百斤，以此為標準產額，核以各島產地之鹽板，得各島總產額如下。

地名	鹽板	產額（斤）	地名	鹽板	產額（斤）
岱山全島	184506	55351800	長白島	260	78000
長塗島	5047	1514100	冊子島	3580	1074000
蒲門島	1358	407400	舟山全島	37415	11224500
官山島	965	289500	舟山南面附近諸小島	33294	9988200
秀山全島	1170	351000	金塘全島	4930	1479000
大胸山全島	29870	8961000	大榭全島	1963	588900
大羊山島	950	285000	穿鼻島	350	105000
外神馬島	285	855000	佛肚島	2830	849000
外峙島	1560	465000	桃花島	125	37500
六橫島	6580	1974000	合計	317038	95108400

鹽之成本　鹽之成本，岱山較其餘各島為大，詳後表。

地名	鹽田租費	器具耗息費	器具修繕費	人工	牛工	經費	歲額	成本
岱山	30元	30元	2元	95元	10元	167.0百板/元	30000百板/元	0.557百斤/元
其他	20元	25元	1.5元	95元	10元	151.5百板/元	30000百板/元	0.505百斤/元

場價舟山　列島各處之鹽價不同，大都與產額多寡、需用緩急、收成豐歉相為比列。茲就調查所得，立表如左（單位：元）。

地段	夏秋旺產時民價	漁汛時民價	年中平均價	備註
岱山、長塗	0.60—0.70	0.70—0.75	0.70	表中所列價，均以百勵計
舟山、舟山南諸小島、大胸山	0.55—0.60	0.90—1.00	0.60	舟山售鹽私秤，猶用十八兩八錢之黨山秤，故價較大
其他	0.70—1.20	0.70—1.20	0.80	

制鹽之程式及其方法　就鹽之製作程式、方法及避忌，次第述之，如下表。

製作之順序	方法		避忌	備註
	岱山	舟山及其他		
引潮或潑水	岱山地勢高，鹽田不沒於海潮，故須導入溝內，再用水車戽灌田面，經日炙四五天，可發鹽花，謂之引潮。	以出溜淡泥平鋪土墩面，汲海水徧曬，泥上略乾再曬，如者者七八次，俟水分被日光蒸發，其鹽分即留泥面而起鹽花，是曰潑水。	驟遇大雨，則泥被淋淡，不能起花，又須重灌矣	
爬泥或刮泥	田面之泥既起鹽花，即用鐵製之耙爬之，耙制以木條作四方架，下聯鐵釘甚密，人立架上，駕牛拖行，使鹽泥勻細，是曰泥耙。	舟山各島中有因地高土乾、起泥較易之處，則用刮泥法，刮泥之器亦用耙，耙制相同，惟架下聯刀而不聯釘。	忌大雨	
劃泥	遇天陰泥濕時，須行劃泥法。用劃刀上綴二竹竿，刀背加以重物，一人挾竿而行，使泥碎為細粉。	上法外，亦有用曬耙抄之者，耙制以竹為之，下編竹如爪，方法不同，用意則一也。	凡泥細質貫者，不能用竹耙抄之	餘姚場用抄泥，略如舟山各島，因含沙質多，故抄之即鬆，不必用刀也
推泥運泥	泥經爬刮後，須用翻板或晾耙推集之，謂之推泥。既推，則挑運于溜中或土墩上，謂之運泥。	同	—	—
堆泥	—	舟山各島因曬泥在三伏，故須堆積土墩上，以備一年之需。	泥堆外，須蓋草苫，恐雨水侵入，鹽泥變淡也	
造溜	積土為圓墩，中挖圓孔，周圍墳起，擊使堅實，底開一孔，埋竹管，通于溜旁，下承以缸，溜底鋪以稻藁。	同	—	定海溜碗，口徑與底徑相等，成圓箇形。餘姚場則口大而底小，又岱山溜碗較大于餘姚，而舟山各島則較小也

续表

製作之順序	方法 岱山	方法 舟山及其他	避忌	備註
淋溜	造溜既畢，乃以鹽泥實其中，擊之使堅，並以海水灌之，俾泥中之鹽分盡溶解于水，由泥沁至漏底，過藁漉清，通入竹管，滴于鹵缸，即鹽滷也	同		餘姚鹽泥含沙多，故滴速，一晝夜即有滷。舟山列島泥細膩少沙，故滴遲，有經三四日或五六日，而始滴者
運鹵	岱山採滷地與曬場不連屬，有遠至六七里者，故須運滷。若他島出滷缸，即灌曬板，可省此手續。	—	—	—
攤板瀝鹵推鹽	灌滷于板，俾水氣蒸發，鹽分漸次結晶，謂之攤板。晨攤板至午即已成鹽，用耙推之，兜入箕中，侵于鹽籮，謂之推鹽。初成之鹽，含有苦滷，用鹽籮皮架缸上瀝乾之，始可出賣，謂之瀝滷	同	非天氣清明，不可攤板。	—
掘溜灘監	溜中泥瀝滷後，宜掘出，另以鹽泥換入。掘出之淡泥，即挑開，勻鋪田面，再行引潮之法	掘出之泥，仍推溜旁，俟明年伏時，再行攤開潑水。	—	—

　　副產物案　　他場產煎鹽有一種副產物，曰鹺冰；舟山列島所產之鹽皆係板曬，本無是種副產。查鹺冰亦稱滷晶，乃苦滷之結晶體，而舟山曬鹽時瀝出之苦滷，實屬不少，鹽戶惟知以苦滷攪入鹽滷中曬鹽，致鹽質滷耗極重而色味亦隨之俱減，殊為可惜，宜講究提製炭酸鎂之法，使鹽質可以改良，況炭酸鎂需應化學工業上用甚廣，苟提製得法，舟山列島之鹽民，每年當可得價值五六萬元以上之新產物，豈不兩收其益？是雖未來之希望，然以其有關于鹽民生計及改良出品，故特附著于此。

鹺政　舟山列島自立縣以來，至宋端拱二年，始立鹽場，曰昌國場，曰東江場，曰蘆花場，皆在舟山本島；曰岱山場，曰南高亭場，皆在岱山島。共徵鹽四萬一千三百十二袋餘，袋各三百觔。元大德中，改為三司，曰正鹽司，曰蘆花司，曰岱山司，共歲辦鹽一萬八千二百六十一引弱，引合四百觔。延祐中，又改為正鹽場、岱山場、蘆花場、昌國州，共歲額鹽二萬二千三百零四引餘；至正時，增為二萬六千零七十一引餘。明正統二年，裁革鹽場，歸併鹽課于大嵩場，而舟山鹽場遂廢。至清康熙二十年，始議開煎食鹽，計課授引，知縣周聖化力陳利弊，援崇明縣計丁包課例，額征銀共四十二兩五錢六分五厘，統歸一條鞭項下解徵，民間食鹽止准食鍋煎熬，自煎自食，所謂瀝滷調羹也，永不許設廠砌盤、煎燒私販。直至雍正九年，乃發帑收買岱山、秀山之鹽；十三年，復于岱山額設公盛豐濟四廠，旋又添設板北剪水四廠，專收岱鹽，運至乍浦分銷，撥靖江、江陰引地六千四百六十二引，長州、元和、吳縣引地五千引，共計一萬一千四百六十二引，引四百觔，每百觔官給帑銀五錢二分。乾隆三十六年，更設文武廠，發帑收賣民食餘鹽。沿海內港十五嶴，額設風調雨順四廠，由定海知縣管轄收運，名曰文廠。懸山內洋二十二嶴，額設河清海晏四廠，由定海中營游擊統轄收運，名曰武廠，配銷松江提標，額定四千三百引，每收鹽百觔，加耗二十觔，定價制錢三百文。于是舟山各島盡隸官廠之下矣。惟是時製鹽之法盡用灶煎，至嘉慶年間，始行板曬之法，而所產乃漸多。咸豐初，庫款支絀，文武各廠奉文停收三年，立票運法。在岱山者，為給票局；在吳淞者，為驗票局。每觔先繳官價十一文，然後給票，旋即罷廢。四年，改為官運，於吳淞立報運局，酌添蘇淞常鎮泰四府一州，引地鹽至引棧，俟賣出後始行給價。同治十一年，又改商運，由甲商許慶會廠商陳寶康，查實曬板十九萬有奇，按板盡數秤收每觔價錢四文，月定四千引，綱運江蘇張家庫，與鹽場分成搭銷，不二年，商本短絀，廠乃閉歇。光緒初年，五屬廠商稟請收買岱鹽，設立商廠，由鹽運使委員到岱，請查板數，加蓋烙印，共得曬板十九萬有奇，額定每板每年由廠商收鹽一百五十觔（至民國六年，改為一百六十二斤），其餘歸民間食用及漁船收買。宣統元年，浙鹽廠商復設廠於岱山，由五屬廠分給四萬四千板，每年收數約在千萬觔上下，運赴上海租界銷售。民國四年，浙鹽廠因虧欠停業，前所分給鹽板，仍歸五屬廠收賣。八年，設漁蜑鹽廠，其辦法係承襲前清漁引公所之弊，並非實收實賣，不過如牙行然，但按鹽觔索取稅耗而已。至其辦理鹽務機關，在岱山有岱山場，民國元年設立；在舟山有定海場，八年設立。惟徵解鹽課，仍歸縣知事辦理云。

歷年鹽觔廠價

年月	每斤價	附注	年月	每斤價	附注
光緒七年	文 4.10	燥鹽不加耗	同年八月	4.60	—
十一年	3.80	—	同年十一月	5.60	產艱，故加價
二十六年	4.30	—	三十四年二月	7.00	
二十九年正月	4.00	—	同年六月	6.50	以前每銀圓作錢一千文，今始加為一千九十文，又秤易黨山為司碼，每斤可出二兩
同年五月	4.10	—	同年十一月	7.00	
三十一年一月	5.10	因入月，海溢為災	民國七年五月	6.50	
同年十一月	4.10		同年十一月	7.00	
三十二年六月	4.60	因上年歉收	八年	6.75	—
三十三年正月	5.60	同		—	

【笺】

  該文曾以《定海魚鹽志》為題，連載於《浙江月刊》第 1 卷第 4 號（1927 年 7 月 15 日出版）、第 1 卷第 5 號（1927 年 8 月 15 日出版）、第 1 卷第 6 號（1928 年 1 月 1 日出版）。從其內容來看，顯然取材於陳訓正主持編纂的《定海縣志》。在余紹宋（1883—1949）看來，《定海縣志》"體例頗好，《輿地志》中

'列島'‘洋港’‘潮流’諸表、《魚鹽志》中諸表甚佳，《方俗志》中方言編亦不惡，《人物志》最差，然此志在新出諸志中亦傑出之作矣"①，誠為的論。

又，《申報》1925年12月10日第3版《新編〈定海縣志〉預約廣告》云："本縣志爲慈谿陳天嬰、定海馬涯民兩先生所編纂，凡分門十五、目五十六、圖十四、表八十三，用科學方法作系統紀載，體例嶄新，圖表精詳，地方文化嬗進之跡具見於茲。……朱彊村、況蕙風、馮君木、柳翼謀諸先生，咸稱爲空前碩箸，非虛譽也。項已用聚珍板仿宋字排印，裝成六巨冊，定價每部六元，預約四元，五部以上九折，十部以上八折，預約十五年二月底截止，三月底出書。"② 准此，則知《定海魚鹽志》之作，不當晚於1926年2月底。

習化論

本篇③

物之然也，有使之然者矣。無所使而然者性也，性生也；與生俱長者，習也。習非性也。性無古今，無彼此也。遞變而進者時也，漸遷而化者地也。習之於人也，以地遷，以時變。天下失性之人，皆習爲之也。習不可固，固則屬性。見於今者，未必合於古；見於此者，未必通於彼。性之變遷亦亟矣。古語有之："習伏象神。"今語有之："習貫成自然。"自然者，不期然而然，雖曰使之，而不見其使之之跡，以遞而變而進，以漸而遷而化，非可驟幾而疆致也。方其未至，不得謂之非習；及其既成，不得謂之非性。非性之性，是曰習性。習性不可無也。無習性則無進化。

人之生也，饑思食，寒思衣，有同性焉。然當其始，稼穡未興，製

---

① 《余紹宋日記》，余紹宋著，龍遊縣地方志編纂委員會整理，中華書局2012年版，第921頁。
② 《申報影印本》第219冊，上海書店1983年版，第187頁。此後，《新編〈定海縣志〉預約廣告》又相繼刊登在《申報》1925.12.15第3版、《申報》1925.12.20第2版、《申報》1926.1.4第3版、《申報》1926.1.5第3版、《申報》1926.1.6第8版、《申報》1926.1.7第11版、《申報》1926.1.8第11版、《申報》1926.1.9第11版、《申報》1926.1.10第11版。
③ 其後，"本篇"以《習化論上》為題（署名陳訓正），發表在《寧波旅滬同鄉會月刊》第88期（1930年11月出版）。

作未備，食不必粟肉，衣不必布帛，其所以禦饑與寒者，固甚易且簡也。使人類至今猶不知火食耕織之為用，雖謂與猿玃同其生可耳，安得曰萬物之靈。所靈於萬物者，為其能不固於習而以時遷化也，以其能自彌其所欲而進求之也。夫自原人之世以迄於今茲，其間人類所遷化而成之性，由簡而繁，由易而難，桄桄無已矣。人之衣帛食肉，今視為其性固然，一若舍此不可一日生者，而要其始，皆出於後起之習，固無甚繫乎饑寒也。饑寒之所須，曰衣曰食。食求其能免於饑，免饑豈必粟肉也；衣求其能免於寒，免寒豈必布帛也。雖然，人離原人之世，則已久矣，布帛粟肉之習性，則已成矣。今日之為生，似乎非粟肉不飽、非布帛不煖矣，然亦有未盡云云者。吾聞之儉歲之氓，窮荒之裔，其為生甚簡且易，固有不必布帛粟肉之需者。習化之所至，則又惡可以概耶！

蓼蟲習苦而不知有甘，糞蛆習惡而不知有薌，[1]冰蠶習寒而不知有煖。夫甘苦之於口，香惡之於鼻，涼煖之於體，其生之性有同然者，何彼好惡之相反乃如是？謂其出於生性也。然生性無不辭苦而就甘，何解乎蓼蟲？無不去臭而逐薌，何解乎糞蛆？無不辟寒而即煖，何解乎冰蠶？西方之學者，曰適者生存。然則蓼蟲、糞蛆、冰蠶之所以能生者，倘亦其習之所適也乎？吾以是益知人之嗜欲皆成於習化，無所謂適不適也。習之則安之，安之則適之，如是焉而已。今人之適粱肉，以視乎原人之所以取飽者，有異乎？無以異也！今人之適裳衣，以視乎原人之所以取溫者，有異乎？無以異也！故千金之子，當其盛時，衣非狐貉不煖，食非膏粱不飽；一旦破亡，無以自奉，則敝縕適於輕裘，饘粥適於鼎食矣。此以習制性之徵也。由是言之，口之所味，無所謂甘苦也，習不習故；鼻之所臭，無所謂薌薉也，習不習故；體之所感覺，無所謂寒溫也，習不習故。不甯唯是，草之毒莫若菫，石之毒莫若砒，人中之者往往至死。然窮山之民，有賫菫以為粮者矣，澤鄉之沒人，有餌砒以禦寒者矣，不徒無死，且恃以生，此又何說也？夫亦曰習不習故。習之雖毒可以生，不習雖無毒可以死。稻粱至甘者也，尫弱之子，一食盡數器則死，然以之餉力旺則無害；參茸至補者也，嗇夫得之，一劑而死，然高明之家且以為常飲。吾故曰人生於適，適成於習，不習者不生也。

毒之中人也，浸蝕而浸厲，其烈者朝發夕殞，不可或延。然以吾所見，菌胆雖毒，未可謂其必殺人，人固自有其抗毒之素能耳。素之為言數數也。蓼蟲惟數數於蓼，故習苦不苦。糞蛆惟數數於糞，故習穢不穢。冰蠶惟數數於冰，故習寒不寒。醫者謂痾不重困逃死之人，瘴不襲至脫險之身，習毒不毒，理或有之歟！人之習化亦然，其始也或有所不適，久而久之，數數而漬漸之，則始以為未適者，馴且以為至適矣。此習貫自然之說也。

炎荒之人，膚似凝漆，以習見故，而紛麗者遜其美矣。西方之人，白日而茸毛，以習見故，而曼睩秀鬢者，無與並寵矣。是故黑白有定形，而美醜無定評，所習固也。海外之俗，不與同中國。習海外者，為海外之見為見，見其似而不見其真，見其至而不見其因，不揣其本而齊其末，遂欲以異族之所習，強吾人之所不習，紛紜更張，逐新騖奇，本其用夷變夏之心，囂然鳴施於天下。推致其竟，譬之自炎荒而返者，以白為醜，而欲漆身墨面以取妍。西渡而歸者，以清眸澤髮為不美，而欲鑿睚烙額以炫奇。烏呼，豈其所謂性者然歟！夫性之所成，其始莫不起於習，吾嘗論之矣。及至習化既深，後天之性，沒其先天。先天者自生已然，沒而返之，猶且不可，況其各為後天習性之所固，而強欲以彼易此耶。夫被黼黻而逐裸壤，人猶指而非笑之，奈何欲摹魑魅魍魎之似人，而舞蹈於青天白日之下，其適乎？其不適乎？此不待再言而決矣。

禮也者，繕性之事也。天賦之性，而加以人為。人為曰偽，偽非惡名也。偽之反為真，性真也，禮偽也。天下之事，有任真反以成亂，而必假乎偽以制之者，飲食男女其概也。今夫饑思食，渴思飲，施化思偶，皆天賦之真，於人有同性焉。苟任其性之所放，無法以制之，則此競彼逐，而強弱之形以見。強者過求而有羨，弱者雖憾而莫彌，於是天下乃有不平之爭，而亂作矣。古聖人為欲平人之不平，故偽其說以語之曰：若者禮，若者非禮。非禮有禁，不如禁者誅。民畏誅，不敢不如禁，漬而漸焉。始雖不習，而久乃安之，安之又久，與習俱化，人為之偽，乃無殊乎天賦之真。強者受禮之制裁，弱者受禮之防護，於是天下乃有飲食男女之平，而亂庶不作。吾故曰偽以制亂也。自古惟蠻夷之邦，其人見欲而必爭，苟稍進於文明，靡不欲自繕其野性，以受範於偽起之禮。禮化習化也，進化也。飲食男女而不由禮，則禽行獸心，在在足以造不平而亂天下。彼以任真昌率天下者，何啻返文而為野，其得曰進化乎哉？

文野之別，真偽之分也。宇宙間萬物無野而非真，試舉雞豕二者例之。之二物者，非所稱為家畜者乎？家畜者，別乎野生之畜也。夫畜類之原始，何物非野生？野生固其真者也。今人乃反指飛走山林原壙中者，而謂之野。野豕、野雞之稱，其在習語，似為真之反，而不知其所謂野者，正其所謂真也。自野豕、野雞而成為家豕、家雞，其間凡幾經化殖，幾經馴擾，而後得易其本性，猶原人幾經習化，而後得為禮教之民。論其文野，固有閒矣。乃者國中狂妄思逞之徒，惡禮教之束縛，竊取遠夷保有獸性之俗，唱導一時，以為義利不足辨、公私不足分、貪汙不足諱、羞恥不足辟、人言不足畏、國法不足尊、倫紀不足存，而理知不足多也。麀麀而聚，儵儵而散。無所謂好，厭則棄之；無所謂情，過則忘之。心之所溺，仇寇皆成骨肉；心之所否，妻孥不啻陌路。若而人者，於是乃謂之真，乃謂之進化，夫真者，其果進化之謂乎？吾聞之去偽反真，實棄世自了者之所為，進化不若是易易也。

或曰：子之言習性，則嘗主乎習矣。夫天下之至不適者，莫禮教若。破禮教而復自繇，則飲食男女，人生之大適也。子又何非焉？曰適之也者，由之之謂也，凡由必者其塗徑。人生之塗徑，所謂禮教者是也。人舍禮教而自繇，無異乎舍塗徑而野行。夫塗徑之外，尚有至適之地乎？榛莽沒徑，犖确傷趾，吾適見其窮矣，安有適之一日哉。樂廣有言："名教中自有樂地。"樂地云者，乃自繇所造之塗徑，人生之大適，即存乎其中，何拘何不適，而必破之以為快耶。嗚乎，是真進化之罪人而已矣！

旁篇①

自老學之徒，以去偽存真昌率天下，末流索隱行怪，變本遂厲，益復不知節度，形骸無檢，玄秘自神，採補導行之術。辟穀鍊氣之徒，轉相傳詡，以為異獲。黠者藉為姦利，愚者浸以沉迷，一若欲盡返生人久久注意之習化，而為鴻荒太古之初民。儒者憂之，謂其患不下洪水猛獸。秦漢以來，進化之敵，莫此為甚。洎至今日，謬風稍熄，而多欲蠹群之異學，代之以起。其為說本諸西方習化未全之俗，隻聞單見，自標宗義，意之所放，稱為真之所在，於是飲食男女依於真，而奸淫刼質為無罪矣。其患也不止洪水猛獸已也。烏乎，可無懼哉！

萬物之生，靡不資於食，得食則生，不得食則死。以其繫於死生也，故見食必爭，爭愈烈，不平愈甚。不平之禍，其極也不至於自相殘食不止，蓋觀乎人禽之際可知矣。人與禽獸，同據大地以生，而禽獸終不能與人爭靈長者，豈其力弱於人也。爪喙之用，人不能比其利；飛走之能，人不能比其捷。然而禽獸至今不繁者，無它，逐欲而逞，不知節度，居無群，群無常耳。太古時之禽獸，其類實夥於今，有龐然大物，而其族今已絕滅無存者。原其所由起，大都出於同類爭欲、自相殘食，非盡為人類所侵害也。且人之所以能侵害禽獸者，非以其居有群、群有常乎？惟其有群，故能保其族；惟其有常，故能繁其姓。如非然者，人亦蠢蠢而動之一物，與禽獸相差幾希，而謂獨能靈長萬物耶。今之言者，輒曰節度乃吾人無形之桎梏，必破除之而後百體有自繇。夫百體有自繇，何如百度皆有常。百度者，一群人之百體也。其體為大自體之所由，苟為群體之所許，則人已同立於自由軌物之中，自不致受野性強弱之宰使。此聖人制禮之本旨，保族繁姓之實施，奈何欲破之於一旦哉！

---

① 其後，"旁篇"以《習化論下》為題（署名陳訓正），發表在《寧波旅滬同鄉會月刊》第89期（1930年12月出版）。

人之百為皆優於禽獸，惟男女施化，則不能如禽獸之有時。聖人以其施化之無時也，而制之防，曰男女有別也，曰婚嫁以時也。如是者謂之禮，不如是者謂之野合。野之云者賤之也。夫男女相悅，人情之所同，又何賤焉？然聖人必繁其禮以制之者，非不許人之施化自由，誠懼乎男女多慾，而逞其弊，必至有不潔之蒙。谷神守失，氤氳乃破，圓顱方趾之族，固不難一旦而墮也，是以聖人防之維謹。孟子曰："不孝有三，無後為大。"後之云者，非僅僅其祖若父之後也，乃人類中一姓一族所稱為別子者之後也。蓋人類自鴻荒開辟以來，遞分遞衍，凡經幾億萬年之保持，而至吾身，是則吾身之繫，重於一姓一族者猶小，而於人類存亡續絕之數為尤大。聖人制禮，雖不明言其故，而保其族繁姓之至意，要不出此。余嘗考世間多夫之族，無不至於弱小，或竟滅絕無存，而東方一夫多妻之制，固未嘗見有子孫零替、化殖不繁之遺害，於此可知吾國女子貞潔之教，有不得不然者，非輕蔑女子，獨不許其自由也。自來論禮意者，以其所關至褻，不欲暢白言之，致為今人倡導自由者所詬病。余為人類保持種息計，則不敢不盡揭其蘊而言其故。《易》曰："男女媾精，萬物化生。"媾精即施化之謂也。其在人體生理，一女不能受多男之精。苟犯是者，則宿精未淨，異感生毒而黴殖焉。迨黴毒既深，傳之男體，輸精器官，漏液漣滴，化育原分，鮮不惡濁，濁男御女，即有強卵，亦被毒而不實，此至危絕險之事也。比來默計男女生息，凡漫浪淫放、隨尾而交之輩，靡不絕嗣無後。百家之里，千戶之村，若任其浸淫新化，不予制防，不及三十年，可決其寡獨無告之鄉。吾為是懼，吾為是言，嗚呼，痛哉！

或曰：如子之言，男女縱欲，則害種息，然則一夫多妻，獨無害乎？曰：孰謂其無害哉。特其害所極大者，不過一身之衰亡，固無關於種息耳。且陽奇陰耦，乃天地自然之數，匪獨人類為然，凡生物無不皆然。雌雄同本之植物，雄蕊恆少於雌蕊；其異株各為雌雄者，雌花之株，亦必視雄花者為多。至犬豕牛羊等畜，據農家實驗，牝牡之數，大約七與三。獵者所獲野生，亦雄少而雌多。故其配偶，率自然成為一夫多妻之制。茲更就人體生理論之。男體神液，去舊養新，續續不已，若有受者，即成化育。女體則卵元胚素，既有限量，孵化之期，又較為長。多夫未必多殖，反足多開疾害之門，故聖人防之特嚴。尊婦道亦以保種息也，無所謂輕侮。今使人類之施化，亦能如禽獸之有時，更能如禽獸於每交尾期祇守一雄，則自由配合，豈不大順，聖人必不逆而制之。所懼者，人之欲量，絕少節度，見異思遷，於色尤甚，若不予以制限，則女椓男腐，再世而絕，大地上尚有人類遺種哉！曰：然則何以不並禁男子多妻耶？曰此亦有故。人自久經習化而後，生理開發，不能無遲速健衰之殊，體內生殖原子，因強弱不同故，未必人人有相當施化之機能。以故男女媾合，由於體分氣質之參差，不能如禽獸交尾，一索而即得也。古人以保族繁姓婚媾之原則，雖明知多妻制之不公，而未敢決然制以為禁者，徒為此耳。脫今人之媾合，亦如禽獸化殖之易易，則取妾且懸為厲禁矣。

由是以思，一飲食男女之細，而相消相息，其繫於人類存亡絕續之重如此，則知習化非適然而會之事。言更革者，不可不一求其故。自來更俗易化，聖者猶難言之，乃彼一二販耳貿目之徒，以為史觀可廢、方聞可塞，獨其野化之說不可易。嗚呼！是無異自絕其種，使不復存於天地間，豈止一洪水猛獸之為害乎哉。

【箋】

文載《太平雜志》第1卷第1期（1929年10月1日出版）。

【校】

[1] 蕐：原作"甘"，藝據文意而改正。

慈谿馮先生述

慈谿陳屺懷

馮先生开，字君木，原名鴻墀，字階青，慈谿人。慈谿名族馮為舊，自有史以來，用文學顯者，代有其人，而先生之成尤多。

先生為學，務其大不遺其細，博聞強識如王深寧。其文章高華峻潔，內睿而外肆，則如汪容父，蓋並先生世，一時無有當者。詩初宗杜、韓，所詣近玉溪，中年稍稍取法西江，晚更離亂，聲華益刊落，每有謠詠，必千灌百辟，融冶情性而出之。嘗曰："作詩當於無味處得味，無材處見材。"顧今世疇知之哉！

生平重氣誼，尚節概，少日嘗與同縣陳鏡堂、鄭光祖、馮毓孳、應啟墀、錢保杭、魏友枋、胡良箴、陳訓正諸人，結惇社，制社約，善相勸而過相規，學問道義相勉益。群議一人主其事，或以屬先生，先生"謂鏡堂其人，清亮高曠而多文，誠非吾儕幾，宜為長"。會有訐惇社好標榜，踵幾覆故轍，先生於是乃請改名剡社，為詩酒之會。曰剡者，鏡堂所居地剡山也。

先生品藻群流，少所臧可，獨於高己者服膺拳拳如此，人以是益賢之。先生既少雋早成，有聲邦邑，四方問學之士，趾錯於庭，殷勤納交，或委贄焉。先生則開陳肺腑以待來者，心有所勿知，知之未嘗不為言；耳有所勿聞，聞之未嘗不為告。生性善感，畜志棣群，人無戚疏，[1]一與之合，終身以之。至其行事，介不絕俗，通不疑今，則又與婆婆自得者殊其量矣。內修之美，既越群倫，繹古之功，尤多創發。晚年講學滬上，益與先朝諸名宿老師相往還，安吉吳昌碩、臨桂況周頤、吳興朱孝臧，尤契先生。吳、況前一年殁，[2]有遺言，必先生銘其墓。既具草而病作，凡病三閱月而遂絕，年五十有九。嗚呼天喪斯文，國無人矣，傷哉傷哉。

先生父曰某，習儒不售，去隱於市，擅繪事，書法疏秀多致。母俞氏，[3]邑儒某之女，知書明禮，教子有方。先生生若干年而孤，依母受詩，以長以立，以至於成。年二十八，[4]由拔貢官麗水縣訓導。著有《回風堂詩文集》若干卷，詞一卷，日記若干卷，雜著若干種。取俞氏，名因，著《婦學齋詞》一卷。繼取陳氏、李氏。子男二：貞胥，俞出；

貞用，李出。女一：貞俞，李出。孫男一：昭遂；女一：昭多，貞胥子。友人同縣陳訓正述。[5]

【箋】

　　文載《國風》半月刊第 7 期（1932 年 11 月 1 日出版），又可見《寧波旅滬同鄉會月刊》第 97 期（1931 年 8 月）、《青鶴》第 2 卷第 12 期（1934 年）、浙江省立圖書館《文瀾學報》第一期（1935 年）。據此，似可斷言《慈谿馮先生述》大抵作於 1931 年 5 月 18 日馮君木病逝後不久。

【校】

　　[1] 人無戚疏：《寧波旅滬同鄉會月刊》作"人無戚疏，情無厚薄"。

　　[2] 前一年殤：《寧波旅滬同鄉會月刊》作"前數年殤"。

　　[3] 母俞氏：《寧波旅滬同鄉會月刊》作"母氏俞"。

　　[4] 年二十八：原作"年二十一"，此從《寧波旅滬同鄉會月刊》。

　　[5] 友人同縣陳訓正述：《寧波旅滬同鄉會月刊》無。

興化李先生墓表

陳天嬰

　　李先生諱詳字審言，世為江蘇興化人。自明中極殿大學士諡文定七傳至先生父諱某，少遭家難，遷鹽城西鄙，居焉。取趙氏，生子二，先生其次也。先生宿秉通敏，超異常均，始言之歲，已知抱策，障書踞誦，牙牙勿躓。門多長者，率出侍見，齊口嗟羨，許為瓌寶。家故不豐，父用儒術行賈，雅不喜詭智取贏，所業多，罔克有成，家乃益落至無以資脩脯。先生年十七，始從江都史先生受《春秋》，蚤傳夕復，積知證辟。顧體屢善病，有時且頻頻失血，幾廢膏火。有長戚許太母者，鹽城著室也，仍世士族，藏書極富，憐先生貧病，召館之家，贍給藥餌，優與持養，俾克底脩有成。先生於是益發憤自強，病亦稍間，得盡讀許所有四部書，而學以成。生平讀書，目銳思犀，靡堅不破，間有所獲，輒立論斷，眉平尾識，自然語雋。夙昔董理，經史訓詁而外，於《昭明文選》，

479

所詣尤精，曲會旁籀，撮其理要。蓄腹既多，振筆自異，並世曹學，罕比閎通。為文章，好稱四劉之學。四劉者，《漢志》《世說》《文心雕龍》及《史通》是也。先朝作者，獨摯服汪氏《述學》，謂"華不傷縟，質不病實，典雅高朗，古今幾人哉"！蓋隱以自喻云。

先生年二十二遭父喪。初，父以喪業故，幽憂成疾，至是大潰。先生廢書侍養，躬與猥役，畢誠畢虔，罔惕晝夜。遺命先生："毋廢讀，必返故居，振衰宗，存吾李氏，則孝子矣。"先生自是日以遺訓為念，益剧剧問學，力自督厲，雖困處萬難中，猶奮勢作健，但自責曰："而忘而先人綿惙時丁甯乎？"意戚戚若抱痛終身，則又其至性然也。

既出江南，游名公卿間，聲聞乃大壯。海內勝流，爭先賓接。嘉興沈乙盦每見先生，必誇其座客曰：[1]"此江淮選學大師李先生也。"湘潭王湘綺，負材傲世，奴視曹輩，獨於先生書問過從，殊其稱署，不與流衆等睨。先生嘗與臨桂況蕙風同應端制軍之聘，分撰《匋齋藏石記》，蕙風以詞名，與先生蘄嚮不同，每論文各有所持，積至不相能。蕙風氣盛，時時以言傾先生，先生則與為慢罕而已，執貌彌恭，退謂人曰："文人自來相輕，小不孫於口則有之，願其心甯有誰何耶。"人以是稱其雅度。晚年病痿，足不良行，遂尟出游。存書數萬卷，家亦稍稍勝於昔，迺始移居興化原籍。蓋自僑寓鹽城，兩世罔養，或廢或興，已七十年矣。民國二十年某月某日告終里第，春秋七十有三。少日自字百藥生，亦號愧生，晚更稱轟叟。

著有《選學拾瀋》一卷，《愧生叢錄》二卷，《學製齋駢文》二卷，《游杭詩錄》一卷，《丙寅懷人詩》及《游杭絕句》各一卷，《世說小箋》若干卷，《文心雕龍黃注補正》若干卷，《顏氏家訓補注》若干卷，《杜詩證選》《韓詩證選》各若干卷，《拭觚脞語》《藥裏慵談》等說部不列卷者若干種。其為人校定撰錄者，於豐潤端忠敏，有《匋齋藏石記釋文》；於貴池劉氏，有《李集校記》《杜集校記》《南朝寺攷》；於海豐吳氏，有《姑溪集》校本並釋文；於仁和朱氏，有《劉賓客文集》《司空表聖文集》校本；於鎮洋繆氏，有《玉峰志》《太倉志》校本；於江陰繆氏，有《安祿山事蹟校記》。先生自壯及老，雖在疾疢困纏中未嘗廢書，目所濡染，手即識之，有日記八十餘冊，藏於家。

夫人趙氏、劉氏、周氏，皆慈明淑惠。子男五人：長壬祐，出嗣從父後；次鴻祐，次武祐，次景祐，次承祐。女一人：婉娟。孫男八人，女四人。先生既殉之某月，將葬，其嗣某某等稱其先命書來謁文。嗚呼！天喪斯文，不憖子遺，拓落人寰，靈光盡矣。泣而書之，用諉當世，悠悠行路，又疇述焉。友人慈谿陳訓正表。

【箋】

該文始則連載於河南大學《會友》第5期（1932年2月15日發行）、第6期（1932年2月22日），爾後全文刊載於《寧波旅滬同鄉會月刊》第107期（1932年6月發行）。時至1933年10月，又以《興化李先生墓表》為題（署名"陳訓正"），發表在廣州《文學雜誌》第6期。而後，該文又被收錄於由卞孝萱、唐文權編著的《民國人物碑傳集》卷九（鳳凰出版社2011年版）。

【校】

[1] 曰：原說作"也"，茲據《文學雜誌》等改正。

金縷曲·寄布雷

玄嬰

與子為兄弟。廿年來，風飄雨泊，此身如寄。安得車輪生四角，妄想征塵不起。奈道路、驅驅靡已。雁向關梁少人色，每飛來，沒箇成行字。天末望，一彈淚。

雞蟲得失吾何計。甚浮生，年年長遣，頮頭人海。壯不如人今老大，自分此身已矣。更不望，出人頭地。但使崦嵫有餘燼，蹈緇河，得葆吾貞履。咨爾仲，共知此。

金縷曲·再寄仲弟

玄嬰

花信番番弟。問東風，天邊沈息，為誰催寄。冷眼看春春不暖，恨挾芳塵俱起。正遠道，相思無已。暮日昏鴉天潑墨，替書空，咄咄成何事。蘸不盡，感時淚。

羞將出處從人計。十年來，虛名誤我，孟公湖海。詩國陳芳稱小霸，猶曰吾衰甚矣。更甚說，靈鄉分地。洞口烟霞憎客至，笑刖人，底事不忘履。吾與爾，乃如此。

【笺】

陳布雷在收到《金縷曲·寄布雷》後，答以《金縷曲·次韻答伯兄》："腰鼓慚為弟。念吾家，元方老去，客途猶寄。異縣逢春春易盡，惹得沈愁都起。況風雨，雞鳴未已。天末相思飛不度，望空雲，沒處填心字。多少語，付閒淚。

騰騰世事從何計。甚塵揚，三清三淺，坐看桑海。對鏡難將勳業問，鬢上新霜見矣。嘆異日，埋怨何地。肯許湖山同割據，喜相隨，適足能忘履。心耿耿，只緣此。"於是，陳訓正又作《金縷曲·再寄仲弟》。三詞皆見錄於南京《國風半月刊》第六期（1932年10月16日出版，由柳詒徵擔任社長），而在此之前，《金縷曲·寄布雷》《金縷曲·次韻答伯兄》曾見刊於《黃鐘》第1卷第2期（1932年10月10日出版），分別題作《金縷曲·代簡寄畏壘》《金縷曲·次韻答伯兄》。

回風堂詩文集敘

陳訓正

自余出里塾，游鄉校，聞有馮某者，好古而善讀書，年甚少，材甚美，為文章上規漢、魏，儼然見法度，嘗就書院試某賦，主者疑之，以為非今人有也。時余初返儒服，學為文，孜孜盡日之力不能得百字，雖甚慕君，而不敢言友也。越數歲，始交魏仲車，仲車極誇余詩于應悔復，得識悔復為友，悔復與君，時所稱為吾邑二雋者也。余因悔復乃復交君，久之益習，又各以孤童子自奮於學，涼涼之行，既無不同，遂益相憐，重稱莫逆。中歲以還，吾兩人講學，甬水上日多，所居處又甚邇，朝相切而夕相磋，一日不見，則訝為困書纏惹，用相揣度，必見而後始慰。有所作必互出為際，有疵則相滌，有善則相益。其於行也亦然，無一事不以相聞，雖隱約難言者亦為告也。及余來滬上，君亦遷館旋至，浮湛十年間，聲氣日以廣，名聞日以高，四方績學之士，苟至於滬者，靡不求交于君，謂君情性厚，有道義，不唯多君文也。

十六年春，余奉委襄政杭州，始與君別，然每公閒休沐，必就滬省君，四年中君亦兩至杭州視余。嘗語余耄脩勿怠，勿貪一日之祿，而隳百年之業。余亦以生平著作為規，君愀然曰："為貧故而粥文，發篋夥沈沈，非不高且美矣，然遂欲流際後人，豈吾意耶！子知我乎？吾于辭去取嘗有識，無識者雖醇可存而義不可有，異日者不幸先子死，子必為我勤此，願以是屬。嗟乎！儲吾胸者，吾不及吐，而吐者又非吾所意，土窮無所藉于手，即此區區者，尚不能完其願，則所謂立言不朽者何如哉？"余數聞君言如此，因深慨君何志之悲而衰之速也。然猶私幸君神明湛然、意氣甚盛，每晤對終日無厭態，則意以為我兩人相與，當可數年或十數年，未必遽棄，而孰知不能也。一別之頃，竟成終古，天耶命耶！斯文之喪耶！悼伊人之不復，覩遺編而愴然，追摹曩昔之言，哀音宛宛，猶未絕乎吾耳，而清容渺矣，傷哉傷哉！

當君疾大漬[1]時，余聞而赴省，則口已不能言，見余至，目相眴不已，出手握余臂，[2]牢不放者移時，始棄余背而睡，若有萬言語，欲傾結于喉而不克盡者，然意殊恨已。余念君生平無悖於天，無忤于人，死何恨，所恨恨者，其惟此畢生心血之所假焉者乎！嗚呼，君雖不言，吾知之矣。因屬君子胥取君詩文諸稿，循所識而寫定之，為正集。其辭未至，而義不可不存者為外集，皆君意也。[3]君夫人俞因《婦學齋詞》，友人應啓墀《悔復堂詩文》，皆君所欲刊而未能者，因附君集後。君有弟子朱威明炎復者，為古文謹嚴有師法，先君五月旅卒于京師，文散失無多，存為附刊若干篇，儻亦君之所取乎。[4]既葳事，當為敘，乃取余兩人相與之深，及君當日垂死目囑之情，百書之而莫盡也。若夫君之辭之品弟，則固如嚮者主司之所疑，謂非今人有者，其高尚可知矣，余不復贅一詞。二十一年三月陳訓正敘。[5]

【箋】

　　1932年11月1日，該文見刊於南京《國風》半月刊第7期（第56—57頁），後被用作中華書局1941年仿宋版《回風堂詩文集》卷首，並改稱為《回風堂詩文集序》。鑒於《回風堂詩文集序》的後半部分，有違《回風堂詩文集敘》原意，從而妨礙後人對《回風堂詩文集》成書過程的了解，故此直接選用《回風堂詩文集敘》。

【校】

　　[1] 大瘠：亦作"大癘"，意即疫病成災，故當從《回風堂詩文集序》改作"大漸"（意即病危）。

　　[2] 臂：《國風》脫，茲據《回風堂詩文集序》補。

　　[3] 為正集。其辭未至，而義不可不存者為外集，皆君意也：《回風堂詩文集序》改作"得文八十首、詩五百四十六首，編次之，為十四卷"。

　　[4] 君夫人俞因《婦學齋詞》，友人應啓墀《悔復堂詩文》，皆君所欲刊而未能者，因附君集後。君有弟子朱咸明炎復者，為古文謹嚴有師法，先君五月旅卒于京師，文散失無多，存為附刊如干篇，儻亦君之所取乎：《回風堂詩文集序》改作"君夫人俞因《婦學齋遺稿》附焉"。

　　[5] 陳訓正敘：《回風堂詩文集序》改作"陳訓正"。

招都梁過玉暉樓，謀編刊《回風集》。時直深秋，俯伏多感，既傷逝者行，復自念，喟然賦此

（都梁，貞胥號也。年少而材，能承家學，回風有後矣）

陳訓正

淡晴天氣入殘秋，根觸茫茫起積愁。
幾輩青山老詩骨，連宵舊雨洗荒邱。審言殂，僅後木公一夕。
亦知後死無逃責，欲遣餘生奈寡儔。

獨抱遺篇對萸菊，分明情事記前游。

六年前，余曾於九日過修能學社，木公方校編寒莊遺文，指庭菊謂余曰："寒莊文有菊之致，無菊之色，故人鮮賞之者。"間又曰："今人賞菊以希種為貴，色且不知，何言風致？此寒莊之所以死也！"今余編木公文，亦同此情概。

【箋】

詩載《國風》半月刊第七期①。時在辛未（1932年）深秋，陳氏正與馮都良商議編纂馮君木遺著《回風集》，悲從中來，遂作詩以記其事。

過宋詩人孫花翁墓，有懷木公

陳訓正

秋風淅淅秋將暮，落葉人間黃無數。
我來啃葉訪秋墳，足底青山有千古。
花翁妙裁斷吟口，易世猶留一抔土。
文章真氣存兩間，況復吾友今韓杜。
欸唾因風忽彌天，碎珠零玉紛芳路。
我欲招魂築高阜，擬傍孤山開門戶。
臨湖更起回風亭，日鋤梅花此中住。[1]

【箋】

詩載南京《國風》半月刊第七期（1932年11月1日出版）。其作年當在辛未（1931年）秋。

【校】

[1] 小字夾注："花翁墓本在孤山，對湖岸上。十八年，築裏湖路。因移至堅匏盒左側廢地。"

---

① 南京《國風》半月刊第七期（1932年11月1日出版），第57—58頁。該詩後被收入在《天嬰詩輯》，其詩名中之"都梁""直"，被改作"都良""值"。

浙江全省運動會歌

陳屺懷作歌
金咨甫作曲

我武揚兮,日唐唐兮,會我士漸之上兮。漸之水,湯湯兮,昆兮季兮,無自將兮,來與子頏兮。于嗟士兮,威且仡兮,相期于漸之末兮。漸之水,潑潑兮,昆兮季兮無自萘兮,米與于接兮。

士兮士兮,曷其勿思,于漸之水,逝者如斯。熏風和煦,孟晉及時。時時時,時時時,吾與子。

【箋】

先後見刊於《浙江體育月刊》1933年第1期、1934年第7期。

鄞縣通志草創例目

陳訓正

方志之作,與時俱進,無義例可守。且各縣地方性未必盡同,人民特殊風趨,今昔遷嬗,往往而異,故志之體裁節目,當隨時地為增損,不能劃一。余主修《定海》《掖縣》兩志,體裁雖同,而節目繁簡不少出入,良以此也。鄞縣錢、董二《志》,以志例言,在昔最為謹嚴。然由今觀之,其所著錄,狃於舊例,偏以文勝,未能備具文物嬗進之跡,欲藉是考見一縣民生社會今昔之狀況,則有所不能。余於志事,不敢薄古,尤不敢廢今,茲遵內部所定通志事例,[2]而參以中外地志應有之常識,定為《鄞縣通志》節目如次:全志分六門:一曰《輿地志》,二曰《政教志》,三曰《博物志》,四曰《文獻志》,五曰《食貨志》,六曰《工程志》。

《輿地志》之目凡十有八:一、沿革,凡疆界增削、建治年代、名號更改皆屬之。二、疆界,凡四至里距、界綫、面積皆屬之。三、形勢,凡高下通阻及歷代用兵陳蹟、現時防地皆屬之。四、山林,凡名稱、方嚮、高度、所佔面積,及有無民居、鑛物、古蹟、寺廟,與所產材木多寡等，皆應備記之。五、海洋，凡方位、沿岸地名、島嶼、潮流等皆應備記之。六、河渠，凡名稱、形勢、長廣占地及水利關係皆應備記之。七、鄉區，凡固有區域、自治區域、教育區域，皆應備記之。八、凡住民姓氏、戶口多寡、學齡兒童、學校公益事業、廟社及村組織、經濟狀況、有無客民、鄰村里距，皆應備記之。九、戶口，凡過去現在各統計皆應備列，同時兩機調查而異數者亦須並列之，加以說明。十、氏族，凡各族之組織、風氣習俗、職業、經濟概況，皆應備記之。十一、土宜，凡土質成分、土層深淺、水量多少，皆應備記之。十二、氣候，凡氣溫、雨量、風汎及謠俗、占驗等皆應備記之。十三、物產，其詳別編《博物志》，此所著錄為物品之成出產者、產額、產地、銷地等，皆應備記之，外產輸入額附。十四、營建，凡營建築物皆屬之。十五、交通，凡河渠，道路皆屬之。十六、廟社廟社為人民自然團體要約期會之所，非宗教徒之寺觀比，應備列其興廢，用以考見其地民戶今昔盛衰之概。十七、市集，凡名稱、地段、集市日期及商店多寡，皆應備記之。十八、名勝，古蹟附。

《政教志》之目凡十有一：一、制度沿革。二．行政，凡經政、荒政、警務、防務等皆屬之。三、財政，凡地賦、雜稅、地方附捐及地方款產皆屬之。四．司法，監獄附。五、自治。六、教育，凡學校教育、社會教育及教育機關等皆屬之。七、實業，凡農工商之職業統計、工作程度、生活狀態及政府維護或救濟之方法、民國以來社會對各業之趨嚮，皆應就各分業備記之。八、交通，凡郵電事業及公路公河修築皆屬之。九、宗教，凡道教、佛教、囘教、耶教及其他新教等皆屬之，并詳其寺院及宗教徒集合機關。十、祀典，凡古今祀已廢未廢者皆屬之，祈報、賽會附。十一、人民集合團體，輿論機關附。

《博物志》之目凡四：一、動物。二、植物。三、鑛物。四、雜物。徵采編製凡例另定，以上四目擬委託省立西湖博物館。

《文獻志》之目凡九：一、藝文，凡縣人有學術系統或著述卓特者，皆應備載其學行略，及所撰纂之書目。二、人物，凡縣之名賢、卓行、孝義、功業、節概及學藝超特之士，與夫孝節、貞烈、慈淑之列女皆屬之，方外附。三、選舉，凡歷代科貢仕進，及近今學位、公職、褒獎等皆屬之。四、名宦，凡官於縣之有治績者屬之，《職官表》附。五、政論，凡縣人、非縣人之著述，而有關於政俗利病者，皆應提要簡錄之。六、史事，災異附。七、禮俗，凡家祭、廟會、冠笄、慶祝、喪葬諸典儀，及歲時風俗等，皆應備記之。八、方言，凡俗音俗語之轉變，衍譌及通用之俗字、借代字、簡寫字等，皆應分別備記之，注音符號附。九、風謠。

《食貨志》之目凡十有六：一、歷年食糧統計及食糧價格之升降。二、歷年主要用品價格之升降，及其數量。本項主要用品分食用、服用、燃料、建築材料及消耗奢侈等類。三、歷年甬市正輔各幣兌價升降，及現金貼水漲落之概略指數。四、歷年各業工資及其他勞力之代價。五、歷年縣產物之供求狀況。六、舶來品輸入種類數量價格之概計。七、社會金融歷年通滯狀況。八、縣產天然或製造歷年消長狀況。九、縣民現時在籍實在人數，及其生殖率、死亡率之比較。十、客民現時旅食人數及其以後增減之趨勢。十一、縣民各項執業人數比較及其生活狀態。十二、縣民貧富階級概況。十三、勞資糾紛之由來。十四、近年失業人數概計。十五、社會經濟衰落狀況。十六、一般之救濟論。

《工程志》之目凡……：一、市道工程。二、工路工程。三、塘河濬修工程。四、中山公園、商會會所等工程。……凡縣內重大工程皆應備載，用資異日各項建設設計上之參考，茲略舉其目以起例，至其工程之記載，則宜詳簡得當，體裁不必盡同也。

右各略目，憑空肊擬，疏漏必多，俟采訪小具崩緒，當更為審正，至采訪表例，則當詳細分別調製，此猶其輪郭云爾。

【箋】

　　文載《方志月刊》第 6 卷第 2 期（1933 年 2 月 1 日出版）。該文後附《修志事例概要》，蓋文中所謂"內部所定通志事例"，茲列表附錄。

	修志事例概要
	中華民國十八年十二月，內政部呈奉行政院轉奉國民政府令准通行。
1	各省應於省會所在地設立省通志館，由省政府聘請館長一人、副館長一人、編纂若干人組織之。
2	各省通志館成立日期、地點，暨館長、副館長、編纂略歷所並經費常額，應由省政府報內政部備案。
3	各省通志館成立後，應即由該館編擬志書凡例及分類綱目，送由省政府轉報內政部查核備案。
4	各省通志館應酌量地方情形，將本省通志成書年限預為擬定，送由省政府轉報內政部備案。
5	志書所採材料，遇有關係黨務及黨義解釋，須向中央請示者，可隨時由省政府咨達內政部轉請中央核示。
6	志書文字但求暢達，無取艱深，遇有用滿蒙回藏文字、注音字母以及外國文字時，得附載原文。
7	舊志輿圖多不精確，本屆志書輿圖應由專門人員以最新科學方法製繪精印，訂列專冊，以裨實用。
8	編製分省分縣市輿圖時，對於國界、省界、縣市界、變更沿革，均應特加注意，清晰畫分，并加附說明，以正疆界，而資稽考。
9	各省志書除每縣市應有一行政區域分圖外，並須將水脈、水道、交通、地質、物產分配、雨計分配、雨量變差、氣候變差，以及繁盛街市、港灣形勢、名勝地方，分別製繪專圖，編入彙訂。
10	地方名勝古蹟、金石拓片，以及公家私家所藏各種古物，在歷史上有重要價值者，均應製攝影片，編入以存真蹟。
11	各地方重要及特殊古物，均應將原物攝製影片編入，並詳加說明，以資考證。
12	志書中應多列統計表，如土地、戶口、物產、實業、地質、氣候、交通、賦稅、教育、衛生，以及人民生活、社會經濟各種狀況，均應分年精確調查，製成統計比較表編入。
13	各省志書除將建置沿革列入《沿革志》外，並須特列《大事記》一門。
14	藝文一門須以文學與藝術並重，如書畫、雕刻及其他有關藝術各事項，均宜兼採，武術、技擊可另列一門。

	修志事例概要
15	收編詩文詞曲，無分新舊，應以有關文獻及民情者為限，歌謠、戲劇亦可甄採。
16	舊志藝文書目僅列書名卷數及作者姓名，頗嫌簡略，本屆志書應仿《四庫全書》提要例，編提要以資參考。
17	卿賢名宦之事跡，及革命諸烈士之行狀，均可酌量編入，但不得稍步冒濫。
18	天時人事發現異狀，確有事實可徵者，應調查明確，據實編入，以供科學家之研究，但不得稍涉迷信。
19	全書除圖表外，應一律以國產堅靭紙張印刷，訂為線裝本。
20	本概要所定辦法，各省興修志書時得體察地方情形斟酌損益之。
21	各縣及各普通市興修志書應行規定事項，由各省通志館參照本概要定之。
22	各特別市興修志書，準用本概要之規定。

周君生壙志

陳訓正

鄞江之鄉，有善士焉，曰周君炳文。生且七十矣，高年劭德義，稱洽于一鄉。嘗參鄉政，壹志水利，疏河立防，靡功不與。一時興誦，萬家尸祝，孰謂口碑，悠悠無徵，人心嚮之，公道昭之，君于是千古矣。民國廿二年春，君營生壙成。其鄉人張申之書來乞文，且曰："周君千古人也，將以風來世、示行路，必子志之。"時申之方提舉鄞縣通志館事，而余以編纂相從役，播揚隱潛，正其職也。因就所聞于申之者，最而錄之。

先是君起仄微，用商自殖，稍稍取飽煖，辛勤門戶，苟完而已。世居鄞江鄉梅墺，地當南塘河上游，瀕溪結屋，君家尤衝要。每山洪暴下勢驟，輒害道路廬舍。民國十年秋，為暴尤烈。君夫人徐氏、長子楚華、四子楚塘及諸婦諸孫，一家八口，同夕被難。君與二子楚翹、楚善，以行賈滬上得免，聞耗，二子侍君遄歸，于途哭不已。君顧謂之曰："止，勿徒為一家哭也。吾村五十家，以八口計，當三四百人，今存者僅三十餘，慘矣。吾悔不夙治水防至有此，天乎。余誓有以對死者。奚哭為？"于是會其鄉之人而我與者號于邦，會邦之賢而我與者號于官，會官若民之有心于義而我與者號于四方，號于賓萌，亡何時材乃大集。或曰："振之，食宜先。"君曰："否。材求當于用耳，徒食胡以繼？且仁者之用心，澹災不如已災，工事已災者也，則工振宜。"僉曰善。乃于其年度材程工，修築隄防、道路、橋梁。明年水又至若故，所治者十之四毀。君方病，昏夢中得災狀，欲起罷甚，撫牀嗟咤，屬諸子曰："吾即不幸死，汝將我命出籲，必有聞而垂閔者，可券若干金佽工事，為一鄉倡。"聞者感君誠，為奔轙當道，重集貲復之。君病既起，益躬窮山谷，沿察地勢，習知害之所自，乃唱治本之議。決疏澝大河以去下游積閼，自光溪抵南濠河五十餘里，鳩工冒治，凡五年，用金二十萬版，君輸力獨多。自是上游漫山而下之水，漸改流趨循山跌，別出梅隩，乃始無災，而君之誓言，于是乎申矣。

當君之入大小韭山谷，躬勘地勢也，過一溪步有橋曰通津者，圮久未復，諸山民肩重褐來，必徒涉乃可，潦時水深流急，往往失不謹，而其地又瘠貧無堪張，復廢步。君極憐之，又蠲資徠遠近，得屑石錮鐵以為柱，架堅木為梁。集同義為會，別儲萬金，為通津橋歲修工程及溪山傍道砌築之費，計萬金，所息千餘版，歲用之于窮山絕谷間。瘡痍小民，于以有生之氣，君之德也。

溪鄉之材貨，以城市為尾閭，其輸運則寫置于南濠河。自甬市成立政府，主者利城壖地賈昂，欲塞濠拓土以算贏。已署令矣，君聞而喈曰："是何可者！濠塞山貨不能直抵城步，必于途轉陸。陸運高水運一倍，吾鄉民將貨來市市者，日無慮數百人，人增運一餅，則歲喪三萬金，民力疲矣，是何可者。"約鄉人力爭之不得，乃又私蠲金貨贖之，始得保一濠。

蘇山民無窮之困，尤為君之盛德，此皆事之犖犖大者。若夫興學敷教，于族有梅峰，于鄉有培才，于縣有第四小學，皆稱量而出，必於其當。歲暮解囊以濟鄰里，年饑指困以振貧乏，義無不舉，舉無不力，則君生性然也，非絜絜務名沽惠者所可比數。其鄉同時有徐原詳者，家僅小裕，而聞義必赴，稱鄉之善人。不幸前卒，所規畫多，常不克繼，而君輒資持之以竟死者志，論者謂鄞江鄉鄉治較完者，以君與徐君力也。

君夫人被難時，年已五十有五，一生劬苦作家，嗇己厚人，里誦嚮之。事翁姑能先志，推恩旁屬，靡微不至。每見君行義，色然以忻，且力贊其事之有繼。楚華性孝，當山洪暴發前夕，適在鎮徵租。鎮去家且二十里，突聞雷聲作，雨勢浸大，心動知將為災，念母側僅弱息數人，傍徨欲去，戚友慮途中有失，堅挽之，楚華曰："安有親在災危中而尚從容自計耶！"昏夜冒雨匍匐歸，至家水驟乘沒牆，屋覆于水。楚華持母號天："願活母，願活毋。"哀聲隨流而盡，鄉人至今傷之，曰善門而有此報，天驚之謂何。徐夫人生四子：楚華、楚翹、楚养、楚塘。女四人，長、次適崔，三適趙，四適許。

【箋】

文載《寧波旅滬同鄉會月刊》第123期（1933年10月發行）。據其"民國廿二年春，君營生壙成。其鄉人張申之書來乞文"云云，足以認定《周君生壙志》乃因張申之所請，約作於民國二十二年（1933）春。

湖感

<small>陳屺懷</small>

出門悵惘欲何之，日薄天寒有所思。
訪石不堪行卻曲。看山終覺眼迷離。
煙沈客路常生障，柳帶鄉愁併作絲。
踏徧林塘無暖意，游人卻道到花時。
揭來湖上探芳期，勝日清明尚有時。
畜岸波輕魚戲活，度關風逆燕歸遲。
迷陽滿路傷吾足，苦雨連朝繫客思。

自是春青未班柳，攀條佇立意何癡。
如何數日風兼雨，鎖盡山容未展眉。
那有餘霏灑珠唾，不因癡霧起雲疑。
飛灰刼冷黃妃夢，野唱聲多赤鳳詞。
天末依稀如放霽，側身望斷最高枝。
鶯初出谷聲猶澀，花正苞寒甲未離。
物態分明各相得，客情陰噎復何辭。
堂堂日脚原無絆，澹澹春榮故自奇。
都道和風開淑景，天邊消息渺難期。
雨雪關山夢繫之，飄蕭頗憶去年時。
滿江腥氣潮初上，一路迷陽馬不馳。
沙壘烽餘紅躑躅，荔牆風動碧支離。
可憐岳鄂墳前柏，但有鶯聲下故枝。
春來噎噎雨無時，徑滑泥瀰任所之。
俯水臺空曾照膽，闌塗井古賸題眉。
野風零亂朱天廟，燈火昏黃白傅祠。
歸去莫尋林下路，逐魂正在半凋枝。
簾閣重重鎮寒住，如何忽見燕差池。
關山積雪猶千里，楊柳春城自一時。
草長江南多恨種，天垂斗北是愁涯。
可憐到眼都無似，薺麥青青送別離。
閣閣蛙聲忽堆耳，始驚驚蟄已過時。
纔能破凍生春響，卻欲因風亂客思。
入部居然成鼓吹，浪鳴寧復辨官私。
須臾雪意催寒又，瑟縮泥中亦汝悲。
稚柳青回還細細，初陽紅上已垂垂。
不圖即目生愁色，總覺關心異去時。

泛水每憂回浪惡，入山深悔出家遲。
眼前纜石曾何用，殘劫徒聞半壁支。
一春花信風前阻，午壁山光雨後滋。
凍雀收聲墮荒水，殘陽作意挂晴枝。
遙憐鳥外原無路，卻盼天邊尚有涯。
過盡長隄泥沒腳，斷頭墳下立多時。
樓高夜迴獨憑遲，彌望荒荒目不支。
天外黑風吹海立，城頭孤月照巢危。
心知鰥死難瞑目，聽到烏啼當故枝。
點檢吳山舊題處，可憐無復記當時。
東風偶漏春消息，一夜華光破凍枝。
梨盪玉魂賺蝶夢，柳抽金縷報鶯知。
禁煙寒食忽將至，勝日芳游未算遲。
卻怪行人少意興，鷓鴣聲裏問歸期。
陌上花開春已遲，貪尋霸跡過錢祠。
野橋流水聞漁唱，落日神鴉卓酒旗。
是地曾埋射潮弩，何人解讀表忠碑。
雄樓海角應猶在，我欲凌風一覽之。
今年花事太參差，都被東君擔誤遲。
臺上初陽光淡淡，山中大藥草離離。
短櫻長葛紛堆眼，故燕新鶯又趁時。
為此風光照乾土，更無閒淚灑天涯。

【箋】

　　詩載《黃鍾》第 23 期（1933 年發行）。這十六首詩，當是陳訓正客居杭州游歷西湖時所作。

洪先生述

陳訓正

　　洪先生允祥者，慈谿人。初名兆麟，允祥其字也。既以字行，乃取名之音近者自號曰樵舲[1]。家世業商，潛德隱約，至君父始以醫振聞鄉閒。生三子，君居長。自少受業于其舅氏鎮海鄭先生。鄭先生異君材，勸其家慫令游學郡邑間。郡邑諸老師慚勿及也，屈年輩與交。于是甬句文學之群，莫不知有谿上洪樵舲者振奇士也。學既成，出應鄉舉試，顧屢試不得一第，而同列佔畢下士，反駸駸取高科致顯位，意不能平。性故豪邁，至是益狂放使酒好罵人。嘗大言曰："彼淮南雞犬安足異，吾腳底馬蝗且青天矣。"言已，輒歔欷不止。遇佳日賓朋燕集，君據橫坐，大觴啜飲[2]，眼睩睩左右屬，人知其將醉而及我也，稍離席避去，則又怒曰："汝豈堪當我罵耶？苟我堪者，亦可兒矣！"君之謾侮人恆如此，然人終以君耿直無婧嬰態，轉益親君。即不足于君者，心嗛之而已，不敢悻然怒于色也。嘗游滬上，鄉先達蔡元培方提舉南洋公學，君以其學謁，為所識拔，別館之，號曰"別科"。君于同館中最契謝無量，並交其友馬一浮[3]。一浮為學精博，持身齗齗徇禮，無少苟，狷者徒也。君每見之悚然，退謂人曰："頃見一浮，吾心遂有安處[4]。一浮真神人也。"既而游日本，覃求哲理象數之學。三年返國，歷聘南北各大學，任史地教授。當滿清季年，湯壽潛、陳訓正等創設天鐸報社于上海，延君主言論，戴傳賢、陳布雷[5]副之。以發揚民氣為標幟[6]，執義敢言，絕無顧慮，國中興誦，一時易嚮，論者謂辛亥革命之役，天鐸大口宣舌與有功焉[7]。君自東游歸，得朱舜水遺書，遂[8]益務陽明之學。後又[9]潛心藏典，得其精旨，君則以為此佛矢也，用以自字。既老，師事台宗僧諦閑，修淨土[10]，喜為人說法，然其飲酒善罵如故也。所居室曰悲華，嘗集古語題齋壁[11]曰："壯不如人，老可知矣。動而得謗，名亦隨之。"自謂盡己之生平。年六十，以病酒卒，時民國二十二年四月十八日也。君一生力學，能盡耳目之責，於史事尤賅實，常籀歷代治亂興衰之故，舉以為教。得其學者，多所成就。為文章，不喜縛束義法，訾桐城末學為優孟弟子，雖具衣冠，非人倫所貴。詩宗晚唐，日吟哦甚苦不自惜，得輒棄之，曰："吾自怡吾情性耳，身外物何所較也。"[12] 其仲子祖慶嘗搜錄，得數百首，為《悲華精舍詩稿》。君見之怒曰："孺子誤我。"其狷狹又如此。嗚呼！孰謂君狂者。觀其不亟亟於外務，吾有以信其內美矣。為著生平，以赴當世。

【箋】

文載氏著《悲華經舍文存》（1936年11月付刊），並在此前，先後見刊於《寧波旅滬同鄉會月刊》第125期（1933年）、《文瀾學報》第1期（1935年）。又，考《洪先生行述》云："爰定二十二年六月四日上午九時在鄞縣南郊本校開會追悼。所望聯翩戾止，錫之誄銘。讀向期之賦，抒此哀思；登耆舊之編，竢諸異日。浙江省立第四中學評述。"① 准此，大抵可以確定《洪先生述》作於1933年4月18日至6月4日間。

【校】

[1] 樵舲：《文瀾學報》誤作"巢林"。

[2] 大觴啜飲：《寧波旅游同鄉會月刊》《文瀾學報》皆作"負大觴啜飲"。

[3] 君於同館中最契謝無量，並交其友馬一浮：《文瀾學報》作"君於同館中最契西川謝無量，以無介得交紹興馬一浮"，而《寧波旅游同鄉會月刊》題作："君于同館中最契馬一浮。"

[4] 吾心遂有安處：《文瀾學報》作"吾心不期而有安處"。

[5] 陳布雷：《文瀾學報》作"陳訓恩"。

[6] 以發揚民氣為幖幟：《文瀾學報》不載。

[7] 與有功焉：《文瀾學報》作"君與有功焉"。

[8] 遂：《文瀾學報》無此字。

[9] 後又：《文瀾學報》作"嗣復"。

[10] 修淨土：《文瀾學報》無此三字。

---

① 《國風半月刊》第三卷第一期（1933年7月1日出版），第50—51頁。

[11] 壁:《文瀾學報》無此字。

[12] 曰:"吾自怡吾情性耳,身外物何所較也":《文瀾學報》不載。

鎮海方椒伯先生五十壽辭

陳屺懷

歲閼茂陽吉,蛟川方君適丁始滿之年。余道滬上,見其戚若朋方謀所以為君壽者。或曰:"五十非壽也,是可己。"或曰:"縱壽也,而以文,則非古。"聞者以疑,張君申之乃就余衷其是。余曰:"異乎吾所聞。夫以年言,則古者八十猶為下壽,匪獨五十,即六十七十,亦未可云壽。然則古人為壽上壽云何也？曰:'壽醻也,以酒禮相酬醻。'此屬乎情見乎禮者也。有其情者必有其禮,雖日日而壽之可,奚在循年而始醻耶？至夫壽之有文,論者謂紐牙於宋,遞明而益侈,而不知古人倫疇酬酢,因事致敬,必有辭以申意,所謂祝者是已。祝之字從示從人口,示者禮也,人口者謂有詞申敬也,則祝壽之必有文,徵於古已然矣。況方君自少有大抱負,立己立人,挈挈於群義不少貰。游滬以還,迄於茲垂垂三十年,其心未嘗一日忘鄉邑,其身未嘗一日接勢途。其學法學也,而口未嘗牙牙於律令;其業銀業也,而志未嘗鍥鍥於阿堵。其務人也勤,其守己也約,其當仁也勇,其辟私也決。事無難易,張赤拳而膺之;塗無險夷,葆貞履以蹈之。別擇是非,必質之的;辨審利病,必洞其元。生當群競之中,而不為所牽;久處善湛之穴,而不為所染。非其人之有守,何能應變而不棼？非其人之有為,何能嬰物而無逆？是則方君之生平,自有其可壽者在,不必以五十而少之也。且方君涖滬市卅年,用其材以應社會之求,歷膺公職至百餘名號,其譽盛矣。社會之頌方君者,方譁起遝邇,有進而靡己。刻骨之銘在人心,載塗之碑在人口,宣之而為言,聲之而為誦,是又何嫌於非古而謂文之無當乎？"張君曰:"子之言誠當。請筆之文以為方君壽。"余與方君交二十年,諗其行,於誼當無辭,遂為之文而申以詩。詩曰:

金饑氣不揚,盲風灪道路。市塵深沒脚,疇克守故步。

落落蛟川子，生財天所賦。御紛見碩量，赴時發靈寤。
擎重人不勝，得君相邪許。累臺百版危，銜石君與揩。
君信資作杖，君智耀為炬。昏昏一世間，漂搖幾風雨。
綢繆信爾勞，破室有門戶。要惟所學通，信今不疑古。
廣惠蔭梓桑，一鄉共安宇。接物用昭慈，淑群期厥普。
遠近姝米聲，中舍懽欒主。美意足延年，及艾況初度。
上壽百廿歲，醻德循以叙。君今半猶弱，來日亡算數。
奉觴為君奏，願君葆貞固。心長不盡宣，遙酹陳其故。
惟君鑒此心，拙口無俊吐。期以十年來，頌聲當再舉。

【箋】

文載《寧波旅滬同鄉會月刊》第137期（1934年12月出版）。據其"歲閼茂陽吉"云云，可以推定該文作於甲戌年，即民國二十三年（1934）。

趙占綬先生五十壽辭

陳訓正

民國二十年四月，趙君占綬五十舉慶。其哲嗣安浩昆季，狀君生平嘉德，介而來請辭，余徵之耳良信。於戲，是可誦也已，爰舉君之行事之高于世俗庸庸之徒，而有合于古誼者，列而論之，為屏風辭，俾吾鄉人士出入于君之庭者，見而有所興起焉。

荀卿有言："君子行不貴苟難，說不貴苟察，名不貴苟傳，唯其當之為貴。"吾今舉以衡之君。君之見于行者，夷姤而蹈常，不徼絕俗矯時之譽，為子知愛其親，為長止知教其子孫。居鄉黨則知推其所任卹，與人交則知盡其友道。見危而知援，見窮而知矜。于利能務，于利能擇，于公私能知先後。積而能散，富而好禮，一循乎其心之所安，則所謂行不貴苟難者，君當之矣。其高人也一。君世故超，舊蔭所覆，阜殖緜引而弗替，而君又能以持身者持門戶，黯然日章，不徒恃口舌便給之能，以圖勝于人，則所謂說不貴苟察者，君又當之矣。其高人也二。君之伏處井里，位素而行，固未有赫赫之稱、四方之聞也，然邑有大將作，必先君以為之招；鄉有大期會，必質君以為之的。野有饑者，必于君以取飽；巷有寒者，必于君以取煖。人亡戚疏，罔不樂道君之德善，則所謂名不貴苟傳者，君又當之矣。其高人也三。之三者皆今人之所難，而君獨行之易易，故余謂君之行事，實有合于古誼，而于法宜頌也。雖然，余之頌君，則更有進焉。夫荀卿所謂貴當者，"當"之為言直也，"直"字于文從十目從⊥，⊥者矩也，十目猶衆視也，衆視之而無差于矩乃得謂之直。蓋其体有然耳，非可以貌為也。貌為之者，即苟之謂也。直之反也，孔子曰："人之生也直。"直而不曲，是曰生理，順理而生，乃非苟生。故天鷖有常，壽亦云醻，醻者酬其直也。今君已得其酬矣。有其德者，必得其壽，德無盡壽亦無盡，吾知君之德之駸駸而無盡也，則天之所以壽君者，雖駸駸而至于百歲，其得言盡酬之直乎哉？荀卿又言："美意延年。"然則畜美意如君者，可以卜其大年矣！謹為頌。

【箋】

　　文載《寧波旅滬同鄉會月刊》第100期（1931年11月出版）。此外，浙江象山人陳漢章（1864—1938），也曾應邀為作《趙君占綬五十壽序》。

春寒惻惻，無可為意，既念
行人，復悲逝者，得《菩薩蠻》一十有六章

玄嬰

　　美人消息天涯在，天涯即在闌干外。久立覺衣單，北風吹正寒。莫愁寒不放，却道春無狀。者度訪春歸，雪花飛又飛。

　　幾回風雨過僝僽，青春先上門前柳。還記出門時，有人和淚辭。去年攜手處，未得春同住。猶是去年情，孤衾聞早鶯。

　　春泥艸似鍼頭密，近人行處團團碧。胡蝶漫飛來，野棠花未開。望中新雨透，滴翠添眉岫。幾度覓斜曛，樓高隔暮雲。

　　相思曲曲絃能語，歸來寶瑟為君鼓。今夜且調箏，指寒挑撥生。愁

痕深與淺，一一留儂面。不惜待君看，可憐非故顏。

玉函緘淚遙相寄，千情萬意從君理。心事託東風，問君同不同。東風無一語，故故催征路。還憶夢中天，夕陽明半邊。

同心繡伴邀相語，銀窗說夢猜鸚鵡。呼婢莫開簾，曉來風太尖。愁多難盡理，滿地鵑聲起。恰念遠行人，他鄉聽更真。

大涯柳是多情伴，逢人到處拋青眼。臨夜更婆娑，不辭風雨多。釀花天氣亂，息息陰晴變。去住不關時，出門還自思。

春光似線裁來短，春愁似緶抽還亂。無地著春心，沈吟直到今。今年春艸艸，驛路花過草。蜂蝶為誰情，傍人扶着行。

遙天凝望青如卵，白雲繚繞垂天半。孤影隔迢迢，雁飛不可招。殷勤尋復覓，魚腹書難得。不是便忘歸，日來潮汛稀。（餘七首未錄全）

【箋】

該詞見刊於上海《越國春秋》第54期（1934年2月7日出版）。

清永福縣知縣屠君墓石銘

陳訓正

清福建永福縣知縣屠君，以光緒三十一年十二月十八日卒於里第。嗣子用錫，以狀來乞銘。時訓正方謀一郡校學，卒卒不果為，然心諾之而未忘也。洎後習用錫益久，聞君之行誼益稔，每思為辭，光揚幽德，償夙所諾於用錫者，會遭遜國之際，天下瘝然，兵連禍結且六七年，曾不得寧止。用錫又來請，且曰："是不可緩矣！人事非旦暮所能豫也。"訓正益念孝子之勤，而感其不沒其親之意，遂為之銘，以表其墓。銘曰：

君諱宗基，字雲孫，鄞之諸屠。幼以賢，入後其族諱繼烈者，廣東署按察司使，授榮祿大夫。峨峨家閥，受世膺臚。玉芝不實，蘗牙是敷。用撰肖德，二俊以俱。伯蹇不祿，仲奮丹塗。君生有特稟，開朗襟華，摛文纘實，克長其家，嗣榮宅厚，貌不腴加，勿忘儒若，閭伍咨嗟。既豐厥內，國興遂譁。嚴嚴海服，是曰永福。誰作之宰，君以功錄。君嚴能慈，溫不廢肅，頑民勿馴，既膏既沐。批腐道滯，卒成骨肉。行路吟口，家戶戶祝。嗚呼！天棄荒民，奪彼慈君。施未必世，遽以母喪歸鄞。歸之日，攀裾攘履、羅道來會者，率百千群。不有恩思，胡獲而然？薄俗所規，此其賢矣。君尤孝謹，不苟於禮。雖曰隔腹，實亦繼體。痛切致勞，哀深自毀。方茁之華，未冬遂萎，春秋五十，竟一瞑不視。傷哉！清道之鄉，橫山之里，桓桓金柏，是君之壙。千秋表德，永芘勿替。
【箋】

文載《甬上屠氏宗譜》卷二十三《誌狀下》，張美翊主纂，己未（1919）六月既勤堂刊印本（第2312—2313頁）。

知州讓伯公傳

陳訓正

屠君師規，字讓伯，鄞人。自少習計術，從其師鬻於杭。師吳翁察其材，且可恃以義，年十八，即援主一肆，所擘畫靡不中機，宜列肆之耆咸嘖嘖稱老成。同治某年，杭大賈胡雪巖者，以資擢為督糧道，獨契君，聘君襄辦西疆軍務糧臺事；當職，以左文襄公薦，授朝議大夫、直隸州知州。初，洪楊軍起，浙將及亂，其師適病漸，子尚幼，曰："非屠生，莫與屬。"遂以孤屬君。君諾無宿。人以君二十許少年，屬以孤，將不承，然君卒脫其師之孤於流離奔走之難，而完其家室，人始服吳翁之識先也。方君之挈其師之孤及戚屬十餘口，避居於四明山，盡室以行，獨於己之族遺棄所珍積，而抱歷代宗像、世牒巖藏之。或曰："是何貴？"君曰："家族計，孰有重於此者？"亂定，防師猶集甬，緹騎四出，苛人以逞，有何某者，自粵被虜留甬，捕急，昏夜泣投君，君訊知為良人子，潛以貨令歸，而留其妻孥同居；未幾，官偵得之，將以為譽職資，君惶然，復徧貨在事者，資歸之。越俗急公好義，君蓋有矣。當是時，鄉大夫多賤視商，獨於君則曰："賜也徒。"卒年四十二，閭伍咸為慟，至今猶有道者。

陳訓正曰：君之子懌恒，習於余，屢為余言如此。余徵其族與鄉之人，皆曰懌恒之言不欺也。余於是重君之俠義，著如傳。

【箋】

文載《甬上屠氏宗譜》卷二十五《列傳下》，張美翊主纂，己未（1919）六月既勤堂刊印本（第2621—2623頁）。

屠翁和卿七十壽言

陳訓正

古者，卑下有獻於尊老，曰上壽；朋與賓接之際，曰為壽。壽固不必以年也。歲時宴飲，家人子婦，百拜奏爵，以次奉壽，以媚悅其長上，而主人之于客、客於主，亦輒稱壽。蓋上下周旋間，有所禮貌，即有所稱辭，事為之節目焉而不繁，豈必於其人之艾者耄耋，而始一行之哉！俗之敝也，匪獨質亡，文亦稍漓矣。敬老之典，置而不舉；犬馬之養，屬於庭闈。古人祝鯁祝鯉，曰左右侍而不敢或缺者，至是亦論年格矣。無所謂年，以親之年旬，一藻繪門楣，以誇榮其鄉里，鄉里之人亦於是覘其勢，果也客多而禮數，又得達官顯宦而為之詞，則獷耳蠻目為之一變，而不敢更以非禮加其家；踵行既久，明禮通達之士，亦往往效為之。介壽之文，相勝以靡，走金求諛，矜於竹帛，而賣文之徒，又大都衣食於是，虛搆一格以待來者。上事必忠與孝，下事必仁與慈，余觀於世俗所為壽文，而不覺其世之衰，而賢君子且若是其多也。余自弱冠操翰，今且二十餘年矣，所為壽文不下數十，而輒以體制非古，棄之無有存焉。然則世人亦何亟於求而必得一不傳之文，而鋪張之也耶！

鄞有隱君子曰屠翁，年七十，其冢子志恒謀所以為翁壽，請辭於余，且曰：“必君言可壽。”嗟乎，志恒不以余文假貴人，而以余文之必其傳，異乎世俗者之見矣，余烏得乎放其意而不之諾？既諾志恒，志恒為余述翁之行誼。余耳於其族之望人，諗翁蓋久矣。翁踰冠，擅廢居術，游杭為諸賈，特伉爽敢為，匪娖娖市眾者比，以才見重於其族。族有鉅公某者，設兩肆於句甬間，難其人專主之，得翁曰："此可矣。"遂任為兩肆主。翁竭誠赴職，果不負所知。既而以病目故，謝去之。性又純篤，事母王至考終，數十年無失養。兄與嫂皆早故，所遺子女皆賴翁以成。余以翁之行誼如此卓卓，而志恒又能克肖其德，有聲於鄉里，可以自致其翁之名於不替，而必責余文以壽翁，其意可感也。余感其相引重之意，雖不文，其敢遂同嚮者之所為而駢棄之耶？因書之，以為翁壽。

【箋】

文載《甬上屠氏宗譜》卷二十八《壽言》，張美翊主纂，己未（1919）六月既勤堂刊印本（第2865—2867頁）。

故陸軍少將鎮海李君墓表

陳訓正

烏虖！榮聞不卒，慘兮黃土。是為故陸軍少將鎮海李君之墓。君子悲之，行路懷之。其友人慈谿陳訓正，遂辭而表之。辭曰：

君諱厚禧，字徵五，以字行，鎮海小浹港李氏。曾祖某，祖某，父某，累世良德，潛而弗光。家故超貲，遺惠在鄉。君生而奇偉，器度優廓。既長，輕財慕義，好結客，不以脂腴易意氣。初用父命游甬上，市朝會而夕計，非所好也。乃為任俠郡邑間，見道途不平事，輒拍膺與爭，必直而後已；貧無告者，量所缺周給之。于是甬勾浹三江流域之人，上自士夫，下至走販細卒，無不知有小港李阿瑞者，今之古人也。阿瑞君小字。當甲午之役，倭人擾我海徼，君傾身結納鎮海守將參畫，保衛鄉井。有不率職者，上其事都察院劾罷之。

甬自通商以來，僑人弗遜，恃勢占侵民產，沿江北壩地，被蝕略盡。有江姓者，業鄰英領署，領署書記，冒為已有；江訟之，英領刼官勿予直，且罪江。君不平，謁官爭之疋，語稍侵官，怒駕誣君，將簽捕矣，其友晁保祿、穆麟德兩解之，始免，地卒歸江。晁、穆皆僑也，多君義，常右之，君氣感之廣乃如此。戊（戍）[戍]，浙東大旱，甯波六屬，被災尤甚，奸人貨取饑民子女四百七十人，轉鬻南洋，已登舟。君聞道路哭聲，詢得其事，歷叩郡治諸官府籲救，而兵備道春順獨持之以為多事。君計舟行且遠，不可緩，乃偕伯兄雲書赴上海，召集同鄉旅滬者十數萬人，電告外國紅十字會，並遣急信賫銀四萬兩南行贖出之，得生還者尚四百五十餘人，君之義聲，由是益傾海隅。此其大者。至如饑年糶穀以振困乏，剏學校以收教一郡子弟，則又君尋常鳴施，旡足為君誦。

君于是時生三十年矣。妻王，為仁和相國之孫女。君又入都謁省，遂以輸餉功授道員，分發湖北。時南皮張文襄公，方總督兩湖，深器君。一時同官，如番禺梁節庵、湘鄉易哭庵、義寗陳散原諸名士，相與游從旡虛日。然君終不樂官中生活，不久即辭歸，居滬上，延納四方豪士，感分遺身，不為面背。民黨之傑者，皆慕而來交。首領孫公，亦偉君志概，數數推稱之。宣統元年，君赴南洋各大步，假籌辦華商銀行名，密謀聯僑款輸革命軍。辛亥，武昌舉義，陳其美、蔣中正等起兵上海應之，曰滬軍，其美為都督。而君時亦有衆數千人，自統領之，稱光復軍，駐閘北為其美援。又遣客招致夙所結江湖諸亡命，于是張宗昌將騎兵自海參崴來，君即署宗昌為騎兵團團長。徐源泉、黎天才等亦先後至，或參戎機，或為教練，或別將之為異軍。徇下旁邑，皆受節制于滬軍都督，君不自專也。既聯軍攻南京，君被任為兵站總監，餉械彈藥，皆取給焉，君之功尤大。南京既下，將驕士橫，輒起紛紜，君憂之，乃陳情首解兵柄，為各軍倡。

敘功以陸軍少將歸田，居亡何，袁世凱竊國，民黨謀興師北伐，君陰令舊部圖武漢，黎天才實將之行。及世凱稱帝，君又賫遣客四出游說反袁。有來歸者衣食之，蹈禍被收者，奔走賂捄之。家已毀，稱貸戚友以成之。嘗于歲晏風雪中，不得一敝裘御寒。其兄憫之，為製新裘被體。適客新自異地來，旡以資，君即解裘付之。日常益旡留粻，而客過常滿座，皆倚君取醉飽者。晚年益落魄旡俚，輒走天津避囂。英雄暮途，蹙蹙靡騁，俯仰今昔，肝摧腎絕矣。遂于民國二十二年四月四日，病卒滬邸，春秋五十有九。越□月，歸葬邑之□□山。君取趙氏，繼取王氏、包氏。包氏子男六人：祖威、祖亮，早卒；祖望、祖超、祖鵬、祖文。女二人：慕蘭、玉津。

【箋】

　　文載《寧波旅滬同鄉會月刊》第119期（1933年6月發行）。

國史擬傳・陳屺懷傳

袁惠常

陳屺懷，名訓正，中年後，以字行。浙江慈谿人。清光緒二十九年舉人。與同縣馮开、應啓墭、洪允祥齊聲稱。屺懷孤童自奮厲，博涉群籍，尤精熟周秦諸子。文章奇橫類蘇洵，詩則陳三立以為欲分液郊賀者也。性剛直，懷救物之略。主辦《天鐸報》《商報》，議論軒軒振人心。倡新教育，繕起寧屬六邑中小學堂百餘所。為浙江諮議局議員，一參寧波軍政分府財政，再任杭州市長，攝浙江省政府民政廳長。為政但持大體，恤民隱，不輕言興革。及其飭官常，杜私謁，懍然不可得犯。權民政時，手除縣長若干輩，未嘗引進私交、故人。有用賑荒名，謀輸粟出省境以為利者，强之署諾，屺懷正色拒之。其當官而行，不少假借類此。晚年為浙江省臨時參議會副議長、議長，維時禦倭軍興五六年矣，金衢以北早陷寇，寖淫薄溫處，地方糜爛而政令煩急，奸吏因之自營，在上者猝不能禁弭，游擊雜軍日多，往往為民患。屺懷滋會侃侃，見時政無當民情，必爭，爭必力，大吏畏憚之。數數上書蔣公陳得失，其言澄吏治、肅軍紀、減免賦役、裁汰游擊隊諸事，尤關至計，蔣公輒手批嘉納焉。

狀貌奇古，望之若不可近，而即之也溫。其論文也，貴乎法古而懲下究。所謂下究，指其奉一為師，如子孫敬禮祖若父，如奴僕之侍其主，不敢稍易視聽。又言今之為古文者，積法以治之，非積理以治之。其論

編箸《戰史》也,有三難:

一曰體制。紀載戰事,古無是作,《書》有《胤征》《勘黎》等篇,其實皆命軍誓誥之辭,與《甘誓》《湯誓》同量,非戰伐專載也。近世如《大金弔伐錄》《大元平宋錄》、金幼孜《北征錄》、許進《平番始末》、俞大猷《洗海近事》之類,多出幕士憶記,各有所為而作,或收集故府冊籍,強立名目,或刻摹道路傳聞,巧為章飾,任意割湊,絕少統系,取材蕪陋,雖言故實,且所記又非純屬戰事,頌功歌德,文士無聊之筆,幾占泰半,是皆不足取以為法。竊覽史部諸書,戰事專載,要以清代太平軍之役,削橐最多。然專制時代,忌諱太繁,紀述自非盡信,類似官書,如《紀要》《紀略》等無論矣,即如二王氏之志湘軍,以文辭言,不失為傑構,若繩以專史義法,則此首尾倒掉、眉目未分之紀事,豈遂謂有當體製者乎!今欲撰集《戰紀》,于古無徵,實為刱作。發凡定例,頗需斟酌。其難一。

二曰文字。吾國自語文離宗以還,載筆之士,各護所好以炫世。曲徇俚俗,則言之無文,行之不遠;修飾過當,則句棘字躓,未能通俗。二者俱無取也。紀事之作,要以文不亡質、樸不失陋為貴。史者將以張皇偉績,俾後人追慕而興起。為行遠計,不可入俚語;為通俗計,不可使奧辭。此中自有光明塗徑,未可輕易涉筆。其難二也。

三曰甄采。同一書告,而詳約各殊;等是牘牘,而冗簡大異。且所謂詳者,未必盡備;所謂冗者,未必無漏;所謂約者簡者,未必少蕪而失當。據是以為屬筆之資,少不經心,而疵累百出矣。況初稿之取材,非一時一地之所為,體制文字,互有長絀,搜羅裁節,更少確定。修史之道,尤重甄采,取舍輕重。全在識力,非特善文,便稱能事。其難三也。

又論方志,謂章氏祇貴史料于簡冊,未知察實情于事物。縱文獻足徵,於政教何與?而萬氏《史表》之例,最有執簡馭繁之功。西洋圖繪之法,地形名物之真,苟能適時,未可泥古。用之方志,其用始彰。

其論文史之識，略如是。

民國三十二年十月十九日，卒於雲陽寓次，年七十三。國人傷之。國民政府令曰："具官陳某，性行清正，器識閎洽。早歲致力教育，宣揚革命，具著績效。嗣參浙江省政府，勤求治理，遺愛在民。邇年主持浙江議壇，匡濟時艱，允孚物望。平生究心文史，翼扶世教，箸述宏富。迺以攖心國難，遘疾逝世。追念勳勤，深堪悼惜。應予明令褒揚，以重耆賢，而資矜式。"著《讀禮籀記》一卷，《論語時訓》一卷，《孟子學說》三卷，《甬諺名謂考》四卷，《倪言》五卷，《倪林》二卷，《歲寒述學》四卷，《天嬰室叢稿》十九卷，《天嬰詩輯》三卷，《天嬰文存》二卷，《悲囘風》一卷，《澤畔吟》一卷，《晚山人集》四卷。又編箸《國民革命軍戰史初稿》二輯，都九篇，《定海縣志》十六卷，《掖縣志》若干卷，《鄞縣通志》若干卷。識者稱其方志，謂截然出章氏上。子建風，能傳其學。

【箋】

文載《國史館館刊》第一卷第三期（1948年出版，第106—108頁）。

參考文獻

（據问世时间先后加以排列）

一、古今論著

《天嬰室集》，陳訓正著，石印本，1919年，寧波天一閣博物院藏，編號：孫0849

《甬上屠氏宗譜》，張美翊主纂，既勤堂刊印本，1919年

《寒莊文編》，虞輝祖著，鉛印本，1921年

《甬上青石張氏家譜》，張美翊主纂，味芹堂鉛印本，1925年

《天嬰室叢稿第二輯》，陳訓正著，寧波天一閣博物院藏（朱7885），鉛印本，1934年

《回風堂詩文集》，馮开撰，中華書局聚珍仿宋版，1941年

《悔復堂詩》，應啓墀撰，余姚黃立鈞刊本，1942年

《天嬰室叢稿》，陈训正著，《近代中國史料叢刊》（63），沈雲龍主編，文海出版社，1972年

《國民革命軍戰史初稿》，陳訓正編，《近代中國史料叢刊》（79），沈雲龍主編，文海出版社，1972年

《蔚里賸稿》，张原炜著，《近代中國史料叢刊》（87），沈雲龍主編，文海出版社，1972年

《晚山人集》，陳訓正著，陳訓慈整理印行，1985年

《沙孟海書法集》，沙孟海著，上海書畫出版社，1987年

《天嬰詩輯》，陳訓正著，陳訓慈整理印行，1988年

《西俗東漸記——中國近代社會風俗的演變》，嚴昌洪著，湖南出版社，1991年

《鎮海縣新志備稿》，董祖義纂，《中國地方志集成·浙江府縣志輯》（34），上海書店，1993年

《光緒慈谿縣志》，馮可鏞修，楊泰亨纂，《中國地方志集成·浙江府縣志輯》（35），上海書店，1993年

《民國定海縣志》，陳訓正、馬瀛纂，《中國地方志集成·浙江府縣志輯》（38），上海書店，1993年

《民國詩話叢編》（五），張寅彭主編，上海書店出版社，2002年

《鄞縣通志》，陳訓正、馬瀛纂，寧波出版社，2006年

《馮王兩侍郎墓錄》，馮貞群輯，《四明叢書》第六冊，廣陵書社，2006年

《鶴巢詩文存》，忻江明原著，忻鼎永等整理，黃山書社，2006年。

《王理孚集》，王理孚撰，張禹、陳盛獎編注，上海社會科學院出版社，2006年

《民國珍惜短刊斷刊·上海卷》，陳湛綺編，全國圖書館文獻縮微複製中心，2006年

《八指頭陀詩文集》，釋敬安撰，梅季校點，岳麓書社，2007年

《菉綺閣課徒書札》，張美翊著，樊英民編校，山西畫院《新美域》2008年第2期

《陳布雷回憶錄》，陳布雷著，東方出版社，2009年

《沙孟海全集·日記卷》，洪廷彥主編，西泠印社出版社，2010年

《沙孟海先生年譜》，沙茂世編撰，西泠印社出版社，2010年

《陳布雷集》，張竟無編，東方出版社，2011年

《蔣介石傳》，[美]布萊恩·克洛澤著，封長虹譯，國際文化出版公

司，2011年

《悲華經舍詩存》，洪允祥著，吳鐵佶點校，浙江古籍出版社，2011年

《民國人物碑傳集》卷1，卞孝萱、唐文權編著，鳳凰出版社，2011年

《童氏家族》，胡紀祥編著，寧波出版社，2011年

《蔣介石與中國集權政治研究（1931—1937）》，劉大禹著，浙江大學出版社，2012年

《余紹宋日記》，余紹宋著，龍遊縣地方志編纂委員會整理，中華書局，2012年

《況周頤詞集校注》，況周頤著，秦瑋鴻校注，上海古籍出版社，2013年

《陳訓正評傳》，沈松平著，浙江大學出版社，2015年

《民國時期寧波文獻總目提要》，萬湘容、干亦鈴著，浙江大學出版社，2015年

《近現代報刊上的寧波》，寧波市政協文史委員會編，寧波出版社，2016年

《校輯民權素詩話廿一種》，王培軍、莊際虹校輯，鳳凰出版社，2016年

《陳訓正年譜》，唐燮軍、戴曉萍著，浙江大學出版社，2019年

二、新舊報紙

《申報》1909年6月21日《各省籌辦諮議局·初選舉開票（浙江·各屬）》

《申報》1910年4月27日《慈谿毀學之原因》

《申報》1910年4月30日《浙省亂耗匯紀》

《申報》1911年11月8日《寧波光復記》

《申報》1911年11月20日《甬軍政府選舉職員》

《申報》1921年3月17日《民新銀行開幕紀》

《時事公報》1927年4月22日《省務委員會正式成立》

《時事公報》1927年8月28日《張默君匯款按之甬聞》

《時事公報》1937年5月11日《陳屺懷與宋子京》

《煙台晚報》2008年3月23日《榻本＜掖縣城區詳圖＞》

三、學術論文

阮毅成：《先君荀伯公年譜》，《浙江月報》第1卷第7期，1928年3月

馮君木：《陳子壎君母余太夫人八十壽言》，《錢業月報》1928（9）

陳屺懷：《魏伯楨先生五十壽敘》，《寧波旅滬同鄉會月刊》第74期，1929年9月

陳訓正：《周君生壙志》，《寧波旅滬同鄉會月刊》第79期，1930年2月

顧彭年：《四年來之杭州市市政》，《市政月刊》1930（9）

陳屺懷：《杭州市政府二十年一月至六月施政方針》，《市政學刊》1931（4）

徐震：《與陳屺懷先生論文書》，《浙江省立圖書館館刊》第4卷第5期，1935年10月

吳承洛：《中國之化學藥品及化學原料工業》，《經濟建設季刊》1943（4）

廣義：《轉道老和尚傳》，新加坡《南洋佛教》1969（4）

徐鴻鈞：《陳屺懷的教育思想與實踐初探》，《國家教育行政學院學報》2005（11）

王立民：《葉昌熾字號及藏印考》，《古籍整理研究學刊》2008（4）

黃瑛：《近代上海著名中醫實業家李平書》，《中醫藥文化》2011（3）

四、口述史料

蔣介石：《蔣介石日記》（手稿本），美國斯坦福大學胡佛研究所

張任天：《西湖博覽會紀事》，《浙江文史資料選輯》第21輯，浙江人民出版社，1982年

朱仲華：《憶求我山人莊嵩甫》，《浙江文史資料選輯》第27輯，政協浙江省委員會文史資料委員會編，浙江人民出版社，1984年

趙晨：《國民黨統治時期的杭州市長》，《杭州文史資料》（第5輯），1985年

戴学稷、徐如：《陈英士的死及其反响——纪念陈英士殉难七十周年》，《浙江文史资料选辑》第36辑，浙江人民出版社，1987年

阮毅成：《學者從政的典範——迴憶陳屺懷先生》，《浙江文史資料選輯》第43輯，浙江人民出版社，1990年

陳訓慈、趙志勤：《熱心興辦寧波地方教育的陳屺懷》，《浙江文史集萃（教育科技卷）》，浙江人民出版社，1996年

顯宗：《回憶寧波佛教孤兒院》，《寧波文史資料》（第22輯），2004年

後　記

　　1947年底，沙孟海在應邀為陳訓正《晚山人集》——"抗日期間退居家鄉及避地浙南憂時傷亂之作"——作序時，曾述及《天嬰室叢稿》，稱陳訓正此著分為"初輯""續輯"兩種："甬上自古多文史著作之彥，民國以來，稱慈谿陳訓正無邪、馮开君木、洪允祥佛矢，余皆得而師之。馮、洪二先生以教授終其身，陳先生晚歲涖政杭州，最爲通顯，享年最高，著述亦最富，蘄春黃侃季剛，嘗以深寧王氏目之。先生著述初刊於甬上，曰《天嬰室詩》；嗣刊於上海、杭州，曰《天嬰室叢稿》，凡兩輯。初輯七種，曰《無邪詩存》即《天嬰室詩》更名，曰《無邪雜箸》，曰《哀冰集》，曰《秋岸集》，曰《逃海集》，曰《庸海集》，曰《閼逢困敦集》，合四冊。續輯十種，曰《塔樓集》，曰《北邁集》，曰《末麗詞》，曰《炎虎今樂府》，曰《紫萸詞》，曰《吉留詞》，曰《聖塘集》，曰《攬石秋草》，曰《攬石幸草》，曰《攬石春草》，合兩冊。"這其中，《天嬰室叢稿》第一輯問世於1925年5月9日之前，此則沙孟海《僧孚日錄》乙丑四月十七日條言之甚明：

　　　　陳玄丈《天嬰室叢稿》刊印已竣，於明存閣見其書，喜甚。歸輿，因繞道過《商報》館，索得一部稿。凡九種，曰《無邪詩存》，曰《無邪詩旁篇》，曰《無邪雜箸》，皆己未以前作。《詩存》曩曾刻之。庚申以後之作，曰《哀冰集》，曰《秋岸集》，曰《逃海集》，曰《庸海集》，曰《庸海二集》，曰《閼逢困敦集》。不分詩文，以時第次，蓋用陸魯望《笠澤叢書》例也。

此外，阮毅成在《學者從政的典範——迴憶陳屺懷先生》中也曾聲稱："屺懷先生所著的《天嬰室叢稿》，於民國十四年出版，分為四冊。有詩、有詞、有文。前有鎮海虞輝祖序及諸家評識。"但遺憾的是，此類介紹並未引起研究者的應有關注，以至於既有的相關研究成果，皆嚴重忽視《天嬰室叢稿第二輯》的存在，遑論加以引用。能為未來的進一步探討提供足資參考的完整文本，這正是我們整理出版《天嬰室叢稿整理與研究》的初衷。

《天嬰室叢稿整理與研究》內分三部分，一是結合馮君木《回風堂詩文集》、沙孟海《僧孚日錄》、徐珂《心園叢刻》、應叔申《悔復堂詩》等文獻的相關記載，查考《天嬰室叢稿》第一二輯所錄詩詞文的寫作背景或寫作時間，二是將作於1934年底前而《天嬰室叢稿》第一二輯未曾收錄的詩、詞、文，彙聚為《陳訓正詩詞文補遺》，作為全書的附錄；三是全面梳理陳訓正文學創作的軌跡，系統考察其文學觀念的變遷，並將考察結果以"前言"方式加以呈現。

	前言：陳訓正文學芻議		
天嬰室叢稿整理與研究	敘	鎮海虞祖輝作	《天嬰室叢稿第一輯》，臺灣文海出版社影印本，1972年
	無邪詩存	詩143	
	無邪詩旁篇	詩145	
	無邪雜箸	辭50、賦5、論6、書3、敘17、傳2、志3及李審言《敘無邪雜箸》	
	哀冰集	詩44、文11	
	秋岸集	詩18、詞6、文10	
	逃海集	詩9、詞6、文12	
	庸海集	詩108、文11	
	庸海二集	詩19、文15	
	閼逢困敦集	詩50、詞8、文14	

天嬰室叢稿整理與研究	塔樓集	文 20、詩 21	《天嬰室叢稿第二輯》，鉛印本，1934 年
	北邁集	詩 23、詞 4	
	末麗詞	詞 56	
	炎虎今樂府	雜歌謠 25	
	紫萸詞	詞 30	
	吉留詞	詞 43	
	聖塘集	詩 35	
	纜石秋草	詩 50，附錄寒同《纜石秋草後記》	
	纜石幸草	文 22，以及陳訓正《纜石幸草自序》	
	纜石春草	詞 26	
	諸家評議		
	附錄	A. 補錄《天嬰室叢稿》第一二輯失收的陳訓正詩文：收錄包括《謁馮簟溪王篤庵兩先烈墓》《清永福縣知縣屠君墓石銘》在內的歌 2、詩 15、詞 19、文 25	
		B. 國史擬傳・陳屺懷傳（袁惠常撰）	
	參考文獻		
	後記		

晚清民國時期的浙東鄉賢文集，既是中華傳統典籍的重要組成部分，也是近代浙東區域文化的主要載體。鑒於陳訓正在近代浙東文化界擁有崇高地位並發揮過重要作用，整理出版其《天嬰室叢稿》第一二輯的點校本，不但能為相關研究提供足資參考的完整文本，而且有助於了解陳訓正的前半生行跡及其治學生涯，乃至拓展浙東學術研究的廣度和深度。原本有意將所纂《陳訓正任職省府杭市期間行跡編年》置於書末，用以呈現陳訓正對於推動 1920 年代末杭州城市化運動的歷史作用，終因篇幅過大且與全書體例不甚相符而作罷。

唐燮軍　周芃

2022 年 6 月 21 日

於寧波大學人文與傳媒學院